BIBLIOTHÈQUE HISPANO-AMÉRICAINE

OURAGANS TROPICAUX

Leonardo PADURA

OURAGANS TROPICAUX

Traduit de l'espagnol (Cuba)
par René Solis

Éditions Métailié
20, rue des Grands Augustins, 75006 Paris
www.editions-metailie.com
2023

Titre original : *Personas decentes*

Published by agreement with Tusquets Editores, Barcelona, Spain

ISBN : 979-10-226-1294-4
ISSN : 0291-0154

¡Ay, amor,
la vida es un delirio!
¡Ay, amor,
esta isla es un suicidio!
¡Ay, amor!

Jorgito Kamankola

1

– Trop tard, conclut-il.

Il s'en souvenait. Il s'en souvenait encore. Il avait oublié beaucoup d'autres choses d'une vie qui était en train de devenir effroyablement longue, et il savait que certains oublis fonctionnent comme une stratégie de survie : il s'imposait de lâcher du lest pour demeurer à flot et ne pas rester échoué dans les rancœurs, le décompte des illusions tronquées, l'évocation urticante de promesses crues un jour et si souvent non tenues. Même un type tel que lui, un acharné du souvenir, un quasi hypermnésique, était bien forcé de laisser sa conscience balayer certaines choses, procéder à des nettoyages émotionnels et psychologiques pour des motifs d'hygiène, afin d'empêcher le poids des réminiscences de l'engloutir dans la vase des aversions et des frustrations. Et, surtout, pour ne pas avoir à se dire qu'une autre vie aurait été possible, et que la vie vécue avait été une erreur, mélange de fautes dont il était responsable et de choses imposées de l'extérieur.

Mais ce concours de circonstances là, presque une révélation mystique, bien sûr qu'il s'en souvenait, qu'il *fallait* qu'il s'en souvienne. Il était même capable de reconstituer la scène avec des couleurs si vives et une telle précision dans les détails, assaisonnée parfois de gouttes de colère ou d'éclaboussures de nostalgie, qu'il en venait parfois à soupçonner que, en réalité, la scène n'avait pas la densité de nuances avec laquelle il la reconstruisait aujourd'hui. Était-ce vraiment ainsi que cela s'était passé, avec ce scénario et ces protagonistes?... Pourtant, s'il y avait une chose dont il était pleinement convaincu, c'était que l'essence de cette rencontre glorieuse était restée imperméable aux érosions prévisibles, préservée dans ce recoin éclairé de la mémoire qui abrite les repères initiatiques: les initiations à l'amour, à la littérature, à la peur et à la première grande déception. Et à Dieu, pour ceux qui en font l'expérience.

Motivito était une figure du quartier. Tous les garçons et, mieux encore, toutes les filles connaissaient son existence. Cela faisait longtemps que Mario Conde était incapable de répéter le véritable nom du jeune homme, et cet oubli ponctuel – c'est ainsi que le champion de la mémoire le voyait – ajoutait de l'authenticité à son évocation. Motivito était Motivito, point. L'intéressé avait toujours en perspective une fête où apporter la musique qu'il tenait en réserve et, pour évoquer ces réjouissances, célébrations, fiestas et autres bringues plus ou moins fréquentées, organisées (ou désorganisées) en général les samedis soir, le jeune homme les désignait sous le terme de "*motivitos*". Aujourd'hui je vais à un *motivito*, demain j'ai un *motivito*, répétait-il, ce qui signifiait tout simplement un "motif" pour faire la fête. Et comme il possédait la meilleure musique, la plus récente, celle qui rendait tout le monde dingue, il était l'ingrédient le plus important de ces réunions festives.

Pour être à la hauteur de sa popularité et de son prestige, Motivito avait construit son look avec les tenues et les accessoires dictés par la modernité des années 1960: il portait des sandales en cuir sans chaussettes, des pantalons ultra moulants, des chemises amples et colorées avec un col ouvert en pointe, un bracelet clouté, il utilisait de vieilles lunettes rondes sans monture avec des verres de couleur verte, et il se coiffait avec une raie au milieu, les cheveux collés sur le crâne grâce à un produit chimique à l'efficacité redoutable, car Motivito était un métis et ses cheveux ne devaient pas être particulièrement faciles à dompter. Motivito était ce qu'on appelait un parfait *pepillo*, un dandy.

Le jour de sa grande rencontre avec Motivito, Mario Conde avait dans les huit ou neuf ans, on devait donc être en 1964, la grande Année de l'Économie. C'était comique ! L'année précédente avait été baptisée l'Année de l'Organisation, et la suivante devait être l'Année de l'Agriculture, tandis que le pays était déjà venu à bout de l'Année de la Planification. Un demi-siècle plus tard, ironie du sort, sur l'île on parlait encore des désastres nationaux de l'Économie, de la Planification, de l'Organisation, tandis que l'Agriculture insulaire n'était toujours pas parvenue à ce qu'il y ait à nouveau assez de patates douces, d'avocats, de bananes et de goyaves sur les marchés cubains.

Ce soir-là, il devait faire froid car la porte de chez lui, qui était d'habitude grand ouverte, était fermée quand on y avait frappé en même temps qu'on sifflait. Il était allé lui-même ouvrir pour se retrouver nez à nez avec son cousin Juan Antonio, de quatre ans son aîné… accompagné de Motivito !

– Salut, mec, ça va ? avait commencé le cousin, et profitant de l'importance qui lui offrait l'occasion, il avait aussitôt ajouté : Et, au fait, votre tourne-disque, il marche encore ?

Tout à son ravissement, l'enfant Mario Conde avait hoché la tête. Chez lui, aussi loin qu'il s'en souvenait, il y avait un tourne-disque RCA Victor, modèle compact, acheté par son père quelques années plus tôt au défunt magasin Sears de La Havane.

– L'aiguille du mien est fichue, a poursuivi le cousin, et Motivito a besoin d'essayer une plaque qu'on veut lui vendre.

Conde avait de nouveau hoché la tête. Tout en écoutant un Juan Antonio aussi désagréable que toujours, il avait les yeux fixés sur le mythique Motivito, le plus dandy des dandys du quartier, qui était là, près de lui, chez lui, en train de mâcher ce qui pouvait être un chewing-gum (merde, d'où avait-il bien pu le sortir?) et... pour lui demander un service, à ce qu'il comprenait.

Toujours sans oser dire un mot, Conde avait fait entrer les visiteurs. Dans son souvenir de cette nuit initiatique, ses parents ne figuraient nulle part et, dans la scène suivante, il allait chercher la mallette du tourne-disque, passait la main dessus pour enlever la poussière, l'ouvrait, le branchait, vérifiait que le plateau tournait, et tout cela le faisait se sentir important, élu, même si Motivito ne lui avait pas adressé la parole, à peine un regard, même s'il pouvait parfaitement entendre le Roi des Dandys du quartier expliquer à son cousin Juanito que cette plaque on voulait la lui vendre pour vingt pesos, un paquet de fric, et qu'il fallait qu'elle soit impeccablement gravée pour justifier un prix pareil.

Ce soir-là, parmi d'autres vérités transcendantes et inoubliables, Mario Conde avait appris ce qu'était une *plaque*. Comme le marché du disque à Cuba battait de l'aile et que, bien entendu, on avait cessé d'importer des microsillons, l'inventivité nationale avait réussi l'un de ses plus mémorables succès technologiques : rendre inutilisables les sillons des vieux 33 et 78 tours et, par des méthodes mystérieuses, les recouvrir de plaques de vinyle sur lesquelles on gravait la musique d'autres disques venus de l'au-delà (le monde capitaliste, aliéné et corrompu) pour leur permettre d'écouter les interprètes à la mode. Les *plaques* (ainsi qu'on les appelait, et qui pouvaient aussi être collées sur un support en carton rigide) avaient également pour mission de répandre parmi la jeunesse la musique créée dans l'au-delà (ce même monde capitaliste, etc., etc.), les chansons pratiquement (et dans certains cas totalement) interdites sur les radios nationales parce qu'elles étaient vues comme une forme de pénétration idéologique (une contamination insidieuse promue depuis le fameux monde des funestes et cetera), car Quelqu'un les estimait nocives, très nocives, pour les consciences des hommes nouveaux en formation accélérée et assurée sur l'île, ces êtres modèles censés se consacrer opiniâtrement à trois tâches et un destin lumineux : Étude, Travail, Fusil… *Venceremos* !

Quand l'électrophone avait été prêt, Motivito avait eu l'insigne bonté de s'adresser au Mario Conde de huit ou neuf ans pétrifié sur place, pour continuer à nourrir un souvenir indélébile.

– Petit… ce que tu vas écouter… si on écoute quelque chose… pratiquement personne ne l'a écouté, ni sur l'île de Cuba ni sur les îlots adjacents… Cela nous arrive tout droit du *Iounaï Kindom* et… bon, tu as entendu parler des Beatles ?

Conde, toujours incapable de prononcer un mot, avait secoué la tête.

Motivito avait rigolé. Même le cousin Juan Antonio avait rigolé… Ha, ha, ha… L'ignorance de l'enfant les faisait rire.

– Y a rien de mieux au monde, fiston. Ces types c'est… c'est le top ! s'était exclamé Motivito après avoir lissé ses cheveux à deux mains, en posant enfin tendrement la précieuse plaque sur le plateau du tourne-disque, en actionnant le bouton qui faisait tourner le plastique noir et en baissant délicatement le bras pour placer l'aiguille sur le premier sillon… Attente. Un crash, un autre, un autre… et le miracle avait eu lieu :

It's been a hard day's night,
And I've been working like a dog…

Conde n'avait strictement rien compris aux paroles. Mais il avait immédiatement perçu que quelque chose le pénétrait, une osmose virale, irrémédiable, et il avait aussi été capable de voir comment son cousin ouvrait la bouche comme le trou du cul qu'il était (qu'il est toujours) et il avait pu observer Motivito, les yeux aussitôt humides d'émotion et d'extase esthétique.

C'est à cet instant précis, le soir de ce jour (*the day's night*) que, sans deviner encore la portée de ce qui était en train de lui arriver, mais en sachant que quelque chose de grand était en train de lui arriver, Mario Conde avait traversé une frontière qui rendait impossible tout retour en arrière, à jamais : le côté enchanté du miroir où l'avait transporté Motivito avec sa plaque gagnante contenant plusieurs chansons de l'album *A Hard Day's Night*, en l'an 1964, Année de l'Économie. Le territoire sacré des initiés. La terre qui avait été interdite par les décrets des illuminés, déterminés à forger des consciences supérieures, ces démiurges, ou leurs successeurs de service, qui en ce moment même se chargeaient d'annoncer, sans honte et en s'en réjouissant, avec tous les flonflons de rigueur, que les Rolling Stones seraient bientôt à La Havane pour y offrir un concert en cet étrange printemps cubain de 2016.

C'est pour cela que, plus de cinquante ans après avoir effectué ce voyage magique et mystérieux, alors que Mario Conde était déjà un vieux de merde, son cousin Juan Antonio un trou du cul de vioque, et que Motivito avait disparu de la mémoire de tout le monde (sauf de celle du gamin qui lui avait un jour prêté un tourne-disque et se demandait de temps en temps à quoi bordel avait bien pu ressembler la vie de Motivito), le Conde, ce souvenir dévoilé, proclama sa rébellion :

– Oui, Flaco, trop tard, répéta-t-il avant de vider le fond de son verre de rhum et de réclamer à son ami Carlos qu'il lui en serve un autre. Verse, verse ! Merde, tu le sais, toi, qu'on ne me laissait pas les écouter, ni eux ni les autres, quand je voulais les écouter, quand il fallait que je les écoute. Quand il n'y avait rien de plus important que les écouter. Et ce jour-là je n'aurais même pas écouté les Beatles si, chez moi, il n'y avait pas eu de tourne-disque et si mon cousin Juanito n'avait pas été camarade de classe de Motivito.

– Conde… tu sais combien de fois tu m'as raconté cette histoire de Motivito et de la plaque des Beatles ? Et le nombre de fois où tu l'as changée ? C'est pas Tomy Malacara qui avait apporté chez toi une plaque avec "Strawberry Fields"… ?

Conde fit d'abord non, puis oui de la tête. Oui, il était possible qu'il ait modifié quelque chose, parce que cette histoire lointaine avait connu des ajouts et des variantes au fil du temps. Et elle était devenue plus pleine et plus intense, plus urticante, quand dix ou quinze ans plus tôt, à une époque où beaucoup se comportaient comme s'ils n'avaient jamais connu d'interdictions et de censures, un sculpteur cubain connu, qui se consacrait entre autres tâches à créer des bronzes de personnages mémorables, avait coulé une statue de John Lennon qui avait été placée dans un parc de La Havane. Qui plus est en grande pompe : comme s'il ne s'était jamais rien passé avec Lennon, McCartney, Mick Jagger ou les Fogerty de Creedence (John ou Tom, peu importe, l'un d'eux était celui qui chantait comme un noir, ou comme Dieu).

Soudain (sans que personne ne bouge le moindre muscle du visage), l'un des Antéchrists des années débordant de promesses pour l'Économie, l'Agriculture et la Planification se retrouvait sanctifié en figure de la contre-culture, presque un bolchevique de la musique du XXe siècle, et Quelqu'un trouvait ça bien, et même très bien… Mais pas le Conde. Fidèle à ses rancunes, déterminé à ne pas s'autoriser un oubli pareil, il avait décidé depuis de ne jamais mettre les pieds dans le parc en question, car ce grand saint de bronze officialisé n'était pas le Lennon maudit des grandes découvertes effectuées à des époques de grande rigueur et même de planification et d'organisation de ce qu'avaient le droit d'écouter, ou pas, les jeunes comme lui.

– C'est vrai, vieux, je te l'ai racontée au moins deux mille fois… et oui, c'est vrai, il est possible que je la change ou que je confonde, mais c'est pas grave… Le pire, c'est que les Stones vont débarquer à Cuba, et tu sais quoi ? Vu où on en est, j'en ai rien à foutre, tout comme je me fiche de me barrer en Alaska… Ces rêves… et plein d'autres, ils me les ont foutus en l'air… Flaco, je suis désolé pour toi qui es à fond, mais moi je n'ai pas l'intention d'aller les voir. *I can't get no…* Maintenant ils peuvent se les foutre au cul, avec les guitares en plus.

Quelque chose était en train d'arriver, quelque chose qui désirait arriver, et La Havane petit à petit arrêtait de ressembler à La Havane. Ou plutôt, rectifia le Conde, la ville commençait à se rapprocher de ce que pouvait avoir de mieux La Havane, cette cité envoûtante, aux parfums, lumières, ténèbres et pestilences extrêmes, l'endroit du monde où il était né et où il lui avait été donné d'habiter durant ses soixante et quelques années de résidence terrestre.

On percevait comme une aura bénéfique palpable dans l'air. Peut-être un état de joie, d'espoirs, une atmosphère de changements ou du moins de désirs de changements, un besoin de retrouver la possibilité de rêver, après tant de nuits d'insomnie. Après de longues années de pénuries croissantes et de pertes de perspectives, les expectatives se mettaient à nouveau en mouvement, des projets naissaient, et les gens, tout épuisés qu'ils étaient, avaient envie de croire.

Conde n'avait pas trop d'efforts à faire pour constater les changements à l'œuvre tout autour de lui. À bord d'une Oldsmobile 1951 au moteur, à la peinture et à l'intérieur refaits devenue taxi sur le trajet entre son quartier périphérique et le Vedado, il suffisait au libraire d'écouter ses compagnons de voyage évoquer tout un tas de souhaits et de projets élaborés avec soin.

Le plan du passager à tête de cheval avec des colliers de *santería* autour du cou lui sembla technologiquement osé, puisqu'il se proposait de couper le toit de sa Chevrolet 1956 pour la transformer en décapotable et la louer à des touristes "yankees", ce sont ceux qui paient le mieux, assurait-il, et ils te refilent même d'énormes pourboires. Il trouva évidente la ténacité de la quadragénaire surmaquillée, qui commentait les bonnes affaires réalisées grâce à son dernier voyage au Panamá pour importer des piles triple A, des strings *calienticos*, ceux qui laissent les trois quarts du cul à l'air, et des cartons de faux ongles chinois avec de petits dessins, de ceux que portent toutes les filles aujourd'hui. Plus démoralisant, classique et réaliste, le projet du jeune ingénieur devenu barman dans un hôtel fréquenté par des étrangers qui était en train d'amasser un petit capital pour émigrer en Espagne, parce que même s'il est vrai qu'en ce moment c'est pas mal, ça se cassera la gueule d'ici peu, comme toujours, affirmait-il, tout en demandant au passage à la quadragénaire si elle portait elle-même l'un de ces *calienticos*, et la vicelarde lui répondait, ben oui, rouge et avec de la dentelle, en bonne fille de Chango, la divinité de la *santería*. Et plus utopique (jusqu'où est arrivée l'utopie) lui sembla l'aspiration du chauffeur, un noir avec des bras de docker qui, avec des billets de cinq, dix et vingt pesos pliés en longueur et glissés selon leur montant entre les doigts de la main gauche, conduisait avec seulement la droite cette machine à remonter le temps, plus à sa place dans une BD de *Dick Tracy* que dans l'année 2016 où ils vivaient. Et le type avouait qu'il travaillait douze heures par jour derrière ce volant, car l'Oldsmobile, en fait, appartenait à l'exploiteur capitaliste qu'était son beau-frère, mais lui aspirait à s'en acheter une plus ou moins pareille et alors, alors, à lui la belle vie ! Il chercherait un autre noir dans la merde comme lui pour travailler à sa place et lui rapporter cinq cents pesos par jour, pendant que lui, le noir chanceux, parvenu à l'échelon d'exploiteur capitaliste, resterait tranquillement chez lui à regarder les matchs de base-ball des Industriales et le Barça au foot, avec bien sûr une bière blonde dans une main et une vraie blonde en chair et en os dans l'autre, parce que comme vous le savez, les blondes adorent le chocolat bien épais et... Chimères, envies, espoirs...

Pourtant, dans les rues qu'ils parcouraient, où ondulaient déjà des drapeaux et se dressaient des panneaux annonçant l'imminent et historique Congrès du Parti (spécifier lequel est obsolète), et appelant déjà à la manifestation également historique du 1er Mai, jour des Travailleurs, Conde voyait pulluler des vieux aux sandales usées et aux regards mornes, à la recherche des misérables produits à la portée de leurs retraites, de plus en plus réduites par les coûts stratosphériques de la vie.

Des femmes aux embonpoints trompeurs, gavées de farine et de riz aux haricots noirs, moulées dans des lycras qui avaient du mal à contenir leurs masses flasques saturées de mauvais cholestérol, en quête acharnée du pain quotidien. Des jeunes aux tonsures bizarres, aux regards furibonds, aux mimiques exagérées de fans de reggaeton vivant de ce qu'ils trouvaient... Les innombrables habitants de la ville qui n'avaient pas trouvé leur place dans la queue des rêves. La part majoritaire dans laquelle il militait lui-même.

Depuis des années, le commerce de l'achat-vente de livres que Mario Conde avait pratiqué dès qu'il avait quitté son boulot d'enquêteur de police, presque trente ans plus tôt, s'était asséché, comme un arbre que l'on priverait de soleil et d'eau. La découverte, de plus en plus sporadique, d'une bibliothèque appétissante (la dernière alléchante avait été, presque un an plus tôt, celle du défunt écrivain X, vendue jusqu'à la dernière page par sa fille sans cœur, un lot qui comprenait des papiers qui avaient heurté la sensibilité de Conde) l'avait obligé à diversifier ses aires d'influence, et à présent il achetait de tout : fripes, matériel électrique hors d'usage, services de vaisselle incomplets, guitares sans chevilles... tout ce qu'il pouvait porter à son ami Barbarito Esmeril, qui était ensuite capable de revendre n'importe quoi, avec toujours un bénéfice. Ce travail de sangsue, qui l'épuisait physiquement et le dévastait moralement, suffisait à peine à lui maintenir la tête hors de l'eau, ce qui l'obligeait à accepter n'importe quel genre de mission, comme celle que, sans lui donner de détails, lui avait proposée son vieil ami Yoyi le Palomo, qui l'attendait dans les locaux de sa nouvelle affaire : un bar-restaurant destiné à une clientèle de touristes de passage, de nouveaux riches locaux et des immanquables, indispensables, serviables putains de la dernière promotion d'une industrie nationale qui avait été revitalisée par la crise fatale des années 1990.

Avec l'habileté commerciale et le pragmatisme que le Conde lui enviait, son ancien associé dans l'achat-vente de livres rares et bien cotés avait toujours su détecter les ouvertures du moment, et Yoyi était à présent propriétaire (en fait seulement co-) de cet endroit qui, d'après ce que savait Conde, était devenu un des lieux favoris de la clientèle argentée qui faisait aussi partie de la nouvelle démographie de la ville.

Depuis le trottoir d'en face, le Conde étudia les lieux : le néon, éteint à cette heure, annonçait clairement la couleur : LA DULCE VIDA. La vaste demeure, qui se trouvait dans un quartier autrefois aristocratique, témoignait de l'opulence dans laquelle avaient dû vivre ses anciens propriétaires, dans les années 1940, quand le bâtiment avait été construit. Un espace pour le jardin, un large portail, l'entrée pour les voitures, les hautes portes et les fenêtres avec des barreaux en fer forgé, les sols en marbre, les chapiteaux doriques qui détonnaient dans une structure plus proche de l'Art déco : l'éclectisme au service de l'exhibition du luxe.

Les propriétaires actuels de la grande maison étaient deux frères, médecins à la retraite, fils de combattants prolétaires qui avaient bénéficié, soixante ans plus tôt, de la confiscation de la demeure quand ses propriétaires d'origine avaient quitté l'île. Et aujourd'hui les deux médecins, récompensés par des pensions insuffisantes, survivaient grâce à la location de l'immeuble à Yoyi et son associé, l'Homme Invisible, fils de Quelqu'un avec du pouvoir et, par conséquent, obligé de rester dans de ridicules ténèbres entrepreneuriales : car, comme le Conde allait pouvoir très vite le constater, par sa présence presque quotidienne au bar de l'endroit, toujours collé à la pute de service et avec les consommations offertes, l'Homme Invisible était plus repérable qu'un éléphant peint en vert.

Les employés et les serveurs étaient déjà en train de préparer la salle pour le service du déjeuner, et l'un d'eux, à l'ombre du poster de *La Dolce Vita* où l'on voit Mastroianni mater la croupe splendide d'Anita Ekberg, lui indiqua où trouver le Man, qui était apparemment le nom qui leur servait à désigner le Palomo. Conde s'avança dans un hall au sol en damier qui ressemblait à une avenue et chercha le bureau situé juste en face de la cuisine, d'où s'échappaient déjà des effluves enveloppants de haricots noirs à point, des parfums de marinades pour le manioc et des arômes de fonds de sauce pour les viandes, toutes odeurs responsables de la rébellion immédiate des glandes et viscères du nouvel arrivant.

Derrière son laptop, Yoyi examinait quelque chose sur son écran.

– Entre, man, dit-il sans lever les yeux.

En silence, Conde étudia la pièce : elle ressemblait à un bureau typique où ne manquaient ni le calendrier ni le petit coffre-fort. Ses neurones, cependant, ne lui permirent pas d'en analyser beaucoup plus : le soulèvement gastrique continuait de le harceler. Yoyi referma alors son ordinateur portable et lui sourit :

– C'est quoi cette tête de con, man ?

– C'est la tête de quelqu'un qui a faim. Cette odeur me tue.

– T'as pas pris de petit-déj ?

– Un jus de chaussette allongé. Aujourd'hui, il ne me restait même pas un vieux bout de pain…

Yoyi sourit un peu plus et, en un geste habituel, bougea la main au poignet de laquelle il portait la montre avec un bracelet en or. Comme il commençait à se dégarnir, Yoyi, déjà quadragénaire, se rasait à présent le crâne, qui brillait comme une ampoule.

– On va régler ça, dit-il, avant de lancer : Participe Présent !

Conde haussa les sourcils. De la grammaire à cette heure-ci, alors qu'il était affamé ?

Un métis muni d'un tablier blanc immaculé passa la tête dans l'encadrement :

– Écoutant.

– Peux-tu, s'il te plaît, préparer un sandwich cubain double pour mon pote. Et un milk-shake de mamey, un vrai. Ensuite tu nous porteras une cafetière avec du bon café fraîchement moulu.

– Comprenant et y allant. – Au moment de sortir, il se retourna. – Monsieur mourant de faim, hein ? lança-t-il à Conde, qui n'eut pas besoin de demander la raison de son surnom.

– Mais tu vas les chercher où, Yoyi ? se sentit-il obligé de demander quand l'autre eut disparu dans la cuisine.

– Je n'ai pas à les chercher, ils sortent tout seuls de sous la terre… Tu n'as jamais entendu la chanson qui dit qu'à La Havane, ce ne sont pas les fous qui manquent ? Eh ben c'est vrai, man. Ici, presque tout le monde a un grain… Cent cinquante années de combat et soixante ans de blocus, ça fait un paquet d'années…

Conde hocha la tête. Lui-même se sentait à moitié dérangé.

– Et comment vont les affaires ?

Yoyi écarta les bras et le bréchet de sa poitrine de pigeon pointa en direction des yeux de son interlocuteur.

– Du tonnerre de Dieu, comme on dit en Galice… Avec la flopée de gringos qui débarquent à Cuba, je te dis pas comme ça marche, man. On est complets tous les soirs et il n'y a pas de meilleurs clients que les Américains.

– Oui, on m'a dit ça. Ils laissent même des pourboires…

– Oui, oui, ils paient sans discuter et après ils laissent dix, quinze et quelquefois vingt pour cent de pourboire… Tu crois qu'ils ont reçu une directive du Parti ? – Yoyi sourit, content de sa plaisanterie. – Pour nous pénétrer idéologiquement ? Oui, c'est sûrement un plan de la CIA et c'est Obama qui a fait passer la directive.

– Le black, il arrive quand ?

– Je ne sais pas, dans quelques jours… Tu imagines ce que ça va être, man ? Obama, les Rolling Stones, Chanel, les mecs de *Fast and Furious*… Une tripotée de gringos avec du fric et avec l'envie de le claquer. Même Rihanna et les sœurs Kardashian sont dans le coin…

– C'est qui, celles-là ?

Le crâne rasé de Yoyi brilla un peu plus.

– Comment ça ? Mais, mais… tu ne sais pas qui sont Rihanna et les Kardashian ? – Conde secoua la tête, en toute sincérité. – Je peux pas y croire, Rihanna elle est super canon et ces folles des Kardashian qui pensent qu'à se montrer à poil…

Conde secoua à nouveau la tête.

– Mais le sujet commence à m'intéresser. Et c'est quoi ton problème, alors ?

Yoyi jeta un coup d'œil dans le couloir qui était dans le dos de Conde et se passa un doigt sous le nez. Conde haussa des sourcils interrogateurs. Yoyi hocha la tête.

– Ne prononce pas le mot... mais là où il y a du fric, de l'alcool, des nanas, de la musique... il y a de la neige.

– Elle vient d'où ? Qui l'apporte ?

– Je ne sais pas d'où elle vient. Et je ne veux pas le savoir. Ça, c'est du ressort de la police ou des Comités de défense de la révolution, tu ne crois pas ? Mais ce sont des compatriotes qui la font circuler... neige, pilules, pétards. – Et il fit mine de tirer sur un cigare. – Il y a de tout, Conde, de tout. Et de plus en plus...

– Putain, murmura Conde. Quand j'étais flic, il n'y avait pas...

– Change de disque, man, je l'ai déjà écouté. Ça, c'était il y a mille ans. Aujourd'hui c'est un autre pays, et fais pas semblant de ne pas le savoir. Quand tu étais flic, il y avait combien de touristes à Cuba ? Cinq ! Un Bulgare, un Tchèque et trois frères soviétiques... C'est ce que je te disais, aujourd'hui il y a du fric et, derrière le fric, les problèmes. Je crois bien qu'il y a plus de putes que de feux rouges à La Havane... et des deux sexes, je voudrais pas faire de discrimination.

– Et tu sais si ce problème, il se pose ici pour toi ?

– Je n'en sais rien... je ne crois pas... mais je voudrais pas me faire choper avec ce genre de merde...

Conde ne résista pas plus longtemps et alluma une cigarette. Il s'était retenu de fumer en attendant le sandwich et le café, mais le tour pris par la conversation l'inquiétait. Même s'il savait qu'il vivait dans un monde différent et que, vu ses soixante ans passés, il était rempli de préjugés, de mauvaises expériences, de regrets et de conservatisme, le panorama dessiné par son ami, même s'il le connaissait et savait qu'il était en expansion, ne laissait pas de le troubler. Dans les derniers temps où il avait été dans la police, trente ans plus tôt, l'apparition d'une simple cigarette de marihuana avait déclenché l'alerte générale. Et même s'il ne pouvait nier que le monde dans lequel ils vivaient à présent valait à bien des égards mieux que l'état de surveillance, de paranoïa, de répression et de censure implacable sous lequel il avait gâché ses meilleures années, la dégradation en train de se répandre ne pouvait manquer de le troubler.

– Ce qui fait chier, c'est que s'ils détectent un truc bizarre ici, j'en prendrai plein la gueule et ils fermeront la boutique. Même l'Homme Invisible ne nous sortirait pas d'une merde pareille… Tu sais comment ça marche. Nous qui avons des commerces privés, ils nous mâchent mais ils ne nous avalent pas, ils nous ont constamment à l'œil… Mais moi, du coup, j'ai besoin d'un œil à qui faire confiance, man. Et je ne vois personne qui pourrait faire ça mieux que toi.

Conde fit non de la tête. Comme un réflexe. Non, il n'était pas fait pour des boulots pareils. Il comprenait de moins en moins les codes en vigueur et avait de plus en plus mal aux rotules.

– Excuse-moi, Yoyi, mais…

– Dix dollars par soir, plus un sandwich comme celui qu'on t'amène…

Conde sentit un choc qui s'amplifia quand Participe Présent posa sur le bureau, devant lui, une *baguette** (qui ressemblait à une authentique *baguette**) par les commissures de laquelle débordaient en proportions exagérées le fromage fondu, le jambon et une langue de couleur marron qui devait être un bifteck. Sans laisser à Conde le temps de reprendre son souffle, il posa à côté du sandwich la carafe avec le milk-shake de mamey et la cafetière fumante, au parfum de bon café, de café véritable.

– Dégustant, affirma le cuisinier participant au présent.

* Les mots en italique suivis d'un astérisque sont en français dans le texte. (*NdT*)

– En vous remerciant et en mangeant, répondit Mario Conde, qui sut à cet instant que les dés étaient jetés.

– Et tu commences quand ? demanda-t-elle.
– Ce soir, dit-il. J'y vais de ce pas.
– Tous les soirs ?
– Tous les soirs, confirma-t-il, et il n'osa pas lui dire que, plusieurs de ces soirs, il retournerait dormir chez lui pour apporter à son vieux chien, Basura II, les formidables restes de viande de bœuf, de porc et de poulet qu'il récupérerait sûrement à La Dulce Vida.

Tamara remonta la mèche de cheveux qui avait toujours, toujours tendance à retomber sur son visage, et Conde apprécia ce geste : il pouvait ainsi mieux voir ses yeux en amande, dont l'éclat humide et chaud était toujours un cadeau. À soixante ans, Tamara était encore une femme si belle que, trop souvent, Conde l'observait, fasciné, en se demandant une nouvelle fois comment il était possible que, durant la moitié de sa vie, il ait été le principal bénéficiaire de ce prodige génétique.

– En plus, ajouta-t-il, ça m'aidera à mieux supporter la période où tu seras là-bas... Combien de temps déjà ?
– Je ne sais pas, Mario. Arrête de me demander. Je t'ai déjà dit mille fois que je ne savais pas.

De la cuisine de Tamara, tout en buvant le café qu'elle venait de préparer, Conde pouvait apercevoir l'étendue verte du jardin de la maison, le gazon tondu, les arbres généreux. Tamara investissait dans l'entretien du petit terrain derrière et du jardin devant sa maison une partie des aides que, durant des années, elle avait reçues d'Italie, d'abord de sa sœur jumelle Aymara, mariée avec un Italien, augmentées ensuite des suppléments envoyés par son fils Rafael, lui aussi installé là-bas. Car, entre son salaire de dentiste et l'éternelle précarité financière de Conde, des dépenses pareilles auraient été inenvisageables. Et à présent Tamara, qui venait de prendre sa retraite (comme on se fait vieux !), prévoyait un nouveau séjour, à durée indéterminée, en Italie, chez sa sœur, son fils et un aimant potentiel âgé de deux ans : Raffaello, son petit-fils italien.

– Tu ne sais toujours pas quand ?

– Je dois récupérer mon visa vendredi et voir pour le billet… La semaine prochaine, j'aurai peut-être tout.

– Déjà ? Si vite ?

Tamara sourit.

– Comment ça, si vite, Mario ? Ça fait deux mois que je suis là-dedans, la retraite, le passeport, le visa, l'assurance médicale et je ne sais quoi encore. On dirait que je pars pour la Lune.

– Tu pars pour la Lune… un autre monde… très loin.

– Allez, n'en rajoute pas dans le drame, s'il te plaît.

Tamara tendit la main pour lui toucher la joue. Conde tirait la gueule, comme il savait si bien le faire. Mais elle décida de ne pas se laisser contaminer par les réactions de son amant. Conde était trop possessif, obstinément égoïste dans ses affects, et ne manquait pas de ressources pour exprimer ses demandes et les imposer aux autres. Tamara connaissait son petit jeu par cœur et elle décida que c'était le bon moment de l'attaquer sur ses points faibles. Sans cesser de lui caresser le visage, elle lui dit :

– Tu sais que je m'en vais mais que je vais revenir. Je n'ai pas l'intention de te quitter…

– Ça, je l'ai entendu dire souvent et après… loin des yeux loin du cœur.

– Moi, je ne suis pas comme ça, dit-elle, et Conde acquiesça. Je suis déjà partie et tu vois, je suis là…

– Cette fois, ce n'est pas pareil. Il n'y a plus ton travail qui t'attend. Et tu as un petit-fils… Tu vas rester là-bas très longtemps…

– Mais tu sais très bien aussi que Rafaelito t'a invité. Il veut que tu viennes avec moi pendant un temps. Si je tarde trop, c'est très simple, tu n'as qu'à venir me chercher…

– Je ne peux pas, Tamara.

– Tu ne peux pas ou ta fierté interdit que mon fils te paie un billet d'avion ?

Conde secoua la tête. Il préférait ne pas répondre. La fierté dont lui parlait Tamara pouvait être une arme offensive pour les autres et un sabre avec lequel lui-même se faisait régulièrement hara-kiri.

– Je refais du café ? – Il essaya de trouver la tangente lui permettant d'échapper au piège que, sans le vouloir, il avait lui-même mis en place.

– Oublie le café, dit-elle, presque dans un murmure, avant de se lever sans bouger la main de sa joue et de se pencher pour l'embrasser.

Conde savait reconnaître l'agression, cette façon de miner l'air de rien ses défenses, mais il ne pouvait rien contre ces attaques aussi malignes que désirables. Il sentit la pulpe des lèvres de Tamara, sa salive au goût indélébile de fruits mûrs, et il la saisit par les hanches, pour faire glisser ses mains vers les fesses encore fermes, toujours protubérantes : un vrai cul de noire, disait-il souvent. Le baiser se prolongea, s'approfondit, se fit vorace, et il sentit le réveil de ses impulsions, plus paresseuses avec le poids des ans, capables encore de répondre quand on le poussait dans ses retranchements avec les arguments adéquats… Et il se laissa vaincre par l'ennemi.

Le soir commençait à tomber quand il abandonna le lit. Il regarda de nouveau la nudité de Tamara et ne put s'empêcher de sentir le vertige du grand vide qu'allait lui laisser l'absence de cette femme, sa femme, quand il entendit la sonnerie du téléphone.

– Je décroche, dit-il, et, à poil, en se grattant une fesse, il s'approcha du téléphone posé sur le secrétaire disposé dans un angle de la pièce.

– Oui ? demanda-t-il.
– C'est toi ?
– C'est moi. Et donc toi, tu es toi ?
– … Bien sûr, merde, qui veux-tu que ce soit ?
– Et je peux savoir ce qui t'arrive à toi ?
Silence.
– Conde, merde !

Mario Conde sourit. Son vieux collègue Manuel Palacios, dont il avait reconnu la voix dès le début de l'échange, n'avait pas tellement le sens de l'humour. Et si tant est qu'il ait pu en avoir un jour, la râpe de trente ans de travail dans la police en avait emporté le dernier atome.

– Qu'est-ce qui t'arrive, Manolo ?

– Plein de choses… trop de choses… Je vais devenir fou. Il faut que je te parle… Je n'ai plus le choix… Oui, en fait, je suis déjà fou.

Conde sentit aussitôt la palpitation prémonitoire. Juste au-dessous du téton gauche. Comme une crampe, une décharge électrique.

– Vas-y… mais il faut que je te prévienne…
– Reynaldo Quevedo.
– Oui, j'ai entendu dire qu'il avait clamsé. Et je crois que personne ne le regrette vraiment.
– Sauf qu'il n'est pas juste mort.
– Il n'est pas mort ?
– Il l'est… mais oublie le regrettable accident dont on a parlé. L'accident, il a tout l'air d'avoir été provoqué… La vérité, c'est qu'on l'a tué. Et que ceux qui l'ont fait y sont allés de bon cœur. De très bon cœur.

La Nice des Amériques

Dans ce pays, qui se débarrasse de ses frustrations en nourrissant l'oubli, plus personne ne se souvient d'El Cosmopolita ni de tant d'autres choses perdues, effacées, excommuniées, certaines par le propre tourbillon du temps, d'autres par des volontés politiques calculatrices, beaucoup par notre tragique indolence tropicale.

Ce qui à l'aube du siècle avait été le café-restaurant le plus célèbre de la ville se trouvait au meilleur endroit de La Havane : en plein Paseo del Prado, face à l'esplanade du Parque Central et sur le Trottoir du Louvre, sous les arcades privilégiées des hôtels Telégrafo et Inglaterra, qui, avec le Plaza et le récemment construit Sevilla Biltmor, étaient les plus luxueux d'une capitale en effervescence, une cité qui grandissait et se modernisait à un rythme endiablé sous l'appellation prétentieuse de "La Nice des Amériques".

Comme tout bon provincial d'importation récente, ma connaissance de La Havane avait débuté par le très bien éclairé Paseo del Prado, un boulevard (réplique de la Rambla barcelonaise, ainsi qu'une personne plus au courant que moi me l'expliquerait) bordé de demeures bourgeoises, d'hôtels, de restaurants et de cafés à la mode, arpenté de haut en bas par des dames et des messieurs élégants, et sur lequel circulaient déjà les rutilantes Cadillac, Stutz, Ford, Chalmers et Hispano-Suiza, avec leurs carrosseries étincelantes et leurs moteurs nerveux.

Comme de bien entendu, j'avais été émerveillé par l'agitation frénétique de la rue Galiano, où les gens fortunés pouvaient dépenser leur argent dans les meilleurs commerces du pays, avec une préférence pour les luxueux – et aujourd'hui également disparus – Magasins El Encanto où on vendait de tout : de la dernière mode parisienne et des équipements électriques de la modernité (téléphones, ventilateurs, lampes, machines à coudre Singer, cuisinières avec des brûleurs) aux cuvettes sanitaires hygiéniques en faïence, arrivées par milliers sur l'île dans le sillage des troupes d'intervention américaines en 1898, mobilier sanitaire devenu le meilleur symbole du confort du siècle, de l'*american style*.

J'avais bien entendu également emprunté le tout nouvellement inauguré tramway de la Havana Electric Railway. Efficace et élégant, il assurait le service entre El Prado et la zone de développement urbain du Vedado (le nouveau *faubourg**, ainsi qu'on l'appelait pour que cela fasse plus chic), où s'édifiaient presque chaque jour de nouvelles demeures confortables entourées d'un jardin, dessinées par les meilleurs architectes, qui, pour chaque projet réalisé, se lançaient dans une sorte de compétition d'excentricité, de démesure, d'exhibitionnisme de la richesse. J'avais vu La Havane prospère, éblouissante, lancée dans la course à la modernité somptuaire, la cité acharnée à s'éloigner d'un passé colonial qui nous semblait obscur et primitif.

Cependant, cohabitant avec ce faste en plein essor qui concernait même la posture pour déféquer (sitôt arrivé à la capitale j'avais moi-même pu constater que s'asseoir sur une cuvette de toilettes n'est pas la même chose que pousser accroupi dans un cabinet), mes obligations professionnelles m'ont aussi fait rapidement toucher du doigt les entrailles fétides de cette même ville.

J'ai en effet connu, comme peu, ce recoin sordide où s'étalait, comme une obscure tache urbaine, le secteur de la partie ancienne de la ville où, dans une promiscuité dégradante, on partageait les douches, les latrines, les fourneaux et les misères. Le quartier qui, depuis toujours, avait abrité le secteur le moins favorisé de la cité : près du port et de ses dépendances, ses entrepôts, gargotes, tavernes, tripots et lupanars, ce recoin intra-muros avait été durant trois siècles le repaire des dockers, matelots, charpentiers de marine, mais aussi des escrocs, prostituées et proxénètes. S'étendant entre les terrains de ce qui allait être la nouvelle Gare centrale et le vieux Quai de Luz, ce n'est pas un hasard si ce quartier misérable abrite aussi la "zone de tolérance" de la capitale, censée officiellement être confinée dans le vieux quartier de San Isidro.

Inutile de dire que, dans mes premières explorations de la ville, j'avais souvent arpenté le très fréquenté Trottoir du Louvre et observé, alléché et plus provincial que jamais, l'atmosphère de bohème raffinée qui émanait du Cosmopolita, avec ses sols en marbre, ses lampes semblables à des araignées aux multiples ampoules, les meubles sombres en acajou de l'île, les nappes en lin, les serveurs élégants et impeccables qui s'affairaient au service des jeunes gens les plus élégants, des femmes les plus belles, des politiques les plus en vue de la ville. Je passais, je regardais, je calculais, jusqu'à ce soir de fin septembre 1909 ou, arrêtant de refaire sans cesse des calculs, j'ai pris la décision.

Après tant d'années j'ai encore la vision, comme s'il s'était agi de quelqu'un d'autre, de l'air déplorable du jeune homme timide et pauvre en train d'avancer, de regarder, de chercher, d'hésiter encore avant d'aller enfin s'installer à une table discrète du luxueux café. Je me rappelle comment l'étranger que j'étais fut content de constater que, de la chaise qu'il avait choisie, il pouvait observer devant lui l'esplanade du parc où depuis peu se dressait une statue en marbre du héros José Marti. Le jeune homme de cette époque, un homme simple et romantique qui croyait encore aux valeurs républicaines, à la justice et à d'autres utopies, était toujours content de contempler l'image idyllique du Prophète, de l'Apôtre, indiquant aux Cubains le chemin de la rédemption à venir. Un chemin de lumière, que, déjà à cette époque, nous avions égaré.

À peine étais-je installé qu'un groupe de jeunes fêtards bien habillés s'est approché du bar, j'ai su après que c'était ce qu'exigeaient les règles du bon goût, et a commandé à boire debout, sans occuper les banquettes. Je les ai entendus demander des *highballs* de whisky Canadian Club. Pareille aisance a déclenché en moi un mélange d'admiration et de jalousie, car je savais bien que, dans l'endroit le plus chic de la ville, mon aspect montrait de façon éclatante à quel point j'étais en ce lieu un parvenu, avec mon costume en toile bon marché, mon chapeau de paille ordinaire, mon parfum d'eau de Cologne bon marché et la possibilité de commander tout au plus un gin La Campana, le plus courant et le moins cher.

Comme si tout avait été prévu pour me surprendre, devant moi s'est déroulée au même moment la plus admirable démonstration d'habileté professionnelle d'un garçon de café cubain : après avoir fait glisser sur la table occupée par deux dames l'assiette avec le pain tout juste sorti du four, coupé en tranches toutes brillantes de beurre, le serveur a entrepris de verser, depuis les cruches en métal qu'il tenait à chaque main en les inclinant en même temps, le lait et le café, qui, sans qu'une goutte ne soit renversée et dans leur exacte proportion, ont rempli jusqu'à ras bord les tasses préalablement disposées.

C'est alors que, inquiet de voir le serveur s'approcher, j'ai fini par prendre la carte, glissée entre deux rabats brillants sentant encore le cuir.

– Ne fais pas ça, j'ai entendu une voix dire dans mon dos. Ici, ça ne se fait pas de regarder les prix.

Interpellé par la voix, je me suis retourné et je me suis sûrement demandé à quel moment le jeune homme qui m'offrait un petit sourire légèrement ironique, à l'effet magnétique incontestable, s'était installé à la table voisine. Incapable de prononcer un mot, je n'ai pu m'empêcher de l'examiner : il avait sur la tête un panama d'importation, de ceux qui pouvaient coûter jusqu'à deux cents dollars, et son costume en lin était d'un blanc éclatant. Une de ses mains, où étincelait la bague surmontée d'un brillant aussi imposant qu'un gros pois chiche, s'appuyait sur une canne au pommeau en argent, l'autre main tenant le fume-cigarette en or et ambre, d'où émanait l'arôme reconnaissable entre tous d'une cigarette égyptienne. Au côté du jeune homme, comme prête à être exposée dans une vitrine, se tenait une beauté de vingt ans avec une robe en soie couleur saumon, une authentique peau de renard sur les épaules et, sur la tête, une audacieuse capote en velours sombre d'où émergeait un panache blanc léger et dressé. Des brillants insolents, retenus par une fine chaîne en or ciselé, ornaient le cou de la splendide nymphe.

– Commande ce que tu voudras. Ici, tu trouveras toujours ce que tu veux, a poursuivi le jeune homme qui a accentué un peu son sourire et ajouté, pour que le charme opère à plein : – Surtout que… ne t'en fais pas, c'est moi qui invite.

À chaque fois que je reconstruis cette scène, je suis enclin à croire que cet instant précis et cette rencontre dont je crois toujours qu'elle était le fruit du hasard sont ce qui a déterminé mon destin. Plus j'y repense, plus je suis certain qu'à cet instant tout dépendait d'une décision : accepter ou pas l'invitation de cet homme qui souriait du sourire dont tout le monde disait qu'il était le plus beau de La Havane. Là était la question : entrer, ou passer au large. Presque sans réfléchir, comme subjugué, je suis entré.

– Un *highball* de whisky Canadian Club ? – C'était une question plus qu'un choix.

– Autant que ce soit un bon whisky, a dit le jeune homme en levant sa canne pour attirer l'attention des serveurs avant de me fixer à nouveau, de sourire à nouveau et de bien éclaircir des choses. Toutes les choses.
– Enchanté, Alberto Yarini, a-t-il dit en tendant la main baguée que j'ai aussitôt serrée.

– Enchanté, monsieur Yarini. Arturo Saborit Amargó, à votre service, ai-je dit avec une petite courbette à l'intention du jeune homme qui, entre autres mérites et faits d'armes, était le roi de la prostitution à La Havane.

Oui, plus personne ne se souvient aujourd'hui du Cosmopolita. Mais on parle toujours d'Alberto Yarini, comme s'il arpentait encore les rues de La Havane. À moins que cela ne soit le cas ?

Avez-vous la moindre idée de comment on vit en sachant, avec une précision scientifique perverse, le jour où le monde finira et où toi, bien entendu, tu partiras en fumée avec lui ? Avez-vous fait l'expérience de compter sur les doigts de la main les années, puis les mois, puis les semaines qui vous restent à vivre, toi et les autres ? Parce que l'arrivée de l'Apocalypse n'aurait pas pu avoir de date et de circonstances plus précises : elle devait avoir lieu le 11 avril 1910, entre quatre et cinq heures de l'après-midi, quand une boule de feu viendrait percuter la Terre. Vous la connaissez déjà : la comète de Halley.

Jamais, dans toute l'histoire de l'humanité, les gens n'avaient vécu aussi longtemps et avec autant d'informations dans l'attente des troubles célestes. Même en le voulant – et ce n'était pas mon cas –, tu ne pouvais pas te désintéresser des événements. Quotidiennement, les journaux parlaient des phases d'approche de la satanée comète ; dans les églises, encore plus bondées, les curés se servaient de l'aérolithe dans leurs sermons, car ils le considéraient comme un châtiment divin ; pendant ce temps, les astrologues, astronomes et philosophes, même les plus agnostiques parmi ceux que j'avais lus dans mon obsession, entraient dans la danse pour se retrouver eux aussi à faire le signe de croix – la comète arrivait et on n'y pouvait pas grand-chose, ou plutôt rien. Car si elle ne nous percutait pas de plein fouet, elle nous recouvrirait au moins du manteau brûlant de sa queue écarlate de gaz cyanogène, largement suffisant pour balayer la vie de la planète.

La comète de Halley était tous les jours au menu, non sans raison. La majorité des habitants de La Havane, trop bien habitués aux malheurs, prirent bien sûr la nouvelle de l'apocalypse comme ils avaient coutume de le faire pour tout événement. Dans un grand déploiement de passion, de désinvolture et de fatalisme. Et le délire se déclencha. Face à l'inévitable, beaucoup refusèrent de dépenser dans d'inutiles télescopes ou cartes de l'univers, et la majorité préféra les options les plus amusantes, comme acheter et consommer de l'alcool et des hallucinogènes, miser sur tout et n'importe quoi dans les tripots qui poussaient comme des champignons, danser à toute heure et sur n'importe quelle musique, et surtout, pardessus tout, forniquer comme des possédés. L'empire de l'extase et de la luxure s'empara de la ville. On vivait sous l'éruption de l'hédonisme, de la corruption et de l'urgence, et dans une ambiance de folie pareille, les gens reprenaient le slogan brutal que tous ceux qui le pouvaient, chaque fois qu'ils le pouvaient, mettaient en pratique : "On va baiser, le monde va exploser."

Je me suis plus d'une fois demandé si la proximité de la comète, l'influence de son magnétisme, la certitude que le monde s'achèverait, et nous tous avec lui, a influé sur certains de mes comportements et, en conséquence, sur certains tournants de mon destin. Et si ensuite, la foutue comète une fois passée sans même nous jeter un coup d'œil et la tension laissant la place au soulagement, et le soulagement à l'indolence la plus vile, le sentiment d'être un survivant m'a gagné, comme il a gagné tant de gens déjà paumés, corrompus, drogués, prostitués de mille façons, incapables de retrouver le cap de ce qu'auraient pu (ou non) être leurs existences.

Si je me pose ces questions et qu'en plus je retarde le moment d'aborder des sujets plus attrayants, c'est parce que la possibilité de rendre quelque chose ou quelqu'un coupable de ton sort (un exercice dont nous sommes spécialistes, nous les Cubains) est un doux réconfort.

Il me semble qu'avant d'aller plus loin, je dois vous avertir : philosophiquement parlant, je suis un éclectique ou un hétérodoxe, je ne sais pas bien, car cela fait déjà des années que je ne suis rien, ou alors un renégat, un pessimiste confirmé. Je crois encore en Dieu, mais pas en la vie après la mort, et cela me soulage énormément, parce que cela m'évite la condamnation éternelle que mes actes justifieraient.

Je suis originaire de la belle ville de Cienfuegos, dans la province de Las Villas, où je suis né en l'an 1886. J'ai grandi au sein d'une famille modeste, catholique et patriote. Mon père était instituteur et l'un de mes oncles bibliothécaire du lycée de la ville, et je leur dois mon instruction et mon goût pour la lecture. En 1907, à l'âge de vingt ans, après l'obtention de mon baccalauréat et grâce aux relations de mon autre oncle, le colonel de l'Armée libératrice Ambrosio Amargó, je suis entré dans la police locale. Non que j'aie eu pour plan de devenir un agent des forces de l'ordre, même si à une époque j'ai pu être un fervent partisan de l'ordre, mais parce que, dans la Cuba d'alors, il n'y avait pas beaucoup de choix. Si j'avais pu, j'aurais aimé être ingénieur : j'adorais construire des choses. Des ponts, surtout des ponts... Mais la générosité de mon oncle, l'homme fort de la famille, ne pouvait aller jusqu'à m'entretenir le temps de mes études universitaires. Sa doctrine existentielle était plus concrète : je te pousse, et toi tu cours.

En 1908, poussé donc par cet oncle – un héros de guerre pour qui, comme pour d'autres visionnaires malins, tout allait bien dans le bordel de l'après-guerre et de la fondation de la République – et déjà membre de la police, je suis venu à La Havane, affecté au poste de police de la tranquille bourgade voisine de Marianao qui était alors un lieu plus rural qu'urbain. Car d'après l'oncle Ambrosio, si tu voulais être quelque chose dans ce pays, l'endroit pour y arriver c'était La Havane.

Une fois dans la capitale, compte tenu de mon niveau d'instruction et de mon goût pour la discipline (sans compter un autre coup de main de mon oncle, toujours mon oncle), j'ai connu une promotion rapide jusqu'au grade de lieutenant et, dans le courant de l'année 1909, à la fin de la seconde et terrible intervention des Américains, j'ai été muté en récompense de mes hypothétiques états de service au poste torride de la rue Paula, au cœur même de la vieille Havane, un endroit où, m'a-t-on prévenu, j'allais avoir beaucoup de travail, des possibilités de promotion et d'infinies opportunités de me remplir les poches.

À mon nouveau poste, les responsables de la municipalité m'ont chargé de la répression des formes de vice punies par la loi : la prostitution illégale, les jeux de hasard prohibés, le trafic de substances narcotiques… Mais à La Havane, tout ce qui est illégal a un espace légal et j'ai rapidement découvert que c'étaient les détenteurs de l'autorité, et non les lois, qui étaient chargés de délimiter les frontières. Et ce pouvoir d'arbitrage était une mine d'or dans laquelle je n'ai pas tardé à constater que mes collègues puisaient leur part, depuis le simple planton de quartier jusqu'au chef provincial, avec l'épouvantable circonstance aggravante que, parfois, ces mêmes fonctionnaires contrôlaient certaines des activités délictuelles.

Quinze jours m'ont suffi pour voir clairement qu'être policier dans un lieu officiellement contrôlé par les commandants d'une armée d'occupation, mais dans les faits parfaitement laissé à lui-même, pouvait devenir un jeu qui n'avait que deux issues : ou accepter de se corrompre pour participer à l'orgie, ou prendre au sérieux sa mission et subir les conséquences de se retrouver à nager à contre-courant et... après t'y être épuisé, constater que tu n'as qu'à peine avancé ou, pire, que tu es un pestiféré échoué sur le rivage. En raison de mes convictions d'alors, depuis mon entrée dans les forces de l'ordre, je m'étais promis de résister aux tentations et de faire mon travail de façon consciencieuse et honorable. Il fallait bien que quelqu'un croie à quelque chose, et je croyais encore à la décence et à l'honnêteté, même dans un monde qui, d'après tous les augures, approchait de sa fin.

Un an après cette rencontre avec Alberto Yarini au Cosmopolita, quand personne ne parlait plus de la comète, je peux dire que j'étais quelqu'un à La Havane. Car, en quelques mois, j'étais devenu un ami proche, et même un compagnon politique de ce même Alberto Yarini, et j'avais été promu inspecteur, en récompense de mes efforts pour résoudre deux horribles crimes qui avaient beaucoup perturbé la vie de la capitale. Ce sont ces trois conditions (ami, compagnon politique et officier de police reconnu) qui, la funeste nuit du 21 novembre 1910, ont fait que je me suis retrouvé dans un endroit où je ne devais pas être, où je n'aurais pas dû être et où j'ai assassiné un homme.

2

Mario Conde n'arrivait pas à se souvenir de la dernière fois où il avait entendu parler de Reynaldo Quevedo. Il aurait pu même se dire, si jamais une idée en lien avec cet homme avait traversé son esprit, que très peu de gens sur l'île ne devaient ni ne voulaient se souvenir du répugnant Reynaldo Quevedo. Mais la pratique, critère suprême de la vérité – comme on le dit vulgairement –, faisait à nouveau la preuve que la mémoire est souvent plus têtue que ce que l'on croit, et tout semblait indiquer que quelqu'un s'était bel et bien souvenu, et beaucoup, de l'Abominable.

– Donc, on l'a tué.

– On dirait, plus ou moins, dit le lieutenant-colonel Manuel Palacios.

– Plus ou moins ?... Bon, je ne devrais pas dire que ça me réjouit... mais... non, rien, rien, il vaut mieux que je me taise. Même si c'est vrai, entre toi et moi... c'est vrai que ça me réjouit... Tu as une idée de pourquoi on l'a buté, plus ou moins ?

– J'en ai quelques-unes, soupira le policier.

– Moi aussi, renchérit Conde. Une idée.

Reynaldo Quevedo, ou Quevedo tout court, comme il était connu, avait été dans les sombres années 1970 l'incarnation du Mal pour les milieux artistiques du pays. Poète médiocre, détenteur d'un grade militaire subalterne, il appartenait au secteur des intransigeants politiques et à la horde des malades de haine dévorante engendrée par l'envie et le fondamentalisme dont les effets sont décuplés dès qu'ils sont sur le piédestal du pouvoir. Stalinien convaincu, à la personnalité trouble et fuyante, il avait été choisi en raison de sa vocation d'inquisiteur et peut-être d'une méchanceté génétiquement codifiée pour être la tête dirigeante du processus de persécution, harcèlement et marginalisation subi par un trop grand nombre d'écrivains et d'artistes cubains durant les années où il avait exercé son règne pesant. Parmi ses victimes, de toutes les couleurs et de tous poids, on retrouve des noms tels que ceux aujourd'hui à nouveau célébrés de José Lezama Lima et Virgilio Piñera, et aussi quelques irréductibles comme l'homme de théâtre Alberto Marqués.

Grâce à Marqués, vieil ami aujourd'hui décédé de Mario Conde, celui qui était alors lieutenant enquêteur avait obtenu des années auparavant un portrait très complet du furieux répresseur : c'est le démon, avec des yeux de reptile, lui avait affirmé Marqués, et la haine acide qu'il distille se condense en une crème blanchâtre à la commissure des lèvres, disait-il. Ce tordu avait été le chien de chasse, le porte-drapeau de la pureté idéologique, auquel les autorités du pays avaient conféré les pleins pouvoirs pour décider du destin des habitants de la République cubaine des Arts.

Et avec toute l'intransigeance, l'aversion, la méchanceté et le ressentiment auxquels il devait son omnipotence, et toujours au nom de la nécessaire purge idéologique, politique, sociale et même sexuelle qu'exigeait le monde heureux habité par l'Homme Nouveau, Quevedo s'était consacré durant des années à détruire des vies et des projets, à empoisonner la terre de la création en y jetant du sel, à brûler les hérétiques sur ses bûchers politiques, tout en promouvant une poésie, un théâtre, des arts plastiques d'urgence, presque toujours aussi opportunistes que lamentables, soi-disant ou supposément prolétaires, qui s'érigeaient comme l'art révolutionnaire de la Révolution, dans et pour la Révolution. Comme le réclamaient les discours, comme le stipulaient les textes, comme l'exigeait la philosophie en pratique.

Tout ce douloureux processus s'était déroulé dans des années dont, pourtant, Conde se souvenait comme de jours heureux : il finissait le lycée et c'était là qu'il avait connu ses plus vieux amis et les plus chers – le Flaco Carlos, Andrés, le Conejo, Candito le Rojo –, ses amours les plus durables – ah, Tamara la jumelle –, une étape d'innocence compacte durant laquelle ils avaient tous été habités par des rêves et des espoirs, ils avaient accumulé des promesses d'avenir, l'époque où ce même Mario Conde avait ressenti les premiers symptômes de son inclination pour la littérature, tandis que, sans qu'il en soit conscient, autour de lui s'imposait le dogmatisme et, avec lui, la marginalisation et l'humiliation. Et, surtout, la peur. La peur que, si tu étais ne serait-ce que montré du doigt, tu pouvais cesser d'être, tu ne pourrais plus jamais faire… Pour de nombreux artistes, cette époque était le symbole d'un enfer où ils avaient été jetés jusqu'à nouvel ordre – jusqu'à un signal d'apaisement qui, pour certains, comme Lezama Lima et Piñera, n'était jamais venu du temps de leur vie dans le Royaume de ce monde. Des temps et des politiques si infâmes que, peut-être même par décret, Quelqu'un par la suite avait décidé de les dissimuler sous des couches d'oubli, de silence, de regards détournés. Même si, apparemment, tout le monde n'avait pas oublié, comme le montrait l'information que Mario Conde entendait de la bouche de son ancien collègue, qui venait d'avoir une promotion pour ancienneté et états de service.

– C'est la femme qui s'occupait du ménage, de la cuisine et du linge qui l'a trouvé, précisa le flambant neuf lieutenant-colonel Palacios.

– Le camarade commissaire avait une bonne ?

– Laisse-moi parler, merde, tu mettras ton grain de sel après… La femme en question, elle s'appelle Aurora, l'a trouvé dans le salon de l'appartement, poursuivit-il, et, depuis le banc qu'ils occupaient dans le petit parc triangulaire sans arbre de la rue Línea, Manolo indiqua l'immeuble bordant le Malecón, l'un des plus élégants gratte-ciel de la ville. La révélation du lieu privilégié où avait vécu (et, à présent, était mort) l'Abominable manqua de déclencher un nouveau commentaire du Conde. Tout indique qu'il a été tué la veille au soir... avant-hier soir. La mort a été causée par un choc violent à l'occiput, apparemment provoqué par une chute, parce qu'on a retrouvé des cheveux et des lambeaux de peau sur le dessus en marbre d'une table basse. On pense qu'il a été poussé et... là, ça se complique. On lui a coupé le pénis et trois phalanges de la main droite. Le pénis avec un couteau provenant de sa propre cuisine, les doigts avec un sécateur ou un outil dans le genre qu'on n'a pas retrouvé. Et ils ont laissé sur place tous les morceaux. Et jusqu'à maintenant aucune empreinte utilisable...

– Donc l'assassin ou les assassins n'avaient pas amené ce couteau... Le mutiler a peut-être été une décision prise au dernier moment. Et s'ils ont tout laissé sur place, ça n'a rien à voir avec le fait d'emporter un trophée...

– On est bien d'accord. Je pense même que la mort a pu être accidentelle. Il y a une trace de ses chaussures sur le sol, comme s'il avait glissé.

– Bon. Cela peut entériner le "regrettable accident"... Mais cela peut aussi être dû au fait qu'on l'a poussé, tempéra le Conde. Et ils ont emporté quelque chose?

– C'est important et ça complique l'affaire... Ils ont emporté plusieurs tableaux, des peintures. Il s'est peut-être agi d'un vol qui a mal tourné, une poussée ou une glissade, et ensuite une mise en scène avec la mutilation pour brouiller les pistes. Ou bien, au contraire, un meurtre soigneusement prémédité, mutilation comprise, et le vol pour brouiller les pistes ou pour un bénéfice additionnel.

Conde hocha la tête, sortit une cigarette et machinalement en offrit une à Manolo. Le policier hésita, finit par accepter, et tous deux allumèrent leurs clopes.

– Tu sais que je ne fume plus et que je ne bois plus ? C'est mon ulcère… Je le fais seulement quand je te vois. Merde, Conde, tu es mon démon personnel.

– Mais c'est toi qui viens me chercher, collègue… Moi, j'étais bien peinard… Bon, n'oublie pas que la mutilation peut avoir un sens.

– Mais vol et mutilation, ça ne va pas très bien ensemble…

– Qu'est-ce qu'ils ont pris d'autre ?

Manolo chercha un petit carnet dans sa veste d'uniforme de haut gradé.

– En l'état actuel, nous sommes seulement au courant pour quelques tableaux… Des toiles… Deux nus de Servando Cabrera, une tête de Martí par Raúl Martínez, une huile de Milián. D'après la fille de Quevedo, ça valait très cher… Mais je ne sais pas combien ça fait, très cher.

Conde ne put s'empêcher de sourire, avec toute l'amertume que cette affaire méritait.

– Putain, Manolo… ce sont des œuvres des peintres qu'il a poursuivis, censurés, dont il a foutu l'existence en l'air.

– De quoi tu me parles, Conde ?

– Je te parle des gens que Quevedo a réprimés et dont il a profité je ne sais pas comment. Et je dis que ces tableaux, surtout si ce sont des toiles, peuvent valoir un sacré paquet… Quel salopard.

– Je ne savais pas…

– Beaucoup de gens ne savent pas, mon pote. Toute cette histoire a été enterrée…

– Bon, en fait je savais quelque chose… C'est pour ça que je t'ai appelé.

– Et vous avez quelqu'un en ligne de mire ?

Manolo remit le carnet dans sa poche et regarda en direction du gratte-ciel.

– Non… et c'est là que ça se complique encore. D'après sa fille et cette dame, Aurora, Quevedo ne recevait jamais de visite. Et même la fille ne venait pas souvent, souligna Manolo en montrant le haut de la tour. Et le portier d'en bas n'est d'aucun secours. Au deuxième étage il y a des sociétés commerciales, au quatrième une agence de voyages qui vend des billets pour Miami. Imagine, aux heures de bureau, on entre et on sort comme dans un moulin… Ah oui, et la caméra de surveillance qu'ils ont là-bas, elle ne marche pas…

Conde hocha la tête.

– Tu sais quoi ? À une époque, je crois que plein de gens auraient eu envie de tuer ce mec. Parce que c'était un salopard… Mais beaucoup de ceux qu'il a enculés sont morts ou ont dans les quatre-vingts berges. Il avait quel âge, lui ?

– Quatre-vingt-six… Il s'était remis d'un cancer et d'un AVC.

– J'ai toujours pensé que le seul moyen d'en finir avec les rats, c'est de les exterminer, putain de merde. – À cet instant, Conde ressentit la piqûre de l'une de ses prémonitions ; juste au-dessous du téton gauche, pile à l'endroit qui montrait que ce n'était pas une fausse alerte. – Et à part me parler de ce qui est arrivé à ce type et me demander de te raconter qui c'était, qu'est-ce que tu attends de moi au juste, Manolo ? C'est bien ce que je pense ? Allez, ne louche pas, crache le morceau…

– Bon… je me disais que, comme tu n'es pas trop occupé, mon vieux, je…

– D'où tu tiens ça? En ce moment je bosse… et j'écris. Ou j'essaye…

– Essayer, tu fais que ça, essayer, Conde… À moi tu la fais pas.

– Mais là, c'est sérieux… Je suis tombé sur des papiers qui parlent de Yarini…

– Le mac ?

– Yarini, le seul et unique, celui que tout le monde connaît… Je suis plongé là-dedans, en ce moment l'histoire bloque un peu et…

– Putain, Conde, l'interrompit Manolo qui, pour la énième fois, écoutait Conde parler de ses projets littéraires éternellement repoussés. Il devait le croire, cette fois ? – Écoute, du temps pour écrire, tu en auras toujours… ou pas. Mais là, j'ai besoin que tu m'aides à résoudre ce bordel. En fait, je crois que c'est une histoire montée exprès pour toi. Si ça se trouve, tu pourras même l'écrire après…

Du haut de ce vingt-cinquième étage, on avait la vision la plus révélatrice, et aussi belle qu'angoissante, de l'insularité : la ligne sombre de l'avenue du Malecón, le serpent gris du parapet protégeant la ville des assauts de la mer, les rochers saillants sur plusieurs parties de la côte et puis, écrasante, comme un défi, l'étendue de l'océan, visible jusqu'au point où la planète, qui paraissait bel et bien ronde pour de vrai, initiait la courbe de sa descente vers les autres mondes. La maudite circonstance de l'eau de toutes parts dont avait parlé Virgilio Piñera, le maudit, anticonformiste marginalisé jusqu'à l'ostracisme le plus total et la mort misérable à laquelle l'avait poussé ce même homme qui avait vécu dans ces hauteurs privilégiées.

Conde se rappela que deux ans plus tôt, dans un immeuble proche, il avait eu la possibilité de voir les limites de l'île depuis une perspective semblable. Et il se rappela qu'alors l'évidence de l'enfermement lui avait semblé douloureuse. Là, en revanche, elle lui semblait mortifère, et même si les portes du pays essayaient de s'ouvrir, il soupçonnait que, en réalité, il s'agissait seulement, une fois encore, d'une illusion, du songe de Calderón de la Barca.

Manolo avait fini par expliquer à l'ancien lieutenant la véritable raison de sa demande. Lui-même ainsi que quatre-vingt-dix pour cent des officiers, sous-officiers et soldats de leur corps étaient mobilisés et déployés en prévision des événements qui devaient perturber la dynamique de la ville dans les prochains jours. Visite du président Obama, concert des Stones, défilé Chanel, débarquement de personnes en tout genre et très en vue (comment s'appelaient déjà celles qui montrent leurs seins et leurs culs ? se demanda Conde). Il s'agissait, en premier lieu et comme n'importe qui pouvait l'imaginer, d'une question de sécurité. Et même si tout le monde savait que Cuba était l'endroit le plus sûr pour un voyage du président américain, toutes les précautions s'avéraient nécessaires, à plus forte raison avec l'agenda prévu par Obama, un programme intensif qui comprenait, si ça c'était pas de la folie, un dîner dans un restaurant privé de Centro Habana, plusieurs rencontres avec des gens n'appartenant pas au gouvernement, et même la présence à un match de base-ball dans le grand stade de La Havane.

– Il veut manger dans un *paladar* de la rue San Rafael… Tu te rends compte de ce que sécuriser la moitié de Centro Habana veut dire ? Avec les cinq habitants au mètre carré qui y vivent ! Et le stade du Cerro ? Tu t'imagines le boulot que ça représente de connaître l'identité de chacune des cinquante mille personnes qui seront à l'intérieur en faisant semblant de regarder un match de base-ball ? se plaignit le policier.

– Pourquoi, ce ne seront pas ceux qui vont d'habitude au stade ? dit Conde pour l'asticoter un peu.

– Ne me cherche pas… tu sais très bien que, quand il y a d'autres choses en jeu que le match de base-ball, ça ne se passe jamais comme ça. Ça va être retransmis sur écran dans le monde entier. L'entrée se fera sur invitation avec un public choisi… Cinquante mille personnes choisies, mon pote, de préférence et en majorité des militants.

Car ce qui était le plus redouté n'était pas un improbable attentat, un acte à la prévention duquel travaillaient ensemble, comme des âmes sœurs, les membres de la sécurité nationale des États-Unis et les services de la contre-intelligence et des forces spéciales cubaines. Ce que devaient éviter à tout prix les policiers cubains, c'était une manifestation, préparée ou spontanée, d'éventuels protestataires, provocateurs ou même de gens payés pour monter un show anti-gouvernemental sous le nez du président américain. Ou pendant le concert des Rolling Stones. Ou le soir du défilé Chanel. Ou n'importe quel jour, n'importe où. Les gens commençaient à croire des choses, à vouloir des choses, à parler de choses… et ils ne l'ignoraient pas.

– Il n'y a plus un policier libre, Conde, plus un seul… Même les excités des brigades de contre-manifestations rapides et de dénonciations patriotiques sont plus ou moins mobilisés. Tu n'imagines pas la pression qu'on nous met… Et c'est juste le moment choisi par quelqu'un pour buter ce type.

– J'ai une idée, politiquement très incorrecte…

– Ne la dis pas, alors.

– Ne limite pas ma liberté d'expression, mon vieux… Mieux vaut tard que jamais, c'est ce que je voulais dire. Je parle de Quevedo, bien sûr, ajouta Conde, comme s'il s'adressait à un microphone installé dans un lustre art nouveau. Un Tiffany dans une entrée ? Mais d'où sort cette merveille ? Ce Tiffany, combien ça peut valoir ?

– Conde, tu as déjà plus de soixante ans, tu es un vieux de merde, comme tu le revendiques toi-même… Quand est-ce que tu vas te décider à changer ?

– Mais j'ai beaucoup changé, Manolo. Encore que, pas tant que ça, pas tant que ça... OK, OK, montre-moi un peu tout ça. Je regarde, je réfléchis, et je vois si je peux faire quelque chose pour toi. Le problème, c'est que...

– C'est que quoi ? demanda Manolo à son ancien collègue qui gardait le silence.

– C'est que si je découvre que celui qui l'a tué est quelqu'un que j'aime bien...

– Merde, c'est vrai que tu ne changeras jamais... Allez, on y va, entre.

Conde n'avait jamais visité aucun de ces appartements, considérés par beaucoup comme les mieux situés de toute la ville. Ceux des étages supérieurs étaient, en tout cas, les plus proches du ciel de tout le pays. Le seuil franchi, on accédait à un long salon, fermé aux deux extrémités par des baies vitrées qui offraient, au nord, une vue panoramique sur la mer, et, au sud, le plan quadrillé de la ville. Les meubles, en bois précieux, de style traditionnel cubain, étaient recouverts d'une patine grisâtre, sans doute à cause de l'inévitable salpêtre flottant dans l'air. Les murs des deux côtés, avec des portes donnant sur les pièces intérieures – alcôves, salles de bains, dressings –, étaient encore ornés de plusieurs œuvres d'art entre lesquelles on remarquait la trace décolorée de deux pièces manquantes. D'un coup d'œil aux œuvres qui restaient, Conde identifia une aquarelle colorée d'Amelia Peláez, un Portocarrero bigarré et, côté salle à manger, il fut attiré par une marine très chargée et lumineuse dont il ne put reconnaître l'auteur.

– Ils ont laissé des trucs qui valent aussi très cher. S'ils étaient là pour voler...

– C'est vrai, mais ils ont peut-être dû repartir en vitesse, fit remarquer le lieutenant-colonel Palacios.

– Merde, mais comment ce salopard a fait pour avoir tout ça ? Et pour vivre dans cet appartement ?

– Sur les œuvres, la fille sait des choses, mais surtout le petit-fils. Je crois que lui aussi est peintre… L'appartement, on le lui a donné en 1972. Le propriétaire d'origine est mort, le reste de la famille avait quitté Cuba, et c'est comme ça que ton ami est arrivé…

– Toujours la même histoire. Récompense pour services rendus, conclut Conde. Pendant qu'ils se partageaient entre eux le gâteau, à nous ils demandaient plus de sacrifices, plus de pureté… Cette histoire me rend malade, Manolo, malade…

– Fais gaffe à ce que tu dis… Un de ces jours, je vais être obligé de te coffrer, Conde.

– Ou de m'envoyer les camarades aguerris d'une brigade d'intervention rapide pour qu'ils m'organisent une dénonciation patriotique.

– Oui, ce serait encore mieux. – Manolo fut obligé de sourire. Il n'était pas de taille à lutter contre la verve de son ex-supérieur.

Au beau milieu de la première partie du salon se trouvait la table basse, avec ses pieds en bois massif et son plateau en marbre, sous laquelle on pouvait encore voir la tache de sang séché. Une bâche verte, couleur hôpital, recouvrait l'espace adjacent, entre deux fauteuils avec des dossiers et des assises en osier. Avec les précautions nécessaires, Manolo souleva la toile qui, au grand soulagement de Conde, ne recouvrait pas les doigts et le pénis du défunt.

– C'est là qu'on voit la trace de la glissade. Il a été prouvé qu'il s'agit bien des chaussures de Quevedo. Tu vois ? La trace indique que, lorsqu'il a perdu l'équilibre, le pied est allé vers l'avant et, bien entendu, le reste du corps vers l'arrière.

Conde hocha la tête.

– Il peut t'arriver un truc comme ça si tu recules brusquement… Mais tout aussi bien si on te pousse… L'histoire du vol est concevable. Ce qui déconne, c'est la mutilation… Et tu m'as parlé de quatre tableaux, mais ici il n'en manque que deux.

– Les autres étaient dans le bureau. Viens. D'après sa fille, c'étaient ceux que le défunt préférait.

– Tu sais que ce mec prétendait être poète ?

– Je l'ai entendu dire, répondit Manolo. Il était bon ou mauvais ?

– Aucune idée… Très mauvais je suppose. Mais, de toute façon, plutôt crever que lire quelque chose de lui.

Conde suivit l'officier dans un couloir qui menait à deux chambres auxquelles il jeta juste un coup d'œil, avec des lits impeccablement faits, pour arriver à la pièce qui devait mesurer six mètres sur six et avait été transformée en un vaste espace de travail.

Le centre de la pièce était occupé par le bureau, un meuble sombre, solide, de style peut-être identifiable, recouvert d'une plaque de verre. Sur le plateau, un ordinateur, avec son écran et son clavier.

– L'assassin est venu là, prévint Manolo.

Le mur du fond comportait une autre baie vitrée au travers de laquelle on distinguait l'avenue et le mur du Malecón, qui s'allongeait vers l'ouest, à la recherche de l'embouchure du fleuve Almendares. L'un des murs latéraux était occupé par une bibliothèque avec des livres parmi lesquels Conde remarqua quelques exemplaires intéressants entre des collections de Marx, Lénine, Che Guevara. Et Staline!… Sur le mur opposé, deux espaces vides, comme des ombres décolorées, trahissaient l'absence des œuvres qui avaient été décrochées. Plus loin étaient suspendues deux œuvres abstraites un peu constructivistes, sans signature, et, près de la baie vitrée, comme mis de côté, un dessin d'un peintre cubain dont parlaient beaucoup les médias officiels. L'œuvre était dédicacée "Pour l'ami Reynaldo Quevedo" et datée de 1990, quand l'Abominable était depuis plusieurs années déjà éloigné du pouvoir. Mais quel genre d'artiste, pensa Conde, pouvait être ami de Quevedo au point de lui offrir une de ses œuvres ?

En faisant le tour de la table de travail, Conde vit que les tiroirs avaient été retirés et renversés sur le sol qui était parsemé de papiers, de bloc-notes, de trombones, de crayons, de stylos.

– Ils cherchaient quelque chose à cet endroit… De l'argent ? demanda Conde.

– C'est possible. Mais l'argent, il ne le gardait pas là.

– Qu'est-ce qu'ils ont pris d'autre, alors ?

– Nous ne savons pas. Le petit-fils et Aurora doivent dresser l'inventaire, mais nous ne pouvions pas les laisser entrer avant que les techniciens aient fini leur boulot. Apparemment, il ne manque rien d'autre. Ils n'ont pas fouillé les chambres…

– Il avait de l'argent, des bijoux ? S'il avait mis la main sur toutes ces œuvres, il a pu rafler d'autres trucs… Tu te souviens du bouddha en or de Miguel Forcade ? Du tableau de Matisse de Gómez de la Peña ? Ces sangsues ramassaient tout pendant qu'on nous vendait des chaussures en plastique en nous demandant toujours plus de sacrifices…

– Je me souviens. Mais comme je te l'ai dit, il semble qu'ils n'ont rien emporté d'autre, sauf s'il manque quelque chose qu'il rangeait dans ces tiroirs qu'ils ont fouillés. Le gros du fric, c'était le petit-fils qui s'en occupait, Omar, je crois qu'il s'appelle. Non, Osmar…

– Et la fille et les autres, ils sont où ?

– En ce moment, au cimetière. À l'enterrement. C'est pour ça que je t'ai demandé de venir maintenant, pour qu'on soit tranquilles. Demain on les laissera entrer, assura le policier.

– C'était quoi, le fric géré par le petit-fils ?

– Celui des œuvres qu'ils vendaient… Je ne sais ni lesquelles ni pour quelle somme. Ça aussi, il faut qu'on le tire au clair. Peut-être que l'acheteur de l'un des tableaux était au courant des autres pièces qu'il avait.

– Oui. – Conde garda un long silence. Il regarda le ruban sombre de l'asphalte et la surface de la mer. Ses neurones policiers avaient commencé à s'activer. Il savait qu'il devait se méfier de ses préjugés, prémonitions, inspirations, et se consacrer d'abord à la routine de l'enquête. Fixer des règles, trouver des motifs, recouper les informations. Il se souvint de son chef à l'époque où il avait été lieutenant, le major Antonio Rangel, qu'il n'était pas allé voir depuis des mois. Pauvre vieux. – Et les tableaux, comment ils les ont emportés ?

– Ils ont pris les toiles. Ils ont laissé les cadres vides dans la cuisine.

– J'imagine que vous avez relevé les empreintes.

– Oui, on est train de les comparer avec celles de la famille et d'Aurora... Mais les cadres vides, ils les ont nettoyés. Sur les trucs qu'il y avait dans les tiroirs, à première vue il peut y avoir des traces... Les gens du labo sont là-dessus.

– Bien... Au fait, Manolo, avant de te dire quoi que ce soit, j'ai besoin de tous les rapports d'autopsie.

– Bien sûr. Mais il faudra que tu les lises dans mon bureau. Je ne peux pas te donner de copies. Tu n'es plus flic... Tu connais la musique...

– Je la connaissais, je l'ai connue, dit Conde, content de son utilisation des temps du passé par rapport à son métier de policier. Ces connaissances faisaient partie d'une autre époque, peut-être d'une autre vie.

– Mais, là, tout de suite, qu'est-ce que tu crois qui a pu se passer ici ?

Conde secoua la tête.

– Comment veux-tu que je croie quelque chose, Manolo ? Jusqu'à il n'y a pas longtemps, je croyais que Quevedo était mort dans un regrettable accident et...

– Avant, tu avais tout de suite une idée. Tu avais ce flair…

– Et ça te faisait bien chier, tu ne t'en souviens pas ? – Manolo hocha la tête en souriant. La nostalgie du bon vieux temps. – Aujourd'hui, la seule chose que je sais, c'est que tout semble indiquer qu'on a tué un type qui, sans le moindre doute, était un salopard patenté. Un type qui avait des choses de valeur, mais qu'ils n'ont pas toutes raflées. Et qu'on a mutilé allègrement. Ce qui me fait croire qu'on ne l'a pas tué pour le voler. On l'a tué pour ce qu'il avait été et qu'il était toujours : un putain de gros salopard. Tu as vraiment besoin que j'enquête d'avantage ou tu me ramènes chez moi pour que je me mette à écrire ?

Conde fit ses calculs : il lui restait trois heures avant de se présenter à son nouveau travail, le mieux payé et nourrissant qu'il ait eu depuis longtemps. Et, sans trop réfléchir, il demanda à Manolo, au lieu de le ramener chez lui, de le laisser chez son ami Carlos. C'était un bon moyen d'employer son temps. Un moyen qui avait beaucoup servi, mais qui ne s'était jamais usé.

– Et tu vas lui raconter ce que je t'ai demandé ? bougonna Manolo.

– Je ne peux pas ?

– Tu ne devrais pas, murmura l'officier, sans trop envie de polémiquer. La fatigue de la tension accumulée, la menace de journées de seize heures encore plus intenses avec en prime un crime bien scabreux et cruel s'accumulaient dans son organisme. Et Manolo n'était plus un gamin. – Il y a des gens là-haut – le policier désigna le ciel –, qui s'intéressent à cette affaire. Et ils ont demandé que le crime ne soit pas divulgué.

– Donc le type était encore apprécié. C'est bizarre. Les gens comme Quevedo, on les jette après usage. Je crois plutôt qu'ils veulent le cacher pour ne pas donner l'exemple… Tu imagines si les gens commençaient à tuer les salopards ? Une vraie hécatombe…

– Ah, Conde… j'imagine… admit-il en consultant son portable. Bon, on me dit que tu auras les rapports d'autopsie demain dans mon bureau, au commissariat. Et, à onze heures, la fille de Quevedo t'attendra dans l'appartement… Irene, elle s'appelle Irene. Le petit-fils aussi sera là. J'envoie une voiture te prendre à neuf heures…

– Ça roule. On parlera. Je vais voir ce que je trouve et je te dirai. Mais je n'irai pas plus loin, on est bien d'accord ?

– On est bien d'accord, répondit le policier en lui serrant la main.

Une fois descendu de la voiture sur l'avenue de Santa Catalina, Conde fut témoin de l'une des manœuvres de son ancien subordonné. Un demi-tour à soixante kilomètres-heure, crissement de pneus compris.

Conde remonta les deux rues qui le séparaient du domicile de son ami Carlos. Tout en marchant, il remarqua qu'il était essoufflé à cause de la pente, mais aussi parce que quelque chose s'était mis en branle en lui : une anxiété râpeuse, invasive, la même qui, à l'époque où il était enquêteur, s'emparait de lui quand il recherchait la vérité. Et, sans pouvoir s'en empêcher, il se sentit réconforté, non parce qu'il était encore capable de sentir et de penser comme un flic, mais parce que la récupération de ces vieux réflexes lui confirmait qu'il n'était pas encore bon à jeter aux ordures. Les questions continuaient à le titiller, même s'il avait le souffle court pour monter les pentes.

Carlos et Candito le Rojo étaient en pleine conversation devant le porche. Carlos dans le fauteuil roulant de sa longue peine, Rojo avec son look formel adopté depuis qu'il s'était converti au protestantisme et son ascension jusqu'au pastorat. C'était comme ça qu'on disait ? Il était en tout cas pasteur d'une Église protestante et portait le plus souvent des chemises blanches à manches longues boutonnées jusqu'au cou.

Sans lui laisser le temps d'arriver, Carlos lui balança une première salve.

– Regarde un peu qui est là, Rojo… L'égaré… Depuis qu'il est riche…

– Fais pas chier, Flaco, dit Conde qui, au passage, toucha la tête de son ami. Conde se demanda s'il était possible que la tête aussi ait grossi, comme le reste du corps inerte. – Quoi de neuf, Rojo ?

– Toujours là, Conde, répondit Candito en lui serrant la main. Une petite visite aux vieux potes. C'est quoi, cette histoire que tu es riche ?

Conde soupira tout en s'installant sur le muret qui bordait le jardin perpétuellement à l'abandon.

– C'est lui qui dit des conneries… Yoyi m'a offert un boulot dans le resto dont il s'occupe. Surveiller les mouvements bizarres… Payé dix biffetons par soir.

– Trois cents dollars par mois ! s'exclama Carlos. Quand, moi, j'en touche vingt avec ma retraite… Et tu sais ce qu'il m'a dit, Rojo ? Qu'il allait faire des économies… Et regarde, c'est vrai, il arrive les mains vides.

– Flaco, j'ai commencé hier et c'est aujourd'hui que je touche mes premiers dix dollars… Fais pas chier, vieux. Au fait, ta mère, elle est où ?

– Derrière. Elle est allée faire du café. Je crois que celle-là, elle te renifle de loin.

– Tu crois pas si bien dire, elle me renifle vraiment… mais je suis venu vous raconter un truc terrible, terrible…

Carlos et Candito endurèrent sans protester le silence dramatique qui suivit les mots de Conde : ils le connaissaient par cœur, lui et ses trucs rhétoriques.

– Manolo vient de me laisser en bas et…

– Non, non… – Carlos ne put y tenir. – Un truc avec la police ?

– Eh oui… Manolo m'a demandé un coup de main. Un mort, et pas n'importe quel mort !

– Accouche une bonne fois pour toutes, Conde. – Cette fois, c'est Candito qui ne put se retenir. – C'est quoi l'histoire ?

– L'histoire, c'est qu'on a tué un très gros salopard… Reynaldo Quevedo.

Carlos fronça les sourcils.

– Reynaldo Quevedo ? Quevedo, le même Quevedo ?

– En personne. Le Répugnant. Ou l'Abominable…

– Et c'est qui, ce monsieur abominable ? protesta Candito plus programmé pour l'ignorance que jamais.

– C'est pas un monsieur, Rojo… c'est un salopard qui, pendant des années, s'est consacré à écraser les gens de ce pays. Un censeur, un spécialiste de la répression…

– Je pensais que ça faisait des années que ce type avait déménagé en enfer, lança le Flaco.

– C'est ce que beaucoup de gens pensaient, mais il était vivant et il remuait encore jusqu'à ce que quelqu'un en ait marre…

– On l'a tué ?

– Il semble que oui, c'est presque sûr. Peut-être pour le voler… parce que vous savez quoi ? Quevedo vivait comme un prince grâce aux œuvres d'art qu'il revendait. Il en vendait même certaines à Miami… Les œuvres d'art qu'il a piquées je ne sais pas comment aux mêmes artistes qu'il a étripés. Oublie le monsieur, Rojo, une vermine… Un enculé, un vrai, c'était ça, Quevedo, et qu'il ne repose pas en paix.

– Ne blasphème pas, Conde, lui reprocha Candito.

– C'est toi le petit saint ici, Rojo. Moi, je suis l'hérétique.

À cet instant Josefina sortit sous le porche. Elle portait le petit plateau avec trois tasses fumantes et ses quatre-vingt-dix ans, lucides et actifs.

Conde s'approcha d'elle pour prendre le plateau et l'embrasser sur le front.

– Comment tu te sens, ma belle ?

– Je sens bon… et parfois même très bon. C'est déjà ça. – La vieille dame sourit. – Au fait, Carlos t'a raconté ce qui est arrivé au Conejo ?

Conde regarda Josefina, puis tourna son regard vers Carlos et, au-delà, vers Candito.

– Qu'est-ce qui se passe ? demanda-t-il d'un ton impérieux tout en approchant le plateau pour qu'ils y prennent leurs tasses.

– Il a appelé Candito ce matin, murmura Carlos.

– Ah, c'est pour ça que tu es ici, Rojo… Et pourquoi il t'a appelé, toi ? Et pourquoi vous ne m'avez pas appelé, moi ?

– Je ne sais pas très bien pourquoi il m'a appelé moi, reconnut Candito. Peut-être que tu lui fais peur, Conde, et que Carlos, bon, Carlos, il s'inquiète pour nous tous, tu sais bien.

– Il est toujours à Miami, non ? voulut préciser Conde.

– Il y est toujours… confirma Josefina.

– Allez, José, assieds-toi, lui demanda Conde, mais la vieille dame secoua la tête.

– Je vais préparer le repas… Tu restes ?

– Non, je ne peux pas, j'ai du travail. Je suis presque déjà parti… mais… ça doit être mon côté masochiste… tu as prévu quoi aujourd'hui ?

– Un ragoût de pois chiches… avec tout ce qu'il faut : des chorizos des Asturies, du boudin, des pieds de porc, des morceaux de lard… J'ai même des pommes de terre !

L'exposé de ce que concoctait l'invincible ingéniosité culinaire de la vieille dame déclencha aussitôt chez Conde une alarme du côté des glandes salivaires et de l'estomac.

– Nooooon… Tu as trouvé des pommes de terre! Tu ne pourrais pas m'en garder un peu pour demain? Je ne sais pas à quelle heure, mais je vais passer…

– Je t'en garde, je t'en garde, bien sûr… Demain, toutes ces petites choses seront encore meilleures. Je fais réchauffer tout ça dans une poêle avec un peu d'huile d'olive extra vierge…

– Hé, hé! Extra vierge? Italienne ou grecque?

– Qu'est-ce que tu crois? De Jaén. La meilleure. C'est ce qu'on a eu ce mois-ci avec la carte de rationnement, dit-elle avant de retourner à l'endroit de la maison où elle exerçait tous les jours sa magie pour s'efforcer de satisfaire les quelques plaisirs qui restaient encore à ce fils échoué depuis quarante ans dans un triste fauteuil roulant.

– Merci, José, c'est toi la meilleure et la plus douée, cria presque le Conde avant de se retourner vers Carlos. Mais dis-moi, Flaco, cette fois la vieille, elle perd la boule… De l'huile d'olive extra vierge de Jaén sur la carte de rationnement?

Carlos sourit:

– Hé, Conde, t'es con ou quoi… Tu as déjà vu de la putain d'huile d'olive extra vierge dans ce pays?

– Et merde, elle m'a encore eu cette dame du quatrième âge, dit-il en souriant lui aussi. Bon, et qu'est-ce qu'il voulait, le Conejo, qui justifie tous ces mystères?

– Ton café va refroidir, le prévint Candito.

– Je m'en fiche. Allez, raconte.

– Il voulait ce que tu sais, Conde… qu'on l'aide à décider… s'il reste là-bas ou s'il revient ici. Son permis de sortie cubain expire dans deux semaines. S'il ne revient pas, il sera considéré comme ayant abandonné le pays et on ne sait pas quand il pourra revenir.

Oui, La Dulce Vida. Il fallait le voir pour le croire, et, après l'avoir cru, il fallait beaucoup réfléchir pour essayer de comprendre. Cet endroit était-il bien à La Havane, cette même Havane où vivaient deux millions de personnes soumises à différents degrés de privations qui ignoraient que huit, dix ou au maximum vingt mille habitants de cette même ville passaient leurs soirées dans des lieux glamours, chers, amusants, sans aucune trace de mots d'ordre idéologiques ? Ou avec un seul mot d'ordre : se la couler douce ou, comme on dit, en profiter un max.

Définitivement quelque chose commençait à changer et était là dans l'atmosphère, comme une graine en train de germer. Ou c'était l'atmosphère elle-même qui changeait : visible, et même palpable, à l'état solide.

De l'angle de la salle où il s'était posté, Conde regardait à nouveau le spectacle de La Dulce Vida et il y avait toujours quelque chose qui clochait dans ses calculs. La faune qui se pressait au bar, occupait les tables ou déambulait dans les différents espaces du local ne ressemblait pas à celle qu'il voyait tous les jours dans les rues de son quartier et d'autres endroits de la ville. Conde faisait la différence entre ceux qui étaient évidemment étrangers, la majorité d'entre eux en provenance du Nord agité et brutal, et les autres clients que, non sans difficulté, il parvenait à identifier comme des compatriotes, et la proportion tournait toujours autour de cinquante-cinquante.

Depuis la soirée précédente, celle de ses débuts comme vigile anonyme de l'endroit, Conde avait commencé à se demander qui pouvaient être ces Cubains qui passaient leur temps dans un endroit où chaque verre coûtait dans les cinq dollars et les plats une dizaine ou plus, et qui commandaient des verres et des plats les uns après les autres (y compris des grandes assiettes de jambon serrano en tranches fines, des plateaux de fromages français, du poulpe et de la langouste grillés, toutes choses approchant plus les vingt que les dix dollars). Yoyi, qui ne lui avait pas avoué où il avait bien pu dégoter ces délices impensables sur l'archipel cubain, lui avait en revanche indiqué que la consommation moyenne par client tournait autour de quarante pesos cubains convertibles, c'est-à-dire à peu près l'équivalent en dollars. Et Conde trouvait que ça faisait vraiment pas mal.

Le problème étant que, dans ce pays où existaient à présent des établissements comme La Dulce Vida (et il y en avait pas mal), la majeure partie des salaires mensuels n'atteignaient même pas les cinquante pesos convertibles que ces oiseaux de nuit endogènes dilapidaient sans broncher en une seule soirée pour s'amuser... sans compter que pouvaient suivre une autre et encore une autre soirée à jeter l'argent par les fenêtres. Il y avait quelque chose de pourri au royaume de Danemark. Ou quelque chose commençait à bien fonctionner. Au moins pour certains Danois. L'intrigant était de savoir jusqu'à quand.

– Tu vois, Conde, ça se passe comme ça, lui avait expliqué son ami Yoyi le premier soir, dans le coin choisi par Conde, après lui avoir offert un minable mojito pour enfants : un verre avec tous les ingrédients du cocktail, mais orphelin d'alcool, ainsi que l'avait exigé son employeur. – Dans ce genre de business, tu peux viser deux cibles : ceux qui grattent un peu de fric, ou ceux qui en ont beaucoup... Tu peux très bien t'en sortir en montant une cantine à dix pesos le repas et en remplissant la panse des gens avec du riz, des haricots et de la bière. Ou tu peux décider d'aller vers le haut, comme ici, avec une bonne carte de restaurant, des cocktails potables et des vins pas trop mauvais, et les clients sont comme ceux que tu vois, qui peuvent claquer cent dollars sans ciller.

– Et c'est qui, ces gens qui ne cillent pas ?

– Ça, mon pote, c'est ton boulot. Si tu es là, c'est pour scruter ces gens avec la loupe de Sherlock Holmes.

Parmi ses compatriotes, Conde mit alors à part les dames de compagnie des étrangers (un terme des plus aimables pour désigner ces très belles et très jeunes filles de toutes les couleurs, du noir le plus sombre au blanc le plus immaculé) et les "pots de colle", amis ou collègues desdits étrangers. Parmi ceux-ci, Conde avait déjà repéré : une présentatrice des journaux télévisés les plus officiels, qui avait même ramené son mari, qui avalait de la langouste avec l'appétit d'un requin avide de sang ; un prof universitaire de philosophie marxiste qui pratiquait avec une passion religieuse le culte du whisky ; un écrivain très en vogue alors même qu'il n'écrivait plus, mais qui mangeait et buvait comme dix ; et, cerise sur le gâteau, un dirigeant politique des jeunesses communistes très porté sur les discours enflammés et apparemment aussi sur la charcuterie ibérique. Mais, une fois ce passage en revue effectué, il lui restait encore à identifier une bonne moitié de la clientèle cubaine.

Parmi les spécimens restants, il sut rapidement que plusieurs étaient des amis de l'Homme Invisible. Ce dernier arrivait en général vers dix heures du soir, toujours accompagné d'une pute (interchangeable, constaterait Conde) et de certains de ses copains, parmi lesquels d'autres Invisibles de moindre rang, rejetons de papas puissants et même créateurs de slogans politiques.

Il en restait encore une vingtaine... Qui pouvaient bien être ces Cubains ordinaires capables de dépenser autant ? Il devait y avoir d'opulents chanteurs de reggaeton, qui avaient même des gardes du corps, plus d'autres entrepreneurs (ainsi qu'ils se dénommaient eux-mêmes) comme Yoyi, habiles débrouillards évoluant aux marges d'une légalité trop étroite, plus quelques privilégiés pouvant compter sur de généreuses familles à l'étranger, plus... les trois ou quatre individus les plus susceptibles d'être la cible de son contrat de travail.

Parmi ces personnages troubles, qu'il avait retrouvés lors de ses deux premiers soirs de perquisition visuelle, Yoyi le Palomo lui en avait particulièrement indiqué trois, habitués des lieux. L'un d'eux, un blond aux yeux clairs et au visage d'ange, connu comme Fabito, était, sans aucun doute pour Yoyi, l'un de ceux qui trafiquaient de drôles de choses en ville. Où ? Comment ? Un acolyte de l'Homme Invisible l'avait déjà pris à part pour le prévenir qu'il n'avait pas à intérêt à introduire quoi que ce soit à La Dulce Vida. Et ledit Fabito lui avait juré qu'il ne venait là que pour s'amuser, et il avait même essayé de leur faire croire qu'il n'était plus du tout là-dedans. Les deux autres, l'un repéré le deuxième soir (on l'appelait Grillo), l'autre identifié dès le premier, étaient les suspects habituels, avec une exception de genre, l'autre étant *une* autre, féminine, même si elle avait la mine et l'allure plus machos qu'un docker sur le port.

– Elle s'appelle Antonia, mais elle aime bien se faire appeler Toña la Negra, lui avait précisé le Palomo.

– Peut-être parce qu'elle chantait des boléros ?

Les heures passant, Conde décida qu'il devait peut-être se faire un peu plus remarquer. Avertir pour prévenir. Même s'il doutait que son visage et son âge avancé puissent susciter la moindre méfiance. Pourtant, la cigarette au bec, il arpenta la salle, s'arrêtant, regardant de tous côtés comme s'il ne cherchait rien ou qu'il cherchait tout, et il se dit que ce n'était pas une mauvaise façon de gagner sa vie, même si peut-être un peu ennuyeuse. Et que le mieux pour lui était que l'ennui perdure et que les choses ne se compliquent pas. Peut-être parce qu'il s'embêtait, il se mit à penser à la conversation de l'après-midi chez Carlos, à propos de l'appel au secours lancé par le Conejo. Cela faisait presque deux ans que leur ami, sa femme comprise, avait enfin fini par s'envoler pour les États-Unis dans le but de rendre visite à leur fille, qui résidait à Miami depuis qu'elle avait terminé ses études universitaires à Cuba. Ce qui dès le début avait été planifié comme un long séjour s'était prolongé et les deux années d'absence autorisées par la législation migratoire cubaine étaient presque arrivées à leur terme. Durant tous ces mois, le Conejo était resté fréquemment en contact avec eux, particulièrement avec Carlos, le plus conciliant d'entre eux. Et ce qui au début avait été une hésitation, s'était à un moment transformé en possibilité : le Conejo se sentait bien auprès de sa fille et de ses deux petits-enfants nés aux États-Unis. En plus, grâce à l'intervention du vieil ami Andrés, il gagnait un peu d'argent en aidant un compatriote qui était jardinier et nettoyeur de piscines, beaucoup plus d'argent, bien sûr, que ce qu'il percevait à Cuba comme historien à la retraite.

Et Conde avait commencé à se faire à la certitude que l'ami ne reviendrait pas. Et même s'il n'avait pas osé le lui dire, il s'était dit que c'était mieux pour lui et sa famille. Que laissait le Conejo à Cuba ? Il laissait son histoire, soixante ans de sa vie, des amis avec lesquels il avait partagé autant de splendeur que de misère, et une maison qui tombait en ruine. Que gagnait-il à rester à Miami ? La proximité avec sa famille et quelques amis comme Andrés le médecin, moins de problèmes pour trouver à manger et plus d'espace pour se plaindre et… pas grand-chose de plus, mais un *pas grand-chose* qui pouvait devenir étouffant, car il comprenait, entre autres choses, le poids de la nostalgie et de la défaite. Et la question centrale pour l'ami était de calculer le poids de tous les éléments de ce fardeau.

Conde savait qu'il n'avait le droit d'influencer la décision de personne. D'autres pouvoirs avaient déjà suffisamment influencé, non, et même pire, suffisamment organisé, paramétré et décidé de leurs vies pour que, parvenus à une étape où ils étaient plus proches du dénouement que du commencement, quelqu'un fasse encore pression sur des décisions aussi personnelles. Conde allait perdre la proximité d'un ami cher, d'un autre ami cher. Une mutilation de plus à inscrire dans son livre de comptes, où les pertes l'emportaient sur les gains avec un score écrasant. Et il se promit à lui-même de la boucler, de ne pas intervenir, de ne pas faire chier, de laisser le Conejo faire de sa vie ce qu'il estimerait le mieux et… Et Tamara ? Est-ce que Tamara reviendrait de son imminent voyage en Italie où elle éprouverait l'attraction de ces mêmes aimants familiaux qui troublaient le Conejo ? Et alors ? Ils allaient rester seuls, eux tous, éloignés, certains dedans, d'autres dehors, à se dessécher les uns d'épuisement et les autres de surexposition à la nostalgie et à l'indifférence ? C'était le résumé possible du parcours d'une génération cachée : disparaître, toute honte bue et sans rien ou presque à sauver. Putain de merde. Et le plus terrible : tandis qu'il dressait ce bilan négatif, Conde, à cause de ses nouvelles responsabilités de vigile, ne pouvait pas s'envoyer quatre ou cinq bonnes lampées de rhum et aider l'oubli à prendre son envol. Momentané, mais oubli quand même.

À trois heures du matin, alors que ne restaient plus, à moitié affalés sur le comptoir, que l'Homme Invisible, sa petite pute très soûle, et plusieurs de ses amis et acolytes, Conde tira le rideau. Quand il sortit dans la rue, où l'attendait la voiture que Yoyi avait commandée pour le ramener chez lui, l'ex-policier se rendit compte que, de toute la soirée, il n'avait pas pensé une seule fois à feu Reynaldo Quevedo.

Le poste de police des rues Paula et Compostela était situé à l'épicentre du monde de la drogue, de la prostitution et du jeu. Un noyau ardent où brûlait, comme le cœur pervers d'une société malade, ce qu'on appelait la "zone de tolérance" où le gouvernement interventionniste nord-américain de 1898, dans sa mission civilisatrice et soi-disant moralisatrice à l'endroit de la place occupée, avait prétendu confiner les maisons et les locaux voués aux amours tarifés et, au passage, à tous les vices qui fleurissent toujours aux alentours.

Sitôt détaché dans cette antenne de maintien de l'ordre et sur le point de me voir confier la responsabilité de participer à l'enquête sur le cruel assassinat de la prostituée Margarita Alcántara, il m'avait suffi d'arpenter les rues troubles de ma zone d'exercice professionnel pour me rendre compte de la dégradante pauvreté dans laquelle vivaient la majorité des habitants (blancs et noirs, cubains et étrangers, prolétaires et sous-prolétaires, marginaux et exclus), des relations despotiques et violentes que vivaient les prostituées, et pour avoir en quelques semaines une compréhension plus juste de la ville où j'étais arrivé et soupçonner que mon nouveau destin revenait, en réalité, à une condamnation sous le couvert douteux d'une promotion.

Très rapidement aussi, après avoir entendu certains de mes collègues, j'ai compris quelles étaient les règles du jeu en vigueur dans ce lupanar urbain et les bénéfices qui découlaient de l'exercice de notre métier à cet endroit. La Loi, ainsi que je l'ai compris, était écrite dans des livres que personne ne lisait et le représentant de l'ordre était celui qui décidait ce que l'on peut ou ne peut pas faire et, surtout, qui peut et qui ne peut pas faire. Et très vite aussi j'ai appris, sans avoir besoin de plus amples explications, que, parmi ceux qui pouvaient faire, celui qui pouvait le plus faire dans le district de San Isidro n'était même pas le chef de la police provinciale, mais un jeune homme politique appelé Alberto Yarini y Ponce de León.

J'ai eu beau y réfléchir, je suis incapable de préciser à quel moment j'ai entendu pour la première fois le nom d'Alberto Yarini. Ce qui est sûr, c'est qu'il a dû me parvenir de pair avec le compte rendu de l'un de ses nombreux exploits, un grand livre où se mêlaient des actions, des gestes, des attitudes en tout genre, des anecdotes exagérées à propos d'argent jeté par les fenêtres, d'outrances, de gestes généreux, des récits de duels jusqu'au premier sang versé, des révélations sur ses conquêtes des femmes les plus séduisantes, histoires bien trop innombrables que ce que pouvait contenir la vie d'un jeune homme de vingt et quelques années, et qui, pourtant, en de multiples occasions, semblaient être véridiques. De toute façon, la multitude d'épisodes qui, en bien ou en mal, accompagnaient le nom de Yarini contribuaient à nourrir une légende vivante extraordinaire, une image écrasante dans son ascension sans bornes.

On pourra peut-être comprendre que, à la différence de tant d'autres jeunes gens, le jeune homme que j'étais à cette époque ne se soit pas senti attiré par la personnalité de Yarini : sans le moindre doute, un m'as-tu-vu plein d'arrogance, trop débordant de joie et de folie pour les canons éthiques du petit provincial croyant encore en trop de choses que j'étais.

Ce dont je me souviens nettement, c'est que, quelques semaines avant ma mutation au poste de police de la rue Paula et ma première fois au Cosmopolita, avait commencé à circuler dans toute La Havane la chronique en plusieurs chapitres du scandale le plus récent (de proportions internationales, disait-on ; avec de possibles conséquences diplomatiques, spéculait-on) créé par le jeune homme dans ce même café où, depuis l'événement, sa personne était même encore plus vénérée.

Selon les journaux les plus sérieux que j'avais pu lire, le 8 septembre au soir Yarini était entré au Cosmopolita en compagnie de trois vétérans de l'Armée libératrice : le sénateur Plana, le colonel Silva et le général de la province d'Oriente Florencio Salcedo, qui venait d'arriver à La Havane pour une réunion du nouveau parti des conservateurs, auquel Yarini avait adhéré. Tous revenaient d'une messe célébrée dans le sanctuaire de la Vierge de Regla, car c'était le jour de sa fête et, la cérémonie terminée, Yarini les avait invités à manger des glaces ou boire quelques verres. Au Cosmopolita, bien sûr.

À une certaine distance de la table occupée par Yarini et ses compagnons, mais dans une rangée qui permettait d'entendre une conversation, deux hommes, vêtus avec élégance et communiquant en anglais, discutaient et, non sans insolence, avec un ennui marqué, ne cessaient d'observer la table occupée par le jeune homme et ses amis. La raison de leurs commentaires, comme on l'a su par la suite, n'était pas que les Cubains parlaient fort, comme ils avaient l'habitude de le faire, ni que toute personne entrant dans l'établissement saluait les autres clients avec des gestes ou des mots plus ou moins exagérés. Le motif de leur gêne était la couleur de la peau du général Salcedo, noire comme du charbon.

Une fois déjà Yarini, agacé par les commentaires des deux anglophones, leur avait lancé un regard dur et insistant, pour les inviter à la réserve. Mais ils avaient poursuivi leur conversation, revenant obstinément sur le même sujet : la désagréable, et même, selon eux, l'inadmissible présence d'un noir dans le café, un laxisme qui montrait clairement l'état de barbarie existant sur l'île, si différent du solide modèle de civilisation dans leur pays d'origine, où un noir n'aurait pas pu entrer dans un endroit tel que celui-ci, même pas comme serveur. Cireur de chaussures ou préposé aux waters, oui peut-être.

À un moment, Yarini s'était excusé auprès de ses compagnons – ajoutait la chronique – et s'était dirigé vers la table des étrangers pour leur parler à voix basse, faisant étalage de son éducation et de sa classe. D'après ces journaux, tant les libéraux que les conservateurs et même les anarchistes (tous, pour une fois, d'accord dans leur lecture des événements), Yarini avait dit aux étrangers mécontents qu'il avait étudié plusieurs années dans des écoles privées de Nouvelle-Angleterre et qu'il pouvait comprendre de quoi ils parlaient. Il avait ajouté que si la présence d'un homme de couleur dans l'établissement les dérangeait, ils avaient toute liberté de s'en aller. Dans le cas contraire, ils devaient s'abstenir de commentaires : celui qui n'allait pas s'en aller, c'était cet homme de couleur, parce qu'il l'avait invité lui-même et que, rien que pour cela, ils lui devaient le respect. De plus, avait-il poursuivi, en baissant même le ton de sa voix : ils lui devaient vraiment le respect parce que ce *nigger*, comme ils le disaient, était un général de l'Armée libératrice cubaine, un héros de ce pays, leur murmurait-il presque quand l'un des étrangers s'était mis debout pour, dans un espagnol compréhensible, se mettre à crier qu'il disait ce qu'il voulait et qu'un noir était un noir même s'il était… et à cet instant, le cataclysme s'était déclenché.

Le type qui avait crié s'était révélé être Graville Roland Tostecuel, chargé d'affaires à la légation américaine à La Havane ; et son interlocuteur, l'ambassadeur par intérim G. Corner Tarler. Toujours selon ces journaux havanais, et aussi les commentaires de mes collègues policiers, l'avalanche de coups que, après la pique agressive de l'Américain, le jeune Alberto Yarini y Ponce de León avait commencé à faire pleuvoir avait provoqué la fracture de la mâchoire de Tostecuel et plusieurs lacérations au visage de Corner Tarler.

Accusé de coups et blessures, Yarini était depuis en attente de procès. Mais, dès le début, tous les journaux s'étaient posé plus ou moins la même question dans les mêmes termes : "Même sous la pression du département d'État américain, se trouverait-il un seul juge cubain pour condamner ne fût-ce que d'une amende le jeune homme politique et député Alberto Yarini pour avoir répondu à une injure et défendu l'honneur de la patrie ?" Comme c'est souvent le cas, quand nous le décidons, nous sommes plus nationalistes et fiers que personne.

Quinze jours avant que je n'entre pour la première fois dans le très fréquenté café El Cosmopolita (et que je commette l'impair de consulter les prix sur la carte), j'avais été posté sur le Paseo del Prado avec plusieurs collègues mobilisés par les autorités de la province. Le poste de contrôle avait été installé à quelques mètres du tribunal de première instance, en prévision des troubles à l'ordre public que l'on redoutait à cet endroit. Et c'est là, ce jour-là, que j'ai vu pour la première fois Alberto Yarini, l'homme dont toute la ville parlait.

Parmi les nombreuses informations ayant nourri ce récit épique, j'ai aussi pu lire que Alberto Yarini avait appris l'art de l'équitation sur les pistes d'entraînement de l'hippodrome de Boston, où les jeunes gens de la bonne société de la ville de Nouvelle-Angleterre montaient leurs magnifiques bêtes. C'était là que l'étudiant cubain s'était entraîné aux subtilités du rapport avec l'animal pour obtenir de lui sa meilleure allure et avait appris à concilier le relâchement et la fermeté, le confort et l'élégance, le naturel et la classe, pour donner l'image d'une maîtrise fluide de l'exercice grâce à la meilleure communication entre l'homme et sa monture, assurait l'auteur de l'article.

Le matin de cette première audience devant le tribunal de La Havane, vêtu d'un costume en lin et son fin panama sur la tête, Alberto Yarini avait fait preuve de son habileté monté sur son alezan hispano-arabe, une bête qui valait une fortune, comme devaient aussi coûter le harnachement et la selle mexicaine. Et ça je ne l'avais pas lu et personne ne me l'avait raconté, puisque, en compagnie de mes collègues, j'avais ce matin-là vu de mes yeux s'approcher le jeune Yarini au pas dans la contre-allée du Paseo del Prado, comme s'il participait à un concours équestre ou à un défilé triomphal, avançant au milieu des passants qui s'arrêtaient pour le regarder, hommes et femmes qui ont remplacé rapidement les murmures d'admiration par des vivats patriotiques.

Devant le tribunal, tous conscients que le spectacle aurait l'effet recherché, plusieurs de ses amis attendaient l'accusé, parmi lesquels on comptait des hommes de toutes races et origines sociales. Certains étaient ses coreligionnaires en politique, d'autres, ses associés commerciaux et ses amis de San Isidro ; mais en tête apparaissait son avocat, ni plus ni moins que maître Federico Morales Valcárcel, l'un des hommes les plus riches de la ville et, de surcroît, président de la Chambre de commerce de La Havane et des Amériques et vice-président de l'Assemblée nationale pour le nouveau parti des conservateurs dans lequel l'accusé militait.

Peut-être par hasard, peut-être parce que cela était écrit dans mon destin, quelques jours après ce spectacle je me retrouverais assis à une table du Cosmopolita et serais l'invité du jeune homme dont nous savions tous quelles étaient les activités et, surtout, jusqu'où remontait son influence, ainsi qu'il l'avait démontré quand il était arrivé en tant qu'accusé au tribunal correctionnel pour en ressortir, quelques minutes plus tard, entre les cris de joie et les accolades, l'accusation d'agression ayant été retirée, condamné à une amende symbolique pour "trouble à l'ordre public". Et je savais aussi jusqu'où il pourrait arriver, car ce matin-là, devant le tribunal, j'avais entendu pour la première fois l'inquiétante revendication de certains de ses admirateurs :

– Yarini président !

Jour des Morts, 2 novembre 1909. Retenez bien la date, car elle a de nombreuses connotations.

Tôt dans la matinée, juste après avoir quitté la chambre sur la terrasse de l'immeuble des rues Acosta et Compostela où je logeais, je me suis dirigé vers le café où je prenais le petit-déjeuner et j'ai appris la nouvelle dont tout le monde parlait dans le quartier : à proximité des terrains où devait être construite la nouvelle gare centrale, on avait retrouvé les restes d'une femme mutilée, découpée en morceaux. À tous les coups, une histoire de magie noire ou de mari jaloux, et si c'est une pute, sûr que c'est son mac, conjecturaient les langues de vipère toujours promptes à s'agiter.

Tout en buvant mon café au lait où je trempais mes tartines beurrées, j'ai pu entendre les commentaires les plus divers et presque toujours sinistres sur la découverte, faite à l'aube, et j'ai pris une décision : au lieu de me rendre au poste de la rue Paula, j'irais voir de mes propres yeux ce qu'il y avait de vrai dans tous ces ragots.

Même si les crimes, y compris les assassinats, n'étaient pas rares dans cette zone de la ville, ils étaient souvent la conséquence de bagarres, de duels, de règlements de comptes si clairement signés qu'ils n'avaient pas besoin d'enquête, juste de la procédure nécessaire pour mettre en accusation. Un tel avait tué machin pour telle raison, ou un autre avait tué truc pour telle autre raison, disait-on, puisque tout le monde connaissait la victime, l'auteur et même les raisons du crime.

Mais avec la mort de la femme coupée en morceaux, dès le premier moment se sont posées plusieurs questions qui devaient mener sur des chemins périlleux.

En arrivant sur les lieux de la découverte macabre, après être passé au milieu de la foule des curieux toujours avides de malheurs, j'ai pu m'approcher suffisamment pour décliner mon identité à l'un des policiers qui empêchaient d'accéder au pan de muraille des vieilles fortifications au pied de laquelle avaient été trouvés les quatre sacs en toile de jute où avaient été entassés les morceaux de la femme découpée. Et en m'approchant un peu plus, j'ai vu que c'étaient le capitaine Ezequiel Fonseca et le médecin légiste Anacleto Torres qui dirigeaient l'opération.

Malgré ma faible expérience de ce genre de procédures et sachant que j'étais là alors que personne ne me l'avait demandé, avant de m'approcher des enquêteurs qui discutaient en fumant leurs cigares adossés à la muraille en ruine, je me suis arrêté pour observer l'endroit. À première vue, il était clair que le lieu de la découverte n'était pas la "scène du crime", selon l'expression que je crois que les policiers commençaient à utiliser. Où est-ce une formule que j'ai apprise par la suite ? Je me suis alors approché des seuls morceaux visibles du corps, qui dépassaient d'un sac, et la vision d'un bras et d'un bout de poitrine féminine m'a provoqué un haut-le-cœur que j'ai eu du mal à contenir. Ce n'était pas ma première rencontre avec une mort violente mais, dans ce cas précis, elle s'avérait terriblement sanglante. Des muscles transpercés, des veines et des artères arrachées, des mouches déjà en plein banquet et la puanteur de la décomposition à l'œuvre. En me bouchant le nez avec mon mouchoir, je me suis agenouillé et j'ai pu en tirer une première conclusion ;

les sacs de jute étaient à peine tachés de sang, ce qui voulait dire que les quartiers avaient déjà dû être passablement vidés de leur sang avant d'être emballés ; il n'y avait pas de traces indiquant que les paquets avaient été traînés, ce qui indiquait qu'ils avaient dû être transportés dans un véhicule puis chargés à dos d'homme et jetés à cet endroit. Cette opération, compliquée et longue, ne pouvait avoir été réalisée qu'au petit matin, un moment qui aurait été propice pour balancer le cadavre à la mer si on avait voulu rendre plus compliquées sa découverte et son identification, me suis-je dit sur le moment.

Le sac ouvert, qui avait été retourné par un vagabond et où on avait découvert le bras gauche et une partie du torse de la femme, montrait la férocité de la découpe, effectuée avec une machette ou une hache de boucher. J'ai remarqué la puanteur dégagée par les chairs en décomposition, autre évidence indiscutable, et calculé que la mort de la malheureuse devait s'être produite au moins trois ou quatre jours plus tôt.

– Je ne crois pas que l'autopsie révélera grand-chose, capitaine, mais elle en dit toujours un peu, ai-je entendu Torres regretter devant l'officier tout en s'approchant de l'endroit que j'étais en train d'examiner. Le médecin légiste était un Asturien d'une cinquantaine d'années, d'une maigreur pâle et maladive, typique des tuberculeux.

– Et moi, avec quoi je vais travailler pendant ce temps, merde ? se lamentait de son côté le capitaine Fonseca, un quadragénaire robuste, presque chauve, avec une bouche très rouge d'où pendait la grosse lèvre inférieure, comme une cuillère, trait physique qui lui avait valu son surnom. Dans la police, tout le monde connaissait l'incompétence de Fonseca, alias "Cuillère", tout autant que sa voracité vénale.

– La première chose, ce serait d'identifier la victime… savoir d'où elle sort…

– C'est ça, Torres… Et qu'est-ce que je fais ? J'accroche sa tête dans le Parque Central pour voir si quelqu'un la connaît ? Ou je publie dans les journaux une photo de l'état dans lequel on l'a trouvée ? Si on était en Europe et si on avait des fichiers d'empreintes digitales…

– Pardon, capitaine, moi j'ai une idée, ai-je osé dire quand les enquêteurs ont été tout près.

Fonseca et Torres se sont tournés vers moi, le regard interrogatif.

– Mais qui vous êtes ? Et qu'est-ce que vous faites là ? a presque aboyé le capitaine.

– Je suis le lieutenant Saborit, du poste de Paula et Compostela. Je suis le nouveau.

– Le poste des putes, a lâché Fonseca en riant, ce qui m'a permis de voir comment la cuillère entrait et ressortait de sa bouche pendante.

– Oui, j'y suis depuis deux mois. – J'ai tenté d'ébaucher un sourire.

– Et quelle est votre idée, jeune homme ? a demandé Torres, le médecin légiste.

– C'est une femme, sans doute jeune, de trente ans tout au plus… – J'ai commencé par l'évident.

– Entre vingt et trente, oui, a appuyé le médecin.

– Mais de quoi tu parles, lieutenant ? m'a pressé Fonseca. Ne me dis pas ce que je sais déjà…

– Cette jeune femme, retrouvée dans cette zone, a un petit tatouage sur le sein gauche… Vous le voyez ? – J'ai montré le morceau de peau qui sortait de l'emballage.

Le médecin légiste a alors tiré ses lorgnons de la poche de sa blouse et s'est penché sur le morceau de cadavre que je lui montrais, la partie du corps qui semblait avoir été la naissance d'un sein volumineux.

– Merde alors, je deviens aveugle, s'exclama-t-il à voix basse. Je pensais que c'était de la terre… Tu vois pourquoi l'autopsie est nécessaire, Fonseca ? On trouve toujours quelque chose…

– Une pute ? interrogea le capitaine, lui aussi concentré sur la petite marque bleue gravée entre l'épaule et le sein gauche de la femme coupée en morceaux.

– On dirait un quartier de lune croissante, ai-je fait remarquer. Oui, capitaine, à ma connaissance, c'est un signe répandu chez les putes.

Les traits du capitaine Fonseca, qui s'étaient durcis à mesure que j'avançais dans mes déductions, se sont soudain détendus et son visage a ébauché un sourire qui accentuait son physique de clown.

– Tant mieux, a-t-il dit alors.

– Tant mieux pour quoi, capitaine ?

– Pour ça. – Cuillère a montré le morceau de corps visible. – Tant mieux si c'est une pute. Ça m'enlève un poids... Vous imaginez si ça avait été une fille de la bonne société ? Coupée en morceaux ?... Mais une pute morte, ça n'intéresse personne. Quel soulagement.

Torres le légiste a hoché la tête et, moi, j'ai secoué la mienne. J'avais bien entendu ce que j'avais entendu. Malgré tout, j'ai osé :

– Mais quand même, ça peut au moins être intéressant de savoir qui elle est et peut-être qui l'a tuée... Je me dis que si c'est une pute... elle doit être dans les registres. Et si elle était dans les registres, ceux qui connaissent le mieux le corps de ces femmes, ce sont les médecins du Dispensaire. Vous pourriez commencer par là, si je puis me permettre et sauf votre respect, capitaine. Même si c'est une pute...

On sait bien que, même quand on n'en a pas eu l'intention ou même quand on veut faire machine arrière, il arrive ce qui doit arriver, et moi, je connaissais, entre autres choses, le coup du tatouage et la possibilité de l'identifier parce que, dans la nécessaire prospection de la zone torride de la ville où je devais exercer, j'avais quelques semaines auparavant eu l'idée providentielle de commencer son étude par une visite au Dispensaire spécial de La Havane. Cette institution sanitaire, située au dernier étage d'un bâtiment à l'angle des rues Paula et Picota, avait été mise en place par les envahisseurs américains en 1899, pour faire face à l'épidémie de maladies vénériennes qui frappait une ville insalubre qui se défoulait en pratiquant le sexe. Depuis son installation, le Dispensaire était dirigé par le médecin cubain Fernando Mora et avait pour mission publique de garantir la santé de celles qu'on appelait les filles de joie. Selon les règlements provinciaux instaurés par le gouvernement militaire américain, les prostituées enregistrées (bien moins nombreuses que le total de celles en activité) devaient passer deux fois par semaine et, à leurs propres frais, se soumettre à un examen dans le centre, où tous les jours les trois médecins qui travaillaient là examinaient entre vingt-cinq et cinquante femmes par heure durant les quatre heures que duraient ces consultations express. Bref, si quelqu'un connaissait toutes les putes de San Isidro, c'étaient bien les médecins du Dispensaire.

Et quelques heures plus tard, convoqués à la morgue, le docteur Mora et son auxiliaire, le gynécologue Bencomo, identifiaient la femme trucidée comme étant Margarita Alcántara, connue comme Margot et surnommée "Gros Nénés", native des îles Canaries, âgée de vingt-deux ans, enregistrée comme exerçant le métier depuis un an et demi. Et les médecins avaient fourni au passage la première piste fiable pour mener une enquête sur son assassinat : la jeune femme avait été l'une des prostituées importées par le *souteneur** français Louis Lotot pour le bordel de son compatriote Raoul Finet... auquel l'avait prise quelques mois auparavant le proxénète cubain Fernando Panels, alias "Don Nando", gérant du luxueux bordel où travaillait la défunte aux gros seins coupée en morceaux. Un bordel qui, tout le monde le savait dans le quartier, était la propriété d'Alberto Yarini.

Des pancartes, des drapeaux, des sirènes, des trompettes et des tambours. Des promesses pour un présent digne, un avenir meilleur, moins de corruption et plus d'emplois, plus d'écoles, plus à manger et, aussi, sur-le-champ, plus d'alcool gratuit, de danse et de musique jusqu'à la nuit. Une ambiance pour se réjouir, blaguer, dire des bêtises, une soupape pour évacuer les frustrations.

Penché au-dessus des murets de la terrasse de mon logement, j'ai pu voir défiler une foule hypnotisée qui avançait au rythme de la conga, derrière le trompettiste noir, comme les fameux rats du joueur de flûte de Hamelin. Des gens qui ne s'y connaissaient guère en politique et imbattables sur les promesses non tenues, mais qui en savaient assez pour comprendre le langage des espèces sonnantes et trébuchantes que quelqu'un leur glissait dans la main pour prix de leur enthousiasme. Et, pour l'heure, ils buvaient à la bouteille le mauvais rhum que les hommes de main des caciques faisaient toujours circuler dans la foule, les bouteilles dont ils boiraient jusqu'à tomber raides avec les derniers slogans, les vivats pour les bienfaiteurs, du Parti libéral ou conservateur, Troyens ou habitants de Tyr, c'était sans importance. C'était la masse des misérables, des aveugles avec des yeux, des muets avec une langue. Les hordes de ceux qui n'ont jamais eu ne serait-ce que l'illusion de décider, à tort ou à raison, qui allaient les gouverner et qui, une fois au gouvernement, s'acharneraient à leur extirper leurs dernières gouttes de sueur et de sang.

Ressentant le besoin de m'immerger aussi loin que possible dans le décor où je travaillais comme agent des forces de l'ordre au milieu de tant de désordre, j'ai descendu les escaliers pour suivre l'avancée du serpent humain qui s'était formé dans la zone du quai de Caballería, à côté de la vieille église et de l'Alameda de Paula. Entre deux arbres, sur une estrade rustique, était déployée la toile, avec des caractères dessinés à la main que la moitié analphabète de la foule ne pouvait ni n'avait besoin de déchiffrer : VIVE LES CONSERVATEURS DE LA HAVANE, suis-je parvenu à lire.

Tenu deux ans plus tôt, après la fraude électorale de 1905 et la seconde intervention américaine de 1906, le congrès de fondation des conservateurs avait placé à la tête du parti le penseur Enrique José Varona comme garantie de pureté, d'honnêteté, de principes éthiques et patriotiques. Cela devait être le parti de la cubanité humiliée, de l'honneur patriotique retrouvé, des bonnes mœurs et de l'esprit de progrès, ainsi qu'ils le proclamaient. Et beaucoup de gens avaient gobé l'histoire. Ou pas, mais dans cette île tropicale frappée par le soleil, où le cynisme est devenu un mode de vie – et le fait de ne pas dire ce que l'on pense vraiment une pratique irréprochable –, cela n'avait jamais eu beaucoup d'importance.

De l'endroit où j'avais pu trouver une place, sur le Paseo de la Alameda, j'ai vu arriver le premier orateur à monter sur l'estrade. J'ai reconnu Domingo Valladares, un jeune politicien en plein essor, président du Comité conservateur de Marte, le quartier voisin. Valladares s'est lancé dans une harangue attendue où il rendait les libéraux responsables de tous les maux et corruptions possibles, promettant tout ce qu'on pouvait promettre, et une fois épuisés tous les mots d'ordre usés eux aussi, il a passé la parole au dirigeant du quartier, accueilli par un tonnerre d'applaudissements et de vivats.

Cette fois le jeune Alberto Yarini était vêtu de noir, avec un gilet, une redingote et un nœud papillon. Il avait comme toujours la tête couverte d'un de ses luxueux panamas. Il souriait et éblouissait un auditoire d'hommes et de femmes, blancs, noirs et chinois, dockers et commerçants, marginaux et proxénètes, avec parmi eux un groupe de filles de joie qui faisaient un boucan de tous les diables et qui étaient faciles à repérer.

Il y avait là au bout du compte plus de pauvres que de gens aisés, mais j'avais eu aussitôt la certitude que tous croyaient en lui et auraient même voulu être comme lui, et que c'était pour cela qu'ils l'acclamaient, avant même qu'il ait commencé un discours qui, je me suis dit, allait sûrement être rempli d'encore plus de lieux communs et de promesses creuses que notre classe politique a l'habitude d'en déverser.

– Chers concitoyens, s'est enfin exclamé Alberto Yarini depuis le bord de l'estrade, projetant sa voix au-dessus de la foule. Notre triste présent se dresse sans pitié pour nous envoyer au visage que c'est en vain que nous avons combattu, que nous nous sommes démenés et que nous avons versé notre sang durant des décennies de guerre pour l'indépendance et la dignité… Et c'est pour cela que je vous demande : ce pays qui est le nôtre, est-ce le pays dont nous avons rêvé ?

L'orateur a fait une pause et balayé du regard les visages hébétés des participants au meeting, comme s'il avait prétendu obtenir une improbable réponse. Peut-être parmi ces visages abêtis par la misère, la marginalisation et l'ingestion d'alcool, le prédicateur politique cherchait-il à découvrir des yeux différents, porteurs d'une étincelle de compréhension et non de lassitude, des yeux uniques capables d'une réaction intelligente à l'insolite question lancée. Et c'est à ce moment-là que le regard d'Alberto Yarini a rencontré le mien, s'est arrêté sur le mien, et à cet instant j'ai pensé ou j'ai perçu que j'étais dans un espace inconnu et hors du temps. Et tandis que j'étais agressé par le magnétisme d'un regard, mon expression étonnée a dû s'accentuer encore quand l'homme politique, sans dévier son regard et comme s'il s'adressait à moi seul, a poursuivi sa harangue :

– Oui, mes chers compatriotes. La génération de Cubains qui nous ont précédés et se sont montrés si grands à l'heure du sacrifice pourra nous regarder avec effroi et tristesse, et se demander avec anxiété si c'est là le résultat de son œuvre, de son combat... – À cet instant, le jeune homme a enfin détourné son regard et écarté les bras au-dessus de la foule, pour s'exclamer : – Aujourd'hui les mots n'ont pas de valeur, aujourd'hui les mots ne servent à rien. Nos plus grands penseurs parlent en vain. Les harangues tristes ou en colère de nos patriotes sonnent comme un bruit dénué de sens. Car nous ne sommes qu'un comptoir colonial, obligé de travailler et d'offrir ses récoltes et ses richesses, surveillé par ces soldats internationaux qui ont même légalement le droit d'intervenir dans nos affaires et de nous gouverner. Nous sommes avilis, relégués au rang de groupe misérable. Un vent de dispersion a balayé tout ce qu'il y avait de dignité, de pureté, d'audace dans les consciences. Un vent de dissolution a désagrégé toutes les énergies créatrices de l'âme nationale. Les occupants s'en vont, mais cela n'a pas d'importance... Ils reviendront quand ils le voudront... Nous sommes l'ombre d'un peuple, la chimère d'une démocratie, le désir d'une liberté. Pourquoi des mots dès lors, s'il n'y a personne pour les entendre ? Oublions les mots et arrachons nos droits.

Et l'orateur a levé les poings au ciel, tandis que dans la foule on entendait les premiers vivats (sans doute achetés) suivis par d'autres et d'autres et d'autres encore (les prostituées hurlaient), beaucoup peut-être ne sachant pas très bien la cause de cet enthousiasme, avec une conviction devenue slogan.

– Vive Yarini ! Yarini à la Chambre ! Vive le Parti conservateur !

À la tribune, Alberto Yarini, connu des gens du quartier comme le Coq de San Isidro, a souri comme il savait le faire et a fait chavirer la foule qui, même sans comprendre grand-chose à son discours, l'idolâtrait, pour des raisons que je ne tarderais pas à connaître de première main. Et c'est alors qu'est venu se placer près de lui un homme de son âge, bien habillé comme lui, qui a levé un bras de l'orateur et crié :

– Yarini président, bordel !

Et de la foule enflammée a surgi un cri superbe.

– Yarini président !

Sur l'estrade, Alberto Yarini souriait toujours. Près de lui, soutenant son bras, souriait aussi son ami Fernando Panels, alias "Don Nando", patron d'une célèbre salle de billard et gérant d'un bordel de luxe.

Et aujourd'hui je sais que si je me suis senti préoccupé par ce que je voyais, entendais et pensais, c'est parce qu'à cet instant j'ai eu la certitude que se dressait face à moi l'image possible de mon pays : le pays dans lequel, comme venait de le proclamer Yarini, les mots avaient perdu leur valeur, ne servaient plus à rien, parce qu'un homme comme ce jeune homme pouvait parfaitement devenir son président.

Beaucoup de gens n'y pensent même pas une fois dans toute leur fichue vie. Ou parce qu'ils s'en fichent, ou parce qu'ils n'ont pas le cerveau pour le faire, ou parce que cette même vie (presque toujours une vie de merde) ne le leur permet pas, pour des tas de raisons. Tout au plus les gens parviennent à se dire qu'ils ont eu de la chance, ou de la malchance, ou pas de chance du tout, comme s'il s'agissait seulement d'une loterie, d'une conjoncture ou d'une fatalité sans appel. Parfois, pourtant, ils osent se poser une question : pourquoi moi ? Pourquoi ça m'arrive à moi ?

Ce qui est vrai, c'est que l'un des exercices les plus complexes et les plus foisonnants d'étranges interrogations se révèle être la tentative de déterminer comment se construit la vie d'un homme. Essayer de comprendre pour quels motifs ou par quelles décisions quelqu'un finit par être ce qu'il est sans jamais avoir pensé qu'il arriverait à être ce qu'il finirait par être, quelles ont été les causes, les découvertes, les rencontres, quels ont été les hasards, les tours imprévus qui ont canalisé ou dévié une existence, toutes ces questions pouvant éventuellement révéler l'imprévisible que constitue le fait de vivre, et même la façon de mourir d'une personne.

Pardon. Si j'introduis dans cette histoire une vulgaire décharge de philosophie de comptoir, truffée de lieux communs, ce n'est pas parce que j'ose penser que je suis capable de parvenir à une conclusion plus ou moins définitive sur la question. En ce moment, je me contente de noter quelques certitudes, plutôt élémentaires, parce que depuis quelque temps je suis obsédé par la tentative de comprendre comment j'ai pu parvenir à être ce que j'ai été – en réalité ce que je suis –, et si le fait d'avoir une conscience plus claire de certains actes déterminés et de leurs conséquences aurait modifié l'essentiel de ma vie. Plus encore : si ne pas avoir fait certaines rencontres m'aurait conduit sur d'autres chemins, peut-être même sur cette ligne droite remplie d'événements anodins des vies simples.

Du haut de mon incompétence, je tente de m'expliquer comment Alberto Yarini a fabriqué sa vie et, surtout, comment il a changé la mienne au point que je me suis retrouvé, le soir du 21 novembre 1910, face à l'homme que, sans y réfléchir à deux fois, j'ai achevé d'une balle.

3

Du sperme dans le rectum ?…

Qui avait été, en réalité, Reynaldo Quevedo ? Seulement et tout le temps un impitoyable censeur, un oppresseur sans remords, un militant dévoreur d'existences officiant au nom de la pureté idéologique qu'exigeait la construction d'un mode meilleur ? Comment avait-il assimilé sa propre marginalité, lui qui avait passé sa vie à marginaliser les autres, de quelle façon lui, le croyant aux lois inexorables brevetées par le matérialisme historique, avait-il assumé sa défaite historique ? Avait-il eu honte de la vieillesse confortable qu'il s'était construite grâce aux œuvres de ces mêmes artistes qu'il avait humiliés, ou son cynisme le blindait-il contre ce genre de sentiment ? Était-ce un concours de circonstances liées à une époque qui avait fait de lui un incorrigible fils de pute, ou cela répondait-il à une condition humaine dont l'existence et la manifestation n'avaient pas de date de péremption ? Quevedo appartenait-il à la lignée des hommes qui deviennent des tortionnaires, des bourreaux, des tueurs à gages, des sbires obéissants et consciencieux, convaincus que la fin justifie les moyens parce qu'ils travaillent pour un ordre présent et un avenir lumineux tandis qu'ils arrachent des ongles avec la même froideur que celle de Reynaldo Quevedo s'efforçant d'extirper des comportements décrétés non conformes en lacérant les vies de ses victimes ?

Depuis son réveil, s'en prenant au manque de sommeil et tout en ressentant la présence des habituelles oxydations osseuses de son âge, Mario Conde avait subi l'avalanche incontrôlable de ces questions et d'autres différées, toutes en rapport avec la personnalité et la vie du défunt Reynaldo Quevedo, dont les réponses, il le pressentait, pouvaient à la fois contenir les raisons de la vie et de la mort de l'Abominable. La relecture, peu après, du rapport d'autopsie actualisé la veille au soir contribua à renforcer, en la démultipliant, la pertinence de l'auto-interrogatoire auquel se livrait l'ex-policier, même si de nombreux éléments étaient soudain perturbés par la modification inattendue de plusieurs facteurs qui venait rajouter d'autres interrogations. Quevedo n'avait-il été depuis le début qu'un minable refoulé qui, au bout de sa route et dans les ténèbres de sa marginalisation, avait trouvé sa plénitude, sa libération ?

Car, d'après les experts du Commissariat central des Enquêtes criminelles, la victime présentait sur plusieurs parties de son corps des traces d'ADN de deux personnes, toutes deux de sexe masculin. Celui de l'un de ces hommes avait été retrouvé sous la forme d'écailles d'épiderme sous l'ongle de l'index droit, l'un des doigts tranchés... l'autre correspondant à du sperme dans le rectum.

– Putain, mais ça veut dire quoi, Fleur de Mort ? Du sperme dans le rectum ?

– Un super cadeau, Conde, lui avait dit le vieux médecin légiste encore en fonction. Apparemment les années avaient calmé ses coups de colère et il ne réagit pas comme il le faisait d'habitude au surnom que le Conde s'amusait à lui donner depuis le temps où ils avaient été collègues. – Bon... pour le sperme il s'agit d'une pénétration avec éjaculation...

– Donc le vieux était... ? Non, je n'arrive pas à y croire...

– Eh bien, crois-le... à moins qu'on lui ait mis un couteau sur la gorge pour l'obliger à recevoir *per angostam viam*, sans aucun doute, un cadeau couleur cannelle. Le sperme est celui d'un métis. Je dirais plus noir que blanc, avec des gouttes de chinois…

– Ça aussi, ça figure dans l'ADN ?

– Et pas que ça… mais je continue avec l'autre, cinquante ans ou plus, d'après ce que nous dit le tissu de peau retrouvé sous l'ongle de l'index tranché, ce qui m'amène à penser, supposer, estimer… que cet homme est celui qui a poussé le défunt quand il n'était pas encore défunt, ce qui veut dire que, avant de tomber en arrière il a eu un contact avec son agresseur qu'il a griffé.

Conde hocha la tête, tout en digérant l'info.

– Donc, on peut assurer qu'on l'a poussé ?

– À en croire la forme et la force du coup… quatre-vingt-dix-neuf chances sur cent, assura le légiste.

– Et les empreintes ?

– De six personnes, y compris la fille et le petit-fils de Quevedo, et la dame qui travaillait là. Celles-là, on les a déjà vérifiées. On travaille sur les autres, même s'il y a des surfaces où il n'y en a pas. Les cadres des tableaux, par exemple.

– Et comme rien n'est dit à ce sujet, je suppose que le couteau avec lequel ils l'ont charcuté était propre ?

– Sans empreintes, oui. Mais avec des traces de sang. C'est avec ce couteau qu'on lui a tranché le pénis.

– Et les trois doigts ?

– D'après la forme des entailles, il s'agit très probablement d'un sécateur. Ou d'une grosse tenaille.

– Qu'on n'a pas retrouvée.

– Qu'on n'a pas retrouvée, confirma le légiste.

Conde hocha de nouveau la tête, assimilant ce qu'il venait d'entendre avant de proposer :

– OK. Je résume… Nous avons plusieurs empreintes qui, pour le moment, ne nous en disent pas beaucoup plus, et nous avons surtout l'ADN des assassins présumés… Deux hommes, une pénétration et une poussée…

Les deux étaient ensemble ou ils sont venus l'un d'abord, et l'autre ensuite ? Ils l'ont sodomisé sous la menace ou il était consentant ? Et pourquoi, merde, est-ce qu'ils l'ont mutilé et ont laissé les restes ? Ils ont pris un couteau dans la cuisine, mais… et le sécateur ? Il n'y a pas de jardin dans l'appartement…

Le médecin ne l'avait pas quitté des yeux.

– Moi, je suis un scientifique, Conde de mes deux… Pas un *babalao* guérisseur. – Tout en se préparant à retourner dans son service en emportant le rapport d'autopsie, il n'arrêtait pas de ronchonner. – Tes résumés, ils puent… Décidément la glorieuse Police nationale révolutionnaire est tombée bien bas… Mais, mais… il faut vraiment avoir très envie de se servir de sa bite pour la mettre à un vieux de quatre-vingts berges avec le cul comme un chou-fleur à cause des hémorroïdes… Et peut-être aussi pour l'embrasser sur sa bouche à moitié tordue… Elle était restée de traviole à cause de son AVC.

À onze heures du matin, du haut de la vertigineuse hauteur du vingt-cinquième étage de la tour du Vedado, Mario Conde repensait aux derniers mots du médecin légiste tout en regardant à nouveau la mer, calme à présent, tandis que s'accumulaient d'autres questions et qu'il essayait d'inscrire dans une logique les informations accumulées. Quevedo homosexuel ? Un ou deux assassins ? Mais le fichu schéma ne tenait pas debout. La voix d'Aurora, la femme de ménage avec une tête de femme de ménage qui lui avait ouvert la porte cinq minutes plus tôt, le tira de ses divagations.

– Pardon… camarade, dit-elle, et Conde se retourna. À côté de la femme de ménage se trouvaient à présent dans le salon deux personnes qui devaient être la fille et le petit-fils de Reynaldo Quevedo.

– Oui, dit Conde en avançant vers eux. Enchanté, Mario Conde.

– Enchantée, répondit la femme, une fausse blonde d'une cinquantaine d'années, bien conservée et bien décolletée. Je suis Irene, la fille de… – Ils se serrèrent la main. – Et voici Osmar, mon fils…

Conde, qui aurait préféré se concentrer sur la pulpeuse, dut se résoudre à examiner Osmar tandis qu'il lui tendait la main. Le jeune homme, de son côté, ne se démonta pas devant le geste du visiteur et Conde le nota dans sa tête : Osmar paraissait bien décidé à se comporter en conformité avec son costume et ses mimiques.

Osmar n'avait pas loin de trente ans. Ses cheveux, teints aussi, d'un ton plus platine que ceux de sa mère, formaient des boucles désordonnées qui lui donnaient une allure léonine. Il portait un anneau à chaque oreille et ses yeux brillants étaient soulignés de rimmel. Il était vêtu d'une sorte de longue tunique blanche dont Conde fut incapable de déterminer s'il s'agissait d'une soutane, d'une robe de grossesse, du costume du Christ ou d'une tenue de fantôme. L'ensemble formait un véritable cri que venait compléter un mouvement des lèvres que, sur l'île de Cuba et les îlots adjacents, seul pouvait oser un gay très convaincu et s'assumant pleinement.

– Et toi, tu es quoi ? lui demanda Osmar avec un nouveau mouvement des lèvres comme pour bien souligner son orientation.

– Euh… – Conde hésita, et sans réfléchir se lança dans le vide. – Avant, j'étais un habitant habillé en flic. Aujourd'hui, je ne suis plus flic… mais c'est comme si je l'étais.

– Je ne comprends pas, dit Irene entre ses dents.

– J'ai été policier et, dans cette enquête, j'aide la police… C'est à peu près ça.

– Parce qu'il n'y a plus de flics ? demanda Osmar, en souriant. – Les derniers, ils les importaient de là-bas. – Il indiqua la direction où devait se trouver, selon lui, l'est de l'île.

– Il y a Obama qui vient, les Stones… et des flics, il en manque. On s'assied ? – Conde montra les fauteuils entourant la table basse sur laquelle Quevedo était tombé et autour de laquelle avaient été effacées les traces du crime.

– Non, non… allons plutôt là-bas, lâcha Irene en désignant la salle à manger.

– Mon Dieu, dit Osmar. Je n'aurais jamais imaginé que, dans ce pays, même les policiers viendraient à manquer… Là, c'est vraiment la dèche.

Osmar se mit à un bout de la table, les deux femmes sur un côté, et Conde s'installa en face d'elles.

– Qu'est-ce que vous voulez savoir ? demanda Irene.

– Plein de choses… mais commençons par le commencement. Et le commencement, c'est que ce n'est pas un accident. Je suis désolé… Tout montre qu'on a poussé Quevedo… Et d'après ce que nous savons, il a reçu au moins deux visites, deux hommes, qui étaient peut-être ensemble, ou l'un d'abord et l'assassin ensuite. – Pour le moment, Conde préférait garder pour lui les détails scabreux à propos du sperme et des restes de peau sur le doigt coupé. – Ces deux hommes, Quevedo leur avait donné des clés ou il les a fait entrer, puisqu'il n'y a pas de traces d'effraction sur les deux seules portes d'accès à l'appartement, la principale et la porte de service… Donc, qui peuvent être ces deux hommes dont nous pouvons supposer que Quevedo les connaissait ?

Les interrogés échangèrent des regards et ce fut Aurora qui hérita de la balle.

– Presque personne n'entre ici. Je veux dire pour des visites, commença Aurora avant de faire une pause.

Elle avait l'air affectée et avait visiblement du mal à parler, se dit Conde. La femme de ménage avait soixante ans bien sonnés, mais sa peau couleur cannelle était encore lisse et elle possédait des yeux verts toujours attirants, rendus plus brillants par les secrétions lacrymales. Conde ne put s'empêcher de se dire que, plus jeune, elle devait avoir été superbe, même si sur son visage il crut déceler des traces de tristesse ou d'amertume, mais c'était peut-être seulement du chagrin.

– Et il était encore moins du genre à donner les clés de chez lui… Reynaldo ne recevait presque jamais de visites, je vous l'ai déjà dit. Et si un plombier ou un électricien, je ne sais pas, venait, c'était toujours quand j'étais là. J'arrive à huit heures et je repars vers quatorze heures, après le déjeuner, à l'heure où il s'allongeait pour faire la sieste… Et je lui laissais la cafetière prête pour qu'il se fasse son café l'après-midi, et un en-cas pour le soir, raconta-t-elle, avec l'envie évidente d'être utile et, en même temps, de souligner qu'elle faisait bien son boulot.

– Vous travaillez ici depuis quand, Aurora ?

– Depuis plus de vingt ans…

Elle poussa un soupir. Vu les années consacrées au service domestique et sa façon de parler, il y avait chez elle un côté servile. Conde ressentit de la compassion pour Aurora et encore plus de mépris pour Quevedo, le militant qui chantait l'Internationale. Combien payait-il son personnel prolétaire ? Et que faisait-il de la plus-value ?

– Il n'attendait personne ? Il n'avait pas une relation d'affaires avec quelqu'un ?

– Pas que je sache, dit Aurora en regardant Osmar.

Le garçon sentit qu'il devait intervenir.

– C'était moi son visiteur le plus fréquent. Ma mère était à moitié fâchée avec lui… commença Osmar, et Conde fut tenté d'en savoir plus sur la relation entre Irene et son père, mais il décida d'attendre. C'était moi qui m'occupais des tableaux qu'il voulait vendre quand il avait besoin d'argent. Une pension de retraite, ce n'est pas moi qui vais vous l'apprendre, ne suffit même pas à… Même si ça lui arrivait de recevoir des cadeaux. De ses amis d'avant…

Conde se râcla la gorge.

– Tu faisais comment pour les vendre? Et depuis quand tu le faisais?

Osmar réfléchit un instant tout en échangeant un regard avec sa mère.

– Le père d'Osmar… intervint Irene avec un soupir. Mon ex l'a aidé au début.

– Ce début, c'était quand? Où se trouve votre ex-mari?

– Ils ont commencé à vendre certains tableaux dans les années 1990, au moment de la Période spéciale. Vous le savez aussi bien que moi, il n'y avait rien et… mon père a décidé de vendre un certain nombre de choses. Il en a parlé avec Marcel, le père d'Osmar… qui avait été membre de la Sécurité.

– De la Sécurité? voulut faire préciser Conde, même s'il savait que c'était inutile: à Cuba, il y a une seule Sécurité, et c'est celle de l'État, la police secrète, le G2. Voilà qui devenait intéressant, se dit-il.

– Eh bien oui, de la Sécurité.

– Et où est… Marcel? Marcel comment?

– Marcel Robaina, il est à Miami, répondit Osmar. Il a déserté et il est parti… en emportant deux tableaux de mon grand-père, d'ailleurs. Deux toiles de Cundo Bermúdez.

– De Cundo Bermúdez! – Le Conde ne put cacher sa surprise. Ils étaient peu nombreux ceux qui, à Cuba, possédaient des œuvres de ce maître de l'avant-garde cubaine, exilé au début des années 1960 et, pour ce qu'il en savait, très coté sur le marché. Si la liste des œuvres dont Quevedo avait été propriétaire continuait à grossir, il finirait par avoir eu plus de tableaux que le musée national.

– Oui… deux œuvres des années 1950. Une sorte de diptyque: une noire avec une guitare et un orchestre de noirs, précisa Osmar.

Conde sentit qu'il entrait en terrain miné. Autour de la vie et de la mort de Reynaldo Quevedo pouvaient avoir gravité plus d'orages que ce qu'il avait prévu.

– Il a déserté de la Sécurité… et il a vendu ces tableaux là-bas ?

– Bien sûr, mais… il n'a jamais envoyé l'argent, intervint Irene.

– Quels contacts vous aviez avec… Marcel ? – Conde suivit son inspiration et en fut récompensé par la réponse d'Osmar.

– Dernièrement presque aucun… jusqu'à ce qu'il fasse son apparition ici, il y a deux mois.

– On l'a laissé entrer à Cuba ?

– On l'a laissé, oui, reprit Irene. Sa mère était au plus mal… Je ne sais pas comment il a fait, mais on l'a laissé entrer.

– Et ?

– Ma mère a refusé de le voir, renchérit Osmar. Moi, je l'ai vu… Mais c'est quoi le lien entre mon père et ce qui s'est passé ? Il est reparti pour Miami il y a une quinzaine de jours.

– Et il est venu ici, il est venu voir Quevedo ?

– Oui. Deux ou trois fois, pointa Osmar.

– Seul ou avec quelqu'un d'autre ?

– Seul, je crois, confirma Osmar. Oui, il est venu toujours seul, ou avec moi…

Conde hocha la tête et opta pour refermer ce tiroir, car Marcel n'avait sûrement pas le don d'ubiquité. Il était temps d'ouvrir des tiroirs plus prometteurs.

– D'où est-ce que Quevedo tenait toutes ces œuvres ?

Irene décida que c'était à nouveau son tour.

– Mon père avait voulu être peintre, il était un peu poète, il avait le goût de l'art… et comme il avait beaucoup de relations, il est arrivé à avoir des choses. Certaines ont pris de la valeur ensuite.

– Il les achetait ? fit mine de demander innocemment Conde. Ces œuvres avaient toujours eu de la valeur et Quevedo n'était pas un magnat attiré par l'art.

– Certaines… osa dire Irene, sans pouvoir dissimuler la rougeur sur son visage et même la naissance de ses seins que ce mensonge avait déclenchée. Conde fut sur le point d'avoir une nouvelle crise de compassion, mais il se reprit.

– Vous savez ce que Quevedo a fait à beaucoup de ces peintres ? demanda-t-il, en signalant de la main le mur où étaient encore accrochées quelques toiles.

– Nous le savons tous, commença Osmar. Nous savons qu'il a foutu en l'air la vie de plein de gens et qu'il était implacable. Mais ce qu'on ne dit pas, c'est que mon grand-père a fait ce qu'il a fait parce qu'on lui a ordonné de le faire. Mon grand-père était un soldat… Personne ne veut parler de ça. Ils se sont mis à hurler il y a quelques années, ils ont dit des horreurs sur mon grand-père et ils n'ont pas osé dire qu'il ne faisait qu'obéir ni qui était celui ou ceux auxquels il obéissait… C'est toujours sur lui qu'on jette toute la merde, comme s'il avait été le seul coupable.

– Tu as peut-être raison. Non, je crois même que tu as raison, concéda Conde, en se demandant à quoi faisait allusion le jeune homme en parlant de ceux qui s'étaient mis à hurler. Ce que tu me dis, ça me rappelle le nazi Eichmann. À sa décharge, il disait qu'il ne faisait qu'obéir, et que tuer des juifs, ce n'était rien d'autre que son travail… Quoi qu'il en soit, vous devez bien savoir que beaucoup de ceux que Quevedo a réprimés pouvaient lui souhaiter le pire, pas vrai ? Même si je ne crois pas que l'un d'entre eux soit venu se venger et le voler. Plus aujourd'hui. Ce sont tous des vieux. Bon, certains ont des enfants ou des petits-enfants comme toi, Osmar… Et il y a des gens qui n'oublient pas certaines choses.

– Mais ce qu'on a fait à Quevedo… osa intervenir Aurora. C'était elle qui semblait la plus touchée. – Oh, mon Dieu…

– Là, j'ai besoin que vous me fassiez une liste des œuvres qu'il y avait dans la maison, y compris celles qui ont été volées, poursuivit Conde. Et que vous me disiez quelque chose d'important... En dehors des œuvres d'art, quelles autres choses de valeur pouvait-il y avoir ici ? Des choses que Quevedo aurait pu accumuler. Je ne sais pas lesquelles mais des choses de valeur... ou de l'argent.

– De valeur... À part les tableaux, je ne vois pas, dit Irene en regardant son fils et la femme de ménage.

– Oui, les tableaux, confirma Osmar. Un peu d'argent, mais il est encore là où il le gardait. Le reste de l'argent est à la banque. C'est moi qui gère le compte.

Conde regarda Aurora, qui était retombée dans son silence affligé. Elle se frottait les mains et elle baissa les yeux pour parler.

– Il n'y avait rien d'autre à ma connaissance, dit-elle, et Conde eut la certitude qu'elle mentait et que, pour compenser, elle lui disait la vérité quand elle ajouta : – Je viens de m'en souvenir... Il y a un mois à peu près, un homme est venu voir le camarade Quevedo. L'homme qui a peint ce tableau. Je le sais parce que cet homme, un vieux, a dit et crié des choses horribles à Quevedo...

Osmar, Irene et Conde tournèrent la tête pour suivre la direction indiquée par l'index d'Aurora : sur le meilleur mur de la salle à manger régnait une marine lumineuse, comme brûlée par le soleil des tropiques. Une image peinte à grands coups de pinceau en couche épaisse qui avait attiré Conde dès sa première visite. Sur le bord inférieur de la toile, en s'approchant et en plissant les yeux, Conde finit par distinguer la signature de Sindo Capote.

Gumersindo Capote vivait encore ?

Depuis de nombreuses années Sindo Capote habitait une maison hantée, située à quelques rues de la tour de Reynaldo Quevedo, également face au Malecón. Un jour, il y avait plus de vingt ans, Conde avait rendu visite à Capote pour accompagner son ami Alberto Márquez et parcouru cette demeure avec des créneaux, des tourelles et des fenêtres triangulaires dont l'ex-policier avait toujours trouvé qu'elle serait plus à sa place dans un conte d'horreur nordique que sur une promenade maritime tropicale. Le dramaturge et le peintre avaient entretenu durant des années une amitié qui, au début des années 1960, tandis que tous deux profitaient des vents révolutionnaires bénéfiques et libérateurs de l'époque, s'était manifestée par la création, de la part de Capote, des décors de l'une des stimulantes pièces mises en scène par le Marquis, comme on surnommait Márquez. Cela avait été des temps de gloire et d'audace esthétique, de soifs créatives et d'irrévérence, une période de liberté qui disparaîtrait quelques années plus tard pour laisser la place à l'expérimentation douloureuse d'une marginalisation à laquelle peu avaient su résister avec l'intégrité du metteur en scène. Sindo Capote n'avait pas aussi bien tenu le choc.

La mort du Marquis, trois ans plus tôt à peine, à quatre-vingts ans bien sonnés, avait privé Conde d'une source d'informations très nourrie qui lui aurait été des plus utiles pour pénétrer dans les intrigues d'un passé qui avait dégénéré au présent avec l'assassinat de l'abominable Quevedo. L'enquêteur volontaire savait qu'il devait se raccrocher à ce qu'il pouvait trouver et, mû par le réveil spectaculaire de sa curiosité et de son flair policier, il parcourut à grands pas sans trop réfléchir les sept cents mètres séparant le gratte-ciel moderniste de la maison aux airs de château ou de cabane de Hansel et Gretel où il supposait qu'habitait toujours Sindo Capote, apparemment récompensé par l'immortalité physique après s'être fait dérober l'immortalité artistique. Il fallait bien qu'il commence quelque part.

Une femme d'une cinquantaine d'années, réplique ou presque de la fille de Quevedo, poitrine généreuse incluse, lui ouvrit la porte. Cela ressemblait, se dit-il, au carnaval des belles plantes à gros seins.

– Bonjour, dit Conde, en nageant contre le courant qui l'entraînait vers la contemplation toujours satisfaisante d'une belle paire de seins.

– Bonjour… c'est à quel sujet ?

– Je pourrais voir Sindo Capote ?

– De la part ?

– D'un ami du Marquis.

– Il n'est pas mort, le Marquis ?

– Il a peut-être fait semblant d'être mort.

La femme sourit en secouant la tête. Elle avait un bon sourire, meilleur que celui de son double Irene Quevedo.

– C'est vrai qu'il était capable de tout.

– Je suis bien d'accord.

– Entre, dit la femme en lui cédant le passage pour aller au salon. Et pourquoi tu veux voir Pipo ?

– Ah, c'est ton père. – Elle hocha la tête. – Je veux le voir à propos de Reynaldo Quevedo.

Ses traits se transformèrent.

– Mais il ne vient pas de mourir, ce salopard ? Mourir pour de bon ?

Conde réfléchit un moment à sa réponse et décida de se lancer bille en tête.

– Non, ce salopard a été tué. Et oui, pour de bon.

Le visage de la fille de Capote changea à nouveau.

– Comment ça, il a été tué ? Mais on avait dit que… Qui l'a tué ?

– C'est ce que j'essaye de trouver…

– Mon Dieu… attendez, je vais chercher Pipo.

La belle plante – il fallait bien reconnaître qu'elle avait aussi un beau cul – disparut à l'intérieur de la maison et Conde décida de s'asseoir. La réaction de la fille de Capote montrait à l'enquêteur que la possibilité que son père soit mêlé à la mort de Quevedo ne lui avait pas traversé la tête.

Conde observa autour de lui. Les meubles du salon exhibaient une longue décrépitude et les seuls qui semblaient confortables étaient un fauteuil couvert de coussins et un fauteuil roulant, flambant neuf. Mais le visiteur fut tristement frappé par le fait de découvrir que, sur les murs du salon, il n'y avait que des posters de vieux calendriers, tous à moitié rongés par le méchant salpêtre auquel la maison était exposée. Capote n'avait donc pas d'œuvres de ses collègues ni même d'œuvres à lui ? Ou les protégeait-il des intempéries abrasives du bord de mer ? Dans tous les cas, entre les hauteurs lumineuses du monde de Quevedo, avec des œuvres d'art aux murs, des lampes Tiffany et des meubles de style, et la grotte médiévale de Capote ornée seulement de photos décolorées, il y avait un abîme de possibilités matérialisées et exhibées.

S'appuyant sur une canne, suivi par sa fille, le vieillard entra dans le salon. Il faisait glisser ses pieds, sans cesser de regarder par terre, comme s'il avançait sur un terrain miné qui n'était autre que l'évidence de son grand âge. Il était habillé avec l'insouciance qui l'avait toujours caractérisé – des sandales en cuir, pas de chaussettes, un bermuda couleur kaki, un tee-shirt –, mais avec un soin qui rassura Conde. Sindo Capote n'avait pas fait d'argent avec son œuvre, ou il l'avait dilapidé, mais apparemment il avait la chance de traverser la vieillesse avec dignité (si tant est qu'il y a une dignité quelconque dans la vieillesse).

– Alors, quelqu'un a tué le cafard, dit le vieillard avant de s'installer dans le fauteuil avec deux coussins que lui approcha sa fille. Du coup, il me semble que je suis arrivé jusque-là rien que pour entendre cette nouvelle. Il n'est pas mort, on l'a tué !

Conde hochait la tête. La voix de Sindo Capote était beaucoup plus jeune que son physique.

– Je vous fais un café, proposa la fille après s'être assurée du confort du vieux.

– Non, Luly, du café, tu veux rire… apporte du rhum, putain, il faut fêter ça. Ce fils de pute a été tué !

Presque personne n'avait droit à une convocation individuelle dans le bureau de Reynaldo Quevedo. Être convoqué dans sa tanière était presque un honneur, une reconnaissance : tu étais si important ou si dangereux que tu devais faire l'objet d'une attention personnalisée, même si, avant d'entrer, tu savais déjà que tu étais condamné, l'accusation important peu. Quevedo concentrait le pouvoir, tout le pouvoir, Jupiter tonnant et écrasant, sans autre forme de procès, sans possibilité de se défendre.

La majorité des condamnés, comme le Marquis, étaient mis en accusation publiquement, dans un théâtre ou dans une salle remplie d'autres accusés et de procureurs. Une humiliation démultipliée… D'autres étaient sanctionnés sans que personne ne daigne même leur lire les raisons de leur condamnation : tu étais stigmatisé, un point c'est tout, sans explications mais avec rigueur… Du jour au lendemain, tu te retrouvais sans travail, sans possibilité d'exposer ou de publier quoi que ce soit, sans qu'on parle de toi, plus personne ne t'adressait la parole. Presque comme si tu n'avais pas existé… Moi non. Avant de disparaître, j'ai dû aller dans le bureau de Quevedo, vers la rue Calzada, près du théâtre Hubert de Blanck, tu situes ?… Pendant des années je n'ai pas pu repasser par cet endroit, j'ai même cessé d'aller au théâtre. Être à proximité me rendait malade. Ou me faisait peur, ce qui est pire.

De la bouche de Quevedo, j'ai appris ce jour-là que mes péchés avaient consisté par exemple à peindre une série d'abstraits pour une exposition, huit toiles de grande taille commandées pour un bâtiment officiel qui, bien entendu, n'étaient jamais arrivées dans aucun bâtiment officiel. Quevedo m'a rappelé que j'avais eu la mauvaise idée de vendre une de mes œuvres à un diplomate européen, peu importait lequel, et que j'avais touché de l'argent, peu importait la somme, qui de fait était une misère, pratiquement rien... Ce tableau, pour aggraver les choses, était un nu masculin très discret, qui ressemblait un peu à ce que faisait Servando, comme me l'avait demandé cet ambassadeur. Un tableau incontestablement pornographique et pédé, m'assura Quevedo. Et, pour clore la liste, il y avait le fait d'avoir eu des amis qui étaient considérés comme des ennemis : Guillermito Cabrera Infante, Heberto Padilla, Carlos Franqui, ce genre de gens, que je connaissais depuis vingt ou trente ans. Plus d'avoir travaillé avec le Marquis et être ami du Recio ! Un délit grave ou pas grave ? Aujourd'hui, n'importe qui peut en rire, mais en 1971 personne ne riait. Presque tout le monde pleurait. Et il y avait de quoi. Les gens pleurent quand ils ont mal, quand ils ont peur...

Quevedo m'a dit que mon comportement avait toujours été douteux. Mon comportement. Ce n'était pas que j'avais fait quelque chose, c'était plutôt que je ne l'avais pas fait, et ça, c'était presque pire. Pour purifier le monde intellectuel cubain des mauvaises influences, il fallait éliminer les impurs. Les pédés, les gouines et les croyants, les hésitants et les non-conformes, les existentialistes tropicaux, les trotskystes cachés, ceux qui ne comprenaient pas la portée du processus historique, la férocité de la lutte des classes, m'a-t-il dit. On ne peut pas dire que j'ai été surpris, parce que toutes ces tares figuraient bien entendu dans les manuels de politique culturelle du stalinisme et de l'art prolétarien. Du Jdanov, de l'agit-prop à l'état pur. Ici, tu sais, ils n'ont rien inventé. Et si c'est vrai qu'ils ne nous ont pas envoyés nous congeler dans un goulag de Sibérie, entre autres parce que, ici, nous n'avons pas de Sibérie, ils ont retiré la dignité à beaucoup d'entre nous, ils nous ont fait sentir coupables, sans savoir très bien de quoi, mais très coupables, et ils nous ont même convaincus, pour nous purifier de nos fautes, de nous renier nous-mêmes… Écoute, je n'oublierai jamais la vision de cet écrivain gay et de cette poétesse lesbienne, dont tout le monde savait de quoi il retournait, qui avaient senti le vent du boulet et décidé de se promener dans La Havane main dans la main, comme s'ils avaient été en couple, et de s'embrasser toutes les deux secondes à pleine bouche, le plus en public possible. Ces malheureux devaient avoir une de ces peurs… et, aujourd'hui, ils en parlent comme s'il ne s'était jamais rien passé… Et que te dire de cette poétesse qui était mon amie, la pauvre, et qui est devenue folle et, toute catholique qu'elle était, n'a pas pu résister et s'est suicidée. Et si tu aimes la lecture, même si tu es policier, tu as peut-être lu les nouvelles prolétariennes de cet autre écrivain passé à la centrifugeuse et qui en est ressorti comme un malheureux qui, pour s'attirer la sympathie, n'écrivait plus que de la daube infâme… je peux continuer, si tu veux…

Bon, cet après-midi-là, quand il m'a convoqué dans son bureau, c'est la seule fois, jusqu'à il y a pas longtemps, où je me suis retrouvé en face de Quevedo. Et ça m'a suffi. Je me suis rendu compte que cet homme était par-dessus tout un sadique, un malade. Quelqu'un qui jouissait de martyriser ceux qu'il pouvait martyriser, et nous avons été nombreux, les martyrs de sa croisade. Il canalisait sa médiocrité, sa haine et je crois même ses pulsions refoulées en écrasant les gens autour de lui, parce que, comme tu le sais, exercer le pouvoir sur les autres c'est comme une décharge d'adrénaline ou un rail de coke : cela t'élève, te libère, te donne la satisfaction de te sentir supérieur.

L'entretien avec moi a duré une vingtaine de minutes, durant lesquelles il a été le seul à parler. Il a osé me dire qu'il avait bon espoir que je reconnaisse mes erreurs, que je les corrige et que je les dépasse. Ils voulaient seulement me donner une leçon pour que j'assume mes faiblesses idéologiques et me donner la possibilité de me racheter.

La Révolution, m'a-t-il dit, parce qu'il parlait au pluriel et au nom de la Révolution, était généreuse, et ils avaient la recette pour mon salut… Et il est arrivé enfin au cœur du sujet… Ils savaient que j'étais un honnête homme, issu d'une famille humble, et que j'étais juste un peu désorienté, et ils étaient par conséquent sûrs qu'ils pourraient compter sur moi. Me sauver était très facile. Il fallait que je parle avec un camarade qu'il m'indiquerait et, de temps à autre, le rencontrer pour lui raconter de quoi parlaient mes amis artistes, ce qu'ils disaient des événements, quels étaient leurs comportements, ce qu'ils pensaient des dirigeants… Quevedo me proposait de surveiller mes collègues pour les dénoncer ensuite.

Je n'avais rien dit jusque-là et j'avais toutes les raisons d'être mort de trouille, mais le tour pris par cette conversation m'a surpris. Je m'attendais à une punition, pas à une proposition alternative. J'étais prêt pour une condamnation, pas pour me sauver en devenant un misérable, et je me suis alors suicidé. Parce que je lui ai dit la seule chose qui est sortie de ma bouche dans cette réunion. Je lui ai dit que non, qu'ils pouvaient me faire ce qu'ils voudraient, mais que je n'allais pas devenir un mouchard.

Je crois que Quevedo a même souri en m'entendant. Je dis je crois, parce que pendant qu'il parlait et que je tombais dans la fosse aux condamnés, j'ai senti mon regard se brouiller, mes tempes bourdonner, et j'ai pensé que j'allais mourir là. Mort de peur. Ça fait combien de fois que je prononce le mot "peur" ?

Je suis ressorti du bureau de Quevedo avec un papier que je devais présenter dans un local où on restaurait des œuvres d'art, où j'allais devoir dorénavant travailler et où j'ai travaillé dix ans. J'ai commencé en balayant l'atelier et en ratissant le jardin. Je suis ressorti aussi avec la confirmation que je ne pouvais ni exposer ni vendre mes œuvres, encore moins en faire sortir une du pays. Et avec une mise en garde : notre conversation avait été confidentielle, question de sécurité, et tout commentaire de ma part à ce sujet serait considéré comme un acte contre-révolutionnaire. Comme je devais m'en douter, m'a-t-il dit, et cette fois je l'ai bel et bien vu sourire, d'autres amis à moi qui étaient passés par son bureau avaient été beaucoup plus intelligents et conscients de la difficulté du moment historique, et avaient accepté la proposition que j'avais refusée. Grâce à ces bons révolutionnaires disposés à s'amender, ils seraient au courant de tout, d'absolument tout.

Et j'ai vécu dix ans d'ostracisme. Je n'ai pas eu la force du Marquis, qui a continué à écrire. J'ai arrêté de peindre. Et quand j'ai réessayé, quinze ans plus tard, j'avais perdu la "main". On me l'avait amputée, en fait. Sindo Capote était vivant, mais en réalité il était mort. Anéanti en tant qu'artiste... mais non en tant que personne, car il me restait encore des choses à voir, et je suis en train de voir des choses. Comme disait ce type qui commentait les matchs de base-ball : la partie a gardé ses meilleures émotions pour la fin. Pas vrai ?

Bon, concernant ce qui t'intéresse... Il y a deux mois à peu près, j'ai reçu la visite d'un jeune homme. Un type plutôt bizarre, ou c'est moi qui l'ai trouvé bizarre, il ne l'est peut-être pas, juste jeune. Il avait les cheveux teints, une crinière comme ça, tout hérissée, avec des anneaux qui lui pendaient aux oreilles, les yeux maquillés, et habillé avec une tunique blanche comme... comme celle des bouddhistes ? Plus ou moins. Il avait besoin d'un service, il m'a dit, et il me paierait deux cents dollars si je le lui rendais. Deux cents dollars ? Il avait besoin que j'authentifie deux de mes toiles et il m'a montré sur son téléphone les photos des deux tableaux... qui faisaient partie de la série des huit peintures abstraites avec des éléments constructivistes que j'avais peintes en 1969 pour un bureau du gouvernement et dont je n'avais plus jamais rien su, pour lesquelles on ne m'avait jamais rien payé… Et il m'a dit que ces deux tableaux étaient chez Reynaldo Quevedo. Chez Quevedo ! Ils appartenaient à Quevedo ! Qui les avait achetés dans une exposition, d'après le jeune homme, et dont Quevedo avait les factures d'achat… Un achat réalisé dans une exposition qui n'avait jamais eu lieu, des pièces qui n'avaient jamais été vendues. Tu vois de quoi ils étaient capables… L'impunité. Dieu sait combien d'autres horreurs ils ont commises.

Tu imagines ce que j'ai pensé ? Non, bien sûr que tu ne peux pas l'imaginer. Ma première réaction a été de dire à ce garçon que je n'allais sûrement pas l'aider à authentifier deux œuvres de moi que des fils de pute m'avaient volées et je lui ai dit de s'en aller. Mais, ensuite, j'ai réfléchi. Beaucoup réfléchi. Et après avoir encore réfléchi, je suis arrivé à une seule conclusion : si Quevedo avait récupéré ces deux œuvres, il était possible qu'il en ait d'autres de cette série, et des œuvres d'autres peintres dont il avait bousillé la vie. Quel désastre… Et j'ai cherché son adresse, et comme c'est tout près d'ici j'ai demandé à ma fille Luly de m'emmener le voir.

On y est allés avec mon fauteuil roulant, on est montés dans l'ascenseur et on a frappé à la porte. Une femme a ouvert et j'ai demandé à voir Quevedo… de la part de Sindo Capote. La femme est allée demander et elle m'a fait entrer, et j'ai demandé à Luly qu'elle m'attende dehors. Et j'ai vu les œuvres que Quevedo avait là, sur les murs de son appartement… Une de mes marines… Et j'ai eu alors avec lui la conversation la plus étrange de ma vie, beaucoup plus que celle dans son bureau, il y a quarante-cinq ans… Une conversation dont je ne vais rien te raconter, cher ami… même si tu m'attaches au chevalet de tortures et si tu es venu m'apporter une bonne nouvelle. Quelqu'un a enfin écrasé le cafard et… bien sûr, tu es là parce que je suis suspecté de l'avoir tué ? Désolé de te décevoir, mais je ne l'ai pas tué, je suis dans un état encore pire que celui où il était. Même si, je te l'avoue, j'avais toutes les raisons de le faire, et pas seulement de lui trancher trois doigts, mais toute la main, comme on me l'a fait à moi… Tu ne trouves pas?… Luly, ressers-moi du rhum, merde, il faut continuer à fêter ça.

Le ciel, soudain couvert, pouvait annoncer un orage de printemps, plus habituel en mai qu'en mars, mais il n'y avait pas de quoi s'en étonner : tout, dernièrement, y compris la nature, semblait décentré. Conde aussi se sentait décentré. C'est pourquoi il décida de profiter de l'absence du soleil et, après avoir pris congé de Sindo Capote et de Luly, sa fille bien roulée, il traversa l'avenue du Malecón pour aller s'asseoir sur le banc public le plus long du monde. Et le meilleur, se dit Conde en posant son cul sur le ciment, en faisant passer ses jambes par-dessus le parapet pour les laisser pendre du côté des rochers où se brisaient des vagues heureusement flemmardes. Il alluma une cigarette, regarda la mer, toujours mystérieuse, et se mit à réfléchir.

Dans quelle histoire s'était-il donc fourré? Quelles puanteurs enfouies remonteraient si on remuait ce tumulus enkysté qui n'était de toute évidence rien d'autre qu'un tas d'ordures puant? La conversation avec le peintre châtré en pleine gloire l'avertissait qu'il pénétrait sur un terrain différent de ce qu'il connaissait, sans aucun doute beaucoup plus trouble. Par l'intermédiaire de son ami le Marquis et d'autres témoignages qu'il avait entendus ou même lus, il avait connaissance des souffrances des victimes, mais là il entrait dans un univers encore plus ténébreux, dans le cercle des bourreaux, de ceux qui font rarement étalage de leurs motivations et de leurs stratégies, ou qui, quand ils le font, se déguisent eux-mêmes en victimes de l'obéissance obligée. Les coupables sont autres, les temps étaient autres, on faisait ce qu'on nous demandait, disent-ils quand on les force à dire quelque chose.

Et que signifiait, putain de merde, cette tentative, une dizaine d'années plus tôt, de réhabiliter Quevedo et d'autres du même acabit, ce qui, d'après Capote, avait déclenché une guerre de basse intensité à coups d'e-mails ? Cela correspondait-il aux hurlements dont lui avait parlé Osmar ? Car, avant de prendre congé, et légèrement bourré après les deux joyeux verres de rhum bien mérités, Sindo Capote lui avait parlé d'une tentative pas du tout dissimulée de réhabilitation de Quevedo et d'autres répresseurs de sa horde, pour leur redonner des postes en passant l'éponge sur leur passé sanglant, comme si rien ne s'était passé. Cet attentat contre l'Histoire avait déchaîné la furie de dizaines d'artistes qui clamaient dans leurs messages lancés dans le cyberspace qu'ils ne toléreraient pas un pareil tour de passe-passe, ni l'effacement d'une mémoire blessée qui n'avait jamais été soignée. La réhabilitation de l'image des répresseurs annonçait-elle la réhabilitation de leurs méthodes ? Le seul fait d'y songer avait de quoi faire peur.

Il lui fallait en savoir plus sur cette histoire, se disait Conde, qui regrettait de ne pas s'être décidé à annoncer à Capote que, en plus d'une de ses marines connues, deux de ses tableaux abstraits (peut-être ceux photographiés par Osmar) étaient toujours accrochés aux murs du bureau de Quevedo, une pièce à laquelle le peintre n'avait pas eu accès. Il essayait d'imaginer la façon dont ces toiles avaient été saisies, quand des cris de joie le tirèrent de ses réflexions. La superbe Impala décapotable modèle 1958 avançait lentement sur l'avenue. Trois femmes et deux hommes y avaient pris place, armés de chapeaux de paille, de capelines et de bières, jouissant pleinement de l'excursion que leur offrait le chauffeur du véhicule. Leurs peaux blanches, déjà rougies par le soleil des tropiques, leurs tenues et leur ivresse triomphante, trahissaient leur identité : c'étaient des touristes, des touristes nord-américains, de ces Américains de retour sur l'île pour y être témoins de l'organisation de ce parc d'attraction du socialisme réel où leurs grands-parents avaient passé des jours remplis de rhum, de musique et de sexe dans les nombreux cabarets, casinos, bars et bordels de la ville ouverte, pécheresse, perdue ensuite à cause de ce qui était pour eux un incompréhensible retournement de l'Histoire. Ils étaient à présent de retour et leurs dollars valaient plus que jamais, ils pouvaient presque tout acheter, y compris la joie d'effectuer cette promenade depuis la Habana Vieja jusqu'à la zone des bars disparus de la plage de Marianao et du défunt Coney Island, roulant dans une voiture de collection sur les spectaculaires chaussées de la Cinquième Avenue et du Malecón, qui s'était appelé un jour l'avenue du Golfe.

Distrait par le passage des touristes, Conde ne savait pas à quel moment, alors qu'il était absorbé dans ses pensées, s'était installé sur le mur, à quelques mètres de lui, ce type clairement bizarre, beaucoup plus jeune que lui et portant un costume-cravate, un chapeau de paille sur la tête comme plus personne au monde n'en portait, qui lui aussi regardait avec une profonde concentration le passage de l'automobile. Mario Conde éprouva alors une sensation étrange de déjà-vu, un nœud fatal de l'histoire qui déclencha en lui une tristesse évidente. Avaient-ils donc tant nagé durant tout ce temps pour mourir sur le même rivage, mais plus diminués, plus fatigués et contraints d'avaler une eau plus trouble ?

Conde décida de baisser pour ce jour-là le rideau de ses activités d'enquêteur de police, car son corps réclamait nourriture, sommeil et suspension des idées noires. Les soixante ans passés commençaient à peser sur un organisme soumis à de multiples mauvais traitements sur de longues périodes : alcool, manque de sommeil, nicotine et goudron, jeûnes trop nombreux. Au fond, il n'avait pas tant à se plaindre, la machinerie fonctionnait avec une efficacité acceptable. Le pessimisme historique, en revanche, pesait comme un fardeau de plus en plus volumineux.

En arrivant dans son quartier, comme le fameux chien de Pavlov, il alla droit au petit restaurant clandestin de Chicho el Cojo pour y acheter un repas complet à emporter, le plus copieux et le meilleur de la zone : du riz aux haricots noirs, une grillade de porc, un morceau de manioc et trois rondelles de tomate. Vingt-cinq pesos ou un dollar. Une fois chez lui – après avoir observé d'un œil critique l'immeuble qui avait grand besoin d'un bon nettoyage que son propriétaire n'arrêtait pas de reporter –, il récompensa Basura II avec un énorme plat de restes ramenés de La Dulce Vida. Le chien, malgré son âge visiblement avancé, dévora ce banquet en quelques minutes, avant de se diriger vers le canapé où, frottant plusieurs fois son museau des deux côtés sur les coussins, il réalisa un acte hygiénique habituel chez lui : Basura II n'aimait pas se laver, mais en revanche après avoir mangé, il avait besoin d'avoir le museau impeccable.

– On voit que ce n'est pas toi qui laves les housses, mon salaud, lui reprocha Conde, mais le chien, à moitié sourd et toujours aussi nonchalant, ne broncha pas.

Conde versa alors le contenu de la boîte de nourriture dans une assiette que, rivalisant avec la voracité de son chien, il engloutit sans ciller. La dernière bouchée avalée, il sentit ses yeux se fermer. Prévoyant, il se livra alors à trois opérations indispensables pour s'assurer le meilleur repos : afin de calmer ses angoisses, il régla le réveil pour deux heures plus tard ; puis il débrancha le téléphone, qui sonnait toujours au moment le moins souhaitable ; et il retourna pisser, en faisant sourdre les dernières gouttes de sa vessie ; de toutes les actions réalisées, celle-ci était la véritable règle d'or : toujours pisser avant de dormir. En traînant presque des pieds il alla se jeter sur son lit, sans intention d'ouvrir un livre. Il ferma les yeux, mit un oreiller sur sa tête et sentit à peine Basura II qui montait à l'abordage, prêt à l'accompagner dans le lit pour ce voyage au royaume de Morphée, comme on dit.

Trois heures plus tard, lavé et bien parfumé – il s'était aspergé d'eau de Cologne de Cologne, la vraie que lui avait offerte sa belle-sœur Aymara pour les fêtes de fin d'année –, il était prêt à se rendre chez Tamara pour mettre fin à une absence de deux jours… et boire le café que son placard rachitique lui avait refusé et que, même pieds et poings liés, il ne boirait pas à un kiosque dans la rue. Avant de sortir, sans savoir pourquoi, il s'était approché de la machine à écrire laissée depuis plusieurs jours dans la pièce aux livres – impossible d'appeler bibliothèque une accumulation pareille de papier imprimé – pour lire les dernières lignes qu'il avait tapées : elles parlaient de l'honnêteté, d'un type appelé Arturo Saborit qui s'était cru quelqu'un d'honnête. Qui s'intéressait encore à l'honnêteté ? Au fait d'être quelqu'un d'honnête ? Il arracha la feuille du rouleau pour la déchirer mais son instinct lui intima de ne pas le faire : Arturo Saborit pouvait ou voulait lui dire quelque chose, pas seulement sur l'honnêteté. Il remit soigneusement la feuille dans la machine et lut la petite affiche collée au mur, devant la table de travail, qui proclamait comme un avertissement : ÉCRIRE N'A JAMAIS ÉTÉ SIMPLE, avait un jour dit quelqu'un qui connaissait la question. Non, ce n'est pas simple, se dit le Conde avant de sortir enfin dans la rue.

– Dis donc, tu fais quoi dans ton nouveau boulot ? lui reprocha Tamara dès qu'elle le vit, sans cesser de sourire. Rasé, parfumé et avec une chemise repassée…

– Tout est dans le port et l'allure… Ou la photo-présence, comme disait un prof à la fac qui nous faisait chier avec ça… Je fréquente la *high* de la *high* de La Havane, ma jolie.

Conde l'embrassa sur les lèvres et lui caressa le cou. Il s'auto-réprima pour ne pas faire descendre la main vers ses seins. Il ne voulait pas réveiller de fausses attentes. Il savait bien que, pour un meilleur rendement, il avait besoin d'au moins soixante-douze heures d'abstinence. Ou d'un demi-comprimé de Sildénafil, s'il voulait raccourcir le cycle. Et il se sentit jaloux des femmes : pour elles, c'était plus facile, non ?

Tamara l'accompagna à la cuisine, où Conde prépara la cafetière italienne, avec du café italien en poudre – Kimbo, torréfaction napolitaine, un envoi de l'omniprésente et toujours généreuse Aymara –, et il regarda Tamara s'installer à la table de la cuisine. Tamara, sa femme, devenue grand-mère d'un Italien. Comme cela lui arrivait – de moins en moins –, il se souvint de cette époque pleine de rêves où il désirait tellement aller en Italie, voir de l'art, parcourir des villes mythiques, manger de vraies pizzas et déguster des grappas.

– Tu t'es occupé du mort de Manolo aujourd'hui ? lui demanda Tamara.

– Oui, toute la matinée. J'apprends des choses.

– Comme quoi ?

– Que les fils de pute sont insondables, insatiables...

Il raconta à Tamara la façon dont Reynaldo Quevedo avait mis la main sur les œuvres de certains peintres cubains, et comment il en vivait.

– Quelle honte ! dit Tamara en prenant la tasse odorante que lui tendait Conde, et il comprit qu'il devait encore aborder le sujet le plus glaçant qui pesait ces jours-ci sur sa vie.

– Et toi ? Qu'est-ce que tu as décidé ? demanda-t-il, et il se sentit mesquin : la meilleure réponse, se dit-il, aurait été qu'elle lui dise qu'on lui avait refusé le visa, qu'il n'y avait pas d'avions, n'importe quelle solution qui empêche le départ et la solitude.

– J'ai l'assurance médicale. Demain, je m'occupe du billet et du visa. J'hésite entre partir au plus vite ou attendre l'arrivée d'Obama… Cela va être très étrange et je voudrais voir ça de près.

Conde hocha à peine la tête. Les jours passaient, les délais raccourcissaient, dans quelques jours tout le monde serait à Cuba, des Rolling Stones et Barack Obama à ces folles qui montraient leurs seins, mais Tamara non. Il y avait des visas, des assurances et même des avions… Quelques jours plus tard ceux qui venaient seraient repartis, mais Tamara ne serait pas encore revenue. Elle reviendrait ? Conde ne voulait pas insister sur le sujet. Il connaissait la réponse qu'elle lui ferait : bien sûr qu'elle reviendrait. Parce que, malgré tout, il y avait des gens qui revenaient. Il y a et il y aura toujours de tout dans la vigne du Seigneur.

Quand il entra dans La Dulce Vida, Manolo l'attendait, accoudé au bout du comptoir qui était l'endroit assigné à Conde. Devant l'officier de police, qui était en civil, une bière embuait le verre.

– Ça fait un quart d'heure que je t'attends, lui reprocha son ex-camarade.

– De quoi tu te plains, Manolo, tu bois même de la bière… Tu te rappelles quand, pour boire une Lager, il fallait aller dans un bar clandestin ?

– Je me souviens… quand tu t'étais mis minable dans un boui-boui tenu par Candito…

– On a vraiment vécu de drôles de trucs dans notre petit pays… Et, au fait, tu n'étais pas celui qui ne buvait jamais ?

– C'est Yoyi qui m'a invité… Tu sais combien coûte cette bière ici ?

– Trois dollars.

– Soixante-quinze pesos cubains… Plus que ce je gagne en deux jours… et encore, nous, les flics, on nous a augmentés.

– C'est le monde réel d'aujourd'hui, mon pote, dit Conde, philosophe – et Manolo réagit.

– Eh bien, il est dans la merde, le monde… Regarde tous ces gens. – Il montra la salle, bien remplie, mais loin de la foule qui s'y presserait à onze heures du soir. – Je ne sais pas comment, mais ils vivent mieux que moi.

Conde hocha la tête. Ce n'était pas un soir à ressasser la même chose : les raisons de la défaite. Manolo, qui avait terminé sa bière, leva la main pour en demander une autre, sans prévenir son compagnon.

– Tu te lâches, Manolete… Bon, celle-là, c'est moi qui te l'offre. Mais celle-là seulement.

– Merci, trop généreux…

– Je vais voir si je peux la faire passer dans les frais de représentation. Je dirai que j'ai reçu la visite d'un superviseur de l'équipe des Rangers du Texas… Qu'est-ce que tu en dis ?

– Moi, je n'en dis rien… Allez, accouche, tu as trouvé quoi ?

– Quelque chose. Je ne sais pas si c'est beaucoup ou pas. Des petits trucs intéressants. Mais j'ai besoin de plus de temps… Maintenant, je vais te faire payer pour le service que je te rends et pour la bière que tu vas boire.

– Je me disais bien… Allez, lâche le morceau.

– J'ai besoin que vous me disiez ce que vous savez de certains personnages qui rôdent dans cet endroit. Une grosse black masculine que tout le monde connaît sous le nom de Toña la Negra. Un blond qu'on appelle Fabito ; Fabio Iznaga, c'est son nom. Un métis, maigre, avec une tête de grillon, qu'on appelle Grillo, et qui, c'est marrant, se nomme pour de vrai Alexkemer Grillo. Tu veux que je te note les noms ?

Manolo secoua la tête. Il se toucha la tempe, il s'en souviendrait, et il se versa la bière que le serveur venait de décapsuler.

– Alexkemer… Mais c'est ça, l'info dont tu m'as parlé ? Tu m'as fait venir pour ça ?

– Non, mais j'en profite pour te faire un lot… Ce dont j'ai le plus besoin, c'est d'avoir un maximum d'infos sur l'ex-gendre de Quevedo. Marcel Robaina. Je te la fais courte : ex-agent de la Sécurité, il a déserté et il vit à Miami… mais on le laisse entrer à Cuba et, j'en suis sûr, aussi sortir des trucs de Cuba… des œuvres d'art, par exemple. Et j'ai un pressentiment sur ce type…

– C'est ton suspect ?

– Non, il n'est pas à Cuba. Il est parti il y a deux semaines. Mais il a peut-être un rapport avec la mort de Quevedo, je ne sais pas lequel.

Manolo but une longue gorgée de bière avant de regarder Conde.

– Non, vieux frère, s'il n'est pas ton suspect, je préfère ne pas m'en mêler. J'ai pas envie de me brûler, et ce truc c'est de la braise. La mort de Quevedo, c'est déjà assez chaud comme ça.

Conde hocha la tête.

– Je te comprends. Mais alors, tu peux chercher quelqu'un d'autre pour mener l'enquête.

Manolo but encore une gorgée et regarda de nouveau Conde.

– Sois pas salaud, mec.

– Sois pas con, mec.

– Je t'emmerde, Conde… je ne sais pas ce qui me prend de venir te chercher pour ce genre de truc. Si je vais trop loin ou si tu vas trop loin, je suis bon pour l'incinérateur.

L'ex-policier sourit.

– Tu te souviens des journées de prévention contre les incendies ? Un incendie, on peut toujours l'éviter… Eh bien des fois non, Manolo, des fois non. Je te dis que, sur ce type, j'ai un pressentiment.

Je n'allais pas tarder à avoir la confirmation qu'à San Isidro tous les chemins menaient à Alberto Yarini. Et la preuve que croiser le chemin du cacique du quartier de la prostitution et du vice, de l'homme que ses acolytes acclamaient déjà comme présidentiable et auquel ils donnaient le surnom viril de Coq de San Isidro, pouvait être une chance unique ou le début de tes malheurs.

L'assassinat et le démembrement de la jeune Margarita Alcántara, même si c'était une prostituée, ou peut-être parce que c'en était une, éveilla la curiosité morbide de la ville d'une façon qui échappa complètement aux calculs bancals du capitaine Fonseca, requin et adepte depuis toujours de la loi du moindre effort. Les journaux de la ville, avides de scandales et de sang, commencèrent à publier des reportages magnifiant un crime que l'on comparait même à ceux du célèbre Jack l'Éventreur et à baptiser l'assassin national, presque avec une fierté patriotique, le Boucher de San Isidro. Ainsi, un événement qui, sans le détail du démembrement, aurait été noyé dans la masse des crimes passionnels ou punitifs commis en ville (rien que la mort d'une pute, comme l'avait impitoyablement énoncé Cuillère) se transforma en quelques jours en cri d'alarme qui émut beaucoup de monde dans un pays amateur de romans et, surtout, qui rendit nerveuses les turbulentes collègues de la défunte, la plupart entassées dans le quartier de tolérance. La découverte, quelques semaines plus tard, d'un second corps de femme, également trucidé, allait déclencher la terreur.

Certains journaux (soudain presque oublieux de la proximité de la comète de Halley) avaient profité de la cruauté de l'assassinat de Margarita Alcántara pour distiller leur venin et redoubler d'agressivité fielleuse. Sans la moindre preuve, plusieurs quotidiens accusaient un membre de la société secrète des noirs *ñáñigos* d'avoir commis un crime rituel, comme si ces hommes passaient leur vie à trucider des femmes et des enfants. Ce genre de théorie fantaisiste ne faisait qu'exacerber des sentiments racistes en augmentation dans la ville et dans tout le pays depuis qu'un groupe d'anciens combattants et de dirigeants de couleur avaient commencé à réclamer des droits ajournés par la République et même décidé de former un parti de noirs et de métis mécontents. Le monstre vorace de la peur du noir, si pesant dans l'histoire nationale, se nourrissait de nouveaux aliments et attiser le feu risquait de provoquer des incendies à l'issue imprévisible.

Pour être tout à fait juste, s'il y avait une chose qu'on pouvait reconnaître au capitaine Fonseca, c'était son excellent flair de charognard. Dans cette atmosphère exacerbée, sa vénalité proverbiale s'imposa à son sens restreint du devoir quand il crut trouver dans l'assassinat une mine d'or : de l'argent assuré, et peut-être même une promotion. Il avait seulement besoin de vendre aux gens l'image d'un policier responsable et leur offrir le spectacle d'un bon coupable, avait-il dû penser, sans attacher grande importance au fait de savoir si son suspect était le coupable… Il enfila donc la tenue du serviteur public efficace pour arrêter et mettre en prison deux proxénètes en lien avec la défunte : le Français Raoul Finet et le Cubain Fernando Panels, don Nando. Selon les théories que (contre un bon pot-de-vin) le policier laissa filtrer dans les pages de faits divers, tout semblait indiquer que Margot Gros Nénés avait été victime d'une dispute entre les deux hommes, un différend bien plus large, puisqu'il concernait les bagarres déjà connues pour la maîtrise du commerce de la prostitution et le contrôle du territoire de San Isidro entre, d'un côté, les "Apaches" français et, de l'autre, les "Guayabitos" cubains, ainsi qu'étaient désignés les proxénètes de ces deux origines dont la rivalité commerciale était de notoriété publique.

Sans lâcher cette proie, Fonseca décida que cela conviendrait à son public s'il mettait en prison, de plus, presque comme un petit supplément dans ce crescendo dramatique, Segundo Sánchez Terán. Surnommé l'Américain, Terán était un noir gigantesque, leader de la société secrète *abakuá* du quartier, avec des antécédents pour vols, coups et blessures, dont certains avaient été infligés lors d'un affrontement sanglant entre deux *tierras de ñáñigos*, les cellules d'initiés, qui se disputaient le contrôle très prisé du syndicat des dockers du port.

À la fois par curiosité naturelle et aussi parce que j'y avais été poussé par mes responsabilités professionnelles, j'étais pas mal au courant de certaines avances de la science criminelle grâce à la lecture des théories de Lombroso et de textes sur les analyses d'empreintes et de preuves, et je n'ai pas tardé à découvrir que les procédés du capitaine Fonseca, loin d'aider, entravaient une enquête qui devait avancer comme un processus. Arrêter et interroger trois suspects pour un même crime, tous avec des motivations potentiellement différentes, ne faisait que brouiller les pistes. Mais pendant ce temps, et en cela Cuillère avait raison, on nourrissait la curiosité morbide et on continuait à parler du crime.

Le fait d'avoir aidé à l'identification et à la filiation de la victime m'avait permis de rester proche de l'enquête et, entre autres privilèges, d'être témoin des interrogatoires des deux maquereaux suspects, même si tous deux avaient des alibis à toute épreuve, faciles à vérifier, qui les innocentaient comme auteurs matériels du crime… mais pas, bien sûr, comme instigateurs potentiels. J'ai même assisté à la première interpellation du noir Terán, où il allégua que, le jour censé être celui du crime (27 octobre) et les deux jours suivants, il avait assisté dans la ville de Matanzas à une cérémonie d'initiation de plusieurs nouveaux adeptes, événement auquel il avait participé avec vingt-six autres membres d'un *juego* de la secte des *abakuás*, selon leur terme pour désigner les loges de leur confrérie.

Convaincu qu'il s'agissait d'une voie sans issue, j'ai décidé de me désintéresser de Fonseca et, par sens élémentaire de la justice, de réaliser ma propre investigation pour voir où elle me menait. J'ai donc fait table rase pour revenir au commencement et j'ai estimé qu'en toute hypothèse la meilleure façon était de m'entretenir avec les plus proches collègues de la défunte : connaître la victime pouvait aider à cerner le coupable, me suis-je dit.

Comme je ne l'ignorais pas, au moment de sa mort Margarita Alcántara travaillait dans une des maisons régentées par Nando Panels, dans la rue Picota, entre Luz et Acosta, en face de l'atelier de fonderie du quartier de San Isidro. Dans cette maison, l'une des mieux achalandées de la ville, travaillaient jusqu'à dix filles, et on proposait de la nourriture, des boissons et des espaces réservés pour des réunions commerciales (de tout genre). Le local disposait même d'un portier, d'un très moderne système de rendez-vous par téléphone, et il avait été décoré avec des draperies sombres et un mobilier de style pour lui donner un air européen Belle Époque. Et j'ai très rapidement constaté, de plus, que don Fernando Panels n'était qu'un homme de paille, le prête-nom du véritable patron du bordel, l'envahissant Alberto Yarini.

Le jour prévu, quand je me suis présenté au bordel en tant qu'officier de police, le portier m'a fait passer dans la salle principale de l'établissement, désert à cette heure matinale, et il m'a demandé d'attendre là le temps qu'on s'occupe de moi. J'ai été aussitôt saisi d'étonnement et je me suis mis à examiner le décor tout à mon aise : de moelleux canapés en damas marron, des tables recouvertes de marbre, des chaises avec de hauts dossiers en rotin, un petit comptoir en bois sombre qui faisait office de bar, des luminaires en vitraux, un lustre araignée pendant du haut plafond où étaient aussi suspendus deux ventilateurs modernes à pales métalliques. Tout flambant neuf, tout juste importés. L'ensemble propre, brillant, comme si, en franchissant le seuil de l'établissement, j'avais d'un coup basculé de la bruyante et parfois fétide rue de la Picota, toujours pleine de vendeurs ambulants et de passants, de crottin de chevaux de trait et de bouses de vaches des laitiers qui traversaient le quartier, dans un établissement de Montmartre ou, mieux encore, de Nice, cette ville modèle avec laquelle on comparait de plus en plus souvent la partie noble de La Havane.

L'homme qui me reçut s'avéra être Jaime Panels, le frère cadet de don Nando. Sans me laisser le temps de me remettre de mon étonnement, le jeune Panels m'a amené dans un endroit plus privé, d'où, apparemment, étaient gérées les activités de l'établissement. Une fois que nous fûmes installés dans deux fauteuils bien moelleux, qui sentaient encore le cuir, mon hôte m'a proposé un verre, que j'ai refusé, puis un café, que j'ai accepté et qu'il a commandé à une servante noire vêtue d'un strict uniforme... dont j'ai su après qu'il s'agissait d'*un* noir, vêtu et maquillé comme une femme, nommé Bruno et qui se faisait appeler Brunilda. Dans cet endroit, ai-je pu le constater dès lors, chaque détail était pensé au millimètre, et je me suis demandé combien pouvaient coûter les services d'une prostituée et, au passage, où pouvaient bien être ces officiantes jusque-là invisibles.

– Bien, monsieur Panels, vous devez imaginer pourquoi cette demande de rendez-vous, ai-je commencé après avoir bu le café et m'être éclairci la gorge, encore sous le coup de l'impression causée par cet endroit. Le fait est que je voudrais savoir s'il est possible...

Derrière moi s'est alors produit un changement dans l'éclairage et j'ai arrêté mon discours pour tourner la tête.

– Ici, tout est possible.

Il était là, encore une fois, avec son costume en lin blanc, sans chapeau, et, comme presque toujours, il faisait admirer sa dentition parfaite. Près du jeune homme, j'ai reconnu l'avocat renommé Federico Morales Valcárcel. Que pouvait bien faire cet homme tout-puissant dans un bordel ? Juste après est entré celui que j'identifierais comme le plus fidèle accompagnateur de Yarini, une sorte de garde du corps peut-être, appelé José Basterrechea, Pepito pour faire simple.

– Je ne vous ai pas revu au Cosmopolita, cher monsieur, a ajouté Yarini. Je vois que c'est parce que vous êtes très occupé.

Comme l'exigeait la politesse la plus élémentaire, je me suis levé, avec une célérité peut-être excessive par rapport à ce qu'exigeait la courtoisie. La présence d'Alberto Yarini auprès de moi était comme un choc et, en ressortant de l'établissement, j'ai passé plusieurs heures à me poser les questions de rigueur : était-il possible que Yarini en personne, son puissant homme de loi et même son aide de camp m'aient attendu ? Pourquoi cette arrivée spectaculaire d'un homme qui n'avait pas besoin d'en faire autant pour écraser les autres mortels ? Est-ce qu'il avait tout prévu ? Ou bien c'était moi qui me croyais assez important pour mériter pareille attention ?

J'ai serré la main que me tendait le cacique du quartier et, à la suite, celles de l'avocat et de Pepito Basterrechea.

– Comment allez-vous, monsieur Yarini ?

– Bien, je dirais. Je vais toujours bien. Même si je pourrais toujours aller mieux, philosopha le jeune homme. Je vous présente mon bon ami Federico Morales, même si vous devez déjà le connaître... Tout le monde le connaît ! Et mon ami Pepito Basterrechea... Mais rasseyez-vous, je vous en prie, et acceptez le verre que Jaime va nous offrir.

Jaime Panels, qui s'était aussi levé, a murmuré quelque chose et est sorti du bureau. D'un geste, Yarini m'a invité à reprendre mon siège et est allé s'installer dans celui occupé auparavant par le cadet des Panels, tandis que Morales s'installait sur le canapé, également en cuir brillant, adossé au mur. Pepito, lui, est resté debout.

– Alors… que vouliez-vous savoir, monsieur l'officier ?

J'ai découvert à cet instant que toute l'assurance que j'avais d'habitude, appuyée en bonne partie sur l'autorité présumée que me conférait ma plaque de policier, s'était évaporée. J'ai senti que j'avais devant moi un véritable pouvoir, pas seulement à cause de ce que le jeune homme représentait, mais par l'aura qui sans le moindre doute émanait de sa figure et de sa personnalité. Et si j'avais besoin d'encore plus de pression pour me sentir désarçonné, il y avait le regard d'aigle du magnat Federico Morales, qui, parmi ses titres de gloire, pouvait se vanter d'être, comme tout le monde le savait, non seulement l'un des hommes les plus riches de la ville, mais en plus l'un des hommes politiques les plus proches du caudillo García Menocal, le général dont on parlait déjà comme du futur président du pays.

– Lieutenant Saborit, suis-je enfin parvenu à dire. Arturo Saborit… Je suis là pour Margarita Alcántara… la fille démembrée.

– Bien sûr… Pauvre Margot, découpée en morceaux… a dit Yarini, presque dans un murmure. Bon, j'irai droit au fait, lieutenant Saborit. Pour parler franchement, il faut que je vous dise que votre capitaine, le requin Fonseca, fait tout à l'envers. Pour commencer, il nous a manqué de respect, il m'a manqué de respect. Il semble qu'il pense que son grade le rend invulnérable, mais ce n'est pas vrai, ce n'est pas vrai… Federico a déjà déposé un recours et Nando va sortir très bientôt.

L'avocat a hoché la tête et a ajouté un commentaire :

– Nous allons devoir remettre cet imbécile de Fonseca à sa place.

C'est à cet instant que Jaime Panels est entré dans le bureau, suivi de Brunilda, qui portait un plateau sur lequel tintaient quatre verres en cristal taillé, une bouteille et un seau à glace. J'ai tenté de profiter du moment de pause pour essayer de comprendre ce qui se passait et où Yarini voulait en venir avec son raisonnement sur le respect et la vulnérabilité. Et j'ai eu l'inquiétante certitude que je pénétrais sur un terrain dangereux, habité par des géants, et qu'il fallait que j'y aille avec prudence pour ne pas être écrasé.

– Merci, Bruni, merci, Jaime, a dit Yarini quand le plateau a été posé sur la table basse devant lui, et le jeune Panels a disparu en compagnie de Brunilda. Le cacique a servi alors l'alcool dans les verres tout en me montrant le seau à glace. – C'est l'extra-sec de Bacardí. Ce qu'on produit de mieux à Cuba. C'est mon ami don Emilio Bacardí qui me l'envoie de Santiago… Prenez de la glace, si vous voulez.

– Pas de glace, merci, ai-je dit en prenant acte de l'information. Ce n'était pas seulement Federico Morales qui figurait dans la liste des amis d'Alberto Yarini, mais aussi Emilio Bacardí, le personnage le plus puissant de la capitale de l'est du pays.

– Tant mieux… J'ai vu des gens y mettre de la glace, et même de ces sodas noirâtres produits dans le Nord, dans le cognac, le vieux rhum et le whisky. Il n'y a que des Américains pour avoir des idées pareilles !… Ou des tapettes. – C'est en souriant qu'il a fait passer leurs verres à l'avocat et à Pepito. – À la vôtre, a-t-il dit, et il a levé son verre et bu une petite gorgée. Quand je l'ai imité, j'ai senti la chaude caresse du vieux rhum le plus exceptionnel produit dans le pays que, bien entendu, je goûtais pour la première fois. – Je vous disais donc… ceux qui ont le plus intérêt à savoir qui a fait cette chose horrible à Margot c'est nous, c'est moi, et je vais le savoir. Des situations pareilles ne sont pas bonnes pour les affaires et, pour commencer, soyez assuré que ni les Français ni nous ne sommes assez stupides pour empoisonner l'atmosphère avec un acte pareil, brutal... À moins que l'un des Français ne soit un fou sadique. Parce que aucun Cubain de la partie, aussi cinglé soit-il, n'oserait me porter préjudice de cette manière, et vous pouvez tenir pour acquis que mon ami Nando Panels ne l'encouragerait jamais et encore moins le ferait de ses propres mains. Nando est un homme d'affaires. Et c'est *mon* ami, a-t-il dit, en laissant tout le poids de l'intonation sur le pronom possessif. Je me fais comprendre ?

– Vous pensez donc que... ?

– Je pense ce que je viens de vous dire, m'a interrompu Yarini, qui voulait conclure, et je crois aussi que vous devez oublier les *ñáñigos*, Je les connais bien. Beaucoup sont mes amis. L'Américain Terán est *mon ami*. Nous travaillons ensemble sur le port et en politique, pour que ce quartier reste le plus tranquille possible... jusqu'au niveau nécessaire. Tout ce que pendant des années on a dit des noirs *ñáñigos*, et qu'on répète aujourd'hui plus que jamais, c'est une forme de dénigrement, de criminalisation. C'est vrai qu'ils sont parfois violents, mais pas plus que quiconque dans cette ville. La majorité d'entre eux sont des hommes droits, je puis vous l'assurer. Et l'Américain Terán, je le répète, est aussi *mon* ami.

Nul besoin d'être un génie pour capter le message répété avec insistance par Yarini. Combien d'amis avait-il ? La meilleure réponse à cette question, je l'obtiendrais quelques mois plus tard.

– Et de quel côté faudrait-il enquêter ? ai-je enfin demandé, et en voyant le sourire que m'a adressé Yarini, j'ai eu la confirmation que j'avais parfaitement compris les raisons de ce discours et l'attention spéciale que me portait quelqu'un comme Alberto Yarini. Pourtant, cette fois, c'est l'avocat Morales qui m'a répondu.

– L'assassin doit avoir des motifs bien particuliers d'avoir fait ce qu'il a fait.

– Je suis bien d'accord, est intervenu Basterrechea. Tout le monde peut flanquer une raclée à une pute, mais...

– C'est peut-être un fou, mais nous n'y croyons pas, a poursuivi l'avocat après avoir foudroyé du regard Pepito. C'est un déséquilibré, un homme très cruel, mais qui est rationnel dans ce qu'il fait. Ce n'est pas du travail bâclé, nous sommes d'accord ?

– Oui, je crois que oui, ai-je osé dire, et Yarini m'a adressé un autre de ses sourires.

Morales aussi a souri et est entré dans le vif du sujet :

– C'est pour cela que je pense que vous êtes venu ici, vous vouliez parler aux filles, voir ce qu'elles savent... Et je trouve ça très bien, c'est logique. Je crois que c'est comme ça qu'Alberto le comprendra et qu'elles seront prêtes à vous fournir l'aide nécessaire et...

Yarini a levé l'index de sa main gauche et Morales s'est interrompu.

– Et moi je pense que, pour gagner du temps, vous devriez les voir deux par deux. Tranquillement et discrètement. Et je me permettrai de vous préparer ces entretiens, et j'espère que vous serez très satisfait du traitement que vous recevrez... Et ne vous avisez pas de consulter dans cette maison une carte du menu. Cela ne se fait pas, a-t-il dit en me souriant encore plus.

Si j'en avais encore douté, j'ai eu la confirmation que le jeune lieutenant, provincial, aussi intègre que pouvait le permettre l'ambiance dans laquelle il vivait et travaillait, le type honnête que j'étais jusqu'à ce moment, était en train de tomber dans un piège sans fond quand ce matin-là j'ai fait le deuxième ou le troisième, ou peut-être déjà l'avant-dernier pas vers mon destin. Même si ce mouvement, exécuté peu après entre les bras et les jambes de deux travailleuses du plaisir expérimentées et généreusement pourvues, a été pour moi un véritable voyage au paradis. Amen.

Les habitants de La Havane en profitaient comme s'il était tombé du ciel et avait toujours été là, à leur disposition. Pourtant, quelques années plus tôt, ce qu'on appelait le Chemin du Nord n'était qu'un terre-plein rocheux, souvent éclaboussé et même inondé par les vagues, un sentier misérable qui partait de la vieille ville en direction des forts de la Chorrera, à l'embouchure du fleuve Almendares, à l'ouest de la ville.

Le miracle de la transformation du vieux Chemin du Nord en avenue du Golfe s'était déroulé en quelques années, à l'initiative des interventionnistes américains qui s'étaient mêlés de notre guerre contre l'Espagne alors que tout indiquait qu'on l'avait gagnée. Ayant besoin d'infrastructures modernes pour ce qui devait être leur protectorat, ils avaient transformé l'ancienne route en une avenue exubérante, sur laquelle fonçaient les véhicules qui, en quantité chaque jour accrue, arrivaient dans la ville. Une ville qui, à coups de chantier et d'argent à gogo, aspirait au titre de Nice des Amériques.

Depuis le muret du Malecón, je pouvais jouir d'une magnifique perspective de la cité et de la mer, pendant que sous mes yeux s'organisait le défilé ostentatoire des autos qui, depuis le Campo de Marte, descendaient par le Paseo del Prado pour emprunter l'avenue en direction du parc inauguré à la mémoire du général Maceo. Encore attaché à certaines manies provinciales, je me régalais du passage des décapotables remplies de belles femmes, de touristes du Nord avides de soleil, de rhum, de musique et de sexe, consommateurs goulus des avantages débordants d'une ville où hommes et femmes sortaient déjà en groupe ensemble et s'embrassaient sur la joue. C'est l'*american style*, disaient-ils, c'est le siècle nouveau, disaient-ils.

Les pieds pendant au-dessus des rochers contre lesquels se brisaient cet après-midi-là des vagues paisibles, j'ai essayé de mettre de l'ordre dans mes pensées tourbillonnantes. Je sentais que le fait qu'Alberto Yarini en personne m'ait encouragé à poursuivre l'enquête sur la mort de Margarita Alcántara me stimulait encore plus, me donnait une motivation supplémentaire qui, impossible de le nier, me procurait une grande satisfaction. D'un coup, à ma curiosité personnelle et à mon sens du devoir professionnel était venue s'ajouter une exigence qui, malgré la façon grossière dont elle s'était manifestée, ne me déviait pas au fond de mon objectif. Mais est-ce que je n'étais pas en train de vendre mon âme au diable? je me demandais aussi, dans un sens mal à l'aise avec moi-même et ma jubilation, et préoccupé par mon comportement avec les deux professionnelles avec lesquelles je devais reconnaître que je m'étais amusé comme jamais auparavant dans mon existence (pas trop habitué à des séances pareilles, je dois l'admettre, mais pouvant compter sur la vigueur propre à la jeunesse).

Il était à ce moment-là de notoriété publique que l'intenable capitaine Fonseca avait été obligé, sous la pression des avocats, de relâcher ses premiers suspects et continuait à donner des coups de bâton à l'aveugle, qui en fait ne servaient qu'à nourrir ses appétits et lui donner le beau rôle. La vérité, c'était que ni le capitaine ni moi n'avions avancé sur une piste prometteuse pour l'enquête.

Les diverses conversations que j'ai eues avec les collègues de la défunte ne m'avaient pas apporté grand-chose dans la recherche de motifs, de pistes, de preuves fiables. D'autre part, les résultats de l'autopsie, auxquels j'avais fini par avoir accès, ne faisaient que confirmer ce que nous savions déjà, même s'ils rajoutaient des teintes beaucoup plus sombres au déroulement des faits. D'après le docteur Torres, la jeune femme avait été démembrée à coups de machette, le premier, qui lui avait arraché un bras, lui ayant été porté alors qu'elle était vivante. Le deuxième avait peut-être été celui qui l'avait décapitée. Le légiste avait de plus établi que la jeune femme avait pratiqué une fellation et avalé une partie du sperme de son agresseur et, avant ou après la mort, avait eu un rapport sexuel vaginal et anal avec le même homme. Ces indices, bien entendu, n'impliquaient pas nécessairement un viol ni n'indiquaient un rapport direct entre l'assassinat et le métier de la défunte. En revanche, l'information confirmait bien que l'assassin, de toute évidence, devait être un individu violent, un sadique avec assez de force pour réaliser plusieurs des mutilations d'un seul coup de machette, en jouissant peut-être de la souffrance de sa victime… Et une dernière information lâchée par le légiste avait transformé le crime en double homicide : Margot la démembrée portait dans ses entrailles un bébé, de trois mois de gestation. Un état dont personne jusque-là n'avait rien su ou dit, et que, pour une raison quelconque, le capitaine Fonseca avait tardé à transmettre à ses habitués de la presse.

D'après ce que j'avais pu savoir, Margarita Alcántara était sortie (toute contente, m'avait-on dit) le 25 octobre en milieu de matinée du bordel de la rue Picota avec l'intention de s'acheter un chapeau dans le magasin d'Elena López, la modiste galicienne dont le commerce était situé au 80 de la rue Aguacate. L'argent pour cet achat provenait d'un généreux pourboire que, l'avant-veille, parce que c'était le jour de sa fête, elle avait reçu de l'un de ses fidèles clients, don Francisco Barroso, le prospère fabricant de stores qui avait ses ateliers et ses bureaux dans la rue de Compostela, non loin de là. Don Nando Panels, qui gérait même les pourboires de ses employées, l'avait pour cette fois autorisée à garder l'argent et l'avait même encouragée à s'acheter le chapeau dont la malheureuse jeune femme avait tellement envie. Au coin de Picota et Compostela, Margarita avait salué l'Espagnol Ricardo Suárez, patron de plusieurs bordels et aussi du café où le Madrilène était assis ce 25 octobre, comme tous les matins, en train de descendre la bouteille de cognac qu'il débouchait après le petit-déjeuner. Il était en compagnie de sa femme, pute elle aussi, une Parisienne surnommée l'Apache, qui n'avait pas salué Margarita parce que, avait-elle reconnu, depuis que Margarita travaillait pour Yarini, elle se donnait des airs et se vantait de faire des pipes à la française mieux que personne : avec ses gros nibards, elle pétait plus haut que son cul et je ne la supportais pas, avait déclaré l'Apache.

Personne ne pouvait attester de la direction prise par Margarita Alcántara à partir de là. Personne ne l'avait vue monter dans un moyen de transport sur l'avenue du Port ou sur la chaussée de l'Ejido, les artères sur lesquelles circulaient le plus de véhicules. Personne ne savait si, en sortant, elle avait véritablement eu l'intention de s'acheter un chapeau. Le fait est qu'elle n'était jamais arrivée au magasin de la rue Aguacate. Vers dix heures du matin ce 25 octobre, Margarita avait disparu dans un espace compris entre douze ou quatorze rues, toutes remplies de commerces, de passants, de véhicules de différentes sortes et en plein jour. Mais, selon les constatations, sa mort avait eu lieu le 27 octobre et la découverte du cadavre s'était produite à l'aube du 2 novembre, le jour des Morts. La célébration des morts avait-elle un sens dans ce qui s'était passé ? Où la jeune femme se trouvait-elle les deux premiers jours, et son cadavre démembré les quatre autres jours avant sa découverte ? En quel endroit et à quel moment son chemin avait-il croisé celui de son assassin ? Était-ce un familier ou un inconnu ? Ou bien s'agissait-il d'un rendez-vous organisé pour un autre motif sous couvert de l'achat d'un chapeau ? L'enfant qu'elle portait avait-il un lien quelconque avec le crime? Comment était-il possible que les médecins du Dispensaire n'aient pas détecté sa grossesse? Pourquoi son assassin avait-il attendu quatre jours pour se défaire du cadavre et avait-il choisi la zone des fortifications et non la mer toute proche, où peut-être les parties du corps, convenablement lestées, n'auraient jamais été retrouvées? Le criminel entendait-il jouer avec la police, montrer ses talents, donner une connotation mystique à la découverte du corps trucidé? Et, surtout, pourquoi cette brutalité, cet acharnement?

Les questions sans réponse s'amoncelaient et me tourmentaient, et sur mon moral pesait en plus ma relation écrasante avec Alberto Yarini, cet aimant puissant dont je savais par moments que je devais me tenir à l'écart mais dont, comme tout le monde en ville, je commençais à vouloir me rapprocher, mû peut-être par la pression des faiblesses humaines: la vanité, l'orgueil, l'éclat du pouvoir, la drogue de la renommée. Pour être quelqu'un à La Havane. Même si le chemin devait passer par Yarini.

Il est peut-être temps de faire le point sur les circonstances qui, d'après ce que j'avais pu conclure, avaient permis à Yarini d'exhiber le plus beau sourire de La Havane, ce sourire qui m'avait tellement impressionné et, à certains moments, désarmé. Ou, par la façon qu'il avait de s'en servir, ensorcelé.

Avant tout, il me faut noter les circonstances génétiques: fils de parents bien nourris et lui-même toujours bien nourri, sa structure osseuse était ferme et résistante, y compris, naturellement, sa dentition. Il fallait y rajouter une conjoncture particulièrement favorable, que je pourrais qualifier de raison odontologique: son père, Cirilo José Aniceto Yarini, était le stomatologue le plus réputé de l'île, fondateur de la Société d'odontologie de Cuba et professeur titulaire de l'École de chirurgie dentaire de l'Université de La Havane. Et c'était ce docteur renommé qui s'était personnellement chargé de la santé buccale et de la bonne dentition de ses deux rejetons, Alberto et Cirilo II, lequel, comme on doit le savoir, a exercé la même profession que son géniteur, avec un prestige similaire. Et pour compléter il faudrait encore souligner un trait de caractère difficile à cerner mais décisif : le jeune Alberto, né dans un berceau doré, élevé dans le luxe, apparenté à l'aristocratie et ayant fait ses études dans les meilleures écoles cubaines et *colleges* américains, était un iconoclaste enragé qui s'estimait satisfait de la vie, surtout de *sa vie*, et, ainsi qu'il le disait, savait la vivre. C'est pourquoi même la fin du monde annoncée, qui angoissait tellement de gens, lui semblait une plaisanterie (une mauvaise plaisanterie, à vrai dire), et pour cette même raison, avec une insistance provocatrice, son visage s'éclairait d'un sourire qui (pour toutes les raisons mentionnées) était le plus parfait de la ville.

Cependant, derrière ce sourire aussi proverbial qu'éblouissant, ma proximité avec Yarini allait me permettre de découvrir de nombreuses qualités et capacités chez cet homme, admirables pour certaines, moins admissibles pour d'autres, auxquelles je n'ai pas su ou pu m'opposer et qui, comme des forces du destin, m'ont entraîné jusqu'aux profondeurs les plus obscures et les plus lumineuses du jeune aristocrate proxénète, et ont fini par transformer un policier qui entendait être un honnête homme en meurtrier.

Quelques mois à peine après mon arrivée au poste de police surchauffé de Paula et Compostela, je percevais déjà que je commençais à perdre ma capacité d'étonnement provincial et, avec elle, certains de mes credo sociaux. Pour commencer, beaucoup des actions et des attitudes que jusqu'il y a peu j'avais considérées comme exagérées, extraordinaires, insolites et même contraires à la morale par leurs niveaux de perversion ou de désinvolture, j'ai commencé à les accepter comme les comportements quotidiens les plus ordinaires régnant parmi les ressortissants de la ville et, de façon plus intense et plus douloureuse, parmi les habitants du vieux quartier de San Isidro.

Le pire pour ma conscience – comme j'ai pu me le dire à un certain moment, avec les derniers décombres d'un étonnement de plus en plus épuisé –, c'était que beaucoup de ces attitudes que je considérais comme critiquables, je commençais non seulement à les comprendre mais à les justifier. Car pour beaucoup la dégradation répondait au simple fait que les gens devaient vivre, parfois à peine subsister, et qu'ils étaient pour cela forcés de se passer de certaines pudeurs morales. Ou de toutes. C'est bien connu : la misère engendre les misérables, concluais-je, poussé par cette maudite manie que j'ai d'être toujours en train de réfléchir et même de lire.

L'enquête sur l'assassinat de Margarita Alcántara m'avait ouvert en grand de nombreuses portes de cette compréhension différente de mon entourage. L'enquête réalisée auprès des prostituées proches de la défunte, et même auprès de celles qui n'avaient connu l'existence de la victime qu'à partir de l'horrible crime, m'a révélé la profondeur de l'avilissement humain où les menaient la façon dont elles gagnaient leur subsistance et leur manière de vivre. Assurer sa subsistance en vendant son corps et en prodiguant des caresses était en soi indigne et choquant, mais le plus regrettable avait été de constater que pratiquement toutes ces filles, pauvres, en majorité analphabètes, privées depuis leur naissance de la moindre possibilité de choisir, en étaient arrivées à ces pratiques par la faim et en sachant que le chemin emprunté ne pourrait jamais avoir une fin consolatrice : la vie utile durerait pour elles le temps que résisteraient leurs seins et leurs vagins, et elles seraient ensuite mises à la poubelle comme de vieilles épluchures. Aucune n'était devenue pute par vocation ou par amour, comme de nombreux hommes le prétendaient : elles l'étaient par nécessité, ou pire encore, par peur. C'étaient de pauvres êtres, esclaves de leur époque historique et du besoin vital de porter un peu de nourriture à leur bouche. Quelqu'un pouvait-il les condamner éthiquement seulement parce qu'elles voulaient vivre ?

Grâce aux collègues proches de Margot Gros Nénés, j'ai pu rassembler certains faits qui, ainsi le pensais-je, pouvaient me rapprocher de la découverte de l'identité de l'assassin boucher, mais surtout de la personnalité de la défunte. J'ai su ainsi que la pauvre fille avait rapporté à deux d'entre elles, Rosa la métisse et Esmeralda la Gauchère (une jeune fille qui, même si elle boitait, était d'une beauté qui rien que de la voir me provoquait des palpitations), que l'un de ses clients, un homme dont Margot assurait qu'il était amoureux d'elle, lui avait promis de la sortir de cet endroit et de l'emmener vivre avec lui. Sans souci d'argent, ils auraient une maison à eux, près de la ville, disait-elle, ou peut-être à la campagne. L'amoureux avait même fait miroiter la possibilité de retourner à Tenerife, d'où Margarita avait débarqué trois ans plus tôt, poussée par la misère, et où elle envoyait, chaque fois qu'elle le pouvait, de l'argent à sa mère. Mais Margot, disaient-elles, avait toujours été très discrète sur ses affaires privées et c'était à cause de cette qualité, en plus de ses talents érotiques favorisés par ses seins prodigieux et sa virtuosité fellatrice, qu'elle avait été achetée par don Nando à l'Apache Finet pour la faire travailler dans son meilleur bordel. Une transaction dont les circonstances troubles avaient apparemment été considérées par l'Apache français comme un vol perpétré par le Guayabito cubain, qui, pour faire pression sur lui, avait pu compter sur l'appui de son associé commercial,

Alberto Yarini. Et c'est aussi en raison de sa discrétion que Margot n'avait pas fourni d'autres pistes sur l'identité de l'amoureux (véritable ou inventé par la pauvre fille ?), même si elle avait toujours démenti qu'il pouvait s'agir de son paroissien le plus généreux et le plus fidèle, M. Francisco Barroso. Cependant, en apprenant que la victime était enceinte, elles avaient déduit que le Client Amoureux, comme nous commencions à le nommer, devait être le géniteur de cette grossesse. Logique, non ?

À défaut de registres commerciaux des services sexuels prodigués dans le bordel de don Nando, j'ai été obligé de mobiliser les mémoires, y compris celles des frères Panels, pour finir par établir une liste de cinq autres candidats au titre de Client Amoureux. Deux commerçants espagnols, un militaire de la forteresse de La Cabaña, un musicien métis et, pour rajouter une touche malsaine et de la tension, Domingo Valladares, le jeune président du Comité conservateur du quartier de Marte, soutien politique proche d'Alberto Yarini.

La première question qui découlait des informations collectées était de comprendre la réaction macabre qui pouvait avoir poussé l'un de ces hommes (s'il s'agissait de l'un d'entre eux) à exécuter la jeune femme de la façon dont cela s'était passé. La jalousie ou le dépit pouvait avoir provoqué un accès de colère réglé de la façon la plus commune et expéditive. Une correction et basta : une “bonne raclée”, comme l'avait bien dit Basterrechea, qui pouvait même avoir provoqué la mort, comme cela s'était déjà produit en d'autres occasions. Même si une réaction pareille, dans le cas de Margarita Alcántara, impliquait un risque bien connu dans la zone de tolérance : Yarini ne permettait pas qu'aucune des filles de sa sphère d'influence soit maltraitée par qui que ce soit. Peut-être parce que cela nuisait au commerce, peut-être parce que permettre que l'on porte atteinte à ses propriétés entamerait son prestige, peut-être parce que Yarini avait prévenu et que tout le monde devait le savoir : ses filles, lui seul pouvait les punir. Et, à un certain moment, je n'ai pu m'empêcher de me poser la question : est-ce que c'était lui qui l'avait punie ? Un exemple, un châtiment horrible pour une possible dissidente ? Car, parmi les nombreuses choses que j'apprenais, il y avait que ce jeune homme aux mœurs raffinées était doté d'un caractère imprévisible et, bien entendu, disposait d'*amis* susceptibles de lui rendre n'importe quel service en paiement des nombreuses faveurs de toutes sortes qu'il dispensait.

En très peu de temps, je suis parvenu à établir que, au moment du crime, le musicien métis était parti en tournée avec son orchestre à Santiago de Cuba et que le militaire était alité depuis un mois à la suite d'une intoxication alimentaire qui avait provoqué, entre autres choses, la perte de tous ses cheveux. Sur les deux commerçants espagnols, l'un était un Galicien de soixante-dix ans qui – comme il me l'a avoué quand je l'ai interrogé – était stérile et incapable de bander : il payait Margot uniquement pour qu'elle le laisse lui téter les seins. L'autre commerçant, l'épicier Juan Albín, était un Madrilène avec un sale caractère, âgé de quarante ans, et pouvait être un candidat dans cette loterie, même si je n'ai pas tardé à l'écarter : le type aboyait plus qu'il ne parlait et sa réputation de pingre n'était plus à faire. Albín n'aurait jamais rien promis à la pute avec laquelle il se défoulait plus par hygiène et besoin que par plaisir… Restait alors Domingo Valladares, le compagnon de parti d'Alberto Yarini. Et fallait-il écarter le riche Francisco Barroso, amateur de putes notoire ?

À mesure que j'avançais dans mon enquête, j'ai été gagné par la sensation que je pénétrais en terrain marécageux, un de ces terrains mouvants que j'avais découverts dans un roman d'Emilio Salgari lu à l'adolescence : cette jungle sombre où les hommes disparaissent dans la vase, avalés par la terre.

4

Et dire qu'on l'avait surnommé Miki Gueule d'ange ou Miki les Belles Minettes parce que c'était le garçon le plus mignon du lycée de La Víbora. Cheveux noirs de jais, souples ; yeux sombres, profonds, mis en valeur par de longs cils, féminins ; dents saines entre les lèvres charnues ; corps bien formé, modelé par les rigueurs de la gymnastique. Les autres garçons l'enviaient terriblement à juste titre : toutes les filles voulaient sortir avec Miki, si mignon, ce tombeur qui écrivait même des poèmes était très bon en anglais et comprenait les paroles des chansons qu'elles aimaient.

Conde l'observait aujourd'hui et retrouvait à grand-peine Miki, qui avait perdu en route les attributs du mythique Gueule d'ange de son époque dorée. De la chevelure très noire ne restaient que quelques fibres emmêlées qui semblaient plus sales que décolorées, laissées longues dans une pathétique tentative de recouvrir le désert du crâne, parsemé de taches sombres, comme des chiures de mouches. Les yeux, cernés par des excroissances rougeâtres, ressemblaient à ceux d'un serpent, parce que les cils s'étaient volatilisés pour toujours depuis qu'il avait subi des séances de radiothérapie. Et le pire était la bouche : la partie supérieure, de toute évidence fausse, exhibait une dentition chevaline d'une taille supérieure à ce qu'on l'on pouvait attendre et était déjà recouverte d'un voile sombre de nicotine, de caféine, et témoignait d'un rapport sans doute très épisodique avec la brosse à dents. Le visage, dans son ensemble, ressemblait plus à une patate douce mal poussée qu'à l'ovale parfait qu'il avait un jour été.

Voir Miki avait, au moins, une compensation : dès qu'il le pourrait, Conde irait se regarder dans un miroir pour confirmer que lui, de son côté, n'était pas si mal conservé.

– Tu vas voir les Stones, hein ? voulut savoir Miki à peine échangées les salutations réglementaires où tous deux avaient menti à la question obligée, assurant qu'ils allaient très bien.

– Bien sûr que non. Ce serait contre mes principes.

– Quels principes, Conde ?

– Les miens. Oublie.

– Eh ben moi, je ne vais pas louper ça. Mieux vaut tard que jamais… *Peace and love!… Power to the people!…* Putain, c'est incroyable, mec. Je suis sûr que le Flaco veut y aller aussi. Je vais l'appeler. Merde, Conde, t'es vraiment un trou du cul.

– De naissance, confirma l'autre.

À la demande de Miki, ils s'étaient donné rendez-vous dans une cafétéria privée ouverte peu avant dans la rue G, l'un de ces commerces émergents où tout brillait et où un simple café coûtait plus cher que ce que gagnait un médecin en un jour. Avec ces prix et ces salaires, comment faisaient les gens pour vivre ? se demanda à nouveau Conde, qui regrettait déjà d'avoir accepté de mettre les pieds dans un local où, pour comble, il était interdit de fumer et où, avec surprise, il vit plusieurs jeunes gens attablés en train de s'envoyer comme si de rien n'était les *delicatessen* de la maison. Non, il ne pouvait pas s'empêcher de s'interroger : d'où est-ce que ces gens sortent l'argent ?

– Tu es en train d'écrire quelque chose ? demanda Conde, essayant d'être aimable avec son ancien camarade de classe et d'oublier son projet raté de faire des économies.

Des poèmes de jeunesse ébauchés à l'époque du lycée, Miki était passé à la littérature ambitieuse à l'époque où Reynaldo Quevedo et ses sbires exerçaient leur pouvoir. Le jeune écrivain avait su très tôt interpréter les codes en vigueur et s'était lancé dans la rédaction de nouvelles avec pour protagonistes des combattants héroïques, des miliciens eux aussi héroïques, des ouvriers avec une conscience de classe, héroïques bien entendu. Et ses débuts littéraires avaient été bien accueillis et même couronnés d'un prix. Avec son deuxième livre, un roman sur la campagne d'alphabétisation (également héroïque), on en était venus à parler de lui comme d'une des promesses de la littérature cubaine et Miki avait connu son heure de gloire et, ainsi qu'on le saurait vite, sa momification. Car Miki, plus que du talent pour écrire, avait la capacité plastique pour qu'on fasse de lui ce qu'on voulait ou ce qu'on attendait d'un jeune écrivain de son époque. Mais, durant les plus de trente ans écoulés depuis la publication de son roman célébré à l'époque et vite oublié (grâce à des conventions entre pays socialistes frères, il avait été traduit en quatre langues du *far east* européen), Miki n'avait publié que deux livres dont personne n'avait parlé parce que personne ne les avait lus (Conde, lui, l'avait fait, c'était la moindre des choses), même s'ils lui avaient permis de continuer à vivre en tant qu'écrivain, de maintenir son statut d'écrivain, y compris avec un poste officiel, jusqu'au jour où il avait été évident que tout le monde s'en fichait de soutenir un écrivain comme Miki Gueule d'ange, qui n'avait même plus le charme de sa jolie gueule.

– Je n'essaye même plus, avoua Miki, après avoir dépassé les bornes : il avait commandé un cappuccino ! Conde, qui n'avait pas osé regarder la carte, calcula que le fichu cappuccino devait valoir trois fois le simple café auquel il s'était raccroché. – Je suis plus sec qu'un vieux cigare. Ou pas… Des fois, je crois que je pourrais…

– Et ta prostate ? – Conde entrait sur un terrain plus délicat. Les dernières fois qu'il avait vu Miki, c'était à l'hôpital où on lui avait enlevé sa prostate cancéreuse.

– Toujours sous contrôle. Il semble que ce soit bon… Mais tu sais quoi ? Depuis l'opération, je bande plus. Heureusement que j'ai baisé comme un fou depuis mes quinze ans… Parce que, aujourd'hui, Conde, la seule chose que je fais avec ma bite c'est pisser. Et toi, tu bandes encore ?

Conde sourit.

– Et qu'est-ce que ça peut te foutre, Miki ?

– Putain, Conde, nous qui ne bandons plus, on aimerait que ce soit pareil pour les autres, c'est humain, non ?

– Fais pas chier, mec.

– Tu bandes ou pas ? insista l'écrivain.

Conde regarda autour de lui comme si le public attendait sa réponse.

– Oui… bon, pas comme avant, finit-il par avouer. Mais ça fonctionne. – Il se garda de parler du demi-comprimé de Sildénafil auquel il avait recours de temps à autre.

– La vie est cruelle, mec… aujourd'hui on parle plus de douleurs et de remèdes que d'autre chose. Être vieux, y a pas à dire, c'est une sacrée débandade, Conde.

La jeune femme qui les servait, très belle et bien pourvue, leur apporta la commande et Miki goûta son cappuccino, tandis que Conde, les yeux fixés sur la croupe de la serveuse, buvait une gorgée de son café.

– Il est comment ton cappuccino, Miki ?

– Une grosse merde. Et ton café ?

– Pareil… une pure saloperie.

– *Sorry*, s'excusa Miki en se concentrant sur sa tasse.

Conde osa alors se lancer.

– Moi, si, j'écris… Ou j'essaye.

– Sur quoi ?

– Je ne sais pas très bien. C'est sur Yarini, le maquereau. Yarini m'a toujours semblé un type très étrange, difficile à cerner. Et sur un policier qui tue un homme…

– Ça se présente bien. Et d'où tu as sorti cette histoire, mec ?

– Ben, l'idée d'écrire, ça m'est venu parce qu'il y a quelque temps, j'ai acheté des livres d'occasion aux enfants de ton collègue X et, à l'intérieur, j'ai trouvé des papiers écrits par ce policier qui dit qu'il a été l'ami de Yarini… Je ne sais pas ce qu'il y a de vrai ou de faux là-dedans, mais ça a l'air vrai. Ce flic, il semble que c'était quelqu'un d'honnête. Et, depuis, il me poursuit.

– Comment ça, il te poursuit ?

– Des fois, il m'apparaît même à certains endroits. Je rêve de lui…

– Oui, on dit que c'est un truc qui arrive à certains écrivains… Moi, pour être franc, ça ne m'est jamais arrivé… Et c'est important que le type soit honnête ?

– Je crois que oui. L'honnêteté, c'est important, non ?

– Moi, je dis bravo… Et tu en as écrit combien de pages ?

– Cinquante ou soixante… Mais le problème, c'est que là je me sens un peu coincé dans l'histoire… J'ai du mal à savoir qui était vraiment Yarini.

– Un fils de pute qui vivait en exploitant des filles… Putain de merde, tu peux pas savoir comme je suis jaloux ! Non seulement tu écris, mais en plus tu baises. Mais tu sais quoi, je regarde encore les femmes, et je les imagine à poil… La serveuse, regarde-la, tu vois ce que je vois ? Elle est épilée.

Conde sourit. Après avoir tellement envié la chance de Miki avec les filles du lycée, au bout du chemin c'était l'autre qui l'enviait lui, y compris parce qu'il écrivait. Ou essayait. Quel désastre, se dit-il. Et il n'eut d'autre remède que de regarder à nouveau la serveuse. Elle était vraiment épilée ?

– Bon, revenons à nos moutons, proposa Conde qui avait déjà envie de sortir dans la rue pour allumer une cigarette. Raconte-moi.

– Ben voilà, enchaîna Miki. Le sac de nœuds avec Quevedo et les autres connards, ça remonte à quinze ans à peu près. Tout d'un coup, ils ont commencé à les montrer à la télé, à dire du bien sur ce qu'ils avaient fait et ce qu'ils étaient, presque des saints, et les gens n'ont pas supporté. Quelqu'un a envoyé un mail à quelqu'un, qui l'a renvoyé à cinq autres, et la vague s'est formée. Des gens dont ces mecs avaient foutu la vie en l'air et des gens qui étaient venus après mais qui ont quand même souffert de la merde que les autres avaient laissée. Et certains ont commencé à tirer au canon. Comme jamais…

– Ils disaient quoi ?

– Que c'était inadmissible de ressortir ces cadavres de leurs tombes et de ne pas parler de ce qu'ils avaient fait à leur époque. De ne rien dire sur tous ceux qu'ils avaient censurés, réprimés, dont ils avaient foutu la vie en l'air. Ceux qui sont morts comme des pestiférés, ceux qui ne sont jamais redevenus ce qu'ils étaient. De ne jamais avoir reconnu le vide laissé dans la culture de ce pays sous prétexte de purifications idéologiques. Il y a tellement de monde qui est monté au créneau et c'est allé si loin qu'ils ont dû organiser des réunions pour promettre qu'il n'y avait jamais eu de tentative de réhabilitation, ou que ce n'était pas un retour au quinquennat gris ou à la décennie noire des années 1970, comme on commençait à le dire.

– Et pourquoi moi, je ne me suis rendu compte de rien ?

– En dehors de ceux qui étaient concernés, personne ne s'est rendu compte de rien. Il y a eu deux ou trois déclarations publiques, avec les mêmes slogans, mais si tu ne savais pas à quoi ça faisait allusion, tu ne pouvais pas comprendre. Mais il n'y a pas eu d'excuses… Tout s'est passé entre ceux qui écrivaient et recevaient les mails. Dehors, comme dit le tango, le monde continuait à tourner comme si de rien n'était.

– Et qu'est-ce qui s'est passé ensuite ?

– Ce qui devait se passer… Rien. Foutrement rien. Les gens ont protesté, crié et puis tout est retombé, jusqu'à extinction de la flamme.

– Comme toujours.

– Plus ou moins. Je crois qu'en fait il s'est passé quelque chose : il était clair que les gens n'avaient pas aussi peur qu'avant. Un peu moins peur…

Conde hocha la tête. Parler de peurs, grandes et petites, mais permanentes, provoquait en lui une profonde tristesse. Le Marquis parlait beaucoup de la peur, Sindo Capote lui parlait de la peur, Miki d'autres craintes. Non, ce n'était pas juste que quelqu'un éprouve de la peur en dehors des peurs inévitables : peur de la douleur, de la solitude, de la mort, ces angoisses inhérentes à l'existence. Peur des lions ou des grenouilles. Mais toute autre peur lui semblait une aberration sociale, une forme de dégradation humaine.

– Et qu'est-ce qu'ils disaient de Quevedo ?

– Toutes sortes de choses. Il y en a même un qui l'a accusé d'avoir tué Virgilio Piñera en le marginalisant. D'autres se sont souvenus de ton ami le Marquis et de sa condamnation. Ils ont ressorti l'histoire de la poétesse Natalia Poblet, celle qui s'est suicidée. Je l'ai connue, tu sais ? La pauvre. Et ils ont remué d'autres choses. Les gens ont vomi tout ce qu'ils avaient gardé. Comme un exorcisme, une catharsis professionnelle. Mais les tirs n'ont pas été plus loin que Quevedo et ses comparses. On a parlé des marionnettes, mais pas de celui qui tirait les fils.

Conde hocha la tête et se souvint des protestations d'Osmar. Il comprenait parfaitement.

– Bon, le hic, c'est que Quevedo n'est pas mort. On l'a tué.

Miki prit son air le plus stupéfait et Conde distingua enfin une étincelle du garçon qu'il avait connu près de cinquante ans plus tôt, avant qu'il entame son parcours à base d'opportunisme, d'arrivisme, de cynisme, de prudentisme et autres -ismes dégradants.

– C'est vrai ? Comment ça ?

Conde se dit qu'après tout, il n'était plus flic et qu'il pouvait parler. Et même en sachant que c'était inutile, il fit promettre à Miki qu'il ne raconterait pas l'histoire de comment on avait tué, sodomisé et mutilé le redouté Reynaldo Quevedo.

– Donc… donc le vieux qui martyrisait les pédés était pédé ?

– On dirait bien, confirma Conde.

Miki porta la main à son front pour exprimer son étonnement.

– Putain de merde… Moi, j'avais toujours entendu dire qu'il harcelait les nanas. Qu'il les faisait chanter et… écoute, Conde, si tu me paies un autre café, je te raconte un truc que j'ai jamais raconté à personne.

– Putain, Miki…

– C'est une histoire géniale, dit Miki tout en faisant signe à la jeune serveuse. Petite, apporte-moi un autre cappuccino. Mais bien fait, celui-ci c'était une cochonnerie… Je te le dis, moi j'ai été en Italie et je sais ce que c'est qu'un vrai cappuccino.

– Hé, tu vas me ruiner…

– Calmos, écoute plutôt… et jure-moi toi aussi que tu ne le raconteras à personne. Le pouvoir a le bras long…

– La main sur cette carte, dit Conde en posant la paume sur le menu qui le ruinait. Je te le jure. Allez, raconte…

– Tu te rappelles qu'en 1984, après la publication de mon roman, on m'a envoyé faire un voyage dans les pays socialistes ? Tu sais comment ça se passait. Ils étaient en pourparlers pour des éditions en russe, roumain, bulgare... Je suis d'abord allé en Union soviétique où j'ai été traité comme le tsar. Bon, pas comme le tsar, lui, ils lui ont coupé la tête... Ensuite à Prague, que j'ai adoré, et j'ai terminé par Sofia. Et qui tu crois qui m'a reçu en Bulgarie, hein ? Reynaldo Quevedo en personne... ça faisait trois ou quatre ans qu'ils l'avaient descendu de cheval, quand ils avaient décidé de changer un peu leur politique, et pour le retirer de la circulation ils l'avaient récompensé en l'envoyant comme attaché culturel en Bulgarie, où allait très peu de monde et où personne n'en avait grand-chose à foutre.

– Moi, la Bulgarie j'en avais à foutre. C'était de là que venaient de super boîtes de conserve de poulet en jardinière et de choux farcis... et ce vin, je me rappelle qu'on l'appelait Pancho el Bravo ou Satan, parce que tu en buvais un verre et tu te prenais pour Superman.

– Merde, Conde, comment tu fais pour te souvenir de ce genre de trucs ? Bon, c'est pas grave. Le mec m'attendait à Sofia, un patelin où la seule jolie chose c'est son nom... bon, Quevedo s'est occupé de moi, il m'a emmené me promener à Varna, à des réunions au siège de l'Union des artistes bulgares, l'association sœur de la nôtre, il m'a présenté à des camarades écrivains qui me disaient "Bulgarie sœur Cuba !", tout était très socialiste, très *kitsch*, comme dit Kundera... Et, un jour, il m'a demandé si je voulais faire un bon investissement avec les levas qu'on m'avait donnés... Tu sais, la monnaie bulgare.

– Ne présume jamais de mon ignorance, Miki.

– *Sorry*... Bon, toujours est-il qu'à travers l'Union des artistes il a obtenu un permis spécial et il m'a emmené dans un magasin pour les dirigeants et les généraux bulgares où on vendait pour quelques centimes des tas de babioles pas dégueulasses, qu'on ne trouvait pas dans d'autres magasins... Des trucs à manger comme du caviar rouge, des boîtes de pâté et de la vodka ou du whisky authentiques. Mais surtout des chaussures yougoslaves, des chemises polonaises plus ou moins jolies, des jeans tchèques, des parfums bulgares, ce genre de trucs, et on est ressortis avec deux valises pleines, y compris des assortiments de petites culottes hongroises vendues par lots de trois couleurs différentes. Quand je lui ai demandé pourquoi il insistait pour que je prenne les culottes, il m'a dit qu'il m'expliquerait plus tard.

– Tu ne vas quand même pas me dire que Quevedo mettait des petites culottes hongroises ?

– Je ne sais pas s'il les mettait, mais je sais à quoi elles lui servaient... Quand nous sommes allés à Varna, sur la mer Noire, nous nous sommes assis dans un café près du bord de mer et, comme il m'avait dit de le faire, j'ai posé sur la table deux des lots de culottes... Un quart d'heure plus tard, deux sacrées Bulgares ont débarqué. Deux nanas superbes, deux canons, qui ne ressemblaient pas aux camarades avec des visages marqués par la variole tirant la gueule comme celles que j'avais vues partout jusque-là. Et tu sais ce qu'elles nous ont demandé ? Si on voulait goûter le meilleur yaourt de Bulgarie !... Bref, deux putes bulgares qui te faisaient la totale pour une boîte de petites culottes hongroises... c'est la seule fois où j'ai couché avec une pute, Conde, mais ça en valait vraiment la peine et ça ne m'a pas coûté cher.

– Et Quevedo ?

– Il s'est servi de mon deuxième paquet pour coucher aussi avec son canon bulgare... Et il m'a avoué qu'il faisait ça chaque fois qu'il venait à Varna. Le mec exploitait nos pauvres sœurs bulgares au nom de l'internationalisme prolétarien.

– Un type super, décidément ! Le mec qui foutait en l'air la vie des gens ici, à Cuba, pour aller après faire des trucs pareils là-bas, sur le dos du socialisme qu'il prétendait défendre…

– Tu crois que Quevedo était le seul à le faire ? Dans le même café de Varna, il y avait deux militaires bulgares, des colonels ou un truc dans le genre, avec leurs petites culottes posées sur la table. Quevedo m'a dit qu'en Bulgarie, ce genre de transactions on les appelait "échange de cadeaux".

Conde fut forcé de sourire. Tout ce que racontait Miki était tellement amer que tu ne pouvais qu'en rire ou aller te pendre. Ou tuer et larder de coups de couteau un type comme Reynaldo Quevedo s'il avait détruit ton existence et qu'un jour tu l'avais à ta portée.

Osmar avait changé de couleur de tenue. Du blanc il était passé au violet pâle. La coupe, elle, était toujours la même et Conde se demanda qui pouvait être le couturier qui l'habillait.

– Tu regardes quoi ? réagit le jeune homme.

– Rien, rien, bredouilla Conde.

– Ose un peu t'habiller comme ça. Dans ce pays de merde, avec la chaleur qu'il y a en permanence, c'est ce qu'il y a de plus commode. En plus, je dépense rien en slips, ajouta-t-il en souriant, et Conde se demanda quel sens avait cette dernière précision. Parce qu'il savait quelles étaient les intentions d'une femme qui te dit qu'elle ne porte rien en dessous, mais…

Sous le choc de l'information fournie par Miki Gueule d'ange et des sept pesos convertibles douloureusement dépensés, Conde avait parcouru le chemin séparant le café de l'immeuble où Quevedo avait vécu et était mort, pour honorer le rendez-vous prévu avec Osmar.

Tout en traversant les vieilles rues du Vedado, bordées de petits palais magnifiques et de demeures construites plusieurs décennies plus tôt, il s'était demandé ce qu'aurait ressenti le lieutenant Arturo Saborit, un siècle auparavant, en parcourant le quartier en devenir de la bourgeoisie cubaine, "avec ses larges rues droites, harmonieuses, ombragées par le feuillage bien ordonné de sveltes peupliers ; avec son entrelacs dense de lignes de téléphone, de télégraphe, de câbles, de relais électriques, un endroit qui révèle les bienfaits de l'urbanisation moderne", selon les termes d'un chroniqueur de l'époque, que, pour ses travaux littéraires en cours, l'ex-policier avait lu quelques jours plus tôt. Toute la prospérité et le faste déployés, le rituel d'exhibitionnisme et d'argent jeté par les fenêtres pouvaient aller jusqu'à des extrêmes, comme importer du sable du Nil pour colorer les façades, du marbre italien pour les sols et les salles de bains, faire réaliser les stucs par les ouvriers de la maison Dominique et commander le vitrage à l'atelier du maître René Jules Lalique, comme cela avait été le cas pour le palais construit pour Catalina Lasa, devant lequel Conde était passé dans son errance. Étonnement et extase esthétique face à tant de beauté ? Ou rage et douleur de constater la distance sidérale ayant séparé le Vedado des ruches urbaines depuis toujours défavorisées de San Isidro et El Arsenal, où Saborit avait exercé sa profession ? Conde se dit que les deux réactions étaient recevables, qu'elles se soutenaient l'une l'autre dans leur antagonisme. Ce qui était dramatique, c'était qu'un siècle et tant de choses plus tard, il y avait encore des gens entassés à San Isidro et dans beaucoup d'autres endroits misérables de l'île, y compris dans des quartiers insalubres comme la colonie de San Miguel del Padrón qu'il avait lui-même parcouru, avec douleur et étonnement, deux ans plus tôt. Tandis que des zones de la ville telles que le Vedado, où il était en train de marcher, redevenaient privilégiées avec l'argent de quelques nouveaux riches, beaucoup moins riches que ceux d'une autre époque et plus attirés par les brillants synthétiques de Miami que par les lumières sophistiquées de Paris. Les nouveaux riches socialistes et les étrangers pleins aux as qui, avec leur argent, faisaient revivre les vieilles demeures aristocratiques, en les protégeant avec des grilles de plus en plus hautes, des murs de plus en plus impénétrables, des caméras de surveillance. Maquillant leurs propriétés avec les peintures, les boiseries et les plastiques les plus surprenants : une étrange relation sociale entre faste et pauvreté qui semblait même à Conde encore plus contrastée aujourd'hui que la mesquine trame sociale ourdie à l'époque turbulente où avait eu lieu le dramatique rapprochement entre Alberto Yarini et Arturo Saborit.

L'Osmar pourpre l'invita à entrer dans la salle à manger, sur la table de laquelle il avait disposé des papiers et un ordinateur portable avec l'écran allumé. Une fois qu'ils furent installés, Aurora sortit de la cuisine avec un petit plateau où était posé un verre rempli d'un liquide dense et brillant que Conde identifia comme du jus de papaye.

– Comment allez-vous ? lui demanda la femme de ménage en laissant le plateau à portée de Conde.

– Très bien, Aurora, merci, et vous ?

La domestique soupira.

– Un peu perdue… je ne sais pas ce que je vais faire de ma vie. Il me manque beaucoup, vous savez ?

Conde but une gorgée du jus de fruit qu'il trouva divin.

– Vous l'aimiez beaucoup ? osa-t-il demander.

– Oui… Rey était bon comme du bon pain.

Conde hocha la tête. C'était bien connu : les vérités absolues n'existent pas. L'Abominable pouvait avoir son côté tendre.

– Et il y a du neuf ? intervint Osmar, qui avait souri de la comparaison de la femme de ménage, un peu étrange dans un pays où tout le monde disait des horreurs sur la qualité du pain.

– Rien d'essentiel. Je fais tout ce que je peux, reconnut Conde. C'est pour ça que je suis là... Au fait, j'avais oublié. Est-ce que vous aviez un sécateur ici ? Comme vous n'avez pas de jardin... ou une grosse tenaille.

Osmar haussa les sourcils, comme s'il n'avait pas compris. Aurora, en revanche, acquiesça.

– Oui... Il y avait une tenaille comme ça. C'est un électricien qui est venu faire des travaux un jour, il l'a laissée et il n'est jamais revenu la chercher. Mais je ne l'ai pas vue depuis longtemps.

– Où était-elle rangée ?

– Dans une boîte à outils qui est sous l'évier. Des choses qui sont restées là depuis la vente de la voiture.

Conde enregistra la vente de la voiture de Quevedo. De l'argent en plus.

– Bon, parlons un peu de ce qui a été volé...

– Permettez, dit Aurora en se dirigeant vers la cuisine, toujours aussi discrète.

– Vous pouvez regarder les outils, Aurora ? Cette tenaille est peut-être là. Si elle y est, dites-le-moi mais n'y touchez pas... demanda Conde, avant de se concentrer sur Osmar.

– OK, parlons du vol, accepta le jeune homme qui jeta un coup d'œil à l'écran de son ordinateur, regarda quelques papiers, avant de commencer. Bon... comme vous le savez, ils ont volé deux toiles de Servando Cabrera, deux nus masculins. Et aussi une tête de Martí, de Raúl Martínez, une huile. Et une peinture abstraite de Raúl Milián, très rare, à cause du format plus grand que ce qu'il faisait d'habitude et parce que la plus grande partie de son travail est sur papier, presque toujours des aquarelles.

– Une petite fortune, non ?

– Plus petite que ce que vous imaginez. Tous ces tableaux sont signés de peintres importants, ce sont de très bonnes œuvres, mais le marché s'en fiche. Regardez les prix des merdes de Damien Hirst… Cent quatre-vingt-dix-huit millions de dollars pour une seule œuvre !

– Oh putain, lâcha le Conde, qui avait encore mal aux sept pesos convertibles dépensés le matin même. Et à combien tu estimes la vente des œuvres qu'ils ont emportées ?

– Le plus cher pourrait être le Martí de Raúl Martínez… entre dix et quinze mille dollars. Les nus de Servando, qui sont le plus recherché de son œuvre, bien vendus pourraient rapporter dix mille dollars chacun. Et le Milián, un véritable bijou par sa rareté et sa qualité, peut-être cinq mille, pas plus…

– Dans les quarante, quarante-cinq mille, calcula Conde. Bon, ça ne fait pas deux cents millions, mais ce n'est pas rien.

– Non, bien sûr que non, reconnut Osmar. Mais ils ont laissé d'autres tableaux qui peuvent valoir plus ou moins la même chose. Cette marine de Sindo Capote, elle peut monter à dix mille. Il n'y a pas beaucoup de toiles de lui et le prix…

– Il n'y a pas beaucoup de Capote parce que ton grand-père a bousillé la vie de cet homme. Tu savais ça, non ?

– Oui. Je sais ce qu'a fait mon grand-père, je vous l'ai déjà dit. Mais rappelez-vous que mon grand-père n'était qu'un exécutant.

– Je n'oublie pas, bien sûr que je n'oublie pas.

Osmar retourna aux papiers, relut une liste imprimée et regarda Conde.

– Après que mon père a emporté les deux tableaux de Cundo Bermúdez, mon grand-père a vendu seize œuvres. Les moins importantes. Pour mille, deux mille dollars, plus pour certaines… Celles qui ont été volées et celles qui sont toujours là étaient ses préférées. Surtout la tête de Martí et cette marine de Capote. Ce paysage lui disait quelque chose : il s'asseyait pour le regarder... Non, ces choses-là, il ne voulait pas les vendre parce qu'il...

Conde ne put se retenir.

– Pardonne-moi, Osmar, mais il faut que je le dise : ton grand-père était un salaud. Ou comment tu expliques qu'il ait eu chez lui toutes ces peintures ? Ces artistes, il les a démolis dans les grandes largeurs. Dieu sait quelles magouilles il a employées pour garder ces tableaux pour lui. Ton grand-père, ils lui permettaient de faire ce genre de trucs et lui, non seulement il profitait de son impunité, mais il jouissait de faire ce qu'il faisait.

– Vous pensez donc qu'on l'a tué pour ce qu'il a fait il y a quarante ans et pas pour voler les tableaux ? Que c'est pour ça qu'on lui a fait tout ce qu'on lui a fait ?

Conde prit son temps. Il sortit une cigarette de la poche de sa chemise, la montra à Osmar qui fit oui de la tête. Il l'alluma et aspira toute la fumée qu'il put.

– Je ne sais pas... Il y a d'autres choses. Plutôt compliquées, elles aussi.

– Plutôt compliquées ?

– Puisque ta mère n'est pas là, je vais te dire ce qu'a découvert la police et je vais te poser deux ou trois questions difficiles...

L'expression de sérénité, voire d'arrogance, disparut du visage d'Osmar.

– J'écoute, murmura-t-il.

– Quevedo avait du sperme dans le rectum. D'un individu relativement jeune. Noir ou métis. Qu'est-ce que tu peux me dire là-dessus ?

Osmar baissa l'écran de son ordinateur. Il porta la main à sa bouche et à son nez.

– Ce... métis... c'est lui qui l'a tué ? C'est lui ?

– Pas forcément. Il y a une autre preuve plus importante. Sous un ongle il avait des restes de peau d'un autre homme. Blanc. D'une cinquantaine d'années. L'ongle de l'index qu'on lui a tranché.

Les larmes étaient montées aux yeux du jeune homme. Ce qu'il venait d'entendre l'affectait, et Conde eu l'espoir de pouvoir enfin trouver un fil sur lequel tirer.

– Mon Dieu, murmura Oscar, et Conde le laissa digérer les implications de l'information. – Le métis, ça peut être Victorino... C'était mon mec, bon, mec, c'est beaucoup dire... C'est un salaud... Un *pinguero*, un gigolo qui se tape des touristes. J'ai été avec lui deux ou trois mois, pas plus.

– Victorino comment ? Il vit de ça, de relations sexuelles avec des hommes ?

Osmar hocha la tête et rouvrit une parenthèse de silence. À ce moment, Conde eut l'impression qu'une ombre avait bougé dans la cuisine contiguë. Aurora les écoutait-elle ? Aurora savait-elle ? Aurora réapparut, en se séchant les mains à son tablier.

– Non, pas de tenaille dans la caisse à outils. Pourquoi cette tenaille vous intéresse ?

– Pour rien, pour rien, préféra dire Conde. Donc l'assassin avait laissé le couteau et emporté la tenaille. Pourquoi ? – Merci, Aurora.

Elle retourna dans la cuisine et Conde tourna à nouveau les yeux vers Osmar.

– Victorino Almeida, dit enfin le jeune homme. Il vit de ce qu'il trouve. Il se prostitue aussi avec des étrangers, ou avec des vieux comme mon grand-père. C'est un vautour... ajouta-t-il en baissant la voix.

– Ton grand-père l'a connu par ton biais ?

Osmar hocha la tête.

– Victorino est ingérable. Je ne sais pas si mon grand-père a toujours été... bon, comme moi. J'ai toujours pensé le contraire, qu'il avait été un homme à femmes. Je ne sais pas comment, mais il a commencé à voir Victorino, et il le payait.

– Donc ton grand-père le laissait entrer ici.

– Oui, mais... – Pour suivre son raisonnement, le jeune homme baissa à nouveau la voix. – Victorino est un type immoral, en fait la morale il ne sait pas ce que c'est. Mais je ne crois pas qu'il soit capable de tuer qui que ce soit. Encore moins mon grand-père. Mon grand-père, c'était pour lui comme une poule aux œufs d'or, vous me suivez ?

– Mais les tableaux... Cela faisait beaucoup plus d'argent qui pouvait entrer d'un seul coup... assez d'argent pour changer sa vie... Voyons voir. Il y a un autre homme, comme je te l'ai dit. Victorino aurait pu l'amener pour un deal sur les tableaux, par exemple ?

– Je ne sais pas, je ne crois pas. Mon grand-père n'aurait rien vendu sans faire appel à moi.

Un autre mouvement sinueux, presque imperceptible, se produisit dans la cuisine et les alarmes en éveil de Conde le remarquèrent. Il n'y avait plus de doute, Aurora les écoutait. Par curiosité seulement ? Il devrait peut-être tirer ça au clair, se dit-il.

– Quand il y a du sexe au milieu, les gens font des choses bizarres. Tu le sais très bien... Victorino a peut-être insisté et fini par le convaincre, je ne sais pas...

– C'est possible, c'est possible.

– On va essayer de le découvrir. Où est-ce que je peux trouver Victorino Almeida ? Tu n'aurais pas une photo de lui, par hasard ?

Rien ne pouvait être dû au hasard. Les chemins de la littérature et de la vie sont tentés par caprice de se croiser et, quand l'une et l'autre se frottent, elles mettent à nu des essences inquiétantes, révélatrices parfois. Immobile en face du vieux porche de l'hôtel Inglaterra, il se demanda combien de ceux qui passaient par ce qui avait été le fameux Trottoir du Louvre, qui avait tout perdu, même son nom, combien de ceux qui rôdaient dans les halls restaurés de l'hôtel Inglaterra et de son voisin le Telégrafo, combien parmi les passants étourdis, ignorants ou égarés pouvaient avoir la moindre idée de ce qui avait existé là. Juste à cet endroit se trouvait le café Cosmopolita, le plus célèbre et le plus distingué de la ville élégante de la Belle Époque, le lieu où tant de rencontres mémorables s'étaient déroulées, où tant de vies avaient défini ou modifié leurs cours. Rares devaient être les gens susceptibles de s'intéresser à une information sans effet sur leurs existences, surtout qui ne pouvait pas l'améliorer à une époque épuisante où les gens avaient besoin de soulagements présents plus que de mémoires passées, éteintes, la mémoire d'une ville qui avait rêvé d'être la Nice des Amériques et commençait à ressembler à Beyrouth bombardée.

L'ex-policier observait à présent le paysage : le Parque Central avec son Martí à l'air toujours préoccupé, avec de bonnes raisons de l'être ; plus loin, le vieux cinéma Payret, la pompeuse Sociedad Asturiana et la compacte Manzana de Gómez, tout en face ; le Paseo del Prado et le Coin du Péché, à gauche ; le Grand Théâtre du Centre Galicien, le Capitole et le Parc de la Fraternité à droite. Et puis il s'efforçait de situer et de définir l'humanité qui parcourait en ce moment ces espaces historiques de la ville, des êtres qui pouvaient lui sembler proches par l'élan de survie qui les animait et, en même temps, lointains par le mépris qu'ils pratiquaient envers une mémoire diffuse qu'il s'acharnait à cultiver. Des gens étourdis qui se déplaçaient comme des fourmis, se dit-il, à la recherche de quelque chose à emporter pour adoucir la vie. Et il pensa, bien sûr et une fois de plus, à un certain Arturo Saborit, sous ces mêmes arcades, au moment où il se faisait happer par un sourire qui allait changer sa vie.

Conde chassa les insistantes divagations historiques et littéraires. Il avait besoin de se concentrer, d'épier, d'observer, de chercher dans le présent, et, avec son agilité rouillée et à court d'entraînement, il n'arriva pas à savoir s'il serait encore capable de trouver quelque chose. Il savait parfaitement que, depuis des années, cette zone était devenue le terrain de braconnage le plus exploité de la ville. Là, comme dans la jungle, les initiés communiquaient avec des codes, indéchiffrables pour lui, qui apparemment avaient des clés universelles, puisque Cubains et étrangers, habitants de La Havane et provinciaux, débutants et professionnels, jeunes gens en fleur et vieux décrépits avaient pratiqué dans ces parages et depuis des décennies une chasse à courre sexuelle très souvent fructueuse. Tant sur le plan charnel que financier.

Il était si absorbé dans son observation minutieuse qu'il sursauta en sentant la main sur son épaule.

– Qu'est-ce qui t'arrive ?

– Putain, Manolo, tu vas me tuer d'un infarctus !

– Fais pas chier, Conde… Dis-moi ce qui se passe.

Conde chercha alors dans la poche de sa chemise où il gardait aussi le paquet de cigarettes la photo qu'il y avait pliée : Osmar et Victorino sur une plage, tout souriants.

– C'est peut-être lui le propriétaire du sperme. Et il a ses habitudes dans le coin. C'est un prostitué. Un *pinguero*. Entre autres choses.

– Et il n'y a pas une adresse ou une façon de le localiser ?

– Osmar n'a pas son adresse, mais peut-être que vous, oui. Victorino Almeida. Selon Osmar il habitait chez sa mère, mais elle l'a viré de chez elle… Mais si tu postes quelqu'un en surveillance ici, vous êtes presque sûrs de le retrouver. Bon, sauf s'il a tué Quevedo et embarqué les tableaux. S'il est sur le point d'empocher quarante mille dollars, pas de raison qu'il vienne chercher vingt dollars ici, non ?

– Donc tu penses que c'est pas ce Victorino qui a fait le coup ?

– Osmar n'y croit pas. Moi, je n'en ai aucune idée, c'est pour ça que je pense que ce serait bien d'avoir une conversation avec lui, de l'asticoter un peu… Un assassin qui efface toutes ses empreintes n'est pas censé laisser derrière lui une trace aussi importante que son sperme. À moins qu'il n'y ait pas pensé… Au fait, vous avez prévenu les Douanes que ces tableaux sont dans la nature et… ?

– Évidemment, Conde. Ils auront du mal à les faire sortir de Cuba.

– Parfait… Moi, il faut que j'y aille, je bosse ce soir. Je perds du fric avec tes conneries, Manolo. Ça va durer jusqu'à quand ?

– Tu peux pas savoir comme je te remercie, mec.

– Alors prouve-moi ta gratitude et amène-moi au moins jusqu'à chez Tamara pour prendre une douche.

– OK, OK, je vais mettre quelqu'un là-dessus. On va regarder dans nos fichiers. Victorino Almeida ?

Conde hocha la tête.

– Et tu as trouvé des trucs sur Marcel Robaina ?

– Je te raconterai en chemin. Comme ça, on gagnera du temps. On n'arrête pas… Tu peux pas savoir comme j'ai envie que tous ceux qui débarquent repartent fissa ! se plaignit le lieutenant-colonel Palacio. Il ajouta en grommelant : – Attends, il faut d'abord que je lance l'avis de recherche de Victorino. Un *pinguero* !

Manolo passa quelques coups de fil sur son portable, laissa la photo de Victorino au chef de la sécurité de l'hôtel Inglaterra pour que l'un de ses subordonnés la récupère, puis indiqua à Conde la voiture garée devant le Telégrafo.

Ils étaient déjà sur la chaussée de Monte, à la recherche de l'itinéraire le plus court pour le refuge alternatif du Conde, quand Manolo se décida à parler.

– Ce Marcel Robaina qui t'intéresse… autant que tu le saches : il n'a jamais appartenu à la Sécurité.

Conde sursauta.

– Mais sa femme m'a dit…

– Un escroc. Il travaillait comme agent commercial dans une entreprise militaire, de celles qui vendaient des bons trucs pas chers pour les officiers. Une mine d'or… C'est peut-être un poste que lui avait trouvé son beau-père grâce à certains de ses contacts. Et il semble que Marcel a profité de ce qu'il avait des amis à la Sécurité pour se faire passer pour un agent. Un agent sous couverture… le camarade Néstor… Grâce à cette histoire, il a racketté certaines personnes et en a escroqué d'autres dans un trafic de revente d'or et d'argent monté dans les années 1980 par des vrais types de la Sécurité. Tu sais, les mêmes qui sont tombés après pour trafic de drogue. La police a reçu des infos à un moment et elle était sur la trace de Marcel, mais le type a senti quelque chose et il s'est barré à Miami en 1992. Il a volé une embarcation et a emporté au passage quelques tableaux du beau-père.

– Une bien jolie histoire… Dis, Manolo, si quelqu'un était au courant que le type était un escroc, c'était son beau-père, non ? Pourquoi il lui aurait filé ses tableaux ?

– Ça, on ne le saura plus… On ne saura peut-être pas non plus s'il a volé ces tableaux à Quevedo ou si Quevedo les lui a donnés pour qu'il les vende, comme il lui en a donné d'autres durant toutes ces années, d'après ce que tu m'as dit.

– Ou bien Quevedo lui a payé avec ces tableaux un truc qu'il lui devait… Ce ne sont pas n'importe quelles œuvres. Cundo Bermúdez s'est toujours bien vendu.

Tout en acquiesçant, Conde essayait d'intégrer les informations qui s'accumulaient dans le schéma bancal qu'il avait ébauché.

– Moi, je n'avais jamais entendu parler de ce peintre, admit Manolo.

– Normal. Il est parti et on l'a rayé de la carte, comme tous ceux qui sont partis, non ?… Mais cela semble logique que Quevedo et Marcel aient été d'accord. Quevedo lui a donné ces tableaux et lui en a envoyé d'autres ensuite... Et après il a dit que Marcel lui avait volé ces deux-là. Parce que, quand Marcel est parti, Osmar était un enfant... Mais alors, qui s'est occupé tout ce temps du trafic des tableaux qu'ils ont sortis ? La fille de Quevedo ? Combien ils en ont sorti vraiment ?

– Je crois que tu vas devoir parler un peu plus sérieusement à la mère d'Osmar, la fille de Quevedo.

– Irene... Celle aux gros seins...

– Oui, Irene. Ou avec Marcel... si on le retrouve.

Conde se mit à rire.

– Tu vas m'envoyer le chercher à Miami ?

Ce fut au tour de Manolo de rire.

– Ne t'excite pas... Autant que tu le saches aussi : d'après nos informations, Marcel est toujours à Cuba. Il y est entré le 12 février... et il n'en est pas reparti. À moins qu'il n'ait encore volé une embarcation, comme en 1992.

– Oh putain ! s'exclama Conde. Même s'il avait encore du mal à se l'avouer, cette histoire qui semblait mettre au défi ses vieux instincts de flic l'enthousiasmait plus que ce qui aurait été souhaitable. – Son fils croit qu'il est reparti il y a plusieurs jours... Mais comment un personnage pareil a-t-il pu obtenir un permis pour rentrer à Cuba ?

– Un visa humanitaire. Sa mère était au plus mal. Et bon, elle est morte il y a quinze jours et il a aussitôt annoncé qu'il repartait, apparemment c'était l'engagement qui avait été pris. Ah, et Quevedo avait aussi intercédé pour qu'on lui donne le visa. Oui, je t'ai déjà dit que le vieux avait encore de bons amis.

– Et où ce mec peut s'être fourré ? Vous êtes à sa recherche ?

– Les services de l'immigration le recherchent, mais, imagine un peu, eux aussi sont comme des fous avec toutes les entrées et les sorties ces jours-ci. Le fait est qu'il n'y a aucune trace du type et que ça fait plusieurs jours que personne ne sait rien de lui. Il semble que sa sœur aussi croyait qu'il était déjà à Miami. Tu crois que nous devons lancer l'alerte? Que Marcel a un lien avec l'assassinat de Quevedo?

– Je crois que oui, Manolo... Dieu sait... Mieux vaut prévenir que guérir, lance l'alerte... Putain, avec toutes ces magouilles entre eux... non, ce ne serait pas étonnant que ce soit Marcel qui ait liquidé Quevedo.

Le policier acquiesça.

– C'est ce que j'ai pensé dès que j'ai su l'histoire... Mais je dirais que non. L'ADN sous l'ongle de Quevedo ne doit pas être celui de Marcel. À moins qu'Osmar ne soit pas le fils de Marcel...

La voiture conduite par le lieutenant-colonel Palacios roulait déjà sur l'avenue de Santa Catalina, en direction de la maison de Tamara. Et Conde eu alors une douloureuse prémonition. Juste au-dessous du téton gauche. Une de ses bonnes prémonitions.

– Manolo, tu te rappelles quand nous sommes allés ensemble la première fois chez Tamara?

– Bien sûr, quand son mari, Rafael Morín, avait disparu. À l'époque, on n'avait pas de test ADN et, au commissariat, il n'y avait qu'un ordinateur. La préhistoire...

– Et tu te souviens encore de quelque chose que je t'ai dit? Je t'ai dit qu'à Cuba, personne ne disparaissait. Et je continue à le dire, Manolo... affirma-t-il, en insistant, et il porta la main juste au-dessous du téton gauche. Et putain, je ne sais pas pourquoi, mais là je crois que Marcel Robaina aussi a été tué!

Le samedi soir s'annonçait très agité à La Dulce Vida. Depuis huit heures, toutes les tables étaient occupées, le comptoir plein de monde, et plusieurs candidats rôdaient au-dehors, attendant qu'un espace se libère pour aller se baigner dans la mer du divertissement, de la fête, de la *bachata*, du plaisir et du glamour, qui, à partir de dix heures, devait être épicée par l'orchestre de Kelvis Ochoa, avec un supplément pour le concert.

Calé dans son coin, buvant son faux mojito, Mario Conde essayait de conserver un contrôle visuel du local qui, les jours de forte affluence, engageait deux gorilles de plus, au cas où certains se lâcheraient trop. Il avait constaté qu'étaient aussi là, arrivés de bonne heure, comme les clients fidèles et habituels qu'ils étaient devenus, le blond Fabito et Toña la Negra, chacun de son côté, tous les deux déjà avec des bracelets rouges au poignet en tant que consommateurs de tout ce qui était consommable ce soir-là, y compris la musique live. Fallait-il vraiment croire que ces deux personnages menaient leurs affaires ailleurs et ne venaient à La Dulce Vida que pour se détendre dans la meilleure ambiance de la ville ? Conde trouvait cela logique : la règle d'or est qu'on ne chie pas là où on mange et où on dort.

Le curriculum concernant Fabito offert par Manolo était très succinct, mais celui de Toña la Negra était une petite merveille. Elle était diplômée de l'Institut supérieur de pédagogie, spécialisée en espagnol et littérature, mais elle n'avait jamais exercé. Le Département antidrogue la soupçonnait fortement d'être liée à la circulation de pilules prohibées dans la ville, mais on n'avait jamais pu la prendre sur le fait. On savait que son commerce clandestin public (clandestin public ?) était la vente de vêtements et d'articles qu'un réseau de voyageurs qu'elle dirigeait (les fameuses "mules", qui pouvaient tout aussi bien être des "mulets") rapportaient de Miami, de Panamá, du Mexique, d'Équateur et même de Haïti. Haïti alimentant et habillant Cuba !... Le voir pour le croire, mon vieux Sancho... Ensuite, avec ces produits, elle fournissait plusieurs des boutiques et des quincailleries (publiques ou clandestines ?) qui surgissaient dans une ville où, si tu avais du fric, tu pouvais t'acheter presque tout ce dont tu avais envie et, si tu en avais moins, ce dont tu avais le plus besoin. Avec, pour les plus fortunés, une préférence pour les marques. C'est pourquoi chaque valise rapportée par les mules de Toña était inspectée à la loupe par les douaniers mais jamais ils n'avaient trouvé dans ces envois de choses plus problématiques que deux godemichés, apparemment spécialement commandés par quelqu'une (ou quelqu'un) en manque et confrontée à la pénurie nationale de bananes plantain et de concombres. Et le trafic de Toña restait clean parce que le Département antidrogue avait exigé qu'on le surveille de très près.

Pendant ce temps, Toña, lesbienne déclarée et militante, se servait de son pouvoir économique pour entretenir une vie sexuelle active, variée et, bien sûr, dissolue. On ne lui connaissait pas de partenaire stable. Elle vivait dans un appartement très bien agencé, de l'autre côté du fleuve, au bord de la Cinquième Avenue, acheté deux ans plus tôt on ne savait même pas combien.

Conclusions de Conde : tout le monde savait que Toña la Negra brassait beaucoup d'argent, obtenu peut-être aux marges de la légalité voire au-delà, mais en terrain visible. Le fait était que la matrone était bien là, profitant de la vie comme si de rien n'était, vissée à une jolie blonde de dix-huit ans, exhibant son look *macho-man* accentué par ses cheveux rasés sur les tempes et couronnés par un chignon de samouraï, aussi joli que ceux de Toshiro Mifune, le brave entre les braves des films de Kurosawa. Et Conde eut une autre de ses prémonitions, qui sourdait de son expérience de flic : Toña la Negra n'était pas l'un de ses objectifs, mais, au cas où, il ne la perdrait pas de vue. C'était pour ça qu'on le payait. Ce qu'elle pouvait faire en dehors de son territoire, c'était à d'autres de s'en occuper.

À dix heures et demie, quand débarqua enfin l'Homme Invisible avec sa cour, on termina d'arranger la salle principale pour le show de Kelvis et son groupe. Avant, tous ceux qui étaient restés dans le bar restaurant avaient payé le tribut fixé : dix pesos convertibles, environ douze dollars par personne, qui te donnaient droit à un ruban ou à une sorte de badge rouge, épinglé sur la poitrine ou accroché au poignet, et à un mojito, un vrai. Pendant que l'orchestre s'accordait, Conde décida de chercher refuge dans le bureau du Palomo, sachant que sa surveillance le temps du show serait inutile.

Comme Yoyi n'était pas dans les parages, Conde referma la porte et décida de profiter de la solitude et d'un niveau sonore acceptable pour composer le numéro de Tamara sur le téléphone du bureau.

– C'est moi, dit-il quand elle décrocha.

– J'ai vu que tu étais passé. Et cette musique ? demanda-t-elle.

– C'est Kelvis, il joue ce soir.

– Et tu es où ?

– Dans le bureau de Yoyi.

– Et tu vas pas voir Kelvis ? Moi, je ne manquerais pas ça. J'adore.

– Moi, pas tant que ça. Il ne se peigne pas. Même s'il est en train de devenir chauve, si tu veux tout savoir...

– Il faut que tu m'emmènes la prochaine fois qu'il jouera, Mario, et pas de faux prétextes.

– OK, OK... Et tu étais où quand je suis passé chez toi ?

– Chez le coiffeur... Je repoussais ça jusqu'au voyage, mais on me voyait les cheveux blancs. Et j'en ai profité pour me faire une coupe, expliqua-t-elle en pesant ses mots, d'une voix chaude dont Conde eut du mal à évaluer toute l'intention, parce qu'il avait eu aussitôt en tête les tempes rasées de Toña la Negra.

– Et ça te va comment ? parvint-il à dire.

– Je me suis dépêchée pour que tu me voies, mais tu étais déjà parti quand je suis arrivée. Je voulais que tu me dises comment tu me trouvais.

Conde soupira et se sentit réconforté. Il y avait quelqu'un, il existait une Tamara, qui se préoccupait d'être belle à ses yeux. Et il se plaignait de la vie avec ça. Pauvre Miki Gueule d'ange.

– Et je ne sais pas à quelle heure je vais terminer, cette nuit.

– Bon, demain c'est dimanche et…

Il fit les comptes. Cela faisait plusieurs jours qu'il faisait des doubles journées de détective et de vigile. Avec son boulot de nuit, il gagnait plutôt bien sa vie, mais celui de jour, du pur travail volontaire socialiste, l'avait absorbé de façon inattendue. Il s'était engagé à aider Manolo dans une enquête et il s'avérait qu'en fait c'était plutôt Manolo qui l'aidait, lui. L'assassinat de l'Abominable Quevedo était de plus en plus embrouillé et son intuition que la disparition de Marcel Robaina pouvait compliquer les choses et, en plus, être liée à la mort du vieillard, rajoutait des bûches dans le feu. Manolo allait devoir mettre un de ses hommes sur l'enquête, tous deux l'avaient bien compris, et Conde pourrait alors retrouver une place moins centrale d'auxiliaire.

– Oui… c'est dimanche…

– Demain, j'ai toute la journée, lança-t-elle.

Conde sourit à la provocation. Non, il ne pouvait pas se plaindre de la vie.

– Et moi aussi… On pourra faire, bon, ce que tu sais et je pensais que… bon enfin, après je t'invite à déjeuner dehors. Merde, ça doit faire trente ans que je n'ai pas pu dire un truc pareil. Je t'invite à manger… toi et le Flaco, ici, à La Dulce Vida. Pour fêter ton départ…

– Hé, Mario, tu délires.

– Non, je dis ça en vrai…

– Mais c'est très cher.

– C'est meilleur marché le midi… Et Yoyi me fera sûrement crédit sur mon salaire. Il me fera peut-être même une réduction en tant qu'employé…

– Tu es fou…

– Non, au contraire, je me sens super lucide. Putain, Tamara, rien que d'y penser, je me sens quelqu'un. Dans ce pays, même ça c'est parfois difficile. On va se sentir comme des gens normaux… et on va manger comme des gens normaux, comme les cent clients qui sont en train de danser avec Kelvis. Même si, après, on retournera à la misère.

Le bonheur?

Parce qu'il ne peut pas s'en empêcher, Mario Conde se demande ce que c'est, combien de temps ça dure, quelle est sa consistance réelle tout en observant le visage encore beau et harmonieux de Tamara, ses cheveux brillants grâce à la teinture acajou toute fraîche, la coupe audacieuse qui, à la satisfaction de Conde, a su préserver la mèche impertinente qui retombe comme une aile sur son œil droit, cette amande humide, et qu'elle peut remonter avec le geste élégant qui est le sien. C'est la même belle femme avec qui, deux heures plus tôt, il a eu un rapport sexuel qui, même répété, familier, presque crépusculaire, n'en a pas moins été satisfaisant, au contraire: plus jouissif parce qu'il a rajouté un grain de sable à la hauteur d'une montagne édifiée avec soin, et qui, avec ce nouvel apport, a grandi un peu plus.

Il examine ensuite l'expression de plaisir qui inonde les traits de son ami, le Flaco Carlos, rasé de frais et très parfumé pour l'occasion, un homme dont les plaisirs depuis tant d'années sont limités mais qui, par sagesse ou par capacité pragmatique d'adaptation de son corps, sait profiter de ce qui est encore profitable avec une plénitude et une intensité qui font envie.

Bien manger, une chose aussi élémentaire que bien manger, encore mieux si c'est en compagnie des vieux amis, remplit Mario Conde d'une satisfaction presque enfantine, exultante. Il observe ensuite la table, les plats servis avec soin et une abondance participant au présent (savourant !), fleurant bon les mets appétissants, délices amplifiées en bouche par la fluidité d'un vin de la Rioja accompagnant fidèlement chaque bouchée. Oui, dégustant ! comme l'y encourageait le cuisinier du présent.

Il parcourt le local des yeux, son ambiance tranquille à cette heure de la journée, et il voit Yoyi le Palomo, son ami, collègue, et même parfois chef, un fauve de ce présent équivoque qui, pourtant, immergé dans le combat quotidien et sans pitié qu'est sa vie, est capable d'exprimer de la solidarité, de la tendresse, de partager même son pain… et ses vins, comme ceux qu'il a débouchés à ses frais et servis dans des verres et posés sur la table depuis laquelle Conde, qui se sent quelqu'un, qui est quelqu'un, l'observe exercer son fatigant labeur d'entrepreneur à succès.

Tout très superficiel, élémentaire et éphémère ? Peut-être. Sexe, nourriture, confort, compagnie, argent, et même beautés physiques, bien tangibles même si périssables. Est-ce cela la vraie vie, ou seulement un méandre propice à l'évasion, pour quelques minutes, quelques heures peut-être, pour oublier les tensions du combat, les fardeaux du passé, les floues expectatives d'avenir ? Est-ce le présent parfait et, par conséquent, heureux ?

Plusieurs années plus tôt, son ami le Chinois, Juan Chion, lui avait offert une définition de l'état de bonheur. C'était à l'occasion d'une soirée vaporeuse où ils étaient en train d'écluser le puissant alcool de riz que l'Asiatique faisait fermenter et, depuis ce jour, Conde avait conservé ses paroles comme un principe de vérité, quelque chose de ferme dans un monde où tant de vérités s'effondraient. Selon le vieillard, déjà octogénaire à l'époque, son compatriote Lao Tseu, dit le Vieux, avait distillé sa sagesse en énonçant des principes élémentaires : "Si tu es déprimé, tu vis dans le passé. Si tu es anxieux, tu vis dans le futur.

Si tu es en paix, tu vis dans le présent." Et, à cet instant précis et qu'il savait fugace, Conde vivait au présent et l'hédonisme avec lequel il profitait du moment de la trêve – merci Épicure, toi aussi tu t'y connaissais là-dessus – le situait dans le bonheur.

L'évidence qu'il est le maillon d'une chaîne dont d'autres ont besoin pour ne pas couler le réconforte. Et c'est pour cela qu'il refuse de penser à toutes les agressions que ce territoire enchanté pouvait subir, compte tenu du contexte, de l'époque, de l'espace historique et vital. Le calcul inquiétant qu'il était en train de dévorer deux semaines ou plus de son salaire, l'imminence d'éloignements annoncés et de retours non confirmés, les souvenirs blessants du passé et les perspectives bancales de l'avenir, y compris les menaces de la vieillesse et de la mort : les raisons et les motifs pour réduire à néant le bonheur de l'instant ne manquaient pas, mais Conde refuse de leur ouvrir les portes.

Ils boivent, ils rient, ils sont euphoriques, et Carlos demande à Yoyi de mettre de la musique des Stones histoire de s'entraîner, et Conde s'y résoud et chante avec lui... : "*Cause I try and I try and I try and I try/I can't get no, I can't get no...*", et ensuite ils demandent "Proud Mary", leur hymne de combat, et ils évoquent Andrés, le Conejo, Dulcita, Aymara : les absents ; Candito, plus proche qu'eux de Dieu et du ciel, la vieille Josefina, qu'ils n'ont pas oubliée et pour qui ils ont prévu une bonne ration de bonnes choses, également offerte par le Palomo. Et Conde et le Flaco, toujours dans son fauteuil roulant d'homme écrasé par une guerre, s'étreignent, s'embrassent, s'aiment comme des frères, et Conde ensuite embrasse Tamara comme il embrasserait seulement la femme lui appartenant le plus, l'être dans lequel il pénètre et se perd, et il s'oblige à profiter de l'évidence de se sentir en paix avec le monde et avec lui-même parce qu'il découvre que oui, il est heureux.

Et tant pis s'il s'agit d'un miracle prosaïque, éphémère et si, à coup sûr, toute tentative de le rééditer sera vaine dans quelques années, quand le Flaco ou Josefina ou Basura II seront morts ; dans quelques semaines, quand Tamara sera loin ; dans quelques jours, quand il sentira de nouveau la faim et n'aura pas d'argent pour l'apaiser, ou même dans quelques heures seulement, quand ce dimanche soir Manolo l'accablera avec la nouvelle que Victorino Almeida a été localisé et, pour que ce soit bien la merde et confirmer la qualité de ses prémonitions, il lui dira en plus qu'ils ont retrouvé Marcel Robaina. En fait, le cadavre putréfié et également mutilé de Marcel Robaina. Parce que oui, le monde est aussi terrible que ça. Mais putain, Mario Conde, arrête de faire chier et de ressasser : l'important, c'est que ton dimanche soir a été une douce étape bien méritée sur le territoire fuyant du bonheur.

Il m'a surpris. Il avait répondu à ma demande par un message disant qu'il m'attendait le lendemain, à midi trente précisément, et que j'étais invité à déjeuner dans *sa* maison. Car, même si Alberto Yarini possédait plusieurs propriétés dans le quartier, celle du numéro 96 de la rue Paula était, sans aucun doute, la préférée, *sa* maison.

En ville, tout le monde savait que l'honorable famille des Yarini y Ponce de León occupait l'une des demeures aristocratiques construites durant les dernières années du siècle précédent dans la rue Galiano, l'avenue commerciale de la ville nouvelle qui avait dépassé l'enceinte fortifiée de la cité coloniale. Dans la vaste et lumineuse maison de Galiano étaient nés son frère Cirilo II et, trois ans plus tard, le 5 février 1882, le cadet Alberto Manuel Francisco.

Comme dans toute bonne maison familiale cubaine, les générations y cohabitaient dans une aimable promiscuité. C'était là qu'Alberto avait grandi comme un enfant de la bourgeoisie, un patricien cultivé, sous la tutelle de son père, le fameux odontologue titulaire d'une chaire universitaire et possesseur d'une impressionnante bibliothèque personnelle. Il avait bénéficié de l'affection de sa mère, Emilia Ponce de León y Ponce de León, aristocrate pure souche, de lignée blindée des quatre côtés. D'Emilia, connue dans la famille comme Mimi, on disait qu'elle était une grande pianiste qui, en Europe peut-être, où les femmes étaient de plus en plus libérées, aurait pu faire carrière comme concertiste.

Sur son étincelant Steinway à queue, Mimi jouait des morceaux de Mozart et Beethoven, mais plus souvent encore les danses de notre grand compatriote le maestro Ignacio Cervantes, ou la mélancolique *Épiphanie havanaise*, son morceau préféré, qu'elle avait l'habitude d'interpréter lors des fêtes et anniversaires de famille qui rassemblaient frères, oncles et tantes, cousins germains, issus de germains et même au-delà, parrains et marraines, gendres, belles-filles.

Dans la résidence paternelle, Alberto avait aussi profité de la présence de son excentrique (et à moitié folle, disait-on) grand-mère maternelle, doña Montserrate Ponce de León y Heredero, Montse pour ses proches et connue dans toute la ville comme la Marquise, même s'il était impossible d'établir l'origine d'un blason de noblesse dont elle n'avait pas besoin de faire étalage pour se comporter bel et bien comme ça, comme une Marquise. De cette grand-mère iconoclaste, Alberto avait hérité, entre autres velléités, la passion des chevaux qu'il perfectionnerait durant son séjour aux États-Unis.

J'ai su de plus, de la bouche de Yarini lui-même, que dans cette maison où l'on prétendait insuffler de hautes valeurs morales aux rejetons du clan, Cirilo II et Alberto avaient grandi en apprenant à s'exprimer et à écrire en quatre langues – l'espagnol du pays, l'anglais du futur, le français de la culture et l'italien des ancêtres Yarini –, à jouer d'un instrument de musique – le violon pour le jeune Cirilo, le piano de sa mère pour Alberto – et la manière, toujours nécessaire, de bien s'habiller, bien manger et bien parler.

Même en ses temps de plus grosse activité politique, commerciale et mondaine (le penchant qui attirait sur lui une grande part des reproches paternels), alors qu'il avait déjà ses propres propriétés commerciales, Alberto allait souvent se poser dans l'accueillante demeure familiale, où il conservait une chambre. S'il arrivait en dehors des heures de repas mais au bon moment pour prendre le café, le jeune homme s'installait généralement à côté de sa chère grand-mère au balcon donnant sur l'avenue (le café servi avec les gâteaux à la goyave ou à la noix de coco tout juste sortis du four de la boulangerie La Maison française de Félix Potin) pour profiter de la brise marine. Et c'était de là qu'il faisait avec la Marquise des commentaires sur les nouveaux riches, les politiciens corrompus et les petits personnages prétentieux endettés jusqu'au dernier centime que, de façon exhibitionniste, ils voyaient entrer dans le grand magasin El Encanto, qui venait d'ouvrir, le seul endroit à La Havane où il était possible d'acheter des articles de Louis Vuitton et d'autres fameux créateurs et fabricants français et italiens.

Alberto Yarini ne manquait jamais, par ailleurs, le déjeuner dominical avec le classique riz au poulet décoré de lanières de poivrons rouges et la soupe aux abats de poulet assaisonnée de citron vert que Mimi servait pour les habitants de la maison et les parents invités, qui pouvaient être plus d'une douzaine. Et, après le déjeuner habituellement tardif, il ne renonçait jamais à la sieste.

C'était dans cette maison familiale qu'était revenu le jeune Alberto quand, de lui-même, il avait décidé d'interrompre – il avait dit à son père qu'il s'agissait seulement de repousser – ses études de droit commencées à Boston. Il avait invoqué comme motif son souhait de participer aux festivités qui allaient se dérouler pour la proclamation de la République et, en vérité, il y avait participé avec une telle ferveur qu'il avait été remarqué par les anciens généraux et colonels de l'Armée libératrice devenus des hommes politiques républicains. Dans l'atmosphère équivoque de l'époque, Alberto Yarini était intervenu dans des meetings pour ranimer la flamme nationaliste et, en même temps, avait fait la fête avec ses amis d'enfance, des enfants riches qui s'étaient approprié le Trottoir du Louvre, les jeunes snobs qui, depuis quelques années, étaient justement connus sous l'appellation : les garçons du Trottoir du Louvre.

Parmi tous ces jeunes gens issus de familles aisées, Alberto s'était très rapidement distingué par ses succès amoureux. Son physique, ses bonnes manières, son expérience de la vie en Nouvelle-Angleterre et son aisance naturelle le faisaient remarquer et il avait eu plus de petites amies et de conquêtes féminines que quiconque, et, pour le garder, certaines de ces maîtresses tombées amoureuses de lui avaient commencé à lui prodiguer des cadeaux et de l'argent. C'était alors que l'instinct commercial de Yarini avait fait le reste : d'abord une, puis deux, il avait prostitué certaines de ces maîtresses et, en cinq ans, il disposait déjà d'un harem de douze femmes travaillant sur le marché havanais du sexe.

Grâce à son succès fulgurant dans ce commerce très prospère, Yarini, quand je l'ai connu, avait déjà plusieurs maisons de rendez-vous, d'autres lieux plus modestes et même des bordels de grand luxe, comme celui de la rue Picota, où nous avions eu notre première longue conversation. Il possédait, en outre, plusieurs autres maisons achetées pour rien, louées à présent à d'autres proxénètes avec des bénéfices substantiels. Et il avait en même temps établi sa résidence officielle dans la maison du 96, rue Paula, où il cohabitait avec ses meilleures et plus précieuses prostituées – pour lesquelles il avait des attentions personnalisées – et où, tous les jours, il déjeunait d'une soupe aux abats de poulet. La maison dans laquelle j'ai été convoqué quand j'ai été forcé de m'entretenir avec Yarini des développements d'une enquête qui se compliquait et, me débattant avec mes doutes, je lui ai demandé un rendez-vous. Ou bien suis-je allé là-bas pour d'autres raisons ?

La grande maison du 96 rue Paula était une classique construction bourgeoise de La Havane du XIXe siècle, peut-être trop prétentieuse pour cette zone aujourd'hui dévaluée de la ville.

Elle était dotée d'un toit très haut et de larges baies vitrées derrière des grilles en fer forgé donnant sur la rue ; après l'entrée et le hall de réception, un couloir menait vers l'intérieur, donnant d'un côté sur quatre chambres et deux salles de bains intercalées (déjà équipées de cuvettes de toilettes), et, de l'autre côté, sur le long patio intérieur ombragé et ventilé, où poussaient des palmiers, des bougainvilliers et des rosiers autochtones et où, dans des cages ressemblant à des petites pagodes orientales, des canaris, des cicis petits-chanteurs et des oiseaux-moqueurs rivalisaient de trilles. Au fond, occupant à nouveau toute la largeur de la construction, était installée la salle à manger, lumineuse, avec une longue table et des armoires vitrées pour les verres et la porcelaine, reliée à la cuisine carrelée de mosaïques portugaises.

Le propriétaire occupait la première chambre. Les trois autres, avec dans chacune deux lits à une place, étaient le domaine des femmes les plus estimées de son équipe, qui vivaient et dormaient dans la maison mais travaillaient dans d'autres dépendances achetées par le proxénète, comme les deux maisons de la rue San Isidro toute proche. La maison du 96, rue Paula, sa maison, était le refuge de Yarini et de son cercle de proches, et n'y avaient accès, comme visiteurs, jamais comme clients, que les amis, les camarades de parti et les plus proches collaborateurs du cacique. Et voilà que j'avais moi-même été distingué comme visiteur possible.

J'ai consulté une dernière fois la montre pendant à mon gousset, et juste au moment où elle indiquait midi et demi, j'ai soulevé deux fois le marteau de la porte du 96, rue Paula. Yarini en personne, vêtu d'un peignoir clairement en soie, m'a ouvert la porte, souhaité la bienvenue et fait l'éloge de ma ponctualité.

– Putain, bravo!... La ponctualité dans ce pays est une coutume peu fréquente, a-t-il commenté en souriant et en me faisant passer dans l'antichambre où trônait un piano à queue brillant et où il y avait en plus quatre confortables fauteuils, dans l'un desquels se balançait Pepito Basterrechea, l'homme qui racontait à tout le monde qu'il était un des meilleurs amis de Yarini, tandis que les mauvaises langues n'y voyaient guère plus qu'un vulgaire garde du corps collé comme une sangsue au proxénète. De Basterrechea je savais déjà que ce devait être un type dangereux: quatre ans plus tôt, il avait fait l'objet d'une enquête pour homicide qui avait été subitement close par manque de preuves.

Les saluts échangés, Yarini m'a invité à me rafraîchir avec une citronnade qui embuait une carafe en cristal placée sur la table basse au centre. Tout en buvant et en fumant, nous avons entamé un dialogue sur des choses sans importance: le temps (très chaud pour un mois de décembre), le nouveau modèle de Ford qui venait d'être importé (Yarini préférait continuer à monter son cheval hispano-arabe) ou le match de base-ball de la veille entre Almendares et les Tigres de Détroit (gagné par l'équipe locale grâce à une nouvelle partie mémorable du *pitcher* noir José de la Caridad Méndez, qu'on surnommait déjà "le Diamant Noir"). Avec prudence, me sentant hors contexte, en doutant du bien-fondé de ma décision, j'ai participé de façon minimum aux dialogues, et je me suis armé de patience en attendant que le maître de maison aborde le sujet pour lequel j'étais venu jusqu'à son refuge personnel.

À midi quarante-cinq à l'horloge à balancier de la pièce, la domestique noire (authentiquement féminine, elle), en uniforme bien entendu, s'est approchée de Yarini pour informer monsieur que le déjeuner était prêt.

Pepito Basterrechea et moi avons suivi notre hôte dans le couloir menant à l'autre bout de la maison. Avant de pénétrer dans la salle à manger, dans un petit lavabo encastré sur le mur du patio qui divisait la propriété, Yarini s'est lavé les mains et a attendu que ses invités en fassent de même, tandis que la bonne nous tendait des serviettes en lin pour nous sécher. Quand j'ai fini, j'ai remarqué que mes mains sentaient la fleur d'oranger.

Et, à partir de cet instant, j'ai assisté à un spectacle dont, par pure prétention, je me suis demandé s'il n'avait pas été organisé pour m'impressionner, même si j'ai su par la suite qu'il s'agissait d'un inaltérable rituel quotidien dans la salle à manger de la demeure d'un maquereau : derrière leurs chaises, face à la table mise avec des assiettes, des couverts, des verres en cristal et des serviettes, cinq jeunes femmes attendaient l'arrivée de l'homme et de ses invités. Une blonde, deux brunes, une métisse et une noire. Aucune n'avait plus de vingt-cinq ans. Toutes coiffées, parfumées, bien habillées. Toutes jolies et, à première vue, en bonne santé.

L'une après l'autre, Yarini a reculé leurs chaises pour leur permettre de s'asseoir, et chacune a murmuré un "Merci, don Alberto" auquel il a répondu d'un hochement de tête. Puis il nous a indiqué nos places et, pour finir, à la seule tête de table où le couvert était mis, s'est installé le maître de maison. Pourquoi Yarini faisait-il tout cela ? J'aurais la réponse quelques mois plus tard : Yarini faisait en sorte que ses putes se sentent de vraies personnes, qu'elles se sentent respectées et protégées, et, en retour, elles l'idolâtraient. N'importe laquelle d'entre elles aurait été capable de tuer pour lui.

Le premier plat était une soupe aux abats de poulet dont Yarini a fait l'éloge :

– Ici, on commence toujours le repas par une soupe, m'a-t-il informé avec un sourire. Certaines des filles n'aiment pas trop ça, mais je n'admets pas les refus.

Les filles ont hoché la tête en souriant. Je n'ai pas tardé à apprendre l'histoire d'Esmeralda la Gauchère et de la soupe, un épisode qui avait valu à la très belle jeune femme le bannissement du 96, rue Paula et la perte des privilèges que constituait la possibilité de vivre aux côtés de Yarini. Peu portée sur les soupes et bouillons, lassée d'en avoir à chaque repas, la Gauchère (peut-être parce qu'elle se savait très belle et très demandée) avait tenté de se rebeller contre le plat qu'elle détestait et l'avait fait en aspirant bruyamment les premières cuillerées. Apparemment, Yarini l'avait regardée et la jeune femme, par défi, avait recommencé avec la cuillerée suivante. Sans se lever, il avait alors écarté l'assiette de la jeune femme et, après s'être essuyé la bouche avec sa serviette en lin, il s'était mis debout et s'était approché de la rebelle. Sans dire un mot, Yarini avait soulevé l'assiette de soupe chaude et l'avait collée dans la figure de l'insoumise tout en lui soutenant fermement la tête de l'autre main. Et il avait enfin prononcé la sentence :

– Pour qui refuse la soupe, c'est double ration.

Et il l'avait obligée à en avaler deux assiettes, la seule nourriture à laquelle la Gauchère avait eu droit durant une semaine, la dernière où elle avait eu le privilège d'habiter la maison du 96, rue Paula avant d'être déportée dans le bordel de Picota – le lieu où son refus de manger de la soupe l'a mise sur le chemin de ce qui allait être son destin… et le mien.

Le déjeuner de ce jour-là a été animé et bon enfant, avec une conversation menée surtout par Yarini et son ami Basterrechea, tandis que je me sentais submergé par l'admiration et la stupeur que me provoquait le fait de découvrir un monde aussi insolite. Toujours convaincu que j'assistais à un spectacle monté de toutes pièces, cet accès au nid personnel d'un homme dont toute la ville parlait me poussait à me demander encore et encore le pourquoi de ma présence : par respect, par sens du devoir, par curiosité, ou parce que j'étais déjà sous l'influence de son magnétisme proverbial?

Comme il semblait être de bonne humeur, Yarini a souri presque tout le temps, menant la conversation, et je n'ai pas pu m'empêcher de remarquer que ces filles, en général analphabètes et vulgaires, par leur profession promptes à l'insolence, n'intervenaient que quand on le leur demandait et qu'en aucun cas on ne parlait affaires. À un moment, Yarini a mis sur la table le sujet de l'approche de la comète de Halley et nous avons parlé de ce que chacun des convives souhaiterait faire si la fin du monde était confirmée. L'une des filles, Rosa la métisse, a même pleuré, comme si la condamnation avait été imminente. Basterrechea a seulement été capable de s'imaginer ivre, entre les bras et les jambes de deux ou trois femmes, tandis que Yarini pensait l'attendre sur le toit de la maison, nu ("mais avec mon chapeau", a-t-il précisé) pour crier à la météorite qu'elle aille se faire foutre, la salope.

– Et vous, lieutenant? m'a demandé le maître de maison.

– Je ne sais pas... je prierais peut-être, comme cette demoiselle – j'ai montré la blonde qui s'appelait Elena Morales –, mais je crois surtout que je regretterais de ne pas avoir fait certaines choses. Rien de très original, en fait.

– Eh bien, avant que la comète n'arrive, faites-les donc. – En me donnant ce conseil, Yarini, bien sûr, souriait de toutes ses dents parfaites.

Sitôt les desserts terminés, Pepito Basterrechea s'est excusé de devoir partir. Il avait des affaires à régler et Alberto l'a laissé s'en aller. L'hôte a ensuite autorisé les femmes à se retirer et a demandé à la bonne de nous apporter le café à table, il avait à s'entretenir avec M. Saborit. Et j'ai su que le moment était arrivé.

Une fois que nous fûmes seuls, le café bu et les cigares de rigueur allumés, Yarini a pris la parole.

– Don Nando m'a dit que tu avais certaines idées...

J'ai hoché la tête.

– Certaines idées et quelques problèmes. Des gens qui me créent des problèmes.

– Qui te crée des problèmes?

– Le capitaine Fonseca.

– Quels problèmes?

– Comprenez-moi bien, don Alberto. Je ne suis pas venu me plaindre... mais il ne me laisse pas travailler. Il salope tout. Je ne peux demander de l'aide à personne pour approfondir l'enquête parce que, s'il apprend ce que je suis en train de faire, tout progrès sera balancé à la presse et ça change tout... On ne peut pas fonctionner comme ça...

Yarini a hoché la tête en écoutant mes récriminations.

– Mais pourquoi croyez-vous que Fonseca fait tout ça? Seulement pour gagner quelques pesos, pour être dans le journal, ou parce qu'il est bête? Ou bien il y a autre chose?

La dernière question lancée par Yarini a déclenché une sonnette d'alarme dans mon cerveau. Autre chose? Que pouvait être cette autre chose?

– Je ne sais pas, don Alberto, je ne sais pas. L'argent et la bêtise, ça ne fait aucun doute... ai-je dit, en souriant moi aussi.

– Il faudra s'occuper de Fonseca... Quoi d'autre?

J'ai eu besoin de prendre mon temps avant d'aborder le véritable sujet qui m'avait conduit là. Je regrettais à présent d'avoir fait état de mes conflits avec Fonseca. Même si Cuillère était un salopard de pourri, c'était quand même un collègue. Mais, en dépit de mes prétendues résistances, Yarini avait une force qui me désarmait.

– C'est que... deux personnes avaient une relation spéciale avec la défunte Margot. M. Barroso et...

– Mingo Valladares, a lancé Yarini en me regardant dans les yeux.

– Ce n'est pas que je le soupçonne, mais…

Yarini a poussé un soupir.

– Voyons voir, Saborit. – Il s'est arrêté. Il prenait peut-être quelques instants pour mettre de l'ordre dans ses pensées. – Barroso est un quartier de viande avec des yeux. Je ne l'imagine pas tuer qui que ce soit, et encore moins de la façon dont a fini la pauvre Margot. Mais nous autres, êtres humains, sommes insondables… C'est du moins ce que disent ceux qui savent. Vous avez lu Freud, lieutenant ?

– Non… qui est-ce ?

– Un toubib juif qui soigne les fous, un Autrichien. On prononce "Froïd", mais ça s'écrit "Freud".

– Oui, oui, j'avais lu quelque chose… mais comme vous avez dit "Froïd". – J'ai, bien sûr, rougi de mon ignorance.

– Bon, le type a des théories étranges. Révolutionnaires, comme on dit maintenant… L'une d'elles, c'est ce qu'il appelle l'existence d'une sexualité infantile perverse… et ce n'est pas tout. Par l'intermédiaire du sexe, des rêves et des traumatismes d'enfance, "Froïd" essaie d'expliquer beaucoup de choses, des choses perverses, comme le dit sa théorie… Ce que j'ai voulu dire, c'est que Barroso peut avoir l'air d'être un homme bon et, en fait, être un maniaque. Je ne prétends rien suggérer par là, mon cher, c'est juste que personne ne sait où un monstre se cache.

– J'irai le voir, j'en avais l'intention. Mais Valladares…

Yarini a regardé la braise de son havane. Il semblait plongé dans ses pensées.

– Je suis content que tu sois venu me voir, Saborit. Cela a été une marque de respect de ta part. Et c'est pour cela que je vais te dire certaines choses qui, je l'espère, resteront entre nous. Je peux ?

– Bien entendu, monsieur Alberto. Bien entendu…

– Et j'ai une autre demande… si nous devons être amis, il vaut mieux nous tutoyer et oublier le "monsieur"… appelle-moi Alberto. Pour toi, je suis Alberto, a-t-il affirmé en me souriant, et j'ai senti que je baissais la garde.

– Sauf si la comète arrive et nous écrase tous, bien sûr, m'a dit Yarini quand nous nous sommes dit au revoir.

La comète. Sur le toit-terrasse de l'immeuble au coin de Compostela et Acosta, où on m'avait loué une pièce modeste mais très bien ventilée avec une salle de bains particulière bien que sans toilettes, je me suis assis une fois encore pour observer le ciel sans nuage rempli de toutes ces étoiles. J'ai cherché dans la voûte sombre le trône de Cassiopée et j'ai fini par le trouver, marquant le nord : les astrologues avaient remarqué que sur le siège de cette constellation, identifiée bien des siècles plus tôt par Ptolémée, surgirait la comète dans son périple récurrent à la recherche de la Terre, où elle arriverait telle la boule de feu céleste que, avec force détails, l'apôtre Jean prédit et décrit dans l'Apocalypse.

Est-ce que je cherchais des réponses en scrutant le ciel parce que je n'avais pas de meilleur endroit pour me défaire de mes questions ? Au sortir de ma première visite dans la maison de la rue Paula, j'étais chargé d'un nouveau fardeau d'interrogations très inquiétantes, en plus de doses lancinantes de perplexité et aussi, je devais l'avouer, de peur. Merde, mais qui était en fait Alberto Yarini ? Qu'entendait faire cet homme de la vie, de sa vie ? Jusqu'à quel point était-il un manipulateur, un imposteur, sur une scène réelle mais dont il avait lui-même conçu le décor, et jusqu'à quel point un homme sincère qui croyait à un projet ? Était-il l'émanation d'une déformation grotesque, synthèse d'une réalité disproportionnée ? Était-il un illuminé ou seulement un dément avec des rêves délirants de grandeur qui lisait des psychiatres juifs ? Où le situer, comment, merde, le définir ? Et, surtout, pourquoi le personnage le plus admiré, connu, controversé et redouté de La Havane ouvrait-il le tiroir de ses attentes et de ses ambitions devant moi, simple policier ? Avec ses mots et ses attentions, essayait-il seulement de créer un rideau de fumée pour cacher quelque chose ? Et, au-dessus, en dessous et à côté de toutes ces questions se dressait une certitude : Alberto Yarini était décidément un homme attirant, je dirais même addictif et par là définitivement dangereux…

Pour rajouter à mes inquiétudes, le leader des proxénètes m'avait avoué qu'il entendait devenir président de la République avant ses quarante ans. Ni plus, ni moins. Il avait plus de dix ans pour atteindre son objectif même si, vu comment les choses marchaient dans le pays, il pourrait peut-être y arriver avant, avait-il dit en souriant.

Comme si tout avait été prévu d'avance, il m'a révélé ensuite sa stratégie. Les premiers pas sur cette pente ascendante avaient déjà été effectués : dans le temps consacré aux activités du jeu et de la prostitution, il avait amassé une fortune à une vitesse très difficile à atteindre pour d'autres activités. Mais il avait besoin de plus : et l'un de ses plans était de mettre hors circuit les maquereaux français qui avaient encore les meilleures péripatéticiennes et les locaux les plus raffinés, ceux qui rapportaient le plus d'argent. Cependant, en ses cinq années d'activité commerciale (dans le domaine de la prostitution, il se voyait comme un vaillant entrepreneur et, dans celui du jeu, comme le garant d'activités pour lesquelles il touchait des dessous-de-table ou des bénéfices), surtout il s'était fait un nom et la morale importait peu dans cette affaire, car dans un pays malade de corruption, d'oubli et d'excès, ainsi que le désiraient ceux qui le contrôlaient, ainsi que l'avaient modelé ceux qui décidaient, la façon dont il gagnait de l'argent n'était pas essentielle. En fait, seul comptait l'argent et ce que l'on pouvait acheter avec dans un endroit où tout était en vente, où tout ce qu'on avait sous la main était bon pour réussir. Et pour cela, il n'avait pas seulement pour lui le fait d'avoir été élu représentant à la Chambre (il y avait troqué son costume de proxénète pour celui d'homme politique passionné), mais le fait que les vieilles sommités, convaincues de ses dons de leader, le recherchaient, le courtisaient. Avec l'appui des poids lourds du Parti conservateur, très vite – si la comète ne nous écrabouille pas tous, avait-il souligné pour la première fois – il pensait se lancer à l'assaut de la mairie de La Havane comme second du général Fernando Freyre de Andrade, héros de guerre, l'une des figures publiques au prestige le plus intact du pays, qui, c'était ainsi que les choses fonctionnaient, était ravi à l'idée d'avoir pour allié politique un personnage qui ne faisait pas mystère de ses goûts et de ses activités.

Pourquoi un homme tel que lui, membre d'une famille d'une lignée reconnue et en même temps maquereau, voulait-il lier son destin à une carrière aussi trouble et hasardeuse que la politique ? Pour l'argent, alors qu'il avait déjà tout ce qu'il voulait ? Pour le pouvoir, alors qu'il était déjà puissant ? Pour la célébrité, alors qu'il était déjà populaire parmi ceux d'en haut, ceux du milieu et ceux d'en bas ? Ou pensait-il vraiment changer les choses, donner une valeur aux mots ?

Yarini a commencé à me répondre en avançant dans son plaidoyer et m'a confié que oui, il voulait avoir une influence politique, une capacité de décision réelle, parce que ce pays sali, décentré, imprécis qui s'appelait Cuba réclamait une secousse, une refondation presque, pour récupérer sa fierté nationale, m'a-t-il dit en me regardant dans les yeux et sans sourire. Et, en bon charmeur de serpents qu'il était, il m'a convaincu : Yarini croyait ce qu'il disait. Et c'est pour cela que je me suis dit que Yarini était largement plus intense et complexe que ce que beaucoup de gens croyaient.

– Pas besoin d'être très intelligent pour le constater... avait-il poursuivi. Ils nous ont transformés en un pays de voleurs, d'opportunistes et de fripouilles, et il faut que quelqu'un fasse quelque chose. Les Américains nous traitent comme si nous étions tous des noirs sauvages et des blancs ignorants, tout en achetant le pays au rabais. Les Espagnols ne commandent plus avec leurs gouverneurs depuis le Palais des capitaines généraux, mais ils décident de beaucoup de choses, parce qu'ils ont le contrôle de presque toutes les affaires. Les Français veulent nous enlever jusqu'à nos putes. Les Chinois de Californie et les Italiens contrôlent la drogue, la pornographie et une partie du jeu. Nos hommes politiques traitent les noirs comme des délinquants et les pauvres comme de la vermine. Tout le monde vole et profite. Et ensuite il faut les entendre nous raconter depuis leurs nouveaux palais du Vedado où ils organisent ce qu'on appelle maintenant des *parties* et autres bringues : nous sommes un pays prospère, nous mettons en place une démocratie, nous devons nous sacrifier aujourd'hui pour un avenir meilleur, nous allons édifier ici la Nice des Amériques, le phare des Antilles... Et ça, c'est ce que dit n'importe quel imbécile que quelqu'un, sans doute un autre imbécile, a placé là pour faire chier les autres.

“La classe politique locale fait honte, a-t-il poursuivi avec une passion qui semblait sincère. Tu as sûrement lu que l'actuel maire de La Havane a lancé une campagne pour unifier les casquettes des conducteurs de véhicules urbains. Avec tous les problèmes que nous avons, tu ne crois pas que notre maire se fout de la gueule du monde, pendant que les chauffeurs des sénateurs et des députés, avec leurs casquettes de toutes les couleurs et au volant des véhicules payés par l'État, c'est-à-dire par nous, citoyens, emmènent ces escrocs et leurs maîtresses acheter des manteaux en hermine aux magasins El Encanto ? Et le ministre de l'Agriculture qui suggère de semer du cacao en bordure des routes et du café autour de la ville pour que les gens puissent boire du chocolat et du café pas chers ? Pourquoi est-ce que moi, je ne pourrais pas aspirer à être président et à faire les choses un peu mieux que ces salopards de clowns ? Parce que la prostitution, c'est sale ? Et la politique de ces illustres citoyens, elle est plus propre ?

"Je peux le faire, avait-il dit, en colère, en lançant contre le mur son havane à moitié fumé, parce que je suis intelligent et que j'en crève d'envie. Mais, surtout, Saborit, surtout parce que j'ai quelque chose d'indispensable, j'ai une paire de couilles grosses comme ça. J'ai les plus grosses couilles de La Havane..."

Tout en l'écoutant égrener ses raisons et ses certitudes, je sentais ma stupéfaction se transformer en respect, et le respect en admiration. J'étais touché par la déférence à mon égard de cet homme qui avait choisi de me faire participer à ce genre de réflexions. Mais, au milieu de mon étourdissement, je suis arrivé à percevoir comment la démesure de Yarini s'appropriait de mon esprit de la même façon qu'elle avait touché tant de gens, de tant de manières différentes. Et je crois qu'il sera facile de comprendre pourquoi je me suis senti conforté dans mes intentions quand, avant de prendre congé, cet homme qui souriait presque toujours, tout en me serrant la main, m'a demandé, sur le ton de ce qui ressemblait à une humble sollicitation, de ne pas suspendre mon enquête : il me priait de découvrir la vérité même si sa révélation devait provoquer un scandale.

Yarini me poussait, Yarini me l'ordonnait ? La réponse n'était pas dans le firmament où devait apparaître la comète prête à tous nous liquider. Elle était sur terre, devant moi.

Quand j'ai cherché à le voir, M. José Barroso m'a dit qu'il serait enchanté de me recevoir dans les bureaux de son prospère commerce de fabrication de stores, tonnelles et bâches de la rue Amargura. Pour des raisons évidentes, il ne me recevait pas chez lui.

Comme me l'avait suggéré Yarini, avant de poursuivre mon enquête j'avais pris rendez-vous avec Carrión, un journaliste connu et très bien informé, qui était aussi l'un de ses amis personnels. Nous nous étions retrouvés à la Moderna Poesía, la librairie papeterie la plus grande et la mieux fournie de la ville, où Carrión était venu chercher des nouveautés éditoriales tout juste arrivées d'Espagne et moi, me procurer un livre de ou sur Freud, en faisant attention à bien prononcer "Froïd".

Selon Carrión, Barroso n'était pas, comme beaucoup d'autres, un imposteur. Durant la guerre, il avait combattu et avait connu la faim. Ses galons, il les avait mérités. Mais son point faible, c'était qu'il n'avait jamais eu l'énergie de renoncer à certains plaisirs : Barroso adorait les "filles" et la belle vie. Et comme n'importe quel autre de sa tribu (comme mon oncle Amargo, lui aussi héros de guerre), il se nourrissait des sinécures obtenues aux crochets de la République (Barroso était le fournisseur de l'État), sans chercher à savoir si ce qu'il faisait était bien ou mal (c'était ce que tout le monde faisait), si c'était en accord avec les principes austères de la Révolution pour laquelle il avait combattu. Cette bonne conscience de bon vivant semblait à Barroso la chose la plus naturelle du monde, mais il n'en était pas moins pour autant une bonne personne, un honnête homme, l'un des meilleurs de cette engeance, ainsi que me l'a assuré le gazetier bien informé et souvent réfractaire (qui serait bientôt un romancier de renom), auquel sa plume acérée avait valu plusieurs duels.

Dans ses bureaux, j'ai trouvé un homme corpulent, qui m'a tendu une main poilue qui fonctionnait comme une broyeuse, tout en souriant avec sa large figure de paysan pauvre, dont les années vécues à La Havane et la fortune amassée n'étaient pas arrivées à effacer l'aspect rustique. Large, fort, sanguin, son visage et ses expressions trahissaient une simplicité, un rude optimisme... qui est parti en fumée quand il a commencé à parler de la mort de Margarita Alcántara, d'autant que, pour initier notre dialogue, je lui avait lâché d'entrée une information.

– Margarita était enceinte de presque trois mois.

– Pauvre femme, a dit le gaillard, et il a pris quelques secondes pour encaisser la nouvelle. Margot était une bonne personne. Elle ne méritait pas la vie qu'elle menait, et encore moins la mort qu'elle a eue. Je lui donnais des pourboires et je lui faisais des cadeaux, je l'encourageais même à quitter cette vie, tout en sachant qu'une fois que tu entres dans ce monde, ce n'est pas facile d'en sortir.

– Pourquoi ? ai-je demandé en jouant les imbéciles.

– Parce que c'est tout ce que tu as pour vivre, bien sûr. Mais, surtout, parce que les maquereaux ne vont pas te le permettre tant qu'ils gagnent de l'argent. Ces femmes sont comme des esclaves.

– Même celles qui travaillent pour Yarini ?

– Surtout celles qui travaillent pour Yarini, a affirmé Barroso. Officier, ne vous laissez pas abuser par son visage d'ange, par son bagout d'orateur de tribune et ce sourire... Il est arrivé à leur faire croire que parce qu'elles sont proches de lui, elles vivent mieux, que parce qu'elles peuvent avoir l'occasion de coucher avec lui, elles sont spéciales. Certaines sont vraiment amoureuses de lui et, comme ça, il les contrôle mieux. Yarini est le plus grand manipulateur que j'aie connu. Mais c'est surtout un baratineur d'hommes et de femmes… Derrière son costume en lin blanc et son sourire se cache un démon. Et puisque nous parlons de ça, laissez-moi vous dire quelque chose… si don Nando ou Yarini avaient appris que Margot voulait les quitter, je ne doute pas qu'ils l'auraient punie. Très durement… Même si pour être juste je dois aussi vous dire, parce que je les connais tous les deux, qu'ils ne seraient pas assez sauvages pour faire une chose pareille ou pour ordonner de la faire.

– Et les Français ?

– Les Apaches sont cruels, plus que les Cubains, mais plus froids, moins passionnels. Ce sont des hommes d'affaires. Et un crime pareil n'est pas bon pour les affaires.

– Elle ne vous a jamais parlé d'un client qui lui promettait d'en faire sa femme ?

– Non… mais, au lit, il y a des hommes qui racontent beaucoup de choses. Même si la femme est une pute. Nous, les hommes, sommes bien plus faibles que les apparences. Ce qui nous sauve, c'est que nous avons le pouvoir, l'argent, que nous dictons les lois écrites et les non écrites… et qu'avec ça nous tenons les femmes, nous les utilisons, nous leur passons la bride et nous les montons, comme les chevaux.

– On m'a dit que vous étiez un homme sage…

Barroso se dérida enfin, d'un rire sonore.

– C'est un honneur qu'on me fait.

– Et c'est à cause de cette sagesse que je vous pose la question : que peut signifier un assassinat comme celui de Margarita Alcántara ?

Le patriote dévoué devenu un commerçant vorace a hoché la tête. Il réfléchissait.

– Tout ce que racontent les journaux sur les *ñáñigos* et les histoires de noirs sont des mensonges, d'autant plus dangereux que beaucoup de gens y croient, veulent y croire… Sur les macs, je vous ai déjà dit ce que je pensais. Enfin, je crois que ce client mystérieux détient peut-être quelques billets dans cette loterie… mais dans une boucherie pareille, il y a quelque chose qui m'échappe. Ma prétendue sagesse est dépassée, mon jeune lieutenant.

Domingo Valladares, pour sa part, s'avéra être ce qu'il devait être : un politicien de plus, un total imposteur. Carrión en avait fait le portrait : très jeune, il avait rejoint l'Armée libératrice, où il était arrivé à obtenir le grade de capitaine (plus pour sa profession de comptable que pour ses mérites militaires), et il était vrai qu'il avait été proche de certains des grands patriotes et fait partie de ceux qui s'étaient opposés à l'amendement Platt qui limitait la souveraineté de l'île.

Comme une bonne partie de la moyenne bourgeoisie commerciale, depuis la fin de la guerre, Valladares était parvenu à multiplier son capital. Le jeune homme l'avait fait en spéculant sur la monnaie espagnole et, ensuite, en détournant des biens de l'État grâce à ses relations et à son poste au gouvernement. Il avait été l'un de ces officiers sans scrupules de l'Armée libératrice cubaine de plus, qui, profitant d'une position privilégiée, s'étaient mis dans les poches une bonne partie du crédit accordé par les États-Unis pour le paiement d'indemnités aux vétérans des combats indépendantistes. Mingo Valladares était la preuve vivante que le fait d'avoir été courageux durant la guerre (même si, en fait, ce n'était pas son cas) et d'avoir pour cela été élevé au rang de héros ne garantissait pas que tu étais une bonne personne, encore moins un homme honorable, et que tu ne te consacrerais pas ensuite à saigner comme une insatiable sangsue le pays pour lequel tu as un jour combattu. Et le pire était que tout cela était *vox populi*, car même les chiens errants en ville connaissaient peu ou prou les qualités du personnage. Et ils votaient quand même pour lui ? Quel désastre.

Valladares m'a donné rendez-vous au Moderno Cubano, un ancien glacier confiseur qui s'était recyclé avec du personnel neuf et efficace. Ouverte au numéro 51 de la rue Obispo, la boutique proclamait offrir la plus grande variété de parfums de glace de la ville et était spécialisée dans le *biscuit glacé**. Pour une raison quelconque, l'homme politique adorait traiter des affaires à l'une des tables de l'établissement.

Derrière une tasse de café fumant, un havane non allumé entre les doigts, sans se lever ni me tendre la main, à contrecœur, le cacique politique du quartier de Marte m'a offert un siège.

– Je vous reçois parce que Alberto me l'a demandé, a-t-il prévenu sans répondre à mon salut. Il semblait évident que, pour quelqu'un comme lui, un lieutenant de police curieux n'était guère plus qu'une mouche à merde venue le déranger. Et aussi que, malgré ses états d'armes patriotiques, le jeune Yarini exerçait sur lui une évidente autorité.

– C'est que votre nom est apparu dans l'enquête que je mène. Margarita Alcántara.

– Toi aussi, tu veux de l'argent ? Je n'en ai pas déjà donné assez à ce connard de Fonseca bouche de cuillère pour qu'il me foute la paix ?

Valladares a repoussé d'un geste énervé sa tasse de café vide. Et j'ai décidé de ne pas me soumettre. Je n'étais pas Fonseca, me suis-je dit.

– Pourquoi Fonseca a-t-il voulu vous voir ?

– À cause de ce que les gens racontaient. Ici, les ragots, ça pousse comme du chiendent.

– Mais vous étiez un client régulier de la défunte, ai-je dit, fermement décidé à ne pas m'en laisser conter.

– Un client de la vivante, tu veux dire. Je ne pratique pas la nécrophilie... Coucher avec une pute est un délit ? Si c'était le cas, la moitié de La Havane serait en cabane...

– Quelle relation aviez-vous avec elle ?

Valladares a enfin souri.

– Lieutenant... lieutenant ? – J'ai confirmé. – Tu n'es jamais allé au bordel ? Ma relation était celle d'un client, rien de plus. Je payais, je trempais mon biscuit et je repartais.

– Et vous parliez de quoi ?

– On ne parlait pas. On ne parle pas la bouche pleine. – Sa plaisanterie l'a fait rire. – Margot suçait comme personne à La Havane.

– Vous ne lui avez jamais rien promis ? La sortir du commerce ? Lui offrir une maison ?

Mingo Valladares m'a défié du regard.

– Mais qu'est-ce que tu me racontes ? Tu ne sais pas qui je suis ? Tu ne sais pas que je suis marié ? Tu connais le nom de famille de ma femme ?

– Je sais, monsieur... C'est juste qu'il y avait un client qui promettait ce genre de choses à Margarita Alcántara.

– Eh bien, c'était pas moi.

– Et vous ne saviez pas que Margot était enceinte ?

Pour la première fois, l'homme politique a encaissé le coup. Il a mis quelques instants à réaliser et à se remettre.

– Je ne le savais pas... non. De qui ?

– Ce serait bien de le savoir. Si c'était possible de le savoir. C'est pour ça aussi que je suis là.

Valladares a regardé le cigare entre ses doigts, comme s'il venait à peine de découvrir son existence.

– Margot était spéciale... pas seulement à cause de ses nichons, la pauvre. Elle savait s'y prendre au lit. Elle avait ce don. Elle avait plus de clients qu'aucune autre. Nando Panels le savait et c'est pour ça qu'il l'a prise aux Français. Ce ne serait pas étonnant que quelqu'un soit tombé amoureux d'elle, qu'il lui ait proposé des choses... Ce n'est pas moi, je peux te l'assurer. Mais je comprends que quelqu'un d'autre ait pu le faire... Hé, pourquoi tu ne fais pas comme le capitaine Fonseca, tu tires un peu d'argent de toute cette histoire et tu arrêtes de faire chier en te mêlant de la vie de gens comme moi ? Tu peux être autant policier que tu le voudras, et même être appuyé par Yarini, mais il y a des choses qu'il vaut mieux ne pas remuer. Elles peuvent exploser. Tu me comprends ?

Mingo Valladares s'est penché en arrière et a mis la main dans une de ses poches. Y cherchait-il de l'argent pour me le donner ? Tout en secouant la tête, j'ai essayé de suivre le raisonnement de l'homme politique et j'ai eu la certitude que ce type, doté de certains pouvoirs, me menaçait et se proposait de m'acheter de la façon la plus grossière. Et, malgré cela, j'ai osé lui répondre :

– Non, je ne comprends pas.

Je me suis levé et je suis sorti.

Au bout de deux semaines d'enquête, pendant lesquelles j'ai parlé avec beaucoup de monde et eu trois nouvelles rencontres – de plus en plus intimes – avec Alberto Yarini, j'ai dû reconnaître que j'étais les mains vides et dans une impasse. Et j'ai commencé à ressentir les clairs effets de mon échec : j'étais en train de trahir la malheureuse trucidée, dont j'avais pu reconstituer un portrait presque affectueux, et son assassinat a commencé à me toucher d'une façon plus personnelle. En plus, j'avais commencé à sentir que j'étais aussi en train de décevoir Alberto Yarini, l'homme fort qui m'avait offert le privilège de son intimité et m'avait pressé de découvrir le coupable et, en définitive, de faire ce que je prétendais encore faire : la justice.

Dans les journaux, on ne parlait pratiquement plus du crime. La curiosité morbide déclenchée par le démembrement de la jeune femme avait été remplacée par les scandales politiques quotidiens pleins de rebondissements provoqués par les cas de corruption de politiciens et de fonctionnaires du gouvernement, comme si cela avait pu encore constituer une nouvelle dans ce pays.

De son côté, le capitaine Fonseca semblait désespéré par la direction incertaine de l'enquête et essayait, avec de moins en moins de réussite, de nourrir les attentes, d'alimenter la bête dont lui-même tirait sa pitance. Après lui avoir fourni tous les pots-de-vin possibles, la vache laitière menaçait de se tarir et il lui fallait trouver un autre pis où s'abreuver, du moins ce devait être son raisonnement (quelques mois plus tard, je saurais à quel point j'avais raison de penser ainsi). Mais, en attendant, il continuait à traire, prêt à tirer les dernières gouttes de bénéfice.

Quelque chose dans ces mouvements et ces enlisements attirait mon attention : après avoir libéré le dénommé Raoul Finet, Fonseca avait laissé à l'écart de ses investigations les proxénètes français, et j'en avais déduit qu'il devait y avoir une raison à cela. Comme tout le monde le savait dans le quartier, Finet était l'associé commercial d'Émile Laville, le Marseillais enregistré comme propriétaire du Club des Français, un prospère établissement de boissons et de jeu situé rue Habana et qui était, en plus, très proche de Louis Lotot, qui n'était à l'époque pas à Cuba, mais dont on savait bien qu'il était, de fait, le leader des proxénètes français. Ergo : les Apaches devaient avoir payé l'inspecteur pour qu'il leur fiche la paix. Est-ce que je devais briser ce cercle de complicités et aller chercher de ce côté ? Et je me suis aussitôt demandé : est-ce que je devais le faire sans en référer à Yarini ? Ma propre hésitation m'a inquiété.

Gagné par le découragement, requis par d'autres tâches, j'ai fini moi aussi par mettre de côté mon enquête, ou au moins par la placer au second plan. Car, à la suite d'une ordonnance du moment, due à l'idée soudaine ou à la mauvaise expérience d'un grand chef quelconque, j'ai dû consacrer mes efforts à poursuivre et verbaliser des joueurs professionnels dans l'un des nombreux lieux de paris clandestins existant dans mon secteur.

Ces maisons de jeu étaient de véritables tanières du vice, où se forge le crime, se concoctent les mauvais coups et pousse l'habitude de l'oisiveté. Et elles surgissaient comme des mauvaises herbes dans tous les coins de la ville. Ma tâche, je le savais avant de l'entreprendre, n'avait aucune perspective de succès : alors que même les guerres se terminent, ce combat-là n'avait pas de fin.

La mort de Margarita Alcántara semblait avoir été reléguée dans l'oubli, et tout indiquait qu'elle deviendrait une de plus parmi les tragédies sans solution qui s'accumulaient dans les commissariats et les tribunaux du pays. Et entre désillusion professionnelle et illusion juvénile, je suis devenu un habitué du bordel de la rue Picota, et client régulier d'Esmeralda la Gauchère, la forte tête qui avait été expulsée du harem personnel de Yarini parce qu'elle n'aimait pas la soupe.

La comète de Halley se rapprochait de nous et l'inquiétude allait croissant. La fin de 1909 aussi était proche et la folie ne faisait que croître. Rien ne semblait important, rien n'était pris au sérieux, personne ne planifiait sa vie à long terme. La ville était en folie, elle s'amusait, elle se pervertissait. Le délire suivait une marche ascendante. Chaque soir, des dizaines de bals étaient organisés dans des endroits publics et des maisons privées. Les jeunes femmes sortaient seules et s'habillaient de plus en plus légèrement. Une boutique de prêt-à-porter importé inaugurait ses vitrines avec des mannequins vivants. Devant les fumeries d'opium du Quartier chinois se formaient des queues pour accéder aux salons réservés et aux pipes. Le cinéma théâtre Zaza n'offrait plus seulement des films pornographiques, mais des tableaux vivants, et le plus apprécié était celui proposé par le trio lesbien de Fe, Esperanza et Caridad (Foi, Espérance et Charité). La première enseigne lumineuse installée à La Havane, encastrée sur le côté d'un immeuble, représentait une grenouille verte qui n'arrêtait pas de sauter au-dessus d'une flaque d'eau verte elle aussi, tandis que l'annonce clignotait : L'EAU N'EST BONNE QUE POUR LES GRENOUILLES, BUVEZ DU GIN LA CAMPANA. Qui se souciait dans le bordel ambiant de connaître l'auteur de l'assassinat et du démembrement d'une pute ? Je savais qui : Alberto Yarini. Mais ce que je n'étais pas encore en mesure de deviner, c'était la raison de cet intérêt.

Bien que je ne sois pas capable de me souvenir de la première fois où j'ai entendu parler d'Alberto Yarini, peut-être parce que tout le monde en ville parlait de lui, je crois en revanche pouvoir préciser la première fois où j'ai appris l'existence de quelqu'un nommé Louis Lotot ; mais, surtout et sans le moindre doute, je me souviens de la première fois où j'ai vu enfin devant moi l'énigmatique et obscur chef des Apaches français, l'homme qui allait avoir une telle importance dans ma vie.

Après notre déjeuner dans la maison du 96, rue Paula, j'avais revu plusieurs fois Yarini, certaines parce que nous nous étions croisés par hasard dans une rue quelconque du quartier où chacun de nous exerçait son activité (je travaillais à pied, Yarini était presque toujours monté sur son beau cheval hispano-arabe ou se promenait avec ses deux énormes labradors), et à deux ou trois reprises convoqué par lui pour le rencontrer dans certains des lieux publics qu'il fréquentait en fonction de ses campagnes politiques, une activité qui se faisait plus intense à mesure qu'approchait la fin de l'année. Parce que, tandis qu'affectés par la menace cosmique, dans le quartier, la ville, le pays et le monde entier, beaucoup de gens avaient perdu la notion d'un avenir possible, Alberto Yarini se comportait comme s'il avait su que la comète de Halley ne serait qu'une grosse frayeur et que la vie ne s'arrêterait pas, et il avait planifié cette vie à venir et s'efforçait de la modeler, mieux encore, d'en extraire le suc. Car s'il était une chose dont on ne pouvait pas accuser l'homme politique proxénète, c'était bien d'être indolent. De plus, et je le saurais très vite : il était tellement préoccupé par l'avenir qu'il avait une façon bien à lui de le fouiller.

Ce matin-là, quelques jours avant Noël 1909, tandis que je buvais la tasse de café par laquelle je terminais mon petit-déjeuner au bar situé en bas de mon logement, Alberto Yarini est entré dans l'établissement, suivi de son presque inséparable Pepito Basterrechea. Il était un peu plus de huit heures du matin et, le jour étant assez frais, presque froid, Yarini portait l'un de ses costumes sombres, gilet compris, et il avait troqué le panama pour un feutre à larges bords.

Avec plus de familiarité que je ne l'aurais souhaité, Yarini m'a salué et sans me demander la permission s'est installé à ma table, et, sans se découvrir, comme s'il avait été pressé, il a demandé un café pour lui et son ami Pepito.

– Beaucoup de travail ? m'a-t-il aussitôt demandé, et je lui ai expliqué en partie comment je m'efforçais de faire la chasse aux locaux clandestins de jeux et de paris, souvent faciles à repérer à cause des bagarres qui y éclataient régulièrement. Le pire, c'était que si nous en fermions deux un jour, il y en avait quatre nouveaux qui naissaient le lendemain, parfois même avec l'autorisation d'un chef policier quelconque.

– Et ensuite il y a toujours quelqu'un pour venir te dire d'arrêter d'en faire autant, surtout si la fin du monde arrive, lui ai-je expliqué.

Yarini a hoché la tête.

– L'argent facile nous a pervertis. Le problème, Saborit, c'est que même si les leaders de l'épopée libératrice qui devaient être les miroirs de la vertu républicaine sont corrompus, c'est qu'il ne doit y avoir rien de plus pervers que l'argent et la finance, et rien de plus menaçant pour la dignité nationale que les nombreuses opportunités d'en gagner avec toutes les magouilles que nous avons inventées.

– Alberto, on n'est pas en meeting, a plaisanté ou protesté Basterrechea en souriant à son ami ou patron.

Yarini l'a regardé et a souri aussi.

– C'est vrai, c'est vrai, pardon de vous ennuyer… a-t-il reconnu, comme s'il était penaud, et il m'a regardé droit dans les yeux. Parce que je ne sais pas comment cela pourrait résonner dans un meeting si je déclare que mon ami Pepito, ici, perçoit deux des douze charges de collecteur d'impôts dont profite son protecteur, un sénateur de la République illustre père de la patrie et figure éminente du Parti libéral. En tout, trois cents pesos par mois, plus cent au titre de frais éventuels… Le sénateur, au fait, même s'il se vante de son titre d'avocat, ne sait pas écrire, et Pepito est chargé, entre autres missions, de lui corriger ses fautes d'orthographe.

– Arrête, Alberto, je t'en prie, osa protester l'autre. Même si, à Cuba, tous ceux qui le pouvaient vivaient comme Pepito, peu daignaient le reconnaître. – Qu'est-ce qui te prend aujourd'hui ?

Yarini ne lui a pas répondu et m'a de nouveau fixé.

– Tu as pu avancer un peu ? m'a-t-il demandé, et il n'avait pas besoin de préciser à quoi il faisait référence. L'assassinat de Margot était un sujet récurrent dans nos conversations.

– Pas beaucoup, Alberto. Je n'ai pas le temps. C'est Fonseca qui continue à remuer des choses, mais ça ne le mène nulle part.

Yarini a tourné la tête vers les murs du vieux couvent des franciscains qui se dressait de l'autre côté de la rue, surmontant ce qu'on appelait l'Arc de Belén sous lequel passait la rue Compostela.

– J'ai un pressentiment, Saborit… Margot ne va pas être la seule…

– Tu penses à quoi ? Tu crois qu'on va tuer une autre pute ?

– Oui. Je pense que si toi ou cet imbécile de Fonseca, vous ne faites pas quelque chose, une autre va se faire démembrer, pareil que Margot.

– Pourquoi tu crois ça ?

– Parce que je l'ai rêvé, m'a-t-il dit, et son expression trahissait le sérieux avec lequel il envisageait l'affaire. Je ne sais pas si c'est une grâce ou une malédiction, mais mes rêves se réalisent… Pepito le sait bien…

Yarini m'a alors proposé de l'accompagner. Il pouvait me montrer ce matin un coin de la ville dont personne ne parlait, dont personne ne s'occupait. Et, piqué par la curiosité, n'ayant rien de mieux à faire, j'ai décidé de l'accompagner.

J'ai appris ce jour-là que, une fois par mois, Yarini se consacrait à cette activité que je n'ai pas osé qualifier de prosélytisme politique. L'origine de son acte pouvait se trouver dans une autre sphère sociale ou humaine, peut-être à un étrange point médian entre la charité, la compassion, et peut-être même un possible sentiment de culpabilité. Et j'ai à nouveau constaté que ce n'était pas chose facile de tenter de comprendre qui était en réalité Alberto Yarini y Ponce de León et certaines des raisons pour lesquelles ce manipulateur générait une puissante attraction, je dirais presque une addiction, et la vénération de tant de gens modestes du quartier.

Nous avons quitté le café pour, en descendant Compostela en direction de la mer, entrer dans l'annexe de ce qui avait été une maison bourgeoise, l'une des plus anciennes et les plus modestes de la zone. Depuis ce qui avait pu être un patio intérieur, on accédait à une série de ce qui ressemblait plus à des cellules qu'à de véritable pièces qui s'alignaient jusqu'au fond du bâtiment. Je crois en avoir compté douze au total.

Et j'ai appris que dans chacun de ces espaces vivaient une ou deux femmes, toutes ayant l'air d'avoir plus de soixante ans, noires ou métisses en majorité, des femmes qui dans leur lointaine jeunesse avaient exercé la prostitution et qui, impropres pour cet office, sans autres aptitudes ou possibilités de gagner leur vie, avaient trouvé refuge dans cette sorte d'hospice que, depuis trois ans et sans s'en vanter, Yarini entretenait.

Le bienfaiteur avait peut-être annoncé sa visite car, sitôt le seuil franchi, les femmes ont commencé à venir à sa rencontre et Yarini a reçu sur les mains, les bras, les joues, les baisers de ces êtres usés qui, pour l'occasion, avaient lavé le sol à grande eau et portaient ce qui devait être leurs meilleures fripes. La cérémonie, contrairement à ce qui était habituel dans un pays comme le nôtre et avec une pareille concentration de femmes, s'est déroulée presque en silence, seulement troublée par les bénédictions que les prostituées au rebut adressaient à l'homme qui n'était pas dégoûté par leurs baisers, donnés parfois par des bouches édentées, le bienfaiteur qui les avait sauvées de l'extrême misère et leur avait assuré un toit.

Tout en recevant les marques de gratitude, Yarini s'est avancé jusqu'à la dernière cellule, suivi par Pepito et moi. La cellule du fond était apparemment un peu plus grande que les autres, car elle avait deux pièces : un petit salon avec une table basse sur laquelle était posé un petit fourneau à charbon et, à l'endroit où devait se situer le mur mitoyen de la propriété suivante, une chambre avec un lit parfaitement fait. Sur l'un des murs du premier local, perchée sur un piédestal en bois en forme de coquillage, se dressait l'effigie d'une Vierge de la Caridad del Cobre, la plus vénérée des Cubains, recouverte d'un manteau bleu sur lequel brillaient des centaines, des milliers de paillettes jaunes. Contre ce même mur, mais sur une petite table et juste au-dessous de la Vierge, était placée une soupière en porcelaine, où reposaient les attributs (des pierres polies, des anneaux de cuivre, un peigne espagnol) de Ochún, la déesse de la fertilité, l'amour, la beauté, le bonheur, la version yoruba de la Caridad.

Au centre du petit salon, derrière une table, attendait une femme noire, entièrement vêtue de blanc, avec un turban blanc lui aussi sur la tête, un bâton entre les mains et un visage sur lequel s'accumulaient de nombreuses décennies, tellement que j'ai préféré ne pas faire le calcul.

Je saurais par la suite que cette femme, Inmaculada Pinilla, était née esclave dans une plantation des environs de La Havane et qu'en raison de sa remarquable beauté, elle avait été vendue encore adolescente à l'un des gérants de maisons de tolérance de La Havane. Mais d'Inmaculada Pinilla on assurait aussi dans le quartier qu'elle avait des pouvoirs avérés de divination ou de prédiction de l'avenir à travers l'esprit d'un ancêtre guerrier africain qui la possédait durant la transe de ses consultations. Et j'ai su de plus ce matin-là qu'elle était quelque chose comme la matrone ou l'administratrice de l'asile, car elle savait lire et écrire, et, pour ajouter à son aura, elle était le phare depuis lequel, à partir de ses rêves, Yarini se penchait vers l'avenir.

En pénétrant dans la pièce, après avoir reçu sur la joue et les mains les baisers de la très vieille femme noire, Alberto Yarini s'est avancé jusqu'au mur contre lequel étaient disposées les images religieuses catholique et yoruba, complémentaires pour beaucoup, antagoniques pour tant d'autres, et, après s'être découvert et signé en regardant la Vierge chrétienne, le jeune homme s'est agenouillé devant la représentation de la déesse africaine et, en se penchant en avant, il l'a saluée en faisant tinter une petite cloche de cuivre qu'il avait prise sur la table où était posée la soupière remplie d'attributs.

D'un geste de la main, en une invitation qui impliquait en même temps un ordre, Yarini nous a demandé à Pepito et à moi de saluer les divinités, et c'est ce que nous avons fait. C'était la première fois que je me prosternais devant une image païenne et je l'ai fait plus par obligation que par une foi quelconque envers des croyances pareilles, qu'à cette époque j'estimais primitives. Le raffiné Yarini croyait-il en elles ?

Avant qu'on s'asseye à la table, Yarini a cherché une enveloppe qu'il gardait dans la poche intérieure de sa veste et l'a glissée dans une cavité placée sur le piédestal qui soutenait l'image de la Caridad del Cobre. C'était l'argent que tous les mois, et toujours en mains propres, il laissait là pour la subsistance de ses protégées. C'est alors seulement que Yarini m'a présenté la vieille et j'ai serré une main qui ressemblait à celle d'un cadavre, même si elle conservait une vigueur inattendue.

– Inmaculada a d'autres dons en plus de prédire l'avenir, a dit alors le jeune homme, en désignant la table basse où se trouvait le petit fourneau à charbon. Elle fait le meilleur riz au lait qu'on puisse manger dans toute la ville.

– Exagéré, comme toujours, a-t-elle protesté en souriant de ses gencives vides.

– Bon, le deuxième meilleur, a concédé Yarini, qui a montré, lui, son sourire étincelant. Le meilleur, c'est celui de ma mère. – Et il s'est penché pour embrasser la vieille sur le front.

Il était presque dix heures quand nous avons quitté les lieux et j'ai fait remarquer à Yarini que je devais me rendre au poste de police, mais il a insisté pour que je l'accompagne à un autre rendez-vous prévu ce matin et je n'ai pas eu le courage de refuser.

Sans me dire où nous allions et tout en continuant à louer les talents divinatoires d'Inmaculada Pinilla et son habileté à interpréter les rêves, Yarini nous a fait traverser plusieurs rues jusqu'à la hauteur de la rue Habana et, pendant le trajet, j'ai compris que notre rencontre de ce jour-là, à une heure aussi matinale que celle du café du petit-déjeuner, n'avait rien eu de fortuit. Yarini savait où me trouver, il m'avait débusqué et il m'avait entraîné tout ce temps avec lui dans le but d'arriver en ma compagnie au Club des Français d'Émile Laville.

Même si j'étais affecté au poste de police du quartier depuis peu de temps, en raison de mon caractère et de ma ténacité j'avais acquis une certaine réputation d'officier efficace et intègre. Je dois reconnaître que cette estime n'était pas très difficile à gagner, vu tous les bandits, corrompus, tire-au-flanc et profiteurs qu'on trouvait dans la corporation policière. Et il fallait bien dire aussi que cette réputation était plus de façade que basée sur une honnêteté solide, car entre autres prébendes, sur ordre de Yarini en personne, je pouvais disposer des services d'Esmeralda la Gauchère sans avoir à payer les tarifs correspondants. "Votre argent, ici, ne vaut rien", m'avait-on précisé. Et je n'ai pas eu la force de renoncer à mon addiction. Mais on sait bien que, dans la vie, peu de choses sont gratuites. Il y a toujours, pour tout, un prix à payer et, ce matin-là, sans dire un mot ou bouger le petit doigt, j'allais offrir une partie de la rétribution qu'on attendait de moi.

Le Club des Français occupait le coin des rues Habana et Paula. Il avait été installé dans ce qui était un vieil entrepôt espagnol et comprenait un sous-sol et des arcades, protégées du soleil et de la chaleur par des stores rayés qui faisaient glisser vers les trottoirs les couleurs du drapeau français. Tout l'espace était occupé par une vaste salle à laquelle on avait essayé de donner une allure parisienne, avec ses tables aux pieds en fonte et aux plateaux ronds en marbre clair, pouvant accueillir deux, quatre et jusqu'à six personnes. Devant un long bar en bois sombre étaient alignés des tabourets. Derrière le comptoir, dans une armoire vitrée était exposé un immense choix d'alcools et de liqueurs de tous types et origines : whiskies d'Écosse et d'Irlande, bourbon américain, champagne et élixirs français, vins d'Espagne, d'Italie, de France, rhums cubains, vodkas de Finlande et de Russie, eaux-de-vie, brandies, cognacs, xérès, portos et la dangereuse absinthe. Dans un coin, dans un présentoir également vitré, étaient en vente les meilleurs havanes du pays, tous identifiés par leurs élégantes bagues, avec leurs capes délicates, fiers de leur prestige plus que mérité.

À l'étage supérieur, un espace à l'accès réservé aux membres du club, il y avait des tables de jeu, de billard, des cibles pour fléchettes et même deux ou trois chambres destinées à décharger les ardeurs, même si les maisons closes où travaillaient les femmes contrôlées par les Apaches français – beaucoup d'entre elles françaises, mais il y avait aussi des Italiennes, des Espagnoles, ainsi que des Cubaines, bien sûr, et même des Russes et des Polonaises – fonctionnaient dans des immeubles voisins. Il n'y avait pas de doute que, avec leur longue expérience dans ce domaine, les Français étaient bien mieux organisés que les Cubains et parvenaient même à donner une touche d'élégance au sale commerce qu'ils pratiquaient.

Pour faire en sorte que les choses marchent au mieux, il y avait un ordre exprès de mon supérieur municipal, le colonel Osorio, qui avait interdit à la police toute intervention punitive contre le Club des Français, où nous savions tous qu'était pratiqué le jeu et qu'on y trouvait de la drogue. Pas besoin de préciser que les Français payaient pour cette protection le chef de la police, l'homme qui, dès mes premiers jours sous ses ordres, m'avait parlé pour la première fois de Louis Lotot, avec un avertissement clair: "Et note bien cela, m'avait-il dit. Si dans ton travail, pour n'importe quelle raison, tu croises le nom du Français Louis Lotot, fais comme si de rien n'était, comme si tu n'avais pas entendu. Ce type, il ne regarde que moi. Compris ?"

Sur les pas de Yarini, Pepito et moi nous sommes entrés dans le salon du Club et nous nous sommes dirigés vers une table où étaient déjà installés trois hommes dont j'apprendrais bientôt qu'il s'agissait d'Émile Laville, de l'Italien Cesare Boggio et du flegmatique Louis Lotot, l'homme que je voyais enfin pour la première fois et qui serait si étroitement lié à mon avenir. Tellement que je crois opportun de dire quelques mots sur ce personnage bien particulier.

Louis Lotot, appelé parfois Letot, était en réalité Louis Hansen et il avait alors une bonne trentaine d'années. On disait de lui qu'il s'était lancé dans le commerce à Toulouse, sa ville natale, où il avait amassé un petit capital avec lequel il avait débarqué à Cuba cinq ou six ans avant notre rencontre. C'était un type aux manières raffinées, au physique agréable, et il portait ses costumes avec cette élégance si naturelle chez certains hommes. Son allure était plus proche de celle d'un homme d'affaires que d'un proxénète. Grâce à son intelligence et à ses contacts dans la partie, il était une sorte de leader de fait des Apaches français, car il ne possédait pas seulement plusieurs des meilleurs bordels de la zone de tolérance mais se chargeait de fournir les autres. Environ deux fois par an, Lotot se rendait en France d'où il revenait avec un lot de six ou sept femmes, toujours jeunes et belles, pour entretenir, renouveler et développer l'activité. Il était marié avec une certaine Janine Fontaine (son véritable nom était Eugénie Santerre et elle était seulement sa concubine), connue comme Mimi, une blonde bien charpentée avec de grands yeux bleus, domiciliée avec lui dans leur maison au numéro 42 de la rue Jesús María, même si, en bon proxénète, Lotot la prostituait aussi dans la maison du 66, rue San Isidro… Et vous verrez le moment venu pourquoi je donne tous ces détails.

Dès qu'ils nous ont vus se diriger vers eux, les Européens se sont levés, Lotot le premier. Après avoir échangé des saluts avec Pepito et Yarini, ce dernier m'a présenté et je n'ai eu aucun doute sur le fait qu'il insistait pour que les autres sachent bien que j'étais un lieutenant de la police locale, et mieux encore, un membre du même parti politique – je ne sais pas pourquoi il a dit une chose qui n'était pas vraie – et, surtout, un "ami proche", c'est ainsi qu'il m'a qualifié, et j'ai eu confirmation du rôle qui était le mien dans cette rencontre.

Peut-être en signe de respect et de sérieux envers leurs hôtes et la conversation qu'ils devaient avoir, les Apaches ne buvaient que du café, même si, quand nous nous sommes assis, Laville nous a proposé la boisson du bar que nous souhaitions.

– Merci, mais nous prendrons aussi du café… et une bouteille de cette eau pétillante que vous êtes les seuls à avoir.

– Perrier, a précisé Lotot, et Laville a passé la commande.

En attendant les boissons, on a parlé du temps comme si c'était important : la température, fraîche en ces jours d'hiver, faisait de La Havane un endroit plus agréable, tout le monde était d'accord là-dessus. En silence, légèrement plus en retrait de la table que les cinq autres et assumant mon rôle dans la pièce en train de jouer, j'ai examiné le décor et me suis arrêté sur la figure de Lotot.

Ce matin-là, le patron des proxénètes français était vêtu avec son élégance habituelle. Avec un nœud papillon et des boutons de manchette en or sur sa chemise bleu ciel, et un costume sombre d'excellente coupe. Il avait des traits réguliers et, même s'il souriait souvent et parlait un espagnol avec des *r* doux et prolongés, la dureté que j'ai relevée dans son regard était inquiétante. Intimidante, dirais-je.

Les cafés et l'eau minérale bus, Yarini est entré dans le vif du sujet.

– Lotot, il paraît que tu as ramené de nouvelles filles de France.

– Tout à fait, don Alberto. Je suis revenu il y a quelques jours avec une marchandise de première qualité.

– Et on m'a dit que, toi et tes amis, vous avez augmenté les prix, a poursuivi Yarini.

– Le produit le mérite. Et comme, si j'ai bien compris, notre secteur est un marché libre… – Lotot a souri.

– Mais il y a toujours eu des accords, lui a rappelé Yarini.

– Dont certains que je n'ai jamais acceptés, don Alberto. Et il y en a d'autres que toi non plus, tu ne respectes pas vraiment. Par exemple, quand ton associé don Nando a emmené Margot…

– Il l'a achetée, si je me souviens bien.

– Il a obligé Finet à la lui vendre, mal, a rétorqué Lotot. Avec ton appui, bien sûr…

Cette fois, c'est Yarini qui a souri. J'ai eu la certitude que, malgré la courtoisie et le ton mesuré, plus qu'un dialogue commercial, c'était un rapport de force qui était à l'œuvre.

Tout le monde dans le quartier savait que, depuis des années, ceux qui tiraient les plus gros bénéfices du commerce de la prostitution étaient les très habiles *souteneurs** français, mais que, surtout depuis l'arrivée cyclonique de Yarini sur ce marché, les Cubains avaient gagné d'importants espaces physiques et économiques, ce qui avait généré des tensions entre les concurrents. Habilement, Yarini avait trouvé les soutiens politiques et les accords commerciaux qui avaient accru la présence et les gains des Cubains. Des entreprises comme le contrôle administratif du Dispensaire d'hygiène, l'acquisition de maisons et de dépendances louées comme des maisons closes, le recrutement de femmes aux meilleures qualités physiques et même intellectuelles à cause de l'appauvrissement de milliers de familles durant les cruelles années de guerre avaient contribué à ce que Yarini et ses amis parviennent à élargir le marché pour un commerce qui débordait les limites de la zone de tolérance, comme tout le monde le savait. Cette ascension des Cubains dans le combat pour le contrôle du commerce faisait qu'on en était pour l'heure au match nul, avec les Français luttant pour maintenir leur position dominante et les Cubains poussant pour prendre la relève.

Lotot avait profité de la pause pour allumer une de ses cigarettes françaises, et il a poussé un soupir avant de poursuivre :

– Je suis un homme d'affaires, don Alberto. Et faire des affaires, ça veut dire faire des accords, ça implique de conclure des pactes pour faire en sorte que les parties obtiennent le meilleur profit possible. Le problème, c'est que vous autres, les Cubains, vous cherchez à nous asphyxier.

– Vous avez raison sur tout, Lotot, sauf sur l'asphyxie. Ce que je souhaite, c'est une meilleure répartition des territoires…

– Et pour ça vous nous jetez à la mer. Nous sommes obligés de nous défendre.

– Mais en tuant des filles qui avaient travaillé pour vous et qui maintenant travaillent pour nous, vous ne vous défendez pas, vous nous attaquez, a dit Yarini, à présent sérieux.

Lotot est resté un instant silencieux, tirant sur sa cigarette, et le géant italien Boggio a cru que son moment était venu.

– Tu es en train de nous accuser de la mort de Margot ?

– Pas encore. Mais ce que je sais, c'est qu'aucun des Cubains ne l'a fait. Aucun n'oserait s'impliquer de cette façon dans quelque chose qui m'affecte personnellement.

Boggio allait répliquer, mais Lotot l'a arrêté d'un geste.

– Nous touchons là un sujet sensible, don Alberto. Et je peux t'assurer que ce n'est pas non plus l'un d'entre nous. Le capitaine Fonseca le sait très bien. Et si tes hommes n'osent pas faire des choses pour leur propre compte sans t'en référer, les miens non plus ne font rien d'important sans mon autorisation. Je peux t'assurer que nous n'avons rien à voir avec la mort de Margot. Tu as ma parole d'honneur.

Yarini a regardé Lotot dans les yeux, puis il a observé Boggio et finalement Laville, avant de fixer à nouveau Lotot.

– Tu étais en France…

– C'est vrai. Mais je te le répète, tu as ma parole.

– J'accepte ta parole, a fini par dire le Cubain, et il s'est levé. Nous l'avons tous imité. Par-dessus la table, Yarini et Lotot se sont serré la main, comme pour sceller un accord.

– Et j'espère que tu accepteras aussi que nous nous défendions comme nous pourrons, a dit Lotot. Mais je te garantis de jouer dans les règles. Les règles commerciales.

– Qui inclut l'achat de certaines des filles ? s'est enquis Yarini.

– Ça dépend de la fille, a rétorqué Lotot. Et de ce que vous paierez… Dans ce lot, j'ai rapporté quelque chose de très spécial, que je n'ai pas encore sorti sur le marché… tu verras. Mais je t'avertis déjà qu'elle n'est pas à vendre.

– Et tu la sortirais pour moi ? J'aimerais bien goûter quelque chose d'aussi spécial.

Lotot a souri tout en secouant la tête.

– Je pourrais. Mais il faudrait que tu y mettes un bon prix. La qualité revient cher. Et c'est un produit qui est presque neuf et…

– Je suis prêt à payer, l'a interrompu Yarini. Et comment s'appelle ce joyau de ta couronne, Lotot ?

– C'est la sœur cadette de Mimi, beaucoup plus belle que Mimi… Bertha Fontaine. Entre nous, on l'appelle *la Petite Bertha*[*].

5

À peine enfilées les bottes en caoutchouc qu'on lui avait remises et une fois entré dans ce qu'il avait appelé dans sa tête l'Empire de la Merde, Mario Conde eut l'impression trompeuse d'être arrivé dans un décor préparé pour une manifestation sportive nocturne ou un tournage de film. Huit lampes halogènes, soigneusement réparties, projetaient une lumière sur le rectangle légèrement en creux et délimité par des rubans jaunes. Une fosse pour gladiateurs. Le bruit du groupe électrogène qui alimentait les projecteurs dévorait tout autre son. Et la puanteur de la décomposition organique alliée aux vapeurs de plusieurs combustions en cours à deux cents mètres de là agressaient sans pitié, y compris un odorat aussi atrophié que le sien. Ce qui était normal, s'agissant de la décharge municipale collée aux boulevards périphériques de la ville.

À l'intérieur du quadrilatère éclairé, il distingua la silhouette grosse-maigre de Manuel Palacios (épaules toujours étroites, ventre de plus en plus proéminent), celle du légiste Fleur de Mort avec sa blouse chirurgicale verte qui le couvrait jusqu'à mi-jambe, et celle de l'homme plus jeune, métis, costaud, en uniforme, qu'il reconnut comme étant le lieutenant Miguel Duque, la star des enquêteurs du Commissariat central, le policier informaticien avec lequel Conde avait déjà échangé quelques piques. Au bord de la scène, dans une semi-pénombre, trois silhouettes de fantômes ou de cosmonautes, emballés dans des sortes de préservatifs blancs aseptiques, paraissaient attendre l'ordre de pénétrer (on n'aurait pu mieux dire) de l'autre côté de la ligne de démarcation pour que le spectacle commence.

En le voyant arriver, Manolo leva le bras pour indiquer au policier qui surveillait le périmètre de le laisser passer et Conde franchit le ruban pour s'approcher du centre du ring où gisait le vaincu : couché sur le dos, nu, le corps de celui qui avait dû être en vie Marcel Robaina, alias le camarade ou l'agent Néstor, sali par les immondices et arborant un trou sombre au pubis qui, à première vue, indiquait la castration : comme à son ex-beau-père, on avait aussi tranché le pénis du faux agent de la Sécurité, et peut-être un peu plus.

– Putain de merde, mon prémoniteur ne me lâche jamais ! dit Conde parvenu à quelques pas du trio.

– Ton prémoni-quoi ? interrogea Fleur de Mort d'une voix forte pour couvrir le bourdonnement du groupe électrogène.

– Mon appareil à capter les prémonitions, collègue, expliqua Conde sur le même ton, avant de toucher sa poitrine sous le téton gauche. Il tendit la main aux trois autres. – Je ne sais pas pourquoi j'ai imaginé que ça s'était passé… Ça fait combien de temps qu'il est dans l'au-delà ?

– Une semaine au moins, commença le légiste. Mais nous…

– … en saurons plus avec l'autopsie, compléta Conde. Qui l'a trouvé ?

Duque, qui depuis le début avait regardé Conde comme une des mouches qui rôdaient sur le cadavre, crut bon d'intervenir.

– Un plongeur… de ceux qui inspectent les ordures. Vers trois heures de l'après-midi. La photo du défunt était diffusée par l'Immigration et par nous, et les agents de la Territoriale l'ont immédiatement reconnu. De toute façon il reste à confirmer officiellement son identité.

– Combien de temps il a passé ici ?

– Je dirais deux jours au moins, estima le vieux légiste. Il y avait déjà des vautours qui tournaient autour.

Conde se gratta le sommet du crâne, où il ne lui restait plus beaucoup de cheveux.

– Ils l'ont mis où avant ? Ça fait cinq jours de plus…

En observant l'endroit où il mettait les pieds, Manolo fit deux pas en direction de Conde et posa une main sur son épaule. Conde devina son intention et l'autre la lui confirma :

– Collègue, les choses se sont compliquées. À partir de maintenant, le lieutenant Duque prend les choses en main. Ça n'a pas été facile, mais on m'a laissé lui confier l'affaire. Il y a déjà deux morts. Tous les deux mutilés. À coup sûr ou presque, par le même assassin. Il peut s'agir d'une série… et tu m'avais toi-même demandé à être aidé, termina Manolo comme pour se justifier. J'étais en train de mettre le lieutenant au courant de ce que tu as trouvé. J'ai besoin que vous travailliez ensemble, pour quelques jours au moins ou jusqu'à ce que cette histoire soit résolue. Sans faire d'ennuis…

Conde avait sorti une cigarette pendant que son ex-collègue parlait et il prit un moment pour l'allumer.

– Pas de problème pour moi, finit-il par dire. Il vaut pas mieux que je rentre chez moi ?

– Tu es celui qui en sait le plus, Conde, je t'en prie, demanda Manolo.

– Tu ne peux pas fumer ici, lança Duque.

– Les problèmes commencent, constata Conde.

Manolo poussa un soupir en regardant son subordonné.

– Commence pas, Duque, merde ! On est dans une décharge ! Tu dois travailler avec Conde, et basta ! C'est un ordre. Et l'autre ordre c'est que, tous les deux, vous ne me fassiez pas chier. Je suis débordé avec tout ce qui me tombe dessus et maintenant ça… un assassin en série ? À Cuba ?

Duque hocha la tête, mais s'éloigna du groupe pour se placer devant le cadavre et lui consacrer toute son attention.

– Tant qu'il n'y en a que deux, je ne crois pas que ce soit une série, Manolo, nuança Conde, qui évita de jeter de l'huile sur le feu. Il était touché de voir l'expression d'angoisse du lieutenant-colonel Palacios, la fatigue accumulée lui assombrissait les traits. – Mais ça paraît clair que les deux sont liés. Vivants, ils étaient liés... Ce qu'il faudrait qu'on sache, c'est si celui-là s'est fait buter avant de pouvoir repartir pour Miami ou s'il était resté à Cuba au lieu de repartir et qu'il était mêlé à un truc si bizarre que... ça s'est fini comme ça. Au fait, il était citoyen américain ?

Malgré lui, Duque fut obligé de regarder Conde.

– Oui... il était devenu citoyen des États-Unis.

Manolo poussa un gros soupir.

– Manquait plus que ça... Nous allons attendre demain pour réaliser l'identification officielle avec la famille. Et on verra ensuite comment on traite ça avec l'ambassade. Un Américain mort deux jours avant l'arrivée d'Obama ! Bordel à queue...

– Au fait, on a retrouvé le pénis ? s'enquit Conde.

– Pas encore, intervint le légiste. On va amener les chiens pour nous aider. Mais dans cet endroit, ce n'est pas facile. Trop d'odeurs.

– Conde, intervint Manolo. Tu crois que ces castrations ont un sens précis ?

Conde réfléchit un instant.

– Les mutilations ont un sens dans de nombreuses cultures. Et les castrations encore plus, bien sûr. Mais laisse-moi enquêter avant de tirer des conclusions. Des trucs pareils, ça n'arrive pas tous les jours... Et il y a d'autres indices ?

– Pour le moment non... comme il était complètement nu... intervint le légiste.

– Non, regarde, le type porte un de ces rubans qu'on attache au poignet, remarqua Conde. Et il y a un indice de comment il a été transporté ?

– Des traces, il y en a partout. De camions, de tracteurs, de pelles mécaniques, de gens qui fouillent les ordures, daigna répondre Miguel Duque.

– Ils ont bien dû utiliser quelque chose pour l'amener, sûrement la nuit… et pourquoi le balancer là ? Cela veut dire quelque chose ? Les ordures au dépotoir ? L'Empire de la Merde…

Manolo hocha la tête.

– Je n'y avais pas pensé. C'est possible… Deux morts, les deux avec le pénis coupé… ça signifie quelque chose. Et les ordures, peut-être…

– Les spécialistes de ce genre de découpe, c'est la mafia russe, intervint Fleur de Mort. J'ai vu ça dans un film. Ils sont pires que la Cosa Nostra sicilienne, la Camorra et les yakuzas réunis.

– Alors, c'est une affaire réglée, rétorqua Conde. On flanque en prison tous les Russes qu'il y a à Cuba et on les menace de leur couper la bite s'ils ne parlent pas… Si vous voulez, je vous donne l'adresse d'un Russe que je connais. C'est un *babalao* par ailleurs.

– Un *babalao* russe ? demanda le légiste, intrigué.

– Juif, qui plus est… et très gentil. Je crois qu'il est fou. On dit qu'il fait des massages…

– Vos gueules, merde ! explosa Manolo. Arrêtez vos conneries… La mafia russe, des *babalao*s juifs, vous allez continuer à nous faire chier longtemps ?

Conde sourit et éteignit sa cigarette sur la semelle de sa chaussure et, tout en sachant que cela n'avait pas de sens, il garda le mégot à la main.

– Je vais faire lever le corps, annonça Duque.

Le lieutenant-colonel Palacios donna son approbation et le lieutenant fit un geste en direction des trois préservatifs en érection.

– Manolo, et Victorino ? demanda Conde.

– On l'a arrêté. Pour que toi et le Duque vous puissiez le cuisiner. Mais, là-dessus, on a découvert ça et… tu veux y aller maintenant ?

– Non, putain… Maintenant, il faut que vous m'ameniez au boulot. Je ne peux pas le perdre, Manolo. Je leur dois déjà dix jours de salaire.

– Dix jours ! Mais qu'est-ce que tu as fait avec ce fric, Conde ?

Mario Conde sourit.

– J'ai acheté un billet… et même trois, Tamara, Carlos et moi on a pris des billets pour le Bonheur.

Manolo grommela. C'était quoi encore ces conneries ?

– Ne m'en dis pas plus… – Il appela d'une voix forte. – Duque, viens ici…

– Oui, chef.

– Je vais de nouveau préciser les choses. C'est toi qui es aux commandes. Conde va bosser avec toi, mais c'est toi qui commandes. Tu m'as entendu, Conde ? C'est Duque qui commande… Lieutenant, maintenant tu vas enlever le cadavre et voir si on retrouve le morceau qui manque… Tu vas appeler le commissariat pour demander une garde à vue de soixante-douze heures pour Victorino Almeida. Avec deux morts au milieu, personne ne va protester. Demain, tu vas aller chercher Conde à… dix heures, ça va Conde ? Dix heures. Et ensemble, vous allez interroger Victorino. Ah, et tu te charges de l'identification officielle du cadavre… Et à partir de là vous allez vous répartir le boulot, mais en coordination avec le lieutenant. Tu m'écoutes toujours, Mario Conde ? Et tu vas faire à Duque un résumé détaillé de ce que tu sais et de ce que tu crois. Je verrai avec le ministère des Relations extérieures ce qui est décidé pour l'ambassade américaine. Et ensuite je voudrais bien ne plus avoir à m'en occuper. Obama débarque dans deux jours et… C'est bien clair pour tous les deux ? – Il avait haussé le ton et les deux mobilisés d'office hochèrent la tête. – Tant mieux. Et maintenant, Conde, avant de t'en aller, d'après ce que tu sais déjà… c'est quoi ton ressenti ?

Conde soupira, regarda en direction des techniciens qui commençaient la levée du corps et se sentit redevenir flic, parce que ce genre de défis et les palpitations qu'il ressentait étaient ce qui lui plaisait le plus dans son ancien boulot. Même si le verbe plaire était seulement une façon de parler.

– Rien de particulier, Manolo… Si c'est vraiment un assassin en série… on le saura vite… ou jamais. Mais, désolé de te le dire, il faudrait qu'il y ait un autre cadavre. Autant se préparer à cette éventualité, ou à une autre, encore plus compliquée : qu'il y ait deux assassins et que l'un imite l'autre. C'est déjà arrivé. Sur les mutilations, je préfère ne pas spéculer pour le moment… À ce stade, je vois deux ou trois mobiles possibles. Un, une transaction qui a mal tourné. Une transaction avec beaucoup d'argent. Si Marcel était un escroc et si Quevedo avait des choses de valeur, comme les tableaux et peut-être quelque chose de plus, ce ne sont pas les raisons qui manquent. Deux, une vengeance, un règlement de comptes, je ne sais pas… quelque chose qui vient de loin et qui, pour une raison que j'ignore, explose maintenant… Et pour ça, nous savons déjà que les deux morts étaient des salopards. Et apparemment l'assassin, et je crois toujours qu'il n'y en a qu'un, leur en voulait sacrément et ça doit être quelqu'un qui a vécu des traumatismes, quelqu'un de très déséquilibré.

– Un fou, c'est ce que tu es en train de dire ?

– Possible. Mais un fou qui n'a pas l'air fou…

– Tu vois d'autres mobiles ?

– Je ne sais pas s'il faut le prendre en compte, mais l'héritage de Quevedo est important.

– Les tableaux qu'il a laissés ? demanda Manolo.

– Oui… mais surtout les murs où ils sont accrochés… Je pensais à ça et j'ai posé la question à Yoyi, il est au courant de tous les prix et il m'a dit qu'un appartement comme celui de Quevedo peut valoir ici, à Cuba, plus d'un demi-million de dollars…

– Putain de sa mère! s'exclama Fleur de Mort. Ça, c'est un bon gros mobile.

Manolo hocha la tête et poussa un nouveau soupir.

– Il faut l'envisager, bien sûr. Et… ?

– Et pour le moment on va attendre les résultats de l'autopsie, reprit Conde. On va voir ce que nous dit Victorino, et ensuite il faudra qu'on reparle, et pas qu'un peu, avec la fille et le petit-fils de Quevedo. Les garçons comme Osmar, ils ont presque tous l'idée de se barrer de Cuba, et le faire avec un demi-million, ça te donne encore plus envie de te barrer… En tout cas, je suis sûr que de la merde a été remuée et que ça pue exactement comme ici… Ah, au fait, au cas où, il y a une quatrième option, bien sûr: la mafia russe!

Dimanche soir. Encore plus de fête et de musique. La Havane s'amuse. Encore une tournée, on a faim! Obama arrive, messieurs-dames! a crié quelqu'un. Et avec Obama, un paquet de yankees avec des dollars, la monnaie de l'ennemi qui plaît tellement aux gens, qui résout tellement de problèmes. On va ouvrir des commerces, on va renverser le monde, ils vont peut-être lever le blocus et hop, on va sortir du sous-développement et même du tiers-monde. La Havane est folle, La Havane rêve.

Depuis son coin de surveillance, Conde regarde autour de lui et n'a pas d'autre choix que de se sentir comme un extraterrestre. C'est ça, être vieux? Vieux et pauvre et pessimiste, pourrait-il se répondre, parce que ses prémonitions ne le laissent pas en paix. Il voit ce qui se passe et se dit que ce n'est qu'une parenthèse entre des temps obscurs et des temps sombres.

Mais, pour passer le temps et se mettre au diapason de l'époque, il décide de penser à ce qu'il ferait avec un demi-million de dollars. Passés les premiers frais – du rhum, à manger, des livres, un voyage en Italie (aller-retour, il exige ; en première classe, il précise), il lui reste plus de quatre cent quatre-vingt-quatre mille dollars et il a déjà mal à la tête. Même avoir beaucoup d'argent est compliqué pour les crève-la-faim.

Depuis un certain temps, il avait le sommeil agité. Comme toujours, quand il se couchait il devait lire jusqu'à ce que la somnolence l'anesthésie, mais parfois sa vue se brouillait avant qu'il ait atteint l'état de relaxation le menant au repos et, s'il parvenait à s'endormir, il se réveillait une heure plus tard et ne parvenait à retrouver qu'un sommeil entrecoupé de réveils brusques. Mais, cette nuit-là, il pressa jusqu'à la dernière goutte de repos grâce à une léthargie profonde, sans envie de pisser intempestive, sans soubresaut. Peut-être parce que la nuit de travail à La Dulce Vida avait été dure, après une journée très mouvementée. Le repos du guerrier, en somme ?

Conde avait déjà bu son café et donné à manger à Basura II quand le même policier qui surveillait le périmètre de la zone où avait été retrouvé le cadavre de Marcel Robaina passa le chercher à neuf heures et demie. Le jeune homme en uniforme avait dans les vingt ans et il lui manquait une bonne vingtaine de kilos pour avoir l'air d'un policier ; il avait une tête de paysan qui suscitait la tendresse plus que le respect. Où allaient-ils les chercher ?

– Depuis quand tu es policier ? l'interrogea Conde, quand ils eurent démarré.

– Depuis trois mois. J'ai suivi un cours accéléré, dit-il avec une certaine fierté.

– Des cours de police accélérés. Nous sommes sur le bon chemin. Et tu es d'où, toi ?

– De là-bas, du Guaso, dit-il, en se référant à la partie la plus orientale de l'île. De la campagne campagne...

– Et tu aimes La Havane ?

Le jeune homme eut un sourire.

– Ben oui, bien sûr... c'est La Havane, la capitale de tous les Cubains. Toutes les choses qu'il y a !

– Quelles choses... ? voulut savoir Conde.

– Plein de trucs, pleins de trucs, mec, dit-il en souriant à nouveau et en articulant à peine.

Le pauvre, se dit Conde, il a déjà pris tous les défauts des habitants qui l'entourent.

L'officier de service au commissariat le fit passer dans le bureau de Miguel Duque. Le lieutenant était en train de lire deux feuilles imprimées et, après avoir salué Conde et lui avoir offert un siège, il l'informa, en lui tendant les papiers :

– L'autopsie préliminaire... Tu veux du café ?

– Vous avez du café ?

– Oui... grâce à Obama, je crois.

– Alors, bienvenue, Obama... et le café.

– Je vais le chercher. Lis ça... J'ai déjà regardé dans la base de données pour voir si j'y trouvais un élément marquant, un lien, quelque chose...

– À mon époque, on n'avait pas ça. Et on arrivait aussi à résoudre les affaires. Ou pas...

– Aujourd'hui, c'est différent. Tout est différent. – Le Duque avait raison et Conde n'insista pas. Il fallait qu'il se retienne ou cela tournerait au désastre. Qu'est-ce qu'il en avait à foutre que le Duque soit un fou des ordinateurs alors que lui se déclarait incapable de manipuler ne fût-ce qu'un téléphone portable ? Être un analphabète informatique n'entraîne aucun mérite, pensa-t-il.

Ou, dans le fond, sa réaction était le fruit de la jalousie que générait son ignorance d'habitant du XXe siècle incrusté au XXIe?

Sitôt seul, il se plongea dans la lecture. En dehors du jargon médical habituel et de ce qu'il savait déjà, un seul élément apparemment discordant ressortait du rapport d'autopsie. Mais extrêmement discordant et choquant : Marcel Robaina était mort d'un infarctus du myocarde foudroyant qui lui avait détruit le cœur. Littéralement, prévenait Fleur de Mort. Et le plus effroyable figurait juste au-dessous : la mutilation avait été effectuée avant sa mort et avait peut-être causé la crise cardiaque, déclenchée par la peur ou la douleur. Le pénis avait été tranché à la racine avec un couteau ordinaire, pas très bien aiguisé. Sur la base du crâne, on observait une forte contusion, causée par un coup asséné avec un objet contondant, et il avait une autre trace de coup à la tempe, non provoqué par une chute. Sur les poignets et les chevilles on remarquait des traces de liens, et sur la face antérieure des genoux, plusieurs lacérations, compatibles avec un morceau de bois ou de métal aux faces rectangulaires, avec lequel, s'aventurait le légiste, on avait pu lui maintenir les jambes ouvertes pour réaliser l'opération pas du tout chirurgicale d'amputation des parties génitales. Comme autres éléments peut-être révélateurs, il mentionnait le fait que l'estomac était vide et que l'organisme présentait des signes de déshydratation. C'est-à-dire qu'il avait passé plus de vingt-quatre heures, avant la mort, sans ingérer ni eau ni aliments. Une forme efficace de torture. Et comme indice, peu utile pour le moment, les gens du labo étaient parvenus à relever deux empreintes partielles sur le bracelet coloré que le mort portait à l'un de ses poignets.

Conde pensait à l'horreur des dernières heures de Marcel Robaina et aux différences inquiétantes entre les deux morts sur lesquelles il enquêtait (l'une accidentelle, l'autre bien préméditée, cruelle et prolongée) quand Duque revint avec un verre à moitié rempli de café.

– Il est bon et il vient d'être fait, l'informa l'officier en lui tendant le récipient. Mais je te demanderai de ne pas fumer.

– Je ne fume pas, concéda Conde en goûtant le café.

Putain, il était vraiment bon. Meilleur que celui qu'il avait bu deux jours plus tôt pour un prix exorbitant.

– Alors, tu en dis quoi ? – Duque montra le rapport.

– Macabre. Prémédité. Cruel… Plus le fait que Marcel les a devancés et qu'ils n'ont pas eu à le tuer.

– Tu emploies le pluriel ?… Tu penses qu'il y a deux assassins ?

– Non… j'ai mis le pluriel sans réfléchir… Marcel, il n'y en a qu'un qui l'a mutilé. S'ils avaient été deux, il n'y aurait pas eu besoin de lui coincer une barre entre les jambes… Mais bon, c'est possible…

– Qu'est-ce qui est possible ?

– Qu'il y ait aussi une femme… Ce couillon s'est fait embobiner par une femme et…

– Et quoi d'autre ?

– Il est probable qu'il y ait deux personnes mêlées à ça. Une femme qui l'attire. Un homme qui le frappe et, ensuite, qui transporte le cadavre et le jette aux ordures… Et l'un ou l'autre qui le mutile. Et Quevedo, qui ne laissait entrer personne chez lui, a peut-être fait confiance à une femme… qui a fait entrer son complice. Marcel, on le torture, on le mutile et il meurt. Deux jours après on tue Quevedo, ou il se tue, et ensuite on le mutile, avec trois doigts coupés comme cerise sur le gâteau. Marcel, on l'a peut-être torturé pour lui soutirer des informations. À moins qu'il ne se soit agi d'une terrible vengeance, avec une forte envie de faire souffrir… Mais ils étaient disposés à le tuer, évidemment. Avec Quevedo, l'ordre est inversé, peut-être parce qu'il est mort de sa chute, mais la castration est comme une signature, pour qu'on sache bien qui l'a fait. Ou un rituel... Et non, cela ne peut pas être un imitateur parce que le cadavre de Marcel était caché quelque part, et il ne semble pas possible que quelqu'un d'autre ait été au courant de la mutilation... En dehors de l'assassin, bien sûr. Avec Quevedo, ensuite, ils poussent les choses plus loin en lui coupant le doigt où il y avait une trace de peau de quelqu'un d'autre, et pourtant ils ne l'emportent pas... Il me semble de plus en plus clair que c'est quelque chose qui a été préparé, par quelqu'un qui avait très envie de le faire, même s'il y a des éléments qui ne collent pas, comme ces doigts coupés...

– Et donc... ? essaya de savoir Duque, qui écoutait attentivement.

Conde garda quelques instants le silence.

– Je fais machine arrière... Ce n'est pas facile de réunir deux personnes pour faire une chose pareille, avec ce niveau de cruauté ou de sadisme. Non, il n'y a qu'un seul assassin, et cela doit être un homme.

– Oui... et par où tu crois qu'on doit commencer ?

– On va commencer par Victorino... C'est ce que nous avons de mieux. Ou c'est la seule chose que nous avons.

– De quoi vous m'accusez ? Putain, de quoi vous m'accusez ? Qu'est-ce que vous croyez ? Qu'est-ce que vous voulez ? Je n'ai rien fait, rien !

Conde et Duque, suivant la dramaturgie préparée, ne répondirent pas.

Les interrogateurs occupaient déjà l'un des côtés de la table quand le gardien avait fait entrer Victorino Almeida et lui avait montré son siège, en face de ses hôtes, qui l'avaient laissé parler, interroger, en essayant de rester impassibles. Ils avaient décidé de permettre que l'ambiance s'échauffe toute seule.

Victorino, comme ils le savaient déjà, avait vingt-six ans et depuis sept ou huit ans, dès son arrivée à La Havane en provenance de Pinar del Río, il se consacrait à la prostitution à large spectre. C'était un tout-terrain, un stakhanoviste du pénis et de l'anus. Avec des étrangers et avec des Cubains, avec des hommes et avec des femmes, avec des jeunes et avec des vieux, par-devant, par-derrière, par en haut, par en bas, de jour et de nuit, en hiver et en été. Le temps qu'il ne consacrait pas à sa profession, il devait l'investir à la salle de gym, car il avait un physique enviable, couronné par une tête bien proportionnée et un visage attirant : peau brune, lèvres pulpeuses, yeux d'un vert sombre cristallin, cheveux bouclés et drus qui formaient une masse laineuse, de mouton.

– Mais dites-moi une bonne fois ce que vous voulez ? demanda Victorino, et tous deux réagirent enfin.

– La vérité, Victorino, dit le lieutenant Duque.

– La vérité ? Quelle vérité ?

– Laisse-moi d'abord répondre à certaines autres de tes questions... Tu es ici parce que, comme tu le sais, nous avons établi que tu te trouvais sur la scène d'un assassinat le même jour et à l'heure approximative où le crime a été commis.

– J'ai rien fait, rien !

– Mais on a eu du mal à te trouver. Tu te cachais ?

– Me cacher, pourquoi je me cacherais ? Je traîne toujours aux mêmes endroits, vous savez pas comment ça marche...

– Suffit. Laisse-moi parler maintenant, l'interrompit l'officier. Tu as été avec Reynaldo Quevedo le jour où on l'a tué. Tu as eu des relations sexuelles avec lui et...

– Moi ? Des relations... ?

– Tu es mal barré, Victorino... Nous savons que tu as sodomisé Quevedo.

– Sodo-quoi ?

– Que tu lui as baisé le cul, putain de merde… Et que tu lui as balancé ta purée ! On a des preuves, alors arrête de faire chier et réponds aux questions. OK ?

Dans son rôle de policier muet, Conde se consacrait à observer le jeune homme, dans les traits duquel il avait remarqué la présence d'un élément qu'il ne parvenait pas à décoder, et il mit provisoirement la question de côté. Pour l'heure, surtout, il tentait d'imaginer, de concevoir, d'assimiler pourquoi quelqu'un pouvait opter pour une profession aussi dégradante que celle que pratiquait Victorino, et il s'effrayait de comprendre qu'il pouvait le comprendre. Les gens se livrant à cette activité étaient réapparus sur l'île durant les dures années de ce qui s'appelait la Période spéciale, à l'époque de la Crise avec une majuscule, quand le pays avait presque manqué d'air à respirer. Cela avait refermé une parenthèse de trois décennies sans prostitution tarifée et sa résurgence professionnelle avait les mêmes origines que toujours : la recherche de moyens pour gagner sa vie et, si on avait de la chance, on pourrait même avoir accès à de la nourriture, des vêtements et des parfums inaccessibles pour le reste de ses compatriotes. Et si la fortune souriait décidément, elle pouvait même se concrétiser dans un mariage qui permettrait au serviteur sexuel de partir vers l'étranger et une nouvelle vie, peut-être meilleure. La majorité des filles (les *jineteras*) et des garçons (les *pingueros*) avaient même fait des études et possédaient des manières, une éducation et un air aussi sain que Victorino, et cela les rendait plus attirants pour des Européens sans scrupules, en majorité vieux, solitaires et paumés, soudain confrontés à un produit de première qualité, beau, bon marché et en bonne santé, parfois même raffiné, qui non seulement leur donnait du sexe réel, mais aussi l'illusion d'être spéciaux, et même d'être aimés.

La stratégie fonctionnait comme ça : quand ils draguaient ces clients venus d'ailleurs, les jeunes gens de compagnie vivaient plusieurs jours aux crochets du payeur, en lui offrant un complet bouleversement sexuel et, en plus, en l'accompagnant dans des restaurants et des bars et, si c'était nécessaire ou souhaitable, en l'emmenant même dans leurs familles pour le présenter à leurs parents, grands-parents, enfants s'ils en avaient, nourrissant la croyance dans la singularité, accentuant le désir d'avoir enfin trouvé le trésor qui leur était refusé dans leur monde. Et beaucoup de clients tombaient amoureux, établissaient une relation de proximité, envoyaient de l'argent à leurs "petites amies" et revenaient chaque fois qu'ils le pouvaient retrouver leur source de plus grand plaisir (bien meilleur marché que dans leur pays d'origine et, en général, de meilleure qualité). Des centaines de mariages s'étaient forgés sur ces bases. Des milliers de solitaires ou de dépravés avaient trouvé des satisfactions particulières auprès de ces jeunes prostitués. Et, pour couronner le tout, les travailleurs du sexe cubains (professionnels, à temps partiel ou occasionnels, hommes et femmes) avaient vécu et vivaient sans contradictions morales majeures une pratique pour laquelle, au milieu d'autres dégradations et de pénuries en tout genre, ils n'étaient pas socialement marginalisés, ils ne devenaient pas des pestiférés pour leurs familles, mais souvent des gagnants. Le serpent d'une malédiction nationale avait recommencé à se mordre la queue.

– Allez, c'était quoi ton histoire avec Quevedo ? insista le lieutenant.

Victorino regarda au plafond, soupira et sembla se convaincre qu'il n'avait pas le choix.

– Je l'ai connu par Osmar, son petit-fils… Et un jour, il y a un an à peu près, il m'a demandé de venir l'aider à ranger certains papiers chez lui… sans qu'Osmar soit au courant. J'y suis allé et… bon, je savais déjà ce que le vieux voulait. Il m'a offert un verre, on a parlé un peu et il m'a demandé combien je le ferais payer pour ça...

– Tu le sodomisais à chaque fois? voulut savoir le Duque.

– Ce qu'il préférait, c'était me la sucer. À cause des hémorroïdes... Mais il me demandait des fois de la lui mettre dans le cul. Et il payait très bien, je dois dire. La seule chose qu'il exigeait, c'était que personne n'apprenne ce que nous faisions, et c'est pour ça que j'y allais toujours quand il était seul. Il m'appelait ou moi je l'appelais quand j'étais fauché, que j'avais plus un rond.

Conde avait été sur le point de sortir de son rôle. Il aurait bien aimé demander combien l'Ignoble le payait pour qu'il la lui mette dans son cul hémorroïdé. Et si le garçon l'embrassait sur sa bouche tordue par l'ictus. Quel estomac! Et dire que, des fois, il se plaignait de ses propres boulots.

– Et mercredi dernier, le jour où il a été tué?

– On devait se retrouver à quatre heures de l'après-midi, après le départ d'Aurora, ma grand-mère, vous savez? C'est elle qui travaille chez lui. Il était très discret, je vous l'ai déjà dit.

Conde retint un sourire: c'était donc ça ce que voulait lui dire le visage de Victorino! Ses yeux étaient les yeux verts d'Aurora. Et la révélation situait le jeune homme à un autre niveau sur la carte des relations de Quevedo et expliquait peut-être la raison pour laquelle la femme avait épié sa conversation avec Osmar, deux jours plus tôt. C'est pour ça qu'il fit signe à Duque, sa meilleure appréhension du nouveau panorama rendait nécessaire son intervention.

– Victorino, tu viens de nous dire que tu as connu le vieux par l'entremise d'Osmar... mais ta grand-mère...

– Oui, par Osmar... Et ma grand-mère ne sait rien de tout ça. Et je vous supplie de ne rien lui dire.

– Pourquoi? Tu as honte?

– Un peu, mais pour Quevedo. Elle n'imaginait même pas que le vieux pouvait être ce qu'il était. Elle lui était très reconnaissante.

Conde hocha la tête.

– Donc tu crois qu'elle n'était pas au courant de ton histoire avec Quevedo ?

– Non, elle ne savait pas. Je ne le lui ai pas dit. Quevedo non plus. Et quand j'y allais, elle n'était plus dans les parages.

Conde décida de noter cet élément. Il pouvait être aussi révélateur que sans importance. Mais si Aurora savait quelque chose, cela pouvait tout changer. Ou pas, se dit-il, et il décida d'avancer.

– Osmar non plus, il n'était pas au courant pour son grand-père ?

– Moi, je lui ai jamais dit… Ça doit pas être facile de découvrir que tu as un grand-père qui raconte qu'il est un héros et, après, tu te rends compte qu'il paie pour sucer. – Cela fit même sourire Victorino et Conde put constater à quel point le jeune homme méprisait celui qui le payait. Quevedo l'avait bien mérité, décida-t-il. – Mais je vous l'ai déjà dit, le vieux planquait soigneusement tout ça.

Conde regarda son collègue. Ils pouvaient revenir au scénario original, même si le possible effet dramatique planifié avait fait long feu.

– Et qu'est-ce qui s'est passé cet après-midi-là ? reprit enfin Duque.

– Rien… enfin, la même chose que presque toujours. Je me suis mis à poil, je l'ai laissé me caresser, je lui ai mis le doigt dans le cul – il leva son index et son majeur réunis, deux doigts en fait –, il m'a sucé. Des fois, il avalait même la sauce. Il disait qu'elle était bonne… Il m'a dit de la lui mettre, je la lui ai mise, il m'a payé et je suis parti.

– C'est tout ?

Victorino resta un moment pensif. Conde était frappé par la désinvolture avec laquelle le jeune homme racontait ses rencontres intimes avec Quevedo, la façon dont on échange le sexe contre de l'argent. Osmar avait raison à propos de l'absence de moralité du jeune homme. Même si celle du défunt était sans le moindre doute bien pire.

– Heu, je suis allé dans la salle de bains me laver les mains et la queue, bien sûr… et je me suis aspergé avec cette eau de Cologne qu'il mettait, espagnole, elle est top… Máximo Gómez?

Une eau de Cologne d'un généralissime des guerres d'indépendance? faillit lâcher le Conde.

– Qu'est-ce que Máximo Gómez vient faire là? voulut savoir Duque.

– L'eau de Cologne…

– C'est Álvarez Gómez, intervint encore le libraire. J'en ai eu un flacon… Et c'est vrai qu'elle est super. – Il décida de rester dans l'arène. – Au fait, Victorino, Quevedo t'a dit depuis quand il était gay, ou bisexuel?

– Toute sa vie!… Mais toujours à l'intérieur du placard. Imaginez un peu, il avait été un dirigeant révolutionnaire, un militaire gradé…

– Qui a foutu en l'air la vie de beaucoup de gens parce qu'ils étaient homosexuels, comme lui, comme toi.

– Qu'est-ce que je sais, moi, du mal qu'il a pu faire…

– Pourtant il l'a fait… Bref, oublie… ou plutôt… Donc ta grand-mère Aurora n'était pas au courant de ces… activités… du mort?

– Je crois que non. Ce que je sais, c'est qu'elle ne savait pas que moi…

– Et Osmar, lui, il le savait?

– Peut-être que oui, à cause de l'argent. Je crois que Quevedo m'a dit un truc là-dessus, mais je ne suis pas sûr-sûr.

– Donc… quand tu es parti, Quevedo était vivant, c'est bien ça ?

– Bien vivant et remuant la queue. Et content, confirma Victorino.

– Il était quelle heure ?

– Vers les cinq heures. Je faisais ça vite fait.

– Et tu n'as vu arriver personne ?

– Non… il ne recevait presque jamais de visites. Mais bon, pendant qu'on buvait le verre de bienvenue, c'était comme ça qu'il disait, un verre de bienvenue pour se détendre, presque toujours du whisky, il m'a vaguement dit qu'il devait voir quelqu'un pour un très gros business dont il ne fallait pas qu'Osmar soit au courant. Je ne sais pas si c'était vrai ou s'il m'a dit ça parce que je n'arrêtais pas de lui mettre la pression, je lui faisais peur en lui disant que je ne reviendrais plus, pour lui tirer plus de fric, bien sûr. Vous imaginez ce que c'est de se taper un vieux comme lui ?

– Non, je ne l'imagine pas. Et je ne veux pas non plus, lança Conde. Il t'a pas dit quel genre de business ? Avec un de ses tableaux ?

– Non, il m'a rien dit.

– Ni qui était cette personne ?

– Heu… une femme ?

Conde enregistra l'hésitation.

– Tu ne t'en souviens pas ?

– Non, je vous assure. À un moment il a parlé d'une femme, une femme qui écrivait des poèmes… Je faisais pas vraiment gaffe à lui, en fait. J'étais en pilotage automatique…

Conde déplaça plus rapidement sa souris mentale et cliqua dans sa base de données : femme poète. Il avait besoin de trouver rapidement un nom et il en sortit un sur son écran, entendu plus d'une fois ces derniers jours.

– Natalia Poblet ? Celle qui écrivait des poèmes s'appelait comme ça ?

– Non, je vous assure, je sais pas, geignit presque Victorino, et Conde sut qu'il ne mentait pas.

– Et il t'a parlé de Marcel, le père d'Osmar ?

Victorino réfléchit.

– Qui était venu à Cuba il n'y a pas longtemps ?

– Oui, mais essaie de te souvenir d'autre chose.

Le jeune homme réfléchit à nouveau. Conde savait que la tension s'était relâchée et que Victorino allait balancer des infos. C'était le meilleur moment de l'interrogatoire, il pouvait peut-être surprendre le garçon qui avait baissé la garde, car l'expérience lui disait qu'aucune personne interrogée n'a spontanément l'intention de tout dire. Et Victorino pouvait être une mine sur le point d'exploser. C'est pourquoi il changea de ton, pour essayer de faire de la rencontre une sorte de conversation complice.

– Marcel et Quevedo, apparemment ils s'entendaient bien, lâcha Conde.

– De ça, je crois qu'il m'a rien dit… Et Marcel, il était pas déjà reparti à Miami ?

– Sauf que Marcel est resté. Il était toujours dans le coin. Et ce Marcel, c'est le problème…

– Je ne sais pas, moi. Je vous ai déjà dit, je ne faisais pas trop attention à ce qu'il disait… Le business, c'était pour un truc qui avait de la valeur, beaucoup de valeur, et… c'était pas en lien avec Napoléon ?

Conde sentit la décharge électrique, mais essaya de n'en rien laisser paraître. Il ne tourna pas la tête vers le Duque, même s'il supposa que le policier aussi avait senti la décharge.

– Quel Napoléon ? Celui qui était copain avec Máximo Gómez ?

Victorino était évidemment détendu et il sourit.

– Non, déconne pas, merde… Napoléon le seul, le vrai… Napoléon Bonaparte. J'ai été jusqu'au bac, je ne suis pas un analphabète. Moi, je voulais étudier l'architecture.

– Et il ne t'a pas dit ce qu'il voulait vendre ?

– Non, juste que c'était un truc de valeur… plusieurs milliers de dollars… ou d'euros ? Je ne sais pas. Je vous l'ai déjà dit, j'y ai à peine fait attention. Il voulait toujours se faire mousser devant moi. Je crois qu'il était amoureux de moi…

– Je n'en doute pas… Et il t'a dit d'où il sortait cet objet ? Il y a beaucoup de choses en lien avec Napoléon, mais elles se trouvent pas comme ça.

– Ben oui, j'imagine, je ne sais pas… Non, il m'a pas dit.

– Et il ne t'a pas parlé du musée de Napoléon ici, à La Havane ?

– Non, je suis sûr que non.

– Et c'est tout ? Réfléchis, Victorino, réfléchis bien, l'encouragea Conde.

Et Victorino réfléchit avant de secouer la tête.

– Non… j'en sais pas plus… Ça y est, je peux m'en aller ?

Ce fut au tour de Conde de sourire en tournant la tête vers Duque. Il lui repassait les commandes.

– Non… dit le policier, on a seulement parlé du premier mort… On va maintenant parler du deuxième… Marcel Robaina.

La Dolce Dimora. La Douce Demeure. Et, soudain, l'entrée en scène du pénis également sectionné de l'empereur Napoléon Bonaparte.

Il avait vu la maison tant de fois et il s'était laissé éblouir par elle tant de fois, parce qu'elle était vraiment éblouissante, merveilleuse. Cependant, le plaisir esthétique était toujours accompagné de l'inquiétante certitude qu'il y avait là l'un des monuments les plus représentatifs de la démesure nationale cubaine. Contenant et contenu entrelacés dans une conjonction aussi insolite qu'harmonieuse : un palais florentin du XVIe siècle édifié au XXe siècle à La Havane et sous le toit duquel reposait une hallucinante collection d'objets et de littérature de l'Empire napoléonien, dont le masque mortuaire du Grand Corse.

Là, par la magie d'une rencontre, l'Histoire avait convoqué un Italien nommé Orestes Ferrara, oisif, équivoque et enfiévré, cultivé et grossier, garibaldien, patriote et insatiable, un homme qui se payait le luxe de sa folie exhibitionniste en engageant les architectes les plus réputés et appréciés du pays pour concevoir et construire tous ensemble à l'aube du XXe siècle un faux palais florentin de la Renaissance au cœur de La Havane : arches et vitraux vénitiens, marbres de Carrare, auvents, corniches, tuiles et pergolas florentines se combinant avec des espaces, des terrasses, des patios inspirés de l'architecture coloniale de l'île. Un véritable cri éclectique.

Et à l'abri de ce monstre merveilleux, grâce à l'un de ces terribles retournements de l'Histoire qu'on appelle Révolution, était exposé depuis cinq décennies le legs excentrique de Julio Lobo, l'homme le plus riche de Cuba, propriétaire de plantations de canne à sucre, de raffineries, de banques, de terres et d'industries, le magnat connu comme le Roi du Sucre de Cuba quand le sucre de Cuba valait de l'or et inondait les marchés mondiaux, le multimillionnaire éclairé qui, durant des dizaines d'années, avait acheté et collectionné des œuvres d'art (on dit que, dans sa pinacothèque, il avait rassemblé des œuvres de Raphaël, Michel-Ange, Goya et... un De Vinci !) et, par obsession personnelle, une infinité d'objets napoléoniens, jusqu'à posséder la plus riche collection personnelle consacrée à l'Empereur existant en dehors de France. Des centaines d'objets de toutes sortes, des milliers de livres, des dizaines de tableaux et d'affaires personnelles de Napoléon Bonaparte en personne.

Avec l'arrivée de la tempête révolutionnaire et le départ prévisible de l'homme politique italien et de l'entrepreneur cubain, les biens de tous les deux avaient été confisqués par le nouveau gouvernement et la collection napoléonienne déposée entre les murs de l'exubérant palais florentin mis à la disposition de la nation. Depuis lors, le lieu avait cessé d'être La Dolce Dimora pour devenir le Musée napoléonien de La Havane.

Conde avait obéi et pas un seul instant il ne s'était senti mis à l'écart avec la tâche qu'on lui avait confiée. En tant que chef de l'enquête, Miguel Duque gardait pour lui la part apparemment la plus fertile du terrain et, après l'identification formelle du cadavre, il devait se charger de parler avec Irene Quevedo et son fils Osmar. Pendant ce temps, Conde était chargé d'une visite de routine, dont il n'y avait pas grand-chose à attendre, au musée. Une institution qui, ainsi que l'avait vérifié le lieutenant sur son ordinateur, n'avait pas déclaré la perte de quoi que ce soit de valeur ces dernières années et qui, par conséquent, ne devait pas être pour grand-chose dans l'affaire, si tant est qu'il y eut un lien quelconque, si Napoléon avait vraiment sa place dans cette histoire riche en castrations.

Et une fois encore prêt à être ébloui, Mario Conde retournait, après des années d'absence, à La Dolce Dimora qu'il avait si souvent visitée dans les jours lointains où, sortant de ses premiers cours de fac, il avait franchi le seuil du palais consacré au culte napoléonien, l'étrange demeure qu'il pouvait apercevoir par la fenêtre de la salle de cours où s'agglutinaient cinquante étudiants inscrits en première année de licence de psychologie, ou "sychologie", comme on disait.

À une époque plus récente, le musée était resté fermé le temps d'une restauration totale, aussi bien du bâtiment que des objets qu'il abritait, et depuis sa réouverture Conde n'y était pas retourné. Quinze, vingt ans sans y aller ? Dans sa tête, il conservait pourtant intact le plan de l'endroit, avec ses salles et ses escaliers, ses tableaux de scènes napoléoniennes et ses portraits de l'Empereur mais, surtout, l'image de son joyau préféré : une énorme porcelaine de Sèvres sur laquelle avait été dessinée de façon très détaillée, colorée et réaliste un épisode du grand choc d'Austerlitz, la bataille des Trois Empereurs.

Assis face au vase monumental, Conde perdit la notion du temps, la pression des rigueurs du monde en effervescence dans lequel il vivait. Il oublia même la raison fallacieuse pour laquelle il était là et s'appropria les beautés de la création humaine. Et il ressentit alors comme une autre évidence à quel point des chemins présents et passés confluaient à cet endroit, autour de lui et dans son esprit vagabondant : et, comme une révélation, il parvint à voir le colonel de l'Armée libératrice Orestes Ferrara, le créateur de La Dolce Dimora, en train de présider une session de débats à la toute jeune Chambre des représentants de Cuba et, sur l'un des bancs de l'hémicycle improvisé, il découvrit le député Alberto Yarini y Ponce de León, de plus en plus célèbre, débordant d'ambitions politiques, vêtu d'un costume en lin blanc et souriant avec la meilleure dentition de la ville.

– Monsieur, nous allons bientôt fermer. – La voix féminine ramena Conde à la réalité. Il regarda sa montre et vérifia l'heure. Le temps s'était dilué et il en avait presque oublié le but de sa visite.

– Merci. Est-ce que je peux vous poser une question ?

La femme avait la cinquantaine, noire, bien en chair, et elle aussi avait un joli sourire.

– Cela dépend… c'est sur le musée ?

Conde hocha plusieurs fois la tête.

– Oui, oui, sur le musée.

– Dites-moi.

– Au moment de la restauration, est-ce qu'une pièce de valeur a été perdue ?

La gardienne ne souriait plus.

– Pas que je sache... Bien sûr que non, ajouta-t-elle.

– Et avant ? Je ne sais pas, il y a trente, quarante ans.

Elle réfléchit. Elle finit par se lancer. La question avait l'air de la mettre mal à l'aise.

– On a toujours raconté des choses, vous savez comment c'est... Il semble, et je dis il semble, qu'il y a peut-être un livre de la bibliothèque que quelqu'un a emprunté et pas rendu, ou une médaille. Mais aucune pièce importante. Ni qui aurait de la valeur, bien sûr, ajouta-t-elle, et Conde s'estima satisfait pour le moment.

– Quelles choses importantes de Napoléon y a-t-il à Cuba ?

– Les importantes, elles sont ici... Le masque mortuaire d'Antommarchi est le plus précieux. Vous savez...

– Oui, le médecin qui était au chevet de l'Empereur à Sainte-Hélène... Francesco Antommarchi, bien sûr. Mais j'ai lu quelque part que ce n'était peut-être pas le véritable masque.

– C'est le vrai, c'est sûr, affirma la gardienne, jalouse de son territoire. Les autres sont des copies...

– Et quoi d'autre ?

– La longue-vue, bien sûr, la casaque de l'Empereur... elles sont authentifiées, sans le moindre doute.

– Quelle autre chose de valeur de Napoléon il peut y avoir à Cuba ?

– Eh bien, au Musée d'art de Matanzas il y a un buste de Canova, et à Cárdenas quelques médailles. En dehors de ça, je ne sais pas, toute la collection de Julio Lobo est là. Sa fille María Luisa l'a plusieurs fois confirmé.

– Oui, ça je l'ai entendu dire. María Luisa Lobo de retour à Cuba...

– Oui... elle était cubaine, non ?

– Bien sûr qu'elle l'était. Elle est morte ?

– Oui, il y a quelques années.

– Et dans le monde. Qu'est-ce qu'on recherche qui aurait appartenu à Napoléon et qui se serait perdu ?

– Alors là, des milliers de choses. Certaines authentiques… Par exemple, on parle de plusieurs choses volées au XIXe siècle dans un musée parisien, et on soupçonne même que certaines ont atterri à Cuba. Le peintre Juan Bautista Leclerc les aurait achetées quand il était là-bas. Mais ce sont des romans. D'Arsène Lupin.

Conde sourit et se mit debout. Rien à faire. Pourtant, il ne considérait pas sa visite au musée comme du temps perdu, il y avait retrouvé une partie de sa mémoire, éprouvé un plaisir esthétique, et il avait à présent l'impression qu'il avait juste frappé à la porte d'une demeure pas si douce où pouvaient se cacher des silhouettes encore floues.

– Eh bien c'est tout, pour aujourd'hui on ferme…

Et il tendit la main à la gardienne qui, au moment où il allait la retirer, la retint.

– Il y a un historien… Eduardo quelque chose… Lui, il en sait beaucoup sur les choses de Napoléon qui sont arrivées à Cuba.

– Ah très bien. Je vais voir où je peux le trouver… Merci, dit Conde, sa main toujours retenue par la gardienne qui s'approcha du curieux et baissa la voix :

– Et vous connaissez l'histoire du pénis de Napoléon qui a été mis aux enchères ?

Conde se figea sur place.

– Comment ça, le pénis de Napoléon dans une vente aux enchères ?

– Oui… à sa mort, on a coupé le pénis de l'Empereur. Et ça fait des années que ce truc se promène. Comme une âme en peine.

Conde ne put se retenir.

– Ou comme une âme en pénis.

Épiphanie havanaise

L'année 1910 est arrivée chargée de mauvais présages. Le pire d'entre tous : l'approche de la comète de Halley. Les calculs les plus sérieux nous accordaient à peine trois mois, même si quelques astronomes commençaient à évoquer une légère et inexplicable déviation de son orbite, quelques degrés de différence qui allaient peut-être nous épargner l'impact, voire le balayage tout aussi mortifère de sa traînée gazeuse. Depuis le mirador de ma terrasse, j'ai passé des nuits à observer le firmament et, chaque fois, je retrouvais au même endroit, toujours plus nette, la lumière indiquant la présence toute proche de la fin des temps supposée.

Pendant ce temps, le pays était pris d'une frénésie de construction, des artistes internationaux de renom commençaient à arriver à La Havane tandis que la ville était sillonnée par des voitures bien plus nombreuses qu'à Madrid et Barcelone réunies. Mais, dans ce même pays dispendieux et simulateur, grandissait aussi un furoncle qui allait bien devoir exploser un jour : la misère. Et cette misère, qui affectait majoritairement la population noire de l'île, augmentait la taille de la comète des insatisfactions et des demandes de justice chez les pauvres et les noirs cubains. Nombre d'entre eux avaient même rejoint des groupes de tendance socialiste, ou plutôt anarchiste, et le 6 janvier, jour de l'Épiphanie chrétienne et date à laquelle, à l'époque coloniale, on permettait aux anciens *cabildos* africains, les associations d'anciens esclaves, de sortir dans la rue, une importante manifestation ouvrière a parcouru plusieurs rues du centre pour tenir son meeting en plein Parque Central, non loin du monument de l'apôtre José Martí, qui avait rêvé d'une république conçue avec tous et pour le bien de tous et dont le bien premier serait le respect de la pleine dignité de l'homme. Depuis le Trottoir du Louvre, en regardant ces dizaines de manifestants blancs et noirs, j'ai ressenti la tentation de me joindre à eux et de réclamer moi aussi un peu de cette justice sociale à laquelle je croyais encore.

Mais, le lendemain, ni les nouvelles de la trajectoire de la comète, ni le scandale des terrains choisis pour y bâtir le Palais présidentiel, ni le carnaval des noirs, et encore moins cette manifestation d'ouvriers radicaux et mécontents, "les pauvres de la terre", comme ils se faisaient désormais appeler, n'ont pris d'assaut la une des différents journaux de la capitale. Ce matin-là, les quotidiens s'étaient encore mis d'accord pour annoncer en gros caractères l'événement dont je pressentais qu'il finirait par arriver. Dont Yarini avait rêvé qu'il finirait par arriver.

TERREUR À LA HAVANE :
"LE BOUCHER DE SAN ISIDRO" REVIENT À LA CHARGE

Le quartier de l'Arsenal doit son nom au bâtiment qui, du temps de l'Espagne, était pour celle-ci le plus important : l'arsenal d'artillerie. Près du port et de la vieille forteresse enclavée sur la colline d'Atarés, ce recoin de la ville n'avait même pas eu la chance d'abriter, à l'instar de San Isidro, le tumultueux commerce de la prostitution. L'Arsenal était un concentré de pauvreté où le réseau électrique était à peine parvenu, raison pour laquelle ses nuits étaient plus caverneuses, plus propices au crime. Ou au dépôt des conséquences d'un crime, comme ces quatre sacs bien pleins, tachés de sang, découverts la nuit du 6 janvier dans la rue Factoría, contre le mur de l'ancien arsenal colonial.

Le jour se levait à peine, le matin du 7, quand, prévenu par l'un de mes collègues, je me suis rendu sur les lieux, non sans avoir avalé en chemin un indispensable café. C'est que je n'ai jamais pu me mettre en marche sans ce premier café matinal, d'autant plus nécessaire après la nuit d'intense agitation passée entre les bras et les jambes d'Esmeralda la Gauchère. Comme je m'y attendais, la rue Factoría était déjà pleine de curieux et il m'a fallu jouer des coudes pour me frayer un chemin jusqu'à l'endroit où deux policiers empêchaient la foule d'aller plus loin. De là, j'ai pu apercevoir Torres, le médecin légiste, penché sur l'un des sacs, et le capitaine Fonseca, ce goinfre à la mine lasse, appuyé contre un mur, en train de fumer un cigare.

J'ai marmonné un bonjour à l'intention des enquêteurs, qui l'un et l'autre m'ont à peine répondu. À l'évidence, ma présence ne leur faisait pas du tout plaisir, encore moins à cet imbécile de Cuillère, qui se prenait pour l'unique propriétaire de l'exploitation du scandale grâce auquel, avec cette nouvelle victime, il allait revenir en bonne place dans les journaux de la ville et à portée de main de l'argent.

Cette fois-ci, les sacs, également en toile de jute, étaient bien plus tachés de sang et leurs ouvertures béantes laissaient entrevoir différentes parties d'un corps qui, de toute évidence, était encore celui d'une femme, une métisse peut-être, à la peau couleur olive et jeune, à en juger par la texture des parties visibles de sa chair. De l'un des sacs dépassaient un avant-bras et une main gauche dont les ongles portaient les traces d'un vernis très rouge, et j'ai remarqué à son index l'ongle cassé presque à ras ainsi que la marque plus claire sur sa peau, de celles que laisse le port prolongé d'une bague. Du sang avait coulé sur le pavé où se trouvaient les restes du corps démembré. À la différence des sacs découverts il y a deux mois près des murailles, ceux-là avaient été entassés les uns sur les autres, formant une espèce de tumulus macabre. Et, pour je ne sais quelle raison, d'emblée quelque chose m'a paru non pas différent mais étrange, incongru.

J'ai cherché tout autour des traces de la façon dont le cadavre avait pu être transporté jusque-là. La rue Factoría conservait son pavage ancien, fait de pierres lisses, de tailles et de couleurs différentes, posées sur la terre grisâtre comme pour y former un immense puzzle. À un mètre des sacs, une tache sombre, qui pouvait bien être du sang, avait attiré mon attention. Aucun autre indice en dehors de cela.

Le docteur Torres a fini par se relever, en émettant une plainte qui semblait tout droit sortie de ses genoux endoloris par l'effort de la position accroupie dans laquelle il s'était tenu plusieurs minutes.

– Qu'est-ce qu'il se passe, bordel, dans ce pays ? a-t-il murmuré sans s'adresser à aucun d'entre nous.

– Ah bon, tu as peur du sang, maintenant ? lui a dit Fonseca, avant de sourire.

– Fais pas chier, Fonseca, fais pas chier... Cette femme n'avait même pas vingt ans... Je dirais qu'elle est morte il y a douze heures environ, dix-huit peut-être, pas davantage, a récité le légiste en gardant les yeux rivés sur les sacs. Elle a été transportée dans une charrette qui a fait une pause à cet endroit, là où du sang a goutté... Elle a été déposée ici dans la nuit... Je constate des entailles similaires à celles de la précédente victime, à mon avis elles ont été causées par une machette, et dans chaque sac on retrouve les mêmes parties du corps que celles qui étaient contenues dans les sacs précédemment retrouvés.

– Une pute, elle aussi ? a demandé Cuillère.

– Je ne lui ai pas demandé son métier, a répondu Torres sans chercher à dissimuler son ironie. Je lui donne dans les vingt ans et je dirais qu'elle est cubaine. La couleur de sa peau… elle a peut-être grandi à la campagne, elle a beaucoup pris le soleil. Une Cubaine blanche, je dirais.

– Ou une qui a l'air blanche, comme Cecilia Valdés, me suis-je risqué à ajouter.

– Possible… une fois que j'aurai examiné ses parties génitales, je pourrai sûrement être plus précis.

– Tu veux dire que les noires ont une chatte différente ? a demandé Cuillère en revenant à la charge.

Torres a fini par le regarder. Sa peau, entre pâle et jaunâtre, entre flétrie et phtisique, s'est légèrement teintée de rouge.

– Et les noirs peuvent avoir des lèvres en cuillère, comme les tiennes. Alors arrête de te faire passer pour un blanc, a-t-il conclu avant de sourire enfin. Et puis va te laver la bouche, tant que tu y es, tu pues comme un réverbère à alcool, a-t-il ajouté avec une moue de dégoût.

À l'évidence, leurs relations avaient empiré dans les dernières semaines et ce crime était en train de taper sur les nerfs du légiste.

– Ne joue pas avec moi, Anacleto Torres, l'a menacé Fonseca, vexé par ses commentaires.

– Alors ne viens pas travailler à moitié soûl et ne te mêle pas de mes affaires… J'étais en train de parler avec le lieutenant Saborit, a-t-il répliqué sans que je sache si c'était vrai ou s'il avait dit ça pour embêter Fonseca.

– Alors continue à lui parler, a lancé l'officier avant de nous tourner le dos et de nous laisser plantés là, en crachant la fumée de son cigare. On aurait dit une locomotive. – N'empêche que cette affaire, c'est la mienne…

Torres l'a regardé s'éloigner puis s'est retourné vers moi.

– Je vais demander à ce que le cadavre soit enlevé. Je veux l'autopsier au plus vite. Demain, j'aurai fait mon rapport. Ou peut-être cette nuit.

J'ai acquiescé en silence. Je n'avais pas particulièrement intérêt à me mettre en travers de la route de quelqu'un comme Fonseca. J'ai néanmoins senti que je devais profiter de la déférence inespérée dont le légiste venait de faire preuve à mon égard.

– Docteur, vous diriez que c'est le même genre de crime ?

Le technicien a observé à nouveau les sacs et les morceaux de corps visibles.

– Je dirais que c'est le même et je dirais que c'est différent… Une fois que j'aurai pu faire mon travail, j'en saurai plus… ou pas.

Torres a tendu un bras en direction des autres policiers qui attendaient, pour demander la levée du cadavre.

– Elle était enceinte, elle aussi ? ai-je demandé.

– Je ne sais pas, pas encore, j'ai besoin de…

Alors je me suis lancé :

– Docteur, je peux assister à l'autopsie ?

La beauté physique existe-t-elle ? Une personne est-elle plus belle qu'une autre ? Oui, la beauté physique existe, mais à des degrés qui se nivellent, se diluent, lorsque nous observons la vie de l'intérieur, comme j'ai pu m'en rendre compte non sans dégoût ni répugnance. Peut-être parce que c'était ma première autopsie. Même si je peux assurer que ce n'était pas la plus dure parce que c'était la première. C'est pourquoi je saute les détails et je vais aux résultats.

La défunte n'avait ni tatouages ni cicatrices permettant de l'identifier de façon plus ou moins fiable. Et Torres a pu certifier que non, la malheureuse n'était pas enceinte. Néanmoins, en raison des similitudes avec le crime précédent, les docteurs Morales et Bencomo, les médecins du Dispensaire, ont été convoqués pour essayer de l'identifier. Morales était certain de ne l'avoir jamais rencontrée. Bencomo, se montrant davantage intéressé, est allé jusqu'à examiner les parties génitales de la défunte, il avait des doutes, il a dit qu'il l'avait peut-être déjà vue. En tout cas, elle ne figurait pas sur la liste des prostituées enregistrées à la clinique, mais il n'était pas exclu qu'elle en soit une : elle pouvait, comme bien d'autres, exercer son métier de façon indépendante dans un claque clandestin, une *sapería* comme on les appelait, et, si c'était le cas, cela n'aiderait pas à découvrir son identité. Tant qu'on ne parviendrait pas à la nommer, elle serait la Défunte B, comme l'avait baptisée le légiste, et, malgré les réticences de Fonseca, il a donné l'autorisation d'appliquer la méthode la plus terrible mais aussi la plus rapide pour son identification : diffuser dans la presse une photo de son visage.

Torres penchait pour la filiation raciale métisse. Ses poils pubiens révélaient la présence de sang africain chez cette femme, qui à Cuba serait passée pour blanche. Comme Margarita Alcántara, la jeune B avait eu des rapports sexuels par voie vaginale et anale, visiblement consentis mais, à la différence de sa prédécesseure, elle était probablement morte au premier coup de machette.

– On lui a tranché la jugulaire d'un seul coup. Par-derrière. Elle ne s'est peut-être même pas rendu compte qu'elle allait mourir, m'a commenté Torres en profitant d'un moment où nous étions seuls tous les deux. Mais les autres entailles font vraiment penser à celles de la première morte.

– Qu'est-ce que ça peut vouloir dire ?

– Dans la pire hypothèse, c'est le même assassin et je continue à penser que c'est un homme corpulent, un sadique susceptible de tuer d'autres femmes, soit parce que ça le fait jouir, soit parce qu'il considère que c'est sa mission, je ne sais pas. Hypothèse encore pire : c'est un imitateur.

– Je ne comprends pas, docteur.

– Pourquoi l'assassin de la Défunte B a-t-il poussé le détail jusqu'à la découper exactement de la même façon que Margarita Alcántara ? Je ne saurais pas dire pourquoi, mais je n'arrive pas à faire le lien entre un assassin sanguinaire et autant de minutie. Et puis chaque sac contenait les mêmes parties du corps que pour le meurtre précédent... C'est trop soigné. Ça veut dire quelque chose, ça a forcément du sens... Et, je ne saurais pas dire pourquoi, mais j'ai un doute, une prémonition.

– Laquelle, docteur ?

– Si seulement je le savais... Bon, ce sont probablement des bêtises, a-t-il dit en me donnant une tape sur l'épaule. Ah, au fait, la défunte avait la syphilis...

Ma première intuition avait été que tout ne coïncidait pas entre ces deux crimes avec mutilation, et le doute était devenu tellement persistant que c'était désormais presque une certitude. Une certitude prête à causer un problème majeur : il allait falloir trouver non pas un, mais deux assassins démembreurs de femmes.

Tandis que la rubrique faits divers des journaux était en fête et se permettait d'émettre à propos de ce nouveau crime du Boucher de San Isidro les théories les plus folles et les plus terrifiantes (certaines d'entre elles suggérées par le capitaine Fonseca en personne), la zone de tolérance vivait dans un état d'excitation et d'alarme qui était monté d'un cran lorsque, grâce à la photo publiée, on a identifié la victime et qu'on a ainsi commencé à connaître une partie de la vie de la Défunte B.

Au moment du meurtre, Josefina Gómez, que tout le monde appelait Finita, originaire du village de Cárdenas, situé juste à côté de la ville de Matanzas, n'avait que dix-neuf ans. Elle était arrivée à la capitale quelques mois plus tôt, exerçait la prostitution à son propre compte, sans bordel ni souteneur attitré. Elle racolait dans le quartier du port et offrait ses services dans une petite chambre qu'elle louait rue Damas. Grâce à l'aide de quelques-uns de mes collègues de Matanzas, motivés par une curiosité malsaine plus que par le sens des responsabilités, nous avons fini par apprendre qu'elle était arrivée dans la capitale après avoir été expulsée de chez ses parents car elle avait eu des rapports sexuels avant le mariage, devenant ainsi le déshonneur de sa famille. Comme bien d'autres jeunes femmes sans protection ni ressources, elle n'avait eu d'autre solution pour gagner sa vie que de vendre ses attributs physiques, ce à quoi elle s'était consacrée à La Havane. Josefina avait été une belle jeune fille, apparemment discrète et plutôt bien élevée ; les autres prostituées qui avaient été en contact avec elle ne s'expliquaient d'ailleurs pas qu'une telle marchandise ne soit jamais tombée entre les mains d'un proxénète qui, en échange de sa protection, aurait tiré bénéfice de sa production. En dehors de ces quelques informations, nous n'avons guère pu en savoir davantage sur la vie de cette malheureuse.

La confirmation du fait que les deux femmes assassinées selon des méthodes similaires étaient des prostituées avait mis la zone en ébullition, comme il fallait s'y attendre. Tant et si bien que le colonel Osorio m'a demandé de laisser tomber les joueurs et les tripots pour enquêter à temps plein sur les crimes, car ils nuisaient décidément aux affaires, et aussi d'éviter tout heurt avec Fonseca. Mon chef m'a franchement fait savoir que le sort de ces filles lui était bien égal, surtout s'agissant de prostituées : son problème, c'était que les caïds du quartier exigeaient qu'il intervienne et qu'il fasse arrêter le responsable de ces actes qui causaient bien trop de remous dans le coin.

Je dois ajouter que, je ne sais pourquoi, ma première initiative en tant qu'enquêteur a été de demander un nouveau rendez-vous à Alberto Yarini. À l'époque, je n'ai peut-être pas clairement perçu l'origine ou la motivation de ma décision. Aujourd'hui, je le sais : je cherchais son approbation. Je cherchais son estime. Je tentais ma chance, je la convoquais. Je ne voyais plus en Yarini un maquereau, un fanfaron ou un minet, mais une référence.

Le jour où j'ai fouillé la chambre de Josefina Gómez sans y trouver le moindre indice susceptible de me mettre sur une piste, Yarini a envoyé Pepito Basterrechea me dire qu'il m'attendait chez lui, au 96, rue Paula, pour prendre un café. À six heures du soir, il a précisé.

Et à six heures du soir, le 10 janvier – à trois mois pile de la date annoncée de l'arrivée de la comète de Halley –, la domestique, après m'avoir fait signe de rester silencieux, m'a fait entrer dans la salle de séjour où Alberto Yarini, assis au piano face à des partitions, jouait une mélodie à la fois chaleureuse et mélancolique, teintée d'une incontestable touche cubaine, qui était parvenue à mes oreilles avant même que je frappe à la porte. Pour autant que je pouvais en juger, l'interprétation n'était certes pas virtuose, mais elle m'a semblé adéquate, voire passionnée.

À la fin du morceau, il a laissé ses mains en suspension au-dessus du clavier, attendant un bon moment que les cordes aient fini de vibrer. Alors il a refermé le couvercle de l'instrument et s'est retourné pour me regarder avec un large sourire. Sa joie était-elle réelle ou jouait-il sciemment un rôle ?

– C'est la composition d'Ignacio Cervantes que ma mère préfère… *Épiphanie havanaise*… J'ai grandi au son de cette mélodie, m'a-t-il expliqué sans me laisser le temps de dire un mot.

– Très belle, ai-je reconnu.

– Elle est inspirée d'un air que les noirs chantaient le jour des Rois… Ça me détend de la jouer… J'ai l'impression de voyager ailleurs, et surtout dans une autre époque. – Il a passé sa main sur la surface de l'instrument.

– Meilleure ? ai-je pris la liberté de lui demander.

Il a réfléchi quelques instants avant de me répondre.

– Différente, a-t-il enfin lâché. Une époque où tout était plus simple. Mon père voulait que je fasse le même métier que lui. Ma mère pensait que j'étais surtout doué pour le piano et la musique. Moi, j'ai dit que je voulais être avocat… Il ne reste plus rien de ce temps-là.

– Il en reste que tu joues du piano.

Yarini a acquiescé, puis il s'est mis debout et m'a invité à prendre place dans le fauteuil le plus proche, tout en ajustant la ceinture de son peignoir en soie pour s'asseoir dans le siège qui se trouvait de l'autre côté de la table basse, où, sur un plateau d'argent, étaient posées des tasses et une cafetière en porcelaine responsable de l'arôme qui flottait dans la pièce.

– Prenons un café, nous parlerons ensuite si besoin, pendant que je m'habille. Je dois sortir à sept heures. Avec tout ce qu'il se passe en ce moment, ces femmes retrouvées mortes, je dois être particulièrement attentif aux affaires.

– J'imagine, ai-je répondu en prenant la tasse de café tendue par mon hôte.

C'est seulement alors que j'ai remarqué le silence dans lequel la maison s'était retrouvée plongée à la fin de l'interprétation musicale. Où pouvaient bien être les six femmes qui vivaient là ? Étaient-elles déjà au travail ?

– Au fait, par où est-ce que tu vas commencer, Saborit ? m'a demandé Yarini avant d'avaler une première gorgée de café.

Je ne m'attendais pas à cette question précise. En réalité, j'étais venu dans l'intention d'être celui qui pose les questions. Mais il se positionnait dans un angle d'où il m'adressait un avertissement on ne peut plus clair : Yarini était parfaitement au courant de ma mission, peut-être parce que lui-même était intervenu auprès du colonel Osorio pour qu'elle me soit confiée. À l'évidence, Yarini avait toujours une longueur d'avance sur moi et je n'avais d'autre choix que de m'adapter aux circonstances.

– Ce matin, j'ai fouillé la chambre dans laquelle la fille dormait et travaillait, et je n'ai pas trouvé la moindre piste. Mais ce n'est pas là qu'elle s'est fait tuer. Au fait, Fonseca s'est pointé quand j'étais déjà sur les lieux, il a piqué une de ces colères… Ensuite, j'ai parlé à quelques-unes de ses connaissances et à des voisines. Rien de très intéressant à en tirer. Personne ne sait où elle était, avec qui elle est partie, ni quand elle a été vue pour la dernière fois. Autant que l'on sache, elle n'avait ni proxénète ni personne qui lui tienne lieu de fiancé ou d'amant. Josefina était une sorte de fantôme.

Yarini avait hoché la tête à chacune des informations que je lui dévoilais, comme s'il les soupesait pour ensuite les ranger, sauf à la fin.

– Non, elle n'était pas un fantôme… a-t-il dit en reposant sa tasse sur le plateau. Il y avait forcément quelqu'un derrière cette femme. Aucune de celles qui travaillent dans la zone ne le fait à ses seuls risques et périls. Ici, tout ce qui bouge appartient à quelqu'un. Et ce quelqu'un qui avait le contrôle sur la morte n'est pas un de mes collègues, il n'est pas non plus de la bande des Apaches français. Ça, tu peux en être sûr.

– Parce que tu as confiance en la parole de Lotot ?

– Jusqu'à un certain point… seulement jusqu'à un certain point. Mais là, oui, j'y crois.

Cette fois, c'est moi qui ai hoché la tête.

– Bon, eh bien si je pouvais trouver cet homme…

– Qui n'est pas non plus un fantôme, mais un être en chair et en os. Il est lié au quartier, aux affaires, et sa position lui permet d'être parmi nous sans avoir l'air d'un étranger. Réfléchis-y, Saborit, réfléchis-y. – Yarini a souri à nouveau. – C'est peut-être quelqu'un qui fait peur, voilà pourquoi personne ne sait rien. Personne n'ose rien dire.

– Un homme politique ? ai-je lancé au hasard.

– Ne pas écarter cette éventualité, m'a-t-il répondu avant de se mettre debout et d'ajouter : – Ou bien un policier, comme toi, non ? Allez, suis-moi si tu veux continuer à parler. Regarde l'heure qu'il est... je dois m'habiller. Rosa, viens m'aider !

Yarini a crié une nouvelle fois le nom de la jeune femme, puis il s'est dirigé vers la porte donnant accès aux chambres, déjà précédé de Rosa qui, dès le deuxième appel du patron, avait surgi d'on ne sait où ; quant à moi, je l'ai regardé entrer dans la première chambre en dénouant déjà son peignoir. L'invitation m'avait tellement surpris que je suis resté assis, sans trop savoir quoi faire. J'ai fini par me lever, j'ai fait trois pas en direction du seuil de ce couloir intérieur et j'ai tenté d'élever la voix :

– Alberto ?

– Mais entre donc, mon vieux.

J'ai continué à avancer jusqu'à la porte de la chambre pour être le témoin d'un bien étrange spectacle sur lequel je n'ai cessé de m'interroger jusqu'à aujourd'hui sans trouver de réponse véritablement convaincante. Avait-il tout préparé à mon intention ?

Depuis le seuil, j'ai découvert un lit aux dimensions impériales sur lequel étaient posés, dans un ordre bien précis, les vêtements que Yarini allait porter. Au pied du lit, les yeux tournés vers la porte intérieure ouverte sur ce qui pouvait être la salle de bains attenante, Rosa attendait, avec dans ses mains une pièce de tissu blanc qui m'a semblé être un caleçon. Le jeune homme est alors revenu dans la chambre et, tandis qu'il s'approchait de Rosa, je l'ai vu finir de se dépouiller du peignoir qu'il a lancé dans un coin ; lorsqu'il est arrivé devant la jeune femme, il était complètement nu. Pris de court, j'ai reculé d'un pas, persuadé d'avoir commis une intrusion inadmissible dans la vie privée de cet homme, surtout quand je l'ai surpris en train d'attraper le menton de Rosa pour l'embrasser sur la bouche. Mais il s'est alors tourné vers moi, tout sourire, et m'a demandé :

– Tu aimerais connaître un peu mieux Rosa ? Je sais que c'est la Gauchère qui te plaît, mais Rosa...

J'ai pu voir le membre de Yarini, mû par le mouvement, se balancer comme le battant d'une cloche. Je n'en sais pas plus qu'un autre sur les proportions des attributs virils, je connais juste le mien et ceux que j'ai pu observer sur quelques cadavres, mais celui qui pendait entre les jambes de cet homme avait des dimensions et une épaisseur hors du commun. Une bite de ce calibre pouvait expliquer bien des choses.

Les jours passaient, la comète approchait et ma frustration allait grandissant. J'avais beau enquêter, je ne trouvais pas le moindre indice susceptible de nous éclairer. Je sillonnais le quartier, je posais des questions, je soumettais mes réflexions à l'expertise du docteur Torres, je sollicitais fréquemment Yarini, je prenais des notes dans mon carnet, je recoupais les informations glanées et, pour finir, je me retrouvais au même point, avec toujours aussi peu de réponses, davantage d'angoisse éventuellement. À croire, vraiment, que le meurtrier était un fantôme. Pourtant, j'avais de plus en plus la sensation, voire la conviction que l'assassin évoluait dans des cercles proches, qu'il était suffisamment habile (aujourd'hui encore, je refuse de dire intelligent) pour ne pas avoir laissé de traces visibles. Mais ce qui compliquait cette perception était la quasi-certitude, tout aussi latente, de ne pas avoir affaire à un, mais à deux meurtriers, le démembreur original et son imitateur, et cette possibilité décourageait toutes les logiques.

Par chance, mon enquête se déroulait parallèlement à celle du capitaine Fonseca, et j'essayais de rester aussi discret que possible. En effet, les jours passant, la presse, toujours alimentée par les fuites, les arrestations inutiles et les sautes d'humeur de Fonseca, avait fini par s'en prendre à lui et, au passage, à l'ensemble de la Police criminelle, dont les recherches piétinaient drôlement.

Si la presse ne me mettait pas la pression, le colonel Osorio, en revanche, ne s'en privait pas. Parce qu'il devait y avoir quelqu'un pour la lui mettre, à lui. Il faut dire que, entre la nervosité due à l'approche de la comète de Halley et les meurtres du Boucher, le quartier vivait dans une effervescence chaotique, enchaînant les bagarres, les vols, les attaques à main armée, les suicides. San Isidro, désormais impossible à gouverner, prenait les devants sur la fin du monde, l'Apocalypse décrite dans la Bible, ni plus ni moins…

Et alors, une lumière s'est allumée. Ma ténacité a allumé une lumière.

Nous étions le 10 février, un mois s'était écoulé depuis l'assassinat de Josefina Gómez. Ce matin-là, poussé par un je-ne-sais-quoi sorti des profondeurs de mon inconscient, je suis retourné à la morgue pour parler encore une fois à la seule personne à qui confier mes doutes et de qui espérer une réponse intelligente. C'est que j'étais de plus en plus taraudé par l'impression d'avoir toujours eu sous mes yeux quelque chose, une silhouette que je n'avais pas su discerner, une question encore sans réponse, qui, parce que j'avais manqué de perspicacité, s'était égarée.

Allez savoir pourquoi, après avoir épanché sur le médecin légiste mes frustrations professionnelles et personnelles, je lui ai demandé de bien vouloir me laisser vérifier encore les rapports d'autopsie et, tandis que je lisais (pour la dixième fois ?) ces documents, j'ai soudain ressenti un coup à la poitrine. Il y avait là une lumière, ou plutôt une ombre.

– Dites-moi, Torres… Margarita Alcántara, la première morte… à quel moment de l'autopsie vous avez su qu'elle était enceinte de trois mois ?

Le légiste m'a demandé de lui passer le dossier pour y chercher l'information.

– J'ai écrit là qu'elle était enceinte, mais je n'ai pas noté à quel moment je l'ai découvert… et je crois, non, je suis sûr que je l'ai su dès que j'ai examiné ses seins, ensuite j'ai observé son ventre et ses parties génitales.

– Avant de regarder à l'intérieur de son corps ?

– Je crois bien que oui… Elle avait plus que de simples gros seins. C'est à ce niveau-là qu'on peut tout de suite identifier une grossesse, au niveau des tétons… Mais il m'a fallu l'autopsier pour en avoir la confirmation, bien sûr.

– Bien sûr, bien sûr… Maintenant, attendez, lui ai-je demandé avant de farfouiller dans mon carnet de notes pour y trouver la clé susceptible de m'éclairer. Oui, voilà, c'est ici… Une semaine avant de se faire tuer, Margarita est allée se faire examiner à deux reprises au Dispensaire… Si vous l'aviez examinée… vous auriez remarqué qu'elle était enceinte ?

La pâleur maladive de Torres s'est encore accentuée. Il a avalé sa salive. Oui, la lumière nous éblouissait.

– N'importe quel médecin… qui plus est un gynécologue, bien sûr, l'aurait remarqué. Un toucher vaginal le lui aurait confirmé sans la moindre ambiguïté.

– D'après les registres, elle a été auscultée à chaque fois par le docteur Bencomo… C'est ce même docteur Bencomo qui a identifié le cadavre. Et il n'aurait pas vu ce que vous avez vu ? Lui, qui l'avait reçue en tant que gynécologue, n'a pas été capable de remarquer sa grossesse ?

Deux jours après avoir eu cette inspiration révélatrice et mené quelques recherches supplémentaires, je me suis senti prêt à faire part de mes soupçons parfaitement fondés au colonel Osorio. En écoutant mes raisonnements, étayés par les avis du docteur Torres, le chef s'est montré tellement convaincu qu'il a décidé que ce serait lui qui prendrait la tête de l'opération. Je n'ai pas eu moyen de m'y opposer et, à vrai dire, j'étais plutôt content : si nous faisions fausse route, les conséquences risquaient d'être fort désagréables. Si nous visions juste, il pouvait bien me voler la vedette, je m'en fichais. Pour être franc, malgré mon intime conviction, je manquais de preuves pour transformer mes soupçons en certitude.

La stratégie conçue par Osorio consistait à rester silencieux pour ne pas que l'oiseau s'envole, puis de frapper un coup rapide qui nous permettrait d'obtenir des preuves irréfutables, si tant est qu'elles existent. Le premier pas pour y parvenir était d'obtenir un mandat du procureur pour perquisitionner la maison du médecin. J'avais porté à la connaissance du colonel le fait que le docteur Bencomo, veuf depuis plusieurs années, vivait seul avec sa mère, également veuve, dans une demeure coloniale d'El Cerro. Ce quartier avait été l'un des refuges hors les murs de la bourgeoisie fin XIXe, mais il était de moins en moins prisé depuis l'essor du Vedado, une cité-jardin moderne. À quarante ans, le médecin, qui avait encore fière allure, ne s'était pas remarié et, autant que l'on sache, il n'avait pas de compagne stable ou notoire. L'emplacement de la bâtisse – je l'avais observée depuis la rue – dans cette zone en hauteur et à l'écart de la ville, ainsi que l'existence d'un long couloir au bout duquel s'élevait la solive d'un entrepôt, créait des conditions propices pour que le meurtre ait eu lieu là-bas et que le cadavre y ait été caché pendant plusieurs jours.

Le lendemain matin, après avoir obtenu le mandat du procureur et profitant du fait que le médecin était de garde au Dispensaire, nous nous sommes rendus à El Cerro. Nous étions toute une équipe d'enquêteurs – le colonel lui-même, le légiste Torres, le sergent Nespería et moi – à prendre place dans la Ford d'Osorio, bien décidés à dénicher la preuve irréfutable destinée à confirmer ce qui semblait de plus en plus indiscutable : que Bencomo était lié au meurtre de Margarita Alcántara ou, pire encore, qu'il était lui-même l'assassin.

L'employée de maison qui nous a ouvert la porte de la demeure était une jeune femme qui, m'a-t-il semblé, n'avait même pas quinze ans et s'est mise à trembler en comprenant qui nous étions. Sans dire un mot, elle a couru vers l'intérieur sombre de la maison, d'où nous avons vu sortir la mère du médecin, une femme d'une soixantaine d'années, peut-être plus, encore solide, qui nous a posé des questions sur un ton insolent. Le colonel s'est approché d'elle, lui a montré son mandat et, sans même lui en demander l'autorisation, est entré dans la maison. Osorio a exigé de la dame et de son employée de maison de rester avec lui dans la salle à manger et nous a ordonné, à Torres, à Nespería et à moi, de débuter la perquisition.

Comme convenu, je me suis immédiatement dirigé avec mes collègues vers le couloir latéral menant à l'entrepôt. Les battants de la porte étaient fermés par une chaîne retenue par un cadenas. Sans y réfléchir à deux fois, à l'aide d'une barre de fer que j'avais repérée dans le couloir, j'ai forcé le cadenas et nous avons ouvert les portes. Une forte odeur d'eau de Javel nous a frappés au visage, nous laissant entendre que nous avions visé juste et fait mouche. Margarita Alcántara était probablement morte ici… La machette retrouvée sur une poutre, où

Torres a vite identifié des traces du sang de la défunte au niveau du manche, était la preuve irréfutable qui serait versée au dossier de l'accusation lors du procès pour meurtre qui, si la comète de Halley le permettait, serait bientôt ouvert contre le docteur Anastasio Bencomo.

Les aveux de Bencomo ont permis d'en savoir davantage sur les circonstances de la mort de Margot, mais une question restait en suspens : était-il vrai qu'il n'avait pas tué aussi Josefina Gómez ? Son imitateur supposé était-il, comme il le prétendait, juste un gars jaloux de sa dextérité ?

Le colonel Osorio, que la presse avait sorti de son obscurité ou sauvé des critiques sur son travail pour en faire une espèce de bienfaiteur de la ville, n'avait eu d'autre choix que de m'autoriser à participer aux interrogatoires. Lors de sa conférence de presse, face aux journalistes spécialisés dans la chronique des faits divers, il s'était attribué de façon éhontée, sans une once de modestie, les premiers soupçons ayant pesé sur le docteur Bencomo, qui pouvait bien être le Boucher de San Isidro, l'auteur des deux dépeçages sanglants. Grâce à ma présence, le colonel comptait aussi obtenir l'information qui lui permettrait de ficeler une affaire solide, comme promis au procureur qui, soit dit en passant, se vantait lui aussi en public de son efficacité, de sa rapidité et de son engagement au service de la justice. Un cirque.

Les deux premiers jours après son arrestation, Bencomo est resté plongé dans un mutisme offensé, nous accusant même de chercher un bouc émissaire, comme cela était déjà arrivé avec les autres suspects arrêtés par Fonseca. Mais, une fois que les examens pratiqués par Torres eurent révélé sans le moindre doute la culpabilité du médecin, Bencomo s'est effondré. Durant toutes mes années passées dans la police, je n'ai plus jamais assisté à de tels aveux : il a révélé chaque détail avec une telle distance et une telle froideur qu'on aurait pu croire qu'il racontait les agissements d'une tierce personne, et non les siens.

Bencomo avait effectivement été ce client qui promettait une nouvelle vie à Margarita Alcántara. Sauf qu'il n'allait pas lui rendre visite au bordel, il obtenait même ses services gratuitement. Depuis des mois, c'était au Dispensaire qu'il la voyait, et ce qui, dans un premier temps, n'était autre qu'un abus de pouvoir était bien vite devenu une addiction. Bencomo était peut-être même tombé amoureux de la prostituée, dont on connaissait déjà les talents en matière d'amour, d'où leur manque de vigilance qui avait conduit à la grossesse de cette dernière. Lorsque le médecin avait découvert que la jeune femme était enceinte, il lui avait proposé un avortement rapide et discret, mais il avait enchaîné tant de promesses durant ses mois de relations avec Margot que la pauvre fille s'était rebiffée et lui avait fermement demandé de tenir ses engagements (forte, peut-être, de son ascendant sexuel sur notre homme). Le médecin avait eu beau lui proposer des alternatives, elle n'en démordait pas : qu'il assume ou non ses responsabilités, elle s'en fichait, elle poursuivrait sa grossesse, mais elle l'avait également prévenu que, le jour où elle ne pourrait plus cacher son état, elle raconterait à ses proxénètes qui était le père de son enfant, ce qu'il faisait dans l'annexe du Dispensaire, et Bencomo pouvait imaginer les conséquences de ces révélations. Les souteneurs n'aiment pas qu'on utilise leurs femmes sans les payer, encore moins qu'on les prive de revenus pendant plusieurs mois. Yarini ne le lui pardonnerait pas. Cette affaire sonnerait le glas de la carrière de Bencomo.

Le médecin s'était alors décidé à résoudre cette affaire une bonne fois pour toutes. Il n'avait pas eu grand mal à faire venir Margot chez lui, où il l'avait tenue cachée deux jours durant dans l'entrepôt, comme s'il s'agissait du début d'une nouvelle vie. Sa mère et l'employée de maison étaient au courant, bien évidemment, de la présence de la jeune femme, et plus tard de son absence, dont on apprendrait bientôt la raison, même s'il leur avait juré qu'elle était retournée saine et sauve dans son bordel. Non, il n'était pas le coupable des faits. Bencomo leur avait raconté que Margot était là parce qu'il l'avait mise à l'abri de son proxénète, un homme cruel qui menaçait de la tuer et qui l'avait peut-être punie pour sa tentative d'évasion. Il ne fallait donc surtout rien dire, afin d'éviter les ennuis avec le souteneur et avec la justice.

Le jour où Bencomo avait tué Margarita Alcántara, il n'avait pas encore l'intention de la tuer. En tout cas, pas là et pas comme ça : dans l'entrepôt attenant à sa maison et à coups de machette. Il n'avait pas de plan précis, en revanche il avait pris sa décision, a-t-il avoué. Tout s'était accéléré parce que, cette nuit-là, Margarita s'était mise à hurler, exigeant de lui qu'il la laisse sortir et qu'il affronte la situation. Pour qui elle se prenait, cette pute ? De quel droit elle le menaçait ? Elle pensait vraiment qu'il allait tout assumer et l'épouser ? Un médecin avec une pute ? Un médecin qui risquait de perdre son métier à cause d'une traînée ?

Le docteur avait dit à Margarita qu'il avait loué une maisonnette à Arroyo Naranjo, pour qu'elle y passe le reste de sa grossesse. Puis ils avaient eu des rapports sexuels. De qualité, avait précisé Bencomo avec la froideur qui était la sienne. Ils étaient encore nus quand Bencomo était allé chercher la machette qu'il avait auparavant pris le soin d'aiguiser et, au premier coup, il avait failli lui arracher l'épaule gauche et le bras. Le deuxième coup l'avait décapitée. Le reste n'avait pas posé de problème. En tant que médecin, il savait où trancher.

Ce que Bencomo ignorait, c'était quoi faire des restes trucidés, raison pour laquelle ils avaient passé trois jours dans un coin de l'entrepôt, par terre, comme de vulgaires déchets. Pendant ce temps, l'assassin cherchait un moyen de se débarrasser du cadavre une bonne fois pour toutes. Après avoir mis les restes dans des sacs en toile de jute, il avait loué une carriole tirée par un âne à un vendeur de fruits et légumes qui avait un jardin à l'extérieur de la ville, dans une zone nommée Palatino. Son projet était de jeter le cadavre à la mer mais, en passant par le quartier des murailles et en constatant que l'endroit était désert, il avait décidé de ne pas prendre plus de risques et avait déposé les sacs là où le mendiant les avait ensuite trouvés. Bencomo était certain de ne pas avoir laissé de traces car il avait manipulé le cadavre avec des gants, il ne voyait pas comment on aurait pu faire le lien entre lui et le crime, et puis personne ne s'intéresserait à la mort d'une pute. Et il était toujours persuadé qu'on finirait par oublier tout ça quand le cadavre d'une autre prostituée, également démembrée, avait été découvert. Dès lors, ce qui jusque-là n'avait été qu'un crime cruel mais isolé, dont on parlait de moins en moins, devenait une affaire majeure et l'enquête était relancée. Celui qui l'a mis dans de beaux draps, a-t-il déclaré – non sans raison –, c'est l'homme qui, Dieu sait pourquoi, a tué Josefina Gómez en imitant la façon dont Margarita Alcántara était morte. Car dans ce pays peuplé d'envieux – a conclu le docteur Anastasio Bencomo –, les gens vont jusqu'à envier un meurtre bien fait, et c'était bel et bien à cause d'un envieux qu'il se retrouvait là aujourd'hui, en train d'avouer ses fautes tout en réfutant avec emphase celles qui, d'après lui, ne lui étaient pas imputables.

Que Bencomo cherche à se disculper de la mort de Josefina Gómez, tout le monde s'en fichait. Il avait beau dire, il fallait qu'il soit le Boucher tueur de putes. Côté police, nous avions trouvé un assassin et, visiblement, c'était amplement suffisant. La tension est redescendue et les gens se sont remis à respirer, soulagés. Pendant ce temps, la presse s'acharnait sur cet épouvantable criminel jusqu'à ce qu'il n'y ait plus rien à tirer de son histoire. Et, vers la même date, l'annonce par des sources toujours plus autorisées et fiables que la planète allait encore une fois éviter le choc avec la comète de Halley a eu l'effet d'un baume qui a fini de calmer la ville. Ou de l'agiter. Il y avait désormais encore plus de raisons de s'amuser, de danser, de boire, de voler, de jouer, de baiser.

Et le 10 avril de cette terrible année 1910, le jour annoncé durant de longs mois comme le dernier de la vie sur Terre, tandis que la ville débordait de joie, le bordel de luxe d'Alberto Yarini et Nando Panels a été le théâtre d'une petite fête privée : on y célébrait les adieux à la comète et ma promotion au rang d'inspecteur de la Police nationale, pour me récompenser d'avoir découvert l'identité du Boucher de San Isidro.

Une seule personne pouvait avoir eu l'idée de cette célébration : *mon ami* Yarini. Comme il l'a dit lors du discours qu'il a prononcé en pleine bombance, je cite aussi littéralement que possible :

– L'inspecteur Arturo Saborit est mon ami et tout le monde dans ce quartier, dans cette ville, doit savoir ce que cela signifie. Maintenant que nous commençons à compter à nouveau les jours de ce monde, je veux vous rappeler qu'il y a, qu'il y a eu et qu'il y aura toujours des choses qui sont sacrées, qui pour moi sont sacrées. Et le mot "amitié" en fait partie. Santé, mon ami Saborit ! – Il a crié, levé son verre, m'a serré la main et, sans me la lâcher, a ajouté quelques mots qui, sur le coup, m'ont causé une grande fierté, puis une grande inquiétude. – Je te souhaite bien du succès dans ton travail !... Je te vois déjà dans la peau du chef de la police que nous méritons !

Cette nuit terrible, dont plus personne ne se souvient aujourd'hui car la comète de Halley ne nous avait pas frappés de plein fouet et la fin du monde n'avait pas eu lieu, j'avais franchi l'avant-dernière étape dans l'édification de mon destin. Je me suis senti *l'ami* d'Alberto Yarini, je me suis vu m'élever à des hauteurs que je n'aurais jamais imaginées... Et je suis passé à l'étape suivante un peu par inertie : le pas en avant que tu fais sans en avoir envie, et pourtant tu dois le faire car tu ne peux plus t'arrêter.

6

C'était son premier lundi soir et la soirée se déroula comme il s'y attendait : un nombre contrôlable de clients se retrouva à La Dulce Vida, qui avait l'air d'un endroit calme après les séances intensives du week-end. L'Homme Invisible prit sa nuit de repos, et ni lui ni son entourage ne se montrèrent. Les Suspects Habituels ne vinrent pas non plus, et Conde, qui avait de la fatigue accumulée, se sentit reconnaissant pour cette trêve.

Depuis son coin préféré il tua l'ennui bienvenu en observant le groupe d'Américains, jeunes en majorité, plusieurs d'entre eux noirs (afro-américains, Conde), peut-être attirés par l'imminente visite de leur président. Les touristes avaient réuni trois tables et il se dit qu'à eux seuls ils garantissaient la santé commerciale de l'établissement ; ils engloutissaient de la nourriture, du vin, des mojitos et des daïquiris comme s'ils participaient à une compétition. Entre deux gorgées et deux bouchées, ils fumaient des havanes de grandes marques d'une façon qui semblait grossière à Conde : ces cigares méritaient une crémation rituelle, pas cette incinération folklorique et exhibitionniste. Pour les visiteurs, l'île était synonyme de détente, ils adoraient La Havane. Leurs dollars les faisaient se sentir puissants. Et depuis son poste d'observation, Conde, parce qu'il ne pouvait pas s'empêcher de le faire, tenta de calculer en gros le montant de ce qui était consommé (sans y inclure les cigares), il estima le pourboire à dix pour cent et le résultat lui sembla vertigineux… Avec le montant de ce pourboire, un Cubain normal (ce n'était pas son cas) pouvait tenir plusieurs mois. C'était bien la preuve, conclut-il : son pays était plusieurs pays et, dans certains de ces pays, on vivait mieux que dans d'autres. Et avec un demi-million de dollars ?

Le vigile décida alors de profiter du calme de la soirée et, avec quelques feuilles blanches qu'il avait demandées à Yoyi, il se réfugia à la table la plus isolée de l'endroit, déserte en ce lundi soir. Malgré lui, il se sentait entraîné par le tour pris par l'enquête et l'entrée en scène imprévue de Napoléon Bonaparte en personne rendait l'attraction encore plus forte.

Comme il en avait l'habitude quand il était policier, il commença à noter des noms (il ouvrit la liste avec Reynaldo Quevedo et Marcel Robaina) et il établit des relations à partir de mots clés : liens familiaux, commerciaux, personnels. Il disposait à présent, en plus, des maigres informations que le lieutenant Miguel Duque lui avait communiquées durant la conversation qu'ils avaient eue en fin d'après-midi, quand Conde se préparait à partir au boulot.

Selon ce que Duque avait pu apprendre lors de la rencontre avec les proches (qui avaient confirmé l'identité du défunt), au cours du séjour de Marcel Robaina à Cuba, Irene l'avait vu en une seule occasion, justement dans l'appartement de son père. Marcel et Quevedo avaient toujours gardé de bonnes relations, qui remontaient aux années 1970, avait-elle confirmé. Elle avait même précisé qu'elle avait connu le jeune Marcel par l'intermédiaire de son père et avait assuré qu'elle avait bel et bien cru, pendant des années, qu'il était véritablement un agent de la Sécurité d'État et que son emploi de travailleur civil dans une entreprise militaire n'était qu'une couverture. Même si, en fait et avec le recul, elle ne pouvait pas préciser aujourd'hui si elle tenait pour acquis qu'il était un officier des services secrets ou l'un de leurs nombreux collaborateurs ou informateurs. Avec Marcel et ce genre de questions, rien n'était certain : il avait toujours été un vantard et un mythomane professionnel, dont même sa femme ne pouvait confirmer les affiliations. Quand Marcel avait fui Cuba, Irene et lui étaient déjà séparés depuis longtemps et, à cause de cela, ils avaient à peine été en contact pendant toutes ces années d'éloignement et, justement parce qu'elle croyait qu'il était un ex-agent de la Sécurité, Irene avait été très surprise d'apprendre qu'il allait revenir à Cuba. De plus, avait-elle précisé, quand elle s'était chargée de la vente de certaines œuvres d'art de son père, elle l'avait toujours fait sans passer par Marcel et avait surtout traité avec des diplomates en poste dans l'île.

De son côté, Osmar avait, lui, maintenu la communication avec Marcel et, depuis plus de dix ans, quand il se chargeait de vendre les tableaux de son grand-père, il envoyait à son père certaines des œuvres dont Quevedo décidait la vente, dans un ordre préférentiel : les moins bien estimées étaient parties en premier. Huit œuvres en tout, avait-il précisé, et il avait ajouté que l'accord passé entre eux prévoyait de laisser quarante pour cent du prix de vente au vendeur, et que même ainsi le prix obtenu était correct, car Marcel (un vieux briscard en affaires, selon le jeune homme) négociait de meilleurs prix que ceux que l'on pouvait obtenir sur l'île. Osmar était, bien entendu, au courant de l'état de santé précaire de sa grand-mère, la mère de Marcel, et des démarches pour le voyage de son père, qui avaient été facilitées par un contact de Quevedo, grâce auquel il avait pu obtenir le passeport cubain requis avec l'autorisation nécessaire pour revenir dans le pays. À sa connaissance, il n'avait pas été question de profiter de la visite de Marcel pour finaliser la vente d'autres tableaux, même s'il n'écartait pas l'hypothèse. Les dépenses de Quevedo avaient augmenté (à présent tout le monde connaissait une des causes de ces dépenses inconsidérées) et, à cause de cela, le rythme des transactions s'était accéléré. Le jeune homme avait participé à deux rencontres entre Quevedo et Marcel, et on y avait parlé, bien entendu, de la disposition de l'émigré à poursuivre son rôle d'agent de vente, mais en terme généraux, sans objectifs immédiats précis. En plus, si le rythme augmentait trop, la mine menaçait de s'épuiser. Mais, évidemment, Osmar ne pouvait attester si son grand-père et son père avaient eu d'autres conversations, et encore moins à quel propos.

Pour Irene, l'annonce que son père était homosexuel avait été un coup de massue, et plus encore le fait d'apprendre qu'il avait recours aux services payants de Victorino le prostitué. Un jeune homme qui, pour comble de l'humiliation, était le petit-fils d'Aurora, la femme de ménage. De son côté, Osmar avait confirmé qu'il était au courant et qu'il avait honte du fait que Quevedo achète des services sexuels et, apparemment, soit même tombé amoureux de Victorino, à en croire tout l'argent qu'il y gaspillait. Les fois où ils avaient abordé le sujet de l'argent, le grand-père lui avait clairement dit qu'il utilisait son fric comme cela lui chantait. Et Osmar l'avait laissé faire : il lui semblait préférable que celui qui prodiguait lesdits services sexuels soit Victorino, sur lequel le garçon pouvait exercer un certain contrôle, qui avait un lien de parenté avec Aurora et qu'Osmar tenait pour quelqu'un d'honnête. Il a dit *honnête* ? Oui, il a dit honnête, avait confirmé le lieutenant Duque. Conde, qui, quelques semaines plus tôt, obsédé par le mot "honnêteté", avait eu la curiosité de chercher dans un de ses dictionnaires ses sens précis, avait été lui-même surpris de constater qu'Osmar avait peut-être raison, aussi bizarre que cela paraisse, si l'on considérait que l'honnêteté pouvait constituer la "qualité de celui qui est fidèle à ses obligations et ses engagements conformément à son état et sa condition". C'est-à-dire que l'on pouvait considérer Victorino comme un *pinguero* honnête puisqu'il agissait conformément à son état et à sa constitution de prostitué, non?… Quelque chose n'allait pas: le dictionnaire ou lui-même, se dit-il. Ou cette foutue honnêteté.

Comme Conde le lui avait dit, Duque avait demandé à la mère et au fils s'ils savaient quelque chose de la relation du grand-père avec une poétesse appelée Natalia Poblet qui, d'après ce qu'il avait compris, s'était suicidée à la fin des années 1970. Non, cela ne leur disait rien, avaient-ils déclaré. Et le lieutenant, même si cela lui semblait excessif, s'était enquis d'un objet quelconque lié à Napoléon Bonaparte qui aurait pu être en la possession de Quevedo. Surpris, mère et fils avaient également nié savoir quoi que ce soit là-dessus. À la fin de la conversation, sans que Conde le lui demande, le lieutenant Duque avait avoué qu'il avait l'impression que les pistes se refermaient et donné son sentiment sur la rencontre qu'il venait d'avoir: à son avis, Irene et Osmar avaient été sincères dans leurs déclarations. Conde, pour sa part, avait encore des doutes là-dessus. Quelqu'un mentait. Et Aurora? Parler avec Aurora s'imposait.

Tout en essayant de tracer sur le papier les lignes reliant ses personnages, Conde regretta de ne pas avoir été présent lors de cet entretien. Il y avait des détails et des liens que le lieutenant Duque connaissait mal et qui méritaient toujours qu'on aille y voir de plus près. Parce que, même s'ils considéraient comme le plus plausible que les meurtres soient liés à une transaction louche ou ratée, l'acharnement et la cruauté qu'ils montraient, l'existence des castrations faisaient penser au libraire qu'il existait très probablement un lien avec le passé, que ce fût celui de Quevedo le répresseur ou de Marcel et son personnage de faux agent de la Sécurité. Ou de tous les deux. De types pareils, on pouvait s'attendre à n'importe quoi, en mal, bien sûr.

Sur la feuille les lignes reliaient les noms de Quevedo et de Marcel, et à un autre niveau ceux d'Irene, Osmar, Victorino et Aurora, avec un blanc pour d'autres ajouts possibles, parmi lesquels il avait envisagé Sindo Capote et Natalia Poblet, mais il ne les avait finalement pas notés parce qu'il lui semblait ridicule de ne signaler que deux noms, dont celui d'une morte, dans une liste qui pouvait comprendre des dizaines de victimes de Quevedo. Plus bas, les motifs virtuels des assassinats : œuvres d'art, vengeance, objets précieux, pratiques sexuelles extrêmes, rituel plus ou moins satanique ? Puis, sentant que sa liste était trop maigre, il rajouta les éléments les plus évidents : mutilation, dépôts d'ordures, homosexualité, chantages. Et bien qu'il ait commencé à l'écarter comme mobile, il finit par inclure l'héritage, même si la férocité des crimes faisait qu'il lui était difficile d'imaginer Osmar comme en étant l'auteur, mais sans écarter la possibilité que quelqu'un d'aussi décérébré que créatif les ait commis pour lui, pour jouir avec lui des bénéfices. On avait déjà vu des choses pires... Et tout en bas, il accumula les questions : quels avaient été les liens, en plus de ceux que l'on connaissait déjà – familiaux, commerciaux, héréditaires –, entre les deux victimes ? Le motif des assassinats était-il à rechercher dans le passé ou le présent ? Pourquoi l'un d'abord et l'autre ensuite ? L'ordre était-il logique ou arbitraire ? Où était resté pendant quatre ou cinq jours le cadavre de Marcel ? Et Napoléon dans tout ça ? Et tous ces pénis tranchés, pourquoi ?

Conde traça les derniers points d'interrogation et ferma les yeux pour réfléchir. Il ne percevait aucun des avertissements physiques habituels, même s'il savait que tournait autour de lui une autre de ces prémonitions qui s'étaient multipliées ces derniers jours et servaient à lui signaler à quel point il était investi dans l'enquête. Comme s'il avait été de nouveau un putain de flic. Mais il savait que, comme le lieutenant Duque, lui aussi était perdu, sans boussole, sans rien de concret ou de prometteur à quoi s'accrocher. Et il sursauta quand il sentit la main qui se posait sur son épaule.

– T'es dans tes rêves, man ?

– Putain, Yoyi… Non, j'étais en train de penser. À Napoléon, dit-il pour dire quelque chose.

Yoyi secoua la tête (Conde et ses histoires) et tira une chaise pour s'installer à la table.

– Celui de Waterloo ?

– Plus tard, celui de Sainte-Hélène. Tu savais qu'à sa mort, on lui a coupé la queue ?

– Nooon… pour quoi faire ?

– Je ne sais pas, mais, chlac, on la lui a coupée et, il n'y a pas longtemps, il y a des gens qui la vendaient. Il y a un marché pour ce genre de choses.

– Les gens sont prêts à acheter n'importe quelle merde. Même une vieille bite qui pisse même plus.

– Exactement… Et au fait : tu n'as pas entendu parler d'un truc de Napoléon que quelqu'un voudrait vendre ou acheter ?

Yoyi sourit.

– Les couilles, par exemple ?

– Je te pose la question sérieusement… Je ne t'avais pas dit qu'il y a un autre mort dans l'histoire de Reynaldo Quevedo. Son ex-gendre. Et à lui aussi on a coupé le zob.

– Putain, Conde ! Mais c'est quoi, cette histoire ?

– Et quelqu'un de proche a déclaré qu'il avait entendu quelque chose à propos de la vente possible d'un truc lié à Napoléon. Un truc qui peut valoir un paquet de fric… Et cette valeur le rend important, je crois.

Yoyi regarda son vieil associé et ami. Puis il regarda sa montre. Enfin il leva la main en direction du bar et, comme les joueurs de base-ball, tendit l'index et le petit doigt : deux.

– C'est mort pour aujourd'hui… je t'offre un verre parce que j'ai l'impression que tu en as besoin, et ensuite je te ramène chez toi.

– Impec. J'ai besoin de boire un bon coup et d'aller dormir. Rêver peut-être, admit Conde en pensant à Ray

Bradbury, et, avec un clin d'œil, le serveur posa devant lui un double rhum vieux qui ressemblait à un triple. Conde et Yoyi trinquèrent.

– Merde, Conde, à chaque fois que tu te mêles d'une de ces histoires, les choses se compliquent.

– C'est vrai. Mais ce n'est pas de ma faute, s'auto-acquitta l'accusé. Tout ça baignait déjà dans la merde. Et même si je suis encore plus paumé que l'honnêteté, j'ai la prémonition que ça va puer encore plus.

– Et ton pote Manolo, il en dit quoi ?

– Manolo, la seule chose qu'il veut c'est qu'Obama se pointe et reparte au diable, parce qu'il n'a plus de vie. Mais on s'en fout, s'il est pas content, il a qu'à pas être flic, lança Conde avant d'avaler d'un trait le reste de son verre. Ce rhum méritait qu'on l'honore comme ça. Et, si possible, d'être suivi d'un post-scriptum.

La sonnerie du téléphone le réveilla en sursaut du sommeil profond qu'il était parvenu à trouver passé quatre heures du matin. Désorienté, il ouvrit un œil pour constater qu'il était à peine plus de sept heures et il sut qu'une mauvaise nouvelle et une journée de merde l'attendaient. Résigné, il ne pesta même pas quand il roula sur le matelas pour tendre la main et décrocher.

– Oui ! cria-t-il presque.

– Conde, c'est moi.

Il reconnut aussitôt la voix de Manolo et ne sut pas s'il était soulagé ou s'il avait envie de tuer son ex-collègue. Non, il ne pouvait pas croire que Manolo l'appelle à une heure pareille pour quelque chose en lien avec l'enquête.

– Conde, tu m'entends ?

– Oui, Manolo, alors, qu'est-ce qui se passe ? Encore un mort châtré ?

– Oui, un autre… Non, en fait, non… Merde, Conde, le Vieux est mort.

Durant les dix ans où il avait été policier, Mario Conde en avait passé huit comme enquêteur criminel sous les ordres du major Antonio Rangel. À l'époque, déjà lointaine, de plus en plus floue et étrange, où leurs existences s'étaient croisées, Conde avait autour de trente ans et Rangel approchait de la soixantaine. En ce temps-là, le chef du Commissariat central des Enquêtes criminelles portait en général des vestes d'uniforme soigneusement repassées dont sa femme María Luisa ajustait les manches pour qu'on voie bien saillir les biceps que Rangel musclait assidûment à la salle de gym. Même si le major était fier de son excellente condition physique et qu'à l'époque il était plus jeune que le Mario Conde d'aujourd'hui affligé par la douloureuse nouvelle, son subordonné rebelle ne l'appelait que le Vieux. Et le major laissait faire. À dire vrai, il laissait faire beaucoup de choses à son subordonné parce que le chef de police (le meilleur du monde, décréterait Conde) savait que ce type débraillé et toujours prompt à protester, hétérodoxe et avec l'exotique aspiration d'écrire des histoires émouvantes et dépouillées comme celles de son Salinger adoré, était l'enquêteur criminel le plus perspicace et inspiré avec lequel il avait travaillé et travaillerait jamais. Et parce que, avant d'être policier, ce désastre ambulant était, par-dessus tout, *un homme*, dans le strict sens éthique, supragénérique et cubain de l'expression. Quelqu'un d'honnête, dans un autre (meilleur) sens du mot.

En cela, même si en termes de comportements et de goûts Conde et Rangel avaient été des personnalités très opposées, ils partageaient pour l'essentiel les mêmes principes et valeurs, et ils valorisaient par-dessus tout la fidélité, forme supérieure de la fraternité. Dans leurs années de travail en commun, Conde et Rangel avaient connu une satisfaisante affinité professionnelle qui, de plus, avait cimenté une complicité à l'épreuve des explosions atomiques. Et c'étaient l'existence de cette relation d'amitié (où se cachait une part de relation père-fils) et l'inébranlable sens de la loyauté que tous deux pratiquaient, les raisons pour lesquelles Mario Conde avait fini par démissionner de la police quand le major Antonio Rangel avait été obligé de prendre une retraite anticipée pour échapper à temps à une révocation aussi injuste que certaine. La cause de la punition : Rangel avait fait confiance à certains de ses subordonnés et ceux-ci, aussi indignes que corrompus, l'avaient trahi.

Ensuite, tandis que Conde se recyclait dans une vie d'acheteur et vendeur de livres d'occasion, Rangel avait vécu le purgatoire de sa marginalisation et de sa condamnation en se refusant le ballon d'oxygène consistant à passer quelques coups de fil pour, de façon certaine, retrouver un travail, y compris lucratif, comme d'autres de ses ex-collègues officiers, devenus gérants et dirigeants d'entreprises bien dotées dont ils tiraient de plus gros profits que ce qu'ils auraient dû. Et, depuis sept ans, le purgatoire de Rangel était devenu le pire des enfers quand un accident cardio-vasculaire lui avait grillé le cerveau pour le laisser dans un état semi-végétatif qui l'empêchait de parler, pratiquement de bouger, et y compris d'opter pour la solution peut-être plus digne du suicide.

Au long de toutes ces années de décadence, le seul camarade de travail à avoir systématiquement gardé des liens proches avec l'autrefois puissant Antonio Rangel avait bien entendu été Conde. Chaque fois qu'il le pouvait, ou chaque fois qu'il avait besoin d'un conseil policier, l'ex-lieutenant rendait visite à l'ex-major dans sa maison à l'est de la ville. Pour Rangel, devenu un jardinier obsessionnel, l'arrivée de son ami se transformait en fête. Rien que parce qu'il s'agissait, justement, de son ami, son complice. Et depuis que l'accident cérébral l'avait laissé prostré, les visites régulières de Conde avaient dû être, selon ce que tout le monde supposait, l'un des meilleurs cadeaux que le vieillard – cette fois il était vraiment vieux, et en plus en sale état – pouvait recevoir. Seulement comparable avec les séjours périodiques de ses deux filles et de ses petits-enfants émigrés, la famille grâce au soutien financier de laquelle il avait pu y avoir une certaine aisance matérielle pour les très tristes dernières années du Vieux, le major Antonio Rangel.

Sur le chemin du funérarium, Conde portait deux poids : celui de la douleur et celui de la rancœur. Mais il décida de ravaler l'un et l'autre, et de ne les montrer à personne. En arrivant, il s'approcha de María Luisa, l'éternelle compagne du Vieux, et se contenta de l'embrasser sur la joue et de serrer ses mains dans les siennes. Il n'y avait rien à ajouter. Puis il alla voir les deux filles de son ami et les embrassa à leur tour en murmurant "désolé". Et il alla se réfugier dans un coin de la chambre mortuaire, pour y ruminer ses peines, regretter de ne pas avoir rendu visite ces deux derniers mois à l'ami défunt. Quel désastre : il n'avait même plus assez d'argent pour commander une couronne de fleurs. Il demanderait à Tamara, si elle arrivait à temps aux obsèques, après ses dernières démarches pour le voyage.

Conde détestait viscéralement les veillées funèbres. Il trouvait que c'était un acte social pervers que les proches et les personnes en deuil étaient obligés de supporter en exhibant leur douleur en public. Lui avait déjà pris la décision : quand ce serait son tour, il voulait qu'on le brûle et que la personne qui s'en chargerait, quelle qu'elle soit, ne prenne même pas la peine de jeter ses restes dans la mer de l'île qu'il avait tellement aimée, sur le rivage de laquelle il aurait voulu vivre toujours, pour y aimer une femme et écrire ses histoires aussi émouvantes que dépouillées. Rien à foutre de tout ça, y compris de la mer : que, sans compassion, on jette ses cendres dans la cuvette des chiottes. Au bout du compte, quand on est mort on est mort, et le reste, qu'est-ce qu'on en a à foutre du reste.

Deux heures plus tard, le visage marqué par la tristesse et la fatigue, Conde vit débarquer Manolo. Au soulagement de tous, il était en civil, peut-être à cause de ses missions en cours pour garantir la sécurité des visiteurs compliqués attendus dans le pays le jour même. Manolo alla voir María Luisa et les filles de Rangel, leur exprima ses condoléances et, avec l'allure d'un chien battu, se dirigea vers le coin où il avait repéré Conde.

– Encore heureux que tu aies pu venir.

Conde lui serra la main.

– Il fallait que je vienne... Une demi-heure, je ne peux pas plus, mais il fallait que je vienne... Et on va apporter deux couronnes. Une de ma part, et une autre de la tienne. Dans la pépinière où ils les font, ils m'ont dit qu'il n'y avait plus de fleurs. Ils disent ça pour les vendre au noir.

– C'est comme ça que ce pays fonctionne, vieux frère.

– Mais moi je me suis mis en rogne, je leur ai dit que j'allais leur envoyer la brigade financière et, bon, ils nous envoient deux vraies couronnes, de celles qu'on met pour les dirigeants.

Conde sentit qu'il était touché par le geste de son ex-collègue.

– Merci, Manolo... Des fois, tu es un peu chiant avec moi, mais tu es de ceux qui ne déteignent pas.

– Tu en as déjà douté ?

– Non... si j'en doutais, j'irais pas me fourrer dans des trucs à la con rien que pour te faire plaisir.

– On est amis, Conde.

– Oui, on est amis... Le Vieux était mon ami... Et ça veut dire quelque chose. – Conde fit une pause, il avait besoin de tourner le volant pour sortir d'un territoire qui le bouleversait jusqu'au fond du cœur. – Au fait, tu as vu les types de l'ambassade américaine ?

– Ce matin, après que je t'ai appelé… Tu peux imaginer que, les policiers de l'ambassade, ils sont comme nous, en surchauffe grave… Et vu leur état, les choses ont été plus faciles que ce que je craignais : on gèle tout jusqu'au départ d'Obama… Ce qui nous laisse trois jours, Conde. Mais il faudra qu'on ait quelque chose quand je retournerai les voir à propos de Marcel. Trois jours…

– Tu es comme le Vieux. Toujours à me mettre des délais…

– C'est vrai, je me souviens… Pauvre Rangel, au moins il a trouvé le repos. C'était un type bien.

– Le meilleur, dit sentencieusement Conde, et sa remarque lapidaire ouvrit une pause dans la conversation dont Conde profita pour allumer une cigarette. – Manolo, ça fait combien de temps que tu es flic ?

– Trente ans, Conde… Trente !

– Tu trouves pas que c'est trop ? Moi, je l'ai été dix ans, et j'ai l'impression que c'est une vie entière. Une autre vie, heureusement.

– Et je ferai quoi si je quitte la police ? De la vente de livres anciens comme toi ? Ou je passerai toutes mes journées à m'occuper du jardin de la maison, comme Rangel ? Je sais rien faire d'autre, Conde. Et puis, en fait, moi j'aime être flic, tu le sais… on est un mal nécessaire.

– Oui, à cause des salopards… pour qu'ils ne fassent pas de saloperies pour ensuite ne pas payer pour ce qu'ils ont fait… Mais, réfléchis, Manolo… en tant que policier, si tu devais un jour réprimer des gens, des manifestations, tu ferais quoi ?

Manolo secoua la tête. Et ravala sa salive.

– Me pose pas ce genre de questions… Bon, je me les pose des fois… Ce n'est pas la même chose d'enquêter sur des crimes que ce dont tu parles. Tu le sais bien, moi j'aime le boulot d'enquêteur. Et j'espère que je me trouverai jamais devant ce genre de dilemme… En plus, il ne me reste que quelques années avant la retraite.

– Rangel m'a parlé de ça, un jour… Il avait quinze ans quand un policier de Batista lui est tombé dessus à coups de matraque… Et il m'a dit que lui, il ne pourrait jamais faire un truc pareil. Qu'il préférerait démissionner.

– Rangel était comme ça. Je voudrais bien être comme ça.

– Et tu feras quoi quand tu seras à la retraite ?

– Je n'en sais rien… Me reposer, non ? Ou m'occuper du jardin… bon, moi j'ai pas de jardin.

– Le Vieux a été flic pendant trente ans. Le meilleur chef de police du monde… Il n'a jamais été arrogant. Il n'a pas perdu son humanité. Il croyait en la justice, en l'honnêteté, c'était un professionnel… Et ensuite ils l'ont viré, ils l'ont mis à la retraite et il a passé trente autres années à attendre la mort, parce qu'il ne savait pas faire autre chose qu'être flic… Et, sur ces années, il en a passé dix dans l'enfer où son embolie cérébrale l'a jeté… Et tu vois, là, aujourd'hui : il est mort, et alors ? Ceux qui, avant, l'adoraient, ceux qui avaient été ses camarades ne lui envoient même pas une misérable couronne de ces fleurs qui puent. Comme si Rangel n'avait jamais existé. C'est tout le salaire qu'il a reçu pour avoir été un bon policier et un type bien : punition, mise à l'écart, oubli. Alors que Quevedo, qui était un tortionnaire et un bourreau, il continuait à être aimé…

– Putain, c'est vrai. Mais pourquoi tu me dis tout ça, Conde ?

– J'en sais rien… Pour que tu te fasses pas d'illusions. Quand tu sers plus, on te recrache comme un glaviot. Et quand tu meurs, tu meurs, Manolo… Et tu sais quoi ? Je crois que si le Vieux avait été un fils de pute, on lui aurait peut-être rendu les honneurs… Il n'y a pas de justice, Manolo, il n'y en a pas, pas la peine de l'attendre, collègue.

L'enterrement du Vieux avait été aussi pathétique et fatigant que ce genre de cérémonie peut l'être. Intempéries, abandon, écrasante certitude de la solitude réservée aux morts. Le comble de l'abomination, pour Conde et ses convictions les plus vives, fut le désir des filles de Rangel de faire passer le cadavre par la chapelle du cimetière, où un curé pressé, qui n'avait jamais rencontré le défunt, prononça les mots d'usage avec lesquels on prétendait consoler les endeuillés et alléger la difficulté d'un moment de toute façon irrémédiable. Il parla de la vie éternelle, de la bonté et des voies du Seigneur, de la paix des justes et même de la résurrection le jour du Jugement dernier, pour lire ensuite le papier où il avait noté le nom d'Antonio Rangel Miranda et lui souhaiter de reposer en paix. Rien que des bobards, aurait estimé le Vieux. De la merde, se dit Conde.

Derrière le cercueil, le cortège réduit se mit enfin en marche vers le caveau familial. Conde, qui avançait avec Tamara à son bras, montra en chemin à sa femme le mausolée de l'historique et célèbre famille Ponce de León, vieux hidalgos arrivés sur l'île aux temps de la Conquête. Sur la tombe à côté du caveau, ils virent plusieurs gerbes de fleurs fraîchement coupées que, expliqua Conde à Tamara, presque tous les jours des prostituées et des proxénètes cubains venaient déposer sur le sépulcre de celui que beaucoup considéraient comme leur saint protecteur : Alberto Yarini y Ponce de León, le Coq de San Isidro. Car le mythe était toujours vivant, comme immunisé contre l'oubli généralisé qui touchait tant d'autres. Yarini était toujours présent dans les rues de La Havane.

Au sortir du cimetière, Conde demanda à Tamara de le ramener chez lui. Il avait besoin de passer un moment seul, de dormir un peu, il devait travailler le soir et Yoyi lui avait promis que la session serait agitée :

des Américains continuaient à débarquer, le président Obama devait arriver dans l'après-midi et la ville était débordée, comme sur le pied de guerre.

Après s'être douché, Conde ressentit finalement l'appel de la faim qu'il semblait avoir perdue durant la cérémonie funèbre. Depuis le matin, il avait seulement avalé un café et son estomac grinçait. En plus des restes pour Basura II (dont la gamelle débordait), il n'y avait dans son frigo que la moitié d'une pizza d'âge indéterminé et un morceau d'oignon dont il ne se souvenait même pas ce qu'il faisait là. Sans y réfléchir à deux fois, il posa une poêle sur la cuisinière, la graissa un peu et fit réchauffer la pizza aux airs de semelle de chaussure en mettant par-dessus des rondelles d'oignon déshydraté. Il termina son déjeuner par une cigarette et (vessie vidée et téléphone débranché) il se laissa tomber sur le lit, pour chasser la tristesse avec un bon somme.

À son réveil, passé cinq heures, il eut la sensation étrange de ne pas savoir où il se trouvait ni quel jour on était. Une impression si forte qu'il pensa même qu'il était mort. Mais son odorat sentit une agression et il se demanda si les morts distinguaient les odeurs. En tournant la tête, il sut l'origine de la puanteur ; à côté de lui, couché sur le dos et le cul pointé dans sa direction, Basura II gémissait doucement durant sa léthargie canine, tout en lâchant par la soupape de sécurité des gaz de viande digérée.

– Hé, mec, tes pets qui puent, va les faire ailleurs ! dit-il en secouant l'animal et en le repoussant du pied.

Sitôt le téléphone rebranché, la sonnerie retentit, comme s'il avait été sous surveillance.

– Oui ?

– Conde, c'est moi, Duque.

– OK. Il se passe quoi ?

– Je vais voir la sœur de Marcel… Tu veux venir avec moi ?

Conde se rendit compte à cet instant que, de toute la journée, il avait à peine pensé aux assassinats de Quevedo et de son gendre. Il ne s'était pas non plus rappelé jusque-là que, à cette heure de l'après-midi, tout le pays devait être en émoi à cause de l'arrivé du président Obama à Cuba. La "visite historique", comme on le répétait, la présence dont tellement de gens espéraient tellement de choses. Et il se dit que, comme lui-même personnellement n'espérait rien, plutôt que ressasser son chagrin, mieux valait nourrir son cerveau d'autres soucis.

– Obama est arrivé ?

– Oui, pourquoi tu demandes ? s'étonna le lieutenant Duque.

– J'ai un ami qui habite là-bas qui devait lui confier une lettre pour moi et…

– Conde, tu parles sérieusement là ?

– Je parle toujours sérieusement, Duque. Allez, viens me chercher. – Et il se dépêcha d'ajouter : – Mais apporte-moi un peu de café dans un gobelet.

Et il alluma enfin sa cigarette.

La densité du moment était perceptible au premier coup d'œil, car il y avait la volonté de rendre l'avertissement manifeste : nous sommes là. Les rues de La Havane ressemblaient à un défilé de carnaval de déguisements policiers. Voitures de patrouille, camions, motos d'agents de la circulation et pléthore d'uniformes à pied de différentes forces de l'ordre et de couleurs variées (vert olive, bleu, noir, bérets rouges, troupes spéciales et autres gammes du spectre) alternaient et, même sous une pluie intempestive, occupaient pratiquement chaque croisement de la ville.

Logique : ce n'était pas tous les jours que débarquait à Cuba un président des États-Unis. En fait, même pas tous les siècles. Et l'événement ("historique" en effet) avait multiplié, fortement et non sans raison, les expectatives. Si les relations avec le belliqueux voisin du Nord s'amélioraient, pour les habitants de l'île les choses devaient aussi s'améliorer, pensaient beaucoup. Si les tensions politiques se relâchaient, si les rancœurs historiques s'apaisaient, certains bénéfices se feraient peut-être sentir dans la vie quotidienne, disait-on, espérait-on, souhaitait-on. Et Obama lèverait-il le blocus ? Certains déjà, comme Yoyi et ses collègues dans le commerce, ressentaient les effets favorables de la trêve. D'autres, avec des demeures confortables dans des lieux privilégiés de la ville, les transformaient en résidences locatives et même en galeries d'art ; les propriétaires de voitures anciennes en faisaient des taxis de luxe tandis que se multipliaient ceux qui faisaient du trafic de cigares cubains que tous les habitants des États-Unis, y compris les non-fumeurs, avaient envie d'allumer un jour… Rien qu'en comptant sur les visiteurs qui arrivaient du Nord – officiellement, on ne pouvait pas les considérer comme des touristes, car, d'après les règles de leur propre embargo, ils ne pouvaient se rendre sur l'île en étant dans cette catégorie – et en additionnant ce qu'ils dépensaient en logement, nourriture, excursions en quelques achats, l'argent s'était mis en mouvement. Et peut-être Obama, à la faveur de son passage sur l'île, allait-il approfondir le rapprochement, ainsi que beaucoup l'espéraient. Et le blocus, que deviendrait-il ?

Peut-être en raison de son pessimisme viscéral, ou par expérience historique ou parce qu'il était pour certaines choses irréductiblement méfiant, Mario Conde avait la sensation que le pays profitait seulement de vacances qui allaient se terminer un jour et que la rigueur dans laquelle il avait vécu plus de cinquante de ses soixante années d'existence reviendrait. La réalité et l'expérience l'avertissaient que les relations avec les locataires d'en haut avaient toujours été traumatisantes et que, pour remettre les choses dans leur contexte, il y avait en ce moment même de nombreux intérêts allant dans le sens de la tension et que bien peu de ceux qui comptaient réellement penchaient pour la détente. Une détente qui ne semblait pas non plus du goût du gouvernement de l'île, car une amélioration économique durable, une dépendance moindre des individus à l'égard de l'État tout-puissant impliquerait une autre forme de détente : celle du contrôle. Et c'est pourquoi Conde ne s'enthousiasmait pas et ne nourrissait pas de grandes espérances. Beaucoup de choses étaient négociables, mais le contrôle, l'industrie nationale qui fonctionnait le mieux, n'en faisait pas partie. Au fond, il s'en fichait qu'Obama vienne ou ne vienne pas à Cuba, se dit-il, la vague passerait et après la tempête viendrait peut-être le mauvais temps, conclut-il, tandis que la voiture conduite par le lieutenant Miguel Duque traversait la parade policière en cours à La Havane.

– Et il est où, Obama, en ce moment ?

– Il est allé faire un tour dans la Habana Vieja, dit le Duque, et Conde songea un instant à un autre lieutenant, Arturo Saborit, et à ses propres allées et venues, cent ans plus tôt, dans les rues qu'à cette heure-ci le président du Nord était en train de parcourir.

Amarilys Robaina vivait rue San Francisco, dans la partie ancienne du quartier de Lawton, une zone de la ville que Conde connaissait, car elle n'était qu'à quelques rues de ce qui avait été la maison du metteur en scène de théâtre Alberto Marqués, dont l'esprit inquiet de mis au ban de la société au temps de Quevedo venait hanter fréquemment l'enquête en cours. Des constructions prétentieuses, remontant aux années 1920, avec de hauts piliers, des colonnes, des grilles en fer forgé et des arcades, dotées parfois d'arabesques qui, dans leur exagération, pouvaient friser le mauvais goût. À présent, alors que certaines étaient en état de délabrement avancé, d'autres semblaient rajeunir par la seule grâce de quelques couches de peinture capables de déclencher le miracle de rendre visible ce qui était resté jusque-là invisible sous des strates de saleté et d'abandon, et c'était le cas de la résidence familiale des Robaina.

– Duque... cette maison, elle est belle ou moche? eut besoin de demander Conde, quand la voiture s'arrêta à l'adresse recherchée.

– Elle est bien peinte et...

– Mais elle est belle ou elle est moche?

Duque regarda de nouveau la construction. Elle était de celles qui accumulaient les ornements, comme un gâteau d'anniversaire, et il s'avoua vaincu.

– Ben, en fait, je ne sais pas. – Et comme il ne pouvait pas s'en empêcher, il chercha à se justifier. – Moi, je suis pas architecte.

Ce que savaient les visiteurs, c'était que la sœur de Marcel Robaina, Amarilys, habitait dans la maison en compagnie de son mari et de deux enfants adolescents. Et avec eux avait aussi vécu jusqu'à sa mort, deux semaines plus tôt, la mère de Robaina. Ils savaient aussi que de cet endroit, une quarantaine d'années auparavant, Marcel était parti vers les hauteurs du magnifique appartement de Reynaldo Quevedo et de sa fille Irene. Et ils savaient aussi que de ce même endroit, vingt-cinq ans plus tôt, Marcel était parti pour trouver l'embarcation qui l'avait emmené jusqu'aux côtes de Floride. Et, en point d'orgue, ils avaient établi que c'était précisément de là que Marcel était une nouvelle fois reparti, dix jours auparavant. Ce que personne ne savait encore, c'était vers où et avec quelles intentions il avait entamé ce dernier trajet, même s'ils avaient la certitude qu'il y avait trouvé la mutilation, la mort et l'abandon (en suivant cet ordre macabre) dans l'Empire de la Merde.

Amarilys les attendait et les fit passer dans ce qui fait office dans ce genre de construction cubaine de grand salon/antichambre: un espace de la largeur de la maison et de presque dix mètres de profondeur, divisé en deux parties par une colonne à chaque extrémité. Le salon, constatèrent les enquêteurs, servait de hall de réception, alors que l'antichambre contiguë était l'espace destiné à la télévision, un appareil de soixante pouces à écran plat qui, à lui seul, fournissait une idée des capacités financières de la famille.

Dès qu'ils entrèrent, Conde, tout naturellement, nota plusieurs choses : Amarilys était une femme pas très attrayante à première vue, âgée de la quarantaine, ce qui indiquait qu'entre la naissance du frère et de la sœur s'étaient écoulés au moins vingt ans. Soit l'un était venu très tôt, soit l'autre très tard. Elle avait une voix plus jeune que son âge, qui résonnait une octave plus haut que nécessaire. Ou peut-être était-ce seulement parce qu'elle lançait des ordres : Bonjour ! Entrez ! Asseyez-vous !

Duque commença par présenter ses condoléances pour la mort de Marcel et de sa mère, qu'elle reçut d'un simple signe de tête.

– Mais nous avons besoin d'en savoir plus sur votre frère. Vous comprenez, poursuivit Duque. Et elle hocha à nouveau la tête. – Combien de jours Marcel est-il resté chez vous ?

Elle réfléchit à la réponse et parla d'un ton moins péremptoire.

– Il est arrivé le 23 mars… Cela faisait deux mois qu'il essayait de venir, depuis que l'état de maman s'était aggravé. Elle avait les reins presque bloqués, vous voyez ?… Maman est morte le 7 avril, il y a treize jours. Et Marcel a quitté la maison le 11, à midi. Et il n'est pas rentré.

– Et ça ne vous a pas surprise ? voulut savoir Duque.

– Un peu, pas tellement… Depuis son arrivée, il allait et venait, des fois il rentrait dormir, des fois pas… Il a fait ça toute sa vie. Coureur, un peu bizarre, secret. Maman, ça la rendait malade… Avant, quand Marcel habitait Cuba, bien sûr.

– Bien sûr… Mais Marcel était agent de la Sécurité, n'est-ce pas ?

Amarilys sourit en secouant la tête.

– Tu parles, lâcha-t-elle de nouveau d'une voix haut perchée, mais quelque chose l'arrêta dans son raisonnement. – Il… dites-moi, camarade, il n'était pas vraiment de la Sécurité-Sécurité, n'est-ce pas ?

– Non, non, il n'en était pas. Mais c'était ce qu'il racontait aux gens, la rassura Duque. Et les gens le croyaient…

– C'est du Marcel tout craché. Le plus gros menteur au monde, vantard… le pauvre. Des fois, il racontait qu'il aurait pu être un grand joueur de base-ball, qu'on l'entraînait pour intégrer la sélection nationale, mais que dans un match il s'était fracturé la cheville et… purs mensonges. Il en inventait sans arrrêt.

Conde essaya d'imaginer comment fonctionnait le cerveau d'un homme qui vit deux ou trois vies en une. Peut-être son incapacité à accepter une existence réelle vide et vulgaire le poussait-elle à s'en créer une plus attirante, pleine, même héroïque ou mythique. Ou, dans le cas de Marcel, tout se réduisait-il au désir de pouvoir ou, pire, aux trucs éculés d'un vulgaire arnaqueur ?

– Donc un mythomane, résuma Duque.

Amarilys hocha la tête.

– Bon, vous en savez plus sur ce qui lui est arrivé ?

Conde pria intérieurement pour que Duque ne fournisse pas les détails sordides de la torture qui avait entraîné la mort du frère.

– Nous progressons, dit le lieutenant. C'est pour ça que nous sommes là.

Conde poussa un soupir de soulagement et fit signe au policier. Duque le regarda un instant et finit par céder.

– Amarilys, commença le Conde, nous savons que Marcel a vu son fils, Osmar, et son ex-beau-père, Quevedo…

– Qui est mort lui aussi. Incroyable ! dit-elle en criant de nouveau.

– Oui, incroyable… Et Marcel vous a dit quelque chose à propos de Quevedo ?

– Quelque chose… comment ?

– Je ne sais pas… une opération commerciale. Ils ont toujours gardé le contact. Marcel vendait des tableaux pour son beau-père là-bas, à Miami.

– Bon… Marcel a toujours été, bon, vous le savez déjà, un peu fou, très irresponsable. Mais c'est vrai qu'à chaque fois qu'il le pouvait, il envoyait de l'argent à maman. La télé… pour repeindre la maison…

– Très bien, admit Conde. Et il y avait d'autres affaires en vue ?

Elle réfléchit à nouveau. Prudence ou mémoire défaillante ? Conde allait vite constater que ce n'était ni l'un ni l'autre : c'était juste qu'elle se sentait au bord de l'abîme.

– Bon, je crois que oui… avant, on ne parlait pas de ça, c'était dangereux, mais maintenant on peut le dire…

– Oui, bien sûr, l'encouragea Conde sans savoir encore à quoi faisait référence la femme pour qui tout était "bon".

– Euh… Bon, mon mari et moi, on veut partir. Avec mes deux fils, bien sûr. C'est surtout pour eux que nous voulons partir, les garçons, bon, vous savez… Et Marcel allait nous faire sortir de Cuba… Tout dépendait de maman, elle était condamnée, elle n'en avait plus pour très longtemps… En attendant, nous avons repeint la maison, nous voulons la vendre pour disposer de cet argent quand nous arriverons là-bas… Mais, avant de faire quoi que ce soit d'autre, il fallait plus d'argent. Marcel m'a dit qu'il était sur un gros coup et que, si ça marchait, il n'y aurait pas de problèmes… Et il voulait aussi emmener Osmar à Miami, bien sûr…

Cette révélation ne surprit pas Conde. Ils étaient des milliers, des millions peut-être, à avoir les mêmes envies. Partir, s'envoler, disparaître de ces parages. Avec tant de gens qui se barraient : le Conejo reviendrait-il ? Et Tamara ? Finirait-il par rester tout seul sur l'île, comme un Robinson Crusoé décalé ? Pour autant, il trouva quand même symptomatique et symbolique que même le petit-fils du très bolchevique Quevedo ait ce genre d'aspirations. Ils devaient être des milliers, les enfants et petits-enfants des chantres idéologiques les plus fervents, des béni-oui-oui et des crétins de service, qui fichaient le camp du paradis remis à plus tard que, avec leurs slogans, ils avaient dessiné dans le vide. Tandis que d'autres enfants et petits-enfants, comme l'Homme Invisible, étaient restés et lançaient leurs filets pour ramasser tout ce qui passait à leur portée. Jusqu'à ce qu'eux aussi fichent le camp.

– Quel genre de gros coup ? insista Conde.

– Je n'en sais rien… Souvenez-vous, Marcel et ses secrets.

– D'autres tableaux ?

– Possible. Même si Osmar m'a dit que son grand-père ne voulait plus en vendre. Pour moi, ça devait être autre chose.

– Aussi en lien avec Quevedo ?

– Je dirais que oui. Mais je ne peux pas l'affirmer. Ici, il a vu d'autres gens…

Conde respira profondément. Lui aussi allait se pencher sur un abîme.

– Est-ce que Marcel a parlé de quelque chose en lien avec Napoléon ? Napoléon Bonaparte, bien sûr.

Conde entendit le claquement de langue de Duque, mais il ne se tourna pas pour le regarder. Ce que pensait le policier lui était égal. Il avait une intuition.

Amarilys Robaina réfléchissait de nouveau.

– Je ne sais pas… c'est peut-être un hasard… Marcel était en train de lire une biographie de Napoléon… Il l'avait apportée de Miami.

Les cloches tintaient. Ou étaient-ce les tambours de guerre des armées du Corse ?

– Et il est où, ce livre ? – Ce fut Duque qui se lança dans la brèche qui venait de s'ouvrir. Conde sourit en lui-même.

– Il n'est pas dans ses affaires… Je les ai rassemblées hier… Il l'a peut-être emporté quand il est sorti de la maison. Il avait un sac à dos. Il y mettait de l'eau et d'autres choses…

– Mais il n'a parlé à aucun d'entre vous de Napoléon, d'objets de Napoléon ? poursuivit le policier.

– Non, je suis sûre que non.

– Mais d'argent oui… de beaucoup d'argent ?

– Ça dépend ! lança Amarilys. Pour moi, cent dollars c'est beaucoup d'argent, non ?… Il parlait de beaucoup, beaucoup… des milliers. On s'était dit que, quand maman ne serait plus là, nous pourrions vendre la maison, parce qu'il nous ferait sortir de Cuba d'une façon ou d'une autre et que nous aurions l'argent de la vente de la maison pour démarrer là-bas.

Duque regarda Conde. Tout semblait indiquer qu'ils tenaient une piste et que, pour le moment, la fontaine d'Amarilys était tarie. Et, sans laisser le choix, il décida de mettre fin à la conversation. Conde eut des envies de meurtre.

– Nous vous remercions beaucoup, Amarilys, ce que…

Elle secoua la tête.

– Et quand va-t-on nous remettre le corps ?

Duque regarda Conde et Conde se gratta l'oreille, comme si ce n'était pas son problème.

– Bientôt, mais…

– Amarilys ! l'interrompit Conde en plaçant sa voix dans la tonalité élevée où elle-même la plaçait. Votre frère était un coureur de jupons invétéré, n'est-ce pas ?

– Il était terrible. Et, avec l'histoire qu'il appartenait à la Sécurité ou qu'il travaillait dans une ambassade…

– Voyons si nous trouvons une aiguille dans une botte de foin… Natalia Poblet, c'est un nom qui vous dit quelque chose ?

Le visage d'Amarilys exprima toute la surprise du monde à l'évocation de ce nom, peut-être caché dans un recoin lointain de sa mémoire.

– Oui… celle qui s'est suicidée… Bien sûr que je sais qui c'était… Je crois même qu'il est sorti avec elle. Bon, vous savez, avec lui, on ne pouvait jamais savoir s'il disait la vérité.

– Tu as vu ? Obama va manger dans un *paladar*. Il doit être super bon…

– Sois pas envieux, mec, hier tu as mangé dans un qui est aussi super bon.

Comme il lui restait deux heures avant d'entamer sa nuit de travail, Conde avait demandé à Duque de le rapprocher de la maison de son ami Carlos. Avec ses nouvelles responsabilités professionnelles, il avait perdu la possibilité de débarquer chez lui plus souvent et, surtout, de passer des soirées cramponné à l'une de ces bouteilles de rhum auxquelles il devait certains voyages aussi magiques que mystérieux, comme celui qui l'avait conduit, deux années plus tôt, à rendre visite au Diable.

Avant de se quitter, Conde et Duque avaient planifié les prochaines étapes induites par la conversation avec Amarilys Robaina. Conde passerait des appels pour qu'on l'aide à trouver quelqu'un au courant de l'existence d'objets napoléoniens à Cuba. Duque – sur l'insistance de Conde – emploierait les moyens dont il disposait pour localiser un proche de la poétesse suicidée Natalia Poblet qui, comme une véritable âme en peine, apparaissait régulièrement dans ses investigations. Mais le lieutenant ne garantissait pas la rapidité des recherches : au Commissariat central des Enquêtes criminelles il ne restait plus que le personnel indispensable, car presque tous les officiers et techniciens étaient plongés dans l'événement du moment : l'affaire Obama à Cuba. Ils furent d'accord aussi pour estimer que cela vaudrait la peine d'avoir une conversation avec Aurora, la grand-mère de Victorino et femme de ménage de Quevedo, elle pouvait savoir quelque chose et eux avaient besoin de savoir.

Le Flaco Carlos et sa mère étaient devant la télé, en train de suivre le direct sur la visite du président. Ils l'avaient vu arriver, sous la pluie, se promener dans la Habana Vieja, sous la pluie, et ils le voyaient maintenant entrer dans le quartier de Centro Habana, sans pluie cette fois. C'était là que la famille présidentielle devait dîner dans un restaurant privé. Et en regardant les images révélées par la télévision, Conde sentit un choc de honte nationale en constatant l'état de dégradation criante de la rue où se trouvait le restaurant et, au passage, il se demanda si la vieille qui, voyant arriver le personnage depuis son balcon, s'était exclamée "comme il est beau" ne serait pas une capitaine de police habillée en civil pour accomplir une mission… historique. Tout était possible.

– Mais c'est vrai qu'il est beau, fit remarquer Josefina, sans cesser de se balancer sur son fauteuil.

– Merde, Jose, faut pas exagérer… Regarde un peu ses oreilles…

– Sois pas jaloux, mon petit Conde, dit-elle avant de se concentrer de nouveau sur le cortège en marche.

Conde et Carlos sortirent sur le porche. La pluie de l'après-midi avait cessé et il commençait à faire nuit.

– Tu en penses quoi, de cette histoire d'Obama ? voulut savoir Carlos.

– Toi, tu crois qu'il va se passer quelque chose ?

– Merde, Conde, je ne sais pas, mais il faudrait.

– Bien sûr qu'il faudrait. Il faudrait trop. Que beaucoup de choses se passent… Mais je ne crois pas qu'il se passera autre chose que ce qui est en train de se passer. Et, à tout moment, ça peut merder et on retournera en arrière.

Carlos sourit.

– Tu ne changeras jamais, mec. Tu es plus pessimiste que…

– Je suis réaliste, vieux frère. Tu verras bien toi-même. Tu veux parier quelque chose ? Une bouteille de rhum ?

Carlos sourit encore plus.

– Et à propos… ces derniers temps, tu viens toujours désarmé, mec, lui reprocha son ami.

– Entre autres parce que j'ai pas un peso, se justifia celui qui venait d'arriver.

– Mais on a passé un sacré bon moment l'autre jour.

– C'est sûr… le billet était cher, mais la destination était la bonne.

– De quel voyage tu parles, vieux ?

– Rien, oublie, dit le Conde, qui n'avait pas envie de se lancer dans des explications compliquées sur la métaphysique du bonheur.

– Au fait, il faut que je te dise, Obama il n'est pas le seul à venir.

– Ça, n'importe qui le sait. C'est pour ça que je me retrouve à faire le flic volontaire… Il y a la moitié du monde qui vient.

– Qui vient, oui… même le Conejo vient.

Conde sentit une décharge. Le Flaco Carlos non plus ne changeait pas.

– Tu dis quoi là ? Tu lui as parlé ?

– Oui… et je l'ai chauffé pour qu'il vienne, vu qu'il fallait qu'il vienne. Il arrive dans deux jours. Et on va aller voir les Stones ensemble… Miki y va aussi, et même Candito. Et toi, t'es enfin partant ?

– Je t'ai déjà dit que non, même pieds et poings liés.

– Bon, bon… et tu étais déjà au courant que Tamara a pris son billet aujourd'hui, pour partir après le jour du concert et qu'elle va y aller avec nous ?

Conde leva les yeux. Respira un bon coup. Il baissa les yeux et regarda son ami, presque son frère.

– Mais vous êtes tous qu'une bande de salauds !… Et toi, tu es le pire des pires salopards !

Un monde nouveau

On aurait dit un ange, mais c'était le diable.

Bertha Fontaine, connue comme la Petite, était l'une de ces femmes qui vous coupaient le souffle rien qu'à les regarder. Pas la peine d'essayer de décrire ce que la nature a créé avec tant de soin, les mots ne seraient jamais à la hauteur.

Quelques semaines après l'avoir ramenée de France, Louis Lotot l'avait mise au travail dans le meilleur de ses bordels et la belle Bertha Fontaine était arrivée sur le marché avec des tarifs particuliers. Tous ceux qui ont pu se la payer ont considéré qu'ils avaient fait un bon investissement : cette femme était, d'après leurs dires, un produit très spécial. Les privilégiés qui avaient eu accès à ses services racontaient que la voir nue était un vrai spectacle et que le festin érotique qui s'ensuivait rapportait au centuple ce qu'on y avait investi lorsqu'on pouvait jouir de ses charmes, offerts avec le savoir appris à l'école française et grâce aux aptitudes organiques dont la nature l'avait dotée. En quelques semaines de labeur, la Petite était devenue un mythe. Ou un but.

Dans le quartier, tout le monde savait déjà que la Petite était la sœur cadette de Janine, dite Mimi, la très belle femme officielle de Lotot qui, malgré son statut d'épouse légitime, devait exercer dans le bordel du 66 rue San Isidro. On disait également que, depuis l'arrivée de Bertha, les deux sœurs et Lotot vivaient en ménage à trois au domicile du proxénète, situé dans la rue Jesús

María, tout près du bordel de Fufú, le plus réputé de ceux consacrés à la prostitution masculine.

La réputation de la Petite était, dans une large mesure, le fruit d'une opération commerciale fort intelligente montée de toutes pièces par Lotot, où les talents de la dame étaient également pour beaucoup. Bertha ne recevait que trois clients par nuit, sur rendez-vous, et chacune de ses prestations s'entendait tout compris : pas question de branler ou de sucer en quatrième vitesse. Son aura avait tellement grandi que Yarini lui-même, piqué par la curiosité ou peut-être blessé dans son orgueil, décida d'en avoir le cœur net et d'aller vérifier si le produit était aussi extraordinaire qu'on le prétendait. Et le Coq de San Isidro en eut le cœur net.

Un jour où je me trouvais au bordel de Picota, après avoir passé un moment dans la chambre d'Esmeralda (elle était en train de devenir comme une drogue, et moi, je n'étais plus exactement un client), je suis tombé sur Alberto et nous avons fini par aborder le sujet, celui de la nouvelle reine du quartier.

Nous étions installés dans le salon des invités et Brunilda, le serviteur habillé en femme, nous avait apporté une carafe de jus d'oranges fraîchement pressées. Il était très rare que Yarini boive de l'alcool avant la tombée de la nuit et je sais qu'il lui arrivait de passer plusieurs jours sans en consommer.

– Hier, je suis allé essayer la Petite, m'a-t-il dit, puis il a souri. Je voulais me rendre compte par moi-même…

– Et ?

– Tu devrais essayer. – Et il a fait le geste de toucher une surface brûlante.

– Pour moi, c'est compliqué, Alberto. Je passe déjà bien assez de temps ici…

– Oublie. Tu dois l'essayer. Je vais parler à Lotot pour qu'il te réserve une nuit.

– Ça vaut vraiment le coup ?

Alberto Yarini s'est remis à sourire et a allumé l'un de ces cigares égyptiens qu'il lui arrivait de fumer.

– J'ai vingt-huit ans, je n'avais jamais essayé un truc pareil. C'est moi qui te le dis, et je m'y connais. Ça vaut le coup. Mais fais attention, tu es un peu fragile, a-t-il ajouté en arborant son sourire enchanteur. Avec ce que te fait la Gauchère, tu es déjà moitié amoureux. Alors, quand la Petite va te secouer... Oui, je vais t'arranger un rendez-vous avec elle, a-t-il dit, amusé, généreux, encore parfaitement maître de ses décisions et de ses désirs.

Pour le plus grand bien de mon ego, Yarini avait de plus en plus souvent ce genre d'égards pour moi. Il me recevait chez lui, rue Paula, me laissait profiter gratuitement des services de ses femmes (en réalité, je ne profitais que d'une seule, mais assez fréquemment), m'invitait à ses rassemblements politiques, m'emmenait parcourir le quartier, de temps en temps nous déjeunions ou prenions un en-cas dans un établissement à la mode comme le café Vista Alegre ou El Anón de Prado, ou bien nous nous retrouvions directement au Cosmopolita, où il y avait toujours une table libre pour lui et ses invités. Il avait assez de tact pour ne rien m'offrir qui puisse m'offenser : il m'avait offert des livres mais ne m'avait jamais donné d'argent, et une fois seulement il avait insisté pour que nous entrions chez un marchand de chapeaux de la rue Obispo où il m'avait acheté un panama neuf (le meilleur de tous ceux que j'ai possédés de ma vie) car le mien était bon à mettre au rebut, selon lui. Ses attentions et nos conversations me laissaient penser que j'étais proche de lui, qu'il y avait presque de la familiarité entre nous, à n'en pas douter, et nos rapports avaient même donné lieu à quelques réflexions mi-railleuses mi-énervées de certains de ses proches, comme son associé Nando Panels ou ce pot de colle de Pepito Basterrechea.

Aujourd'hui encore, je me demande ce qu'il me trouvait, lui qui était si fort, ou ce qu'il attendait de moi, car j'avais beau être inspecteur de police, Yarini comptait parmi ses proches toute une légion de gens puissants, qui rayonnaient socialement ou politiquement, comme les généraux Freyre de Andrade et le commandant Miguel Coyula, le maire de Santiago Emilio Bacardí ou le tout-puissant Federico Morales. Pariait-il sur mon avenir policier, dans la perspective d'avoir un allié inconditionnel à un poste important ? Ou notre proximité n'était-elle due qu'à une insondable prédestination tragique qui allait bientôt se concrétiser ? Quelle que soit la raison de son rapprochement, je n'avais jamais osé lui poser la question. Et, dans la mesure où c'était le plus commode et satisfaisant, je me suis laissé faire.

Pourtant, malgré l'existence de cette relation inexplicable mais intense, il m'était difficile, voire impossible, de dresser un portrait complet de cet homme. Aujourd'hui encore, j'ai du mal à l'ébaucher. J'avais en tête sa silhouette, une image, mais il manquait les traits de son visage. Peut-être parce que cette proximité qu'il avait suscitée et que j'avais acceptée avec fierté ou vanité m'empêchait d'avoir suffisamment de perspective, aussi gavé d'informations que je pouvais l'être. L'essence ultime de sa personnalité a toujours été pour moi source d'interrogations qui n'avaient pas – et n'ont pas à ce jour – trouvé de réponses, des questions capables de me convaincre du fait que je n'avais jamais réussi à cerner Alberto Yarini, ce qu'il voulait alors qu'il semblait tout avoir, ce qu'il cherchait alors que je pensais qu'il avait atteint ou qu'il atteindrait tout ce qu'il pouvait désirer. Néanmoins, s'il y a bien quelque chose que je peux certifier sans crainte, c'est que Yarini m'a démontré qu'il était une explosion de la nature, une flèche qui ne s'arrêterait pas tant qu'elle n'aurait pas atteint sa cible. À moins que quelqu'un ne la brise. Ou que, sous l'effet d'une force étrangère, Yarini change de cap, comme la comète de Halley, comme certains ouragans tropicaux.

Et, au moment où, pour une raison qui reste pour moi inconcevable – ce qui m'a fait douter une fois de plus de mon aptitude à connaître cet homme –, la flèche a bel et bien changé de cap, l'ouragan a dévié sa route. Et ma vie en même temps que le météore.

Elle n'avait pas de nom mais dans le quartier tout le monde la connaissait comme la Casa París. Peut-être à cause de la présence de ce paravent, dans le petit salon de l'entrée, avec un miroir qui faisait de la publicité pour du champagne et où l'on pouvait lire CHEZ PARIS.

Un brin trop pompeuse ou bigarrée pour ce que le bon goût aurait exigé, la maison close la plus prisée de Louis Lotot arborait des voilages sombres, des meubles tapissés de tissus épais dans des tons marron, des lampadaires, des lustres et des lampes art nouveau alors très en vogue, des brûleurs d'encens et d'une substance exhalant une odeur de musc, des cendriers et des verres de Murano. Entrer là, c'était comme pénétrer dans un tunnel qui te sortait de ton quartier pauvre, puant et bruyant, pour te transporter dans un salon bourgeois parisien ou viennois de la Belle Époque. Et, pour être de ce voyage, il fallait aussi payer : rien de ce qui était là ne l'était par plaisir ou par caprice, mais pour faire marcher les affaires.

On m'a fait attendre vingt minutes avant que la Petite Bertha ne vienne me chercher au salon, où je l'attendais en buvant une coupe de champagne et en fumant, pour essayer de me calmer, une cigarette de la marque Siboney dont j'étais devenu amateur. À cet instant précis, j'ai senti que j'avais le souffle coupé. Tout ce que l'on m'avait raconté, et plus encore, s'avançait vers moi, visible, ou telle une promesse sous le déshabillé si fin, presque transparent, qui lui arrivait à mi-cuisse. Elle s'était coiffée et maquillée comme pour assister à une cérémonie publique, portait des dessous minuscules et des bas noirs retenus par des jarretières et destinés à faire ressortir le blanc sanguin de ses chairs à l'évidence très fermes. Son visage, rehaussé de lèvres charnues, était un paradigme d'harmonie sur lequel étincelaient des yeux vert d'eau. Bertha Fontaine était plus que belle, elle était dévastatrice.

Dans un espagnol guttural, elle m'a demandé si je voulais bien lui offrir une coupe de champagne, ce que j'ai bien sûr accepté. L'efféminé (un Français qui se faisait passer pour un Cubain, ou un Cubain qui se faisait passer pour un Français ?), vêtu d'une chemise ornée d'un lacet et d'un tablier sous lequel il avait les fesses à l'air, lui a servi une coupe et a rempli la mienne, puis nous avons trinqué.

– À ta santé… Je bois juste cette coupe et on y va. Ne t'inquiète pas, m'a-t-elle prévenu avant de boire une première gorgée.

– Je ne m'inquiète pas. Je profite… – J'ai failli ajouter "mademoiselle".

– Merci.

– Vous parlez très bien espagnol… pourtant vous n'êtes pas ici depuis longtemps.

– Je l'ai appris à Toulouse… Tolosa, comme disent les Espagnols qui vivent là-bas. C'est avec eux que j'ai appris votre langue.

– C'est très bien… Et où sont les autres filles ?

– Nous ne sommes que quatre à travailler ici. Et elles travaillent beaucoup.

– Toutes françaises ?

– Non, il y a aussi une Italienne et une Russe.

– Mais aucune Cubaine, ai-je remarqué, comme si la nationalité de la troupe m'importait.

– Des Cubaines, il y en a beaucoup, mais ailleurs.

– C'est vrai.

– Et toi, tu es le policier ami de Yarini, n'est-ce pas ?

J'ai souri. Visiblement, il n'y avait pas de secrets dans le quartier. Mais j'ai eu l'intuition qu'il pouvait y avoir quelque intention cachée derrière la question de la Petite.

– Oui, c'est bien moi.

– Et comment va M. Yarini ?

– Bien, je crois qu'il va bien.

– C'est qu'il m'a promis de revenir et…

– Et il m'a envoyé, moi, ce qui n'est pas la même chose.

Le sourire de Bertha Fontaine était aussi spectaculaire que son visage, son corps, l'éclat de sa peau jeune, saine, traitée avec le plus grand soin.

– Non, pardon… C'est qu'il n'est pas revenu. Il n'a peut-être pas trouvé ce qu'il cherchait.

– Ou il a trouvé plus que ce qu'il cherchait, ai-je dit avant de vider ma coupe.

Une heure plus tard, j'ai eu confirmation qu'Alberto Yarini avait trouvé bien plus que ce qu'il cherchait, ou autre chose que ce qu'il cherchait. Ce dont j'aurais bientôt la certitude, c'est qu'il avait croisé son malheur.

Le procès du docteur Bencomo ne débutait toujours pas, on aurait dit que le meurtre des deux femmes démembrées n'intéressait plus personne. Pourtant, l'un des deux crimes restait un mystère à élucider. Sur quelques points, peu nombreux mais précis, le capitaine Fonseca avait entièrement raison : une pute morte de plus ou de moins, ça ne mettait pas grand monde en émoi. Ce qui avait créé de l'émoi, c'était le scandale, la peur, les pertes commerciales, la curiosité malsaine, mais pas les femmes. L'arrogance de Fonseca lui avait fait perdre de vue un détail : ma persévérance.

J'en suis venu à croire que j'étais le seul policier de la ville à encore tenter d'ouvrir une brèche pour connaître la vérité sur l'homicide de Josefina Gómez. Surtout que, contrairement à Fonseca et au procureur chargé de l'affaire Bencomo, moi oui, je croyais les dires du médecin. La précision de ses motivations pour se débarrasser de Margot Gros Nénés faisait de son crime un acte ciblé ou spécifique, et l'absence de raisons valables (à ma connaissance du moins) pour trucider Finita le tenaient à l'écart de ce nouveau meurtre. La seule cause éventuelle que ses accusateurs avaient laissé filtrer était que Bencomo avait commis le second crime pour brouiller les pistes du premier, et que le médecin, un psychopathe, n'avait pas besoin de motivations supplémentaires ou nouvelles pour tuer.

Le fait est que, même si la comète de Halley s'était éloignée et que le calme était revenu sur la planète, le quartier n'avait pas retrouvé sa sérénité pour autant. La peur de la mort collective avait laissé place à la désinvolture généralisée et toutes les conduites effrénées, les vices, la corruption collective et individuelle avaient atteint leur apogée. Dans ces conditions anarchiques, mes activités professionnelles se sont à nouveau concentrées sur une guerre, que je savais perdue d'avance, contre le jeu et le trafic de stupéfiants. Surtout parce que les véritables promoteurs et bénéficiaires de ces combines étaient des personnes si haut placées qu'elles étaient hors de portée de mes armes. Haut comme mon chef, le colonel Osorio, par exemple, ou comme Mingo Valladares, qui, soit dit en passant, ne me pardonnait pas de l'avoir un jour sollicité dans le cadre de mon enquête.

Alberto Yarini semblait, quant à lui, davantage concentré sur ses activités politiques. Outre sa présence aux séances de la Chambre des représentants, il menait une campagne permanente pour préparer les prochaines élections auxquelles il avait visiblement l'intention de se présenter, avec en ligne de mire la mairie de La Havane, en tant que second du général Fernando Freyre de Andrade.

Yarini appréciait à sa juste valeur l'importance de ce poste car les réseaux de pouvoir et d'influence et les accords passés au sein de la capitale déterminaient les décisions stratégiques pour toute l'île.

Bien que ma foi dans la politique nationale et surtout dans les politiciens du pays se soit presque entièrement volatilisée, dans ma position de "coreligionnaire" présumé de Yarini, je l'escortais à certains des rassemblements auxquels il participait, à l'intérieur et en dehors du quartier. Je dois avouer que j'aimais l'entendre parler, écouter ses propositions, le voir manifester sa passion et, je crois, sa foi. Yarini parlait un langage différent de celui de ses collègues, empreint d'une hauteur philosophique et analytique qui poussait à la réflexion, voire à l'addiction. Je n'avais aucun doute sur la capacité à manipuler les foules que possédait ce jeune homme qui parlait de grandes aspirations sociales tout en se battant pour le contrôle de ce misérable commerce de la prostitution dans la zone de tolérance. Car, même en étant qui il était et ce qu'il était, Yarini ne promettait pas de simples solutions ponctuelles, des prébendes ou des sinécures, mais un nécessaire changement, une refondation, la liquidation de sombres personnages comme mon oncle, le colonel Amargó, ou le politicard Mingo Valladares, le genre d'opportunistes qui savaient profiter des circonstances.

L'énigmatique Alberto Yarini gravitait dans une autre orbite, ce qui lui permettait de tempêter avec humour contre la bande de notables, de fanfarons et de petits malins de tout poil qui régnaient sur la majorité sceptique de ceux qui ne font rien, de ceux qui (au mieux) ramassent les miettes en silence. Et il répétait que le chaos qui s'était abattu sur nous au lendemain de l'intervention anglo-saxonne ne prendrait fin que si quelqu'un y mettait un terme. Il se voyait déjà comme l'homme capable d'actionner ce frein. Et après ? C'était peut-être la grande, la seule question sensée. Quoi qu'il en soit, Yarini croyait fermement qu'il fallait une main de fer capable de remettre le pays dans le droit chemin et, d'une certaine façon, il avait prédit ce qui bien des années plus tard serait notre avenir. Aurait-il pu faire quelque chose, changer quelque chose ? En attendant, chaque fois que je l'écoutais et que j'analysais ses discours privés ou publics, je mesurais l'écart entre nombre de ses attitudes et actions politiques ou sociales, et sa façon de gagner ou de vivre sa vie, et je me posais encore et encore ces mêmes questions auxquelles encore aujourd'hui je n'ai pas trouvé de réponse satisfaisante : qui était en réalité Alberto Yarini ? Jusqu'où voulait-il aller ? Son discours n'était-il qu'une stratégie électorale, une manipulation populiste, un exercice de démagogie, une mise en scène ? Ou bien pouvait-il parvenir à être autre chose ? Le problème avec l'Histoire non écrite, c'est qu'on ne peut pas la lire.

Je ne sais toujours pas si c'est la chance qui m'a souri ou ma persévérance qui a été récompensée. Je me dois de rappeler que, chaque fois que l'occasion se présentait, je remettais sur la table l'assassinat de Josefina Gómez, un crime apparemment insoluble qui me poursuivait comme un caillou gênant dans ma chaussure. Lorsque je me disais que j'avais été incapable de trouver le véritable coupable d'une telle brutalité, j'avais la sensation de ne pas être à la hauteur de Yarini, de ne pas avoir été à la hauteur de mes compétences et, surtout, de ne pas avoir été à la hauteur de cette pauvre fille punie par sa famille, par la société et par un assassin sadique. Un criminel qui, pour ma plus grande rage, s'était inspiré de celui qui, pour sauver sa carrière, avec une totale froideur, avait dépecé la femme dont il avait abusé, physiquement et psychologiquement. Je n'en finissais pas de ressasser tout cela quand a surgi un homme providentiel qui a permis à l'affaire de prendre un tournant inespéré : Renato Alfonso. Tato, comme on le connaissait dans le quartier, était un escroc sans grande envergure qui, cette fois, s'était retrouvé mêlé à une rixe, un banal échange de coups de poignard et de blessures, rien de très nouveau. C'était la quatrième ou cinquième fois que Tato revenait au poste de police depuis que j'avais commencé à travailler dans le quartier, et je l'ai menacé de ne pas le laisser repartir, cette fois, sans une condamnation qui nous débarrasserait de lui pour quelques années. Et c'est là que, sans même me laisser le temps de lui poser les sempiternelles questions que j'avais en tête, il m'a proposé de me livrer une information importante concernant le sort qui avait été réservé à Finita, en échange de ma clémence.

– Dans le quartier, tout le monde est au courant, inspecteur. Vous êtes le seul qui continue à s'intéresser à l'affaire.

Tel que je connaissais l'escroc, je me suis dit que c'était encore un de ses coups de bluff.

– Évite-moi tes salades, Tato… Cette fois, je vais t'envoyer au trou pour un bon bout de temps.

– C'est pas des salades, inspecteur, pas du tout, a-t-il poursuivi d'une voix qui invitait presque à la compassion. Au contraire, c'est une très bonne information…

– Vas-y, dis voir… mais j'ai pas l'intention de te relâcher avant de l'avoir vérifiée.

– Et si ça colle, vous me relâchez ?

– Si ça colle vraiment très bien…

– J'ai votre parole ?

– Tu as ma parole, lui ai-je répondu, persuadé qu'il allait me vendre du vent.

– Au bout de la rue Damas, il y a un claque… vous savez, un endroit où les filles vont se prostituer clandestinement.

– Je le connais.

– Il y en a une qui travaille là-bas, Altagracia… je connais pas son nom de famille. Une métisse qui doit avoir dans les trente ans, elle est encore bonne… et elle était amie avec Finita. Elles venaient toutes les deux du même village, je sais pas lequel.

– De Cárdenas ?

– Peut-être bien, je sais pas… Mais peu importe, ce qui importe, c'est qu'elles étaient amies et Altagracia sait qui était le mac de la défunte.

– La morte n'avait pas de mac.

– Si, elle en avait un, elles en ont toutes un. Mais celui-là, il se montrait pas. Et Altagracia, elle en sait un peu plus sur lui, elle sait qui il est, entre autres.

– Quoi d'autre ?

– Ça, c'est à vous de le trouver, inspecteur. Parce que moi, je vous parle comme un ami, pas comme une balance…

– Toi et moi, on n'est pas amis.

– Et je suis pas une balance non plus, répétait Tato dans une tentative pathétique de préserver un peu de sa fierté, de son éthique de délinquant. Mais vous allez voir que mon renseignement est bon. Plus que bon, je vous le jure sur la tête de ma mère…

Il s'est appuyé au dossier de sa chaise et a souri, tellement sûr de lui que j'ai eu la certitude que l'escroc n'était pas en train de m'arnaquer.

Le soir même, j'ai remonté la rue Damas, une de ces ruelles étroites et sombres qui débouchent dans la partie la plus mal famée du port de La Havane, une zone truffée de bars et de tripots bas de gamme où les marins de passage et les dockers boivent et jouent leur salaire. Même pour un policier comme moi, la rue Damas était un endroit peu recommandable de nuit. J'avais donc demandé au sergent Nespería de m'accompagner dans cette incursion que je ne pouvais correctement mener que de nuit, à l'heure où les filles vont travailler.

J'ai eu du mal à localiser cette Altagracia, mais je n'ai pas lâché l'affaire et on a fini par m'indiquer l'endroit où elle officiait, un couloir pestilentiel, avec des chambres mal éclairées, à l'entrée duquel nous nous sommes plantés pour attendre la sortie de son client du moment, à l'issue d'une formalité physique d'ordinaire assez expéditive. Ces femmes-là ne peuvent compter que sur leurs propres forces, elles triment à un rythme plus effréné que les prostituées logées dans des maisons closes et protégées (façon de parler) par leur proxénète.

Altagracia avait un physique avantageux, Tato ne m'avait pas menti, mais il lui a suffi de nous apercevoir et de comprendre qui nous étions (avions-nous une odeur particulière ?) pour que la pauvre se mette à trembler. J'ai su instantanément que Tato m'avait mis sur une bonne piste.

– Ne t'inquiète pas, Altagracia, je veux juste parler un peu avec toi, lui ai-je dit pour la calmer tout en lui attrapant le bras pour l'éloigner de l'entrée de l'immeuble. Toutes les ouvrières du sexe avaient une peur bleue des représentants de l'ordre, qui les approchaient avec toujours une idée retorse derrière la tête.

– Parler de quoi ? J'ai rien fait, moi.

Je préférais éviter les bars du quartier, alors j'ai conduit la jeune femme terrorisée sous le porche sombre d'un commerce fermé à cette heure de la nuit. Pour distinguer son visage, j'ai dû la pousser dans un angle où se reflétait la lumière rouge du bordel du trottoir en face.

– Si tu te grouilles de me raconter ce que j'ai besoin de savoir, on en finit et tu t'en vas. Sinon je t'embarque, je te fiche comme pute et on en reparle au commissariat, lui ai-je lancé en tentant d'avoir l'air aimable mais strict.

La pauvre Altagracia faisait non de la tête, comme pour se dire à elle-même qu'elle n'avait pas mérité un tel sort. Je n'y suis pas allé par quatre chemins :

– Tu as parlé à d'autres, alors maintenant tu vas me parler à moi. Tu as raconté des trucs sur le mac de ta copine Finita. Et si tu me le dis à moi, il y a peut-être des chances pour que je sache ce qui lui est arrivé, qui l'a tuée de cette façon si horrible.

– Celui qui l'a tuée est le même qui a tué l'autre, tout le monde le sait, m'a répondu Altagracia en cherchant une échappatoire.

– Depuis le début, on sait que ce n'est pas le même homme… Et ce que tu ne sais pas, c'est que l'autre, celui qui a tué ta copine, il l'a découpée en morceaux avant qu'elle meure. D'abord un bras, puis l'autre… ai-je menti avant d'ajouter : – Ça a dû être horrible. Et toi, tu vas laisser ce gars traîner dans les rues, pourquoi pas en tuer une autre, et peut-être même que ce sera toi, s'il apprend que tu racontes des choses… Si moi, je l'ai appris…

Elle secouait la tête de plus en plus fort. Elle savait que mon raisonnement était fondé.

– Mais s'il apprend que je vous ai parlé…

– Il ne va pas l'apprendre, je te le jure, ai-je affirmé en la regardant droit dans les yeux.

– Le flic qui a la bouche en cuillère, a-t-elle fini par lâcher, presque dans un murmure.

Soudain, tout faisait sens, chaque pièce du puzzle trouvait sa place et les formes devenaient nettes et précises. Cette image avait tout le temps été devant moi et, peut-être parce que je la regardais de trop près, j'avais été incapable d'en distinguer les contours. À présent, je ne savais pas si je devais me féliciter pour ma persévérance alliée à un véritable coup de chance, ou si je méritais des claques pour m'être montré aussi bête et obtus.

– Le capitaine Fonseca ? ai-je demandé en baissant la voix moi aussi, après avoir lancé un regard à Nespería et constaté sa pâleur soudaine.

– C'est lui qui contrôlait Finita. Il lui prenait son argent et il couchait avec elle. Il la cognait si elle ramenait pas assez d'argent, il la menaçait. Il la traitait plus mal qu'un chien. Je l'ai vu avec elle, le soir où Finita a disparu. C'est tout ce que je sais.

– Eh bien, c'est justement ce que je voulais savoir, lui ai-je dit en fourrant la main dans ma poche pour lui donner un peu d'argent. – En compensation du temps perdu. Ou pour que tu te fasses oublier pendant quelques jours... Va-t'en à Cárdenas... Ici, tout le monde sait tout et raconte tout, et tu es bien placée pour savoir que Fonseca est capable de n'importe quoi.

Altagracia ne m'avait pas seulement livré un nom, elle ne m'avait pas seulement ouvert la voie vers la vérité, elle avait surtout déposé entre mes mains une bombe avec la mèche allumée.

À peine avait-elle disparu dans l'obscurité de la rue Damas que j'ai rappelé à Nespería que lui et moi étions les seuls, parmi tous les policiers, à être au courant de cette information et que nous devions agir avec prudence et en silence, car le moindre faux pas pouvait nous coûter la vie. Nous savions tous les deux qu'il existe une loi non écrite qui stipule qu'un policier ne doit pas s'en prendre à un autre policier mais, dans un cas pareil, un collègue avait franchi les limites de ce qui peut être toléré et je n'avais pas la moindre intention de devenir son complice. J'ai donc dit au sergent que nous avions affaire à du lourd, du très lourd, à une affaire terriblement dangereuse, et que je devais réfléchir aux prochaines étapes. Je lui ai alors laissé une porte ouverte : s'il préférait, je pouvais le tenir à l'écart de cette enquête. Soulagé, le sergent m'a répondu sans hésiter que c'était préférable : il n'avait rien entendu, ne savait rien, n'avait pas traîné dans le coin et demanderait un congé dès le lendemain matin pour aller rendre visite à sa famille à Sancti Spiritus. Et nous nous sommes serré la main pour sceller notre pacte de silence.

Avec mon salaire qui avait augmenté, plus les à-côtés que j'empochais pour regarder ailleurs, j'avais pu louer un appartement avec toilettes et salle de bains dans un immeuble modeste mais plus confortable, situé dans la rue San Lázaro… l'appartement où j'habite encore aujourd'hui. C'est là que j'ai commencé à réfléchir aux différentes façons possibles de faire avancer cette enquête qui, d'une manière ou d'une autre, passait toujours par la révélation à mes supérieurs de l'information que je venais d'obtenir. Et, en admettant que je parvienne à les convaincre, par le nécessaire interrogatoire du capitaine Fonseca, avec tous les risques impliqués par cette démarche. J'avais beau chercher la meilleure façon de procéder, j'en arrivais toujours à la même conclusion : je ne pouvais mettre mes supérieurs au courant que si je bénéficiais d'une protection. Et j'avais beau en chercher une, je retombais toujours sur le même nom : Alberto Yarini. Il était le seul à pouvoir me fournir le blindage requis pour pénétrer dans ce champ de mines et pour, éventuellement, en ressortir vivant.

Mais il me fallait d'abord avoir autre chose à offrir que mes élucubrations et une dénonciation (et si Altagracia s'était fichue de moi, si tout cela n'était qu'une vengeance personnelle ?) : j'avais besoin d'étayer cette information. Pour ce faire, je me suis dit que j'avais peut-être un allié. Le docteur Anacleto Torres m'attendait à la morgue municipale. Bien qu'il n'y ait rien d'extraordinaire à ce que nous nous retrouvions là, je l'ai prié de refermer la porte de son bureau derrière nous, histoire de parler en privé.

– Je m'en remets à vous, docteur, c'est ma vie qui est en jeu, lui ai-je dit, puis, sans autre forme de procès, je lui ai raconté les détails de ma rencontre avec Altagracia, en agrémentant mon récit de quelques informations secondaires qui lui donnaient plus de poids.

– Effectivement, tu joues ta vie. Fonseca est un gars dangereux, il a dû soudoyer pas mal de monde pour assurer ses arrières… Bon, disons que tu as de la matière et que tu n'as rien du tout, Saborit. Tout juste la parole d'une pute, a conclu Torres au terme de mon exposé.

– C'est bien pour ça que j'ai besoin de votre aide. Fonseca est un imbécile, mais il n'est pas né de la dernière pluie. Il n'a pas dû garder chez lui la machette qui lui a servi à découper la fille. Mais si jamais c'est lui l'assassin, il doit y avoir quelque chose quelque part…

Torres a acquiescé. Puis il a souri.

– Quelque chose que j'ai, moi… Le sperme retrouvé dans le corps de la morte. Je l'ai conservé au cas où.

– Mais… comment se procurer un échantillon du sperme de Fonseca sans l'arrêter, et même après l'avoir arrêté ?

Torres a souri.

– Il me suffit d'un échantillon de son sang… Un échantillon que j'ai déjà, au demeurant.

– Vous avez aussi du sang de Fonseca ? – Je n'en revenais pas. – D'où est-ce que vous l'avez sorti ?

– D'une prise de sang que Fonseca m'a demandé de lui faire pas plus tard qu'hier… il veut savoir s'il a la syphilis. Et il l'a… tout comme la défunte Josefina, d'ailleurs. Tu peux verser cet élément au dossier.

– Donc ? ai-je demandé, sans me faire à l'idée que les astres étaient véritablement en train de s'aligner favorablement sous mes yeux.

– Laisse-moi quarante-huit heures. J'ai besoin de mettre en culture le sperme et le sang, et là je pourrai être sûr à quatre-vingt-dix pour cent qu'ils appartiennent ou non à la même personne.

– Mais ça fait une marge de dix pour cent et Fonseca…

– Ne t'inquiète pas… avec ces quatre-vingt-dix pour cent, tu pourras l'arrêter. Et chercher ensuite la confirmation définitive : j'ai une empreinte digitale que j'ai prélevée sur le seul vêtement que portait le cadavre… Une jarretière blanche à la cuisse droite… jarretière que Fonseca n'a jamais touchée quand nous avons examiné le cadavre. Parce qu'il ne touche jamais les morts.

– Mon Dieu, docteur…

– Si tes soupçons sont confirmés en laboratoire, je te remettrai le cadeau bien enveloppé dans un joli paquet. Tu n'auras plus qu'à faire le nœud.

Trois jours plus tard, j'ai retrouvé Yarini sur la vieille Alameda de Paula, face à la mer, tout près de là où je l'avais vu prononcer ce fameux discours qui, quelques mois auparavant, m'avait tellement effrayé. Nous avons pris place sur l'un des bancs en pierre et, après lui avoir dit qu'il était le seul à pouvoir me sortir des sales draps dans lesquels je m'étais fourré et lui avoir fait promettre d'user de tous les moyens possibles pour m'aider, je lui ai raconté ma découverte : il était plus que probable que le capitaine Fonseca soit le meurtrier de la prostituée Josefina Gómez, car c'était la seule façon d'expliquer son attitude au cours de l'enquête, ses dissimulations, ses actions et réactions arbitraires. En plus, dans le laboratoire de la morgue, le légiste Torres était parvenu à la conclusion que le sperme retrouvé sur le cadavre coïncidait avec la composition sanguine de Fonseca, qui avait d'ailleurs contracté la syphilis, tout comme la morte, et, pour l'inculper sans laisser planer le moindre doute, nous disposions en outre d'une empreinte digitale du meurtrier présumé, il suffirait de vérifier qu'elle lui appartenait bien pour l'accuser sans risquer de se tromper.

Alberto m'a écouté en silence, en fumant une de ses cigarettes parfumées. Pas une seule fois il ne m'a interrompu, se limitant à hocher sa tête couverte de son précieux panama en signe d'assentiment ou de dénégation.

– J'ai deux possibilités... soit je vais en parler directement à mon chef, le colonel Osorio, soit je vais taper plus haut, en espérant que quelqu'un voudra m'écouter. Accuser de meurtre un inspecteur de la police, ça risque de déplaire à pas mal de monde.

– Osorio est un bandit et tu le sais parfaitement, a commencé Yarini. Tu ne peux pas lui faire confiance. Pour éviter le scandale, il est fichu de prévenir Cuillère et de lui laisser le temps de disparaître... Or Fonseca doit payer pour ce qu'il a fait. Ce n'est plus un flic corrompu parmi d'autres, c'est un assassin de femmes. Non, son crime ne peut pas rester impuni.

– Alors qu'est-ce que tu me conseilles ?

– On va aller voir Freyre de Andrade... Fernando est avocat et il connaît tout le monde dans ce pays. Il saura par quel bout prendre cette affaire. Tout ce que je sais, c'est que tu dois viser haut, très haut.

Le tonnerre s'est abattu depuis le cabinet du maire de La Havane en personne sur le bureau du chef de la police de la province, avant de parvenir, à grands cris, jusqu'aux oreilles du colonel Osorio, au passage traité d'idiot inepte par son supérieur. C'est un Osorio exsangue qui m'a immédiatement fait endosser la responsabilité d'arrêter Ezequiel Fonseca, avec un mandat signé par le procureur de la Cour suprême qui m'autorisait également à le mettre sous les verrous à titre préventif et à enquêter sur celui qui était désormais soupçonné d'avoir participé au meurtre de Josefina Gómez. Et c'est ce que j'ai fait, accompagné de Nespería (il n'était parti nulle part, finalement, et, voyant que le vent était favorable, il avait proposé de venir avec moi) et de l'inévitable colonel Osorio, plus que jamais en manque d'un succès qu'il ne tarderait pas, je le savais parfaitement, à s'approprier sans le moindre scrupule, comme à son habitude.

Première pièce versée dans la procédure, le relevé des empreintes du détenu nous a enfin permis de respirer : l'empreinte sur la jarretière de la défunte Josefina Gómez appartenait bien au citoyen Ezequiel Fonseca, jusqu'alors encore capitaine de la Police nationale.

Au moment où j'en ai eu la confirmation et que j'en ai fait part à Fonseca, j'ai vu l'ex-capitaine, qui jusque-là s'était montré arrogant et apparemment offusqué, s'effondrer. À cet instant précis, plus que la joie d'avoir élucidé un crime extrêmement cruel, plus que la fierté d'avoir contribué à faire avancer la justice, j'ai ressenti une immense fatigue, une lassitude paralysante. Je suis donc resté de marbre lorsque le colonel Osorio s'est empressé d'annoncer à la presse la détention de Fonseca, accusé d'être le deuxième Boucher de San Isidro.

En quelques secondes, des avalanches de merde accumulée durant des mois se sont déversées sur la personne de Fonseca. Les journalistes eux-mêmes, qui lui payaient des pots-de-vin et des coups à boire en échange d'informations, ont abattu leurs foudres sur l'accusé et, au passage, sur toute la police, à l'exception des habituels intouchables et du nouveau héros, toujours nécessaire, qui redevenait le "perspicace et dévoué" colonel Osorio.

Je me fichais personnellement de ce qui se déroulait sous les yeux du public, mais j'ai mal pris les déclarations de Fonseca qui tentait de sauver sa peau en éludant la préméditation. Une fois sa culpabilité établie sans équivoque (preuve supplémentaire, nous avions retrouvé chez lui la bague portée par la défunte), l'ex-policier avait perdu son arrogance et son visage reflétait sa réaction : sa bouche en cuillère s'était encore affaissée, si tant est que cela fût possible, au point qu'elle lui touchait le menton, et la férocité de son visage s'était éteinte. À son éventuelle décharge, Fonseca a nié avoir eu une relation stable avec sa victime, il a même dit que son acte était dû à la tension ressentie durant l'enquête sur le premier crime. Il présentait cela comme une réaction passagère, un acte irrationnel commis dans un accès de folie, sous l'effet de l'alcool, pour dire et redire combien il le regrettait. Mais personne ne l'a cru et il a été accusé d'homicide volontaire avec préméditation. J'ai alors su qu'il ne croulerait pas seulement sous le poids de la justice, il aurait à supporter le châtiment d'une société atteinte dans ses ressorts les plus sordides : Fonseca avait causé du tort à de nombreuses activités commerciales et devait servir d'exemple. Et ce fut le cas, en effet. Quand bien même sa victime n'avait été qu'une pauvre pute de bas étage.

Six mois plus tard, à un jour d'intervalle, le docteur Bencomo et l'ex-capitaine Fonseca ont été fusillés dans les douves de la forteresse de la Cabaña.

7

Féru d'histoire et de littérature comme il l'était, Conde adora l'information qui lui paraissait avoir été volée dans un chapitre des *Mystères de Paris* d'Eugène Sue : tout ce qui se passait maintenant avait peut-être commencé cent quatre-vingt-quatre ans plus tôt, dans la nuit du 5 au 6 novembre 1832, quand des voleurs, soigneusement masqués, jamais identifiés ni retrouvés, avaient soustrait un lot important d'objets du Cabinet des médailles des rois de France, à Paris.

Deux coups de téléphone avaient suffi pour organiser la rencontre. Conde avait demandé à Miki, et l'écrivain lui avait dit qu'il était sûr de tenir son homme. Miki s'était enquis de la disponibilité de celui qui était supposé pouvoir apporter ses lumières sur le problème napoléonien, et l'homme en question avait accepté de s'entretenir avec le policier qui n'était pas policier et cherchait à en savoir plus sur la présence à Cuba d'objets en lien avec le Corse.

– Eduardo Álvarez t'attend chez lui demain à dix heures du matin. Note l'adresse, dit Miki, et Conde s'exécuta. Il est ravi de parler avec toi, mais j'aime autant te prévenir : le type est historien, ça tu le sais déjà, il connaît tout ce que tu voudrais savoir sur Napoléon et mille autres choses, mais pour moi il est complètement fou… Écoute-moi ça : il y a quelques années, il a donné à un musée une collection de médailles napoléoniennes.

– Ah, très bien. Elle est où, la folie ?

– Eh bien, les médailles qu'il a données pouvaient valoir dans les trente mille dollars il y a vingt ans… le double aujourd'hui !

– Et tu dis qu'il les a données, comme si de rien n'était ? – Conde était tombé dans un puits d'étonnement.

– C'est ce que je te disais… il est fou. Plus que toi. Mais c'est un fou sympa. Sois à l'heure, Conde !

– Comme diraient les Andalous, il faut de tout pour faire un monde.

Et Conde, à bord de la voiture que lui avait envoyée Duque chez Tamara, s'était pointé dix minutes avant l'heure à l'adresse qu'il avait notée. Tout en fumant une cigarette, gardant un œil sur sa montre et luttant contre son anxiété, il examinait l'immeuble où habitait l'historien, en pleine chaussée de San Lázaro qui méritait son titre d'avenue la plus moche de La Havane. L'anodine façade avait apparemment été repeinte plus ou moins récemment, durant l'une de ces tentatives sporadiques lancées à grand fracas pour améliorer le visage de la ville (à cause de la venue d'Obama ?). Cependant, ou bien la peinture était de très mauvaise qualité, ou elle avait été mélangée à tellement d'eau par les peintres (qui tentaient d'améliorer leurs salaires en volant toute la peinture possible) que la pluie et le soleil l'avaient décolorée et qu'il était déjà impossible de déterminer la teinte originelle de l'émulsion appliquée. À présent, plutôt que repeinte, la construction semblait tachée.

Conde monta au deuxième étage de l'immeuble, chercha l'appartement de l'historien, et frappa à la porte, qui s'ouvrit aussitôt, comme si l'hôte avait été là, en train d'attendre le signal.

– Vous êtes cubain ?

L'homme, la cinquantaine, les cheveux ébouriffés ou pas peignés, regardait Conde intensément.

– Oui… bien sûr.

– C'est bizarre! dit l'autre en regardant sa montre avec incrédulité avant de lui tendre la main. Enchanté, Eduardo Álvarez, bienvenue. Entrez…

– Merci, dit Conde, encore sous le choc de cet accueil.

Le salon semblait envahi de livres. Chaque mur, chaque meuble, chaque siège débordait de papier imprimé. Il n'y avait de libres que deux fauteuils et un espace réduit sur la table basse où étaient déjà posées deux tasses de café, avec leurs soucoupes. Ce type est encore plus maniaque que moi, estima le Conde, et par déformation professionnelle il calcula qu'avec la bibliothèque visible il y avait de quoi se faire un bon pactole.

– Asseyez-vous… Un café? proposa l'historien en levant sa tasse. Il vient d'être fait.

– Merci, j'en avais besoin. – Conde goûta le café. Il dut faire un effort pour avaler l'infusion qui avait un goût de sirop douceâtre. Quelle bibliothèque…

– Et j'ai d'autres livres dans ma chambre. Je ne vous les montre pas, parce que ma femme me tuerait. Je viens de me lever et elle n'a pas fait le lit…

– Vous êtes un spécialiste de Napoléon et de l'Empire, n'est-ce pas?

– Un peu… j'ai plus d'un millier de livres sur le sujet. En espagnol, français et anglais. Et j'étudie l'allemand pour pouvoir lire aussi dans cette langue.

Aucun doute: il est beaucoup plus fou que moi, se dit Conde. Ou bien est-ce un ange tombé du ciel? Il a vraiment donné trente mille dollars? Un extraterrestre, l'historien devait être un fichu extraterrestre.

– Et vous-même, vous vouliez…? commença son hôte. Avant tout, je peux vous tutoyer?

– Bien sûr… C'est un des inconvénients de vieillir. Beaucoup de gens commencent à être plus jeunes que vous.

– L'inconvénient, ce serait de ne pas arriver à la vieillesse, dit le bibliophile qui sourit en savourant le café.

Prends Napoléon, il n'y est pas arrivé, ajouta-t-il, et Conde sut que Eduardo Álvarez mourait d'envie d'aborder le sujet. Plus qu'à un fou, Conde sut qu'il avait affaire à un passionné.

– Il a vécu combien de temps ?

– Il est né à Ajaccio le 15 août 1769 et il est mort à Sainte-Hélène le 5 mai 1821. Cinquante et un ans... le même âge que moi.

– Il a toujours été sur le pied de guerre, littéralement. Et il l'est encore.

– Tout à fait, tout à fait. À la Société napoléonienne internationale, nous n'arrêtons pas. Pas un jour sans que n'apparaissent de nouvelles choses sur l'Empereur, de nouvelles études...

– Vous vous réunissez ?

– Bien sûr, bien sûr. Il y a deux ans, les napoléoniens du monde entier se sont réunis ici, à La Havane. Tu ne l'as pas su ?

Conde se sentit gêné.

– Non, je ne l'ai pas su. C'est que... je lis de moins en moins le journal. Je n'aime pas ce qu'il raconte... Ou alors c'est tous les jours la même chose. En plus, pour parler franchement, on ne peut pas dire que je sois très napoléonien.

– Le musée d'ici est très important... Les visiteurs qui ne le connaissaient pas n'en croyaient pas leurs yeux.

– Et les médailles... ? Vos médailles... osa demander Conde.

– Ah, on t'en a parlé. Mais s'il te plaît, dis-moi *tu* toi aussi... Non, c'est juste que mes médailles sont dans un musée de Cárdenas, parce que je suis de là-bas... Mais ne parle pas trop fort de ça. Si ma femme t'entend, ça va lui rappeler ce que j'ai fait et ça va chauffer pour moi. Avec cet argent...

– C'était beaucoup d'argent.

– Je sais, mais... bon, j'ai fait ce que je devais faire.

– Ce que je devais, ce que je devais… – La femme avait surgi de quelque part au fond de l'appartement et elle disparut aussitôt du côté de là où devaient être les chambres à coucher. De ce qu'il en avait vu, elle était un peu plus jeune qu'Eduardo, une quadragénaire solide et, à ce moment-là, furax. – J'ai encore envie de le tuer. De le jeter du balcon… ajouta-t-elle avant de disparaître, comme dans un fondu enchaîné.

Conde ne put s'empêcher de sourire. L'historien fronça les sourcils tout en secouant la tête comme pour prévenir : "Je suis un incompris." Et l'ex-policier essaya de temporiser.

– Oui, il y a des gens qui font ce qu'ils doivent, et d'autres non. Mais presque personne ne ferait ce que tu as fait. Chapeau.

L'historien esquissa un geste pour relativiser son acte ou pour chasser une mouche.

– Bon, et c'est sur quoi, ton enquête ?

Conde sortit son paquet de cigarettes et le montra à l'historien qui accepta d'un geste. Il essayait de mettre de l'ordre dans ce qu'il ignorait et de choisir l'information qu'il pouvait fournir.

– Pour commencer et avant tout, je ne suis pas flic. Je l'ai été, il y a des siècles. Mais je les aide… Il y a deux personnes qui sont mortes, de façon pas jolie-jolie. Et il se peut que cela soit en rapport avec quelque chose qui a appartenu à Napoléon.

– Ah, très bien !

– En fait, pas si bien que ça… C'est pour ça que je voudrais d'abord te demander quelque chose en tant qu'historien… Une mutilation, et plus précisément une castration, cela te parle d'un point de vue historique ou rituel ?

Eduardo Álvarez réfléchit quelques secondes.

– Bon, la mutilation génitale a été pratiquée dans beaucoup de cultures. Et il y a une première raison à ça : c'est une façon d'ôter sa virilité au vaincu. De lui voler son courage… J'ai lu un jour que certaines tribus d'Indiens d'Amérique du Nord pratiquaient la castration des vaincus, parce qu'ils croyaient que l'esprit de l'ennemi passait dans une autre forme de vie avec les mêmes attributs qu'à sa mort. Ainsi, le guerrier vaincu s'en allait sans sa virilité, sans courage et sans la possibilité d'obtenir les plaisirs de l'acte sexuel.

– Ces morts continuaient à… copuler ?

– Ils vivaient une autre vie, très semblable à celle-ci. Dans un monde spirituel. Mais la plus grande mutilation était d'arracher les yeux du défunt… Comme ça, il ne pouvait pas trouver le chemin de l'autre monde et il restait dans celui-ci à l'état de fantôme, errant à l'aveuglette.

– Intéressant, admit Conde, sans pouvoir encore relier ce qu'il entendait aux castrations de Quevedo et Marcel Robaina. Il n'était pas enclin à leur attribuer ces significations profondes. Et celle de Napoléon ? – Bon, j'en viens au but de ma visite… Il y a peut-être une chose de grande valeur en lien avec ces meurtres. Sûrement un objet. Apparemment, mais c'est juste une supposition de ma part, pas très grand… Et le nom de Napoléon n'arrête pas de sortir… Je suis passé au musée et ils ne savent pas si quelque chose de valeur peut se balader ici, à Cuba. Et toi, ça te dit quelque chose ?

– Un objet de valeur et pas très grand ? Un sceau en or, un cachet, lâcha spontanément l'historien. Ses yeux brillaient. – Un sceau qui est très probablement parvenu à Cuba, une pièce unique dont, depuis qu'elle a été volée, on n'a jamais su où elle était et qui, si elle existe encore, pourrait valoir au moins cinquante mille dollars. Au moins. Et tu crois que quelqu'un l'a ici, à Cuba ? Ce serait génial, un super coup… Si on le retrouve, tu dois me le dire à moi en premier. Je vais démontrer que Juan Bautista Leclerc a apporté à Cuba plus de choses que ce qu'on croit. Qu'il a peut-être même participé au vol... Ils n'en reviendront pas! – Ses yeux qui brillaient s'emplirent de larmes de pure émotion historique. Un ange passionné.

Juan Bautista Leclerc de Beaume. Le nom te dit quelque chose? Quasiment personne ne se souvient de lui. Même si, dans les années 1840, il a été directeur de l'Académie San Alejandro, ici, à La Havane, et il y a même des tableaux de lui au Musée national. Un très bon portrait du père Félix Varela, par exemple...

Juan Bautista était le fils de Français propriétaires d'une plantation de café dans les environs de Cárdenas. Des Français cultivés et républicains rousseauistes. C'était pour ça qu'ils avaient baptisé la plantation "L'Humanité". Même s'ils avaient des esclaves, et si je ne saurais dire s'ils étaient très humains avec eux. Depuis l'enfance, Juan Bautista avait montré des dons pour la peinture et ses parents l'ont envoyé étudier aux Beaux-Arts à Paris. Il est parti d'ici en 1820, il a été accueilli là-bas par un oncle à lui qui avait été général des armées impériales, et il a été l'élève de David, celui qui a été aussi le maître d'Ingres, celui du violon. En 1825, le Leclerc cubain avait déjà son propre atelier à Paris. C'était un bon professionnel, très académique, très classique, avec des éclairs de talent. Et il s'était transformé en napoléonien acharné, comme beaucoup de Français... C'est terrible de voir comment les révolutionnaires républicains se sont transformés en ardents partisans de Napoléon, l'homme qui a saboté la Révolution, ou l'a institutionnalisée, ce qui est la même chose. Terrible, non?

À cette époque, en France, circulaient de nombreux objets en lien avec l'Empereur. Authentiques ou faux, bien entendu. C'était en tout cas un marché très actif auquel Leclerc a eu affaire pour acheter plusieurs pièces.

Par exemple, une copie du fameux masque mortuaire de Napoléon réalisé par son médecin personnel à Sainte-Hélène, le docteur François Antommarchi, le même qui a fait l'autopsie grâce à laquelle il a été établi que le Corse était mort d'un cancer de l'estomac et… le même médecin qui a tranché son pénis et l'a emporté avec lui. Oui, le pénis dont on t'a parlé et qui a été revendu je ne sais combien de fois… L'autre jour, deux dents de Napoléon ont été achetées pour vingt mille euros. Si toutes les dents de Napoléon qui se sont vendues avaient été authentiques, cela voudrait dire qu'il avait plus de dents qu'un requin… Et ce même médecin, François Antommarchi, mû peut-être par une étrange force d'attraction, s'est retrouvé à Cuba plusieurs années plus tard, en 1836, et a attrapé la fièvre jaune dans les plantations de café de la Gran Piedra, à Santiago de Cuba, où il est mort en 1838. Et c'est le masque d'Antommarchi ramené par Leclerc que tu as vu ici, au musée. Impressionnant, non ? Je le regarde et… c'est comme si j'étais en face de l'Empereur… On pourrait presque lui parler… Ne le dis à personne… mais des fois je parle avec lui. Je te le jure.

Donc, je te disais qu'en 1831, le 5 novembre pour être précis, s'est produit le vol au Cabinet des médailles des rois de France, à Paris, une collection qui a ensuite été déplacée dans l'ancienne Bibliothèque nationale, rue de Richelieu. Cela a été un très gros vol, très bien préparé, façon Raffles ou Arsène Lupin, et à cause de cela on n'a jamais retrouvé les voleurs, même si, peu à peu, certains objets ont été récupérés… Ce jour-là ont disparu du cabinet des choses comme un ciboire de six pouces de diamètre, avec des médailles romaines incrustées sur le bord ; une coupe en or que Napoléon avait ramenée d'Égypte, gravée à l'image de l'un des rois de l'Empire sassanide, le dernier avant la conquête musulmane ; plusieurs bijoux retrouvés dans la tombe du roi franc Childeric Ier, antérieur à Charlemagne ; un sceau en or de Louis XIII ; une quantité importante de monnaies antiques, surtout grecques et romaines, et de nombreuses médailles napoléoniennes, honorifiques, commémoratives… et, bon, tu l'as déjà deviné, un sceau en or très particulier, il faut le dire.

Les sceaux pour cacheter les documents sont en général munis de coussinets de gomme. Mais à l'origine, depuis le Moyen Âge et comme c'était le cas du sceau de Louis XIII, également dérobé, les coussinets pouvaient être en métal, en or surtout. Et le sceau de Napoléon qui était dans le cabinet était en or, une pièce rare et peut-être unique. Précieuse et très recherchée, bien entendu… et jamais localisée jusqu'à aujourd'hui.

Je vais te le décrire de mémoire, mais ce que je vais te dire, tu peux le tenir pour acquis, marqué du sceau de l'authenticité, pour rester dans le sujet. D'après ce que je sais, iconographiquement il s'agit d'une représentation typique de l'époque impériale. L'Empereur est assis sur un trône, devant une draperie qui remonte sur les côtés et est surmontée d'une grande couronne impériale. Napoléon est vêtu à l'antique, comme un Grec ou un Romain classique, avec une couronne de laurier, et il tient dans la main droite un long sceptre et dans la gauche le glaive de la justice. De l'autre côté de l'effigie humaine, le contre-sceau avec l'aigle napoléonien entouré du collier de la Légion d'honneur, qui est une création de l'Empereur, posé sur un voile constellé d'abeilles et bordé d'hermine… Voilà, c'est à peu près ça. Impossible de faire plus napoléonien. Bonapartiste, en fait.

À l'époque du vol, Juan Bautista Leclerc est à Paris. Et, deux ans plus tard, il ferme son atelier et il réapparaît à Cuba. S'il a été impliqué dans le vol ou s'il a acheté des pièces volées, on l'ignore. Mais les soupçons sont très forts, parce qu'il a rapporté à Cuba, en plus du masque d'Antommarchi et d'un petit buste de l'Empereur signé

Canova, plusieurs médailles, dont une très spéciale, en argent, datant de 1814, connue comme la médaille de l'Abdication et d'autres objets de moindre importance, mais également en lien avec l'Empereur. Par la suite, toutes ces pièces ont été dispersées et ont circulé, ont été mises en vente, de génération en génération, et aujourd'hui on peut en voir certaines dans le musée d'ici, que tu as visité, et dans d'autres comme celui de Cárdenas, auquel j'ai fait don de ma collection… Il faut que tu ailles les voir !

Quant au sceau, on en a un peu parlé, très peu en fait, mais suffisamment pour soupçonner que Leclerc l'avait. On a émis l'hypothèse que, s'il était parvenu à Cuba, on pouvait suivre sa piste jusqu'à Leclerc mais qu'ensuite, il a disparu avec lui. Rien n'est certain… La seule chose qu'on sait à coup sûr, c'est que ce sceau de Napoléon est un joyau rare, qui, s'il était mis en vente aujourd'hui… bon… je dirais… pas moins de cinquante mille dollars. Si on paye dix mille pour chacune des dents dont rien ne prouve qu'elles sont authentiques, imagine le prix de ce sceau, qui est unique, totalement napoléonien… Ah, j'espère qu'il est bien à Cuba, ils n'en reviendront pas quand je l'annoncerai ! Parce que j'ai toujours soupçonné qu'il était là… La merde, évidemment, si tout ce que tu m'as raconté c'est à cause du sceau, la merde, c'est qu'il y a déjà deux morts dans tout ça. Et pourquoi tu crois qu'on leur a coupé le pénis à ces deux morts ? Parce qu'à Napoléon aussi, on lui a coupé la queue ?

Obama à Cuba. La Havane est en ébullition. Des armées de journalistes, d'hommes d'affaires, de touristes, de curieux. Enthousiastes, optimistes, nihilistes. Meurtris et pleins d'espoir. Et beaucoup de flics. De toutes les polices. Les gens collés à la télé. On sait qu'Obama s'entretient avec des dissidents, avec des entrepreneurs, on le voit en réunion avec les dirigeants cubains. Tu as vu, Obama, tous les cheveux blancs qu'il a, Obama il rit toujours, tu as vu, sacrée belle plante, la Michelle. Une visite historique, très bien. Avec les classiques tambours et trompettes. Et qu'est-ce que l'Histoire retiendra ? Quelque chose va changer ? L'évidence grandit de jour en jour : les gens le désirent, en ont besoin, supplient presque et attendent, avec confiance ou méfiance. Fatigués de trop d'histoire, en mal d'espoirs et d'espaces. Respirer, on a besoin de respirer… Mais Mario Conde continue à penser la même chose et n'en démord pas : Obama est venu, il est là, il va repartir et, comme l'a relevé il y a des années le grand philosophe existentialiste Jean-Paul Sartre, au bout du compte, la vie continue pareil. Ou c'est Julio Iglesias qui l'a dit ? On s'en fout, ça revient au même ; ce qui est terrible, c'est qu'il y a aussi des gens qui ne veulent surtout pas que ça change, parce que si quelque chose change, on peut les changer eux. Même si au bout du compte, tôt ou tard, quelque chose changera, se dit aussi Conde.

À cause de la fichue "visite historique", l'ex-policier trouva le Commissariat central des Enquêtes criminelles comme frappé d'un virus extraterrestre dans un film catastrophe, où les gens ont été liquéfiés ou aspirés alors que leur environnement est toujours en place. Heureusement, l'un des rares survivants était le lieutenant Miguel Duque qui l'attendait dans le hall du bâtiment.

– Avant qu'on reparte, dis-moi, exigea le policier. Napoléon ou pas Napoléon ?

– Peut-être bien que oui, peut-être bien que non… Qu'est-ce que tu en dis ? Tu m'offres un café et on va fumer dehors ?

Conde tenta de résumer la conversation avec l'historien Eduardo Álvarez sans mettre dans ses mots une intention particulière susceptible de faire pencher la balance de l'objectivité. Car, en définitive, ils n'en savaient guère plus qu'avant, à part quelques enjolivures : des dizaines d'objets napoléoniens étaient arrivés à Cuba, connus et répertoriés pour la plupart, et certains pour lesquels il n'y avait pas confirmation de leur arrivée et de leur disparition, comme le supposé sceau impérial en or, volé en 1832. Et ce joyau bien précis et de valeur pouvait être (ou pas, ce qui n'arrangeait rien) l'objet avec lequel Reynaldo Quevedo et Marcel Robaina espéraient gagner une petite fortune. En fait, pas petite du tout pour Conde et onze autres millions de Cubains résidant sur l'île, ni pour beaucoup de ceux du dehors, soit dit en passant.

– Donc… commença Duque, on en est au même point ?

– Non, mais pas loin, nuança Conde, qui évita de parler de ses prémonitions. Bon, on repart ?… N'oublie pas que, ce soir, je vais avoir un peu de boulot…

Conde opta pour garder le silence pendant que Duque conduisait jusqu'au quartier de Buenavista, où, sur son insistance, ils étaient parvenus à localiser le frère de la poétesse Natalia Poblet. L'ex-policier savait que l'officier cartésien et numérisé pensait que cette initiative était encore une de ses idées absurdes, un truc d'intello à la con, comme ses histoires d'intuitions, et qu'il le pensait d'autant plus que l'idée d'enquêter sur l'écrivaine suicidée qui pouvait avoir eu ou pas une relation avec Marcel n'était pas de lui. En fait, cette enquête, personne n'aurait pu en avoir l'idée… Mais Conde avait absolument besoin de replacer tous les éléments dont il disposait désormais et, pour le moment, de les pointer dans une direction vague, presque improbable : le fantôme persistant de Natalia Poblet.

Depuis le début, Conde avait la sensation tenace que l'enquête sur les meurtres, enlisée à première vue, se mordant la queue, dissimulait une donnée révélatrice, un véritable détonateur, qu'il n'avait pas été capable de repérer puis d'activer. Et par intuition, sans éléments tangibles, il s'était convaincu lui-même que l'histoire quasi oubliée de Natalia Poblet pouvait être le fil à tirer. Et, puisqu'il en était à réfléchir, il se dit au passage que s'il se sentait autant paumé c'était parce qu'il n'avait plus l'entraînement requis pour faire ce métier. Ou seulement, en dehors de toute justification, parce qu'il était bête, myope ou vraiment con. Ou tout cela à la fois, ce qui était plus que probable. Au bout du compte, on pouvait l'accuser de beaucoup de choses, sauf de ne pas avoir une forte capacité d'autocritique.

La maisonnette des Poblet était typique d'un quartier de La Havane qui, un siècle plus tôt, avait abrité une petite classe moyenne de commerçants et de fonctionnaires. Construite en pierre, avec un toit peu incliné, dans les années 1930 ou 1940, elle avait un jardin minuscule, un petit porche avec des arches, et aucun charme. Sous le porche, deux fauteuils en aluminium avec une assise en plastique tressé. Et sur l'un des fauteuils un homme chauve, d'une soixantaine d'années, encore robuste, vêtu d'un tee-shirt qui laissait voir que tous les poils perdus sur la tête s'étaient peut-être déplacés vers les bras, le cou et la poitrine. Comme l'Ours Miguel, se dit Conde, et il revit l'image de ce prof de maths de ses années de collège. L'Ours était-il mort ? Quelqu'un d'autre que Conde se souvenait-il encore de lui ? L'effacement de l'existence des gens, et même des souvenirs de leur existence, était-ce cela la véritable solitude des morts ?

Sandalio Poblet les regarda s'approcher en fronçant des sourcils interrogateurs, hirsutes eux aussi. Conde se dit que, même si pour l'heure Duque était en civil, l'homme les avait facilement identifiés. À l'odeur peut-être ?

– Bonjour, dit le policier depuis le trottoir. Nous cherchons Sandalio Poblet.

– Qui le demande ?

Duque n'avait pas le sens de l'humour. Conde aurait répondu n'importe quoi d'autre que ce que lança l'enquêteur.

– Police criminelle, dit-il en montrant sa plaque.

– Pourquoi ? – L'autre ne se le tenait pas pour dit.

– Parce que nous avons besoin de lui parler.

– De quoi ?

Duque poussa un soupir et Conde sourit. Il adorait les dialogues d'Hemingway, mais dernièrement encore plus ceux de Tarantino.

– De… deux meurtres.

– De qui ? – Sandalio était décidément coriace.

– Vous êtes Sandalio Poblet, oui ou non ?

– Bien sûr, vous auriez dû commencer par là, colonel.

– Lieutenant, seulement lieutenant… Vous permettez ? – Il montra le porche.

– Bien sûr, je vous en prie, dit Sandalio qui entra dans la maison pour en ressortir avec un fauteuil en osier où il s'installa, après avoir montré les deux autres sièges aux policiers. Au fait… vous savez si Obama vient vraiment ?

Conde eut la confirmation que Sandalio Poblet était un personnage compliqué. L'expérience lui avait appris que quatre-vingt-dix-neuf pour cent des gens perdent leurs moyens quand ils sont confrontés à la police, alors que Sandalio s'amusait à jouer les caïds. Il se lança à l'assaut.

– Non, il vient pas… dit Conde avant que Duque ne réagisse. C'est nous qui venons, et on n'a pas beaucoup de temps.

– Et vous voulez quoi ?

– En savoir plus sur votre sœur, Natalia Poblet, poursuivit Conde, qui n'avait pas l'intention de faire des détours.

Sandalio leva ses gros sourcils

– Natalia est morte il y a… presque quarante ans.

– Ça, nous le savons. Suicide. Pourquoi ?

Sandalio Poblet prit son temps. L'histoire, apparemment, l'affectait encore.

– Parce qu'elle n'en pouvait plus... parce que c'était une personne très sensible et elle n'a pas résisté.

– Elle n'a pas résisté à quoi ?

Sandalio tressaillit presque.

– Moi, j'avais vingt ans quand elle a fait ça... Je n'avais pas idée de ce qui arrivait à ma sœur. Ou je le savais, mais je n'imaginais pas à quel point ça l'affectait. Elle se faisait harceler et... Pourquoi vous me faites remuer cette merde ?

– Qui la harcelait ? – Conde décida d'appuyer sur l'accélérateur sans dévoiler ses cartes.

– Les chiens de chasse... ceux qui dirigeaient tout à l'époque... comme ce vieux qui est mort l'autre jour : Quijano.

– Quevedo, corrigea Duque, et Conde le fixa du regard. Ne t'en mêle pas, lui fit-il clairement comprendre. Laisse-le-moi.

– Oui, c'est ça... Ils l'ont accusée d'être une pratiquante active de la religion. D'être une poétesse intimiste, tel quel, poétesse intimiste. Et ils ont même insinué qu'elle était lesbienne, parce qu'on ne lui connaissait aucun petit ami... Ils inventaient n'importe quel mensonge, sans aucune pudeur. Et, en ce temps-là, tout ça était très grave. Ils l'ont virée de son boulot dans une maison d'édition et l'ont envoyée nettoyer les sols et les chiottes d'une Maison de la Culture... à Alquízar... avec des horaires fixes. Trente kilomètres aller, trente kilomètres retour. Elle devait se lever à cinq heures du matin pour être là-bas à sept heures, et le soir elle revenait à la maison vers sept ou huit heures... Ils l'ont étouffée. Non, asphyxiée.

– Comme beaucoup de gens. Mais les autres ne se sont pas suicidés.

– Mais elle, si.

– On m'a dit qu'elle avait avalé des comprimés et s'était ouvert les veines des poignets. Pour ne pas se rater. Ça s'est passé où ?

Sandalio Poblet baissa les yeux.

– Dans une petite chambre où elle habitait à El Cerro. Un ami à elle qui était curé la lui avait dégotée. On l'a retrouvée à cause de la puanteur… Comme elle passait ses journées à Alquízar, elle ne revenait ici que les dimanches, depuis sa punition elle ne voyait presque personne et…

– Qui habitait ici ?

– Nos parents, et ma sœur Consuelo, avec son mari et son plus jeune fils. Et moi, bien sûr. Il y a deux chambres dans la maison et, comme on y tenait à peine, Natalia est allée habiter ce petit studio à El Cerro. Elle était comme ça, toujours prête à se sacrifier pour les autres. Nati était un ange tombé du ciel…

– On m'a dit qu'elle était très catholique…

– Oui… mais elle n'était pas bigote.

– Pourtant elle s'est suicidée. C'est un péché mortel. Tu vas direct en enfer.

– Alors vous pouvez imaginer à quel point ils avaient foutu sa vie en l'air… Elle était déjà en enfer. Un véritable enfer… Depuis qu'elle s'est donné la mort, j'ai cessé de croire. Je ne crois plus en rien. En rien, répéta-t-il, comme pour ne pas laisser le moindre doute sur la radicalité de la perte de sa foi.

Conde décida d'accorder un répit à Sandalio, mais le lieutenant Duque avait une autre idée.

– Mais quand même… se tuer pour ça ?

Un sourire triste s'imprima sur le visage de Sandalio.

– Vous ne savez pas, lieutenant… c'est bien lieutenant que vous m'avez dit ?… bon, c'est pareil, vous ne savez pas ce que c'est de vivre en pensant que la punition qu'on vous inflige est peut-être une condamnation à perpétuité. Que tu ne redeviendras jamais celui que tu as été, qu'on te condamne uniquement pour ce que tu es, alors que ce que tu es n'a jamais agressé personne. Savoir que tu n'as pas ta place dans la société où tu vis et que, au mieux, on t'y relègue dans un coin, à nettoyer de la merde *per secula seculorum*, comme disent les curés. Se sentir comme un pestiféré, marginalisé, méprisé. Ils ont insinué qu'elle était lesbienne. Et ils l'ont qualifiée du pire : contre-révolutionnaire. Ils lui ont peint une croix noire sur le front... Vous savez ce que faisait l'un des valeureux camarades révolutionnaires qui travaillaient dans cette Maison de la Culture ? Pour l'humilier encore plus, le type chiait par terre au milieu des toilettes, tous les jours il chiait et il pissait par terre, pour que ma sœur soit obligée de ramasser sa merde. Et quand elle a protesté, ils lui ont dit que, si elle n'était pas contente, ils avaient un autre boulot pour elle : cuisinière pour les chasseurs de crocodiles dans le marais de Zapata... et que, si elle quittait son travail, on lui appliquerait la loi contre le vagabondage, ou celle sur la dangerosité sociale, je ne sais plus, et qu'elle serait envoyée quatre ans en détention dans une ferme disciplinaire avec d'autres sales gouines dans son genre. Et on ne lui disait pas ça sur le ton de la plaisanterie, c'était comme ça que ça fonctionnait dans ce pays... Ah, oui, bien sûr, on lui a dit de ne plus jamais s'aviser de publier un poème à Cuba, et encore moins en dehors de Cuba, ce serait considéré comme un acte hostile à la Révolution. Alors, je vous demande, lieutenant, vous ne trouvez pas que c'est suffisant pour que quelqu'un qui n'a agressé personne, qui n'a rien volé, qui n'a pas diffamé, vous trouvez que c'est trop ou pas assez pour que cette personne se sente tellement agressée, acculée, qu'elle décide de se tuer ? Et si je vous dis en plus que cette personne a dû s'éloigner du fiancé qu'elle avait depuis toute jeune parce qu'il voulait retourner faire des études à la fac et que ce petit con n'a pas tenu le choc et lui a dit un beau jour que sa relation avec elle pouvait lui causer du tort ? Et si ça ne vous paraît pas suffisant, ajoutez encore ça : quand ma sœur s'est tuée, on l'avait déjà tuée... Voilà ce que je peux vous dire sur Nati. Et je peux rajouter quelque chose, qui me concerne moi : c'était une fille douce et bonne, qui pouvait se sacrifier pour les autres, et elle était peut-être même capable de pardonner à ceux qui l'avaient offensée, qui, soit dit en passant, n'ont jamais demandé pardon pour les saloperies qu'ils ont faites... Mais moi, qui ne crois en rien, je ne peux pas. Et je ne veux pas non plus pardonner à ceux qui deux ans plus tard, en 1980, sont venus devant cette maison pour insulter et lancer des œufs et même des cailloux sur ma sœur Consuelo et sur son mari parce qu'ils quittaient le pays... Ma sœur infirmière et mon beau-frère médecin, deux personnes qui se consacraient à soigner les autres, ils les ont conspués, traités de déchets, d'éléments antisociaux, de pute et de pédé... tout ça s'est passé dans ce pays... Et rien ne me garantit que ça ne se reproduira pas, dites-moi un peu le contraire. Vous ne m'avez pas dit que vous repartiez déjà ?

Conde encaissa sans rien dire. Duque se réfugia dans un reniflement. Le discours de Sandalio Poblet était tellement dévastateur qu'aucun argument ne pouvait un tant soit peu l'atténuer. Car tous les deux, policier et ex-policier, savaient que ce que disait Sandalio était vrai. C'était bien comme ça que ce pays avait vécu, et le risque permanent que ces méthodes reviennent était ce qui avait inquiété ceux qui avaient déclenché la petite guerre des e-mails dont Miki avait parlé à Conde.

Duque, comme assommé par un coup de massue, esquissa alors un mouvement maladroit pour se mettre debout, mais Conde tendit la main pour l'arrêter.

– Sandalio, ce que tu racontes est terrible et je peux seulement te dire que je suis désolé de ce qui est arrivé à ta famille, particulièrement à ta sœur Natalia. Et je te comprends quand tu dis que tu ne peux pas pardonner… Mais l'un de ceux qui ont condamné Natalia, il y a quarante ans, a été retrouvé mort, en fait il a été assassiné et mutilé…

– La justice divine, commenta Sandalio. Et je vais vous dire, je m'en réjouis même. Quesada, c'est ça ?

– Celui qui l'a tué était quelqu'un qui avait beaucoup de haine et de détermination, fit remarquer Conde.

– Comme moi ? – Sandalio rit enfin. – J'aurais bien aimé le faire, mais je ne l'ai pas fait. Je ne suis pas comme eux… Je ne leur pardonne pas, mais je ne les punirais pas non plus. Pas de cette façon…

Conde le regardait dans les yeux. Sandalio était assez fou pour avoir toutes les raisons d'assassiner le procureur de sa sœur ou bien il était assez innocent pour se ficher pas mal que d'autres pensent le contraire. C'était dans tous les cas un jeu dangereux, dans lequel Conde, familier de ce genre de comportement, opta pour la seconde hypothèse. Sandalio n'était pas son homme. Il reprit la parole :

– En fait, nous ne croyons pas qu'on a fait cela à cause de ce qu'il a pu faire à des gens comme ta sœur ou comme le peintre Sindo Capote, qui était un de ses amis, d'après ce qu'il m'a dit lui-même…

– Mais alors pourquoi la mêler à cette histoire d'aujourd'hui ? Pourquoi vous venez remuer la merde ?

– On croit que Quevedo et un autre qui était en relation avec lui ont été tués pour une question d'argent. De beaucoup d'argent… Au début, on pensait que cela pouvait être en lien avec le vol de tableaux de peintres cubains qui étaient en possession de ce salopard de Quevedo et qu'il vendait pour vivre comme un prince. Maintenant on croit qu'il y a autre chose, qui pourrait avoir encore plus de valeur.

– Quel sinistre personnage, ce Quevedo… Mais je ne comprends toujours pas… – Sandalio avait l'air plus calme, peut-être également intrigué à présent.

– Vous dites que votre sœur avait eu un fiancé... qu'elle n'avait plus...

– Elle l'avait rencontré à l'université. Ils ont tous les deux été expulsés. Cela les a beaucoup affectés et ils ont fini par se séparer.

– Est-ce qu'elle a eu un autre ami, ensuite? Un qui s'appelait Marcel? Marcel Robaina.

– Non, ça ne me dit rien. C'est possible... Elle était jeune, plutôt jolie et...

– Et je vais vous demander une chose très concrète... Votre sœur a-t-elle perdu quelque chose qui pouvait avoir beaucoup de valeur?

– On lui a volé sa dignité, on lui a retiré sa fierté, on lui a arraché ses espoirs, lança Sandalio, de nouveau sur le pied de guerre.

– Quelque chose en plus... un objet? Pour être plus précis: un objet en rapport avec Napoléon Bonaparte?

Sandalio sourit enfin.

– C'est quoi cette histoire, capitaine?

– Oublie le grade, je n'en ai pas... Sandalio, toi qui as perdu ta sœur Natalia... ça t'est égal qu'il y ait déjà deux morts et qu'il puisse y en avoir d'autres par la faute de cet objet précieux? Même si l'un de ces morts est celui qui a foutu en l'air l'existence de Natalia...

Sandalio baissa les yeux pour la première fois depuis le début de cette conversation tendue.

– Écoute, je n'en sais vraiment rien... Mais, puisque tu en parles... Bon, écoute, quand ma sœur Consuelo et son mari sont arrivés dans la petite chambre de Nati, ils ont eu l'impression que quelqu'un l'avait fouillée.

– Qui? La police?

– On peut le supposer, non? Mais celui qui avait été le fiancé de Nati et Abelardo, mon beau-frère, ont parlé avec le chef enquêteur. Un lieutenant, je crois, encore un lieutenant... Et il leur a juré que les policiers avaient examiné les lieux, mais que le suicide était tellement évident qu'ils n'avaient à peu près touché à rien. Et ça, moi, je n'y crois pas.

– Est-ce que, par hasard, tu te souviens du nom de ce lieutenant de police ?

– Non, mais peut-être qu'Abelardo, oui. Si c'est important, je peux lui demander. Ah, je me rappelle qu'ils m'ont dit qu'il était gros, très gros…

Conde sentit le tintement d'une cloche. Un lieutenant enquêteur très gros.

– Où est-ce qu'on peut localiser ton beau-frère ?

– À Las Vegas… Ma sœur et lui ont fini par partir. Ici, il ne reste plus que moi…

– Bon, si tu peux, pose la question à ton beau-frère, s'il se souvient du nom… Donc, tu ne sais pas qui a pu fouiller la chambre de Natalia ?

– Je ne sais pas… En fait, personne ne semblait y attacher beaucoup d'importance. Comme Natalia n'avait rien… La plupart de ses livres étaient restés ici… Ah oui, et il y a six mois je me suis décidé à les vendre.

Conde sentit comme si des lignes s'entrecroisaient à nouveau, les aléas du destin.

– Et moi, j'achète et je vends des livres… À qui tu les as vendus ?

– À un certain Barbarito, un petit gros, métis…

– Barbarito Esmeril… Tu as vendu à la concurrence… dit Conde en souriant. L'atmosphère se détendait et ce n'était pas superflu.

– Et il y avait des trucs bien dans cette bibliothèque… des livres de Lezama, d'Eliseo Diego, de gens comme ça, tous dédicacés. Des premières éditions.

Conde secoua la tête. Barbarito le devançait toujours.

– Bon, merci de nous avoir consacré du temps, Sandalio. S'il te plaît, si tu peux, retrouve le nom du lieutenant qui s'est occupé du suicide de Natalia… et réfléchis, demande aussi à ta sœur… à propos de ce que je t'ai dit, un truc qui pouvait avoir beaucoup de valeur, en lien avec Napoléon.

– En fait… je comprends mal ton intérêt. Mêler ma sœur à tout ça… pourquoi ?

Conde regarda le lieutenant Duque, puis Sandalio, et il soupira :

– Parce que j'ai une prémonition, Sandalio, et c'est une prémonition très forte.

Conde avait essayé de chasser de son esprit la conversation avec Sandalio Poblet, sans grand succès. Son récit glaçant avait révélé la densité du calvaire, vécu par beaucoup de gens dans ce pays, qui avait entraîné le suicide d'une femme telle que Natalia, qui n'avait pas la capacité de résistance des autres, parmi lesquels certains de ceux qui avaient été arrêtés et avaient même fait des procès pour contester les sanctions professionnelles prises et avaient même eu, non sans mal, gain de cause auprès des tribunaux qui avaient ordonné leur réintégration.

Perdu dans ses pensées, accoudé dans son coin de La Dulce Vida, le vigile de nuit voyait sans les voir les employés et la clientèle qui remplissaient à ras bord le local, depuis les tables jusqu'au bar où les barmen débouchaient des bouteilles, préparaient des cocktails, coupaient des rondelles de citron vert. La frénésie d'un jour riche en événements s'était déplacée dans ce lieu nocturne où les clients s'amusaient, dépensaient, profitaient pleinement de ces moments de détente, même si coûteux, tellement loin de l'asphyxie où avait été plongée Natalie Poblet, victime de la pire intolérance orchestrée. Conde essayait d'imaginer comment peut se sentir un individu, encore plus s'il s'agit d'une personne sensible, faible peut-être, quand lui tombe dessus tout le poids d'un pouvoir absolu résolu à t'écraser, à te réduire en miettes, à te pulvériser, à t'atomiser et à t'effacer finalement. Et, pire encore, sentir que tu vis sous une pression qui n'a pas de date d'expiration, *per secula seculorum*, comme l'avait formulé Sandalio Poblet. Une infamie, conclut-il. Comme on l'avait dit de Virgilio Piñera, Natalia n'était pas morte : on l'avait tuée. Et toute cette accumulation d'agressions, avec un dénouement aussi tragique, avait commencé à semer dans l'esprit de Conde comme un doute qui le démangeait, malgré sa première impression et son sentiment : une mémoire de toute évidence aussi blessée que celle de Sandalio Poblet ne pouvait-elle pas exploser de façon violente si, du passé, ressurgissaient deux câbles jusque-là invisibles, qui s'étaient entrecroisés dans le présent ? L'homme qui ne voulait pas pardonner s'était-il décidé à punir ? Conde préférait ne pas y penser, même si sa suspicion policière qui s'était réveillée n'osait pas à présent en écarter l'idée. Sandalio avait un énorme mobile. Mais pourquoi se mettre en colère maintenant et tuer quelqu'un presque quarante ans plus tard ? Et quelle place tenait Marcel dans cette équation ? Et l'info que la chambre de Natalia avait été fouillée ? Et, comme touche finale alternative, que pouvait bien penser de l'histoire de Natalia Poblet un policier tel que Miguel Duque ?

Car aujourd'hui dans le pays, les gens, enthousiasmés, étaient très loin de tout ça : on ne parlait que de la visite et des déclarations d'Obama, et certains penchaient en sa faveur et d'autres, contre. Car le président des États-Unis avait proposé un changement d'attitude, de tourner les pages déshonorantes de la politique de son pays, de reconstruire quelque chose, d'ouvrir des chemins, et, comme réponse officieuse, il avait reçu le cri d'indignation de ceux qui refusaient d'oublier, et même de pardonner. Et Conde, l'hypermnésique, le champion du souvenir, voulait comprendre les uns et les autres, calculer s'il y avait un point d'équilibre sur lequel édifier un état de concorde, et il se convainquit rapidement que tout le monde se fichait de sa compréhension et de ses calculs, que rien n'arriverait parce que certains voulaient tout changer et d'autres ne rien changer du tout, et il cessa de s'en faire pour ce qui n'avait apparemment pas non plus de date de péremption : il avait la certitude pénible que les gestes de la "visite historique" n'étaient qu'une accumulation de mots, encore des mots, des mots sans valeur réelle que le vent ne tarderait pas à balayer, sans laisser ne serait-ce que la trace d'un écho, pour que tout redevienne comme avant, chacun dans sa tranchée. Comme avant jusqu'à quand ? Jusqu'à quand écouteraient-ils des mots sans valeur ?

Pendant ce temps à La Dulce Vida, seul importait le présent festif, jouissif. La nuit de bringue atteignait son climax d'intensité et Conde se sentait de plus en plus atteint d'épuisement physique et moral, lorsque sa vision périphérique et son instinct diminué mais pas disparu de flic l'avertirent que quelque chose pouvait être en train de se passer dans un angle de la salle. En alerte, il regarda attentivement le blond Fabito, l'un de ses suspects habituels. Le type regardait à droite et à gauche, puis il hocha la tête et se leva aussitôt pour se diriger vers les toilettes. Et Conde sut que le moment était peut-être venu de justifier son salaire.

Sans plan précis, il s'avança dans le couloir qui menait aux toilettes et il entra. Devant les urinoirs adossés au mur du fond, lui tournant le dos, il vit le blond et un jeune homme avec une de ces coupes saugrenues mises à la mode par les footballeurs du championnat italien : une houpette dressée sur le crâne, comme une crête de coq effrayé. Les deux pisseurs gardèrent le silence en sentant derrière eux la présence du nouveau venu, mais le jeune Mohican finit par râler, apparemment dérangé par cette intrusion. Conde décida alors d'intervenir.

– Messieurs, au cas où… même si ça ne m'amuse pas beaucoup, ce que vous faites dans la rue, c'est votre problème et celui de la police. Ce que vous faites ici, j'en suis vraiment désolé, ça ne m'amuse pas du tout, et là, oui, c'est mon problème.

Sitôt terminée la mise en garde du Conde, le Mohican se retourna, la queue en dehors du pantalon, et le détailla du regard.

– C'est quoi ton problème, ducon ? T'es un vieux qui aime regarder les bites ? dit-il en secouant sa verge.

Conde sentit aussitôt dans ses tempes l'afflux de sang chargé d'adrénaline, et il sut qu'il s'approchait d'un précipice de violence. Même s'il l'avait toujours rejetée, sous toutes ses formes, il savait reconnaître sa proximité. Ce n'était pas pour rien qu'il était né et avait grandi dans un quartier chaud où on parlait facilement cette langue. Ensuite, pour éviter le risque d'explosions possibles, durant ses années comme flic il préférait ne pas être armé et en une seule occasion, alors qu'il débutait, il s'était vu obligé de tirer dans les jambes d'un homme qui se jetait sur lui avec un couteau, et ce souvenir, incurable, n'avait jamais cessé de le poursuivre. Il entendait encore la détonation et voyait le type s'effondrer. Aujourd'hui, plus vieux et abîmé, il ne s'imaginait pas se retrouver dans une bagarre, mais il savait comment s'y prendre. Même si, devant son imminence, ses oreilles bourdonnaient et le sang battait à ses tempes.

Le jeune homme fit un pas et Conde réagit :

– D'abord range ta petite bite, si tu veux pas que je te la mette dans le cul, dit-il en bougeant ses pieds pour les placer en position d'attaque. S'il devait se défendre, il commencerait par un coup de pied dans le membre du jeune homme. S'il visait juste, il pourrait le lui faire remonter jusqu'à sa crête. Au moins.

– Roly, laisse… intervint le blond Fabito, qui n'avait de toute évidence aucune envie que les choses se corsent.

– Mais il se prend pour qui, ce vioque de merde… ! dit le Mohican en faisant un pas de plus.

– Je ne suis pas là pour me battre, mais si tu me touches, tu as intérêt à me tuer, le prévint Conde, tout en positionnant encore mieux son pied droit. Parce que si tu me rates, c'est le vioque de merde, comme tu dis, qui va te tuer…

– Monsieur, s'il vous plaît, réagit Fabito en se plaçant entre les deux coqs sur leurs ergots. Il se retourna alors vers son ami ou client pour lui crier : – Allez, range cette merde, on se barre !

– Mais il croit quoi, ce mec ?

– Putain, j'ai dit basta, cria à nouveau Fabito avant de commencer à pousser l'autre vers la sortie. Le jeune homme, tout en reboutonnant son pantalon, continuait à regarder Conde avec une haine assassine, disproportionnée. Avait-il avalé quelque chose qui le faisait se sentir comme le cousin de Superman ?

Conde les vit sortir des toilettes et sentit sa tension se relâcher, il s'appuya au lavabo, respira profondément et sentit son rythme cardiaque revenir à la normale. Il n'avait plus l'âge pour ce genre d'histoire, mais il devait gagner sa vie. Et si pour survivre il devait affronter la jungle, eh bien va pour la jungle, se dit-il. Vieux de merde ?

Quand il perçut que son système nerveux avait fini de se remettre en place, il retourna dans la salle et vit Fabito à sa table, mais sans le Mohican. Tant mieux. Conde se dit qu'il lui fallait maintenant achever le boulot, pour ne pas revivre le même genre d'expérience, et il s'approcha du blond en lui faisant un geste de la main. L'autre secoua la tête, Conde insista et répéta son geste avant de regarder en direction de la table réservée où l'Homme Invisible était en train de manger et de boire avec sa suite.

Fabito se mit debout et suivit Conde à l'extérieur de l'établissement. Le néon était-il plus rouge ce soir-là ou était-ce encore un effet du coup de sang subit dont l'ex-flic de soixante-deux ans avait été victime ?

– Ce que je vous ai dit à l'intérieur, et tu le sais parfaitement, c'est la politique de cet endroit.

– Mais on ne faisait que parler… protesta Fabito.

– Tant mieux si vous ne faisiez que parler, tant mieux. Mais au cas où…

– Mais je te jure, mec…

– Bon, si je me suis trompé, excuse-moi. Sinon, tu es prévenu.

À cet instant, la porte du bar s'ouvrit et Conde vit briller le crâne rasé de Yoyi le Palomo.

– Il se passe quoi ici, man ? s'enquit le copropriétaire de l'établissement, et son ton n'avait rien d'aimable. Derrière lui, Conde entraperçut la solide silhouette de Participe Présent.

Conde regarda Fabito. Et décida qu'il valait mieux allumer le calumet de la paix.

– Rien du tout, Yoyi… On est sortis fumer. – Il sortit le paquet de cigarettes de la poche de sa chemise et en tendit une au blond Fabito. – Pas vrai, mon pote ?

Les mois qui suivirent l'accusation, l'arrestation et le début du procès de l'ex-capitaine Fonseca furent des temps de vertige où l'on vit les boussoles s'affoler et les piliers s'effondrer : c'est en effet durant ces jours de l'intense été cubain, la dangereuse saison des cyclones, que l'homme fort, celui qui se vantait de savoir garder son sang-froid et semblait n'avoir aucune faiblesse, celui qui caressait d'ambitieux projets, dévoila sa faille la plus humaine, par le biais le plus prévisible, mais dont personne ne l'aurait jamais soupçonné : une femme.

À la lumière des années écoulées, j'ai ressassé mille fois le cours des événements qui se sont déroulés autour d'Alberto Yarini, des faits dont, comme il fallait s'y attendre, il a été le protagoniste et qu'il a précipités. Et j'en suis venu à me demander s'il n'y a pas eu une forme de planification, une sorte de complot dirigé contre ses ambitions et ses plans. Mais orchestré par qui ? À partir de quel endroit ou de quel moment ? Ç'aurait été une trame tellement complexe et sophistiquée qu'il est difficile d'admettre son existence, et plus encore sa planification préalable, du moins de la façon dont elle s'est déroulée.

À la surprise de beaucoup, ce qui avait commencé comme un jeu mondain et curieux, une exhibition amusée, allait rapidement devenir un besoin physiologique, et peut-être aussi émotionnel, que même les femmes de Yarini commentaient : le Coq est devenu fou à cause d'une poule. Esmeralda la Gauchère et ses consœurs le disaient à voix basse et, pendant un moment, ni moi ni d'autres proches du jeune homme n'y avions cru. Mais les femmes, elles, savent. Elles ont, à bien des égards, davantage de flair que les hommes.

Le fait est qu'en cette terrible année 1910, Alberto était devenu un habitué de la Petite Bertha, qu'il voyait même à deux reprises certaines semaines. Mais il n'abordait plus le sujet, pas en ma présence, du moins. S'agissant d'une affaire aussi personnelle, je n'ai jamais osé lui demander ce qu'il avait trouvé, ce qu'il cherchait précisément chez cette femme qui, pour ne rien gâcher, n'était rien moins que le porte-drapeau de l'écurie de Louis Lotot et, tout le monde le savait, une propriété personnelle du Français. Était-il possible que Yarini se soit entiché d'elle, qu'il soit même véritablement tombé amoureux ? Ou avait-il un plan et Bertha en faisait-elle partie ?

Quelle qu'ait été sa motivation, ce qui est sûr, c'est que la passion de Yarini n'a pas tardé à faire monter la température dans un quartier hautement inflammable, un véritable arsenal où une étincelle pouvait provoquer une explosion. Les Français observaient avec inquiétude cette proximité tout en laissant faire car, au bout du compte, Yarini ne faisait qu'acheter un service mis en vente. Si n'importe quel client, y compris un banal maquereau cubain, avait montré pareil penchant pour la Petite Bertha, je suis sûr que la réaction des Apaches aurait été différente. Soit ils ne s'en seraient pas inquiétés, soit ils seraient rapidement intervenus. Mais, avec Yarini, les réactions relevaient d'autres considérations.

C'est alors que s'est produit un événement dont les conséquences allaient s'avérer catastrophiques : Louis Lotot est parti en voyage. Pour autant que je sache, c'est à peine s'il a informé ses proches qu'il partait pour quelques semaines en Californie, cela faisait longtemps qu'il avait prévu ces vacances et il voulait profiter des mois d'été, si pénibles à Cuba. Cette décision, en d'autres temps anodine, a fait se soulever quelques sourcils interrogateurs.

Certes, Lotot séjournait fréquemment en Europe, surtout l'été, histoire de dénicher de nouvelles ouvrières pour son commerce, ou à des fins de divertissement. Mais, s'agissant d'un homme d'expérience et sérieux en affaires, la décision n'a pas manqué de surprendre et a sûrement influencé ce qui est arrivé quelques jours à peine après son départ.

Plusieurs jours durant, le quartier n'a parlé que de ça : à bord d'une automobile conduite par son ami Pepito Basterrechea et vêtu de l'un de ses vaporeux costumes en lin, Yarini s'était arrêté devant la maison de Lotot absent, rue Jesús María. Là, sans même descendre de voiture, il avait pressé plusieurs fois la poire de l'assourdissant klaxon de l'auto pour signaler sa présence. Quelques minutes plus tard, un petit nécessaire de toilette à la main, maquillée, habillée et coiffée d'un chapeau, comme si elle partait en excursion, Bertha Fontaine était sortie de la maison, Yarini lui avait tendu la main pour l'aider à grimper dans le véhicule, qui, au rythme de plusieurs nouveaux coups de klaxon, s'était éloigné en direction de la rue Paula, pour rejoindre la maison du numéro 96, où la Petite Bertha allait désormais habiter.

L'insondable Alberto Yarini savait qu'il avait dépassé les bornes et que son acte aurait des conséquences. Il était intelligent et avait du nez en affaires, il n'avait pu manquer de prévoir d'éventuelles réactions, même s'il s'obstinait à les minimiser. Il venait de briser des codes, des équilibres, des pactes non écrits mais en vigueur, il allait à l'encontre des protocoles les plus élémentaires de la principale activité commerciale du quartier dont il était, pour couronner le tout, le leader politique.

Depuis que Yarini avait franchi cette ligne, la tension dans San Isidro était à couper au couteau. Comme, dans un premier temps, aucun des proxénètes français du groupe de Lotot n'avait entrepris la moindre action, en dehors de quelques fanfaronnades, l'apparente passivité des Apaches avait renforcé la morgue de leurs rivaux cubains, qui s'étaient mis à les harceler encore et encore. La manœuvre de leur champion et modèle avait eu pour effet une domination cubaine accrue sur l'ensemble du territoire et du commerce, et elle avait également pris une tournure patriotique : les nationaux allaient conquérir ce qui leur appartenait. Pareille réaction avait eu, en outre, d'étranges conséquences : la popularité et le prestige de Yarini avaient atteint des sommets inédits, dans et à l'extérieur de San Isidro.

Les fois où je l'ai accompagné lors de ses promenades dans le quartier, j'ai été le témoin d'une admiration croissante, qui atteignait de tels niveaux qu'on pouvait même parler de vénération. Yarini n'était plus seulement le bienfaiteur qui accordait des faveurs, de l'argent et des attentions, l'ami des noirs et des blancs, des riches et des pauvres. Désormais, on l'érigeait en exemple, celui que tous avaient toujours voulu suivre ou imiter, il émanait de lui une aura mythique, quasi religieuse, définitivement patriotique. Tous ceux qu'il croisait lui témoignaient d'une façon ou d'une autre leur respect. Les hommes ôtaient leur chapeau et inclinaient la tête, les femmes s'approchaient pour lui baiser les mains, on agitait des mouchoirs depuis les balcons en répétant son nom sur son passage, on annonçait son arrivée à chaque coin de rue et tous ceux qui étaient en train de manger, de boire, de jouer, de fumer ou de prier l'invitaient à se joindre à eux.

Même si, à cette époque, ma capacité d'étonnement en avait déjà pris un sacré coup, je n'aurais jamais imaginé qu'un Yarini, à la tête d'une activité aussi méprisable, aurait pu éveiller une telle ferveur, causée par l'acte le plus malvenu qu'il ait commis au cours de son existence et que le commun des mortels considérait en revanche comme un geste de réaffirmation nationaliste.

Dès lors, les histoires les plus fabuleuses ont circulé à son propos. En quelques mois, la renommée du souteneur s'est enrichie d'actes héroïques ou charitables, d'histoires clairement exagérées touchant à sa sexualité, à ses qualités personnelles et à son sens aigu de l'amitié. Un quatrain a commencé se répandre dans le quartier, et bientôt dans toute la ville :

Français, vous n'avez pas d'honneur
Veuillez quitter Cuba dans l'heure
Ou bien comptez sur Yarini
Pour vous arracher la vie.

Je n'ai plus eu le moindre doute sur le fait que, si Yarini en avait envie, il pourrait assumer les plus hautes fonctions politiques du pays, occuper des postes encore plus convoités que celui de premier adjoint au maire de La Havane, auquel il aspirait déjà de façon presque officielle.

Mais ce furoncle était plein de pus. Les Apaches français, toujours plus acculés, n'allaient pas se laisser voler leur gagne-pain aussi facilement. Le message qui circulait dans leurs rangs était : attendons le retour de Lotot.

L'aura de virilité, de courage et de patriotisme d'Alberto Yarini semblait avoir atteint des niveaux stratosphériques, mais ce n'était rien comparé au délire qui a suivi le meeting avorté des conservateurs à Güines.

Le 28 août, les membres du Parti conservateur ont annoncé la tenue d'une manifestation dans ce village prospère non loin de La Havane, alors bastion incontesté des libéraux majoritaires au gouvernement national, régional et local. C'était, à n'en pas douter, un défi, presque une provocation, censée permettre aux leaders conservateurs de démontrer la force de leur coalition face aux prétentions de réélection du libéral José Miguel Gómez. Voilà pourquoi, à la tête du cortège monté à bord du train en direction de Güines, se trouvaient d'éminents représentants du clan conservateur, à savoir l'avocat Federico Morales Valcárcel, José Acosta, le général Joaquín Ravena, Manuel Fernández, Florentino Palacios… et Alberto Yarini, qui nous avait conviés, moi, son ami le noir Terán (une mine de votes en perspective chez ceux de sa race) et son inséparable Pepito Basterrechea, à l'accompagner à ce rassemblement.

Dans les wagons bourrés de manifestants, l'ambiance était à la liesse, exacerbée par les bières fraîches si bienvenues pendant la canicule du mois d'août cubain. Mais, au fur et à mesure que le convoi se rapprochait de sa destination, la joie se chargeait d'électricité, au rythme des harangues lancées par les leaders du Parti, à commencer par celles d'Alberto Yarini.

Quand le sifflement de la locomotive a fini par annoncer notre arrivée imminente à la gare de Güines, l'exaltation des voyageurs (qui avait même déteint sur moi) ressemblait plus à celle d'une armée de conquérants qu'à celle du public d'une manifestation de prosélytisme politique. Et le plus exalté de tous les conquérants était, comme on pouvait s'y attendre, Yarini lui-même, qui avait pris place tout à l'avant du premier wagon quand le train a commencé à ralentir.

C'est alors que le machiniste, de son poste avancé, a découvert sur le quai et tout autour la foule de personnes portant des bannières et des drapeaux libéraux, qui attendaient de pied ferme l'arrivée du train. Le conducteur a compris – c'est ce qu'il a par la suite raconté à la presse – que le choc entre les deux camps ne pouvait que déboucher sur un affrontement violent, et, en faisant siffler la locomotive, il a choisi d'accélérer à nouveau.

Mais, juste au moment où le convoi arrivait à hauteur du quai et où la locomotive reprenait de l'élan, Yarini a sauté du train, en poussant des cris à la gloire du Parti conservateur. Le voyant tout seul sur le quai, la meute fiévreuse de ses adversaires politiques a foncé sur lui. À cet instant, il aurait peut-être encore eu la possibilité de remonter à bord de l'un des wagons, mais on ne l'appelait pas pour rien le Coq de San Isidro, et il a choisi de dégainer son 9 mm Smith & Wesson avec une crosse en nacre pour affronter seul la bonne vingtaine d'hommes rugissants, armés de pierres et de battes de base-ball. Et, au moment où l'un des libéraux, brandissant sa batte, s'est jeté sur lui, Yarini a ouvert le feu.

Pendant ce temps, le conducteur était enfin parvenu à faire stopper la locomotive à l'autre bout du quai, avant de faire immédiatement marche arrière, et le train est à nouveau entré en gare, mais en sens inverse. Les hurlements des libéraux en débandade et des conservateurs agglutinés aux vitres des wagons étaient assourdissants. Depuis mon siège, j'ai pu localiser la silhouette de Yarini, au beau milieu du quai, son revolver pointé sur deux ou trois libéraux pétrifiés aux pieds desquels gisait un homme, visiblement blessé, peut-être mort.

Lorsque le train est arrivé à sa hauteur, Yarini a grimpé à son bord et, depuis la cabine de la locomotive qui nous reconduisait à La Havane, il a tiré plusieurs coups de feu en l'air tout en hurlant des vivats à la gloire du Parti conservateur…

La nouvelle des événements survenus à la gare de Güines et de l'arrestation d'Alberto Yarini le soir même a fait la une des journaux le lendemain. On y répétait que le jeune homme avait affronté dix, vingt, une centaine d'adversaires politiques agressifs, et qu'il avait blessé l'un d'eux au visage. Yarini allait être jugé, était-il annoncé. Et, dans la rue, son aura n'a cessé de croître, sans limites désormais, tandis que les gens disaient dans un élan d'admiration ou plutôt de vénération : "Il faut avoir des couilles pour faire ce que Yarini a fait…"

Deux jours après, la direction du Parti ayant payé la caution qui remettait Yarini en liberté dans l'attente d'un procès qui n'aurait jamais lieu, je suis allé voir Alberto dans sa maison du 96, rue Paula. Je lui apportais ce qui pouvait ressembler à une mauvaise nouvelle : mon chef, le colonel Osorio, avait l'intention d'intenter contre moi une procédure disciplinaire car je ne l'avais pas arrêté alors qu'il avait tiré sur un homme et l'avait blessé. J'avais répondu que je n'étais pas en service au moment des faits et que ce n'est qu'en lisant les journaux que j'avais appris qu'un homme avait été blessé. Mais le colonel voyait là une opportunité de me faire du tort, peut-être parce qu'il me considérait comme un adversaire à l'intérieur de son camp, moi qui avais si bien résolu les affaires des femmes démembrées et qui étais en outre un proche du puissant Yarini.

Assis dans son salon, Alberto m'a écouté très attentivement. Et j'ai pu constater les qualités humaines de cet homme.

– Ne t'inquiète pas, Saborit, je vais régler ça dès demain, et personnellement. Je vais aller trouver Osorio, je lui dirai que tu n'as jamais été dans ce train et que, s'il te cherche, il va me trouver… et il sait parfaitement ce dont je suis capable.

– Merci, Alberto, lui ai-je seulement dit.

– Il n'y a pas de quoi. Nous sommes amis, non ?

– Bien sûr, bien sûr…

J'ai répété ces mots tandis qu'il se mettait debout et frappait deux fois dans ses mains.

– Au fait, si je ne vais pas trouver Osorio aujourd'hui même, c'est parce que je veux voir mon père. Il m'a toujours critiqué parce que je n'avais pas fait des études de stomatologie, comme lui et comme mon frère, mais finalement je suis bien meilleur dentiste qu'eux… Quand j'ai tiré sur le type de Güines, figure-toi que la balle est entrée par un côté de son visage et qu'elle lui a arraché trois molaires et deux incisives d'un seul coup. Je te parie qu'ils sont incapables de réaliser la même opération aussi vite que moi ! Le pauvre gars, maintenant, tout le monde le surnomme Juan Mangeplomb… – Puis il a souri, l'air satisfait, tout en se tournant pour observer l'arrivée discrète de la Petite Bertha, qui tenait dans ses mains la veste en lin, le panama et la canne à pommeau d'argent du jeune proxénète. – *Merci, ma chérie**, a-t-il dit en français à la jeune femme qu'il a saisie par la nuque pour l'embrasser sur la bouche.

Septembre agonisait quand le quartier s'est de nouveau retrouvé dans l'expectative : Louis Lotot était de retour.

Comme à son habitude, le Français ne s'est pas montré durant plusieurs jours, restant enfermé dans sa maison de la rue Jesús María avec sa concubine, Janine Fontaine. Contrairement à ce que nombre d'entre nous estimaient logique, Lotot n'a même pas reçu ses partenaires commerciaux, comme si cela n'avait pas d'importance, comme s'il se fichait de ce qui avait bien pu arriver sous son propre toit en son absence. Certains pensaient que le Français avait peur – on racontait l'histoire de sa dispute avec un banal petit maquereau nommé Pedro Belarde, qui lui avait valu une blessure au bras. Pour ma part, je me disais qu'un gars avec autant d'expérience était probablement en train de tramer quelque chose, et je suis allé en toucher deux mots à Yarini.

Ce jour-là, à la lueur fugace des brefs crépuscules tropicaux, j'ai accompagné Yarini au début de sa tournée habituelle de ses maisons closes. Si j'ai osé aborder le sujet, c'est peut-être parce que, pour une fois, son ami Pepito Basterrechea ne lui collait pas aux basques. En effet, il avait beau être très proche de Yarini, quelque chose, une intuition plus qu'une preuve tangible, m'empêchait de lui faire entièrement confiance, et surtout pas dans un moment de cette importance. Un pressentiment qui – l'avenir le dirait – n'était pas dénué de fondement.

Presque tous les jours, Yarini sortait de chez lui vers sept heures du soir pour vérifier que ses affaires tournaient rond. Il remontait la rue Paula, redescendait Compostela jusqu'à San Isidro, où il possédait plusieurs établissements. Il pénétrait dans l'un d'eux, y passait un temps qui pouvait être plus ou moins long. Puis il tournait dans la rue Damas, où il recommençait la même opération et, vers neuf heures du soir au plus tard, il achevait son périple dans le bordel de la rue Picota.

Dans la partie coloniale de La Havane, le coup de canon tiré chaque soir à neuf heures depuis la forteresse de la Cabaña avait annoncé, des décennies durant, la fermeture des murailles. Avec l'arrivée de l'électricité, la ville s'est remplie de lumières et il n'y a plus eu de portes de remparts à refermer : le coup de canon marquait à présent le début de la nuit havanaise. Et c'était justement l'heure où, son périple professionnel achevé, Yarini cultivait l'oisiveté, comme il disait, une pratique qui, à ses yeux, n'était pas seulement l'envers de son travail, il se permettait même de philosopher sur sa nécessité et ses vertus : l'oisiveté est un art, la dernière conquête de la civilisation, disait-il, voire un trait distinctif des vieux pays (le *savoir-vivre** français, le *dolce farniente* italien), qui tranchait avec le côté laborieux des pays nordiques et anglo-saxons, où la paresse est un péché, où on estime que l'oisiveté mène à la décadence.

Yarini avait un penchant pour cette aimable décadence : à cette heure-là, il choisissait où passer le reste de la soirée s'il n'avait pas l'intention de rester dans la maison de la rue Picota, où chaque soir il avalait un dîner léger, parfois agrémenté d'un ou deux verres de vin rouge espagnol ou français. Si son corps ou son esprit était demandeur, il faisait une promenade sur le

Paseo del Prado, généralement accompagné par deux ou trois de ses nombreux amis, dont je fus à plusieurs reprises. Il lui arrivait aussi de se rendre dans un café à la mode, notamment pour y retrouver une de ses connaissances ou de ses partenaires politiques. D'autres fois il préférait aller au cinéma, surtout si un film italien était à l'affiche. Ou bien il allait au bal, chez un particulier ou dans une salle prévue à cet effet comme le Marte y Belona, le Havana Sport, El Boloña ou El Infierno, sans compter les petites écoles de danse comme celles de Juana Lloviznita, Juana la Chaplona ou Josefa la Gallega. La Havane, lumineuse et prétentieuse, la Nice des Amériques, savait manifestement s'amuser, et Yarini, dont la jeunesse et l'énergie faisaient envie, en profitait chaque nuit : la ville était son royaume.

Une seule chose, au cours de ces derniers mois, avait altéré le rythme des circuits et des bringues nocturnes dont il était familier : le temps de plus en plus long qu'il passait certains jours au numéro 60 de la rue San Isidro, où il avait installé la Petite Bertha – je n'ai d'ailleurs jamais compris pourquoi il ne l'avait jamais conduite au bordel le plus coté de la rue Picota.

Si jamais, au moment où il avait coutume de sortir, je me trouvais dans le quartier, je l'attendais à la porte de sa maison de la rue Paula et je l'accompagnais jusqu'à ce qu'il entre dans l'une de ses maison closes de la rue San Isidro. C'était presque infantile, mais, en m'éclipsant, je voulais montrer que je distinguais l'ami, l'homme politique, le personnage public, du proxénète. Un vestige, peut-être, de mon ancienne éthique, de ma perception branlante et désormais hypocrite de l'honnêteté.

Ce soir-là, nous nous trouvions encore dans la rue Compostela quand je lui ai fait part de mon inquiétude. Lotot était un homme dangereux et lui, il l'avait offensé, il fallait donc s'attendre à une réplique, alors autant s'y préparer.

En souriant de toutes ses dents parfaites, Yarini m'a demandé :

– Tu penses vraiment que Lotot est dangereux ?

– Oui, je le pense vraiment, Alberto. Il est flegmatique et rusé, c'est ce qui le rend dangereux.

– Tu t'inquiètes trop, Saborit... Lotot est un homme d'affaires. Les gens du métier savent que certaines opérations peuvent tourner court. Parfois on gagne, parfois on perd. Cette fois, il a perdu et il va se faire une raison.

– Et son prestige ?

– Lotot ne croit pas à ces choses-là...

– Tu trouves ça normal qu'il n'ait rien dit depuis qu'il est rentré ?

– Il est en train de lécher ses blessures...

– C'est bien le problème, Alberto. Lotot est blessé, pas mort... Tu crois vraiment qu'il n'a pas une intention derrière la tête ?

– C'est son problème, pas le mien.

Nous étions presque arrivés dans la rue San Isidro, au terme de notre promenade.

– Si j'osais, je te poserais une question, Alberto...

– Vas-y, ose donc.

Non sans craindre de mettre les pieds sur un terrain où je n'avais rien à faire, je lui ai demandé :

– Pourquoi tu as emmené la Petite ?

Yarini m'a regardé. Il avait à présent un air grave. J'ai senti mon estomac se tordre et mon scrotum se resserrer.

– Pourquoi est-ce que tout le monde me pose la même question ?... Je l'ai emmenée parce que je le voulais, parce que c'est la meilleure pute de ce quartier de merde et parce que le roi, ici, c'est moi et que j'avais envie de la baiser sans payer chaque fois que je bande. Ça te va, Saborit ?

– Ça me va, ça me va... ai-je murmuré, mais j'avais beau chier dans mon froc, je n'ai pas lâché prise. – Sauf que le problème, c'est que tu as offensé Lotot, Alberto.

Et il y a toujours une goutte qui finit par faire déborder le vase et...

– Du calme, mon ami. Je prends des précautions au cas où, m'a-t-il précisé en soulevant un pan de sa veste pour me montrer la crosse en nacre de son revolver, avant de poursuivre sur un ton plus aimable. – Si Lotot ou un de ses amis en a envie, je peux trancher dans le vif... Mais ne t'inquiète pas, il ne va rien se passer. Encore moins maintenant. Personne dans ce quartier, personne dans La Havane n'osera lever le petit doigt sur moi, a-t-il affirmé avant de pousser la porte du numéro 60 de la rue San Isidro, sa première pause pour affaire, la fin de notre promenade amicale. – Allez, au boulot, Cubain.

Puis il m'a tendu sa main pour serrer la mienne.

J'en suis même venu à me dire que Yarini avait raison. Les jours passaient et Lotot avait repris sa vie sociale, ses passages rituels au Club des Français, dans ses maisons closes et dans les théâtres où il avait l'habitude se rendre, car il était amateur de *zarzuelas* et d'opérettes. La Petite Bertha a continué à dormir dans le lit de son nouveau souteneur, dans la maison de la rue Paula, et à travailler pour lui au bordel du 60, rue San Isidro. Yarini, dont l'aura était restée intacte, a poursuivi ses activités politiques et commerciales dans et hors du quartier. Et les petits maquereaux cubains se sont montrés de plus en plus fiers et orgueilleux, voire provocateurs. Pendant ce temps-là, rien de ce à quoi on pouvait s'attendre n'était arrivé.

Je crois que le moment est venu d'interrompre mon récit pour préciser que, tandis que dans le quartier la tension augmentait puis s'enlisait, de son côté mon penchant pour les arts amoureux d'Esmeralda la Gauchère n'avait cessé de croître. Graduellement, mais toujours plus intensément, ma relation avec elle est devenue dépendance, besoin et, plus douloureux, jalousie à l'égard de celle qui dilapidait son intimité et pratiquait chaque jour avec plusieurs hommes. À l'époque de l'enlèvement de la Petite par Yarini, je supportais assez péniblement les assauts de la souffrance causée par le fait de l'avoir et, en même temps, de ne pas l'avoir, et une idée alors s'est mise à me trotter dans le crâne : parler à Yarini de la possibilité d'arracher cette femme à la prostitution pour l'emmener vivre avec moi. Tout simplement, j'étais tombé amoureux d'une travailleuse de la vie et je pouvais l'imaginer, ou plutôt je l'imaginais souvent partageant avec moi l'appartement de la rue San Lázaro, comme une épouse aimante. Ce qui avait débuté comme une fougueuse envie, mâtinée de compassion à l'égard de cette femme boiteuse qui était née et avait grandi dans la misère, avait laissé place à de la complicité, à une bonne entente entretenue par une relation charnelle satisfaisante car, malgré son défaut physique, Esmeralda était une femme très belle et passionnée – et je n'entrerais pas dans les détails de notre intimité, parmi lesquels figurait l'habileté remarquable de la main gauche de ma maîtresse.

Sans rien dire à Esmeralda ni à personne, j'avais commencé à réfléchir à la façon de présenter mon projet à Yarini, j'étais allé jusqu'à ébaucher des propositions pour compenser la perte d'une de ses travailleuses les plus demandées, j'étais même confiant, je me disais que le proxénète, qui me considérait comme son ami, comprendrait mon projet et ma passion. Au bout du compte, me disais-je, ce que je ressentais n'était guère différent de ce qui lui était arrivé, à lui, avec la Petite Bertha, à une différence près : je ne l'enlèverais pas et ne la prostituerais pas, je voulais offrir une vie honnête à la femme qui avait mis mes désirs, mes sentiments, toute mon existence en émoi.

La conjoncture favorable à une conversation aussi compliquée ne se présentait pas (ou, du moins, je ne savais pas comment la susciter) et, pendant ce temps, pour toutes ces raisons, je faisais en sorte de me rapprocher davantage de l'homme dont dépendrait mon bien-être émotionnel. N'importe quel motif, important ou insignifiant, était prétexte à le rencontrer, et je ne manquais pas de lui rappeler que j'étais prêt à l'aider s'il avait besoin de moi, dans quelque domaine que ce soit. Poussé, peut-être, par cette stratégie que j'avais mise en pratique pour atteindre mon but, ou bien parce que je le tenais réellement en haute estime, j'ai été le premier à lui rapporter, en forçant un peu le trait, que les Apaches français tramaient quelque chose contre lui.

En effet, comme cela ne pouvait manquer d'arriver au vu des derniers événements, mes oreilles qui traînaient presque partout dans le quartier s'étaient laissé dire que plusieurs proxénètes français et italiens basés dans la zone avaient décidé de faire pression sur Lotot pour qu'il réagisse à l'affront de Yarini, qu'ils jugeaient bien plus grave qu'une simple trahison commerciale : c'était un manque de respect inadmissible entre hommes, une violence faite à l'éthique de la rue. Lotot devait faire quelque chose, pas seulement pour lui, mais dans l'intérêt de tous ceux qui se sentaient de plus en plus acculés par la hardiesse des Cubains.

L'information m'était parvenue par deux canaux différents et fiables, et elle était d'autant plus vraisemblable que la réponse de Lotot avait consisté à entériner la perte sans réagir, et qu'il avait ainsi montré sa volonté de rester en marge des prétentions revanchardes de ses collègues, parce qu'il pensait qu'un affrontement ouvert avec Yarini et ses acolytes nuirait à la bonne santé de ses affaires et aux intérêts des Européens. Rien à voir avec certaines éthiques. J'avais eu confirmation de la véracité de ces conversations et de ces décisions en apprenant que plusieurs Apaches moins proches de Lotot commençaient à le considérer comme un lâche, quelqu'un qui ne méritait pas le respect que tous lui avaient témoigné durant des années, ce qui imposait d'agir sans compter sur lui désormais.

Comme il l'avait déjà fait par le passé, Yarini a minimisé mes confidences, il m'a même dit que tout cela n'était que le fruit de mon imagination. Plusieurs de ses amis les plus au fait des mouvements du quartier, comme le noir Terán et le métis chinois Ansí, étaient en état d'alerte et ils comptaient sur l'appui de leurs amis et frères de religion, les *abakuás* du port, des enragés qui vénéraient Yarini car le jeune homme avait pour eux de la considération et leur avait rendu bien des services au fil des ans. Ce qui était vrai, en revanche, d'après Alberto, c'était que les Apaches les plus bavards n'étaient rien d'autre que cela, des bavards, et que tout finirait bientôt par se résoudre quand Lotot cesserait d'être leur leader et quand – c'était son idée, son espoir – les Français se retireraient des affaires, voire, pourquoi pas, du pays. Pour parachever le tableau de la situation telle qu'il la voyait, il a ajouté quelque chose qui m'a montré jusqu'où pouvait aller son irresponsabilité.

– Le problème de Lotot, c'est que c'est un lâche… Ses fanfaronnades, ses histoires de bagarres à Paris, c'est du vent. Tu verras, tu verras, a-t-il conclu sur un ton exalté qui ne faisait que confirmer à mes yeux cette dangereuse témérité qui, plus tard, me semblerait tellement loin de ce que je prenais pour son véritable caractère. Mais les conclusions auxquelles on arrive après la bataille n'ont plus d'influence sur cette dernière.

Ce que Yarini m'avait prédit, je l'ai vu de mes yeux. J'ai même noté la date, qui me semble aujourd'hui remplie de connotations : le 2 novembre, le jour des Morts, juste un an après la découverte du corps trucidé de Margarita Alcántara, Margot Gros Nénés, et mes premiers pas dans le cercle rapproché de Yarini.

La nouvelle s'est propagée comme une traînée de poudre, et soudain le quartier a eu l'air d'être secoué par un tremblement de terre : le Coq de San Isidro était repassé à l'attaque.

Flanqué, cette fois, de son collègue Nando Panels, du noir Terán et de son fidèle Pepito Basterrechea (qui pour de telles besognes semblait toujours disponible), Yarini s'était présenté ce matin-là chez Lotot et Janine pour réaliser une véritable démonstration de force : il avait exigé en hurlant que le Français lui remette les effets personnels que la Petite Bertha avait laissés chez lui... On racontait que Lotot, un sourire aux lèvres, avait secoué la tête et signifié à Yarini qu'il allait trop loin, avant d'aller chercher les affaires de Bertha Fontaine pour les balancer dans la rue. Pendant que Pepito les ramassait, Yarini avait, paraît-il, conseillé à Lotot de prendre soin de ses autres femmes, à commencer par Janine, car la Petite n'avait pas complètement réussi à calmer ses ardeurs. On disait que Lotot lui avait répondu :

– Yarini, moi, je vis des femmes, je ne meurs pas pour elles... Mais je ne suis pas un dégonflé. Alors fais attention à tes ardeurs, ou bien tu vas finir par te brûler les ailes... Tu ne serais pas tombé amoureux, au moins ?

Puis il lui avait tourné le dos et refermé la porte. Dans la rue, Yarini souriait tout en se tenant à deux mains les parties viriles, d'après ce que tout le quartier allait raconter.

Des années durant, je me suis demandé ce qui avait bien pu conduire Yarini, si intelligent, si habile, à faire un pas de trop sur un terrain d'où, comme il devait le savoir, on ne ressort pas comme on y est entré.

Je pense que le personnage d'Alberto Yarini a fini par devenir le pire ennemi de l'homme Alberto Yarini. Car seul ce personnage vénéré collectivement et, en même temps, envié par tant de gens était capable d'extravagances semblables à celle commise ce matin du 2 novembre 1910. Un personnage qui avait échappé à son créateur et qui était devenu incontrôlable.

Peu importe qu'un complot se soit tramé ou non contre lui (je n'ai jamais pu le prouver, je ne l'ai jamais écarté non plus), le fait est que c'est Yarini lui-même qui a déchaîné l'orage : parce qu'il était lui-même l'orage. Et j'ai beau me demander pourquoi il a transgressé tous les accords, toutes les règles commerciales et les codes éthiques douteux du proxénète, c'est toujours la même réponse qui s'impose : une femme. Si je parviens à cette conclusion, c'est parce que, bien que n'étant pas Alberto Yarini, j'en aurais peut-être fait de même. Un homme amoureux devient un être irrationnel.

8

– Merde, Conde, mais comment tu savais… ? Tu es devin ou quoi ?

– Le lieutenant Contreras, pas vrai ?

– C'est lui, c'est lui qui a bouclé l'enquête… Mais dis-moi comment…

Il était difficile de savoir si le lieutenant Miguel Duque exprimait de la surprise, de l'admiration, de l'inquiétude ou de l'irritation. Ou un peu de chacun de ces ingrédients. Et Conde décida de s'amuser un peu avec lui.

– Une prémonition, dit-il en souriant au-dessus du combiné du téléphone parce que, en dépit de l'heure, il se sentait d'humeur à s'amuser et à plaisanter. En fait, la veille, après avoir parlé avec Sandalio Poblet, il avait seulement fait quelques calculs de probabilités et tiré un coup de feu en l'air : le gros lieutenant enquêteur qui, selon Sandalio, était intervenu dans l'enquête sur le suicide de Natalia Poblet, pouvait très bien être le Gros Contreras. Ce salopard de Contreras.

– Tu te moques de moi ?

Conde décida de déposer les armes. Même s'il adorait asticoter le lieutenant Duque.

– Oui, je te dis des conneries… C'est juste que Contreras a été mon collègue au commissariat. On l'appelait le Gros, reconnut Conde. Tu en as parlé à Manolo ?

– J'allais le faire, mais il ne m'a pas laissé. Il est entré et sorti, aujourd'hui c'est le match de base-ball et ensuite Obama repart. Il m'a seulement dit ça : ça va se compliquer avec l'ambassade. Obama repart et tu n'as pas résolu l'affaire.

– C'est vrai… même si Contreras peut nous aider… Mais passons… Dis-moi, qu'est-ce qu'il y avait d'autre dans son rapport ? Il y a vraiment eu une enquête de la Sécurité ?

– Non, Conde… le rapport de Contreras ne dit rien là-dessus. C'est bizarre, non ? Si la Sécurité s'intéressait à cette pauvre fille, il aurait dû y avoir quelque chose… Tu sais quoi ? Maintenant c'est moi qui ai une prémonition. Un agent de la Sécurité qui n'est agent de rien et…

Conde approuva silencieusement. Duque avait mis le doigt dessus. Un agent de la Sécurité qui n'est agent de rien et…

– Duque, ma matinée de repos est fichue et je vais peut-être devoir m'asseoir aussi sur le match de base-ball organisé pour Obama… Allez, passe me chercher. Il faut qu'on aille tout de suite parler à cet enculé de connard de Gros Contreras.

– Dis donc, tu as l'air de beaucoup l'aimer. Qu'est-ce qu'il t'a fait, cet homme ?

– Il a tué ma confiance. Écoute, si tu te dépêches, tu auras du café chaud, je suis en train de le faire. Merde, quand je pense que tu m'as sorti du lit !

Ils s'étaient vus pour la dernière fois durant le cyclonique automne 1989. Et, à l'époque, le capitaine Jesús Contreras n'était pas capitaine et, quelques jours plus tard, le Conde verrait enfin acceptée la démission qui refermerait son étrange vie de flic.

Au Commissariat central des Enquêtes criminelles, où ils avaient travaillé ensemble, le Gros Contreras s'était pendant des années surtout chargé des trafics de devises et d'œuvres d'art, et jusqu'à sa mise à l'écart avait été considéré par ses collègues comme l'un des meilleurs agents de l'unité. Gros, pachydermique, toujours en sueur, avec des mains qui te passaient à la broyeuse quand il te disait bonjour, Contreras avait connu une ascension rapide et jouissait d'un prestige, presque d'un halo glorieux qui partit en fumée quand les limiers du service des Enquêtes internes mirent au jour ses combines avec des trafiquants de dollars et d'autres marchandises brûlantes, autant de petites et grosses magouilles dont plusieurs officiers des différents corps de la police du pays étaient devenus adeptes.

Conde gardait encore en mémoire avec émotion la défense viscérale de l'innocence de Contreras, dans laquelle pratiquement sans réfléchir et parce qu'il y croyait vraiment, s'était lancé le major Rangel. Car ce dernier tenait son agent non seulement pour un homme intègre et un camarade, mais même pour un ami, et cette confiance disproportionnée, mal placée et cruellement trahie avait fini par causer sa mise à l'écart. Un chef devait savoir qui étaient ses subordonnés, avaient-ils dit. Ne pas le savoir était un motif de procès, avaient-ils ajouté. Et ils avaient actionné la guillotine.

Gravement affecté par la corruption et les trahisons de Contreras, du lieutenant Fabricio et de quelques autres officiers qui avaient causé, sous l'accusation de négligence, le déshonneur et la fin de la carrière de Rangel, Conde avait débarqué quelque temps après chez le Gros, et l'avait, entre autres, copieusement insulté. Il lui avait même juré qu'il voulait le tuer. Et il ne l'avait jamais revu.

À présent, se retrouvant une fois encore devant la maison du quartier de Luyano où habitait toujours l'ex-capitaine, Conde vérifiait l'existence des étranges boucles du destin. Comme à l'époque où il était enquêteur, il avait à nouveau besoin de Jesús Contreras s'il voulait trouver certaines des choses que cet homme avait souillées : la vérité, et avec elle la justice. Même si, en la circonstance et s'agissant de la poétesse Natalia Poblet, cela serait seulement une justice poétique et une sorte de post-vérité, comme on disait maintenant.

Quand il ouvrit la porte, le Gros Contreras canalisa son étonnement de la façon dont il avait toujours su le faire :

– Putain, merde, la police ! – Et il sourit.

Contreras devait avoir pas loin de quatre-vingts ans et, contre toute attente, vu son obésité maladive et sa tension artérielle élevée, était vivant et paraissait même en bonne forme, du moins sur le plan mental. De ses cheveux, qui avaient toujours été clairsemés, ne restaient plus que quelques fils blancs, longs et mal peignés, et ses grosses joues pendantes étaient plus celles d'un chien de chasse que d'un humain. Et il devait toujours peser dans les cent quarante kilos.

– Pas la peine de me tendre la main. Je viens te voir, mais je ne t'ai toujours pas pardonné, parce qu'il n'y a pas de pardon pour toi, l'avertit Conde. Et s'il te reste par hasard un peu de honte, laisse-moi te dire que le vieux Rangel est mort il y a quelques jours.

– Je l'ai su, dit l'autre d'une voix à peine audible. Ça fait chier…

– Il est mort sans gloire, marginalisé et… – Conde décida qu'il valait mieux ne pas aller plus loin, et il se tourna vers son accompagnateur. – Voilà le lieutenant Miguel Duque… du Commissariat central.

– Il se passe quoi ? Vous allez entrer ?

– Je crois que oui… Et ne lui serre pas la main, Duque, pas parce qu'il va te la broyer, mais parce que toi, flic intègre, tu dois savoir que ce vieux gros est un lépreux.

– Je t'en prie, Conde, supplia Duque, gêné par le flot d'insultes qu'avait déjà lancé le Conde au vieillard ex-flic.

– Merci, lieutenant… mais ne vous en faites pas. Je pense de moi des choses encore pires que celles que le Conde peut me dire.

Le Gros éclata alors de rire, d'un rire total qui fit danser avec une intensité accrue ses chairs flasques. Puis il bougea et les visiteurs entrèrent dans un petit salon. Deux fauteuils et un canapé recouverts d'un tissu fatigué, une table basse avec, dans un vase, des fleurs en plastique constellées de chiures de mouches, des murs lépreux et un téléviseur à gros cul, pré-digital, sur ses quatre pattes. C'était pour en arriver là que ce type s'était avili ?

– J'ai besoin de ton aide, commença Conde. On va te raconter une histoire et toi, tu vas la compléter.

– Une histoire d'autrefois ? demanda l'ex-capitaine.

– Oui... d'il y a bien longtemps, confirma Conde qui fit un signe à Duque. Raconte-la, toi, tu seras plus objectif. Dis-lui tout, ce salaud a été flic et il sait de quoi on parle.

Le lieutenant Duque hocha la tête et se mit à donner les informations dont ils disposaient. Deux morts, châtrés. Une possible transaction pour un montant important. Un héritage très appétissant comme autre motif à prendre en compte. Et aussi un suicide : une histoire qui venait du passé, comme pour épicer encore les choses. Natalia Poblet.

– Et n'oublie pas la mafia russe, lança le Conde à un moment.

– Tu ne peux pas t'en empêcher, n'est-ce pas ? sourit Contreras. Fouteur de merde, comme toujours.

– Mais honnête. Honnête comme ceux d'avant... Bon, on sait que tu as enquêté sur ce suicide. Raconte.

– Il n'y a pas grand-chose à raconter. Je me rappelle parfaitement qu'il n'y avait rien qui pouvait faire penser à autre chose. C'était un suicide, point. Et tu sais que, quand je certifiais quelque chose, je ne me trompais pas.

Duque intervint alors.

– Et la fouille de la chambre de la trépassée ?

Conde sourit. Duque était capable de dire *trépassée*.

– On n'a rien fouillé. On a juste regardé. Je m'en souviens bien. On a surtout cherché une lettre, la majorité des suicidés en laissent une, c'est encore mieux si c'est dans un endroit visible. Mais il n'y avait pas de lettre. Des feuilles et des cahiers avec des poèmes, c'est tout. Et on n'est pas allés chercher plus loin. Comme je vous l'ai dit, le suicide ne faisait aucun doute. On a clos le dossier et on est partis.

– Et il n'y a pas eu quelqu'un de la Sécurité dans les parages ?

– Depuis quand la Sécurité se mêle de ça ? À moi, ils n'ont rien dit… La trépassée, comme tu dis, avait des rapports avec eux ?

– Nous ne savons pas, eux disent que non… mais nous savons que quelqu'un a fouillé la chambre de Natalia Poblet, poursuivit Duque.

– Et nous pensons que quelque chose s'est peut-être perdu, intervint Conde en regardant Contreras droit dans les yeux.

– Ne me regarde pas comme ça, Conde de merde. On n'a touché à rien. On a refermé et on s'est barrés. Je te le jure…

– J'ai envie de te croire. Je vais te croire, accorda Conde. Mais réfléchis bien… Tu as déjà entendu parler d'un objet en lien avec Napoléon qui vaut plein de fric ?

Contreras ne réfléchit pas longtemps.

– Je crois qu'il y a des petites choses qui ont disparu du musée de Napoléon. Mais non, je n'ai rien entendu à propos d'un truc important.

– OK. Et prends ton temps pour réfléchir, Gros… Le camarade Marcel, l'agent Marcel, ça te dit quelque chose ?… Un type d'une trentaine d'années, beau mec…

– Le nom ne me dit rien, vraiment. Mais tu sais qu'ils s'inventent un nom et…

Conde porta la main à son front et se massa du bout des doigts. C'était une façon de faire sortir les idées, de les traire. Il y avait un nom qui lui échappait et il fallait qu'il lui revienne. D'un coup, il bougea la main en direction de Contreras et son visage s'éclaira.

– Et le camarade Néstor, l'agent Néstor ?

Le visage de Contreras avait toujours été lisible. Tout effort mental générait chez lui des expressions qui le trahissaient. En entendant ce nouveau nom, il haussa d'abord légèrement les sourcils, comme pour l'attraper ; puis il projeta ses lèvres en avant, puis vers l'intérieur, comme pour déglutir ; et, ensuite, il se pinça plusieurs fois le bout du nez entre le pouce et l'index, comme pour en retirer quelque chose. Et, finalement, ses yeux s'éclairèrent.

– Le camarade Néstor… Je crois bien que oui. Mais il n'était pas de la Sécurité… il était du service du Logement… Oui, c'est lui qui devait recenser et fermer le domicile… et il a gardé la clé. Un type jeune, plutôt costaud, bavard ? De ceux qui jouent au mec sympa…

Duque fouilla alors dans la chemise cartonnée qui ne le quittait jamais pour en sortir la photocopie d'une photo de passeport.

– Enlevez-lui trente ans, lui demanda Duque en lui tendant la photo.

Contreras observa l'image et recommença ses grimaces de réflexion. Lui aussi pensait à nouveau comme un flic.

– Je dirais que oui… que c'est bien le camarade Néstor, des services municipaux du Logement. Il a beaucoup changé, mais tu le sais bien, toi, Conde, moi quand je tirais le portrait de quelqu'un, j'oubliais jamais sa gueule.

Une expression de surprise se répandit sur le visage d'Aurora. Une moue sincère, presque exagérée, qui accentua l'air de tristesse que Conde avait cru déceler sur ses traits. Dans les calculs qu'elle avait dû faire, la femme de ménage avait sûrement envisagé la possibilité que les flics se décident à parler avec elle, même si, les jours passant, cette certitude s'était peut-être estompée, et Conde se dit que c'était la raison de sa réaction inquiète.

– Je ne sais pas ce que je peux vous dire d'autre, avertit-elle quand Conde et le lieutenant Duque, sur le seuil de l'appartement où avait vécu et était mort Reynaldo Quevedo, lui demandèrent de s'entretenir avec eux. Et Conde sut immédiatement que si, Aurora pouvait leur en dire plus.

C'était la première fois que Duque visitait l'appartement et l'étonnement se reflétait sur son visage. Car il savait en plus que cet endroit privilégié, dans la stratosphère de la ville, pourrait bientôt être mis en vente et que son héritier empocherait un demi-million de dollars, voire plus, une fortune qui lui garantissait de pouvoir recommencer sa vie de la meilleure façon possible à l'endroit du monde où il choisirait de se barrer et comme il l'entendrait. Ainsi qu'il le dirait au Conde, cette somme d'argent serait la véritable et très bonifiée récompense : le petit-fils d'un bolchevique, du révolutionnaire récompensé à une époque pour ses services, partirait de Cuba avec un capital reçu en échange de son engagement militant et de sa fidélité. Une fidélité cruelle et féroce, pour dire clairement les choses. Une fidélité finalement très bien payée, si on la comptait en billets de banque. Et le cas d'Osmar n'était pas exceptionnel : un demi-siècle plus tard, les maisons confisquées durant les premières années de la Révolution s'étaient transformées en biens monnayables en espèces sonnantes et trébuchantes qui aidaient grandement les héritiers désabusés des anciens confiscateurs dans leur fuite vers les mêmes destinations pour lesquelles étaient partis les propriétaires originaux dont les biens avaient été confisqués. Les terribles et parfois très ironiques – ou macabres – boucles de l'Histoire, aurait dit Conde.

– C'est plus pour des détails que pour autre chose, précisa Conde en entrant. Il lui fallait mettre de l'huile dans les rouages.

Protégée par un tablier, Aurora s'essuya à nouveau les mains sur l'étoffe. L'ex-policier remarqua que c'était la troisième ou quatrième fois depuis qu'elle avait ouvert la porte. Comme si elle se trouvait pour la première fois dans le salon, elle regarda sur les côtés et finit par indiquer les fauteuils proches de la table du crime. Conde s'assit et laissa Duque flotter encore dans son nuage de stupéfaction, le regard à cet instant dirigé vers la baie vitrée depuis laquelle on pouvait contempler la magnifique étendue de la mer, ridée à l'horizon par un fleuve chaud et d'un bleu intense : le courant du Golfe.

– Je ne sais pas en quoi je peux vous aider, insista Aurora.

– Je vois que tu travailles toujours ici, releva Conde.

– Je suis en train de rassembler des choses. Des choses que Irene et Osmar veulent jeter, des vieux vêtements… Et les livres, ils vont les vendre.

Conde réfléchit un instant. Non, la bibliothèque de Quevedo ne l'intéressait pas. Les goûts littéraires et historiques de l'Abominable n'avaient plus de marché. La bibliothèque municipale elle-même ne serait peut-être pas preneuse de la plupart de ces titres. Il remarqua alors que Duque était toujours plongé dans ses pensées.

– Lieutenant, l'interpella Conde, et le policier finit par réagir.

Il prit possession de l'un des fauteuils et, sans cacher ses intentions, regarda attentivement le plateau en marbre et passa la paume de sa main sur l'angle, comme s'il essayait d'imaginer la scène finale de la vie de Quevedo. Duque, plus qu'absorbé, devait avoir effectué dans sa tête des calculs et des reconstitutions.

– Bon, Aurora, commença Conde. Nous devons parler très bientôt avec Osmar, mais, avant, il nous a semblé utile d'avoir une petite conversation avec vous. Il nous manquait des éléments.

– Parler de quoi ? Quels éléments ?

Conde regretta de devoir monter à son tour sur le podium de la cruauté de l'exercice du pouvoir, mais il n'avait pas le choix : il fallait lui mettre la pression. Et il se lança.

– Avant de vous répondre, je voudrais vous dire certaines petites choses… Par exemple, nous savons que vous êtes la grand-mère maternelle de Victorino Almeida. Et nous savons aussi à quoi se consacre Victorino et nous supposons que vous devez être au courant que nous avons eu une conversation avec lui. Parce que, en plus, nous savons tout sur la relation entre Victorino et Reynaldo Quevedo et…

– Moi, je ne le savais pas ! lâcha Aurora, et ses yeux verts brillaient : indignation ? Honte ? – Cette histoire de Victorino et Quevedo, je l'ai sue il y a quelques jours… Osmar me l'a dit.

– Mais c'est un fait, Victorino offrait, disons, des services sexuels à Quevedo et se faisait payer pour ça. Et Victorino était là l'après-midi où on l'a tué.

– Mais il n'a pas…

– Nous pensons que non, qu'il ne l'a pas tué. C'est ce que nous croyons… en tout cas, jusqu'à preuve du contraire.

Elle se contenta de hocher la tête. Sans aucun doute, elle ressentait de la honte, et, en même temps, du soulagement, pensa l'ex-policier.

Conde s'inclina légèrement vers elle pour tirer la prochaine salve.

– Mais nous ne l'écartons pas… Il se peut que nous nous trompions.

– Ce n'est pas un mauvais garçon, fut ce qu'Aurora, de nouveau sur ses gardes, trouva pour défendre son petit-fils.

– Je me rappelle que la dernière fois que je suis venu, j'ai parlé avec Osmar dans la salle à manger… et je ne vois plus le tableau que j'y ai vu ce jour-là. Une marine.

– Osmar l'a emportée il y a deux jours, dit Aurora.

Ça y est, la razzia a commencé, se dit Conde. Et il pensa à quel point les bénéfices de la vente de ce tableau seraient bienvenus pour le vieux Sindo Capote, l'artiste dépouillé. Mais il se concentra sur son objet.

– Eh bien, ce jour-là, vous nous écoutiez depuis la cuisine. Pourquoi ?

Aurora tarda un peu avant de répondre.

– Non, j'étais juste en train de chercher ces tenailles que…

Conde décida d'appuyer sur l'accélérateur.

– Vous nous écoutiez, Aurora. Pourquoi ?

– Par curiosité, finit-elle par admettre. Après ce qui s'est passé ici… c'était normal d'être curieuse, non ?

– Moi, je crois plutôt que c'était pour savoir si le nom de Victorino était prononcé. Et ça a été le cas.

– Écouter, ce n'est pas un crime, se rebella Aurora.

Conde acquiesça d'un geste. Il sentait monter un goût amer dans sa bouche. Mettre la pression sur Aurora ne lui causait aucun plaisir, au contraire. Pourquoi Aurora avait-elle travaillé toutes ces années comme employée domestique quand des centaines de milliers d'autres femmes trouvaient des boulots plus attrayants ? Peut-être que son intelligence ne pouvait prétendre à plus, mais Conde avait l'impression que ce n'était pas le cas. Il remercia presque Duque de revenir à la réalité du moment.

– Mais dissimuler une information sensible peut l'être, affirma le lieutenant qui était de nouveau dans son rôle. Son ton était tranchant. Surtout quand on est conscient de ce que l'on fait…

– Je n'ai rien caché… Personne ne m'a rien demandé.

– Et c'est vrai, personne ne vous a demandé. C'est pour ça que là nous rectifions les choses et je vous demande, à vous, parce que vous connaissez mieux que personne ce qu'il y a dans cette maison… jusqu'aux tenailles… Aurora, qu'est-ce qu'avaient Quevedo et Marcel qui valait beaucoup d'argent ?

Elle secoua la tête.

– Les tableaux ? Quevedo et Osmar parlaient toujours de ce qu'ils valaient et…

– Et à part les tableaux ?

Elle réfléchit.

– Ben… cet appartement. Depuis que la vente des appartements est autorisée, ils parlaient de ça. De vendre et d'acheter quelque chose de plus petit. C'était l'idée d'Osmar. Pour partir de Cuba avec de l'argent… Quevedo ne voulait pas…

– Oui, cette vente pourrait rapporter beaucoup d'argent, admit Duque. Et quoi d'autre ? Un objet ?

Aurora, tout en secouant la tête sans répondre, regarda autour d'elle, comme si elle cherchait l'objet de valeur dont parlait le policier.

– Je ne sais pas… Ici, il y a plein de choses. Mais des choses normales. De jolis objets d'ornement. Comme la lampe Tiffany…

– Et une sorte de cachet ancien ? Doré, en or en fait. De cette taille à peu près, dit Duque en montrant un écart de dix à douze centimètres entre le pouce et l'index.

Aurora réfléchit à nouveau.

– Non, ça ne me dit rien. Mais Quevedo avait plusieurs tiroirs fermés à clé.

– Il y rangeait quoi ?

– De l'argent ? – Elle arqua les sourcils.

– Les techniciens ont ouvert les tiroirs qui restaient fermés. Et il n'y avait rien d'intéressant. Des papiers, des lettres… Les diplômes remis à Quevedo. Beaucoup de diplômes… Il y a un autre endroit ici qui pourrait avoir une serrure ?

– Non, pas que je sache.

Conde fit un signe à Duque et le lieutenant hocha la tête, comme s'il lui donnait raison.

– Quevedo avait pleinement confiance en vous, n'est-ce pas ? – Le ton de Conde était à présent conciliant, proche.

– Non. – La réponse, précise, tranchante, fit presque se lever les policiers de leurs sièges.

– Mais, vous...

– Moi, j'étais la bonne, rien que la bonne. Je n'étais pas sa personne de confiance. Quevedo n'avait personne de confiance. Ni sa fille, ni son petit-fils, personne.

– Et pourquoi vous avez travaillé aussi longtemps chez lui ?

– Dix-neuf ans... précisa Duque, après avoir regardé un des papiers qu'il venait de tirer de son inséparable dossier.

– Je n'ai pas envie d'en parler. Je n'ai pas à en parler. Si vous voulez me mettre en prison, emmenez-moi et c'est réglé. Sinon, vous pouvez repartir tout de suite. Nous n'avons plus rien à nous dire.

Conde resta impassible tandis que Duque esquissait un mouvement pour se mettre debout avant de se rasseoir, comme s'il regrettait son impulsion. Le changement d'attitude d'Aurora était trop énorme. Duque se mit alors à examiner le document qu'il avait à la main, puis fixa son interlocutrice dans les yeux.

– Aurora, vous travailliez comme bonne chez Quevedo parce que vous avez fait trois ans de prison pour escroquerie et autres malversations dans les bureaux où vous étiez employée. La Direction nationale du Logement. Des trafics en tout genre, avec pas mal d'argent à la clé. Et je crois que vous vous en êtes bien tirée en ne faisant que trois ans sur les dix auxquels vous aviez été condamnée, sans compter l'interdiction d'exercer à nouveau des responsabilités administratives... Quand vous êtes sortie de prison, en pleine Période spéciale, personne ne vous a proposé un boulot à peu près acceptable et vous avez atterri chez Quevedo. Car il se trouve que, coïncidence, coïncidence, le type qui avait été votre chef à la Direction du Logement, était aussi un ami de Quevedo, et peut-être également de Marcel Robaina. Un chef qui, soit dit en passant, est sorti indemne de l'enquête, peut-être parce que vous ne l'avez pas dénoncé et… ce monsieur vous a rendu le service de vous placer chez Quevedo, ils ont peut-être même convenu d'un bon salaire pour vous, bien meilleur que ce que vous aurait payé l'État, ça je ne le sais pas… Je peux bien sûr me tromper sur certains détails mais pour l'essentiel vous êtes là parce que vous avez déjà eu des problèmes avec la justice et…

– Mais je ne suis pas une voleuse ! Dans ce bureau j'ai fait ce que les autres faisaient aussi, mais sans voler personne. Et je volerais encore moins dans cette maison, encore moins…

– Bien sûr. Dans votre travail vous ne preniez le portefeuille dans la poche de personne… vous voliez simplement l'État.

Surpris par l'avalanche d'informations balancées par le lieutenant Duque, Conde observa comment Aurora finissait par baisser la tête. Elle semblait défaite, et peut-être, cette fois, honteuse pour de bon. Les vérifications étaient arrivées au point où elle ne voulait surtout pas qu'elles arrivent. Le plus curieux était que, pour Aurora et pour beaucoup comme elle, faire du trafic d'influence, profiter de sa charge pour en tirer des bénéfices, n'était pas la même chose qu'être un délinquant. Parce que voler l'État ne fait pas de toi un voleur. C'était ainsi que fonctionnaient les codes éthiques du pays : ou c'était ainsi qu'on avait fait en sorte qu'ils fonctionnent. Mon Dieu, le pauvre mot "honnêteté" avait décidément été terriblement maltraité, se dit Conde, qui était encore en train d'évaluer les infos lâchées par Duque dont le lieutenant ne lui avait pas touché mot. Salaud de lieutenant.

– Donc, insista Duque, ce tampon en or…

Aurora s'essuyait à nouveau les mains sur son tablier. Il s'agissait peut-être de vieilles saletés indélébiles.

– Si c'était un truc genre presse-papiers, je l'ai vu une fois. Quevedo l'avait sur son bureau. Je l'ai remarqué parce que c'était un presse-papiers un peu bizarre. Mais je n'ai plus revu ce sceau, ce cachet, ce qu'on voudra, si c'est ça que j'ai vu. C'était il y a dix ans à peu près. Ce que je sais, c'est qu'il ne le rangeait pas dans son bureau. Et non, je ne l'ai jamais revu et je n'ai pas su combien ça valait, et je n'en ai parlé à personne. Je peux le jurer sur tout ce que vous voudrez. Plus jamais. Ce ne serait pas parce que Quevedo l'a vendu aussi, comme sa voiture, comme plusieurs tableaux ? Je ne sais pas, tout ce que je peux dire, c'est que je n'ai pas revu cette chose dont vous parlez.

On sait que la foi déplace les montagnes. Et l'argent ? On dirait qu'il déplace des cordillères, se dit Conde. Et plus il descendait dans les bas-fonds des privilèges, échanges de services et d'influences, ruses et bénéfices d'une caste privilégiée, moins il se montrait sensible face à la horde de personnages qui peuplaient le monde sale de Reynaldo Quevedo et d'autres spécimens de son entourage. Et il décida de faire l'économie du moindre élan de pitié.

– Rappelle-toi bien, au cas où tu ne le saurais pas, que toutes les propriétés de Quevedo sont gelées par décision judiciaire jusqu'à ce que les circonstances de sa mort soient éclaircies. Ça veut dire jusqu'à ce qu'on chope celui qui l'a tué. Qu'est-ce que tu en dis ? Et ensuite on va enquêter sur l'origine de certains de ses biens. N'envisage même pas de vendre la marine de Capote que tu as sortie de l'appartement de ton grand-père. – Il avait pris pour dire tout ça son ton le plus âpre, et il ajouta même :

– Nous cherchons un assassin qui peut être n'importe qui… n'importe qui de ceux à qui cette mort pourrait profiter.

Il n'avait pas été nécessaire d'insister davantage. Osmar avait compris le message à la perfection et toutes ses difficultés d'emploi du temps, ses engagements et ses rendez-vous qualifiés d'urgents avaient disparu d'un coup. À onze heures et demie du matin, comme le Conde le lui avait demandé, Osmar se pointa au Commissariat central des Enquêtes criminelles où le calme régnait encore. Et, cette fois, le jeune homme arborait un style printanier : la tunique du jour était en tissu blanc, avec un imprimé de fleurs rouges, jaunes et violettes, et un décolleté marqué sur la poitrine, glabre ou épilée. Conde fut bien obligé de reconnaître son courage : il fallait en avoir pour sortir dans la rue déguisé de la sorte et, comme c'était prévisible, sans slip en dessous.

L'idée de le sortir de sa zone de confort – il l'avait appelée comme ça, c'était son langage – était venue de Duque. Les deux enquêteurs savaient que l'enquête était parvenue à un point critique qui était aussi un cas d'école : il fallait absolument resserrer des vis pour que ceux qui mentaient ou avaient quelque chose à cacher – pour l'enquête, cela revenait pratiquement au même – commencent à ressentir la pression et peut-être à craquer.

L'existence de liens entre les deux morts récents et la suicidée d'il y a trente ans avait été établie et les deux enquêteurs étaient convaincus qu'il ne s'agissait pas d'une simple coïncidence. La macabre relation entre Natalia Poblet et son oppresseur attitré, Reynaldo Quevedo, pouvait avoir été la cause du suicide, mais la proximité de l'imposteur Marcel Robaina troublait encore plus ces eaux sales. Et il fallait voir ce qu'il y avait au-dessous de la surface où pouvait se trouver, caché dans la vase, le toujours plus présent et plausible sceau en or de Bonaparte. Et Dieu sait combien d'autres choses.

Quand il entra avec le jeune homme dans la salle d'interrogatoires, Conde remarqua que, pour rendre les choses plus solennelles, Duque avait préparé dans la petite pièce oppressante le matériel d'enregistrement audio et vidéo. Sitôt qu'ils furent installés, le lieutenant mit en marche les engins, pointa le petit micro en direction du visiteur et Conde se lança à l'abordage, selon le plan ourdi par les enquêteurs.

– Osmar, ton père était un drôle de personnage. Il allait dans le monde en foutant en l'air la vie des autres. Pour lui, c'était comme une addiction, ou une maladie. S'il ne s'agissait pas de ton père, je dirais que c'était une sacrée ordure… Et concernant ton grand-père, il n'y a pas grand-chose à dire, et pas non plus grand-chose dont se souvenir. Il a réprimé des milliers de gens sous prétexte qu'ils n'étaient pas suffisamment purs, pendant que lui-même volait, prospérait, payait pour le sexe, aussi bien en Bulgarie qu'à Cuba, par-devant et par-derrière…

– En Bulgarie ? – Pour la première fois, le jeune homme parut surpris.

– Il couchait avec des filles qu'il payait à coups de petites culottes hongroises. Des petits sachets de trois pièces de couleur.

Osmar sourit presque. Fierté ou surprise ? Conde décida que ça n'avait pas d'importance et il enchaîna :

– Je te raconte tout ça, plein de choses que tu savais, pour bien fixer la règle du jeu. Ton père et ton grand-père étaient capables de n'importe quel coup tordu. Et nous sommes presque sûrs qu'ils ont été liés au suicide de la poétesse Natalia Poblet, en 1978. Et nous soupçonnons de plus en plus qu'ils lui ont volé quelque chose, en plus de sa dignité et de ses espoirs, comme nous a dit quelqu'un.

– Mais je… tenta de protester Osmar.

– Laisse-moi terminer… Ils sont morts tous les deux et la police a le devoir d'éclaircir ces crimes et d'en trouver l'auteur... Si ça ne tenait qu'à moi, je m'en foutrais. Ils ont tous les deux fait tellement de saloperies que je dirais presque qu'ils méritent ce qui leur est arrivé. Même si, pour équilibrer un peu la balance, je confisquerais tous leurs biens... Je te dis ça parce que j'ai l'avantage de ne plus être flic et que les gens comme ton père et ton grand-père me donnent des boutons, envie de vomir... et autres désirs physiologiques pires, et c'est pour ça que...

Duque exerça une pression sur un des bras de Conde. Ainsi qu'ils l'avaient prévu, c'était à son tour d'entrer en scène.

– Osmar, tu servais de médiateur entre les deux. Tu étais au courant de leurs affaires. Tu es leur héritier, lança en rafale le lieutenant.

– Vous êtes en train de m'accuser de quelque chose ?

– De ne pas tout dire. Et cela peut constituer un délit d'obstruction à une enquête criminelle. Tu le savais ?

– Mais je ne sais rien, moi, protesta le jeune homme.

– Bon, c'était quoi les autres affaires et magouilles de Marcel ici, à Cuba ?

Osmar se passa les doigts dans les cheveux, se gratta le crâne. Il prit son temps et finit par se décider.

– Je ne sais pas si ça peut avoir un lien... Mon père achetait des bijoux à Cuba... mais moi, je ne m'occupais pas de ça.

– Raconte.

– Un jour, je l'ai accompagné voir un bijoutier. Il vit dans la partie en contrebas, au bout du Vedado. Mon père et lui se connaissent depuis toujours. Ce bijoutier achetait des objets en or et des montres anciennes ici et, d'une façon ou d'une autre, il envoyait ces objets à mon père qui les vendait là-bas, à Miami.

– Comment s'appelle le bijoutier ?

– Aurelio... Je ne connais pas le nom de famille. Je sais où il habite...

– Ils ont parlé de quelque chose de très précieux? D'un bijou en particulier?

– Non, pas que je sache. De bagues, de chaînes, d'objets comme ça. Ils ont parlé de prix, de bénéfices… Et mon père lui a dit qu'il était sur un gros coup qui allait lui rapporter plein de fric.

– Avec quoi?

– Il ne l'a pas dit. J'ai pensé que c'était encore un de ses coups de bluff. Je lui ai posé la question après et il m'a dit d'oublier. Que tout ce que je devais savoir, c'était qu'avec ce fric il allait me sortir de Cuba, via l'Équateur ou le Mexique… Et aussi ma tante Amarilys et mes cousins.

– Et il avait quoi comme marchandises, ce bijoutier?

– Des chaînes et des médailles en or. Une montre ancienne, de Cuervo y Sobrinos… Un type qui était là lui avait tout apporté pour le vendre et mon père devait le payer. Pour voir s'il baissait son prix, mon père a fait son show. Il a dit qu'il était agent de la Sécurité, mais que si les bijoux n'étaient pas volés… Ses crasses habituelles, quoi.

– Et le type? insista Duque.

– Vous pouvez imaginer… il est devenu blanc comme un linge. Un agent de la Sécurité, ça fait toujours peur. Le pauvre type était en sueur. – Et Osmar rit en se rappelant les effets du sinistre stratagème de Marcel.

– Et ils sont arrivés à un accord?

– Non, avec ses conneries, mon père a tout fichu en l'air. Finalement, le type a remporté ses bijoux.

– Tu te rappelles, par hasard, comment s'appelle ce type?

– Bien sûr… José José, comme le chanteur mexicain. Un nom qu'on n'oublie pas. – Il rit à nouveau. – Aurelio, le bijoutier, a vu rouge avec mon père qui venait de tout saboter. Et mon père lui a dit qu'il allait arranger ça, qu'il irait voir José José pour lui expliquer.

– Et il y est allé ?

– Je crois que oui. Mais je n'en suis pas sûr. C'est juste à ce moment-là que ma grand-mère est morte et, après, papa a dit qu'il allait repartir, et bon, il n'est pas reparti… Avec lui, on n'était jamais très sûr de ce qui se mijotait. Cette manie qu'il avait de faire des mystères, c'était ce qui rendait folle ma mère.

Duque garda le silence quelques instants. Ou bien il réfléchissait, ou bien il était paumé, se dit le Conde. Il fit du pied sous la table au lieutenant et Duque, à contrecœur, finit par réagir.

– Osmar… ton père et ton grand-père ont parlé de quelque chose en lien avec Napoléon ? Quevedo a mentionné quelque chose dans une conversation avec Victorino et…

– Napoléon Bonaparte ?

– Oui, bien sûr.

– Non, pas que je sache… Mais qu'est-ce que Napoléon vient faire là-dedans ?

– Un objet napoléonien qui vaut plus de cinquante mille dollars. D'après ce qu'on sait, il est très possible qu'il se trouve à Cuba. Et comme ton grand-père et ton père avaient des doigts particulièrement crochus…

– Mais mon grand-père, les tableaux qu'il avait, c'était parce qu'il aimait beaucoup la peinture.

– On connaît les goûts de Quevedo et on sait comment il obtenait ces tableaux… Donc ils n'ont pas parlé d'un objet napoléonien ? Tu n'as jamais vu chez ton grand-père un objet de cette taille à peu près, qui ressemblait à un sceau, comme ceux utilisés pour cacheter des documents ?

– Non, je n'ai jamais vu un truc comme ça… Mais je sais qu'ils ont parlé d'autres affaires dont je ne suis pas au courant. Moi, c'étaient les tableaux parce que je m'y connais un peu et…

Bang ! Duque et Osmar sursautèrent sur leurs chaises lorsque Conde frappa avec force la table du plat de la main. Le petit micro orienté vers Osmar se renversa et le verre en plastique où Conde avait bu de l'eau tomba par terre.

– Osmar, Osmar ! cria l'ex-policier en se mettant debout. Comment ton père a dit qu'il s'appelait quand il a fait peur à José José avec ses histoires de Sécurité ?

Osmar respira mieux. Apparemment, il s'attendait à une question plus compliquée.

– Néstor… il disait toujours qu'il était l'agent Néstor.

Ce fut Conde qui, cette fois, respira mieux, comme s'il s'était enlevé un poids.

– Je le savais, je le savais, dit-il en se rasseyant. Merde, Duque, on l'avait sous les yeux et on ne le voyait pas, putain ! Celui qu'on a châtré, qui a eu la crise cardiaque et qu'on a ensuite jeté aux ordures, ce n'était pas Marcel Robaina. C'était l'agent Néstor !

On écouta les hymnes nationaux, on échangea des fanions, on salua les hauts dignitaires et la première balle fut lancée par une star cubaine que presque personne ne connaissait dans son propre pays, car il avait fait toute sa carrière dans les grandes ligues aux États-Unis, réduites au silence par la politique de l'île où les pratiques professionnelles étaient considérées comme du sport "marchand" et, au bout du compte, "esclave". Immédiatement l'équipe nationale de Cuba et les "esclaves" Rays de Tampa Bay commencèrent à jouer au base-ball comme s'ils jouaient vraiment au base-ball, avec des battes, des gants et des tenues flambant neuves. Les quarante mille spectateurs du match, qui se déroulait au Stade latino-américain de La Havane, regardaient, criaient, applaudissaient comme s'ils avaient vraiment été en train de regarder un match de base-ball riche en émotions. Les plus enthousiastes, pour rendre le spectacle plus vraisemblable, étaient les membres de la délégation présidentielle américaine et leurs hôtes cubains, tous souriants, tous satisfaits, et même tous amicaux. La mise en scène, avec trois douzaines d'acteurs dans les premiers et seconds rôles et l'apport inestimable de quarante mille figurants dûment choisis et entraînés, aurait pu faire pâlir de jalousie les producteurs des temps les plus glorieux d'Hollywood. Alors Conde se dit qu'il connaissait déjà le film et il éteignit la télé. Il aurait préféré voir un simple match de base-ball, comme n'importe lequel de ceux qui, de terrains vagues en coins de rue, le faisaient s'arrêter dans la ville pour regarder un moment, lui qui adorait le base-ball. Quand le base-ball était ça et seulement ça : un jeu avec une balle.

Après avoir congédié Osmar, Duque lui avait demandé de suspendre l'enquête jusqu'au retour d'Obama dans son pays, dans l'après-midi. Et Conde lui avait demandé d'allonger la trêve et de lui laisser tout le reste de la journée, parce qu'il avait beaucoup à faire. Ils se mirent d'accord pour qu'éventuellement, selon ses occupations, le lieutenant essaye d'avancer un peu et peut-être d'interroger le bijoutier Aurelio, et trouve comment localiser José José : car même si ce JJ ne chantait pas "La nave del olvido", un des premiers tubes du chanteur mexicain (peut-être parce qu'il n'en avait rien à foutre du "Vaisseau de l'oubli" et d'attendre *un petiiiiiit peu plus*), Conde nourrissait en revanche le vague mais insistant soupçon qu'il avait peut-être un petit peu, et même beaucoup à dire, sur l'agent Néstor. Et, bien entendu, ils décidèrent que ce serait le Duque qui informerait Manolo de l'état de l'enquête et recevrait les probables reproches du chef pour n'avoir toujours rien de concret dans les mains.

Chez Tamara, après s'être douché et avant de manger, Conde appela son ami Carlos pour lui demander quels étaient les plans.

– Depuis Miami vers ici, aucun vol ne part jusqu'à ce qu'Obama reparte. Aéroport fermé… Les avions vont atterrir et décoller après, et le Conejo a un départ de Miami reporté à 17 heures. Ce qui veut dire qu'à 18 h 30, s'il n'y a pas de retard à l'arrivée, il peut être sorti de l'aéroport.

– Et donc ?

– Au moment du départ de son vol, il m'appelle. On calcule l'heure et vous passez me prendre pour aller le chercher.

– Putain, c'est compliqué !… Rappelle-toi que ce soir je bosse.

– T'inquiète. Je serai ton représentant face au whisky qu'amène le Conejo et au *tamal* qu'est en train de faire mitonner ma vieille.

– Putain, Flaco, t'es vraiment un pédé !

– Je sais, je prends des cours.

Conde sourit.

– Je vais m'allonger un peu. Je suis mort. J'attends de tes nouvelles, dit-il en raccrochant.

Conde savait ce que voulait dire pour son ami Carlos le retour du Conejo (retour provisoire ? Définitif ? De toute façon, on verrait après). Car si Conde était possessif avec ses amis, le pauvre Carlos, condamné à son fauteuil roulant, était dépendant. Heureusement pour lui, après son veuvage précoce, l'ineffable Dulcita, sa fiancée des années au lycée de La Víbora, faisait régulièrement le voyage depuis Miami pour s'enfermer trois ou quatre jours avec lui dans sa chambre. La présence soutenue des amis et, depuis quelques années, les bénéfices de cet amour ancien, consommé en doses concentrées, avaient consolidé le radeau qui, ces dernières années, maintenait à flot l'invalide et rendait son existence plus tolérable.

Peu portée sur les tâches culinaires, Tamara se contenta de préparer pour le déjeuner une omelette et une salade de tomates. Ensuite, même si tous deux envisagèrent d'autres activités possibles, ils décidèrent d'utiliser le lit uniquement pour faire la sieste qui les réclamait. Opter pour la sieste, c'était aussi un signe de vieillesse ? Conde n'eut pas le temps de répondre et tomba comme une pierre dans le puits aimable de l'inconscience.

À cinq heures et demie, Carlos les appela. Le Conejo allait embarquer. Tamara fit le calcul : une demi-heure pour aller chercher Carlos et ensuite à l'aéroport.

À six heures et demie, Tamara gara sa vieille mais vaillante Lada soviétique sur le parking de l'aéroport, et Conde poussa le fauteuil de Carlos vers la zone d'arrivée. Il calcula qu'il lui restait une heure. Même s'il avait parlé avec Yoyi et si son associé était le plus compréhensif qui soit, il voulait être vers les huit heures à son poste au bout du bar de La Dulce Vida, pour remplir sa mission de surveillance.

Obama et sa musique étaient repartis, et le crépuscule d'avril tombait tranquillement sur l'île comme n'importe quel autre jour, comme s'il ne s'était rien passé. De l'endroit qu'il avait choisi pour attendre, Conde observait l'intense trafic humain se déroulant sous ses yeux. Hommes et femmes venant d'arriver poussaient les chariots d'aéroport chargés d'énormes boules enveloppées de plastique et remplies de cadeaux et de marchandises pour satisfaire les besoins de ceux qui étaient restés dans le pays : ces hommes, femmes, vieillards, enfants et même chiens cubains qui couraient embrasser et serrer dans leurs bras les voyageurs, avec souvent des larmes en prime. Les exilés qui revenaient pour quelques jours n'étaient peut-être pas, loin de là, des vainqueurs, mais ils devaient se sentir tels à cause de ce qu'ils représentaient pour les parents et les amis, et c'était ainsi que devaient les voir ceux qui les accueillaient, car, grâce à eux, leurs existences étaient étayées. Et dire que, durant des décennies, beaucoup de ces mêmes immigrés avaient été taxés d'ennemis, et même d'apatrides, rabaissés à la condition zoologique rampante de vers de terre. Mais la réalité venait démontrer encore qu'elle était plus têtue que les désirs, et même que les ordres. Et l'Histoire, de son côté, s'avérait plus imprévisible que les slogans visant à la schématiser. Les émigrés, stigmatisés durant des décennies, revenaient en vainqueurs, se transformaient en sauveurs. Et c'était pour cela que, sur l'île, on disait que l'important était d'avoir de la FOI : de la Famille Omniprésente à l'International.

À sept heures du soir, Conde commença à regarder sa montre. Il savait que cela ne serait pas un gros problème s'il était un peu en retard à son travail, mais parmi ses nombreuses obsessions vitales, il y avait celle d'être ponctuel, une habitude très éloignée de sa filiation culturelle. À sept heures et quart, il ne parlait plus à Carlos ni à Tamara et faisait les cent pas en fumant encore plus et en se plaignant du retard. À sept heures vingt-cinq, ils virent enfin sortir le Conejo, poussant son charriot sur lequel il y avait deux énormes boules bleues.

Conde siffla et leva les bras pour que le voyageur les aperçoive. Le Conejo sourit de sa dentition démesurée et changea de cap pour se diriger vers l'endroit où ils attendaient. Conde prit les devants et alla à la rencontre de son ami, et les deux hommes se fondirent dans une étreinte.

– Putain, merde, tu es rentré, dit Conde. Comment tu vas ?

– Je suis entier, Conde… Je suis venu pour vous voir vous et pour les Stones, dit le Conejo, et je ne viens pas seul… Il y a Dulcita qui me suit, elle aussi, elle veut aller au concert avec nous.

– Dulcita ?

– Oui… Elle n'a pas voulu prévenir, pour faire la surprise.

Elle avait réussi son coup. Il suffisait de regarder l'expression de Carlos quand il découvrit la silhouette de sa fiancée d'autrefois, devenue amante automnale. Conde sourit et se dit qu'il avait failli y avoir un miracle : son ami se levant et marchant pour aller à la rencontre de la femme qui balayait les tristesses, l'ennui et les autres fluides ensablés. Définitivement, ils vivaient dans un état de délire.

Il m'a fallu plusieurs mois pour récolter toutes les informations qui m'ont enfin permis de reconstituer les trois actes de la tragédie qui, comme j'ai commencé à le raconter, a débuté bien avant le 2 novembre 1910 avant de culminer entre ce fameux jour des Morts et les 21 et 22 du même mois, journées au goût amer qui furent aussi les dernières de la vie de Yarini. Cela a été une tragédie qui, comme toute calamité ayant des effets sociaux, a atteint son paroxysme à ces dates, mais dont les conséquences se sont fait sentir pendant des mois et des années jusqu'à ce que, en 1913, un décret gouvernemental du dirigeant conservateur Mario García Menocal ferme la presque ingouvernable zone de tolérance de San Isidro. Un geste politique qui, comme nous le savions tous, n'allait évidemment pas guérir la maladie, car elle n'éliminerait pas la plaie de la prostitution. Et qui ne parviendrait pas non plus à extirper du quartier, de La Havane et de la mémoire inconstante du pays l'étrange figure disproportionnée d'Alberto Yarini y Ponce de León.

Comme n'importe qui dans le quartier, je savais que les Français, très inquiets de la perte de contrôle d'une activité dont ils avaient tiré profit pendant des années, ne manqueraient pas, tôt ou tard, de trouver une réponse leur permettant de regagner les espaces perdus. Et, logiquement, je savais que les Apaches estimaient que toute solution passait par la nécessité d'écarter de la compétition Alberto Yarini, qu'ils considéraient (avec raison) comme le responsable de leurs infortunes en affaires.

Il faut dire que l'offensive des Guayabitos cubains, de plus en plus sûrs d'eux, contre leurs adversaires, s'était intensifiée. Les vols de femmes allaient en augmentant, les insultes et les mises en garde étaient incessantes et on respirait dans tout San Isidro une atmosphère pré-belliqueuse, aux implications néfastes pour le grand commerce du quartier. En tant que policier, j'étais intervenu ou j'avais été informé de plusieurs bagarres entre les deux camps (des escarmouches à côté de ce qui allait bientôt arriver), où on dégainait couteaux et rasoirs, et où un peu de sang avait coulé, y compris celui de femmes liées aux disputes en cours.

Devant un tel état de crispation, redoutant que n'arrive ce qui a fini par arriver, j'ai essayé de rester le plus près possible de mon ami Alberto Yarini pour, d'une certaine façon, le protéger. Grâce à ma présence accrue à ses côtés, j'ai pu avoir plusieurs autres conversations avec lui, en tête à tête ou en présence de l'un de ses amis et associés en affaires qui venaient lui soumettre des questions ou simplement se vanter de leurs actions, comme s'ils cherchaient son approbation. Et, à chaque fois, j'ai été surpris de constater la calme indifférence avec laquelle Yarini assumait la situation créée depuis sa dernière rencontre pleine de risques avec Louis Lotot. À présent, son principal sujet de discussion tournait autour de ses activités politiques, qui semblaient beaucoup l'absorber, tandis que sa distraction la plus fréquente était de s'enfermer dans sa chambre pour s'amuser avec la Petite Bertha, ce qui en plus nourrissait le malaise de ses autres femmes, qui se sentaient dépossédées par rapport à l'époque où le souteneur répartissait son affection entre elles.

Moi, en revanche, je ne pouvais me défaire de la sensation de danger, de la conviction que quelque chose de terrible allait arriver. Peut-être avais-je, grâce au temps que je consacrais à mon travail de policier, une plus grande capacité à percevoir les risques, à repérer dans l'atmosphère les catastrophes en gestation et à prêter attention aux signaux de certaines prémonitions, et c'est aussi pour ça que j'ai prévenu certains des amis les plus proches de Yarini, pour qu'ils soient sur leurs gardes et veillent sur leur caudillo. J'ai même pensé parler à ses camarades de parti les plus connus, mais j'ai été retenu par une certaine pudeur à fourrer mon nez là où ça ne me regardait pas.

Et pendant ce temps, de manière furtive, le plan pour liquider Yarini se précisait. Et Louis Lotot, poussé par les circonstances, assumait enfin un rôle attendu et prévisible qui, il le savait parfaitement, devait impliquer une immolation. La bombe avait été activée, elle serait mise entre les mains d'un homme qui devait même être prêt à mourir, et il ne restait plus qu'à la lancer contre son objectif pour la faire exploser.

Au matin du 21 novembre 1910, Yarini m'a demandé de venir prendre le petit-déjeuner chez lui au 96, rue Paula. Contrairement à ses habitudes de faire la grasse matinée jusqu'à midi après une nuit de bringue, le jeune homme s'était levé de bonne heure, car il devait assister aux obsèques de la mère de Mingo Valladares, son camarade de parti, président du Comité conservateur du quartier de Marte.

– J'y vais parce que je n'ai pas le choix. Je déteste tout le cirque des veillées funèbres et des enterrements. Et je supporte de moins en moins Mingo, m'a-t-il avoué tandis qu'on nous servait du café au lait, des tartines beurrées de pain tout juste sorti du four, et du jus d'orange, son petit-déjeuner frugal de chaque jour.

– C'est un mal nécessaire, ai-je dit pour dire quelque chose. Et j'ai ajouté : – Je veux dire, Mingo et les veillées funèbres.

Yarini a hoché la tête.

– Mais je t'ai appelé parce que j'ai besoin de toi.

L'entendre me dire une chose pareille a provoqué en moi une satisfaction évidente mais aussi de la crainte. Satisfaction, parce que Yarini avait besoin de moi, crainte de ne pas être à la hauteur de ses exigences. Ou parce que, vu les circonstances, certaines de ces exigences pouvaient être de très gros calibre. J'ai cependant répondu :

– Tu peux compter sur moi.

Le jeune homme a hoché la tête tout en gardant le silence. Il regardait le pain brillant de beurre, comme s'il avait observé un objet extraordinaire.

– Tu sais que, dans le quartier, les gens disent que les Français préparent quelque chose… C'est pour ça que je suis allé voir la vieille Inmaculada Pinilla hier, a-t-il fini par dire.

– Et ?

– Elle a consulté ses divinités et elle m'a fait une purification avec ses herbes et ses poudres… Elle dit qu'elle a vu une ombre obscure autour de moi. Une ombre très dense, qui se rapprochait, m'entourait…

– Moi qui ne suis pas *santero*, je t'ai dit la même chose, Alberto.

– Mais Inmaculada, elle voit… Elle a parlé d'un train qui arrivait sur moi.

– Tu crois vraiment à ce genre de trucs ?

Avec le plus grand sérieux, Yarini m'a répondu :

– Bien sûr que j'y crois. – Il a mis la main dans la poche de son pantalon et en a ressorti un petit sac en toile blanche à l'ouverture cousue. – Ma protection… un ergot de coq, une pierre de cuivre et de la terre qui vient de la tombe d'un Chinois.

– Bon, ce n'est pas de trop… Qu'est-ce que tu veux que je fasse ?

– Que, à partir de maintenant, toi et Pepito vous soyez toujours avec moi pendant mon trajet du soir.

– Et il ne vaudrait pas mieux que tu y renonces ou que tu changes d'itinéraire ?

– Bien sûr que non. Ce serait un signe de faiblesse. Lotot se balade toujours dans le coin avec deux de ses associés, Boggio l'Italien et un autre. Eh bien, je vais faire la même chose. Et si tu ne peux pas, j'emmènerai Terán le noir.

– Tu peux compter sur moi, ai-je dit, tout fier d'avoir été choisi par le jeune homme pour être l'un de ses protecteurs. Et rien à foutre qu'on fasse des commentaires dans le quartier. Yarini était mon ami, me suis-je dit.

– Alors je t'attends ce soir. Et, maintenant, prenons ce petit-déjeuner, a-t-il ajouté, et pour la première fois de la matinée il a exhibé son sourire désarmant, le plus beau de La Havane.

Après être resté deux heures à la veillée mortuaire, Yarini est rentré déjeuner chez lui. Une soupe aux abats de poulet et un vivaneau grillé, au citron et au persil, deux de ses plats préférés. Comme il s'était levé tôt, il a fait une sieste d'une heure avant de prendre un bain. Aidé de Rosa la métisse, sa préférée pour cette tâche, il a mis une jaquette et, pour une fois, un chapeau melon, et a ainsi complété la tenue correcte pour assister à l'enterrement de la mère de son coreligionnaire. À trois heures de l'après-midi, son ami et avocat Federico Morales est passé le prendre en voiture et ils sont allés ensemble aux obsèques.

Il était cinq heures de l'après-midi quand Yarini est revenu avec son riche ami dans la maison du 96, rue Paula. L'avocat est descendu avec lui et ils sont allés dans le salon boire un café, d'après ce que me raconterait ensuite Pepito Basterrechea, après que le malheur était arrivé et alors qu'il était au centre de détention de La Havane. Pepito était dans la maison, mais pas avec eux, car le sujet de conversation, privé, portait sur des questions politiques.

Ensuite Federico Morales confirmerait que le principal sujet de leur entretien cet après-midi-là était la demande insistante de Freyre de Andrade que Yarini abandonne le commerce de la prostitution et se concentre sur la campagne électorale pour la mairie de La Havane. Freyre s'inquiétait des commentaires qui lui revenaient depuis San Isidro et pensait que la très probable escalade d'actes violents, avec des morts, pourrait nuire à l'image du jeune homme. Pas très convaincu de la pertinence de la demande de la part du dirigeant politique, Yarini a dit à Morales qu'il allait y réfléchir et qu'il en parlerait à Freyre, tout en expliquant que ce n'était pas vraiment le moment de se retirer de ses affaires, que cela pouvait même apparaître comme un signe de faiblesse. Et ils se sont mis d'accord pour se revoir ce même soir, à neuf heures, au Cosmopolita.

Federico Morales devait se rappeler, de plus, qu'à un moment de leur conversation, Yarini était allé à la porte recevoir une très vieille femme noire, vêtue de blanc des chaussures jusqu'au foulard, qui avait remis au jeune homme une chose qu'il avait glissée dans sa poche avant de dire au revoir à sa visiteuse en l'embrassant sur la joue. Et qu'à six heures passées, Yarini s'était excusé auprès de l'avocat parce qu'il voulait se changer pour son habituelle sortie de fin d'après-midi et pour le rendez-vous du soir avec le candidat à la mairie de La Havane, non sans avoir auparavant demandé à son conseil si lui aussi estimait qu'il devait renoncer à ses affaires dans le quartier.

– Tu as déjà de l'argent, mon garçon. Personne n'est plus célèbre que toi. Ce quartier t'appartient, je dirais que La Havane t'appartient. Tu dois à présent utiliser ce prestige pour conquérir des objectifs plus élevés – c'est la réponse que Federico Morales se souvenait avoir donnée à Alberto Yarini.

Ce que, bien entendu, n'a pas raconté le respectable avocat, c'est que contrairement à tous les usages en vigueur, le souteneur a demandé à l'une de ses femmes de distraire un moment son ami. Il a confié la tâche à Rosalía Quintana, une des prostituées choisies pour vivre dans la maison de Yarini, et, d'après ce qu'elle m'a raconté, la séance a eu lieu dans la dernière chambre de la maison, car les beuglements de l'avocat pendant l'acte sexuel étaient célèbres. Et Rosalía m'a révélé un élément qui allait rajouter encore de la bizarrerie dans l'enquête sur le plan ourdi par les Français : pour pouvoir utiliser la chambre, elle a dû demander à la Petite Bertha d'aller un moment dans la salle à manger. Bertha Fontaine, en déshabillé, était toujours dans la chambre à cette heure-là, parce qu'elle se sentait indisposée, et Yarini, qui lui passait beaucoup de choses, lui avait accordé un jour de repos. Malade, justement ce jour-là ?

Rosa la métisse m'a raconté qu'il n'était pas encore six heures et demie quand le maître de maison l'a appelée pour se changer. Caleçon en lin et chemise de couturier français avec des boutons de manchette en or. Pantalon en cachemire sombre, gilet en piqué et veste. Cravate rayée, avec épingle ornée de brillants, chaîne de montre en or avec un bijou incrusté, en or aussi et en forme de dragon, couronné par un brillant. Il s'était habillé comme s'il allait à un rendez-vous important, m'a-t-elle dit, et elle a ajouté : comme si le Coq avait su que, ce soir-là, on allait le tuer et qu'il avait voulu arriver présentable de l'autre côté. Et Rosa s'est aussi rappelé que, au lieu d'un seul, il a mis dans sa poche deux petits sacs de toile blanche dans la poche de son pantalon. Puis, toujours d'après Rosa, Yarini a pris un peu d'argent et, après avoir vérifié qu'il était bien chargé de sept balles, il a glissé sous sa ceinture le Smith & Wesson 9 mm, nickelé, avec une crosse en nacre. Puis il est retourné dans le salon informer un Federico Morales dépeigné qu'il devait y aller. Dans sa hâte, Yarini – elle ne l'oublierait jamais – était sorti dans la rue en oubliant son presque inséparable panama.

J'ai vu Yarini et l'avocat quitter la maison vers sept heures moins cinq. J'étais arrivé devant la maison depuis un bon moment et j'avais discuté avec Pepito Basterrechea. C'est Pepito qui avait informé l'avocat que son chauffeur, pris par une douleur d'estomac, était parti en courant au bar du coin de la rue pour soulager ses tripes.

– Celui-là, il est toujours en train de chier, a fait remarquer le riche avocat. Allez, Alberto, vas-y toi, moi, j'attends dans la voiture.

– Tu ne préfères pas attendre à l'intérieur ?

– L'après-midi est frais… Ne t'en fais pas… Allez, on se voit tout à l'heure.

Les deux hommes se sont serré la main.

– Neuf heures, a dit Yarini en se mettant en route.

– Réfléchis à ce qu'on s'est dit, a lancé Federico Morales, avant de monter dans la voiture, tandis que son ami, client et compagnon politique s'éloignait en direction de Compostela et tournait vers la rue San Isidro. Nous marchions, Pepito Basterrechea et moi, l'inspecteur de police Arturo Saborit, à quelques pas derrière Yarini, et je me demandais si ce n'était pas le moment le plus favorable pour expliquer au proxénète mes prétentions concernant l'une de ses femmes.

Dans ses déclarations, l'avocat Morales a affirmé que, quand il l'a quitté et qu'il est allé en direction de la rue San Isidro, Yarini était seul.

J'ai souvent repensé à la décision qu'avait prise Louis Lotot, qui, il le savait bien, allait lui coûter la vie. Un homme comme lui devait avoir prévu que, s'il parvenait à ses fins, même s'il avait la chance de sortir vivant de la rencontre provoquée avec Alberto Yarini, à partir de cet instant sa fin était décrétée, car il n'y aurait aucun endroit sur l'île, même en prison, où les mains vengeresses des acolytes et des amis du jeune Cubain n'arriveraient pas. Lotot jouait avec des cartes marquées, convaincu que, pour lui, il n'y avait pas de victoire. Seule cette conviction peut expliquer qu'il n'ait pas répondu plus tôt aux affronts de Yarini et qu'il ne les ait considérés que comme un différend d'affaires et pas une question de vie ou, surtout, de mort, ce qui a finalement été le cas.

En bon homme d'affaires, Louis Lotot était un pragmatique. Pour lui, des concepts tels que l'honneur ou le courage personnel n'avaient aucun sens s'ils n'étaient pas reliés avec sa façon de gagner sa vie. Sa devise selon laquelle il voulait bien vivre des femmes mais pas mourir pour elles constituait une vraie déclaration de principes, une philosophie de la vie. Et, à force de me demander pourquoi cet homme avait opté pour une immolation assurée, je n'ai pu trouver que deux réponses : parce qu'il s'est vu forcé de la faire ou, et il y a plus d'éléments dans ce sens, parce que se sentant blessé, humilié et condamné, littéralement acculé, il a décidé qu'il était plus digne de mourir en tuant. Car, en ce temps-là, la dignité avait encore une certaine valeur, même pour les macs.

La pression de ses collègues a sans aucun doute joué un rôle, et même un grand rôle, dans la détermination du proxénète. Nombreuses ont dû être les occasions, diverses les façons dont les Apaches les plus proches de lui l'ont sommé de descendre dans l'arène, car, en définitive, c'était lui qui avait le plus perdu, celui qui avait le plus à perdre, qui était le plus affecté dans tous les sens du terme : Lotot incarnait le principal objectif des attaques d'un Yarini passionné qui lui, pour sa part, avait apparemment transformé un différend commercial en affaire personnelle.

Cet argument, pourtant, ne suffit pas pour moi à justifier la décision du Français. Il aurait pu tout simplement déguerpir avec tout son argent et conserver la vie, sans l'honneur.

Le harcèlement que lui avait fait subir Yarini avait peut-être pu avoir d'autres connotations pour le Français. Yarini lui avait fait commercialement du tort. Il l'avait offensé et humilié en public. Il avait détruit sa légende d'homme sans peur et en avait fait un lâche. Yarini lui avait enlevé tout ce qui faisait qu'il était ce qu'il était. Yarini l'avait marqué au fer et, apparemment, n'était pas près d'arrêter avant de l'avoir écrasé. Mais, aveuglé par la passion, mon ami n'avait pas prévu qu'il avait aussi transformé son rival en danger : quelqu'un qui n'a plus rien à perdre peut se transformer en classique animal blessé. Les chasseurs savent bien qu'il faut tuer l'ours avant de songer à vendre sa peau. Si tu ne fais que le blesser, il luttera jusqu'à ce que tu le tues (ou que lui te tue). Et Lotot était blessé et furieux. Et, surtout, Lotot n'était pas un lâche, comme beaucoup ont voulu le penser : on avait fait de lui un animal blessé.

À midi ce 21 novembre, dans la salle de jeux à l'étage, au Club des Français, Lotot avait convoqué une douzaine de ses associés commerciaux. Comme on l'a su rapidement, cette réunion a servi à régler des détails et à déterminer les rôles, positions et alibis de ceux qui allaient participer à la pièce qu'allait jouer Lotot : si Yarini apparaissait ce soir-là dans la rue San Isidro, son sort était scellé.

Autour de cinq heures de l'après-midi, Lotot était avec son compatriote Jean Petitjean au café El de Víctor, au numéro 40 de la rue Habana, de la terrasse duquel on avait une bonne vue en perspective de la portion de la rue San Isidro qui les intéressait. Tout en buvant des verres de cognac, ils ont certainement revu et corrigé le plan prévu, et ont vérifié la place que chacun des conjurés devait occuper.

Avant six heures, Lotot est retourné chez lui dans la rue Jesús María où il a mangé en compagnie de ses collègues Léon Darcy et un certain Charles Banco dont on n'a plus jamais entendu parler. Là, il a dit au revoir à sa concubine Janine qui, baignée et parfumée, partait assurer son service nocturne dans la maison close du 66, rue San Isidro. Il est très probable qu'elle ait, elle aussi, été au courant de ce qui se tramait.

Peu avant sept heures du soir, vêtu d'un costume sombre et coiffé d'un melon, Lotot est sorti en direction de la rue San Isidro pour y honorer son rendez-vous avec la mort. Avant de quitter la maison, il a sûrement contrôlé pour la énième fois de la journée que son revolver, un Colt 38 à canon scié, était bien chargé.

Au carrefour de San Isidro et Habana, tout près de l'endroit où il avait peu avant bu du cognac, Lotot a sûrement vérifié une fois encore la présence et la position de ses collègues, en fonction de l'embuscade planifiée à midi. Puis il est allé retrouver Petitjean, qui était resté au bar pour surveiller et l'attendre en compagnie de Cesare Boggio, l'Italien, qui participait à la chasse. De là, et comme prévu, les trois hommes ont vu, quelques minutes après sept heures, Yarini arriver du coin de la rue Compostela pour tourner dans San Isidro et y faire sa première halte de la soirée au bordel du numéro 59. Et les Apaches ont constaté avec soulagement que l'homme que Lotot allait tuer était uniquement accompagné par son ami Basterrechea. Ni ses potes Terán et Ansí, ni même l'officier de police qu'il exhibait volontiers en public, n'étaient là... Et ils ont dû tous se dire que les choses seraient faciles. Comme devait le raconter Petitjean bien des années plus tard, Lotot a eu un sourire de satisfaction. C'est l'avant-dernière fois de sa vie que cet homme a souri.

Compte tenu de tous ces mouvements, rencontres, préparatifs, je ne peux m'empêcher de m'interroger... il ne s'est trouvé personne pour savoir ce qui se tramait et prévenir Yarini du danger qu'il courait ? Personne n'a vu Lotot posté à cent mètres de l'endroit par où, comme tout le quartier le savait, Yarini allait entrer dans la rue San Isidro, comme chaque jour, pour refaire le parcours qu'il faisait depuis longtemps ?

Quelques minutes avant sept heures du soir, Yarini, Pepito et moi, nous marchions sur Compostela et, presque en arrivant au coin de San Isidro, Yarini s'est frappé le front et s'est arrêté.

– Merde, je l'ai oublié.

– Qu'est-ce que tu as oublié, Alberto ? a demandé Basterrechea.

– Tu ne vois donc pas ? a-t-il dit en montrant sa tête nue.

– Je vais aller te chercher ton chapeau, a proposé Pepito, mais Yarini a refusé.

– Non, je préfère que tu y ailles toi, Saborit. Le panama… je l'ai laissé… je ne sais pas où. Et si Federico est toujours là-bas, demande-lui de m'envoyer tout à l'heure son chauffeur rue Picota pour m'amener à notre rendez-vous… Je ne veux pas être en retard. J'aimerais bien que tu viennes avec moi, Saborit… Ce soir, j'ai une surprise pour tout le monde…

– Quelle surprise, Alberto ? a voulu savoir Pepito.

– Les surprises n'en sont pas si on les dévoile avant… Attends ce soir.

Nous avons ri tous les trois et, fier d'avoir été invité à être témoin d'une confidence, je suis revenu sur mes pas vers la rue Paula. Tout en marchant, je me suis demandé quelle surprise préparait Yarini. Allait-il se retirer du commerce de la prostitution pour se concentrer sur la politique ?… Nous ne le saurons jamais et aujourd'hui encore je me demande quelle pouvait être la teneur de cette surprise annoncée dont j'aurais dû être le témoin privilégié.

Quand je suis arrivé rue Paula, l'avocat Morales remontait dans sa voiture et, en criant, j'ai couru pour arriver au véhicule qui démarrait. Entendant mes cris, le chauffeur a ouvert sa portière pour voir qui l'appelait.

À cet instant j'ai croisé Rosa la métisse, qui sortait de la maison du 96 pour se rendre au bordel du 59, rue San Isidro, où Yarini l'avait placée. Je lui ai demandé de m'attendre et j'ai fait signe au chauffeur de m'attendre aussi. J'ai alors expliqué à Rosa que je devais retourner dans la maison y chercher le panama d'Alberto, il l'avait peut-être oublié parce qu'il avait mis toute la journée le melon avec lequel il avait assisté aux funérailles. Rosa a pris un air songeur. Elle ne se rappelait pas où il pouvait être, mais elle a fait demi-tour et nous sommes allés tous les deux vers la voiture de Morales, devant la maison du 96. Rosa est entrée et moi je suis allé voir l'avocat.

– Qu'est-ce qui se passe ? a demandé Morales.

– Désolé, monsieur Morales, ai-je dit en soulevant mon chapeau. Alberto voulait vous demander si vous pouviez envoyer le chercher à neuf heures moins le quart, rue Picota.

Morales réfléchit un instant.

– Dis-lui que c'est d'accord. Je sortirai plus tôt de chez moi et nous passerons le chercher rue Picota... Je ne sais pas quand Alberto va se décider à acheter sa propre voiture.

– Vous le connaissez, il préfère son cheval.

Federico Morales sourit.

– Toujours à contre-courant... Un jour, on le verra se promener dans La Havane monté sur un chameau...

Là-dessus, Rosa est arrivée. Elle apportait l'élégant panama hors de prix de Yarini.

– Regardez, monsieur Saborit... il était dans la salle de bains, à côté du melon. – Et elle m'a donné le chapeau. Je n'avais jamais tenu dans les mains une pièce pareille. Je n'ai pas pu m'empêcher de caresser sa texture, soyeuse et ferme en même temps.

– Merci, Rosa, ai-je dit, et j'ai dit au revoir à la jeune femme, qui a commencé à s'éloigner.

– Cette métisse, il faudra que je demande un jour à Alberto de me la prêter, a dit Morales, et nous avons tous deux souri.

– Et moi aussi, ai-je répondu pour ne pas être en reste. Bon, je vais rejoindre Alberto.

Je m'étais éloigné de quelques pas, quand l'avocat m'a rappelé et est descendu de l'auto.

– Attendez un peu, Saborit, m'a-t-il demandé, et je suis revenu sur mes pas. Vous me semblez être quelqu'un de bien et…

– Merci, monsieur, lui ai-je dit, curieux de l'intérêt que me portait cet homme, l'un des plus puissants du pays.

– Je crois que vous êtes un honnête homme et un chic type. C'est ce que pense Alberto qui vous considère comme un ami, vous fait confiance… Et moi je pense que beaucoup de gens qui entourent notre ami sont comme des sangsues qui se nourrissent de lui. Ils le vénèrent, l'aiment, font son éloge, mais le poussent aussi en avant, pour mieux le traire. Et ce dont Alberto a le plus besoin en ce moment, ce n'est pas qu'on le pousse, mais qu'on l'arrête.

– Je pense la même chose, monsieur, ai-je osé lui dire.

Federico Morales m'a alors raconté le motif de la réunion prévue le soir entre Freyre de Andrade et Yarini : le candidat à la mairie allait exiger de son compagnon politique qu'il laisse tomber le commerce de la prostitution. C'est seulement à ce prix qu'il pouvait lui proposer d'être candidat avec lui. De plus, comme nous le savions tous, en ce moment même et dans ce quartier, les activités de Yarini étaient des activités dangereuses. Et il s'est mis à essayer de me convaincre d'exercer mon influence sur lui pour qu'il opte pour la politique, qui, au bout du compte, était plus rentable que toute autre activité dans le pays, et dans laquelle un homme avec la force et les idées de notre ami pouvait obtenir des succès importants. Pour lui-même et pour la société.

Je ne sais pas combien de temps a duré cette conversation. Peut-être cinq minutes, peut-être plus. Le riche avocat semblait obsédé par le sujet et, à la fin de son exposé, il m'a demandé de lui faire directement savoir si j'obtenais un résultat quelconque dans ce qui serait, c'est ainsi qu'il l'a qualifiée, ma mission. Et, bien entendu, je lui ai dit que bien volontiers, d'autant que j'ai eu l'idée saugrenue que si notre ami commun était voué à un grand destin dans la ville, le mien grimperait peut-être jusqu'à la stratosphère… Et je n'ai alors pas douté de la surprise que Yarini avait l'intention d'annoncer. Et je me suis réjoui pour lui et pour moi.

C'est la première et la dernière fois que Federico Morales et moi nous sommes serré la main, comme si l'amitié entre un homme aussi puissant et un simple officier de police de quartier, voué peut-être à de grandes responsabilités, avait été vraiment possible.

– Bien. Je compte sur vous. Merci. Cette fois nous y allons, a dit Morales en s'adressant à moi et au chauffeur en même temps.

Et c'est juste à cet instant que tous les équilibres ont vacillé : debout devant la maison de Yarini, nous avons entendu des détonations qui ne pouvaient être que des coups de feu. Inquiet, j'ai tendu l'oreille pour savoir d'où venaient les déflagrations et j'ai su qu'elles provenaient du côté de la rue San Isidro. Et, sans lâcher le chapeau, j'ai couru en direction de Compostela pour rejoindre la rue San Isidro. En arrivant presque au carrefour, j'ai failli me heurter à Pepito Basterrechea, qui courait en sens inverse et qui, en me voyant, a crié :

– Alberto, Alberto !

En débouchant rue San Isidro, Alberto Yarini, suivi par Pepito Basterrechea, s'était dirigé vers la maison du numéro 59 où ils étaient tous deux entrés. Quelques minutes plus tard, depuis sa table du bar de la rue Habana, Lotot, qui surveillait toujours la rue, avait vu également arriver au bordel Rosa la métisse. Les événements s'enchaînaient selon la routine de tous les jours, ainsi que l'espéraient les proxénètes français.

Peut-être à cause de la pression de son rendez-vous capital du soir, Yarini a tout juste pris le temps de boire le café fraîchement filtré qu'il prenait à chacune de ses visites au premier de ses bordels, et il est ressorti dans la rue plus rapidement que d'ordinaire. Toujours suivi de Pepito, il a traversé la chaussée pavée, comme il en avait l'habitude, pour se rendre dans la maison close du numéro 60. C'était là que, depuis plusieurs semaines, il faisait travailler la Petite Bertha et qu'il avait envoyé ce soir-là Rosalía Quintana pour suppléer l'absence de la Française indisposée.

Quand il l'a vu entrer dans l'établissement, Lotot s'est levé et a fait quelques pas sur le trottoir, l'épaule presque collée aux murs des maisons, et il s'est arrêté à côté de la grille en fer forgé qui saillait de la fenêtre d'une des maisons situées côté impair, à une cinquantaine de mètres de son objectif. Il était sept heures vingt et la nuit était tombée. La pénombre de la rue San Isidro était seulement interrompue par un lampadaire situé au croisement de la rue Habana, par un autre au carrefour de Compostela et par une lampe placée à la hauteur du numéro 66, le bordel de Lotot où travaillait sa concubine, Janine Fontaine. En dehors de ces luminaires, la rue ne disposait que des lumières du bar au coin de Habana et des discrètes ampoules ou lanternes rouges accrochées aux volets de certaines des maisons closes. Vêtu de noir,

Lotot devait ressembler à une ombre chinoise projetée contre un mur.

Sur le trottoir opposé, Boggio s'est arrêté à dix mètres de Lotot. D'un geste, l'Italien lui a indiqué de regarder en l'air et celui qui était à nouveau le chef des Apaches a levé les yeux. Sur le toit du numéro 66, il a vu la silhouette d'un homme qui a fait un geste de la main en direction des édifices d'en face, où d'autres tireurs étaient postés et, aussitôt, le poing serré, il a fait le geste de pointer plusieurs fois le pouce vers le bas : tout était prêt et la décision prise était la mort.

À sept heures et demie, Yarini est ressorti dans la rue. Il avait à nouveau écourté la durée habituelle de sa visite dans le deuxième de ses bordels, peut-être non seulement à cause du rendez-vous qui l'attendait, mais parce que ce soir-là sa nouvelle étoile, la Petite Bertha, n'était pas là. Ce que Yarini ne saurait jamais, c'est que, à cette même heure, Bertha Fontaine, en tenue de ville avec un tailleur noir et une voilette sur le visage, quittait la maison du 96, rue Paula pour une destination inconnue et un motif qu'on n'a jamais pu dévoiler. Bertha Fontaine était-elle au courant de ce qui allait arriver ? Comme un fantôme, la femme qui avait été au centre de ce drame, celle qui peut-être l'avait déclenché, s'est volatilisée pour toujours. Tous ceux qui ont dit l'avoir vue ensuite, y compris celui qui a témoigné qu'elle avait été blessée dans une bagarre, ont menti.

Yarini est sorti sur le trottoir en compagnie de deux de ses femmes les plus proches, Elena Morales et Celia Martínez. Il leur a dit au revoir à toutes les deux d'un baiser sur la bouche et a attendu quelques secondes pour vérifier que Pepito était prêt à le suivre. Le jeune homme avait à peine mis un pied dans la rue que Lotot est lui aussi descendu du trottoir et, d'un pas rapide, s'est dirigé vers lui en marchant au milieu de la rue, suivi à une certaine distance par l'Italien Boggio et, plus loin, par

Jean Petitjean. Il est significatif qu'à ce moment, entre Yarini et Lotot, il n'y ait pas eu un seul passant, une circonstance bizarre s'agissant de la rue San Isidro et à une heure où elle était d'habitude très fréquentée en raison des services qu'elle offrait.

Parvenu à une vingtaine de mètres de Yarini, son Colt à canon court dans la main, Louis Lotot a lancé en espagnol son cri de guerre et de mort, tout en continuant à avancer :

– Yarini, je vais te buter, a-t-il dit en pointant son arme dans la direction de son adversaire commercial, l'homme qui, pour le voler, lui avait même dérobé la dignité.

C'est à peine si Yarini a eu le temps de dégainer son Smith & Wesson car, avant qu'il le brandisse, il a reçu dans le ventre la première des cinq balles qui devaient l'atteindre, celle justement qui allait provoquer sa mort. Pourtant, recroquevillé sur lui-même, Yarini a visé Lotot et tiré trois fois. Aussitôt plusieurs autres détonations ont retenti (il ne serait jamais précisé combien, sûrement plus d'une dizaine), en provenance de plusieurs points et qui ont étouffé les cris d'horreur d'Elena et de Celia, qui ont vu le corps de Yarini tressaillir, chanceler et finalement s'effondrer devant la maison close du 60, rue San Isidro.

Dès que j'ai entendu les détonations, j'ai su que l'heure du dénouement de la tension accumulée, du danger dont j'avais ces dernières semaines si souvent prévenu mon ami Alberto Yarini, avait enfin sonné.

En courant aussi vite que j'ai pu, j'ai descendu la rue Paula et j'ai tourné dans Compostela en direction de San Isidro. Sans m'arrêter, je suis arrivé à sortir mon revolver, un vieux mais efficace Remington calibre 44, et, avec l'arme dans une main et le panama dans l'autre, j'ai dû m'écarter pour éviter de heurter l'homme qui venait de la rue San Isidro en courant en sens contraire à moi. Je l'ai aussitôt reconnu : c'était Pepito Basterrechea qui, sans s'arrêter, terrorisé, m'a crié :

– Alberto ! Alberto !… – Et il a continué à courir en s'éloignant de moi tout en hurlant : – Cours, ils l'ont eu, ils ont touché Alberto ! Ils tirent de tous les côtés !

Sans prendre le temps de réfléchir à ce que signifiaient les mots et l'attitude de Basterrechea, j'ai encore pressé le pas. En tournant au coin de San Isidro, j'ai vu Elena et Celia, les deux prostituées que je connaissais bien. Elles poussaient des cris hystériques, agenouillées à côté du corps d'un homme étendu au milieu de la rue. J'ai su aussitôt qu'il s'agissait de Yarini et je me suis jeté sur lui. C'est à ce moment et à cet endroit que j'ai dû enfin lâcher le fichu panama que Yarini avait oublié et qu'il ne portait pas cette nuit tragique.

– Ils l'ont touché, ils l'ont touché! criait Elena en montrant les toits alentour et le côté opposé de la rue où j'ai aperçu le corps d'un autre homme allongé sur les pavés et, derrière lui, une masse, peut-être quelqu'un d'autre. Dans la pénombre, j'ai pu entrevoir que la masse était un homme de forte stature qui était en train de s'approcher de celui qui était au sol.

– Il est mort ? suis-je parvenu à demander, tandis que je ramassais le revolver de Yarini, qui avait roulé à presque un mètre de son corps étendu.

– Non, non, il est blessé… à plusieurs endroits, a crié la jeune femme. Oh, mon Dieu !

– Apportez des linges, bouchez ses blessures, vite ! Allez chercher du secours, leur ai-je ordonné, et elles ont couru vers l'intérieur du numéro 60. À ce moment, j'ai levé les yeux en entendant un bruit qui provenait du toit de l'une des maisons voisines. – Merde, Alberto, il s'est passé quoi ? ai-je alors demandé au blessé à terre.

– Lotot, m'a dit mon ami, en montrant l'autre corps étendu dans la rue, à quelques mètres de nous.

Aujourd'hui encore, je me demande ce que Yarini a voulu me dire en mentionnant le nom de son agresseur. Mais dans ce compact silence de mort qui était soudain tombé sur cet endroit, et avec ces deux hommes blessés par balle étendus au milieu de la rue, j'ai pris cette parole pour un ordre, tout en me demandant ce qui serait arrivé si, quelques minutes plus tôt à peine, je m'étais trouvé à l'endroit où je devais être, à ses côtés, pour le protéger. Je me suis alors relevé et, le Smith & Wesson de Yarini dans la main gauche, j'ai tiré deux fois avec mon Remington vers la silhouette de l'homme corpulent qui était penché au-dessus de Lotot et qui, en se voyant visé, est parti en courant. Sans réfléchir, j'ai marché alors jusqu'à l'endroit où gisait le Français, qui à ce moment essayait de se relever, sans lâcher son Colt 38 à canon scié. À quelques pas derrière lui, j'ai alors aperçu le corps allongé d'une femme qui s'est avérée être Janine Fontaine, la concubine de Lotot, apparemment blessée dans le feu croisé. Face à moi, Lotot est parvenu à se mettre à genoux, il m'a regardé et il a souri.

– Yarini est allé trop loin, m'a-t-il dit sans cesser de me regarder dans les yeux.

Peut-être Lotot savait-il avant moi ce qui allait arriver de façon imminente. Pourquoi n'a-t-il pas levé son bras armé pour me donner un véritable motif? Résignation ou fatigue? Pourquoi ai-je fait ce que j'ai fait? Par rage ou parce que je me sentais coupable?

C'est à cet instant que s'est produite la dernière détonation entendue ce soir-là dans la rue San Isidro. Celle que Celia et Elena, qui étaient revenues dans la rue pour tamponner avec des draps en lin les diverses blessures reçues par Alberto Yarini, ont juré n'avoir jamais entendu. C'était la détonation d'un Smith & Wesson dont le projectile a fait basculer le corps de Louis Lotot sur les pavés de San Isidro, une balle au milieu du front. La balle sortie de l'arme de Yarini qui a fait de moi un assassin.

Ce dernier tir, qui a résonné comme un coup de canon entre les maisons de San Isidro, est aussi celui qui a donné le signal pour que tout se remette en mouvement. Tandis que Celia et Elena essayaient d'arrêter avec des linges les hémorragies qui vidaient de son sang leur proxénète, de la maison du numéro 66 est sortie en criant et en courant vers le corps de Lotot l'une des prostituées, connue comme Katia la Russe, qui pour une raison quelconque allait également disparaître sans laisser de traces cette nuit-là.

En quelques instants, hommes et femmes, clients et prostituées, voisins et clients du bar proche ont rempli la rue, posant des questions, criant, s'enfuyant, pleurant.

De façon presque machinale, sans penser en cet instant à pourquoi je faisais ça, j'ai glissé dans la poche de ma veste le revolver de Yarini et j'ai remis dans son étui mon Remington, juste quand, venant de la rue Compostela, sont arrivés mon collègue le sergent Nespería et l'agent Isidro Álvarez. La présence des deux policiers m'a ramené à la réalité et j'ai couru dans leur direction en leur criant :

– Yarini est blessé. Il faut le sauver.

– J'entends une voiture, a crié Nespería, qui est retourné au coin de la rue pour arrêter l'automobile.

– Et l'autre homme ? m'a demandé l'agent Álvarez

– Il est mort, lui ai-je dit. Et la femme derrière aussi.

Avec le policier Isidro Álvarez, nous avons relevé le corps de Yarini au milieu de la mare de sang où il gisait et nous avons couru avec lui jusqu'au coin de San Isidro et Compostela, où nous l'avons hissé dans l'auto que Nespería avait arrêtée. C'est Álvarez qui a réagi le premier et a ordonné au chauffeur surpris de conduire jusqu'au poste de police de la rue Paula où il y avait d'habitude une ambulance de service. Arrivé au poste, avec l'aide du brancardier, nous avons mis le corps de Yarini dans l'ambulance qui est partie pour le centre médical des rues Salud et Cerrada del Paseo, car il était évident que le blessé avait besoin de soins qui dépassaient les capacités des postes de secours les plus proches. Comme on allait le savoir par la suite, le corps de Yarini présentait cinq impacts de balle, dont deux dans le torse, et quand on l'a examiné de façon plus approfondie, il a été établi que seules deux balles avaient été tirées au niveau de la rue, par un Colt calibre 38. L'angle d'entrée des trois autres tirs montrait qu'ils avaient atteint le corps selon une trajectoire descendante.

Cette même nuit Yarini est entré au bloc opératoire dans un état très grave. Et pendant ce temps, le centre médical de la rue Salud s'est rempli de proches et d'amis du jeune homme, prévenus de ce qui s'était passé. En me retrouvant au milieu de tous ces gens, qui se connaissaient entre eux et cherchaient des explications, j'ai décidé qu'il valait mieux que je m'éclipse, car je ne pouvais plus rien faire pour mon ami. Seulement espérer et, le cas échéant, prier.

Il était presque minuit quand je suis retourné dans le quartier que j'ai trouvé en ébullition. Les gens parlaient, criaient, posaient des questions, proféraient des menaces, et j'ai eu la conviction que cet état d'exaltation se terminerait par une explosion aux conséquences imprévisibles.

Sans adresser la parole à personne, je suis alors allé du côté du port, vers la Alameda de Paula, là où j'avais vu Yarini prononcer l'un de ses étranges discours politiques provocateurs, où nous nous étions souvent retrouvés pour parler et consolider ce que nous appelions tous les deux une relation d'amitié. Je me suis approché du bord de l'Alameda et j'ai regardé en direction de la mer, paisible et sombre, et j'ai décidé que je pouvais encore faire un dernier geste pour mon ami Alberto Yarini. J'ai sorti de la poche de ma veste le Smith & Wesson 9 mm avec sa crosse de nacre. L'arme, argentée, a resplendi comme un énorme brillant éclairé par la lune. J'ai alors sorti les deux balles qui étaient encore dans le barillet et, prenant de l'élan, j'ai lancé à la mer le revolver et les projectiles. Avec la disparition de ces instruments de mort, ma vie aussi se perdait dans la mer obscure de la baie de La Havane.

9

Parfois, il avait du mal à se faire à l'idée que, dans une autre vie, qui était une part de sa vie, il avait pu investir la somme colossale de dix années à travailler dans la police. Quand il y repensait, certains jours, il se regardait même dans le miroir et il demandait à son image si celui qui était là, dans la glace ou derrière la glace, et qui lui ressemblait tant, était vraiment le même homme qui avait été flic.

Durant les années passées dans cette activité, toujours sous la tutelle du major Antonio Rangel, Conde avait appris les règles de base d'un métier rempli de règles de base. La première, fastidieuse mais efficace, était la nécessité de suivre la routine. Seules des révélations inattendues, explosives, pouvaient altérer le cours du processus et précipiter la solution. Mais dans la majorité des crimes pour lesquels la passion ou les accès de colère n'avaient pas été le seul moteur, dans ces autres histoires où il y avait eu une part de préméditation et parfois même un peu d'intelligence créatrice, le balayage consciencieux des pistes ouvertes était souvent le chemin le plus rapide pour éclairer ce qui avait été intentionnellement obscurci.

Une autre leçon apprise à son époque de chasseur était qu'un assassin ne devenait pas, à cause de son acte, une personne différente des autres, même s'il l'était d'une certaine façon, comme il allait très vite pouvoir le constater, une fois de plus. Fort heureusement, la majorité des individus ne franchissaient jamais la frontière de portée presque universelle, et fixée par les contrats sociaux, éthiques, religieux, pour commettre un crime de sang. Mais parmi ceux qui le faisaient, il y avait de tout : depuis des assassins par accident qui ne pouvaient s'expliquer à eux-mêmes ce qu'ils avaient fait, jusqu'à des sadiques et des tueurs en série capables de jouir de leurs actes criminels, même si ceux-ci étaient les plus rares, en dépit de tous les romans, films et à présent séries comme *Les Experts* ou *Esprits criminels*, avec leurs prodiges technologiques et leurs infaillibles *profilers* d'épouvantables tueurs. Dans la réalité, l'assassin n'était pas identifié parce qu'il lui poussait des cornes ou des incisives : il continuait à être quelqu'un qu'on pouvait même croiser dans la rue sans éprouver le besoin de lui lancer le moindre regard.

Ce qu'avait apporté Conde en le tirant de son propre arsenal, c'étaient ses douloureuses et salvatrices prémonitions qu'il avait appris à écouter. Cette faculté avait été comme un sixième sens qu'il avait développé très tôt. Elle fonctionnait sous la forme d'élancements dans la poitrine, sous le téton gauche, et elle était en général provoquée par un grincement dans l'information, dans les comportements, dans la chronologie des faits, une friction imperceptible pour une oreille non entraînée qui, pourtant, déclenchait une étincelle avertissant le chasseur de signaux qu'il en avait un sous ses yeux, une silhouette encore invisible mais présente, un fait encore illisible et, pourtant, déjà écrit. Et Conde était habitué à se laisser porter par cette perception sensorielle qui, ainsi qu'il l'avait constaté, répondait à une acuité intellectuelle bien cachée. Peut-être la manifestation d'un don.

Dans l'enquête où il s'était à présent laissé entraîner, l'ex-policier avait tenté de dépoussiérer quelques principes qui avaient fait de lui un enquêteur efficace, même si peu orthodoxe. Depuis que le lieutenant-colonel Manuel Palacios l'avait convoqué pour lui demander son aide dans l'enquête sur le cruel assassinat de Reynaldo Quevedo, Conde avait réagi et ensuite agi sous l'influence de ses préjugés : le censeur Quevedo pouvait avoir accumulé bien des victimes susceptibles de souhaiter sa mort, pour avoir été un salopard et un sadique, s'était-il dit. Mais les outrages infligés au cadavre envoyaient peut-être des signaux plus complexes qu'une simple vengeance différée pendant trente ans. D'autre part, la castration et la mort de Marcel Robaina, ex-gendre et comparse de Quevedo, très vraisemblablement exécuté par le même assassin, renvoyaient l'histoire vers le passé, tout en la revitalisant au présent via l'existence de nouveaux liens commerciaux entre les deux défunts. Des relations dont ils connaissaient déjà les antécédents, comme la vente durant des années de plusieurs des tableaux confisqués par Quevedo au temps où il était un persécuteur féroce, et d'autres connexions qui restaient à établir, comme la possession ou du moins la plus que probable existence d'un objet particulièrement précieux grâce à la vente duquel aussi bien l'un que l'autre pensaient répondre à des besoins urgents.

Au point où ils en étaient parvenus dans leur enquête, les policiers pouvaient maintenir dans le chaudron, mais sans allumer la flamme, Osmar et sa mère, Irene, même s'ils étaient (ou parce qu'ils étaient) les bénéficiaires directs de la mort de Quevedo. Dans le chaudron aussi, même si la piste était moins prometteuse, Conde maintenait Aurora, la domestique discrète et efficace qui s'était révélée une vraie boîte à surprises et dont il n'avait pas pu déterminer précisément les motivations possibles. Pour Victorino le gigolo, cela sentait moins le roussi : tuer Quevedo n'était pas une bonne affaire et le relier à Marcel semblait plus difficile. Car si Victorino connaissait l'existence du sceau, s'il cherchait le sceau, il lui suffisait d'éliminer Quevedo. Ils gardaient bien sûr un œil sur les victimes connues et inconnues de l'Abominable, même si la majorité des survivants marchaient avec des cannes, comme le peintre Sindo Capote.

Connaître l'existence d'un objet lié à Napoléon Bonaparte, peut-être aussi recherché et romanesque que le sceau en or décrit par l'historien Eduardo Álvarez, pouvait être un excellent motif pour déclencher la violence homicide. Cependant l'acharnement envers les deux *trépassés* ajoutait une touche très sinistre qui pouvait remettre en cause la pertinence de la piste napoléonienne. Mais il ne fallait pas l'écarter, se dit Conde après s'être contemplé plusieurs minutes dans le miroir et s'être convaincu que les vérifications de routine étaient toujours une méthode efficace. Et c'était pour ça qu'il étudiait à nouveau le diagramme dessiné deux soirs avant à La Dulce Vida, où à présent, tout en examinant ses lignes tortueuses et en relisant ses certitudes avérées, il commençait à ajouter de nouveaux noms, de nouveaux éléments et d'autres points d'interrogation. Sceau ou pas sceau ? Mutilation par haine ou avec une signification particulière ? Quelqu'un de déjà connu ou encore hors radar ?

Ce matin-là, le café du réveil sitôt avalé, Conde avait ressenti le besoin urgent d'un réexamen minutieux du déroulé de l'enquête. Il savait que son temps d'investigation était réduit par d'autres nécessités auxquelles il entendait bien répondre. Tous les soirs il consacrait jusqu'à six heures à son travail de surveillance avec des missions précises dans le bar de son ami Yoyi, et cette occupation, dont il tirait des bénéfices dont il avait grand besoin (et dont il avait même dépensé en avance une partie), il entendait bien s'y consacrer de la façon la plus responsable. Ensuite, l'arrivée de ses amis le Conejo et Dulcita, avec l'envie de participer au carnaval qu'offrait un rare et lumineux printemps cubain, touchait à l'une de ses grandes satisfactions existentielles et justifiait qu'il y consacre du temps. Des heures de détente qu'il dédierait volontiers aux amis, avec le bénéfice inappréciable que ces rencontres servaient à lui remonter le moral, lui, l'inquiet perpétuel. Et, pendant ce temps, le départ retardé mais cette fois fixé de Tamara, dans trois jours à peine, partant en voyage sans date de retour précise, exigeait de lui qu'il réserve à cette femme, sa femme, un espace physique et mental. Et l'écriture ? Quand pourrait-il s'asseoir à nouveau pour que transpirent les mots avec lesquels il construisait la chronique des relations tumultueuses entre un proxénète magnétique et un homme qui se considérait comme honnête, dont la trame se déroulait dans une période historique en folie, trouble et douloureuse, une période qui semblait ne pas avoir de fin ? Chacune de ces obligations, chacun de ces besoins, de ces désirs étaient les piliers sur lesquels reposaient sa vie actuelle, une seule vie dans laquelle s'était immiscée, comme un poinçon sournois, une enquête policière.

Car l'enquête en cours n'était pas une investigation banale, et Manolo avait eu raison de penser qu'elle avait un lien avec le Conde. Le lien direct entre les crimes et le leader le plus visible de la répression passée contre les artistes du pays donnait une coloration malsaine à des investigations qui, par un effet collatéral logique, avaient mis au jour les dessous sordides du processus inquisitorial et des manœuvres troubles de ceux qui avaient accaparé le pouvoir, épisodes assaisonnés des manifestations de corruption et d'abus de pouvoir dont on ne parlait jamais, sur lesquels les gens n'avaient que des notions vagues, et qui de bien des façons affectaient de manière particulièrement vive l'ex-policier aux aspirations littéraires. De plus, pour mettre du sel sur la blessure non refermée, l'histoire personnelle de Marcel Robaina, sa façon de susciter la peur et d'en tirer profit, la mesquine et trompeuse utilisation des armes du pouvoir pour blesser les gens ajoutaient des comportements qui avaient toujours particulièrement mis en colère Mario Conde.

Et, au milieu de tout ce dévoilement d'immondices politiques, sociales et surtout humaines, le nom, la figure, la personne de la poétesse suicidée Natalia Poblet avaient grandi et pris du sens, sans autre justification peut-être que celle d'y voir une martyre. Qui avait réellement vécu une saison en enfer ainsi que l'avait parfaitement synthétisé son frère Sandalio, avec l'histoire du camarade de travail de la défunte qui, pour l'humilier encore plus, l'obligeait à manipuler sa merde. Ou peut-être cela répondait-il à la propension de Conde à se solidariser avec les faibles, les offensés, les victimes du pouvoir le plus absolu et dévorant (et aussi avec les fous et les ivrognes, par affinité élémentaire). Ou, en y pensant bien, la question se réduisait peut-être au fait que le destin tragique de Natalia Poblet s'était transformé en une insistante et très typique prémonition personnelle qui s'obstinait à signaler à Conde un chemin. Le chemin d'une vérité qu'il savait nécessaire et juste mais qui, pour une raison quelconque, avait commencé à se préfigurer dans son esprit comme une révélation qui pouvait s'avérer pénible, une vérité dont il devait porter la charge.

Le repas de bienvenue pour célébrer le retour du Conejo et la visite de Dulcita fut fixé à l'heure du déjeuner à cause des obligations de Conde. Et parce que, si Conde n'était pas des réjouissances, il y aurait très certainement des morts et des blessés, et pas précisément légers.

Compte tenu de la situation financière précaire de Carlos, de Candito, de Miki Gueule d'ange (avec sa tronche de cake plus que de patate, il s'était auto-invité), de Tamara et de Conde, et de la pas très florissante situation du Conejo, c'était Dulcita qui avait pris en charge les dépenses alimentaires, décision grâce à laquelle, de plus, Josefina avait été exemptée de la mission de faire la cuisine pour huit affamés, elle incluse.

La veille au soir, avant que Carlos et Dulcita ne s'enferment pour leurs activités prévues, Candito avait contacté un membre de sa congrégation dont le frère s'occupait de préparer des buffets, et comme il s'agissait de lui, rien de moins que le Pasteur, le type avait accepté de prendre la commande avec aussi peu d'anticipation, et à prix préférentiel. Et, à treize heures précises, le gueuleton avait été livré : un porcelet rôti, entier, orné d'un petit chapeau paysan et un cigare dans la bouche ; les typiques paniers tressés de feuilles de palmier remplis de manioc et de patates douces bouillies, arrosées de sauce à l'ail et au jus d'oranges amères, le riz cuit dans le bouillon de haricots noirs, tout brillant de la graisse distillée par le porcelet rôti, et la salade de tomates, de laitues et d'avocats, plus deux pots de confiture de noix de coco râpée et, en signe de déférence particulière, une caisse de bières bien fraîches. Dulcita sortit alors les quatre bouteilles de rouge espagnol et le magnum de whisky que, entre autres attentions pour le groupe, l'ami Andrés lui avait remis à Miami pour contribuer aux réjouissances. L'abondance de la table servie (Josefina l'avait agrémentée de sa meilleure nappe et avait sorti tous ses verres à pied, verres ordinaires et couverts, dépareillés mais en nombre suffisant) fit saliver les convives. Parce qu'ils étaient en fête, le pays était en fête, même si Obama était déjà reparti. Parce que, maintenant, c'étaient les Stones qui débarquaient, ensuite le défilé Chanel et vive les vacances…

Le banquet fut aussi animé que les circonstances l'exigeaient. Le Flaco Carlos, douché, parfumé, exultant comme chaque fois qu'il recevait les visites bouleversantes de sa fidèle maîtresse intermittente, prit la direction des opérations et, entre deux bouchées et deux verres, entreprit d'organiser l'excursion pour le concert auquel tous, y compris Candito, avaient décidé de se rendre. Tous ensemble bien sûr, à l'exception obstinée du Conde, dont les convives durent réentendre l'histoire de la découverte de l'existence des Beatles grâce à Motivito (Motivito avait-il vraiment existé ?), plus de cinquante ans auparavant, et la mesquine décision officielle d'interdire leur musique, car Conde s'abritait derrière cette expérience initiatique et la décision de censure pour justifier son abstention.

– Trop tard, répéta-t-il sentencieusement pour la énième fois.

– Conde, Conde, ce n'est pas possible d'être aussi con, avait accusé Carlos.

– Un vrai fondamentaliste, ajouta Miki.

– Fidèle à mes principes. Et je ne les impose à personne. En plus, moi c'est les Beatles, pas les Stones.

– On en est encore là ? voulut savoir le Conejo.

– Il y a des trucs qui ne changent jamais et toi, qui es historien, tu dois le savoir. Si tu as été grec, tu ne peux pas devenir troyen. Ou tu ne devrais pas... C'est comme l'histoire des guelfes et des gibelins.

– Et Dante au fait ? demanda Tamara. Il était guelfe ou gibelin ?

– Il y a des gens qui retournent leur veste tous les jours, lança le Conejo.

C'est à ce moment-là que Dulcita intervint.

– Qu'est-ce qui t'arrive, Conde ? Tu as l'air bizarre, mon vieux. Tu n'as presque rien bu.

– C'est que je suis un homme nouveau, très chère. Pas l'Homme Nouveau avec des majuscules, je précise, je n'aspire pas à tant... Non, c'est que j'ai un boulot et je suis obligé d'y aller. Je leur dois le salaire de ce qui reste de cette semaine et de toute la semaine prochaine.

Et Tamara raconta aux amis leur récente virée à La Dulce Vida, une expérience que Conde qualifia à nouveau d'aller-retour pour le bonheur.

– Parce que tu crois, toi, que le bonheur existe ? – Miki, qui commençait à être bourré, entra dans l'arène. En bon buveur, il avait à peine avalé une bouchée, tout en descendant toute la bière et tout le vin possibles, plus quelques whiskies. Dans son féroce acharnement éthylique entrait aussi l'habitude nationale très assumée de s'enfiler tout ce qu'on peut tant qu'il y en a, parce qu'à un moment quelqu'un dira qu'il n'en reste plus. Sans compter la très sage et très justifiée maxime selon laquelle le rhum qu'on t'offre ne fait pas mal à la tête.

– Là, ce n'est pas l'heure de philosopher, dit Conde. Même si je vais te dire un truc, Miki Tronche de patate, qui n'a pas plus rien d'angélique ni de joli… Mais commence par regarder autour de toi. Tu vois ce que je vois ? Nous sommes ici huit amis, parce que je vais être sympa et je vais t'inclure dans les amis… le Conejo qui est venu même s'il dit qu'il va repartir, parce qu'il cherche son bonheur et il a bien raison de le chercher là ou ailleurs… Dulcita, qui est aussi venue, parce qu'elle voulait être avec nous et voir les Stones, parce que ce genre de choses la rend heureuse. Tamara, qui part dans quelques jours, elle ne sait pas pour combien de temps, et est heureuse de revoir son fils, sa sœur, de profiter de son petit-fils. Regarde Candito, qui ne devrait pas être dans un endroit où on pratique la gourmandise et où on boit de l'alcool, parce que ce sont des activités sataniques, mais qui est l'homme le plus heureux depuis qu'il a rencontré le Sauveur. Et le Flaco et Jose, qui sont toujours là pour nous tous et qui, parce qu'ils nous ont tous ici, sont heureux, et le Flaco encore parce que… bon, parce que. Et nous t'avons ici toi, Miki, petit salopard, Tronche de Cul, qui quand tu étais important ne te souvenais même pas de nous, même si nous on t'a pas oublié, et qui es heureux parce que tu t'es débarrassé de la camarde, même si aujourd'hui tu n'arrives plus à bander… Hé, me regardez pas comme ça, Miki le raconte à tout le monde !…

Et, bien sûr, il y a aussi l'esprit de notre ami Andrés, qui n'est jamais revenu mais qui doit être heureux d'avoir contribué à notre bonheur… Et nous sommes tous ici, heureux et contents parce que, malgré les coups de pied au cul, les distances, les illusions perdues, les balivernes dont ils nous ont bercés et dont ils nous bercent, les promesses devenues poussière dans le vent, comme dit mon amie Clara, nous méritons ça, parce que nous avons travaillé pour ça. Nous méritons des vacances pour toute la laideur, la méchanceté, la saloperie, la perversité, pour la tristesse qui nous harcèle, pour la réalité de ce qu'il n'y a pas, de ce que qu'il n'y a plus, de ce à quoi tu n'as pas droit… merde, quelle histoire on a vécue, qu'est-ce qu'on en a pris dans la gueule! Et bon, là, aujourd'hui, ici même, on mérite d'être heureux… – Il fit une longue pause, théâtrale. – Mais, je vous préviens : inutile de vous exciter, parce que les bonnes choses ont presque toujours une fin rapide, même si moi, qui suis un pessimiste de merde, je vous dis que ça vaut la peine de s'accrocher à ce qu'on peut. Et si là maintenant on se sent heureux, on va bien en profiter, parce qu'on l'a mérité, parce qu'on est des survivants, parce qu'on s'est pas laissé recouvrir par la merde qu'on nous a lancée et par la haine qu'on nous a fait respirer, parce qu'on est des putains de durs à cuir qui nous aimons beaucoup, beaucoup, putain de merde, beaucoup… – Et comme cela lui arrivait à chaque fois qu'il déchargeait autant d'émotions, sa voix se brisa.

Incapable de prononcer un mot pour trinquer au bonheur, Conde leva son verre et se mit à pleurer. Et ce fut comme s'il avait lancé un ordre : tous les autres l'imitèrent et pleurèrent aussi. Ils burent, ils pleurèrent, ils se serrèrent dans les bras et s'embrassèrent parce que, malgré tout, à cet instant précis, en ce mélodramatique, cathartique, grégaire et lacrymal doux après-midi d'avril (qui, quoi que T.S. Eliot en dise, n'est pas le mois le plus cruel), un après-midi peut-être impossible à revivre dans aucun des jours qui leur restaient à vivre, aucun des mois ou des années à venir, chacun était heureux. Et comme Conde l'avait dit : ils le méritaient. Et, sans escales, ils passèrent des larmes aux rires, des rires aux fous rires qui leur tirèrent encore plus de larmes, mais de joie ! Bien sûr qu'ils le méritaient, putain !

– J'en peux plus, je suis à ramasser à la petite cuillère, avait avoué le lieutenant-colonel Manuel Palacios. En fait, il n'avait pas besoin de le préciser : la tension de toutes ces journées historiques et l'accumulation du manque de sommeil avaient placé un masque ridé couleur de cendre sur ses traits.

Conde avait demandé à Yoyi la permission de recevoir les policiers dans son bureau de La Dulce Vida et le Palomo avait accepté. Mais à une condition : c'était la dernière réunion qu'ils tenaient dans le local et, pour ne pas inquiéter la clientèle, il les avait fait entrer par la porte de derrière.

– Yoyi est un type bien, c'est mon ami… mais on ne peut pas trop lui en demander, Manolo.

– Je comprends, Conde. Mais c'était nécessaire. Il faut qu'on avance et qu'on finisse par résoudre cette histoire… J'étais tout à l'heure avec le représentant du FBI à l'ambassade américaine. Ils me mettent la pression, et ils ont raison. Et ceux d'ici veulent savoir ce qui s'est passé pour Quevedo, tu t'en doutes.

– Je fais tout ce que je peux. Duque et moi, on n'est pas des magiciens. Et j'ai d'autres obligations… – Conde écarta les bras pour indiquer l'une de ces obligations.

– Je sais, je sais, admit Manolo. C'est pour ça que Duque est allé voir le bijoutier…

– Aurelio, intervint enfin le lieutenant Duque. Il a reconnu qu'il connaissait Marcel depuis longtemps, quand il vivait à Cuba. Il savait qu'il se faisait passer pour un agent de la Sécurité, mais il a dégonflé le truc. Il dit que c'était un petit jeu de Marcel, pas pour emmerder les gens ou leur faire peur. Plutôt pour se donner de l'importance.

– Et sur l'achat et la revente de bijoux ? voulut savoir Conde.

– Il dément... Il dit qu'il fait seulement des réparations ou des opérations simples. Ou qu'il évalue certaines choses... Et, sans Marcel, on n'a pas de preuves qu'il trafique avec des bijoux et de l'or.

– Et le bijou de Napoléon ?

– Il n'en aurait jamais entendu parler.

– Et tu crois vraiment qu'il est clean ? Que tout ce qu'il fait, c'est élargir des bagues et ressouder des chaînettes ?

– Non, je ne crois pas. Il suffit de voir sa baraque et sa bagnole. Aurelio est bourré de fric.

– Et qu'est-ce que Marcel faisait chez lui ?

– Il dit qu'il était venu lui dire bonjour, c'est tout...

– Je ne sais pas pourquoi, mais j'ai l'impression que ça aussi c'est du flan... Et José José, tu l'as... – Conde s'arrêta. Comme Duque, en entendant le ronflement, il tourna la tête pour voir que Manolo s'était endormi, la tête pendante sur la poitrine. – Le pauvre, ils vont l'achever...

Duque eut un sourire. Il pouvait lui arriver de sourire.

– Je suis dans le même état, à moitié mort... Je lui avais dit que ça pouvait attendre demain, mais il n'a pas voulu. On lui met la pression de tous les côtés.

– C'est ce qui arrive aux chefs...

– Bon, Aurelio dit que ça fait des années qu'il connaît José José. Il était chez lui parce qu'il voulait faire évaluer des bijoux de famille, comme d'autres fois. Et, par hasard, il s'est retrouvé là-bas en même temps que Marcel.

– Osmar dit autre chose. D'après lui, JJ voulait vendre ces bijoux et Marcel a tout fait capoter, parce que le type a pris peur. Mais si tu as l'intention de vendre un truc qui est légalement à toi, tu ne te barres pas en courant si la police débarque… et tu ne continues pas à courir si le flic te dit qu'il n'est pas un vrai flic et… Cette réaction de José José, j'ai du mal à la piger.

Duque approuva, regarda Manolo en train de dormir, puis fixa à nouveau Conde.

– Merde, je crois que j'ai une prémonition.

– Te fous pas de moi, Duque, dit Conde en souriant.

– C'est que… tu sais à quoi je pense ?

– Je crois que oui. Voyons… JJ et Marcel ?

– Ben oui. José José connaissait Marcel !… Enfin, l'agent Néstor. Il l'a reconnu.

– Parce que l'agent Néstor lui a fait une crasse un jour, ou JJ l'a vu faire une crasse à quelqu'un et… Duque, emmène Manolo, dors toi aussi et, demain, passe me prendre chez moi. Il faut qu'on parle à ce José José qui ne chante pas de boléros. Mais on va partir sur une autre mélodie. Et il a intérêt à mettre les paroles…

Conde avait demandé à Duque de ne pas se lancer dans des spéculations, pour le moment. Il préférait ne pas se faire d'idées préconçues et laisser à l'information le soin de les nourrir pour ensuite la faire coïncider avec ce qu'ils savaient déjà. Car tous deux pressentaient qu'ils foulaient enfin un terrain fertile.

Duque conduisait en silence et, depuis son siège de copilote, Conde, lui aussi réfugié dans le mutisme, observait les alentours. En arrivant au bout de la chaussée de Santa Catalina pour longer la Cité sportive par le côté ouest, on pouvait apercevoir la scène qui avait été montée pour le concert des Rolling Stones du lendemain soir, l'événement qui prolongeait les expectatives et l'atmosphère festive de la ville.

– Il se passe des choses que je n'aurais jamais imaginé voir de mon vivant. Un président américain à Cuba, qui n'est pas n'importe quel président, parce que c'est un président des États-Unis noir... Et maintenant débarquent des vieillards maigrichons qui prétendent encore qu'ils sont les Rolling Stones.

– Oui... ils arrivent cet après-midi... Il y a un an personne ne l'aurait dit, reconnut Duque.

– Tout ça c'est bien joli, c'est bon pour les gens, mais la merde c'est que, quand les vagues se seront retirées, les choses vont rester les mêmes. Ou peut-être même empirer.

– Qu'est-ce que tu veux dire? Les choses se passent parce qu'elles se passent...

– Et elles sont importantes si elles laissent quelque chose. Si elles ne font que passer pour passer... Bon, c'est comme le poème de Buesa: "Tu passeras dans ma vie sans savoir que tu y es passé"... et fini la fête. Tu sais, mon garçon, des films comme ça, j'en ai vu quelques-uns. Quand j'étais gamin, ils étaient en train de réparer et de planifier l'économie, et, quand toi tu étais gamin et que moi j'étais déjà flic, on parlait de rectifier des erreurs et des tendances négatives dans le pays. Une mini-perestroïka cubaine et... on en est là, à parler de corriger des erreurs, de subventions indues, de substitution d'importations et de je ne sais pas quelles autres histoires à dormir debout...

– Non, Conde, moi je crois que les choses sont vraiment en train de changer...

– Tu es naïf, mon pote... et, au fait, moi, qui suis aussi parfois un peu naïf, j'ai l'impression de te trouver plus sympa. Donc, excuse-moi si des fois je te fais chier, dit-il en souriant, parce qu'il sentait qu'il était trop tôt pour faire de la politique fiction et le décompte des erreurs sans coupables pour assumer leurs responsabilités, et parce que le massif Sandalio Poblet les attendait à l'atelier de mécanique où il travaillait, situé, peut-être par coïncidence (les coïncidences existent-elles ?) près de l'endroit où vivait et travaillait Aurelio, le bijoutier.

– J'ai du boulot, prévint Sandalio en les voyant arriver, tandis qu'avec un chiffon qui puait l'essence il essuyait la graisse et la poussière qui recouvraient ses mains sales. Sous le hangar, le carrossier qui travaillait avec lui, une scie sauteuse à la main, s'affairait à la chirurgie automobile à la mode sur l'île : découper le toit d'une voiture classique des années 1950 pour la transformer en décapotable que son propriétaire destinerait aux touristes américains qui leur amélioraient la vie à tous. Et Conde se souvint du projet du chauffeur de taxi qui l'avait conduit quelques jours plus tôt, et il lui sembla que cela datait de mille ans.

– Juste par curiosité, Sandalio, dit Conde après des saluts plutôt froids, combien ça rapporte de faire ça ?

– Ça dépend… deux ou trois mille dollars. Rien que la carrosserie, l'adaptation du mécanisme pour que le toit ferme et la peinture. La garniture des sièges, c'est à part… Dans les quatre mille au total.

– Et ça vaut le coup ?

– Bien sûr que oui… rien qu'avec trois trajets par jour, à cent dollars chacun… Enlève cent pour les impôts. Bien sûr que oui.

– Et si les Américains ne viennent plus ?

– On l'a tous dans le cul…

– Bon, Sandalio, on va être brefs, se lança Conde après avoir allumé la cigarette que Duque ne lui avait pas permis de fumer dans sa voiture. Était-il vraiment sûr de trouver le lieutenant plus sympa ? Même si cet enfoiré lui cachait des infos, comme le fait qu'Aurora avait fait de la prison ? – Tout semble indiquer que l'appartement de ta sœur Natalia avait bien été fouillé…

– La chambre. C'était une petite chambre avec une salle de bains et une cuisine minuscules, rectifia Sandalio.

– Toute petite, si tu veux. Mais ce n'était pas la Sécurité d'État qui était derrière. D'après ce qu'on sait, la Sécurité ne s'intéressait pas à ta sœur. Ses problèmes, c'était avec ceux de la Culture. Pour eux, n'importe qui était contre-révolutionnaire, et ils n'avaient pas besoin de prouver quoi que ce soit... Mais, apparemment, celui qui a fouillé, c'est quelqu'un qui disait être fonctionnaire du Logement. Le camarade Néstor. C'est lui qui est venu mettre les scellés.

– Bon, je ne me rappelle plus très bien, mais que je sache, ils n'ont jamais mis les scellés. La chambre était à un curé ami de Nati et... ils étaient obligés de fouiller ses affaires ?

– Bien sûr que non... mais le type qui l'a fait cherchait quelque chose. Quelque chose qui avait peut-être beaucoup de valeur. Un souvenir de famille, peut-être... Qu'est-ce que ça pouvait être ?

– Je vous ai déjà dit que je n'en ai aucune idée... Elle avait ses livres et... c'est tout. Ma famille n'a jamais rien eu. Notre père était mécanicien comme moi et ma mère a toujours travaillé à la maison.

Conde hocha la tête. Il y avait quelque chose dans la chambre de la suicidée et tout semblait indiquer que quelqu'un l'avait pris.

– Tu sais si ta sœur tenait un journal ou un truc dans le genre ? Si elle racontait les choses qui lui arrivaient ?

– Non, je n'en sais rien. Elle écrivait surtout des poèmes. Et elle ne parlait pas beaucoup de ce qu'elle subissait. Elle était un peu... comment on dit quand les gens supportent en se taisant ?

– Stoïque ? proposa Conde.

– C'est ça, c'est ça. Stoïque. C'est pour ça que son suicide m'a semblé encore plus bizarre. Ou plus...

Putain, c'est chiant de pas avoir fait d'études !… Ce que je veux dire…

– Plus révélateur, lui suggéra à nouveau Conde.

– C'est ça, c'est ça… cela montrait comment elle était déprimée et bousillée.

– Donc… – Conde décida d'aborder les choses autrement. – Tu crois que Natalia elle pouvait garder un objet qui aurait été à cet ami, le curé ?

– Pourquoi il lui aurait donné un truc de valeur à elle ? Je ne crois pas. En plus, je vous l'ai déjà dit, elle était plutôt déprimée, en sale état, triste…

– Et le fiancé ? Quelque chose qui aurait été au fiancé ?

– D'après ce que je sais, ils étaient à moitié fâchés, ils avaient pris leurs distances. Nati allait mal, je vous l'ai déjà dit cent fois. – Sandalio soupira. Remuer les souvenirs de la sœur qui avait fini par se suicider n'était sûrement pas agréable, malgré les années passées. Sandalio remit alors dans une des poches de son bleu de travail le chiffon sale, comme pour signifier que la conversation était terminée.

– Et tu te rappelles comment s'appelait ce fiancé ? demanda Conde, prêt à laisser tomber, presque par acquit de conscience, par routine. Il sait peut-être quelque chose, lui…

– Bien sûr que je me rappelle, même si je l'ai jamais revu. Mais un nom pareil, ça s'oublie pas comme ça…

– José José ! s'écria Duque, qui avait d'un coup perdu sa prestance martiale. Mon Dieu, c'est José José ! Et c'étaient peut-être des bijoux de sa famille !

Conde aurait voulu avoir sous la main le papier où, la veille au soir, il avait rajouté des noms, des mobiles, des liens et tout un tas de points d'interrogation supplémentaires, des lignes et des crochets inquisiteurs qui s'étaient entrelacés jusqu'à transformer le schéma en une sorte de toile d'araignée de plus en plus épaisse, comme préparée pour sa fonction prédatrice. Parce qu'un point d'interrogation jusque-là omniprésent, qui soudain pouvait être replacé et défini par le nom de José José, lançait des fils qui se connectaient par voie sentimentale avec Nati et son frère Sandalio, avec Aurelio via les bijoux, avec Quevedo via Natalia et avec Marcel/Néstor par un sentier encore inconnu mais de plus en plus inquiétant; peut-être une simple confession écrite par la suicidée ou peut-être seulement la présence sous-jacente d'un bijou, et pas de n'importe quel bijou. La toile d'araignée qu'il pourrait tresser allait être assez épaisse et résistante pour se transformer en filet de pêche. Peut-être que maintenant il fallait commencer à tirer le filet, pour voir ce qu'ils attrapaient.

Aurelio leur avait donné la localisation de JJ et, au passage, son opinion: lui, c'est un gentil, avait-il assuré. Et c'est la première impression qu'il leur fit quand il reçut les enquêteurs.

Après les questions d'usage sur l'état-civil de José José, Conde trouva pathétique l'obsession des parents de ce dernier pour la répétition nominale: tout indiquait qu'il ne leur avait pas suffi que, pour une simple question légale, ils soient obligés d'associer leurs noms de famille respectifs, Pérez dans les deux cas, pour devenir les Pérez Pérez, mais qu'ils avaient cru bon, en prime, d'infliger à leur rejeton José José comme nom de baptême. Celui qui aurait pu n'être qu'un José Pérez quelconque s'était retrouvé élevé au carré. Et le résultat, comme ils allaient s'en rendre compte, n'était pas rien.

José José Pérez Pérez habitait dans le Vedado, dans une grande maison au lustre perdu, rue 19, tout près du petit palais où s'était cloîtrée durant des années la poétesse Dulce María Loynaz, celle qui n'avait pas quitté Cuba pour une excellente raison: c'était elle qui était arrivée la première, disait-elle quand on lui posait la question. Comme José était à la retraite, Duque et Conde le trouvèrent chez lui. José José parut modérément surpris en apprenant que les visiteurs étaient policiers et leur dit qu'ils pouvaient bien sûr entrer pour parler avec lui. José Pérez au carré avait soixante-cinq ans, était divorcé et père de deux enfants, dont l'un vivait avec lui, même si à cette heure de la journée il était en cours à la fac ou en stage dans un hôpital, car il était en quatrième année de médecine.

– Et vous dites que c'est Aurelio qui vous envoie ?

Duque prit l'initiative des questions et Conde en profita – il adorait ça – pour examiner les lieux. Les maisons en disaient beaucoup sur leurs habitants. Celle de José était vaste, aérée, avec de hauts plafonds, et de toute évidence mal entretenue. Un peu de peinture et d'attention lui auraient fait du bien. Peut-être était-ce dans cette intention que JJ pensait vendre quelques bijoux, se dit-il. Les meubles, en bois noble, réclamaient d'être poncés et vernis. Les murs, presque tous nus, sans ornements ni photographies, offraient un contraste bizarre, car sur l'un d'entre eux était accroché un sabre ou une épée à la poignée sculptée avec des liserés dorés sur le fourreau, tout près d'un crucifix en métal, en bronze apparemment, qui devait mesurer, calcula-t-il, un mètre de haut avec des bras de soixante centimètres de large : un objet que l'on aurait plus imaginé dans un temple religieux que dans une demeure familiale. Ou bien dans cet endroit régnait l'abandon, ou bien il s'agissait d'un laisser-aller qui s'était installé au fil des ans, se dit-il : car si JJ avait des bijoux et des objets comme ce crucifix en bronze, une antiquité certainement monnayable, les transformer en argent ne devait pas être trop compliqué.

– Aurelio ?... Non, pas vraiment, précisa le policier. Il nous a seulement dit où vous trouver.

– C'est pour... ?

– Ne vous inquiétez pas, c'est juste pour information. – Duque se proposait de faire baisser la tension que provoquait toujours une visite de la police. Conde se dit que cette stratégie n'avait plus guère de sens, mais il accepta son rôle de façon disciplinée.

– À propos de… ?

– Natalia Poblet.

Conde enregistra qu'aussitôt JJ avait détourné les yeux.

– Elle est morte… en mai 1978. Suicide, dit-il enfin.

– Ça, nous le savons. Vous avez été son fiancé ?

– Plus que ça. Dix ans… nous nous sommes rencontrés à la fac.

– Vous faisiez quelles études ?

– Des études… d'histoire… En 1971, on nous a renvoyés… parce qu'on était catholiques pratiquants et qu'ils ont dit que l'histoire était une matière "idéologique". À cette époque, c'est comme ça que les choses fonctionnaient… Ils nous faisaient même suivre des cours d'athéisme scientifique et d'économie politique du communisme… Le prof de philosophie se moquait de Kant, Spinoza et Descartes pour n'avoir pas compris que la lutte des classes est le moteur de l'Histoire… Bon, ensuite dans les années 1980, les choses ont un peu changé, enfin, suffisamment pour que je puisse y retourner et terminer mes études. Et j'ai eu mon examen d'athéisme scientifique… C'est là que j'ai rencontré la mère de mes enfants. Natalia n'était plus là. – Il dit cette dernière phrase après une pause. Ces souvenirs l'affectaient toujours et Conde le comprit : qu'on brise ta vie, qu'on t'en arrache un morceau et qu'on foute en l'air tes aspirations ne sont pas des expériences qui s'oublient facilement ou qu'on peut évoquer avec légèreté. Ce sont souvent des cicatrices qui, quand elles se referment, ont tendance à le faire de façon trompeuse et à faire mal dès qu'on les effleure. Il décida donc de garder le silence et d'attendre le moment propice pour battre en retraite. Ils n'étaient pas en train d'effleurer mais de rouvrir la cicatrice de la vie de José José Pérez Pérez et il se demanda s'ils en avaient le droit. Et il rajouta une autre interrogation : combien parmi ses compatriotes avaient subi pareilles lacérations et pour quel résultat ? Vaincre l'impérialisme ou sortir du sous-développement ? Et l'Homme Nouveau, il était où, le putain d'Homme Nouveau ?

– C'est triste, fit remarquer Duque qui ne s'arrêta pas pour autant. Vous étiez ensemble quand elle… ?

– Oui… Non… enfin, on s'était un peu éloignés, pas disputé, on avait décidé de se donner un peu de temps. Moi, ils m'avaient bien fait chier, mais elle, ils l'avaient complètement bousillée et c'était de pire en pire. Elle n'a pas pu terminer ses études, on ne savait pas si on pourrait le faire un jour et elle ne pouvait pas non plus publier ses poèmes, et je crois que c'était ça qui était le plus douloureux pour elle. Plus même que le fait que des gens insinuaient qu'elle était lesbienne ou qu'elle couchait avec le père Renato, le curé de l'église où elle allait, parce qu'ils étaient très amis… Quelqu'un lançait ces rumeurs, elles étaient reprises et beaucoup de gens les croyaient. Il n'y a pas longtemps, j'ai appris qu'ils appellent ça assassiner une réputation. Et, dans ces années-là, ce genre d'assassinat était à l'ordre du jour. Mais vous savez quel est le véritable problème ?

Les enquêteurs se regardèrent avant de tourner de nouveau les yeux vers leur hôte. Comment pouvaient-ils le savoir ? JJ hocha la tête avant de se lancer :

– Le problème, il est anthropologique, historique, et j'y ai beaucoup réfléchi. Le problème, c'est que dans ce pays les gens préfèrent croire au mauvais côté des individus plutôt que d'exalter leurs vertus. Ils réagissent toujours comme s'ils se réjouissaient des malheurs des autres, comme si les échecs des autres les renforçaient et effaçaient les leurs… Ici, pour que leurs têtes dépassent, beaucoup montent sur les épaules des autres. Nous ne sommes pas une bonne race, c'est pour ça qu'on en a pris et qu'on en prend plein la gueule, et je crois qu'on le mérite. La haine, la jalousie, la rancœur poussent comme des mauvaises herbes ici… et vous pouvez imaginer ce que donne cet amas de broussailles quand on y met de l'engrais et qu'ensuite on le répand dans la société : de la frustration, un complexe d'infériorité dissimulé sous des airs d'arrogance, une attirance maladive pour les apparences, de l'opportunisme et de la dissimulation… Le poids de l'incertitude de n'être jamais convaincus de ce que nous sommes…

Conde perçut le changement d'état d'esprit de JJ. De la surprise, assaisonnée d'une certaine crainte causée par la présence policière, il était passé à la douleur et, suivant un parcours logique même si trop rapide, il était tombé dans l'indignation, et plus encore, dans une colère aux dimensions philosophiques et historiques. La blessure qui le marquait n'était pas mal cicatrisée : elle était toujours ouverte. Et cet état pouvait se transformer en charge explosive dans l'âme d'une personne qui semblait considérer les hommes depuis une perspective transcendantaliste, historiquement fataliste. Ou psychologiquement décentrée, se dit Conde, qui avait quelques souvenirs de ses années de fac.

– Natalia s'est suicidée parce qu'elle était déprimée ? – Duque tenta de reprendre le dialogue.

– Elle était détruite. C'est plus précis de dire ça comme ça… Écoutez, je crois qu'aujourd'hui certaines questions ne fonctionnent plus de la même façon dans ce pays. Ce n'est pas qu'aujourd'hui le fait d'être catholique ou homosexuel ne soit plus un problème. Mais parce que les gens croient moins, même s'ils sont plus nombreux dans les églises ou des millions à pratiquer la *santería*. Je dirais même que les gens ont moins peur, même si… je le dis pour mes enfants et leurs amis… ils sont un peu plus libres ou, du moins, c'est ce qu'ils croient... Mais il y a trente ans, il n'y avait pas de nuances. Quand tu étais marginalisé, tu étais mort en tant que personne... J'ai travaillé dix ans à charrier des dossiers aux Archives nationales. Et vous savez quoi ? Le directeur, un monsieur du Parti, très humain et porte-parole de l'internationalisme prolétarien et de la fraternité entre les peuples, m'a interdit de lire un seul des papiers que je déplaçais parce que j'étais idéologiquement déviant. C'était sa façon d'être encore plus révolutionnaire, plus militant, de défendre le pays... Et je ne lui ai pas obéi, bien sûr, parce que des camarades femmes de là-bas veillaient sur moi quand je lisais en cachette. Mais c'est comme ça que les choses fonctionnaient dans ce pays. Quand le pouvoir est cruel, les mesquineries humaines sont à la fête. Ici, la fête a été très longue et très mouvementée... Déprimée ?...

– Je vous le répète, je suis désolé. J'espère vraiment que ces désastres ne se reproduiront pas, dit Duque.

Conde perçut l'émotion déclenchée chez le policier qui parlait de désastres après avoir écouté le discours de JJ.

– Moi aussi, je l'espère. Même si je ne sais pas. Les styles peuvent changer. Le fondamentalisme est une infection très difficile à soigner. C'est comme les épidémies qui deviennent endémiques...

– Mais bon, nous... – Duque hésita et Conde décida qu'il était temps de venir à son secours. L'avalanche d'arguments de l'historien exigeait qu'on le protège un peu de cet assaut.

– José, c'est bizarre qu'on ne voie pas de livres dans la maison de quelqu'un qui a fait des études d'histoire.

– Quand j'ai pris ma retraite, j'ai tout vendu. Ils étaient en train de s'abîmer dans ce garage qui est au fond de la maison...

Conde sourit. Il n'était pas possible qu'il continue à rencontrer des gens qui vendaient leurs bibliothèques sans qu'il l'ait su.

– Ça alors… Moi, j'achète et je vends des livres anciens… À qui avez-vous vendu les vôtres ?

– À Barbarito, un gros métis et un salaud qui m'a donné une misère pour mes livres.

– Bien sûr. C'est pour ça que nous qui sommes dans le commerce, on l'appelle Barbarito *Esmeril*, Barbarito l'Abrasif ! Si j'avais su… Et vous ne lisez plus ?

– Si… sur un appareil de lecture électronique. *Ereader*. Un ami à moi, jésuite, le père Román, télécharge pour moi les livres que je veux lire.

– Ah, vous êtes passé au numérique, dit Conde, décidé à se maintenir au-dessus des commentaires historiques et philosophiques de JJ, et à garder le contrôle de la conversation.

– Mais je ne lis que des romans. Aucun livre d'histoire.

– Et pourquoi ?

– Ma dernière recherche a porté sur les disputes internes entre les libérateurs cubains durant la guerre des Dix Ans. Et j'en suis arrivé à la conclusion que si nous, les Cubains, nous ne nous étions pas écharpés entre nous, nous aurions gagné cette guerre. Mais on s'est épuisés dans des conneries, des régionalismes, des bagarres d'ego. Comme toujours, on s'est plus foutu sur la gueule entre nous que contre l'ennemi… Non, c'est juste que lire de l'histoire m'attriste. Cela me démontre que nous venons du désastre et me confirme que, comme espèce, nous allons vers des désastres encore pires. Et nous n'avons pas de solution. J'ai appris toute l'Histoire dont j'avais besoin, et ce que j'ai appris se réduit à ça : le désastre insoluble.

Conde comprit que, pour avancer, il devait ouvrir une brèche dans la muraille du fatalisme historique de JJ. Voir ce qu'il y avait dans une réalité plus proche et plus concrète et, sans prévenir, il donna un coup de volant.

– Ce que nous voulions vous demander concerne la fouille de la chambre de Natalia. Après son suicide.

– Oui, ils l'ont fouillée. Ils ont dit que ça regardait la Sécurité de l'État. Comme si elle avait été une agente de la CIA ou du Mossad…

– Ce n'était pas la Sécurité de l'État. Ça, nous le savons. Ni la Police criminelle. Et pas non plus le Logement, puisque la chambre appartenait au curé ami de Natalia.

– Le père Renato, rappela JJ.

– C'est cela… Et le type qui s'est glissé dans la chambre était quelqu'un qui se faisait passer pour un fonctionnaire ou pour un agent de la Sécurité ou de la Direction du Logement… Marcel Robaina. Ça vous dit quelque chose ?

– Non, pas du tout. – JJ réagit aussitôt.

– Bien sûr, bien sûr… c'est parce qu'il se présentait sous le nom de l'agent ou du camarade Néstor, de la Sécurité ou de ce qu'on voudra. Là, ça vous dit quelque chose ?

– Non plus, aucune idée, affirma-t-il.

– Vous ne l'avez pas vu, à l'époque ?

– Non, je crois que c'est le père Renato qui m'a parlé de la fouille. Ou Consuelo, la sœur de Nati.

– Qu'est-ce que quelqu'un pouvait bien chercher dans la chambre de Natalia ?

José José secoua la tête. Puis il se mit debout et se dirigea vers un meuble avec des tiroirs et un miroir terni. Il ouvrit un des compartiments et tira d'un dossier une feuille de papier qu'il déplia tout en revenant à son siège.

– Bon, ils cherchaient peut-être un papier où il y aurait écrit quelque chose comme ça, dit-il, et il laissa un silence avant de poursuivre : – Je crois que c'est le dernier poème de Nati, un dialogue avec Anna Akhmatova… Son testament peut-être, dit-il et, après une nouvelle pause, il commença la lecture :

Me voici encore là, chère Anna,
À t'évoquer tandis que j'écoute le tonnerre
Et que je vois la zébrure carmin du ciel
Victime de l'orage.
Et comme toi, comme alors,
je vais le cœur consumé par la flamme :
fantôme parmi les fantômes qui peuplent la ville.

Toi, cela t'est arrivé à Moscou,
Et moi, cela m'arrive à La Havane.
Et, comme toi, je quitterai bientôt ce lieu pour toujours
Et me jetterai paisible dans ce port désiré,
sans laisser en héritage ne fût-ce que mon ombre.

– C'est ça qu'ils cherchaient ? demanda JJ.

Conde avait baissé les yeux. Il ne s'attendait pas à cette attaque brusque, brutale, sans pitié. José José, tel un sorcier pervers, avait ressuscité Natalia Poblet pour la mettre là, devant eux, pour leur raconter en quelques vers toute sa douleur, son adieu au monde.

– Terrible, parvint enfin à dire l'ex-policier. Vous croyez vraiment que c'était son testament ?

– Mais ce n'était pas ça qu'ils cherchaient, poursuivit JJ. Ce poème était écrit sur la dernière page de son cahier. Je l'ai pris dans sa chambre. Ça faisait trois ans qu'elle n'écrivait plus de poésie. Ils l'avaient mutilée… Je crois que, pour dire adieu, elle a parlé à Anna Akhmatova… Elle adorait Akhmatova. Elle s'identifiait à elle… Elle se regardait dans son miroir. Elle admirait son courage. Vous savez ce que disait Jdanov d'Akhmatova ?… Il disait que sa poésie était un reste de la vieille culture aristocratique et qu'elle était moitié nonne, moitié pute, ou plutôt une nonne pute… Mais elle ne s'est jamais exilée. C'est héroïque d'avoir du courage jusqu'à la fin dans un pays où tout le monde a vécu dans la peur… Nati n'a pas supporté.

Conde ravala une nouvelle fois sa salive. À un moment, il se rendit compte qu'il avait oublié la présence de Duque, et il n'y attacha aucune importante. Ces quelques vers, conservés par l'homme qui l'avait aimée, tirés de l'âme d'une jeune femme sensible qui fusionnait avec une autre femme sensible, étaient comme un cri de dénonciation, une déclaration en eux-mêmes, une accusation accompagnée de la condamnation. Tandis qu'elle écoutait le tonnerre…

– Pauvre Nati, murmura l'amant abandonné. Ils l'ont mutilée, répéta-t-il, et la sensibilité blessée de Conde perçut la pique ardente, la décharge subite : et ce n'était plus une prémonition mais une effrayante certitude. Une conviction qui le poursuivait, et dont il n'aurait pas voulu qu'elle l'atteigne. Mais elle était bien là, levant les bras, exigeant qu'on la remarque : pour la deuxième fois en moins d'une minute, JJ avait conjugué un verbe qui charriait avec lui toute une charge explosive de significations : mutiler. Natalia, ils l'avaient tuée, oui, mais surtout ils l'avaient mutilée, ils l'ont mutilée. Mutilation. Et Conde réagit.

– Tu me donnes la photo de Marcel ?

Conde tendit la main, sa demande à Duque ne souffrait aucune discussion. Lui aussi sous le choc, le lieutenant chercha en toute hâte et maladroitement dans son dossier la photo du passeport de Marcel Robaina. Peut-être avait-il compris ce qui se jouait. Quand il l'eut dans les mains, Conde observa un instant l'image de Marcel fixée sur le carton plastifié. Et il eut la certitude que les prochains pas, mots, gestes, attitudes seraient définitifs, peut-être très dramatiques. Et depuis l'instant précis de cette illumination, l'homme qui dans une autre vie avait été flic et qui aussi, dans des moments tels que celui qu'il était en train de vivre, avait cessé de l'être, commença à regretter de s'être laissé entraîner dans une enquête qui n'avait servi qu'à remuer des merdes pétrifiées et à pétrir des merdes fraîches : l'Empire de la Merde ne se limitait pas à une décharge municipale.

– Regardez bien cet homme, José. Vous le reconnaissez ?

JJ prit la photo et la tint devant ses yeux. Il ferma un peu les paupières pour mieux voir. Ou pour réfléchir ?

– Il n'était pas chez le bijoutier il y a quelques jours ?

– Si, c'est là-bas que vous l'avez rencontré. Et vous êtes parti quand vous l'avez vu ? Pourquoi ?

– Parce que je ne le connais pas, et je n'allais pas parler affaires devant lui.

– Une affaire dont vous ne vous êtes plus occupé. Aurelio ne vous a pas revu.

– J'ai vu un autre bijoutier.

– Et vous avez vendu quelque chose ?

– Non… non. – Il y avait une hésitation dans sa négation.

Conde décida alors qu'il n'y avait pas d'autre option que d'envoyer la cavalerie et de sonner la charge.

– Cet homme a été retrouvé mort. Et il est très lié à un autre mort. Des homicides, pour être précis. Des assassinats avec mutilations. Et nous disposons d'éléments qui peuvent nous servir à identifier l'assassin présumé. Des empreintes, des traces d'ADN, vous savez, comme dans *Les Experts*… Mais ce n'est pas du cinéma. Un reste de peau sous un ongle suffit à reconstituer le corps entier d'une personne.

Duque gardait un silence circonspect. Conde était sorti du scénario, il avait bifurqué et pris un autre chemin. Et il le faisait en élaborant un alliage de vérités emboîtées et de mensonges. Des empreintes ? Des tests ADN ? Bon, ils en avaient, ils pouvaient en avoir, mais encore ?

José José, de son côté, écoutait attentivement, sans révéler d'émotions. Hormis des mouvements avec l'un de ses pieds, comme s'il écrasait un insecte répugnant.

Conde soupira et regarda Duque.

– J'en ai fini pour l'heure... Lieutenant, c'est votre tour.

Duque dut s'éclaircir la gorge avant de parler. Peut-être avait-il gardé trop longtemps le silence. Ou peut-être était-il sous le coup d'autres sentiments que quelqu'un aurait presque pu considérer comme déplacés chez un policier.

– Citoyen José José Pérez Pérez, vous êtes en état d'arrestation, vous êtes soupçonné d'avoir assassiné les citoyens Marcel Robaina et Reynaldo Quevedo.

La journée avait été trop longue et la nuit se proposait de l'imiter. La fête n'en finissait pas et Conde, qui n'en pouvait plus, se sentait au bord de l'évanouissement, mais se dit qu'il n'avait pas d'autre option que de résister. Tout ça n'est vraiment plus de mon âge, se répétait-il encore et encore, tout en observant l'humanité bariolée qui, depuis le début de la soirée, remplissait La Dulce Vida et menaçait d'épuiser les réserves de sa cave et de sa cuisine. Obama était reparti, les Stones venaient d'arriver, et la ville continuait dans sa fièvre de luxure, de gourmandise, de divertissement, de gaspillage, comme si on avait vécu les derniers jours de l'existence de la planète. Ou les premiers d'une autre ère... historique.

Comme chaque jour, il y avait un pourcentage important de clientèle étrangère dans la soirée, mais la quantité de Cubains ne démentait pas des chiffres que Conde tenait pour significatifs. Il était vrai que bien des autochtones, il l'avait déjà constaté, étaient des dames de compagnie et des pique-assiettes professionnels (il y avait de nouveau là le vorace philosophe et professeur de marxisme, whisky au poing), mais il pouvait aussi en compter un bon nombre qui venaient là pour leur propre compte et payaient leurs additions. Il y avait de l'argent, les gens le dépensaient, et pas seulement pour survivre, mais pour profiter de la vie, et au maximum.

Le moral en berne après sa découverte de l'après-midi, Conde s'était efforcé de ne pas penser à José José et Natalia Poblet ("tandis que j'écoute le tonnerre... le cœur consumé par la flamme") et à ce qu'allait apparemment révéler le tragique épilogue d'une trame commencée il y avait presque cinquante ans. Et il s'efforçait de se concentrer sur ses fonctions nocturnes et, avant dix heures et demie, il avait déjà à deux occasions dû prévenir les gorilles en service de mouvements bizarres dans la foule des noctambules déchaînés, même si ni Toña la Negra ni Grillo, deux de ses suspects habituels, n'y étaient mêlés.

Vers minuit, Yoyi rejoignit Conde à son poste de surveillance. Durant toute la soirée, le Palomo n'avait cessé de veiller sur le bon fonctionnement de l'établissement, ainsi que le succès l'exigeait toujours plus. Conde admirait non seulement ce qui semblait être chez son ami un don d'ubiquité, mais son sens du détail dans le service, comme s'il s'était consacré toute sa vie à cette profession. Apparemment rien ne manquait, chaque rouage fonctionnait et Yoyi était l'âme de toute cette efficacité.

– Je suis moulu, dit-il en s'accoudant aux côtés de Conde, et sa voix trahissait son niveau de fatigue. Avec son code de signaux, il commanda deux verres au barman le plus proche.

– Moi aussi je suis mort, avoua Conde.

– On va se boire un verre, on en a besoin. Mais un verre, c'est tout, man...

– Un verre, c'est tout, promit Conde. C'est chaud, ce soir.

Yoyi sourit.

– Il y a des gens qui se font des idées...

– Oui, ils croient que l'école est finie et ils ne savent pas que c'est seulement une récréation. Et, des fois, ils oublient même que les profs et les pions surveillent, avec la baguette à la main…

L'autre hocha la tête quand le barman plaça devant eux les verres de rhum vieux. Les deux amis trinquèrent.

– On dirait presque un autre pays, fit remarquer Yoyi.

– Presque, mais non… Les choses peuvent dégénérer, le coup de frein ne va pas tarder et retour à la case précédente. En arrière toute.

– Non, Conde, il y a des choses qui ne peuvent pas revenir en arrière.

– Ah, Yoyi, ton innocence me touche. Attends que ce coup de vent soit passé et tu verras comment ils vont à nouveau resserrer les boulons. C'est comme les ouragans tropicaux : ils passent, ils font un max de dégâts et puis ils s'en vont, ils se perdent… Tu le sais, toi : l'argent c'est bien, mais le contrôle c'est mieux. Et l'argent peut manquer, il a souvent manqué, mais le contrôle, non.

– Nous sommes dans un autre monde, Conde.

– Non, ce n'est rien qu'une illusion. C'est pour ça que je te le répète encore une fois, mon pote, récolte maintenant, parce que ensuite c'est la morte saison qui arrive.

Yoyi but une gorgée de son rhum et secoua la tête.

– Mais pourquoi tu es aussi pessimiste, man ?

– Réaliste, juste réaliste… parce que j'ai soixante-deux ans et que je les ai tous vécus ici, tous.

– Arrête un peu, Conde… ne gâche pas la fête.

Conde finit son verre et regarda la salle.

– Et ton pote l'Homme Invisible, il est où, au fait ?

– À une réception à l'ambassade de Grande-Bretagne. Tu le sais, il navigue dans ces hauteurs… Mais je l'attends. Et il va débarquer en racontant qu'il est un ami intime de Mick Jagger.

Conde sourit. Oui, ce genre de personnages débordaient de prétention et d'arrogance. Être dans l'ombre du pouvoir, avoir profité d'autres possibilités, cela altérait leurs personnalités. On le remarquait à leurs gestes, à leur façon de parler, de te regarder.

– Pardon de te poser la question, mon pote… mais comment tu fais avec lui ? Plus que l'Homme Invisible, je dirais plutôt que c'est l'Abominable Homme des Neiges.

Yoyi soupira. Il passa la main sur son crâne rasé.

– Conde, ici on doit violer à peu près sept cents interdictions… Putain, man, pourquoi tu crois qu'on nous laisse ? Comment on ferait pour avoir du jambon espagnol et des fromages français ?… Tu me l'as dit toi-même : il faut récolter.

– De toute façon, fais gaffe. Si vous allez trop loin, c'est toi qu'ils vont écraser. Lui, il est blindé.

– Ça je le sais, man. Et c'est pour ça que tu es là aussi. Pour que les gens ne franchissent pas la ligne… Ou qu'ils ne se fassent pas des lignes. Putain, elle est bonne celle-là, dit-il avant de finir son verre et de donner une tape sur l'épaule de Conde pour retourner à ses activités. Et Conde sentit de l'admiration, de la gratitude, du respect et un peu de peine pour Yoyi le Palomo : il fallait être particulièrement habile, doué et téméraire pour avoir vécu des années en équilibre sur la corde raide. Sans filet protecteur au-dessous. Le Man, comme on l'appelait ici, les avait bien accrochées. Et, au passage, cet animal se comportait même comme un type bien. Jusqu'à quand résisterait-il ? Quand se fatiguerait-il comme tant d'autres et ferait-il lui aussi ses valises pour se chercher une vie, une autre vie, dans d'autres parties du monde, un peu plus vaste et apparemment pas aussi étranger que ce qu'on leur avait toujours dit ? Aujourd'hui, je suis encore pire que d'habitude, se reprocha Conde. Je suis historique, philosophique, psychologique, anthropologique, sans compter emmerdeur. Et j'ai encore deux heures de boulot à tirer.

Les derniers mots

Nous vivons sans sentir le pays sous nos pieds,
à dix pas nos mots ne portent pas.

Ossip Mandelstam

Le 24 novembre 1910 marque une date mémorable dans la chronique du délire cubain. Ce matin-là, Alberto Yarini a eu droit à la foule la plus nombreuse jamais rassemblée pour un enterrement à Cuba, beaucoup plus fournie que pour les obsèques du Généralissime Máximo Gómez, héros et stratège de trois guerres.

Durant tout le parcours du cercueil brillant en bois précieux de l'île, depuis la maison familiale de la rue Galiano où il avait été veillé jusqu'au cimetière de Colón où il devait être inhumé, le cortège a été accompagné par l'Orchestre de la Beneficencia, qui a joué des musiques de deuils et l'*Épiphanie havanaise* d'Ignacio Cervantes. Monté sur le corbillard tiré par six chevaux blancs ou sur les épaules de ses amis pour de longues parties du chemin, le cercueil est passé par les avenues de la Reina et de Carlos III. Sur son passage, un déluge de fleurs lancées depuis des balcons et des toits retombait sur la foule compacte des endeuillés de toutes catégories, provenances, races, de tous sexes, engagements politiques et credo religieux qui accompagnaient le corps de l'homme qui était devenu une idole, le caudillo d'un pays qui pleurait sa mort comme celle d'un héros nécessaire, un chef tombé au combat contre l'ennemi colonisateur et envahisseur.

Du président de la République au maire de La Havane, toute la classe politique, libéraux et conservateurs, est venue rendre hommage à la mémoire du jeune homme disparu. Les hommes les plus riches du pays, les femmes des familles les plus aristocratiques, les évêques et les prêtres ont défilé devant son cercueil ou l'ont accompagné jusqu'à son enterrement, auquel assistaient des dizaines de généraux et de médecins de renom, avec à leur tête des personnages aussi éminents que le général Fernando Freyre de Andrade et le commandant Miguel Coyula. Mais avec eux il y avait des dockers, des putes, des mendiants, des miséreux, des escrocs, des éboueurs, des marchands de légumes et des maçons. Blancs, noirs, métis et chinois. La Havane dans toute sa diversité.

Le cortège est entré dans le cimetière de Colón au rythme tellurique des tambours africains frappés par les noirs *ñáñigos* amis de Yarini, avec en tête Terán l'Américain qui pleurait comme un enfant. Ce jour-là les *abakuás* cubains entonnèrent pour la première fois en l'honneur d'un païen le chant de deuil de l'"*enlloró*", la prière qu'on ne prononce que lorsque meurt un haut dignitaire de la confrérie secrète fondée sur les terres indomptables d'El Calabar.

Le commandant Miguel Coyula avait été désigné par le Parti et la famille pour l'éloge funèbre. Dans son panégyrique, le très respecté combattant de l'indépendance a souligné les mérites patriotiques et politiques du disparu, les nombreuses promesses et projets que sa mort laissait malheureusement inaccomplis. L'exemple de dignité qu'il nous léguait.

Et les gens pleuraient, émus, affligés. Le délire national était à son apogée. Yarini était élevé au rang de mythe.

Le 20 mai 1902, on avait fêté sur toute l'île la naissance de la République. En ce jour historique, on hissa des milliers de drapeaux, on chanta encore et encore les hymnes des combattants écrits et entonnés dans les bois inexpugnables, les gens s'étreignirent et s'embrassèrent, beaucoup pleurèrent d'émotion. J'ai été de ceux qui ont versé des larmes, touché par l'exaltation patriotique. C'était une explosion de joie nationale d'être enfin parvenu au but pour lequel on avait tant combattu. Nous, Cubains, avions un pays, même chancelant et incomplet, et nous avions besoin de célébrer son avènement, de le sentir, de le palper, de l'étreindre.

Depuis qu'en 1898 la défaite de l'armée coloniale espagnole avait été consommée et que nous les Cubains étions tombés sous la menace de la castration nationale que représentait la présence militaire américaine sur l'île, le besoin d'exprimer et d'exhiber la présence d'une nation était encore plus grand. Ces manifestations de patriotisme étaient pour nous une façon de calmer l'incertitude générée par l'avenir et la frustration subie au présent. C'est pourquoi les gens cherchaient par tous les moyens à retrouver ce pays rêvé menacé dans sa naissance et son existence, la nation indépendante pour laquelle trois guerres avaient été livrées. Et, dans un premier temps, le meilleur moyen pour ce faire a été de se draper dans les symboles : en exhibant des drapeaux, des étoiles, en chantant et même en dansant l'"Hymne de Bayamo" : "Courez au combat, habitants de Bayamo…" Sans savoir si nous finirions par l'être juridiquement, nous montrions symboliquement et culturellement que nous étions cubains. Et sans être encore pleinement convaincus de comment nous le serions, nous avions fêté le 20 mai 1902 le remplacement du drapeau américain par les couleurs cubaines, même si la République naissait entravée par un amendement constitutionnel qui donnait aux voisins du Nord le pouvoir d'intervenir chez nous s'ils l'estimaient nécessaire. Comme ils l'ont fait à nouveau en 1906.

Mais je crois que nous, Cubains, souffrons du défaut culturel ou génétique de posséder une mauvaise et très courte mémoire historique. En 1910, presque plus personne ne se souvenait de 1902, et bien peu du sentiment de naufrage et de perte qu'en ces temps de naissance de la République nous tentions de soulager à coups de manifestations nationalistes en tout genre. Car nous avions depuis lors un président, un gouvernement, des partis politiques reconnus. Et vu que, même si les interventionnistes américains étaient revenus, ils étaient aussi repartis, beaucoup ont eu l'impression que nous pouvions nous en contenter. De plus, nous étions entrés dans la modernité, nous profitions des luxes et bénéfices du siècle, et La Havane allait être la Nice des Amériques. Et bon, nous sentions que nous étions mieux aujourd'hui qu'hier...

J'y ai beaucoup réfléchi et je crois que c'est justement et seulement à partir de ce sentiment de vide, d'angoisse nationale, de mauvaise mémoire, qu'on peut commencer à comprendre comment a pu se projeter dans un quartier, chez des gens, et ensuite dans la société cubaine, la figure d'Alberto Yarini. Et comprendre pourquoi sa guerre si grossière a pu se charger de connotations patriotiques éteintes sur d'autres territoires. Au milieu d'un lourd contexte d'absence de repères, de perte de valeurs, de confusion, de simulation, d'épuisement de tout projet ou intention utopique, Yarini, par ses actes et ses paroles provocatrices, a cristallisé un modèle possible. Yarini a été l'exagération, l'amplification, l'hyperbole macabre d'une condition sociale malade et d'une exigence morale en crise profonde. Sa figure a constitué le reflet le plus révélateur d'un moment et d'une société. Par sa vie brève et sa mort le 22 novembre 1910 à l'âge de vingt-huit ans, Alberto Yarini y Ponce de León a été (et reste) le sceau d'un moment historique équivoque mais très concret, sa représentation la plus juste. Vous ne croyez pas ?

Malgré les arrestations de plusieurs personnages potentiellement dangereux ou déjà impliqués dans des actions violentes, après la mort de Yarini, des bagarres sanglantes se sont succédé durant plusieurs semaines dans le quartier de San Isidro et en divers points de la ville. Deux autres proxénètes français ont été exécutés, une bonne dizaine d'Apaches et de Guayabitos ont été blessés, plusieurs femmes frappées, et les arrestations se sont finalement comptées par dizaines. L'un des Français morts avait été exécuté (par le métis chinois Ansí, l'ami de Yarini, disait-on) avec un manche à balai taillé en pointe, embroché comme s'il était un poisson… Le précaire équilibre de la zone s'était brisé et mettrait du temps à se rétablir, avec des leaders dont l'influence serait bien moindre que celles de Yarini et Lotot.

L'enquête sur les événements de la soirée du 21 novembre aboutit à des conclusions immédiates : Alberto Yarini y Ponce de León était mort le 22 novembre au soir des suites des blessures reçues la veille, provoquées par trois armes différentes. Les balles l'avaient atteint de deux angles distincts : deux tirées au niveau de la rue, les trois autres depuis un balcon ou un toit. De son côté, Lotot, tué sur place, avait reçu trois balles d'un seul revolver, un Smith & Wesson 9 mm, qui, comme l'avait prouvé l'examen balistique, appartenait à Alberto Yarini, et était en plus l'arme qui avait blessé à mort Janine Fontaine, tombée quelques mètres derrière son amant avec une blessure à l'épaule et une autre à la poitrine. Une arme qui, d'après ce qui avait été établi, avait été dérobée par quelqu'un qui avait profité de la confusion, et dont personne ne pouvait dire où elle était. La balle fatale, qui avait atteint Lotot au front, avait un angle d'entrée particulier, comme si elle avait été tirée de haut en bas d'une façon que personne n'arrivait à expliquer de façon satisfaisante.

La confirmation de l'origine des trois tirs dont Lotot avait été victime serait présentée par le respectable docteur et général de l'Armée libératrice, Fernando Freyre de Andrade (l'homme qui, même sans le soutien de Yarini, ne tarderait pas à parvenir à la mairie de La Havane, l'homme qui prétendait faire sortir Yarini de San Isidro). Car c'est Freyre en personne qui avait remis au procureur qui enquêtait une note manuscrite signée par Alberto Yarini, écrite sur un bloc d'ordonnances du Centre de santé où le blessé agonisait. Dans ce qui avait été ses derniers moments de lucidité, le moribond avait écrit : "Des balles tirées sur le Français, je suis l'unique responsable." C'était ce que disait le papier que Yarini avait signé et que le même Freyre de Andrade avait daté et contresigné pour confirmer son authenticité.

Je suppose que beaucoup de gens ont dû se demander, alors et ensuite, pourquoi le dernier acte conscient d'Alberto Yarini avait été de demander à son allié politique un bout de papier pour y écrire cette reconnaissance de responsabilité. Et l'une des réponses qui a circulé est que, sentant la vie l'abandonner, Yarini avait décidé d'être fidèle à ses principes jusqu'au bout et au-delà. Qu'il voulait protéger quelqu'un. Et que pour cette raison, a-t-on supposé, il avait reconnu plus de fautes que les siennes propres pour exonérer l'homme mystérieux qui, pour lui, avait dû tirer ce qui semblait être le coup de grâce dans le front du chef des Apaches français. Cet homme avait-il existé ? Nul ne le savait. Quelqu'un l'avait-il vu ? Personne ne l'avait vu. Moi, l'inspecteur Saborit de la Police nationale, le premier à être arrivé sur les lieux, j'ai juré que je n'avais vu personne d'autre sur la scène de l'affrontement. C'est-à-dire personne d'autre que Yarini, Lotot et Janine Fontaine, blessés ou déjà morts, en plus des deux femmes hystériques en train de pleurer sur les corps des victimes. Ce qui ne faisait aucun doute, c'était que les projectiles qui avaient atteint Lotot et Fontaine provenaient tous du Smith & Wesson de Yarini. Pourquoi mettre en doute sa parole ? Yarini l'avait dit : il était le responsable de la mort de Lotot et, sans qu'il le sache, de Janine Fontaine aussi, victime du feu croisé.

Malgré l'aveu de culpabilité de Yarini, la personne dont on a le plus parlé comme auteur possible du tir qui a tué Lotot est Pepito Basterrechea, dont la présence dans les environs immédiats a été confirmée par le détective José Marichal et l'agent Carlos Varona, lesquels, après avoir entendu les coups de feu, avaient arrêté Pepito alors qu'il s'enfuyait de San Isidro. On a alors révélé que Pepito avait été poursuivi en 1905 pour homicide, mais que le tribunal avait abandonné les charges contre lui. Pour sa défense, il a été confirmé que l'arme que Pepito portait sur lui n'était pas le Smith & Wesson de Yarini, mais un Colt 45 qui n'avait pas tiré. Pepito s'était-il servi de l'arme de Yarini ? Où pouvait être ce revolver qu'on n'avait pas retrouvé et que Pepito n'avait pas sur lui au moment de son arrestation ? Que fuyait-il et pourquoi ?... Une seule personne avait la réponse à ces trois questions, y compris la dernière : Pepito fuyait parce que c'était un lâche, et il n'avait pas tiré avec le revolver de Yarini parce qu'il ne l'avait même pas touché.

Mes propres déclarations devant le procureur ont beaucoup pesé dans l'enquête, d'autant plus que j'étais un officier de police jouissant d'un prestige certain après l'élucidation des deux homicides. J'ai témoigné sous serment que, en arrivant sur le lieu des événements parce que j'avais entendu les coups de feu, j'avais trouvé deux hommes et une femme étendus dans la rue San Isidro. Je m'étais approché, et après avoir demandé aux demoiselles Elena Morales et Celia Martínez, toutes deux exerçant la profession de prostituée et enregistrées comme telles, d'aller chercher des linges pour arrêter les saignements de Yarini, je m'étais approché du corps de Lotot et j'avais constaté qu'il était mort, apparemment d'une balle reçue en plein front. De même pour Janine Fontaine, atteinte à la poitrine. Et qu'à aucun moment je n'avais aperçu sur les lieux des sanglants événements le revolver de Yarini, peut-être parce que, au milieu de la confusion ambiante, et peut-être troublé par ce qui s'était passé, je n'avais pas cherché à le localiser comme j'aurais dû le faire. Et non, je n'avais pas idée de qui avait pu le soustraire, ai-je affirmé sous serment.

Mes collègues en charge de l'affaire allaient mettre des mois à clore l'enquête sur les morts d'Alberto Yarini, Louis Lotot et Janine Fontaine. Et je ne pouvais que leur souhaiter bonne chance dans leur tâche difficile, sans cesser de prier pour que l'un de ceux qui m'avaient vu arriver rue San Isidro quand Lotot était encore vivant ne contredise pas mes déclarations. Heureusement pour moi, les seuls témoins possibles de mes actes avaient été deux putes. Et, s'agissant de discrétion et de droiture, si je pouvais faire confiance à quelqu'un, c'était précisément à ces femmes, les putes de San Isidro.

Bien des années ont passé depuis ces événements et aussi depuis que, dans le courant de l'année 1911, très affecté par les événements de San Isidro, j'ai renoncé à mon grade d'inspecteur et démissionné du corps de police de La Havane. Quelques jours plus tard, grâce à l'influence et aux contacts de mon providentiel oncle Ambrosio Amargó, j'ai trouvé un emploi stable comme professeur de collège dans ce qui était encore la zone éloignée de Marianao, l'endroit où j'avais entamé mon séjour à La Havane. Et cela a été un grand soulagement, car j'avais besoin de m'éloigner de San Isidro, de ce que j'avais été là-bas, de ce que j'y avais vécu, de ce que j'y avais fait. Je voulais avoir une nouvelle vie, si c'était possible, et je ne pouvais essayer qu'en prenant de la distance, en coupant avec le passé de toutes les façons possibles.

Mais l'éloignement physique et professionnel, ma nouvelle vie de simple et anonyme professeur d'instruction civique et d'histoire, ne sont pas parvenus à me faire oublier mes actes et mes décisions d'alors. Peut-être parce que le passé est indélébile et que, même si on le nie ou même le réécrit, il sera toujours avec vous. Peut-être parce que le mythe de Yarini et les légendes exagérées (ou pas tant que ça) qui se sont forgés à partir de sa vie et de sa mort flottaient encore dans la mémoire perverse d'une ville perturbée qui, en ces derniers jours de novembre 1910, a été pratiquement sur le point de demander la béatification de l'homme qui avait vécu de la prostitution et était mort pour elle.

Dans les débris laissés par le tremblement de terre qui a secoué la zone de tolérance, j'ai eu la chance de pouvoir sauver un trésor : ma femme, Esmeralda Díaz. Je n'arrive toujours pas à croire que don Nando Panels n'ait pas émis une seule objection à ma demande quand, quelques semaines après la mort de Yarini, je lui ai demandé de libérer la femme dont j'étais tombé amoureux et avec laquelle je prétendais vivre honnêtement.

– Alberto avait une véritable estime pour toi. Je ne sais pas pourquoi, mais il t'estimait. Et il ne te l'aurait pas refusé, m'a dit ce jour-là le proxénète, l'homme dont on soupçonnait qu'il avait été l'assassin de l'un des Français tombés dans la fusillade de 1910. – Moi non plus, je ne m'y opposerai pas… Mais à une condition…

– Quelle condition ? ai-je demandé, craignant qu'il ne s'agisse d'une exigence compliquée.

– Que ni toi ni elle ne disiez à personne que je l'ai laissée partir comme ça, juste parce que tu me l'as demandé... ça ferait du tort au commerce... Mais bon, vas-y, tu peux l'emmener, et bonne chance à vous deux.

Et la chance, en effet, nous a souri. Sitôt quitté mon travail de policier, Esmeralda et moi nous sommes mariés et je ne crois pas que j'aurais pu trouver une meilleure épouse que cette femme qui m'a aimé et vénéré durant presque cinquante ans, celle-là même que j'ai connue au bordel de la rue Picota où elle avait été reléguée parce qu'elle n'aimait pas la soupe aux abats de poulet, ce plat que (pour des raisons évidentes) je n'ai plus jamais remangé à la maison même si c'est l'un de mes préférés. La femme avec laquelle tous les 22 novembre je me suis rendu en pèlerinage sur une tombe du cimetière de Colón pour y déposer un bouquet de fleurs blanches. La femme, gauchère et boiteuse, dont il y a peu j'ai fermé les yeux et qui, sachant que j'avais entrepris d'explorer ma mémoire, m'a répété ce qui avait été durant toutes ces années son mantra :

– N'oublie jamais que Yarini a pu te traiter comme un ami, qu'il disait vraiment de belles choses aux gens et qu'il faisait l'aumône aux plus pauvres... Mais souviens-toi que Yarini était aussi un fils de pute, un tyran qui abusait des femmes. Et un grand calculateur, Arturo. Yarini était le maître de la manipulation... Tu crois qu'il était vraiment ton ami, qu'il t'estimait vraiment beaucoup ? Tu ne crois pas qu'il t'a utilisé et qu'il pensait t'utiliser bien plus ? Tu crois vraiment que tu aurais pu t'élever avec lui, changer des choses avec lui ?...

Apparemment, Esmeralda n'avait jamais pardonné à Yarini l'épisode de l'assiette de soupe. Je n'ai pas arrêté de réfléchir et de repenser à tout cela durant toutes ces années. Parce que, quand le délire se déchaîne, nul ne sait jusqu'où il peut aller.

Avant, pendant et maintenant que j'achève l'écriture de ces souvenirs je me suis demandé pourquoi et dans quel but les écrire. Car si une chose est claire pour moi c'est que, du moins tant que je vivrai, personne ne va les lire. Même Esmeralda n'a pas lu ces mémoires, peut-être parce qu'elle, oui, s'était efforcée d'effacer de sa vie les années d'infamie de son existence, pendant lesquelles, disait-elle, la seule bonne chose qui lui était arrivée, c'était de m'avoir rencontré.

Si je ne les écris pas pour qu'ils soient lus, à quoi bon alors amonceler autant de mots? Eh bien, parce que les mots, même si personne ne les entend, ont une valeur. Et dans mon cas, avec ces mots que j'ai sortis de ma mémoire, je crois que j'ai essayé de m'expliquer à moi-même, ou de tenter de m'expliquer, comment ma vie s'est faite, comment elle s'est tordue ou comment s'est définie l'existence de quelqu'un qui prétendait être un honnête homme. C'est pour cela que j'ai fait en sorte d'interroger sans réserve ce qui était arrivé pour tenter de savoir s'il était possible d'accuser un destin préétabli. Ou, plutôt, d'attribuer la faute au libre arbitre des hommes, cette marge de décision que nous croyons parfois exercer avec plus ou moins de latitude. Et même si je n'ai pas trouvé de réponse convaincante, je considère que j'ai bel et bien obtenu un bénéfice collatéral, très important pour moi : le sentiment d'une expiation possible, ce soulagement que les catholiques recherchent dans le sacrement de la confession des péchés. Car je suis un pécheur. Et peu importe que je sois un pécheur repenti.

Je n'ai pas encore décidé du destin final de ces papiers, mais je n'en vois que deux : les détruire ou les léguer. Et je sais pourquoi je penche pour la seconde option. D'abord parce que maintenant seulement, alors que je sens que ma vie se termine et cette histoire aussi, j'ose avouer, plein de remords, que je n'ai pas seulement exécuté Lotot le soir du 21 novembre. J'ai aussi tiré, sans pitié et de sang-froid, la balle qui a tué Janine Fontaine, uniquement pour éviter le témoignage qui m'aurait condamné... Et je crois aussi que je dois les léguer parce que ce pays, qui se nourrit tellement d'oubli, a besoin d'un registre de mémoires. Dont la mienne, la mémoire des années où j'ai vécu au cœur d'un ouragan tropical qui est arrivé, a ravagé, s'est éloigné, en laissant derrière lui de nombreuses dévastations, comme celle de ma conscience et de mon âme immortelle, avec lesquelles j'ai essayé de faire la paix en écrivant des mots, en donnant du sens et de la valeur aux mots que peut-être, peut-être, un jour quelqu'un entendra.

Et, si Dieu existe, que Dieu me pardonne.

Arturo Saborit Amargó,
La Havane, 21 novembre 1965

10

Le malaise qui l'envahissait depuis la veille le poursuivit durant quatre heures d'un sommeil agité, inquiet, et, quand il se réveilla, la sensation d'inconfort était là, plus massive et pesante, comme un maudit, gigantesque et classique dinosaure. Qui n'avait aucune intention de disparaître, ni même de bouger.

Dans deux heures Manolo Palacios passerait le chercher, selon ce qu'ils avaient convenu la veille et, comme tant de fois, le café à la main il monta sur le toit-terrasse de son immeuble, à peine vêtu d'un short moribond et suivi par Basura II, de plus en plus lent, de plus en plus casanier.

Tout en fumant sa première cigarette du jour et en caressant la tête et les oreilles de son chien, Conde observa sans le voir le pathétique paysage urbain de son quartier. Peut-être parce qu'il le connaissait, aussi bien ou mieux que la paume de sa main, peut-être parce que c'était une des rares choses qui étaient toujours là, à la disposition de ses mélancolies persistantes et des souvenirs de temps plus doux et plus légers. Il avait mal à son quartier, à sa dégradation, aux nombreux vides et pertes qui atteignaient même les mémoires. Il se souvint de gens qui à une autre époque avaient peuplé le quartier, des gens qu'il avait connus et qui n'étaient plus là, des existences qui avaient été réelles et dont il ne restait plus qu'une réminiscence de plus en plus diluée. Quand lui-même et ses contemporains survivants auraient disparu, qui se souviendrait qu'ici avaient vécu Mimi la Folle,

Caridad le cireur de chaussures noir, Cristóbal l'épicier, Cabeza le platrier? Qui se souviendrait de lui, le petit-fils de Rufino Conde, éleveur de coqs de combat? L'effacement total serait le dernier état de la mort, le plus permanent, le plus brutal: l'absolu manque d'existence.

Quand il émergea de ses amères réflexions pour revenir à la réalité, il parvint à calculer que, pendant la nuit, le laboratoire médico-légal avait dû effecteur en urgence les analyses de l'ADN de José José pour les comparer avec les bribes de peau trouvées sous l'ongle du doigt mutilé de Reynaldo Quevedo. C'était juste une question de routine, une confirmation, une preuve légale pour le procureur, un fait scientifique et incontestable dont Conde n'avait pas besoin pour savoir que José José, cet homme d'aspect paisible, respectueux toute sa vie des lois divines, historiques et humaines, avait explosé et commis deux crimes brutaux, qui le condamnaient, justement, devant Dieu et devant les hommes. Tout en n'ayant aucune certitude concernant le verdict de l'Histoire.

C'est pourquoi Conde s'était dit qu'il aurait mieux valu pour lui ne pas participer à l'interrogatoire auquel, la preuve accusatrice en main, on allait soumettre José José Pérez Pérez qui avait cessé d'être un José Pérez quelconque. Mais il savait qu'il devait l'écouter et, si possible, le comprendre, même s'il lui était impossible de le justifier.

Selon les informations dont il disposait jusque-là et qu'il tentait d'analyser, JJ s'était livré à des exécutions plus qu'à des assassinats. Car même si cet homme avait tenté de reconstruire sa vie et, apparemment, lui avait donné des objectifs, d'autres affections, d'autres sens, avait fait des études (cours d'athéisme scientifique compris) et formé une famille, et avait peut-être même abrité des espoirs et des rêves, Conde trouvait que depuis longtemps son existence était réduite à celle d'un mort errant avec une lourde dette non réglée. Une dette enfin soldée.

Le suicide de Natalia Poblet avait été aussi, de bien des façons, l'assassinat de José José lui-même et, pour un homme mort depuis tant d'années, il ne devait pas être trop difficile de s'entourer d'autres cadavres, de rajouter au retable les assassins d'âmes et d'esprits qu'il avait jugés et condamnés. En cela, même sachant que c'était inadmissible, la sensibilité d'ex-flic de Conde lui faisait voir le meurtrier comme un justicier, un redresseur de torts, un homme capable de se sacrifier pour solder une vilenie. Et à des époques où dominaient l'égoïsme, l'esprit de lucre et l'ingratitude, ses actes rédempteurs étaient presque un luxe. Macabre, mais un luxe.

Et, pour donner tout leur sens aux actes chargés de brutalité de José José, ce dont Conde avait le plus besoin c'était de savoir quelle avait été l'étincelle capable de générer la terrible explosion. Même si ses prémonitions n'avaient plus qu'un seul nom, un nom de famille et un rang pour lui indigne : Napoléon Bonaparte, Empereur des Français, le fossoyeur d'une Révolution.

Le lieutenant-colonel Manuel Palacios ne comprit pas les intentions du Conde, mais il accepta chacune de ses exigences. Peut-être était-il trop épuisé pour discuter ou peut-être, tout policier consciencieux qu'il était, se sentait-il atteint par le même malaise que celui qui avait envahi son ex-collègue.

Comme Conde l'avait demandé, ils emmenèrent José José dans une petite salle de réunion au lieu de le conduire dans l'une des angoissantes petites cellules d'interrogatoire. Quand le gardien fit entrer le prévenu dans le local, Conde, Manolo et Duque l'attendaient déjà. Les interrogateurs occupaient l'un des côtés de la table pour six personnes, sur laquelle ils avaient disposé des verres, une carafe d'eau, un thermos de café et des tasses avec leurs soucoupes. De l'autre côté de la table, une chaise solitaire attendait l'invité d'honneur. Conde avait disposé les choses de cette façon, sachant que la conversation qui ne durerait pas déboucherait à coup sûr sur une confession.

– Asseyez-vous, José, je vous en prie, dit Manolo, et le nouvel arrivant occupa son siège.

– Merci. Et bonjour, dit le prévenu, et les trois autres lui rendirent son salut, tout en sachant qu'ils n'allaient pas précisément vivre un bon jour.

– Nous allons enregistrer la conversation. Vous êtes d'accord ?

– Aucun problème.

Manolo prit le petit magnétophone numérique, le regarda, essaya de le mettre en marche et, secouant la tête, le tendit à Duque qui l'alluma sans problème. Pendant ce temps, Conde observait José José et il conclut qu'il semblait serein. Ou chrétiennement résigné ?

– Je suis le lieutenant-colonel Manuel Palacios, et voici le lieutenant Miguel Duque, en charge de l'enquête, et, en tant qu'observateur, le camarade Mario Conde, récita Manolo devant le micro, avant de s'adresser à l'accusé. La présence du camarade Conde dans cet interrogatoire vous dérange-t-elle ?

– Non. Ça m'est égal. Je crois même que c'est une bonne chose... allez-y.

Manolo hocha la tête et bougea le magnétophone pour le placer entre José José et le lieutenant Duque.

– José José Pérez Pérez, vous êtes accusé d'avoir commis un double assassinat. Sur les personnes de Marcel Robaina et Reynaldo Quevedo. La qualification des homicides sera établie par le ministère public, et la sentence sera ratifiée ou pas par le jury. Comme preuve principale, disait Duque qui ouvrit alors le dossier qui était devant lui et le poussa en direction de JJ, nous disposons d'un échantillon de votre ADN qui correspond à des restes de peau retrouvés sous l'ongle du citoyen Reynaldo Quevedo.

Ainsi qu'une empreinte digitale laissée sur une bande de toile que le citoyen Marcel Robaina avait attachée au poignet. Le nettoyage à l'eau de Javel du garage de votre maison est également considéré comme un élément important. Vous comprenez bien quelles sont les charges préliminaires ?

– Oui, je comprends, dit José José, les yeux toujours fixés sur la table, et, comme si c'était naturel, il ajouta : – Il reste du café dans le thermos ?

– Oui, il en reste, intervint Manolo.

– Vous m'en offrez ?

– Bien entendu, dit le lieutenant-colonel Palacios, et il souleva le couvercle du thermos pour servir du café dans les quatre tasses. On aurait pu croire à une réunion amicale, ainsi que Conde l'avait prévu. Manolo jeta un nouveau coup d'œil à son ex-collègue, comme s'il voulait lui demander quel sens avait tout ça, et il tendit la tasse à José José. – De l'eau ?

– Oui, merci. – Manolo lui servit un demi-verre et JJ remercia à nouveau, le regard toujours ailleurs, sur un ton de voix très équilibré.

Les quatre hommes burent leur café. Conde dut reconnaître que le café du Commissariat central était toujours bon, et il regretta de ne pas pouvoir l'agrémenter d'une cigarette. Le calme de José José l'inquiétait et, en même temps, il l'admirait. Il se dit qu'il avait décidément besoin de le comprendre.

– Poursuivez, lieutenant, ordonna Manolo, quand José José fit glisser sur la table sa tasse vide.

– Citoyen José José Pérez Pérez, reconnaissez-vous les crimes dont vous êtes accusé ? demanda le Duque. Je vous rappelle que vos aveux sont volontaires mais qu'ils peuvent être retenus contre vous.

C'est alors que JJ leva la tête. Il regarda d'abord le lieutenant-colonel Palacios, puis le lieutenant Duque, il observa ensuite un instant la lumière rouge qui clignotait sur le magnétophone et finit par fixer les yeux sur le Conde, pour hocher la tête.

– Avant de répondre, je voudrais dire quelque chose. Je peux ?

– Allez-y, l'encouragea Manolo.

– Merci… Vous savez que je me suis plongé dans l'étude de questions historiques et que, dans ma profession, on apprend une chose très importante, ce qu'on peut considérer comme l'essence même de l'Histoire. Et c'est la certitude que le passé ne se termine jamais. Même avec la mort. Le passé est tout ce qui a été, chaque instant que nous avons été, et il est si obstiné que c'est toujours lui qui décidera ce que nous serons. Si le passé s'effaçait, nous cesserions d'exister. Contre cette terrible condamnation, nous les hommes cherchons des alternatives qui rendront moins pesante cette charge inévitable. La plus utilisée, bien sûr, c'est l'oubli. C'est une façon de dissimuler une partie de la charge de ce passé pour pouvoir faire face au présent et avoir même la vaine prétention d'améliorer le futur. Dans ce pays, où tant d'histoires sont réécrites, où tant de choses disparaissent sous des chapes d'oubli programmé, beaucoup de gens s'efforcent de réécrire leur passé, même si c'est en vain. Parce que le foutu passé est toujours là… Et pardon de vous balancer ce sermon plein de clichés de philosophe de bistrot mais, sans ce prologue, je ne peux pas commencer à lire le livre. Je suis pénible, hein ?

– Ne vous en faites pas, José, intervint Conde. Je pense à peu près pareil, même si je n'oserais pas faire les choses que je pense que vous avez faites.

– Merci pour votre compréhension, camarade Conde… Bon, ce que je vais vous épargner, car vous devez déjà les connaître, ce sont les détails de comment on transforme une personne qui adorait la vie en personne qui se donne la mort quand elle touche une limite et qu'elle ne peut plus faire face. Lamentablement il y a eu, il y a dans le monde, trop de personnes comme ça. J'en ai très bien connu une. J'en aimais une. Ce que je vais vous dire va peut-être vous sembler fleur bleue. Et ça l'est… Bon… Pour preuve d'amour, j'ai offert à cette personne non seulement des sentiments, mais aussi une chose matérielle, palpable, une chose dont je sentais qu'elle était mon bien matériel le plus précieux, ma connexion intime avec l'Histoire, et pour cela il fallait que je la partage avec elle : un sceau en or qui sans aucun doute avait appartenu à Napoléon Bonaparte.

Duque poussa un soupir de soulagement. Manolo, convaincu qu'ils avaient déjà ce qui leur manquait, regarda sa montre, soudain apparemment pressé. Conde, sans parvenir à se réjouir, sentit ses muscles se relâcher, convaincu que les choses allaient tomber dans le bon sac qu'il avait tissé avec ses prémonitions. José José, pour sa part, but une gorgée d'eau et se remit sur les rails :

– Vous savez aussi déjà que la personne dont je vous parle s'appelait Natalia Poblet. Comme moi, elle adorait étudier l'Histoire, tellement que nous avons tous les deux choisi cette discipline et nous sommes inscrits à l'université. Nous voulions être historiens et, pour des gens qui ont cette vocation, un objet comme ce sceau a bien sûr beaucoup plus de valeur que sa valeur marchande. Parce qu'il avait une sacrée histoire. Et parce qu'il venait de là où il venait.

José José fit une longue pause, parfaitement étudiée, et fixa le lieutenant Miguel Duque. Conde comprit alors que ce n'était pas de la sérénité qu'il exprimait : il émanait de lui de l'assurance, de la confiance en lui, et même de la froideur. Ou peut-être, comme il le soupçonna à la fin, peut-être son comportement était-il celui d'un déséquilibré qui délirait, sans pleine conscience de sa situation.

– Et je dis tout cela parce que vous, monsieur le policier, lieutenant, n'est-ce pas ?, vous me demandiez je crois si je me déclare coupable ou innocent. Et je vous réponds : je suis les deux à la fois… Je m'explique ?

Quand Juan Bautista Leclerc sut que cela chauffait pour lui, il ferma son atelier de peinture à Paris et retourna à Cuba, en 1833. Dans ses malles il emportait des toiles, des peintures, des pinceaux, des outils pour son métier, mais aussi un petit trésor : un ensemble de pièces de monnaie et de médailles, un buste de Canova et plusieurs autres objets en lien avec Napoléon Bonaparte. Et, parmi ces objets, il y avait un sceau impérial en or qui, sans aucun doute, était une pièce assez singulière. Certains de ces joyaux, de diverses valeurs, faisaient partie du butin emporté par les voleurs qui, en 1831, avaient commis un vol spectaculaire au Cabinet des médailles des rois de France, pour lequel la police française poursuivait son enquête.

À son retour à Cuba, Leclerc cacha les objets volés, d'abord dans la plantation de café de sa famille à Matanzas, avant de les amener à La Havane, il est possible qu'il en ait ensuite emporté certains aux États-Unis, où il vécut un temps, et on sait qu'il retourna à Cuba avec plusieurs d'entre eux, y compris ce sceau… parce que, ce qu'il y a de sûr dans tout cela, qui sont surtout des hypothèses à partir de certains faits vérifiés, c'est que, quand Leclerc est mort, en 1854, le sceau napoléonien était en sa possession et que c'est à ce moment-là qu'il a disparu. Bon, en fait, il n'a pas disparu : un jeune domestique de sa maison, une sorte de secrétaire ou de majordome, le lui a volé et a disparu avec le sceau et d'autres joyaux… Apparemment, la famille Leclerc n'a jamais su avec certitude qui était resté en possession de ces objets, où ils se trouvaient ou s'ils avaient été vendus à un moment, et ils n'ont même pas osé signaler leur disparition parce qu'ils savaient que Leclerc était lui-même un délinquant qui avait acquis plusieurs de ses reliques napoléoniennes en sachant, il ne pouvait pas ne pas le savoir, qu'elles étaient le produit d'un vol.

Le domestique qui a volé ce sceau et quelques autres joyaux avait pour nom de famille Ulloa. Par la suite, quand j'ai travaillé aux Archives nationales, j'ai pu apprendre qu'il s'appelait Arcadio Rafael de la Merced Ulloa, avec pour seul nom de famille celui de sa mère, car il était enfant naturel, de père inconnu. Toujours est-il que, grâce à la vente de plusieurs des objets volés, Ulloa a pu monter un petit commerce à La Havane. Mais, contrairement à tout ce qu'on pourrait supposer, Arcadio Ulloa n'a pas vendu le sceau volé, qui devait être l'objet le plus précieux de son butin, mais l'a conservé et, quarante ans plus tard, quand il a attrapé la variole, il l'a laissé en héritage à son fils, Diosdado Ulloa Zamora. Mais il l'a fait à une condition : que le garçon ne le vende qu'en cas d'extrême nécessité, si c'était une question de vie ou de mort...

Cette dernière volonté d'Arcadio Ulloa, racontée par son fils Diosdado, m'a toujours semblé un peu risquée, peut-être la dernière solution envisagée par un moribond, car à cette époque Diosdado était un jeune étudiant à l'avenir incertain, ou ainsi qu'il s'est lui-même défini, un fêtard adepte de la bohème. Le jeune Diosdado a d'ailleurs très rapidement dilapidé presque tout ce qu'il avait reçu à la mort de son père, il côtoyait ces jeunes gens "modernes" ou "décadents" qui, vers 1880, 1890, fréquentaient le Trottoir du Louvre, où, à sa grande fierté, il a connu, entre autres personnages, le poète Julián del Casal et le joueur de base-ball Carlos Maciá, le plus célèbre de cette époque. Mais, surtout, dans cette Havane élégante et décadente, Diosdado Ulloa est devenu ami avec un garçon de la haute société, de deux ans son cadet, quelqu'un qui deviendrait un être providentiel dans sa vie: Cirilo Yarini y Ponce de León... Yarini... Ce nom vous dit peut-être quelque chose, n'est-ce pas? À vous en particulier, monsieur Conde. Mais faites attention au prénom : Cirilo… pas Alberto.

Donc ce Diosdado Ulloa, jeune noceur typique de la Belle Époque, est le même qui, à peine âgé de dix-huit ans, en 1895, est parti dans les bois et a fait toute la guerre contre l'Espagne sous les ordres du général Adolfo del Castillo… avec le sceau de Napoléon dans la poche, comme s'il s'agissait d'une amulette porte-bonheur… Le sceau qui était la seule chose de son héritage qu'il n'avait pas dilapidée pour payer ses dépenses.

Je ne voudrais pas être trop long : à la proclamation de la République, Diosdado Ulloa, qui avait terminé la guerre avec le grade de capitaine de l'Armée libératrice et avait beaucoup mûri entre-temps, quitte l'armée et trouve un travail administratif au Centre sanitaire au coin des rues Salud et Cerrada del Paseo, tout cela grâce à sa relation avec Freyre de Andrade, qu'il avait connu durant la guerre. Et c'est dans ces années-là que son destin bascule, car il retrouve son vieil ami Cirilo Yarini y Ponce de León, qui vient de rentrer des États-Unis avec un diplôme de chirurgien-dentiste. Et c'est grâce à l'influence de son ami Cirilo Yarini que Ulloa parvient à s'inscrire à l'École d'odontologie et de stomatologie de l'Université de La Havane où son ami et surtout le père de son ami, qui s'appelle aussi Cirilo, sont deux figures si importantes qu'aujourd'hui encore, alors que tant des choses ont été effacées et oubliées, le bâtiment de la faculté de stomatologie a encore gravé sur son fronton le nom du vieux professeur Cirilo Yarini… L'homme qui, vous l'avez déjà compris, était le père d'Alberto Yarini, le plus tête brûlée et le plus connu de la famille, le frère cadet du jeune Cirilo… Et comme je vois que le sujet vous intéresse, monsieur Conde, je vais vous offrir cette information : Diosdado Ulloa a été celui qui a fermé les yeux d'Alberto Yarini quand il est mort en novembre 1910 au Centre sanitaire où il a été transporté blessé. Et ce n'est pas tout : il était là quand Yarini a remis à Feyre de Andrade le fameux mot écrit de sa main où il déclarait que c'était lui et seulement lui qui avait tiré sur le proxénète français tué lors de la rixe de San Isidro, la veille... C'est ce témoignage qui a évité qu'un des amis d'Alberto Yarini soit mis en cause pour la mort du Français Louis Lotot et qui a permis que l'enquête ne soit pas poussée plus avant et que le dossier sur cette mort soit refermé, et qui a fait aussi que jusqu'à aujourd'hui on ne sait toujours pas avec certitude si quelqu'un d'autre a tiré sur Lotot, et peut-être au passage sur sa concubine qui est morte ce même soir... Une histoire formidable pour des policiers comme vous, car, d'après ce que j'ai pu voir dans les nombreux papiers que j'ai examinés pendant des années, ce dont je suis certain c'est que ça ne peut pas être Yarini qui a tiré à bout portant dans le front de Lotot la balle qui l'a tué. Jolie histoire, n'est-ce pas ? Pourquoi vous me regardez comme ça, monsieur Conde ? Vous êtes blanc comme un linge...

Bon, revenons à ce qui vous intéresse... Le fait est que ce même Diosdado Ulloa, vétéran de l'Armée libératrice qui est devenu dentiste à trente ans, a installé son propre cabinet dans le Vedado, dans les années 1920. Grâce à son travail et à ses qualités professionnelles, Ulloa est devenu rapidement une personne solvable, au point de n'avoir jamais eu besoin de vendre ce sceau de Napoléon Bonaparte que son père avait volé et que, bien des années plus tôt, il lui avait laissé en héritage, à charge de ne le vendre que si son fils avait besoin de cet argent pour ne pas être à la rue ou mort de faim, extrémités auxquelles heureusement Diosdado n'était jamais parvenu. Ce, bien sûr, si nous ne comptons pas les nuits à l'air libre sous la pluie et les racines mangées pendant la guerre, choses qu'il racontait avec beaucoup de fierté...

Un élément très important dans la vie de Diosdado Ulloa est que, depuis ces jours terribles de la guerre d'indépendance, il avait été initié dans la franc-maçonnerie. Comme presque tous les membres de l'Armée libératrice, au cas où vous ne le sauriez pas. De sorte que ce vétéran de l'indépendance, chirurgien-dentiste avec son cabinet dans le Vedado, marié mais sans enfants, avec assez de moyens pour évoluer dans les couches privilégiées de la société de son époque, était aussi un homme revenu de l'action politique à cause des orientations troubles suivies par le pays après l'instauration d'une République qui ne ressemblait pas à la république pour laquelle il s'était battu, la République inclusive et juste qu'entendait fonder Martí. À cause de cela peut-être, c'est sur la franc-maçonnerie qu'il a reporté son engagement civique. Dans les années 1940, disposant de plus de temps pour les activités fraternelles, Ulloa était une sorte de Maître vénérable éternel de la loge Lumière et Persévérance, l'une des plus connues et actives de La Havane. La même loge où, en 1948, Ulloa fut le parrain de l'initiation d'un jeune homme qui s'était lui aussi passionné pour la franc-maçonnerie et qui s'appelait José Pérez Valdivia. Deux ans plus tôt, Ulloa avait contracté envers ce jeune homme une dette morale qui s'était transformée en amitié et, avec l'initiation maçonnique, en fraternité. Car le jeune José Pérez Valvidia, qui s'était seulement trouvé au bon endroit au bon moment, avait porté secours, au péril de sa propre vie, à Ulloa, victime d'une agression à l'arme blanche qui aurait pu tourner à la tragédie.

Quatre ans plus tard, ce même Pérez Valdivia et onze autres frères maîtres francs-maçons ont décidé de fonder un nouveau temple de la fraternité. Comme tous venaient de la loge mère Lumière et Persévérance, qui a autorisé leur départ en vue de cette nouvelle fondation, ces douze francs-maçons ont décidé de baptiser le nouveau temple Fils de Lumière et Persévérance, et, comme première décision, de décerner le titre honorifique de Vénérable Maître Ad Vitam précisément à Diosdado Ulloa, qui avait offert tout son soutien, y compris financier, à ses jeunes disciples pour que leur volonté fondatrice se concrétise.

Vous savez déjà que Diosdado Ulloa n'avait pas eu d'enfants. C'est peut-être cette absence de filiation et le fait qu'il soit devenu veuf autour de 1950 qui expliquent que le vieux vétéran, dentiste et franc-maçon, ait développé une relation de proximité de plus en plus grande, je dirais même de familiarité, avec le jeune Pérez Valdivia, à qui il n'a pas seulement prodigué son estime fraternelle et le soutien dans ses projets, mais une affection qui s'est consolidée quand Ulloa est devenu le parrain catholique et franc-maçon du premier fils de José Pérez Valdivia, qui est né en 1952, juste après la fondation de la loge Fils de Lumière et Persévérance.

En 1962, à l'âge de quatre-vingt-cinq ans, Ulloa a senti que le moment de prendre congé s'approchait et, par un autre geste plutôt inhabituel, mais bien dans l'esprit franc-maçon, il a demandé à son cher ami et frère José Pérez Valvidia de venir le voir dans sa maison du Vedado avec son fils aîné, doublement son filleul, un enfant que le vieillard traitait comme le petit-fils qu'il n'avait jamais eu. Pour Diosdado Ulloa, ce rendez-vous était bien sûr un acte essentiel et il avait mis l'une de ses guayaberas blanches, en lin, brillante, immaculée, et sur la tête son meilleur chapeau de paille, blanc aussi. À l'époque déjà, le vieux vétéran s'aidait d'une magnifique canne avec un pommeau en nacre et il portait toujours à l'annulaire une bague en or avec une énorme pierre noire où étaient gravés, en or aussi, le compas et l'équerre maçonniques, et au poignet gauche, une petite montre avec un bracelet en crocodile.

Et c'est cet après-midi-là, à la veille de mon dixième anniversaire, avec une solennité impressionnante dont je me souviens encore, c'est cet après-midi, disais-je, que Diosdado Ulloa a placé au doigt de mon père la bague avec l'insigne maçonnique qu'il a enlevée de son annulaire droit et qu'il lui a accroché au poignet gauche sa petite montre, qui était un bijou précieux de marque Cuervo y Sobrinos : personne ne pourrait être mieux choisi pour conserver ces objets, a-t-il dit. Et, ensuite, mon parrain m'a remis à moi des trésors que, avec la bague et la montre, il considérait comme les biens matériels les plus importants de sa vie : un crucifix en bronze de grandes dimensions ; un exemplaire de la première édition de *Bustos y rimas*, dédicacé par Julián del Casal en personne ; un sabre de cérémonie arraché au combat à un haut officier de l'armée espagnole ; et un petit sceau en or qui, m'a-t-il dit, avait été son amulette durant la guerre et avait appartenu, excusez du peu, à Napoléon Bonaparte…

Voici l'histoire, et ici tout est historique, de la façon dont est parvenu jusqu'à mes mains ce sceau en or de l'empereur Napoléon. En fait, le récit aurait pu être encore plus long et rocambolesque, mais je l'ai synthétisé au maximum, pour n'en garder que l'essentiel. Et vous conviendrez qu'il s'agit d'une belle histoire à laquelle la personnalité du combattant vétéran et franc-maçon éternel Diosdado Ulloa donne un caractère spécial, lui qui accordait tant d'importance à la possibilité que les hommes soient liés par la fraternité. Et c'est pour cela que, ce même jour, mon parrain m'a fait un autre cadeau : il m'a révélé le secret de la façon dont, en serrant la main d'un autre homme, un franc-maçon s'identifie comme membre de la fraternité.

Et, bien sûr, ce sceau est celui que, n'ayant pas les ressources et la possibilité d'acheter une bague, j'ai remis à ma fiancée Natalia Poblet en 1972, quand nous avons été virés de l'université et que nous étions paumés, abasourdis, effrayés mais amoureux l'un de l'autre, et que le père Renato nous a bénis dans l'église de Jesús del

Monte et nous a administré le sacrement du mariage, qui, comme vous devez le savoir, est sacré et n'est dissous que lorsque la mort sépare les conjoints.

Le silence qui retomba sur la pièce semblait avoir une consistance solide : il était lourd, dense, plus encore, compact et gris. Conde sentait comme si une force maligne, capricieuse, l'avait entraîné jusqu'à un espace-temps impossible à préciser, un lieu en suspens où se croisaient hasard et nécessité, où confluaient vérité et mensonge, bonté et méchanceté. Fiction et réalité : présent et passé. Un promontoire fabuleux depuis lequel on voyait le monde selon une autre perspective, mais dont il n'était possible de descendre qu'en sautant dans le vide, qui, il était facile de supposer, serait des plus sombres. Et Conde retint son souffle avant de faire le terrible plongeon.

– José, ce monsieur, Ulloa, il vous a déjà parlé de quelqu'un qui s'appelait Arturo Saborit ? Le lieutenant ou l'inspecteur Arturo Saborit ?

José José braqua son regard sur Conde, mais l'ex-policier sut qu'en fait c'était en lui-même qu'il regardait.

– Non, je ne crois pas. Mais ce nom me dit quelque chose…

– Quelque chose comment ? insista Conte sans remarquer les regards perplexes que lui lançaient Manolo et le lieutenant Duque, désarçonnés par des questions pour eux dénuées de sens.

– Là, maintenant, je ne sais pas… mais si ça me dit quelque chose, cela me reviendra sûrement.

Conde hocha la tête, sans savoir si c'était de déception ou de soulagement.

– Oui, s'il vous plaît, essayez de vous rappeler… Au fait, elle est où, cette édition de Julián del Casal dédicacée par lui-même ?

JJ réagit aussitôt.

– Je l'avais donnée à Natalia, bien sûr. Elle adorait Casal... et j'ai heureusement récupéré le livre. Aujourd'hui c'est mon fils aîné qui l'a.

– Tant mieux. Ça, c'est un vrai joyau, dit Conde, rassuré. Il essaya d'avancer par le côté qui lui sembla le moins douloureux, ce qui dans toute cette trame semblait presque impossible.

– Vous nous avez dit que Natalia et vous étiez mariés ?

– À l'église seulement. Nous n'avons jamais été à l'état-civil. Cela n'avait pas d'importance pour nous.

– Mais vous ne viviez pas ensemble ?

– Nous étions ensemble où nous pouvions, quand nous le pouvions. Il n'y avait de la place ni chez elle ni chez moi... Ça aussi, ça nous a épuisés.

– Je comprends, soupira Conde. Mais comment ce sceau napoléonien croise-t-il la route de Quevedo et de son gendre Marcel Robaina ? demanda-t-il d'un ton plus incisif.

– Par Natalia, dit José José.

– Mais comment ? insista Conde, qui n'avait plus de raison d'arrondir les angles. Une vérité importante était enfin à leur portée.

– Natalia était fière d'avoir ce sceau en sa possession. Et c'est logique. C'était comme tenir dans ses mains un morceau de l'Histoire avec un grand H. Quand nous en parlions, nous hésitions à le garder, à en faire notre propre amulette de chance, ou à le donner plutôt à un musée où il aurait été plus à sa place. Moi, j'étais partisan de faire un don, elle était plus hésitante... Ce qui était clair, c'était que, même au cas où nous aurions grand besoin d'argent, nous n'avions pas le droit de le vendre, parce que Ulloa ne l'avait jamais vendu. Et pendant ce temps, parce qu'elle était fière d'avoir cette relique, elle a montré ce sceau à quelques personnes, deux ou trois de ses amis poètes, peintres, au père Renato, bien sûr... Et par l'intermédiaire de l'une de ces personnes, Reynaldo Quevedo a appris son existence.

Conde hocha la tête. Il se souvenait d'un élément : l'histoire du pardon promis à Sindo Capote en échange d'un travail en tant que délateur de ses collègues.

– Quevedo avait des espions... des informateurs. D'autres artistes...

– Je ne sais pas. Bon, j'imagine... Toujours est-il qu'il a appris l'existence du sceau et a convoqué un jour Natalia dans son bureau du Vedado.

– La gueule du loup, crut bon de préciser Conde.

– Et là, il lui a carrément dit qu'en échange du sceau, il pouvait obtenir que Natalia soit réintégrée à l'université et ne soit plus fichée. À la seule condition qu'elle ne remette plus les pieds à l'église et qu'elle n'évoque plus jamais ses croyances. Avec cette exigence, Quevedo a été trop loin et cela a été son erreur, fruit de son arrogance et de son âme de maître chanteur... Je crois que Natalia et moi, nous lui aurions remis le sceau sans trop réfléchir s'il n'avait pas demandé à Nati de renoncer à être elle-même, de renier sa foi. Cela valait la peine d'échanger le sceau si c'était pour retrouver une vie, des rêves, une perspective d'avenir... Mais, bien sûr, face à la condition mise par Quevedo, Natalia a refusé : on lui demandait beaucoup plus qu'un objet plus ou moins de valeur, plus ou moins important...

– Apparemment c'est comme ça, à coups de pression et même de chantage que Quevedo a récupéré beaucoup de choses... plusieurs des peintures qu'il avait chez lui.

– Oui. Ou de façon pire encore... Dès sa sortie de ce bureau, Natalia a descendu plusieurs cercles de l'enfer. Ses camarades de travail l'humiliaient encore plus, et même parfois l'agressaient, ils ont commencé à raconter qu'elle était lesbienne, à dire que c'était une contre-révolutionnaire, à l'écraser sans pitié. Et même sa foi n'a pas suffi à la sauver de l'état de dépression dans lequel elle est tombée jusqu'à s'éloigner de moi, à prendre même un peu de distance avec sa famille quand elle s'est recluse dans cette petite chambre du Cerro... pour finir par se suicider parce qu'elle n'en pouvait plus. Elle était psychologiquement détruite, elle avait peur de tout.

– Et le sceau ?

– À un moment, il a disparu. Cela faisait un bout de temps que je ne parlais plus du sceau avec elle. Bon, à la fin, on ne parlait de presque plus rien. Et quand il s'est passé ce qui s'est passé, j'ai demandé où il était et personne ne le savait. Je me suis dit alors que, peut-être, Natalia l'avait confié à quelqu'un pour qu'il le mette à l'abri et que cette personne avait décidé de le garder pour lui. J'ai soupçonné tout le monde. Même le père Renato. Mais comme je n'étais sûr de rien, j'ai fini par me dire qu'il était perdu et je l'ai oublié, j'avais d'autres sujets d'inquiétude. Parce que, petit à petit, j'ai refait ma vie, les années ont passé, beaucoup d'années, et je ne me souvenais même plus de ce fichu sceau. Jusqu'à il y a quelques jours, quand ce camarade Néstor est réapparu chez Aurelio le bijoutier et que je l'ai immédiatement reconnu, peut-être à sa façon de parler, comme s'il était le maître du monde, je ne sais pas ; j'ai su que c'était le même employé du Logement municipal qui était allé fermer la chambre après le suicide et avait gardé une clé, le même sans doute qui avait fouillé dans ses affaires... Et j'ai su que ce Néstor ne s'appelait pas Néstor, que c'était en réalité Marcel Robaina et qu'il avait été le gendre de Reynaldo Quevedo, et que le garçon qui était avec lui était son fils, le petit-fils de Quevedo... Et c'est là que, brusquement, j'ai reconnecté tous les fils et que la lumière s'est faite... Et je suis prêt à répondre à la question du lieutenant...

– Duque, Miguel Duque, murmura le policier.

– Lieutenant Duque : je suis coupable d'avoir mutilé Marcel Robaina et, apparemment, d'avoir provoqué l'infarctus qui l'a tué. Également d'avoir poussé Reynaldo Quevedo et occasionné la chute qui l'a tué. Robaina est mort de peur ou de douleur. Quevedo par accident ou par un coup de la fatalité, parce qu'il a eu la malchance de tomber sur une table et de se briser la nuque. Et je considère mes actes comme une réparation pour tout ce que ces deux hommes m'ont pris. Dans mes actes est ma faute, et dans la réparation mon innocence.

– Les choses ne fonctionnent pas comme ça, José, a dit Manolo après un silence.

– Pour moi si, l'a contredit JJ. Et j'en assume les conséquences.

– Voyons, vous… commença Manolo, mais il s'arrêta en voyant Conde se lever pour aller dans un coin de la pièce et, en leur tournant le dos, allumer une cigarette.

– Conde, s'il te plaît, on n'a pas le droit de fumer ici, protesta le lieutenant Duque, mais l'autre continua à fumer comme s'il ne l'avait pas entendu.

– Hé, mec, éteins cette cigarette, insista Manolo.

Sans cesser de fumer, Conde se retourna et regarda les deux policiers et l'accusé qui se déclarait seulement partiellement coupable. Pour des raisons qui lui semblaient très inquiétantes, Conde se disait que cet homme avait raison. Ce qui le stupéfiait le plus, cependant, c'était le calme et la distance que José José continuait à montrer. Car il n'avait pas seulement participé à deux assassinats pour lesquels il avait une justification argumentée, il s'était aussi acharné sur ses victimes avec une cruauté inouïe et ses actes ne semblaient pas le troubler. La haine enkystée avec le temps qui avait explosé en découvrant la graine qui avait fait germer cette rancœur était-elle si forte ? José José avait-il perdu certains repères éthiques et humains parce que c'était un homme profondément déséquilibré ? Ou peut-être s'agissait-il de quelque chose de pire que Conde ne pouvait s'ôter de la tête : oui, JJ était une personne qui était morte bien des années plus tôt, et, à cause de son état, le rapport à la mort ne le troublait pas.

Conde finit par hocher la tête, et non sans avoir aspiré une nouvelle et longue bouffée, éteignit sa cigarette sur le bord d'une corbeille métallique où il laissa tomber le mégot. Ensuite, il fixa José José dans les yeux et lui parla de là où il était.

– José, vous êtes toujours croyant ? Catholique ?

– Oui, je le suis. Toujours. Et je sais que je suis condamné, répondit l'autre, sans réfléchir, comme s'il avait assumé sa faute et sa punition.

– Et vous avez des remords ? poursuivit Conde.

– Pas beaucoup, à vrai dire.

– Mais vous n'avez pas seulement participé à deux assassinats, vous avez mutilé ces hommes. Pourquoi un acharnement pareil ?

– Permettez-moi d'avoir un avis divergent. Je n'appellerais pas ça de l'acharnement. Vous avez compté le nombre de gens dont ces deux types ont foutu la vie en l'air ? Tous ceux qu'ils ont humiliés, à qui ils ont volé la dignité et d'autres choses ? C'est pour tous ces gens que j'ai… Marcel ou Néstor le méritait parce que c'était un voleur, un imposteur. Dans beaucoup de sociétés, on mutile les voleurs. Et je l'ai fait à Quevedo pour le souiller. Je ne l'avais pas planifié, mais il m'a semblé qu'en mourant dans sa chute il avait trop facilement échappé à ses fautes…

– Et vous ne trouvez pas ça trop… brutal ?

– En fait, non. Retournons à l'Histoire, si vous le voulez bien. Un des passages les plus manipulés de la Bible est celui qui parle de faire payer œil pour œil… ce qu'on appelle la loi du talion… Je ne sais pas si vous savez que, déjà, dans le code de Hammourabi, ce droit était prévu, puisqu'il est dit que, si un homme blessait ou crevait l'œil d'un autre homme libre, celui-ci pouvait en faire de même… Dans le livre de l'Exode, il est établi que le mal que l'on fait doit être rendu de la même façon et...

– Mais ensuite Jésus s'y est opposé, rappela Conde. Jésus a défendu le pardon, pas la vengeance. Et vous m'avez dit que vous êtes catholique, que vous croyez en Jésus...

– Mais je ne suis pas Jésus, comme vous avez pu le constater.

– Oui, je suis en train de le constater... Mais comment êtes-vous arrivé à maîtriser un costaud comme Marcel Robaina ?

– Très facile : je lui ai donné un coup de batte sur la tête...

– Ça s'est passé où ?

– Chez moi. Je lui ai donné rendez-vous pour lui vendre des bijoux, je lui ai demandé de ne rien dire à Aurelio le bijoutier ni à personne d'autre, et cet imbécile est venu... Pendant qu'il examinait ma montre de Cuervo y Sobrinos, je l'ai frappé et je l'ai ensuite amené au garage... Bon, c'est pour ça que j'ai dû le nettoyer à l'eau de Javel.

– Vous avez torturé Marcel Robaina par vengeance ou pour en tirer une information ?

– Pour les deux raisons, si je veux être franc... Après la mort de Nati, j'ai su que ce type avait même raconté qu'il avait été son petit ami, qu'il couchait avec elle... avec ma femme. Et c'était encore un de ses mensonges.

– Je comprends, je crois... Et il vous a dit quelque chose ?

– Que Quevedo avait le sceau. Qu'il avait l'intention de le vendre.

– Et vous êtes allé affronter Quevedo ?

– Oui, bien sûr.

– Comment avez-vous fait pour entrer chez lui ? Comment saviez-vous qu'il était seul ?

– Marcel m'a dit que, l'après-midi, Quevedo était seul. Et il m'a donné une clé de son appartement qu'il avait sur lui. Vous savez quoi ? Marcel était un lâche. Il me disait tout presque sans que j'aie besoin de l'obliger, dès que j'ai sorti un couteau, il a commencé à parler. Le type qui faisait peur à tout le monde était un trouillard de merde...

– Et pourquoi lui avoir coupé les parties génitales ?

– Ils m'avaient pris Natalia. Moi, je leur prenais leur virilité. La virilité, c'est ce qui compte le plus pour beaucoup d'hommes. Et moi, j'ai décidé de la lui prendre. Ça, c'est la part de vengeance dans ce que j'ai fait.

– Vous avez sûrement pensé au pénis tranché de Napoléon, pas vrai ?

José José regarda fixement Conde. Et il sourit.

– C'est vrai, Napoléon on lui a coupé le pénis quand il est mort... mais je ne me souvenais même plus de ça. La Révolution française n'est pas ma spécialité... Non, je ne l'ai pas fait à cause de Napoléon. Je dirais plutôt que ça a été comme une inspiration.

Conde tourna les yeux vers Manolo et Duque. Ils étaient l'image de la femme de Loth : deux statues de sel, solidifiées par des révélations de plus en plus atroces, balancées par un type que rien ne semblait troubler.

– Et Quevedo ? se reprit Conde. Que vous a dit Quevedo à propos du sceau ?

– Rien. Il a nié qu'il l'avait. On s'est disputés, je l'ai poussé et...

– Et le sceau, où est le sceau ?

José José secoua la tête et Conde crut même le voir sourire.

– Je n'en sais rien. Quelle ironie, non ?... D'après Marcel, c'est Quevedo qui l'avait, mais Quevedo est mort avant de me dire quoi que ce soit. Bon, si, il m'a dit... il m'a demandé pardon pour tout ce qu'il avait fait à Natalia... Vous croyez qu'il méritait un quelconque pardon ?

– Et vous n'avez pas fouillé la maison ?

– J'ai d'abord décroché quelques peintures, pour que cela ressemble à un vol. Puis j'ai utilisé le couteau, pour lui faire la même chose qu'à Marcel... Et après je suis allé dans son bureau et, pendant que je fouillais dans les tiroirs que j'ai pu forcer, j'ai senti que la porte de l'appartement s'ouvrait. Quelqu'un est entré et...

– Quelqu'un est entré ? Mais qui ? – Conde fit deux pas en direction du détenu. Une logique bien conçue et même bien exécutée commençait à se fissurer. L'histoire prenait un virage inattendu.

– Je n'en sais rien... Du bureau, je suis allé dans la cuisine, je suis sorti par la porte de service et je suis descendu par l'escalier. J'ai su que je ne retrouverais pas le sceau et...

– La personne qui est entrée... c'était un homme, une femme ?

– Je ne sais pas, je ne l'ai pas vue. Je suis parti en courant. Avec les toiles que j'avais décrochées.

– Et vous êtes sûr que, quand vous êtes entré par la porte principale, vous l'avez refermée derrière vous ?

– Oui, j'en suis sûr.

– Donc la personne qui est entrée avait la clé et a vu ce qui s'était passé... La femme de ménage, Aurora, c'est elle qui a prévenu la police... Mais elle l'a fait le lendemain, dit Conde qui se retourna vers Palacios et Duque. Qui est entré, a trouvé Quevedo mort et n'a pas prévenu la police ? Pourquoi ? Qui d'autre avait la clé de l'appartement ?

– Ça non plus, je ne le sais pas, reconnut José José. Quelqu'un de sa famille, je suppose.

Conde sentit alors la décharge d'une illumination.

– Comment pouviez-vous savoir où étaient les tenailles ?

– Quelles tenailles ? réagit José José.

– Les tenailles avec lesquelles vous avez coupé trois doigts à Quevedo.

L'expression sur le visage de José José était à elle seule une réponse à la question de Mario Conde.

– Quels doigts ? Je n'ai jamais coupé de doigt à cet homme, affirma l'assassin.

Le lieutenant-colonel Palacios regarda ostensiblement l'horloge sur le mur et décida de clore l'interrogatoire. Ils avaient déjà plus que ce dont ils avaient besoin : les aveux de l'assassin. Avec un nom et une inculpation, il pouvait s'enlever pas mal de pression. Mais pas toute la pression.

José José une fois emmené, Manolo regarda à nouveau la pendule, qui continuait sa course, et frappa sur la table du plat de la main. Conde et Duque sursautèrent.

– Putain de merde, murmura Manolo.

– Qu'est-ce qui vous arrive, colonel ? s'inquiéta Duque.

– Comment ça, qu'est-ce qui m'arrive ?... Il m'arrive que ça n'en finit pas, ça n'en finit pas... Et regardez l'heure qu'il est.

– Mais nous avons les aveux de José José. Avec ça, vous pouvez parler avec les gens de l'ambassade des États-Unis. Ce qui manque, c'est...

– Inutile de me dire ce que je sais déjà, Duque, s'il te plaît.

Conde était retourné dans son coin pour allumer une nouvelle cigarette. Les deux autres y prêtèrent à peine attention.

– Il manque encore beaucoup, Duque, et tu le sais bien... poursuivit Manolo. Et moi, je n'en peux plus...

– Allez-y, colonel, je m'en occupe.

Manolo hocha la tête sans rien dire, comme s'il essayait de mettre de l'ordre dans ses pensées, et il finit par tourner les yeux vers Conde.

– Et toi, qui parles toujours tellement et qui en as rien à foutre des interdictions de fumer, tu peux me dire pourquoi tu dis plus rien, bordel ? Tu crois que c'est vrai que José n'a pas coupé les doigts de Quevedo ?

Conde tira une nouvelle bouffée sur sa cigarette et, sans parler, il répéta l'opération de l'éteindre sur la corbeille métallique et de laisser tomber le mégot à l'intérieur.

– Je crois que c'est vrai. Je ne sais pas… Mais j'avais une question importante que je n'ai pas pu lui poser.

– Quelle question ? – Manolo le regarda avec dureté et, comme cela lui arrivait souvent quand il avait le regard fixe, ses pupilles se déplacèrent vers sa cloison nasale.

– Si dans ses recherches historiques JJ a trouvé qui pouvait avoir donné le coup de grâce à Louis Lotot. Parce que moi, oui, je le sais… Enfin, je crois que je le sais.

Manolo secoua la tête, et le geste recentra son regard.

– Merde, mais qu'est-ce tu racontes encore, mec ? Tu grandiras donc jamais, Conde ?

Conde haussa les épaules. Ça ne servait à rien d'essayer d'expliquer. C'était prouvé : il y a des gens qui ne comprennent rien à la sensibilité et aux besoins des artistes…

– Si JJ est à moitié barré, commença-t-il, s'il est déconnecté de la réalité, je peux comprendre son attitude. Mais cette froideur, cette assurance. Si, au moins, il avait été arrogant… Il y a un truc qui me gêne. Non. JJ ne peut pas aller très bien dans sa tête…

– Et moi je crois qu'il va très bien, le contredit Duque. Si on n'était pas arrivés jusqu'à Aurelio le bijoutier, peut-être qu'on n'aurait jamais…

Conde croisa ses mains derrière sa nuque. Lui aussi semblait épuisé. Il n'avait pas l'intention d'argumenter.

– Mais il faut continuer, se contenta-t-il de dire. Les doigts de Quevedo… le fichu sceau de Napoléon… Comment JJ a fait pour sortir le corps de Marcel de chez lui ?

Manolo soupira et se mit enfin debout.

– On va continuer et tout éclaircir. Ou, plutôt, vous allez continuer… Moi, je dois y aller. Je vais à l'ambassade américaine et je ne repasserai pas ici. Le concert commence dans quatre heures et…

– Putain, le concert, je l'avais oublié… On m'attend pour y aller… Et moi je ne sais pas si j'ai envie d'y aller.

Manolo hocha la tête.

– Conde, je ne peux pas te demander de ne pas aller au concert. Mais dis-moi tout de suite si tu vas y aller ou non… Je crois que Duque doit rester pour parler avec José. Il y a beaucoup de choses qu'on ne sait pas encore. Où est-ce qu'il a fourré le cadavre de Marcel pendant quatre jours ? Où sont les tableaux ? Comment est-il entré et sorti de chez Quevedo sans que personne ne le voie ? Comment il a amené Marcel jusqu'à la décharge ?… C'est vrai qu'il n'a pas volé le sceau ?

– Je m'en occupe, colonel, dit Duque.

– Mais il faut aussi qu'on sache qui est entré chez Quevedo et pourquoi cette personne n'a pas prévenu la police… poursuivit Manolo. Et si cette même personne… J'arrive pas à y croire. Si c'est vraiment cette personne qui a coupé les doigts de Quevedo… Vous croyez que José aurait une raison de nous mentir, peut-être pour protéger quelqu'un ?…

– Tu en sais plus que moi là-dessus, Manolo. Non, JJ ne ment pas. Il ne lui a pas coupé les doigts. Il n'était même pas au courant de ces tenailles qu'on ne retrouve plus…

– Et ce putain de sceau qui a déclenché tout ce bordel !… Merde, il est où ? demanda le lieutenant-colonel Palacios, les yeux fixés sur Mario Conde. Il faut le retrouver…

– Tu joues à quoi là, Manolo ? Tu veux que je continue et que je laisse tomber mes potes ?… Tu n'es pas au courant que Tamara part demain, je ne sais pas jusqu'à quand et… Fais pas chier, fais pas chier… Je t'ai déjà pas mal aidé.

– Bon, si tu vas pas au concert finalement, c'est pas si grave, c'est que les Stones, non ?

– Arrête de te foutre de moi et de jouer au con… Tamara et le Flaco vont me tuer. Le Conejo et Dulcita sont venus pour qu'on y aille tous ensemble… Hier, je me suis laissé convaincre et… ils vont me tuer.

– Conde, s'il te plaît, aide-moi une fois pour toutes à boucler cette affaire. Tant que le fer est encore chaud. Retrouve le foutu sceau de Napoléon. Retrouve-le avant qu'on le fasse à nouveau disparaître. Et retrouve qui a coupé les doigts de Quevedo et… ça doit être le même que celui qui a emporté le sceau.

Conde grommela. Il fouilla dans sa poche pour en sortir une nouvelle cigarette. Il l'alluma. Manolo et Duque firent comme s'ils n'avaient rien vu.

– OK. Si José José n'a pas trouvé le sceau, le plus probable c'est que c'est l'autre personne qui l'a, celle qui est entrée dans l'appartement et, au passage, a coupé trois doigts au mort. Si le sceau avait été perdu avant, Quevedo aurait hurlé et sa famille l'aurait su… Et cette autre personne qui a pris le sceau et a coupé les doigts de Quevedo ne peut être que quelqu'un qui pouvait entrer dans l'appartement, qui savait où était le sceau… et les tenailles. Je vais retrouver cette personne. Et après… après, Manolo, tu m'adresseras plus la parole jusqu'à ce que les Beatles viennent à Cuba. Et pas d'arnaque. Il faut que ce soit les quatre vrais Beatles, putain !

Les rues de la ville ressemblaient à une fourmilière en folie. Des centaines de gens de tous âges et aux looks des plus variés marchaient dans les rues, gênant la circulation qu'une armée de policiers, également de tous les âges et de tous les looks possibles avait le plus grand mal à organiser et fluidifier. Débordés par la foule qui était là seulement pour la musique et pour faire la fête, les agents canalisaient les flots d'individus, sans cesser de lancer des regards soupçonneux de tous côtés, comme des ventilateurs rotatifs énervés. Mais les agents en uniforme et les centaines de chiens de garde mal déguisés en civil ne parvenaient à voir que des affiches avec des photos des musiciens, avec l'image de la langue tirée provoquante qui les identifiait, des pancartes avec des cœurs et des symboles *peace and love* des années 1960, et des bannières de toutes origines : des drapeaux cubains, britanniques, américains et de la moitié du monde, et même un de la défunte Union soviétique qu'avait ressorti un nostalgique ou un mal informé. Des pancartes plus ou moins bien faites qui proclamaient la sympathie pour le diable, que tout n'était que rock-and-roll et, surtout, que tu n'obtiens jamais ce que tu veux. Bienvenue à Cuba socialiste, camarades Stones, lisait-on sur d'autres.

On disait que sur l'esplanade de la Cité sportive, où dans quelques heures le concert, historique lui aussi, cela va sans dire, devait avoir lieu, plusieurs milliers de personnes étaient déjà rassemblées, dont beaucoup campaient même là depuis l'après-midi et la nuit précédentes pour être sûrs d'avoir une place privilégiée d'où écouter Mick Jagger dire pour la énième fois "*I can't get no satisfacion...*". Les hordes d'enthousiastes chantaient, jouaient de la guitare, se passaient des morceaux de pain, des gorgées de café et de rhum, des bouteilles d'eau, et fraternisaient dans un esprit de solidarité spontanée, programmée et organisée par personne. Des grands-parents et même des arrière-grands-parents, hommes et femmes aussi avancés en âge que les musiciens qui les rassemblaient, insulaires volontaires et exilés à peine de retour, donnaient des accolades et embrassaient des enfants et des petits-enfants, proches ou inconnus, comme si la concorde entre les hommes avait été possible, peut-être même plus puissante que la haine. Face à une scène de concert se condensait la possibilité d'une meilleure coexistence, grâce à la musique, à la nostalgie, à la réalisation d'un rêve, tardive mais cathartique. Une prodigieuse épiphanie havanaise. Et tous ceux qui étaient entraînés par ce magnétisme bénéfique profitaient à plein des vacances concédées, et certains osaient même se mettre à rêver à plus, parce que tout n'était pas forcément du rock-and-roll et une fois, un jour, il fallait bien obtenir ce que tu voulais, non ?

À bord de la voiture conduite par l'agent famélique aux dents branlantes, Conde observait le spectacle en train de se dérouler dans la ville et se demandait où pouvaient être à cet instant précis ses amis, à quelle distance du Saint Graal ils avaient pu se trouver de la place, quelles horreurs ils devaient être en train de dire sur lui, le dissident, l'entêté ou le renégat, selon les points de vue. Et il ne put s'empêcher d'envier ceux qui profitaient du moment, sachant pour beaucoup qu'ils participaient à un événement singulier, unique, inimaginable jusqu'à il y a peu, et pas mal d'autres croyant qu'ils vivaient déjà dans une ère historique différente – par un retour de la foutue Histoire – où on récupérait désirs, rêves, plaisirs et possibilités.

Cet après-midi-là, où tous les antagonismes semblaient dépassés, étaient sûrement représentés tous les bords possibles, celui des pragmatiques et celui des rêveurs, celui des curieux et celui des naïfs, celui des nostalgiques et celui des snobs. En les voyant et en les comprenant, Mario Conde le sexagénaire sentit la marginalisation sidérale que pouvait représenter à ce moment précis l'appartenance à un parti, minoritaire, même si fort d'une longue expérience en matière de défaites et de déceptions : celui des sceptiques. Car il était convaincu que, comme les accords de guitare des Stones, toute cette ambiance festive et légère se réduisait à cela, à du rock-and-roll et à des notes de musique placées sur un temps éphémère qui serait bientôt balayé par le vent de la réalité, par l'immobilisme programmé. Et derrière resteraient à peine le souvenir et l'émotion, la brève *satisfaction* obtenue et déjà sans effet sur une terre en friche, craquelée, accablée par la soif des sources taries.

Aurora avait accepté de l'attendre une fois de plus dans l'appartement de Quevedo. Conde savait que, après la rencontre qui s'était tenue deux jours plus tôt, le fait de la placer à nouveau dans la zone de danger pouvait la désorienter et il pressentait que cette déstabilisation serait très nécessaire. Depuis qu'il avait parlé avec elle, l'ex-policier était convaincu qu'elle en savait plus que ce qu'elle admettait, mais il fallait encore découvrir si ce qu'elle savait signifiait une culpabilité quelconque ou, au moins, permettrait d'éclairer les zones d'ombre restantes d'événements tellement pleins de raisons, connues ou encore cachées, et aux conséquences révélatrices. Car la personne qui avait provoqué la fuite de l'assassin José José et s'était ensuite livrée à la mutilation de Quevedo appartenait de toute évidence à un cercle très restreint : Irene, Osmar, Aurora elle-même et, bien entendu, également son petit-fils, Victorino Almeida. Et parce qu'il n'y avait personne de mieux placé qu'Aurora pour savoir ce qu'il y avait et ce qu'il n'y avait pas dans cet appartement et où était chacune des choses qui s'y trouvait. Y compris le sceau napoléonien. Y compris des tenailles suffisamment aiguisées et puissantes pour couper des doigts.

– Bonjour, Aurora.

– Bonjour, camarade...

– Conde, Mario Conde.

– Ah, bien sûr. Excusez-moi. J'ai de plus en plus la tête ailleurs... Mais entrez, entrez...

Aurora évita cette fois le salon où les quatre fauteuils et la table basse en marbre contre laquelle Quevedo s'était cogné étaient à leur place. En allant dans la salle à manger, l'ex-policier s'arrêta et essaya alors d'imaginer ce qu'avait vu la personne qui, selon José José, était arrivée dans l'appartement peu après qu'il avait lui-même exécuté sa part de la boucherie. Le spectacle avait dû être repoussant, bouleversant, sanglant. Et très grande la capacité d'adaptation du nouvel arrivant pour ne pas être reparti en courant chercher de l'aide, pour oser rester dans la maison du mort et, pour quelque raison terrible, rendre la scène encore plus sordide en coupant des doigts comme si c'étaient des câbles électriques. Et même, peut-être, pour fouiller ensuite à l'endroit précis et décrocher le gros lot du sceau napoléonien et peut-être même un autre lot en prime.

Toujours sans dire un mot, Aurora lui montra une chaise et, comme si elle hésitait ou demandait la permission de violer un commandement, elle finit par occuper un siège en face du visiteur. Conde lui sourit avant d'entrer dans le vif du sujet.

– On dirait bien que la police tient l'assassin de Quevedo… et de Marcel.

– Qui est-ce, mon Dieu ? demanda-t-elle en portant les deux mains à sa bouche.

– Ils vous le diront. Peut-être demain, ou dans deux jours. Il faut qu'ils soient sûrs… Ce qu'ils ne savent pas encore, c'est combien de choses a emportées cette personne quand elle est venue ici.

Aurora fronça les sourcils. Une réaction si immédiate que Conde eut la certitude qu'elle ne comprenait pas.

– Les tableaux, non ? demanda-t-elle, sur un ton affirmatif.

– Oui, les tableaux, confirma Conde. Mais nous savons que cette personne qui a tué Quevedo cherchait quelque chose d'autre que, apparemment, elle n'a pas trouvé. Qu'est-ce qu'il peut y avoir d'autre qui a été perdu ? En dehors de Quevedo, vous êtes celle qui connaît le mieux tout ce qu'il y a dans cet appartement, la place de chaque objet… Vous ne voyez pas autre chose qui aurait disparu ? Ce sceau dont vous nous avez dit qu'il ressemblait à un presse-papiers ?

Aurora commença par nier.

– Je ne sais pas combien de fois il faut que je vous répète que rien d'autre n'a été perdu. À ma connaissance, bien sûr…

Cette fois, ce fut Conde qui nia.

– Celui qui a tué Quevedo est venu ici pour chercher précisément ce sceau, pas les peintures qu'il a emportées. Il a essayé de faire dire à Quevedo où il se trouvait, il l'a poussé et Quevedo s'est tué sur la table en marbre. Ensuite, il s'est mis à chercher le sceau mais il a dû s'interrompre parce que quelqu'un est arrivé alors qu'il était en train de fouiller le bureau. Ce quelqu'un, bien sûr, avait accès à l'appartement. Et, en entrant, il a évidemment vu Quevedo mort. Il l'a vu mort et à moitié charcuté, et il n'a pas prévenu la police… Qui était-ce ? Pourquoi n'a-t-il pas appelé ?

Aurora avait la main sur la bouche, comme pour retenir quelque chose qui voulait sortir d'en dedans.

– Ce n'est pas moi… finit-elle par dire.

– Et donc ?

– Irene, Osmar… ils ont des clés.

– Et pourquoi pas Victorino ?… Aurora, il y a plusieurs choses qui ne collent pas dans cette histoire… Irene et surtout Osmar pouvaient emporter quelque chose d'ici avec Quevedo vivant ou avec Quevedo mort… Mais, d'après ce que je sais, ils n'étaient pas au courant de l'existence de l'objet perdu. Et, surtout, il y a un calcul qui invalide complètement ça : cet objet précis tient dans une poche et peut être vendu à très bon prix. Cinquante mille dollars, ou peut-être plus. Mais la mort de Quevedo leur laisse entre les mains au moins un demi-million. La valeur de cet appartement. Pourquoi se compliquer la vie en cachant cet objet dont ils allaient de toute façon hériter, mais surtout en ne dénonçant pas l'assassinat du vieux ? Peut-être ont-ils pu considérer ce sceau comme une avance sur ce qu'ils vont retirer de cet appartement et des tableaux qui sont encore là. Admettons. Pour de l'argent, les gens sont prêts à faire des choses très bizarres… Mais il faut avoir le cœur bien accroché pour se balader dans l'appartement avec le vieux mort dans le salon et, au passage, être sacrément bête pour se foutre dans une embrouille pareille alors qu'il y a tant de fric en jeu.

Cette fois, Aurora hochait la tête. Le raisonnement de Conde était sans faille.

– Oui, vous avez raison… Ils vont gagner beaucoup d'argent. Mais je ne sais pas…

– Et Victorino ? lança une nouvelle fois Conde avec l'intention de la pousser dans ses retranchements.

Aurora commença par secouer la tête.

– Mais lui, il était là avant ! Ça, même vous, vous le savez.

– Il a pu revenir… Quevedo était tout excité par la vente du sceau. Marcel allait le vendre. C'est aussi pour ça que Marcel est venu à Cuba, pour ça que Quevedo est intervenu pour qu'on le laisse venir. Ils avaient tout planifié. Ça allait faire une jolie somme, sonnante et trébuchante, en peu de temps, sans complications. Marcel était assez malin pour tirer un maximum d'argent du sceau s'il trouvait le bon acheteur, qui existait peut-être déjà… Bien plus de cinquante mille dollars… Et, dans le même temps, Quevedo voulait retenir Victorino avec la perspective de pouvoir le payer plus avec cet argent dont il allait disposer et sur lequel Osmar n'aurait pas de contrôle. Quevedo était dingue de Victorino, assez dingue pour lui parler du sceau et peut-être de son prix, en en exagérant la valeur. Victorino est-il devenu trop ambitieux ?

Aurora n'arrêtait pas de secouer la tête, même si le rythme de la négation était de plus en plus lent.

– Victorino ne l'a pas tué, insista-t-elle. Ce n'est pas un mauvais garçon…

– Nous savons qu'il ne l'a pas tué… Même si, en revenant dans cet appartement, il était sans doute prêt à tout. Je soupçonne que cet après-midi-là Quevedo était tellement euphorique de la vente possible du sceau qu'il l'a même montré à Victorino… et Victorino a vu où il le rangeait… et il a eu l'idée de revenir pour le prendre. La tentation: cinquante, soixante mille dollars d'un seul coup… et alors quelqu'un s'est mis en travers du chemin. Quand il est entré et qu'il a vu que Quevedo était mort, Victorino n'a pas prévenu la police et il a fait ce qu'il était en fait venu faire: chercher le sceau. Et s'il a pu entrer et faire tout ça, c'est parce que vous lui avez donné votre clé. Et comme vous lui avez donné la clé et que Victorino est entré avec, et que vous avez des antécédents pas jolis-jolis, Victorino ne pouvait pas prévenir la police, mais il pouvait en profiter pour chercher tranquillement et trouver le sceau. C'est comme ça que ça s'est passé, Aurora? Ce que je ne comprends pas, ce que je ne suis pas foutu de comprendre, c'est pourquoi Victorino est allé chercher les tenailles dont nous avons parlé l'autre jour pour couper trois doigts à Quevedo. Je ne comprends pas. Ou alors si je ne comprends pas, c'est parce que ça ne s'est pas passé comme ça ce jour-là? Ou c'est ce qui s'est passé, mais sans Victorino?

Conde avait visé en plein cœur et elle s'effondra. Elle se mit à pleurer, avec des hoquets qui firent craindre à l'ex-policier qu'elle fasse une attaque. Il se leva pour aller chercher un verre d'eau à la cuisine.

– Buvez un peu. Calmez-vous…

Aurora obéit et, peu à peu, ses sanglots s'apaisèrent. Conde ressentait pour elle une peine profonde. Le genre de compassion qu'il pouvait éprouver à l'époque où il était flic et qui rendait toujours plus compliqué son travail. Mais la vérité a des exigences qui peuvent être douloureuses, mais aussi libératrices. Est-ce qu'il n'aurait pas mieux valu, à cette heure-là, être au concert, même si c'étaient les Stones, serrer ses amis dans ses bras, embrasser Tamara à la veille d'un long voyage sans date de retour précis?

– Écoutez – Conde, réprimant ses propres angoisses, se prépara à donner un nouveau tour de vis –, la police est déjà en train de le rechercher, mais si Victorino avoue le vol et rend le sceau, je crois que… Pourquoi ne pas me dire la vérité, Aurora ?

– Non, ce n'est pas Victorino… celle qui est entrée et a pris le sceau, c'est moi. Celle qui a coupé les doigts de Quevedo, c'est moi.

Vous voulez vraiment que je vous dise qui était Reynaldo Quevedo ? Vous ne le savez vraiment pas ? Quevedo a toujours été un tyran. Un homme pervers et malade de haine qui, derrière sa cruauté et ses discours, cachait ce qu'il avait toujours été : un dépravé, un refoulé, un corrompu. Vous ne le saviez vraiment pas ? Ça faisait des années qu'il n'était plus personne mais il croyait encore gouverner ceux qu'il pouvait, et il adorait humilier ceux qui étaient au-dessous de lui, il jouait avec les intérêts des autres et il les manipulait. Il manipulait sa fille, son petit-fils, tout le monde… Il ne s'est jamais résigné à ne pas avoir de pouvoir. Il fallait l'entendre parler. À mon époque, ça ne se passait pas comme ça, c'était sa grande phrase. Celui-là, je le ferais fusiller, il disait ça sans arrêt. Et il en aurait vraiment fait fusiller beaucoup s'il avait pu. Même si, quand il avait du pouvoir, il a emmené beaucoup de gens au peloton d'exécution d'une autre façon. C'était un salopard, sinistre et méchant.

C'est pour ça qu'Irene, sa fille, ne lui parlait pas, elle ne le supportait pas. Elle, c'est une bonne personne et, dès qu'elle a pu, elle a mis toute la distance possible entre elle et lui. Osmar non plus ne l'aimait pas, mais Osmar est plus fort et il le provoquait. Toutes ces poses d'Osmar, je crois qu'il les a inventées pour faire chier son grand-père. Et ensuite il a trouvé un filon avec les besoins d'argent du vieux et il lui soutirait tout ce qu'il pouvait avec la revente des tableaux et d'autres choses qu'ils ont vendues, comme la voiture. Comme Quevedo savait que Marcel n'était pas réglo en affaires et que sa fille Irene n'était pas la personne indiquée, il n'a pas eu d'autre solution que de se mettre d'accord avec le garçon, tout en sachant qu'il l'arnaquait aussi.

Quevedo et Marcel faisaient la paire. Deux fils de pute qui ont fait beaucoup de mal en s'enveloppant dans le drapeau de la Révolution, quand ils ont eu du pouvoir et la possibilité de se servir de ce bouclier pour en tirer un maximum de profit et, au passage, foutre en l'air la vie d'un maximum de gens. Et vous savez la meilleure ? C'est que, dans toutes ces magouilles, le nom de Quevedo ne devait pas apparaître. Il fallait qu'il continue d'avoir l'air intègre, honnête, sacrifié, désintéressé... c'étaient les autres qui négociaient et prospéraient, jamais lui, l'incorruptible. Le plus terrible, c'est que dans ce pays il y a beaucoup de Quevedo. Les choses que j'ai vues quand je travaillais à la Direction du Logement, les maisons qu'ils récupéraient pour eux, pour leurs enfants, pour leurs ex-femmes. Et les fêtes, les cadeaux, les vacances... Pourquoi vous croyez qu'ils m'ont trouvé ce boulot ici, avec un bon salaire ?

Alors, imaginez, quand j'ai su ce que faisaient Quevedo et Victorino, j'ai commencé par être indignée, même si après je me suis réjouie. Je me suis réjouie parce que je me suis rendu compte que Victorino se servait de lui, l'écrasait, le souillait, lui faisait avaler son sperme, lui crachait dessus, lui pissait dessus, le traitait comme une putain. Souvent j'ai retrouvé du linge de Quevedo qui puait l'urine. Des chemises, des serviettes. Et des slips avec l'arrière taché de sang et de sperme... Dégoûtant...

Victorino est un garçon capable de faire n'importe quoi pour de l'argent, il n'a pas de limites et lui aussi est un dépravé, mais il fait ça pour vivre, pas pour faire chier les autres. Et c'est peut-être parce que je suis sa grand-mère, mais j'ai pitié de lui. Il a une vie de merde et, s'il continue, il terminera dans la merde. Gagner de l'argent en ayant des relations sexuelles avec ce vieux dégueulasse, bon... C'est pour ça que ça fait un moment que je prie tous les jours pour qu'il puisse partir loin d'ici. Je ne sais pas, dans un autre pays peut-être...

Et les choses arrivent quand elles doivent arriver. Moi, vous le savez bien, je m'en vais d'ici tous les jours à quatorze heures et je ne reviens jamais avant le lendemain. Lundi, mardi, mercredi, et ensuite vendredi et samedi. Mais, l'après-midi, je fais des courses quand il manque quelque chose et, cet après-midi-là, je suis allée à la pharmacie chercher des médicaments pour Quevedo et je me suis rendu compte que j'avais laissé les ordonnances ici. C'étaient des antibiotiques qu'on lui avait prescrits pour une infection urinaire, et c'est pour ça que je suis repassée chercher ces fichues ordonnances. J'ai ouvert... et je l'ai trouvé là allongé, mort, avec le pénis tranché... Je suis restée pétrifiée et, quand j'ai réagi, j'ai vu qu'il manquait des tableaux. On l'avait tué pour le voler et... je me suis dit que c'était Victorino qui avait fait ça. Je n'imaginais pas que ça puisse être Irene ou Osmar. Encore moins un étranger qui aurait débarqué, parce que Quevedo n'ouvrait la porte à personne... Il ne restait plus que Victorino.

Alors j'ai refermé la porte et je suis partie. Il fallait que je réfléchisse. Je suis allée trouver Victorino et je l'ai accusé. Je lui ai demandé où il avait caché les tableaux. Victorino ne savait pas de quoi je voulais parler et je me suis rendu compte que ce n'était peut-être pas lui. Mais je ne pouvais pas en être sûre. Et c'est là que j'y suis retournée.

En arrivant je suis allée ouvrir le placard et j'ai pris ce sceau que vous cherchez, deux bagues et une montre en or que quelqu'un lui avait offerts. Par hasard, je m'étais rendu compte que Quevedo les avait rangés dans la poche d'une vieille veste vert olive que personne n'aurait jamais pensé à voler. Et j'ai pris ces choses parce que je pensais les avoir méritées. Irene et Osmar vont garder les tableaux que Quevedo a confisqués ou volés aux artistes, ils vont vendre cet appartement qu'on a donné à Quevedo sans qu'il paie un centime. Ils vont se mettre des milliers de dollars dans les poches. Et moi, quoi? Moi, qui ai supporté pendant presque vingt ans Quevedo et son arrogance, qui lui cuisinais de la viande de bœuf dont je n'avais pas le droit de manger un seul morceau, qui lui lavais son linge couvert de sperme et de merde, qui savais que c'était une sale ordure... Moi, quoi? Et je me suis dit alors que si Victorino ne me disait pas la vérité et que c'était lui qui l'avait tué, il fallait rendre les choses plus compliquées. Et je suis allée chercher les tenailles. Je les utilisais tout le temps pour couper les os de poulet et les apporter à mon chien. Et avec ces tenailles, je lui ai coupé les doigts... Et quand je l'ai fait, j'ai vraiment cru que c'était pour sauver Victorino, mais après j'y ai beaucoup repensé, beaucoup, tous les jours et... je ne sais pas. Je crois que je l'ai fait aussi pour moi. Pour lui faire quelque chose de très mal, même si Quevedo était déjà mort. Cet homme méritait de mourir comme ça, et... Le lendemain je suis venue comme si de rien n'était et c'est là que j'ai appelé la police pour dénoncer l'assassinat.

Là maintenant, je ne sais pas ce qui va m'arriver. Ça m'est un peu égal. J'ai juste envie de savoir que vous allez laisser Victorino tranquille, parce que vous savez déjà qu'il ne l'a ni tué ni mutilé. Je vous jure, Victorino est un bon garçon, un bon garçon. C'est pour ça que je lui ai donné le sceau et les bijoux, il a tout vendu et j'espère qu'en ce moment même il est déjà à Miami grâce au zodiac qu'avec cet argent il allait pouvoir se procurer pour qu'on le sorte d'ici... Si Victorino est parti, supporter pendant autant d'années ce rat de Quevedo aura servi à quelque chose de bien. Ce sceau pour lequel tant de gens sont morts, il aura au moins servi à quelque chose de bien... Vous ne croyez pas?

La fête semblait interminable, sans date de péremption, comme si elle avait prétendu se transformer en état permanent, en délire perpétuel, on aurait presque pu parler de condition téléologique. Les gens, venus de toutes les latitudes possibles, profitaient jusqu'à l'extase de cette ambiance compacte d'exaltation et de plénitude. D'un coup, la ville semblait être le centre de l'univers, le noyau aimable du monde et, la réalité le démontrait, un bon endroit et non le champ de bataille des insultes et des ressentiments en quoi certains l'avaient transformée, le purgatoire qu'elle était d'habitude.

Les plus récents coupables de l'existence de ce climat bénéfique à la satisfaction ambiante, d'un état de grâce comme seuls l'amour et la paix peuvent en créer, avaient été quatre septuagénaires maigres et mal peignés, s'obstinant à interpréter des rôles d'ados méchants alors que, durant un demi-siècle, ils n'avaient pas fait autre chose qu'offrir un peu de ce que les hommes peuvent créer de mieux. Un peu de beauté.

Infatigable, Yoyi le Palomo avait organisé à La Dulce Vida la célébration d'une soirée sixties, un voyage dans le temps à vingt dollars le billet. La salle avait été décorée avec les symboles les plus emblématiques de ces années, et l'animation était assurée par un vieil orchestre de rock local (des septuagénaires plutôt gros pour leur part, également mal peignés, du moins pour ceux qui avaient quelque chose à peigner) qui interprétaient exclusivement des tubes des Stones, Beatles, Elvis, The Four Seasons, The Mamas and The Papas: un de ces groupes qui avaient aussi été cloués au pilori à l'époque parce qu'ils interprétaient de la musique considérée comme idéologiquement nocive... "Dream a little dream of me", "Free yourself", "Imagine" et "I can't get no", chantèrent en chœur les plus de cent privilégiés qui avaient pu accéder au restaurant sans crainte pour leur porte-monnaie. Comme Motivito aurait aimé être là, dans la cabine d'une machine à remonter le temps, pour récupérer les fossiles des jours éclatants des grandes découvertes, quand une chanson et un baiser pouvaient te transporter au pays du bonheur.

– Tu es fou, Yoyi, avait prévenu Conde. Les gens croient que tout ça est vrai. Tu verras qu'il y en aura qui vont se croire en Californie et sortir un joint.

– Surveille, man, surveille, lui dit Yoyi en souriant, lui aussi exultant après avoir assisté au concert en compagnie des amis de son ami Conde. Tu ne sais pas ce que tu as loupé, man. Un concert génial. Le Flaco, c'est celui qui a le plus tripé. Il a chanté toutes les chansons. Toutes ! Il dit que ça faisait un mois qu'il répétait... Il a dansé dans son fauteuil roulant !

– J'imagine, répondit Conde, pas loin de regretter.

– Hé, au fait, Tamara, elle s'en va vraiment demain ? poursuivit Yoyi, sans savoir ou en sachant qu'il remuait le couteau dans la plaie.

Conde mit du temps à répondre.

– Elle part demain... après-midi.

– Mais elle va revenir ?

– Je crois que oui... je ne sais pas... beaucoup de monde s'en va, s'en va...

– Pas Tamara, assura Yoyi.

– C'est ce que j'espère. – Conde se pinça l'arête du nez. – C'est dingue, mon pote... Les gens s'en vont, les jeunes s'en vont... Jusqu'à quand ?

– Jusqu'à ce que Dieu le veuille ?

– Avec nous, même lui, Il sait pas ce qu'Il veut... Et, pendant ce temps, les gens continuent à s'en aller...

Conde secoua la tête et continua à la secouer alors que son associé commercial, qui avait le don d'ubiquité, entrepreneur et proto-capitaliste, était déjà en train d'arpenter d'autres latitudes de l'établissement. Dans son coin au bout du bar, son verre factice à la main, l'ex-policier décréta qu'il était dépassé par les circonstances, par toutes les circonstances. Heureusement, pour une nuit aussi folle, Yoyi avait engagé six gorilles qui, avec des mines et des attitudes de gorilles, passaient entre les tables, les danseurs, les fêtards, comme pour les décourager de commettre un excès délirant, ce qui lui permettait de ressasser librement ses pensées moroses.

Même si la fatigue de toutes ces journées intenses présentait l'addition à Conde, son esprit n'arrivait pas à se reposer. Si, au moins, il avait pu recharger son verre factice avec une bonne dose de vrai rhum, rêvait-il. Pour en rajouter à son malaise, les révélations de José José et d'Aurora, qui avaient enfin permis au lieutenant-colonel Palacios d'avoir les informations nécessaires pour déposer une enquête bouclée sur le bureau du procureur, lui avaient laissé un goût de défaite plus que de succès, la preuve que la justice est nécessaire, mais pas forcément juste. Encore plus de pessimisme, avec une seule fissure : le sceau napoléonien avait-il servi à sauver quelqu'un ?

Son séjour de dix jours intenses dans un gigantesque Empire de la Merde engendré dans le passé et ayant connu une explosion aussi tardive que furieuse dans le présent l'avait connecté avec l'un des côtés les plus sombres de la réalité et les plus sordides de la condition humaine. La vie intime des bourreaux et des censeurs. Haine, cruauté, abus, peurs, désespoirs, vengeances, frustrations, corruption, dépravations. Avec des ingrédients pareils, inutile de s'attendre à quelque chose de bon ; rien que l'arrière-goût amer qu'il avait au fond de lui, orné des images d'un José José Pérez Pérez froid et imperturbable, peut-être complètement détaché de sa réalité et même de sa faute, et une Aurora sonnée, comme incapable de se relever du coup reçu, toujours convaincue qu'elle avait agi plus sous l'emprise de l'amour que de la haine. Pour compléter ce retable macabre, il avait les ébauches sombres de Marcel Robaina et Reynaldo Quevedo, passés de bourreaux à victimes, châtrés sans la consolation que quelqu'un un jour veuille acheter leurs pénis, comme le membre privilégié et toujours en vente de Napoléon. Et la certitude de la richesse qui tombait du ciel pour Irene et son fils Osmar, une récompense imméritée forgée sur la castration sociale de spectres comme Sindo Capote, Virgilio Piñera, Lezama Lima ou son défunt ami le Marquis. Sur le suicide de Natalia Poblet. Et Victorino ? S'était-il fait la malle et serait-il l'autre gagnant de cette piñata ouverte par José José ?

Quand le groupe de rock attaqua le morceau, sans le vouloir mais sans pouvoir s'en empêcher, Conde aussi commença à chantonner "Strawberry Fields", une de ses chansons préférées, celle qui lui allait droit au cœur. C'est à ce moment-là qu'un des gorilles de service s'approcha pour lui remettre une enveloppe que quelqu'un, un type maigre qui avait l'air gros et la tête de quelqu'un qui tombe de sommeil, lui avait remise à la porte pour lui. Intrigué, Conde regarda l'enveloppe et lut son nom : c'était l'écriture de son vieux collègue Manolo Palacios. Redoutant un surcroît de complications, il oublia la chanson et déchira l'enveloppe pour en extraire la feuille qu'elle contenait. Loin des tracés maladroits de Manolo, l'écriture était d'une calligraphie arrondie, soignée, assurée, et l'ex-policier dut se pencher vers le bar pour parvenir à lire avec un peu plus de lumière :

> Monsieur Conde : Il est prouvé que la balle qui a tué Louis Lotot est sortie du revolver de Yarini, un Smith & Wesson 9 millimètres. Lotot présentait trois blessures : deux au torse et une à la tête, celle-là mortelle. Yarini, blessé, est tombé à une quinzaine de mètres de Lotot, mais la balle qui a tué le Français a été tirée d'en haut et à moins d'un mètre de distance, selon les experts. Il est évident que

Yarini n'a pas pu tirer cette balle. Mais comme Yarini a avoué qu'il était le seul coupable des blessures de Lotot, quelqu'un a décidé de classer le rapport d'autopsie. C'est pur hasard si j'en ai trouvé une copie aux Archives nationales. Il y était en plus mentionné qu'une prostituée du nom de Janine Fontaine, française, connue comme la concubine de Lotot, est également morte d'une balle dans le cœur tirée par le revolver de Yarini. On estimait que la jeune femme avait reçu non pas une, mais deux balles perdues. Apparemment, ce n'était pas son jour de chance… À moins qu'elle n'ait été exécutée de sang-froid pour qu'elle ne raconte pas ce qu'elle avait vu ?

Yarini comptait plusieurs amis dans la police. L'un d'eux a été le premier arrivé sur le lieu de la fusillade. Il s'appelait Arturo Saborit, bien sûr, l'inspecteur Saborit qui vous intéresse tant et qui est mentionné dans certaines dépositions policières en lien avec les événements du 21 novembre 1910 dans la rue San Isidro.

Mais accrochez-vous bien maintenant, car ce n'est pas tout : j'ai connu Saborit. Je l'ai cherché quand j'ai eu toutes ces informations. Quand j'ai parlé avec lui, il avait près de quatre-vingt-dix ans et il m'a confirmé qu'il avait été le premier arrivé sur les lieux, mais il a nié être celui qui avait tiré dans la tête de Lotot ou dans la poitrine de sa concubine. Cependant, il m'a aussi dit quelque chose, du genre qu'il savait bien comment une personne honnête pouvait se dégrader au point même de se transformer en criminel. Et que lui, il avait été une personne honnête.

Honnête… un joli mot. Pas vrai ? Moi aussi, j'ai toujours été une personne honnête.

Après tout cela, je crois pouvoir dire que cela a été un plaisir de vous avoir connu, monsieur Conde. Et j'espère que ces informations vous seront utiles à quelque chose.

Ah, et souvenez-vous, le passé est indélébile et l'Histoire ne se termine jamais.

José José Pérez Pérez

Sitôt la lettre terminée, Conde la relut. Et il sourit en lui-même. Les méandres de l'Histoire, de la vie, du temps, pensa-t-il. Quel salaud, ce Saborit ! Quel type, ce pauvre JJ ! Deux personnes honnêtes.

À La Dulce Vida, la fête et le délire continuaient. La procession des sentiments confus qui traversaient Conde aussi. Et en voyant tous ces gens qui chantaient et s'amusaient, en imaginant le Flaco Carlos, Tamara, le Conejo et ses autres amis qui avaient vibré avec la musique dans l'après-midi, en voyant son copain Yoyi en pleine récolte, et même en observant l'un des gorilles sortir par le col quelqu'un qui était allé trop loin, en imaginant Tamara en train de faire sa valise, Mario Conde eut, plus qu'une prémonition, la solide certitude que cette fête serait vite terminée. Il ne savait pas comment, il savait juste que cela arriverait. C'était une question de téléologie, justement, un destin évident et sans appel : comme toute épiphanie, celle-là aurait une durée de vie limitée. Car même si l'Histoire, parfois, se retourne ou fait des bonds inattendus d'un côté ou de l'autre, le plus compliqué, comme disait José José, c'est que l'Histoire n'est jamais terminée, mais qu'à mesure qu'elle se déroule elle laisse des leçons qu'il faut lire. Fatalisme, pessimisme, méfiance ? Juste un peu de chaque ingrédient et beaucoup de mauvaise expérience… historique.

– Participe Présent ! – Conde appela alors le cuisinier participant qui, à cette heure, aidait à préparer les verres. Après tout… se dit-il. – S'il vous plaît, versant dans ce verre beaucoup, beaucoup de rhum. Ayant grand besoin. Et envoyant tout se faire foutre. Tout.

Mantilla, novembre 2020-mai 2022

Note de l'auteur

Ouragans tropicaux est peut-être l'histoire la plus policière de toutes celles que j'ai écrites. Après plusieurs romans de plus en plus faussement policiers, j'ai senti le besoin de pratiquer le genre à fond et d'écrire une histoire avec plusieurs morts et beaucoup de crimes, physiques, historiques et spirituels.

Dans le scénario romanesque, pour des besoins de dramaturgie, je prends la liberté de modifier légèrement les chronologies et dates réelles de la visite "historique" du président Barack Obama et des Rolling Stones à Cuba.

Le récit dont Alberto Yarini est le personnage central, sa vie, sa passion et sa mort, est basé sur une enquête documentaire exhaustive commencée à l'époque où j'étais reporter au journal du soir *Juventud Rebelde*, et qui a donné lieu au reportage "Yarini, le roi", publié en 1987 en deux parties, dans l'édition dominicale du quotidien. Depuis lors, Yarini me poursuit et son époque me fascine : je crois qu'ils sont faits l'un pour l'autre, ils se synthétisent et s'expliquent l'un l'autre de façon exemplaire.

Dans cette partie du livre, avec une liberté post-moderne, j'inclus sans guillemets certaines phrases de romans cubains de l'époque, comme *Las honradas* et *Las impuras*, de Miguel de Carrión, et *Generales y doctores*, de Carlos Loveira, et quelques commentaires extraits d'essais historiques et de nombreux articles de journal que j'ai consultés. Je modifie aussi légèrement le plan de la Habana Vieja.

Au bout du compte, ce texte est un roman, et le genre permet ces libertés et beaucoup d'autres.

Comme toujours, je veux exprimer ma gratitude à ceux qui m'ont soutenu, aidé et supporté dans la conception et l'écriture de ce roman.

La Fondation Ford pour avoir fourni des fonds pour appuyer l'écriture du livre et l'Université nationale autonome du Mexique pour avoir accueilli généreusement le projet et pour l'avoir géré avec efficacité. Ma reconnaissance particulière à M. Mario Bronfman pour la conviction avec laquelle il a fait de ces soutiens une réalité alors que cela semblait impossible.

L'historien Ernesto Aramis Álvarez, napoléonien, pour avoir partagé généreusement informations et connaissances sur l'existence d'objets du Corse à Cuba.

Mon ami Ciro Bianchi, qui a mis à ma disposition bibliographie, conversations et rumeurs.

Le docteur Eduardo Torres-Cuevas, pour son aide dans la compréhension de l'étrange contexte des années du début de la République.

Le docteur Orlando Pozo et Roberto Catasuz pour l'histoire des plaques de Motivito.

Mes amis lecteurs, éditeurs et traducteurs Elena Zayas, Vivian Lechuga, José Antonio Michelena, Claudia Acevedo, Mario Vizcaíno, Bruno Arpaia et Kostas Athanassiou pour leurs relectures de différentes versions de l'ouvrage, grâce auxquelles j'ai évité des excès et j'ai pu peaufiner le caractère des personnages et le poids des événements.

Mon éditrice française de toujours, Anne Marie Métailié, pour sa lecture et ses conseils.

Mon éditeur espagnol, Juan Cerezo de Tusquets Editores, pour son indispensable lecture du texte et ses remarques toujours lucides pour que je l'écrive mieux. L'éditrice Christina Sánchez Krellenberg pour sa révision salvatrice du texte.

Et, comme toujours et depuis toujours, Lucía, pour m'avoir lu, critiqué, accompagné et soutenu durant tant d'années, pour avoir été mon épiphanie. Même si elle n'est pas gauchère.

DU MÊME AUTEUR

CHEZ LE MÊME ÉDITEUR

Mort d'un Chinois à La Havane, 2001

Le Palmier et l'Étoile, 2003

Adios Hemingway, 2005

Les Brumes du passé, 2006
Prix Brigada 21 du meilleur roman noir 2006
Prix Hammett 2006

L'Homme qui aimait les chiens, 2011
Prix de la critique de l'Institut cubain du livre 2011
Prix Roger Caillois 2011
Prix des Librairies Initiales 2011
Prix Carbet de la Caraibe 2011
Élu Meilleur Roman historique 2011 par le magazine *Lire*

Hérétiques, 2014
Prix international du roman historique de Saragosse 2014
Prix de la critique de l'Institut cubain du livre 2015

Ce qui désirait arriver, 2016

La Transparence du temps, 2019
Prix Barcino international du roman historique 2018

Retour à Ithaque (avec Laurent Cantet), 2020

Poussière dans le vent, 2021
Prix Transfuge du meilleur roman latino-américain 2021

L'Eau de toutes parts, 2022

Cycle “Les Quatre Saisons”

1. *Passé parfait*, 2001
Prix des Amériques insulaires 2002

2. *Vents de carême*, 2004

3. *Électre à La Havane*, 1998
Prix Café Gijón 1995

4. *L'Automne à Cuba*, 2000
Prix Hammett 1998
Prix du Livre insulaire de Ouessant 2000

POUR L'ENSEMBLE DE SON ŒUVRE :

Prix Raymond Chandler 2009

Prix national de littérature cubain 2012

Prix Princesse des Asturies 2015

Prix Pepe Carvalho 2023

Cet ouvrage a été composé par
Atlant'Communication
au Bernard (Vendée)

ACHEVÉ D'IMPRIMER SUR ROTO-PAGE
PAR L'IMPRIMERIE FLOCH À MAYENNE
EN JUIN 2023

N° d'édition : 16188001 – N° d'impression : 102729
Dépôt légal : septembre 2023

Imprimé en France